O BELO MISTÉRIO

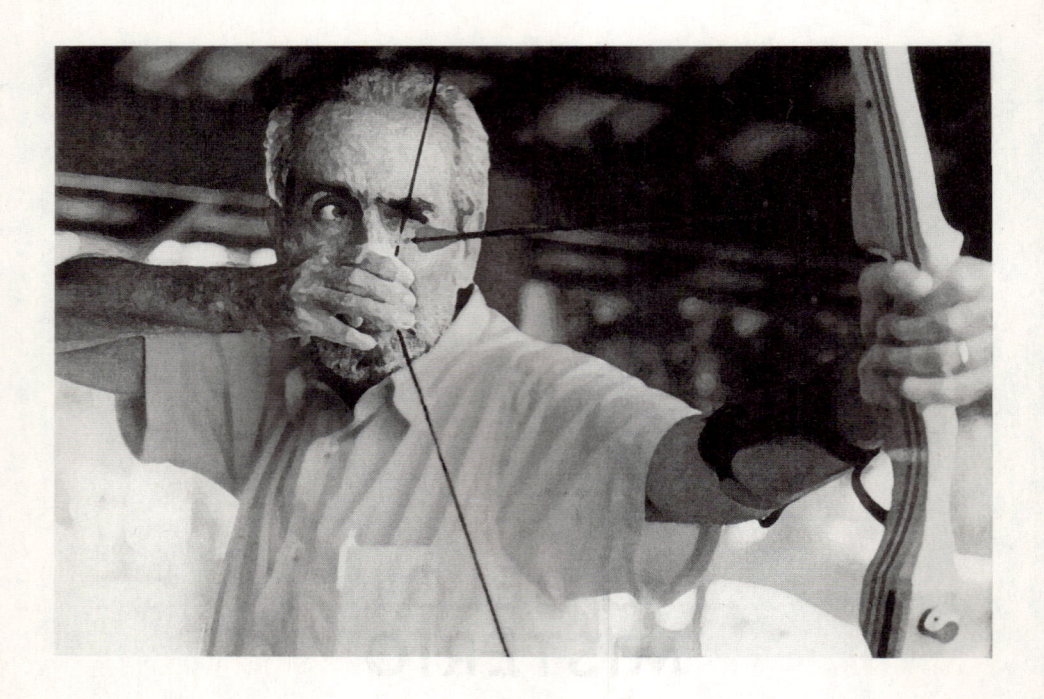

O Arqueiro

GERALDO JORDÃO PEREIRA (1938-2008) começou sua carreira aos 17 anos, quando foi trabalhar com seu pai, o célebre editor José Olympio, publicando obras marcantes como *O menino do dedo verde*, de Maurice Druon, e *Minha vida*, de Charles Chaplin.

Em 1976, fundou a Editora Salamandra com o propósito de formar uma nova geração de leitores e acabou criando um dos catálogos infantis mais premiados do Brasil. Em 1992, fugindo de sua linha editorial, lançou *Muitas vidas, muitos mestres*, de Brian Weiss, livro que deu origem à Editora Sextante.

Fã de histórias de suspense, Geraldo descobriu *O Código Da Vinci* antes mesmo de ele ser lançado nos Estados Unidos. A aposta em ficção, que não era o foco da Sextante, foi certeira: o título se transformou em um dos maiores fenômenos editoriais de todos os tempos.

Mas não foi só aos livros que se dedicou. Com seu desejo de ajudar o próximo, Geraldo desenvolveu diversos projetos sociais que se tornaram sua grande paixão.

Com a missão de publicar histórias empolgantes, tornar os livros cada vez mais acessíveis e despertar o amor pela leitura, a Editora Arqueiro é uma homenagem a esta figura extraordinária, capaz de enxergar mais além, mirar nas coisas verdadeiramente importantes e não perder o idealismo e a esperança diante dos desafios e contratempos da vida.

LOUISE PENNY

Traduzido por Natalia Sahlit

O BELO MISTÉRIO

— UM CASO DO INSPETOR GAMACHE —

ARQUEIRO

Título original: *The Beautiful Mystery*

Copyright © 2012 por Three Pines Creations, Inc.
Trecho de *How the Light Gets In* © 2013 por Three Pines Creations, Inc.
Copyright da tradução © 2025 por Editora Arqueiro Ltda.

coordenação editorial: Gabriel Machado
produção editorial: Guilherme Bernardo
preparo de originais: Rafaella Lemos
revisão: Ana Grillo e Sheila Louzada
diagramação: Abreu's System
imagem de capa: © Bryan Carnathan/The-Digital-Picture.com
capa: David Baldeosingh Rotstein
adaptação de capa: Natali Nabekura
mapa: Rhys Davies
impressão e acabamento: Lis Gráfica e Editora Ltda.

CIP-BRASIL. CATALOGAÇÃO NA PUBLICAÇÃO
SINDICATO NACIONAL DOS EDITORES DE LIVROS, RJ

P465b
    Penny, Louise, 1958-
       O belo mistério / Louise Penny ; tradução Natalia Sahlit. – 1. ed. – São Paulo : Arqueiro, 2025.
       448 p. ; 23 cm.   (Inspetor Gamache ; 8)

       Tradução de: The beautiful mystery
       Sequência de: Um truque de luz
       ISBN 978-65-5565-742-5

       1. Ficção canadense. I. Sahlit, Natalia. II. Título. III. Série.

                                  CDD: 819.14
24-94955   CDU: 82-3(71)

Meri Gleice Rodrigues de Souza – Bibliotecária – CRB-7/6439

Todos os direitos reservados, no Brasil, por
Editora Arqueiro Ltda.
Rua Artur de Azevedo, 1.767 – Conj. 177 – Pinheiros
05404-014 – São Paulo – SP
Tel.: (11) 2894-4987
E-mail: atendimento@editoraarqueiro.com.br
www.editoraarqueiro.com.br

*Este livro é dedicado àqueles que se ajoelham
e àqueles que se levantam.*

O mundo de Three Pines

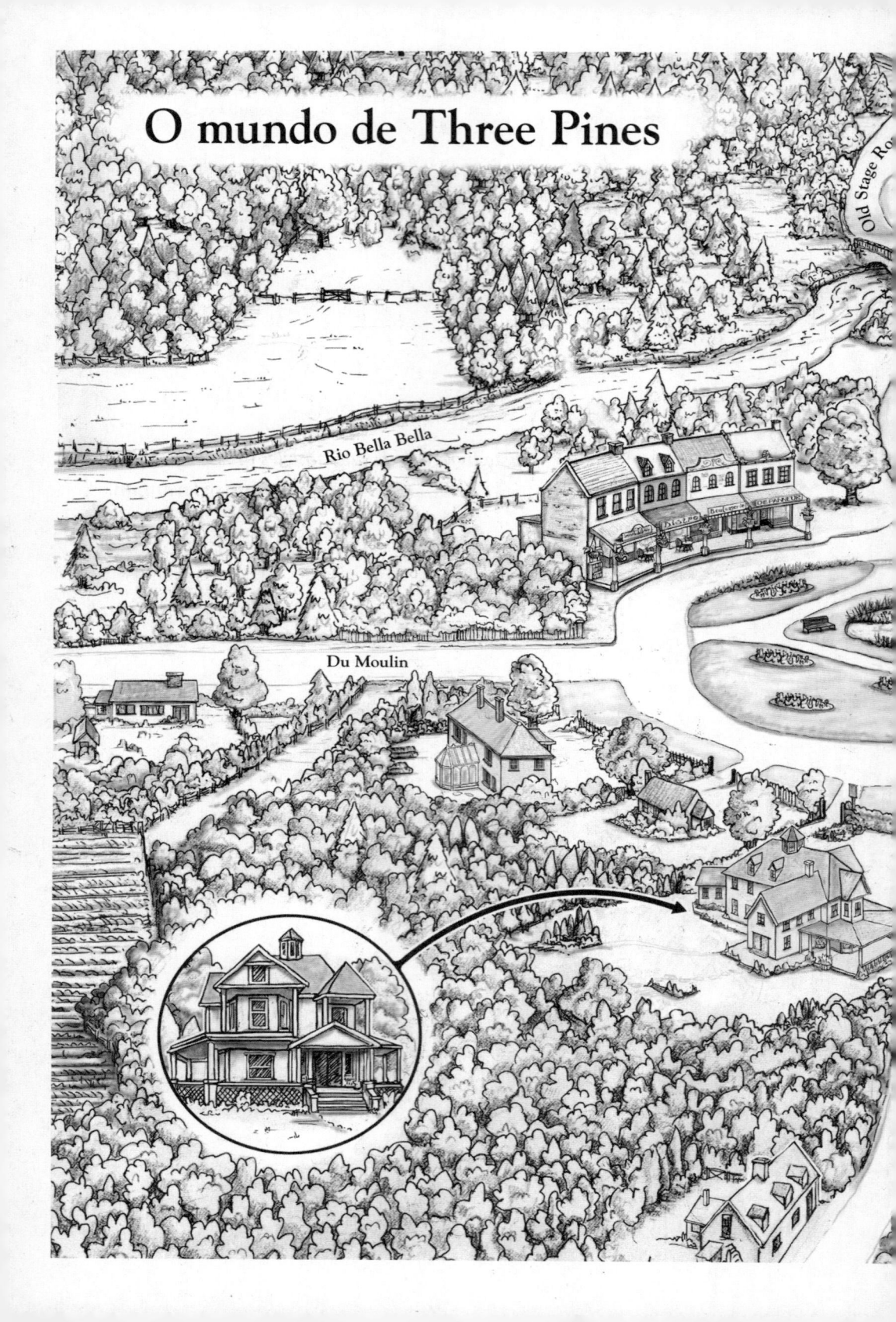

Old Stage Road

Rio Bella Bella

Du Moulin

Du Moulin

Old Stage Road

PRÓLOGO

No INÍCIO DO SÉCULO XIX, a Igreja Católica percebeu que tinha um problema. Talvez, deve-se admitir, mais de um. Mas o problema que a preocupava naquela época tinha a ver com o Ofício Divino, que consistia em oito momentos de cânticos no dia a dia das comunidades católicas. Cantochão. Canto gregoriano. Canções simples cantadas por monges humildes.

Para resumir a história: o Ofício Divino da Igreja Católica havia se perdido.

Os diversos serviços religiosos do dia ainda eram realizados. O chamado canto gregoriano era entoado aqui e ali em alguns mosteiros, mas até mesmo Roma admitia que ele havia se afastado tanto dos originais que poderia ser considerado corrompido, bárbaro até. Pelo menos em comparação com os elegantes e graciosos cânticos de séculos antes.

Porém um homem tinha uma solução.

Em 1833, um jovem monge, Dom Prosper, reavivou a Abadia de St. Pierre, em Solesmes, na França, e assumiu a missão de trazer o canto gregoriano original de volta à vida.

Mas isso gerou outro problema. Após investigar bastante, o abade acabou descobrindo que ninguém sabia mais como eram os cânticos originais. Não havia registro escrito. Eles eram tão antigos, com mais de mil anos, que precediam a notação musical. Tinham sido decorados e transmitidos oralmente, após anos de estudo, de monge para monge. As melodias eram simples, mas havia força naquela simplicidade. Os primeiros cânticos eram tranquilizadores, contemplativos, magnéticos.

Tinham um efeito tão profundo em quem os cantava e os ouvia que ficaram conhecidos como "o belo mistério". Os monges acreditavam que estivessem cantando a Palavra de Deus, na voz calma, tranquilizadora e hipnótica de Deus.

O que Dom Prosper sabia era que, em algum momento do século IX, mil anos antes do nascimento dele, um irmão monge também havia contemplado esse mistério. Segundo a tradição da Igreja, aquele monge anônimo tinha recebido a visita de uma ideia inspirada. Ele faria um registro por escrito dos cânticos, para que fossem preservados. Muitos de seus noviços de cabeça oca cometiam erros demais tentando aprender o cantochão. Se as letras e a música eram mesmo divinas, como ele acreditava de todo o coração, então precisavam ser guardadas em um lugar mais seguro que em mentes humanas tão cheias de defeitos.

Em sua cela de pedra na abadia, Dom Prosper era capaz de ver esse monge sentado em um cômodo exatamente como aquele. Imaginava o monge puxando para si um pedaço de pele de cordeiro, um velino, e mergulhando em tinta a pena afiada. Ele escreveu a letra, o texto – em latim, é claro. Os salmos. E, depois de fazer isso, voltou ao princípio. À primeira palavra.

Sua pena pairou sobre ela.

E agora?

Como escrever música? Como poderia comunicar algo tão sublime? Ele tentou escrever instruções, mas era complicado demais. Palavras por si sós jamais conseguiriam descrever como aquela música transcendia o estado normal de homem e o elevava ao Divino.

O monge estava completamente perdido. Por dias, semanas, seguiu com sua vida monástica, unindo-se aos outros em oração e trabalho. E mais oração. Entoando o Ofício. Ensinando os jovens e distraídos noviços.

Então, um dia, o monge percebeu que eles prestavam atenção em sua mão direita enquanto ele guiava as vozes. Para cima, para baixo. Mais rápido, mais devagar. Mais baixo, baixinho. Eles memorizavam a letra, mas dependiam de seus sinais manuais para executar a música em si.

Naquela noite, depois das Vésperas, esse monge anônimo se sentou à preciosa luz das velas, observando os salmos escritos com tanto cuidado no velino. Então mergulhou a pena na tinta e desenhou a primeira nota musical.

Era uma ondulação em cima de uma palavra. Uma linha única, curta, sinuosa. Depois outra. E mais outra. Ele desenhou a própria mão. Estilizada. Guiando um monge invisível a elevar a voz. Mais alto. Em seguida, a manter o tom. Depois a elevar de novo. Ficar lá por apenas um instante, depois se precipitar e mergulhar em uma vertiginosa descendente musical.

Ele cantarolava enquanto escrevia. Seus gestos simples agitavam-se na página, fazendo as palavras ganharem vida e alçarem voo. Pairarem no ar. Jubilosas. Ouviu vozes de monges ainda não nascidos juntando-se a ele. Cantando exatamente os mesmos cânticos que o libertaram e elevaram seu coração aos Céus.

Ao tentar capturar o belo mistério, aquele monge inventara a notação musical. Ainda não eram notas; os símbolos que ele escreveu ficaram conhecidos como neumas.

Ao longo dos séculos, esse cântico simples se tornou mais complexo. Foram incluídos instrumentos, harmonias, o que levou a acordes e pautas e, finalmente, às notas musicais. Dó ré mi. Nascia assim a música moderna. Os Beatles, Mozart, rap. Música disco, musicais como *Bonita e valente*, Lady Gaga. Tudo isso surgiu da mesma semente ancestral. De um monge desenhando a própria mão. Cantarolando, regendo as vozes, esforçando-se para alcançar o Divino.

O canto gregoriano foi o pai da música ocidental. Mas acabou sendo morto por seus filhos ingratos. Enterrado. Perdido e esquecido.

Até o início do século XIX, quando Dom Prosper, indignado com o que considerava a vulgaridade da Igreja e a perda da simplicidade e da pureza, decidiu que estava na hora de ressuscitar o canto gregoriano original. Encontrar a voz de Deus.

Seus monges se espalharam pela Europa. Vasculharam mosteiros, bibliotecas e coleções. Com um único objetivo: encontrar o manuscrito original.

Os monges voltaram com vários tesouros antes perdidos em coleções e bibliotecas remotas. E, finalmente, Dom Prosper decidiu que um livro de cantochão, escrito em neumas desbotados, era o original. O primeiro e talvez único registro escrito de como o canto gregoriano teria soado. Era um pedaço de pele de cordeiro com quase mil anos.

Roma discordou. O papa havia conduzido sua própria busca e encontrado outro registro escrito. Ele insistia que sua mostra de velino esfarrapado informava como o Ofício Divino deveria ser cantado.

E assim, como muitas vezes acontece quando os homens de Deus discordam, uma guerra irrompeu. Rajadas de cânticos foram lançadas entre o mosteiro beneditino de Solesmes e o Vaticano, cada lado insistindo que seu manuscrito estava mais próximo do original e, portanto, do Divino. Acadêmicos, musicólogos, compositores famosos e humildes monges opinaram sobre o assunto, escolhendo lados na crescente batalha que logo seria mais sobre poder e influência do que sobre simples vozes elevadas à glória de Deus.

Quem havia encontrado o canto gregoriano original? Como o Ofício Divino deveria ser cantado? Quem possuía a voz de Deus?

Quem estava certo?

Finalmente, após alguns anos, um silencioso consenso surgiu entre os acadêmicos. E foi reprimido mais silenciosamente ainda.

Nenhum deles estava correto. Embora os monges de Solesmes quase com certeza estivessem muito mais próximos da verdade que Roma, ao que tudo indicava nem eles haviam chegado lá. O que eles tinham encontrado era histórico, inestimável – mas estava incompleto.

Porque faltava uma coisa.

Os cânticos tinham palavras e neumas, indicações de quando as vozes monásticas deveriam ser erguidas ou suavizadas. De quando uma nota era mais alta ou mais baixa.

O que eles não tinham, porém, era um ponto de partida. Mais alto a partir do quê? Mais forte em relação a quê? Era como encontrar um mapa do tesouro com um X indicando exatamente o ponto de chegada. Mas não o de partida.

No princípio...

Os monges beneditinos de Solesmes rapidamente se estabeleceram como o novo lar dos antigos cânticos. O Vaticano por fim cedeu e em poucos anos o Ofício Divino reconquistou espaço. Ressuscitado, o canto gregoriano se espalhou pelos mosteiros do mundo todo. A música simples oferecia um conforto genuíno. Um canto plano e uniforme em um mundo cada vez mais ruidoso.

E, assim, o abade de Solesmes faleceu em silêncio, sabendo duas coisas. Que havia realizado algo importante, poderoso e significativo. Ele revivera uma tradição bonita e simples. Devolvera os cânticos corrompidos ao seu estado de pureza e ganhara a guerra contra a imponente Roma.

Mas ele também sabia, no fundo do coração, que, embora tivesse ganhado, não havia sido bem-sucedido. O que todos agora consideravam ser o canto gregoriano genuíno era quase isso, sim. Quase divino. Mas não exatamente.

Já que não tinha um ponto de partida.

Dom Prosper, ele próprio um músico talentoso, não conseguia acreditar que o monge que codificara os primeiros cânticos não tivesse dito às gerações seguintes por onde começar. Podia-se deduzir. E todos fizeram isso. Porém não era o mesmo que saber.

O abade argumentara apaixonadamente que o *Livro de Cânticos* que seus monges haviam encontrado era o original. Mas agora, em seu leito de morte, ousava se questionar. Dom Prosper imaginava aquele outro monge, vestido exatamente como ele agora, debruçando-se à luz das velas.

O monge teria terminado o primeiro cântico após ter criado os primeiros neumas. E depois? Enquanto perdia e recuperava a consciência, entrando e saindo deste mundo e do próximo, Dom Prosper soube o que aquele monge teria feito. O monge anônimo teria feito o que ele próprio teria feito.

Dom Prosper viu, com mais clareza que os irmãos que cantavam preces suaves sobre seu leito, aquele monge havia muito falecido debruçar-se na escrivaninha. Voltar ao princípio. À primeira palavra. E fazer uma marca a mais.

Bem no fim de sua vida, Dom Prosper soube que havia um princípio. Mas caberia a outra pessoa encontrá-lo. Solucionar o belo mistério.

UM

QUANDO A ÚLTIMA NOTA DO CÂNTICO escapou da Capela Santíssima, um grande silêncio se instalou e, com ele, uma inquietação ainda maior.

O silêncio se estendeu. E se estendeu.

Mesmo para aqueles homens, acostumados ao silêncio, pareceu algo extremo.

Ainda assim, eles continuaram imóveis, com seus longos hábitos pretos e capuzes brancos.

Esperando.

Também estavam acostumados à espera. Que também lhes pareceu extrema.

Os menos disciplinados entre eles lançavam olhares furtivos para o homem alto, magro e idoso que tinha sido o último a entrar e seria o primeiro a sair.

Dom Philippe mantinha os olhos fechados. O que antes era um momento de profunda paz, um momento particular com seu Deus particular, depois que as Vigílias terminavam e ele ainda ia sinalizar o início do Ângelus, agora não passava de uma fuga.

Ele havia fechado os olhos porque não queria ver.

Além disso, já sabia o que estava ali. O que sempre estivera. O que se encontrava ali séculos antes de ele chegar e, se Deus quisesse, continuaria ali por séculos após ele ser enterrado. Duas fileiras de homens à sua frente, todos de hábito preto, capuz branco e uma corda simples amarrada na cintura.

E, à direita dele, mais duas fileiras de homens.

Postadas frente a frente, uma em cada lado do piso de pedra da capela, como antigas linhas de batalha.

Não, disse ele a sua mente exausta. *Não. Não devo pensar nisso como uma batalha ou uma guerra. São apenas pontos de vista opostos. Expressos em uma comunidade saudável.*

Então por que relutava tanto em abrir os olhos? Em começar o dia?

Em sinalizar o toque dos enormes sinos e anunciar o Ângelus para as florestas, os pássaros, os lagos e os peixes? Para os monges. Para os anjos e santos. E para Deus.

Alguém pigarreou.

Em meio ao profundo silêncio, pareceu uma bomba. E, aos ouvidos do abade, pareceu o que realmente era.

Um desafio.

Com algum esforço, ele manteve os olhos fechados. Continuou imóvel e em silêncio. Mas já não havia paz. Agora só havia agitação, dentro e fora. Podia senti-la vibrar nas duas fileiras de homens que esperavam e no espaço entre elas.

Podia senti-la vibrar dentro de si.

Dom Philippe contou até cem. Devagar. Então, ao abrir os olhos azuis, fitou o outro lado da capela, o homem baixo e gorducho de olhos abertos, mãos cruzadas sobre a barriga e um pequeno sorriso de infinita paciência no rosto.

O abade estreitou ligeiramente os olhos, com uma expressão irritada, depois se recompôs e, erguendo a magra mão direita, deu o sinal. E os sinos tocaram.

O som perfeito, redondo e forte deixou a torre do sino e alçou voo na escuridão do início da manhã. Deslizou pelo lago claro, pelas florestas e colinas onduladas. Para ser ouvido por todos os tipos de criaturas.

E por 24 homens, em um remoto monastério do Quebec.

Um toque de trombeta. Um chamado urgente. O dia deles havia começado.

– VOCÊ NÃO PODE ESTAR falando sério – disse Jean Guy Beauvoir, rindo.

– Estou, sim – disse Annie, assentindo. – Juro por Deus que é verdade.

– Você está me dizendo – perguntou, pegando da travessa outro pedaço de bacon curado no xarope de bordo – que o seu pai deu um tapetinho de banheiro de presente para a sua mãe no primeiro encontro?

– Não, não. Isso seria ridículo.

– Com certeza – concordou ele, comendo o bacon em duas mordidas.

Ao fundo tocava um velho álbum da banda de rock Beau Dommage: "La Complainte du phoque en Alaska". Uma música sobre uma foca solitária cujo amor fora embora. Beauvoir cantarolava baixinho a famosa melodia.

– Ele deu o tapetinho para a minha avó quando eles se conheceram, em agradecimento pelo convite para jantar.

Beauvoir caiu na risada.

– Ele nunca me contou isso – conseguiu dizer, finalmente.

– Bom, meu pai não costuma mencionar esse tipo de coisa em conversas formais. Coitada da minha mãe. Ela se sentiu na obrigação de casar. Afinal, quem mais ia querer ficar com ele?

Beauvoir riu de novo.

– Então, pelo visto, as expectativas são baixíssimas. Seria difícil eu te dar um presente pior.

Ele se abaixou e pegou algo no chão, ao lado da mesa da cozinha ensolarada. Naquele sábado, eles tinham feito o café da manhã juntos. Na pequena mesa de pinho havia uma travessa com bacon, ovos mexidos e brie derretido. No início daquele dia de outono, ele tinha vestido um suéter, dobrado a esquina do apartamento de Annie e ido até a padaria da Rue St. Denis atrás de croissants e *pain au chocolat*. Em seguida, Jean Guy havia perambulado pelas lojas locais, comprado dois cafés, os jornais de Montreal e mais uma coisa.

– O que é que você tem aí? – perguntou Annie, debruçando-se na mesa.

O gato saltou para o chão e encontrou um espaço onde o sol batia.

– Nada – disse ele, abrindo um sorriso largo. – Só um pequeno *je ne sais quoi* que eu vi e pensei em você.

Beauvoir ergueu o presente à vista dela.

– Seu cretino! – disse Annie, rindo. – Um desentupidor de privada!

– Com um laço de fita. Só para você, *ma chère*. Estamos juntos há três meses. Feliz aniversário de namoro.

– É claro, o desentupidor de aniversário. E eu não comprei nada para você.

– Eu te perdoo – disse ele.

Annie pegou o desentupidor.

– Vou pensar em você todas as vezes que usar. Embora eu ache que quem vai usar mais é você. Afinal, você solta cada merda...

– Muito gentil da sua parte – disse Beauvoir, abaixando a cabeça numa pequena mesura.

Annie empunhou o desentupidor, cutucando Beauvoir de leve com a ventosa de borracha vermelha como se fosse um espadachim com seu florete.

Beauvoir sorriu e tomou um gole do café aromático e forte. Aquilo era a cara de Annie. Enquanto outras mulheres poderiam ter fingido que o ridículo desentupidor era uma varinha mágica, ela o transformara numa espada.

É claro que, como Jean Guy logo percebeu, ele nunca daria um desentupidor de privada para nenhuma outra mulher. Só para Annie.

– Você mentiu para mim – disse ela, voltando a se sentar. – Meu pai obviamente te contou sobre o tapetinho de banheiro.

– Contou – admitiu Beauvoir. – A gente estava em Gaspé, no chalé de um caçador ilegal, procurando evidências, quando ele abriu um armário e encontrou não um, mas dois tapetes de banheiro novinhos em folha, ainda na embalagem.

Enquanto eles conversavam, Beauvoir encarava Annie. Os olhos dela não desgrudavam dele, mal piscavam. Ela assimilava cada palavra, cada gesto, cada inflexão. Enid, sua ex-mulher, também costumava escutá-lo, mas sempre havia uma ponta de desespero, uma exigência. Como se ele lhe devesse alguma coisa. Como se ela estivesse morrendo e ele fosse o remédio.

Enid o deixava esgotado e ainda assim se sentindo insuficiente.

Annie era mais gentil. Mais generosa.

Como o pai, escutava com atenção e em silêncio.

Com Enid, ele nunca falava de trabalho, e ela nunca perguntava. Para Annie, Beauvoir contava tudo.

Agora, enquanto passava *confiture* de morango no croissant quente, contava a ela sobre o chalé do caçador ilegal e o caso, o terrível assassinato de uma família. Contava o que eles haviam encontrado, como tinham se sentido e quem haviam prendido.

– Os tapetinhos acabaram sendo as principais provas – disse Beauvoir, levando o croissant à boca. – Embora a gente tenha levado um bom tempo para descobrir.

– Foi aí que o meu pai te contou a própria história triste de tapetinhos de banheiro?

Beauvoir aquiesceu, mastigou e tornou a ver o inspetor-chefe no chalé escuro. Sussurrando a história. Eles não sabiam quando o caçador iria voltar e não queriam ser pegos ali. Tinham um mandado de busca, mas preferiam que ele não soubesse disso. Então, enquanto faziam sua hábil revista, Gamache contara sobre o tapetinho. Sobre quando tinha ido a um dos jantares mais importantes de sua vida, desesperado para impressionar os pais da mulher por quem estava perdidamente apaixonado. E sobre como, de alguma forma, pensara que aquele fosse o presente ideal para a anfitriã.

"Como o senhor pode ter pensado uma coisa dessas?", havia murmurado Beauvoir, olhando de relance pela janela rachada e cheia de teias de aranha, torcendo para não ver o maltrapilho caçador voltando com a caça.

"Bom", disse Gamache, para depois fazer uma pausa, obviamente tentando se lembrar do próprio pensamento, "madame Gamache vira e mexe me faz a mesma pergunta. A mãe dela também nunca se cansava de perguntar. Já o pai concluiu que eu era um imbecil e nunca mais tocou no assunto, o que foi pior. Quando eles morreram, a gente encontrou o tapetinho no armário de toalhas, ainda dentro da embalagem, com o cartão junto."

Beauvoir parou de falar e olhou para Annie. Os cabelos dela ainda estavam úmidos do banho que eles haviam tomado juntos. Ela tinha um cheiro fresco e limpo. Como algo cítrico debaixo do sol quente. Estava sem maquiagem. Usava pantufas aconchegantes e roupas largas e confortáveis. Annie entendia de moda e gostava de se vestir bem, porém gostava mais ainda de se sentir à vontade.

Ela não era magra. Não tinha uma beleza estonteante. Annie Gamache não contava com nenhuma das coisas que sempre o haviam atraído numa mulher. Mas sabia algo que a maioria das pessoas nunca aprende: sabia como era bom estar viva.

Tinha demorado quase quarenta anos, mas finalmente Jean Guy Beauvoir também entendera. E agora ele sabia que não havia beleza maior.

Annie estava chegando aos 30. Não passava de uma adolescente desajeitada quando eles se conheceram, na época em que o inspetor-chefe levara Beauvoir para a Divisão de Homicídios da Sûreté du Québec. Entre as centenas de agentes e inspetores sob o comando do chefe, ele havia escolhido como segundo em comando aquele jovem audacioso que ninguém queria.

Ele o tornara parte da equipe e, ao longo dos anos, da família.

Embora nem mesmo o inspetor-chefe fizesse ideia de quanto Beauvoir agora pertencia à sua família.

– Bom – disse Annie com um sorriso travesso –, agora a gente tem a nossa própria história de banheiro para intrigar os nossos filhos. Quando a gente morrer, eles vão encontrar isto aqui e se perguntar por quê.

Ela levantou o desentupidor, ainda com o alegre laço vermelho.

Beauvoir não ousou dizer nada. Será que Annie fazia ideia do que havia acabado de dizer? Da facilidade com que presumira que eles teriam filhos? Netos. Morreriam juntos. Em uma casa cheirando a frutas cítricas e café. Com um gato enroscado sob o sol.

Eles estavam juntos havia três meses e nunca tinham falado do futuro. Mas agora, ouvindo, parecia natural. Como se sempre tivesse sido esse o plano. Ter filhos. Envelhecer juntos. Beauvoir fez os cálculos: ele era dez anos mais velho que ela e quase com certeza morreria antes. Ficou aliviado.

No entanto, algo o estava incomodando.

– A gente precisa contar para os seus pais – disse ele.

Annie ficou em silêncio e arrancou um pedaço do croissant.

– Eu sei. E não é que eu não queira. Mas isso também é bom. Só nós dois – disse ela, hesitando e olhando para a cozinha e para a sala de estar forrada de livros.

– Você tem medo?

– Da reação deles?

Annie fez uma pausa, e o coração de Jean Guy de repente disparou. Ele torcia para que ela dissesse que não. Que garantisse que não estava nem um pouco preocupada se os pais iriam aprovar ou não.

Mas, em vez disso, ela hesitava.

– Talvez um pouco – admitiu. – Tenho certeza que eles vão adorar, mas isso muda as coisas. Sabe?

Ele sabia, mas não tinha ousado admitir. E se o chefe não aprovasse? Não poderia impedi-los, mas seria um desastre.

Não, disse Jean Guy a si mesmo pela centésima vez, *vai dar tudo certo. O chefe e madame Gamache vão ficar felizes. Muito felizes.*

Mas ele queria ter certeza. Queria saber. Era da sua natureza. Beauvoir ganhava a vida coletando fatos, e aquela incerteza estava pesando sobre ele. Era a única sombra em uma vida súbita e inesperadamente luminosa.

Não podia continuar mentindo para o chefe. Havia se convencido de que não era uma mentira, estava apenas mantendo sua vida particular em particular. Mas, em seu coração, sentia que era uma traição.

– Você acha mesmo que eles vão ficar felizes? – perguntou ele, odiando a carência que havia se insinuado em sua voz.

Mas Annie não percebeu ou não se importou.

Ela se inclinou na direção dele, apoiou cotovelos e antebraços nos farelos de croissant espalhados na mesa de pinho e pegou a mão de Beauvoir. Segurou sua mão quente entre as dela.

– De saber que nós estamos juntos? Meu pai vai ficar muito feliz. É a minha mãe que te odeia...

Ao ver a expressão de Beauvoir, ela riu e apertou a mão dele.

– Estou brincando. Ela te adora. Sempre adorou. Eles te consideram parte da família, você sabe. Como um filho.

Ele sentiu as bochechas esquentarem ao ouvir aquelas palavras e ficou encabulado, mas percebeu, mais uma vez, que Annie não se importou nem fez nenhum comentário. Apenas continuou segurando sua mão e o encarando.

– Então é uma coisa meio incestuosa – conseguiu dizer ele, afinal.

– É – concordou ela, soltando a mão dele e tomando um gole de *café au lait*. – O sonho dos meus pais se tornou realidade – comentou ela, rindo, para depois tomar um novo gole e voltar a pousar a xícara na mesa. – Você sabe que eles vão adorar.

– Vão ficar surpresos também?

Annie fez uma pausa, pensando.

– Acho que eles vão ficar chocados. Engraçado, não é? Meu pai passou a vida procurando pistas, juntando as peças. Coletando evidências. Mas quando alguma coisa acontece bem debaixo do nariz dele, ele não vê. Deve ser porque está perto demais.

– Mateus 10:36 – murmurou Beauvoir.

– *Pardon?*

– É uma coisa que o seu pai sempre diz pra gente, na Homicídios. Uma das primeiras lições que ensina aos novos recrutas.

– Uma citação bíblica? – perguntou Annie. – Mas meus pais nunca vão à igreja.

– Parece que ele aprendeu isso com o mentor dele, quando entrou para a Sûreté.

O telefone tocou. Não o toque robusto do telefone fixo, mas o trinado alegre e invasivo do celular. Era o de Beauvoir. Ele correu para o quarto e pegou o aparelho na mesinha de cabeceira.

O visor não mostrava nenhum número, apenas uma palavra.

Chefe.

Ele quase apertou o pequeno ícone de telefone verde, mas hesitou. Em vez disso, saiu rápido do quarto e foi para a sala de Annie, repleta de luz e livros. Não ia conseguir falar com o chefe diante da cama onde, ainda naquela manhã, tinha feito amor com a filha dele.

– *Oui, allô* – atendeu, tentando soar despreocupado.

– Desculpa incomodar – disse a voz familiar, que conseguia ser relaxada apesar do tom de autoridade.

– De forma alguma, senhor. O que aconteceu?

Beauvoir olhou de soslaio para o relógio em cima da lareira. Eram 10h23 de uma manhã de sábado.

– Houve um assassinato.

Não era uma ligação casual. Um convite para jantar. Uma consulta sobre a equipe ou algum caso que ia a julgamento. Era um chamado à ação. Um telefonema que marcava que algo terrível havia acontecido. No entanto, por mais de uma década, todas as vezes que Beauvoir ouvia aquelas palavras, seu coração dava um salto. E acelerava. Até dançava um pouco. Não com alegria por uma morte prematura e terrível, mas por saber que ele, o chefe e os outros em breve estariam na estrada em busca de novos rastros.

Jean Guy Beauvoir amava seu trabalho. Mas agora, pela primeira vez, olhava para a cozinha e via Annie no batente da porta. Observando-o.

E percebeu, com surpresa, que agora havia algo que ele amava mais.

Ele pegou o caderninho, se sentou no sofá de Annie e anotou os detalhes. Quando terminou, olhou para o que havia escrito.

– Cruz-credo! – murmurou ele.

– Essa interjeição nunca foi tão apropriada – concordou Gamache. – Você pode tomar as providências, por favor? Vamos ser só nós dois por enquanto. A gente pega um agente local da Sûreté quando chegar lá.

– E Lacoste? Devo chamá-la? Só para organizar a equipe forense e depois ir embora?

Gamache não hesitou.

– Não – respondeu, com uma pequena risada. – Infelizmente, nós somos a equipe forense por enquanto. Espero que você lembre como se faz.

– Vou levar o aspirador de pó.

– *Bon*. Eu já peguei a minha lupa. – Fez-se uma breve pausa, e uma voz um pouco mais sombria surgiu do outro lado da linha. – A gente precisa chegar lá rápido, Jean Guy.

– *D'accord*. Vou dar alguns telefonemas e pego o senhor daqui a quinze minutos.

– Quinze? Vindo do centro da cidade?

Beauvoir congelou por um instante. Seu pequeno apartamento ficava no centro de Montreal, mas o de Annie era no quartier Plateau Mont Royal, a poucas quadras da casa dos pais dela, em Outremont.

– Hoje é sábado. Não deve ter trânsito.

Gamache riu.

– Desde quando você é otimista? Vou estar esperando, qualquer hora que você chegar.

– Vou correr.

E foi o que ele fez, telefonando, dando ordens, organizando as coisas. Depois enfiou algumas roupas em uma bolsa.

– Isso é cueca pra caramba – disse Annie, sentando-se na cama. – Você deve ficar fora muito tempo?

A voz dela era suave, mas seus modos, não.

– Bom, você me conhece... – respondeu ele, virando-se de costas para ela ao colocar a arma no coldre.

Ela sabia que ele tinha uma arma, mas não gostava de ver. Até para uma mulher que apreciava a realidade, aquilo era demais.

– ... sem a ajuda do desentupidor, talvez eu precise de mais cuecas brancas.

Ela riu, deixando-o feliz.

Na porta, ele parou e colocou a bolsa no chão.

– *Je t'aime* – sussurrou ele no ouvido dela enquanto a abraçava.

– *Je t'aime* – sussurrou ela no ouvido dele. – Se cuida – disse Annie enquanto eles se separavam.

E então, quando ele estava na metade da escada, ela gritou:

– E, por favor, cuida do meu pai!

– Cuido. Prometo.

Assim que ele foi embora e ela não conseguia mais ver a traseira do carro, Annie Gamache fechou a porta e levou a mão ao peito.

Ela se perguntou se era assim que a mãe havia se sentido todos aqueles anos.

E naquele exato momento, será que também estava encostada na porta, depois de ver seu coração ir embora? De deixá-lo ir?

Então Annie foi até as estantes de livros que cobriam as paredes da sala. Após alguns minutos, encontrou o que procurava. A Bíblia que os pais lhe deram quando fora batizada. Para pessoas que não iam à igreja, eles até que seguiam muitos rituais.

E ela sabia que, quando tivesse filhos, também os batizaria. Ela e Jean Guy dariam a eles as próprias Bíblias brancas, com o nome deles e as datas de batismo inscritos.

Ela olhou para a grossa primeira página. Dito e feito, lá estava o nome dela. Anne Daphné Gamache. E uma data. Na caligrafia da mãe. Mas, em vez de uma cruz embaixo do nome, os pais tinham desenhado dois coraçõezinhos.

Então se sentou no sofá e, bebericando o café agora frio, folheou o livro desconhecido até encontrar.

Mateus 10:36.

– *Os inimigos do homem* – leu em voz alta – *serão os da sua própria família.*

DOIS

A LANCHA DE ALUMÍNIO CORTAVA AS ondas, quicando de vez em quando e lançando pequenos borrifos de água doce e gelada no rosto de Beauvoir. Ele poderia ter ido mais para trás, em direção à popa, mas gostava do minúsculo assento triangular lá da frente. Debruçando-se, suspeitou estar parecendo um cão excitado e ansioso. Em uma caçada.

Mas nem ligava. Pelo menos não tinha um rabo. Para desmentir aquela fachada ligeiramente taciturna. *Sim*, pensou ele, *um rabo seria uma enorme desvantagem para um investigador de homicídios.*

O ronco da lancha, os saltos e os ocasionais solavancos o estimulavam. Ele gostava até daqueles borrifos revigorantes e do cheiro de água doce e mato. E do leve odor de peixe e minhocas.

Quando não transportava investigadores de homicídio, aquele barquinho obviamente era usado para pesca. Não com vistas ao lucro. Era pequeno demais para esse fim e, além disso, aquele lago remoto não servia para a pesca comercial. Só para recreação. Ele imaginou o barqueiro lançando uma isca nas águas claras das baías escarpadas. Sentado o dia todo, arremessando o anzol despreocupadamente. E recolhendo a linha.

Arremessando o anzol. E recolhendo a linha. Sozinho com seus pensamentos.

Beauvoir olhou para a traseira do barco. O barqueiro estava com a mão grande e curtida na manivela do motor de popa. A outra descansava no joelho. Ele se inclinava para a frente, numa posição que devia conhecer desde garoto. Seus olhos azuis penetrantes estavam fixos na água diante de si. Baías, ilhas e enseadas que também devia conhecer desde garoto.

Que prazer devia ser, pensou Beauvoir, fazer sempre a mesma coisa. No passado, essa ideia o repugnava. Rotina, repetição. Aquilo era a morte ou, pelo menos, um tédio mortal. Levar uma vida previsível.

Porém, agora, já não tinha tanta certeza. Lá estava ele correndo em direção a um novo caso, em uma lancha. Com o vento e os borrifos de água no rosto. Mas só queria estar ao lado de Annie, compartilhando os jornais de sábado. Fazer o que eles faziam todos os fins de semana. E mais uma vez. E mais uma vez. Até morrer.

Se isso não fosse possível, aquela seria sua segunda opção. Ele olhou para as florestas ao redor. Para as rochas recortadas. Para o lago vazio.

Havia ofícios bem piores.

Sorriu de leve para o barqueiro sério. Aquele também era o ofício dele. Quando os deixasse, será que encontraria uma baía tranquila, pegaria a vara de pescar e arremessaria o anzol?

Arremessar o anzol e recolher a linha.

Aquilo não era muito diferente do que eles estavam prestes a fazer, pensava Beauvoir. Arremessar o anzol atrás de pistas, evidências, testemunhas. E recolher a linha com o resultado.

E, quando eles enfim tivessem iscas suficientes, pegariam um assassino.

Embora, a menos que as coisas assumissem um caráter imprevisível, fosse muito improvável que terminassem com o assassino no prato.

Bem em frente ao barqueiro estava sentado o capitão Charbonneau, chefe da delegacia da Sûreté du Québec em La Mauricie. Aos 40 e poucos anos, era um pouco mais velho que Beauvoir. Atlético e enérgico, tinha um olhar inteligente de quem prestava atenção nas coisas.

Era o que estava fazendo agora.

O capitão Charbonneau os havia recebido na saída do avião e os conduzira por meio quilômetro até o cais, onde o barqueiro os aguardava.

"Este é Étienne Legault", dissera ele, apresentando o barqueiro, que assentira, embora não parecesse inclinado a fazer uma saudação completa.

Legault cheirava a gasolina e fumava um cigarro, o que fez Beauvoir dar um passo para trás.

"Infelizmente, é uma viagem de vinte minutos", explicou o capitão Charbonneau. "Não tem outro jeito de chegar."

"O senhor já esteve lá?", perguntou Beauvoir.

O capitão sorriu.

"Nunca. Quer dizer, não lá dentro. Mas às vezes eu pesco não muito longe dali. Como todo mundo, sou curioso. Além disso, a pesca naquele ponto é ótima. Ali tem trutas-de-lago e robalos enormes. Já vi os homens de longe, pescando também, mas não me aproximei nem nada. Não me parece que queiram companhia."

Eles tinham subido a bordo da lancha e agora estavam na metade da viagem. O capitão Charbonneau olhava para a frente, ou parecia olhar. Mas Beauvoir notou que o oficial sênior da Sûreté não estava totalmente concentrado nas densas florestas nem nas enseadas e baías.

Ele lançava olhares furtivos para algo que considerava bem mais instigante. O homem à sua frente.

Os olhos de Beauvoir pousaram no quarto ocupante do barco.

O inspetor-chefe Gamache, superior de Beauvoir e pai de Annie.

Armand Gamache era um homem corpulento, mas não pesado. Assim como o barqueiro, mantinha os olhos semicerrados voltados para a paisagem à frente e rugas se desenhavam ao redor deles e da boca. Porém, ao contrário do barqueiro, sua expressão não era taciturna. Em vez disso, seus olhos castanho-escuros estavam pensativos, absorvendo tudo ao redor. As colinas encimadas por geleiras, a floresta que adquiria as cores vivas do outono. O litoral rochoso, sem docas, casas ou ancoradouros de qualquer tipo.

Aquela era a natureza selvagem. Pássaros que talvez nunca tivessem visto um ser humano os sobrevoavam.

Se Beauvoir era um caçador, Gamache era um explorador. Quando os outros paravam, ele dava um passo à frente. Observando frestas, fissuras e cavernas. Onde criaturas sombrias viviam.

O chefe estava com 50 e poucos anos. O cabelo grisalho das têmporas se enrolava ligeiramente acima e atrás das orelhas. Uma boina quase escondia a cicatriz na têmpora esquerda. Ele usava um casaco impermeável cáqui; embaixo, uma jaqueta, uma camisa e uma gravata de seda verde-acinzentada. Enquanto o barco cruzava o lago, uma de suas mãos grandes segurava a amurada e era molhada pelos borrifos gelados. A outra descansava, distraída, em um colete salva-vidas laranja-vivo, no assento de alumínio ao lado. Quando eles estavam de pé no cais olhando para a lancha com sua vara e rede de pescar, seu tubo de minhocas ondulantes e aquele motor de popa que mais parecia um vaso sanitário, o chefe havia entregado um colete salva-vidas, o mais novo, a Beauvoir. E, quando Beauvoir zombou dele, Gamache insistiu. Não para que o inspetor o vestisse, mas para que ficasse com ele.

Só por precaução.

Por isso, o colete salva-vidas de Beauvoir agora estava em seu colo. E a cada salto do barco ele ficava secretamente feliz de tê-lo ali.

Beauvoir havia pegado o chefe em casa antes das onze. Na porta, Gamache parou para dar um abraço e um beijo na esposa. Eles se demoraram um instante antes de romper o enlace. Então o chefe se virou e desceu as escadas com a pasta a tiracolo.

Quando Gamache entrou no carro, Jean Guy sentiu o perfume suave de colônia de sândalo e água de rosas e ficou comovido ao pensar que aquele homem poderia em breve ser seu sogro. Que talvez um dia pegasse seus filhos pequenos no colo e eles sentissem aquele cheiro reconfortante.

Em breve Jean Guy seria mais do que um membro honorário daquela família.

No entanto, mesmo enquanto pensava, ele ouvia um sussurro baixo: *E se eles não gostarem da ideia? Como vai ser?*

Mas aquilo era inconcebível, e ele empurrou o pensamento indigno para longe.

Beauvoir também havia entendido, pela primeira vez em mais de uma década juntos, por que o chefe cheirava a sândalo e água de rosas. O sândalo era de sua própria colônia. A água de rosas vinha de madame Gamache, da pressão dos dois corpos. O chefe carregava o cheiro dela, como uma aura. Misturado ao seu.

Beauvoir então inspirara devagar e profundamente. E sorrira. Havia um leve aroma cítrico no ar. Annie. Por um instante ele temeu que o pai dela também sentisse o perfume, mas logo percebeu que aquela fragrância estava apenas nele. Ele se perguntou se Annie também cheirava um pouco a Old Spice.

Eles haviam chegado ao aeroporto antes do meio-dia e ido direto para o hangar da Sûreté du Québec. Lá, tinham encontrado a piloto traçando a rota. Ela estava acostumada a levá-los a lugares remotos. A aterrissar em estradas de terra, de gelo e até em locais sem estrada alguma.

"Estou vendo que hoje teremos até pista de pouso", disse ela, pulando para o assento do piloto.

"Peço desculpas", respondeu Gamache. "Sinta-se à vontade para fazer um pouso forçado no lago se preferir."

A piloto soltou uma risada.

"Não seria a primeira vez."

Gamache e Beauvoir tinham conversado sobre o caso, gritando um com o outro em meio ao ronco dos motores do pequeno Cessna. Por fim, o chefe se voltou para a janela e ficou em silêncio. Beauvoir percebeu que ele havia colocado pequenos fones de ouvido para escutar música. E podia até adivinhar qual música. Havia um esboço de sorriso no rosto do inspetor-chefe. Beauvoir se virou e também ficou olhando por sua pequena janela. Naquele dia claro e luminoso de meados de setembro, ele viu cidades e vilarejos lá embaixo. Depois os vilarejos começaram a ficar mais esparsos. O Cessna se inclinou para a esquerda e Beauvoir notou que a piloto seguia um rio sinuoso. Rumo ao norte.

E cada vez mais para o norte eles voaram. Os homens perdidos em seus pensamentos. Olhando para a terra lá embaixo, como se todos os sinais de civilização tivessem desaparecido e restasse apenas a floresta. E a água. Sob o sol forte, a água não era azul; viam-se faixas e manchas douradas e de um branco ofuscante. Eles haviam seguido uma daquelas fitas douradas até o fundo da floresta. Até o fundo do Quebec. Em direção a um corpo.

À medida que avançavam, a mata escura se transformava. No início, só havia uma árvore aqui e outra ali. Depois, surgiram mais e mais. Até que, finalmente, a floresta inteira foi tomada por tons de amarelo, vermelho e laranja e pelos verdes muito escuros da vegetação perene.

Ali, o outono chegava antes. Quanto mais ao norte, mais cedo ele caía sobre a paisagem. Quanto mais longo o outono, maior a queda.

Então o avião começou a descer. Baixar, baixar, baixar. Parecia que ia mergulhar na água. Porém, em vez disso, ele se nivelou, deslizou rente à superfície e aterrissou em uma pista de pouso de terra batida.

Agora, o inspetor-chefe Gamache, o inspetor Beauvoir, o capitão Charbonneau e o barqueiro quicavam naquele lago. O barco fez uma curva suave para a direita e Beauvoir viu o rosto do chefe mudar, indo da reflexão ao arrebatamento.

Gamache se inclinou para a frente, os olhos brilhando. Beauvoir se mexeu no assento e observou.

Tinham virado em uma grande baía. Lá, bem no final, estava o destino deles.

E até Beauvoir sentiu um frisson de excitação. Milhões de pessoas haviam procurado aquele lugar, vasculhado o mundo atrás dos homens reclusos que viviam ali. Quando eles finalmente foram encontrados, no canto mais remoto do Quebec, milhares de pessoas tinham viajado até ali, loucas para ver os homens lá dentro. Talvez aquele mesmo barqueiro tivesse sido contratado para conduzir turistas pelo mesmo lago.

Se Beauvoir era um caçador e Gamache, um explorador, os homens e mulheres que haviam ido até lá eram peregrinos. Desesperados para receber o que acreditavam que aqueles homens tinham.

Mas as viagens haviam sido em vão.

Todos eles tinham sido dispensados no portão.

Beauvoir se tocou que já vira aquela paisagem. Em fotos. O que eles avistavam agora havia se tornado um pôster popular e era usado de forma enganadora pela Tourisme Québec para promover a província.

Um lugar que ninguém estava autorizado a visitar era usado para atrair visitantes.

Beauvoir também se inclinou para a frente. Bem no fim da baía havia uma fortaleza, como que esculpida na pedra. Seu campanário se erguia como que impelido da terra, resultado de algum evento sísmico. Nas laterais havia asas. Ou braços. Abertos em uma espécie de bênção ou convite. Um porto. Um abraço seguro no meio da mata.

Um engano.

Aquele era o quase mítico mosteiro de Saint-Gilbert-Entre-les-Loups. O lar de duas dúzias de monges enclausurados e contemplativos que tinham construído sua abadia o mais longe possível da civilização.

Levara séculos para que a civilização os encontrasse, mas os monges silenciosos haviam dado a última palavra.

Vinte e quatro homens tinham passado por aquela porta. Ela havia se fechado. E nenhuma outra alma viva fora admitida ali.

Até aquele dia.

Gamache, Beauvoir e Charbonneau estavam prestes a entrar na abadia.

Seu ingresso era um homem morto.

TRÊS

– Querem que eu espere? – perguntou o barqueiro, esfregando a barba por fazer com um ar de divertimento.

Não haviam contado a ele por que estavam ali. Para o homem, eles eram jornalistas ou turistas. Mais peregrinos equivocados.

– *Oui, merci* – respondeu Gamache, entregando o pagamento ao homem e incluindo uma generosa gorjeta.

O barqueiro guardou o dinheiro no bolso e os observou descarregar as coisas e subir no cais.

– Quanto tempo o senhor pode esperar? – perguntou o chefe.

– Mais ou menos três minutos – disse o barqueiro, rindo. – Isso já são uns dois minutos a mais do que os senhores vão precisar.

– O senhor pode ficar... – disse Gamache, consultando o relógio e vendo que acabava de passar de uma da tarde – até as cinco?

– O senhor quer que eu espere aqui até as cinco? Olha, eu sei que os senhores vieram de longe, mas não vai levar quatro horas para ir até aquela porta, bater e voltar para cá.

– Nós vamos entrar.

– Os senhores são monges?

– Não.

– O senhor é o papa?

– Não – respondeu Beauvoir.

– Então eu vou esperar três minutos – decretou o barqueiro. – Aproveitem bem esse tempo.

Ao sair do cais e avançar pelo caminho de terra batida, Beauvoir praguejava baixinho. Quando eles alcançaram a grande porta de madeira, o chefe se voltou para ele.

– Bota para fora, Jean Guy. Depois que entrarmos, acabaram os palavrões.

– *Oui, patron.*

Gamache assentiu, e Jean Guy ergueu a mão e bateu na porta. Quase não emitiu som nenhum, mas aquilo doeu como o diabo.

– *Maudit tabernac* – sibilou ele.

– Acho que aquilo ali é a campainha – disse o capitão Charbonneau, apontando para uma longa barra de ferro em uma reentrância aberta diretamente na pedra.

Beauvoir a pegou e golpeou a porta com toda a força. Aquilo, sim, produziu um som. Ele acertou a porta de novo e notou os buracos onde os outros haviam batido. E batido. E batido.

Jean Guy olhou para trás. O barqueiro ergueu o pulso e deu umas batidinhas no relógio. Beauvoir se voltou para a porta e levou um susto.

Tinham brotado uns olhos na madeira. A porta os encarava. Então ele percebeu que alguém abrira uma fenda e dois olhos vermelhos os observavam.

Se Beauvoir ficara surpreso ao ver aqueles olhos, eles não pareceram menos surpresos ao vê-lo.

– *Oui?* – disse alguém lá dentro, a palavra abafada pela madeira.

– *Bonjour, mon frère* – disse Gamache. – Meu nome é Armand Gamache, sou o inspetor-chefe da Divisão de Homicídios da Sûreté. Estes são o inspetor Beauvoir e o capitão Charbonneau. Acredito que somos aguardados.

A janela de madeira se fechou e eles ouviram um clique inconfundível quando a porta foi trancada. Houve uma pausa, e Beauvoir começou a se perguntar se eles realmente conseguiriam entrar. Se não, o que iriam fazer? Derrubar a porta? Com certeza o barqueiro não ajudaria em nada. Beauvoir ouviu uma risadinha fraca vinda do cais, misturada ao bater das ondas.

Ele olhou para a floresta. Era espessa e escura. Tentavam mantê-la afastada. Beauvoir viu evidências de árvores derrubadas. Tocos pontilhavam o chão ao redor das paredes, como se tivesse havido uma batalha e agora restasse uma trégua desconfortável. À sombra do mosteiro, os tocos pareciam lápides.

Beauvoir respirou fundo e disse a si mesmo para se controlar. Não era de seu feitio ficar imaginando coisa. Ele lidava com fatos, coletava-os. Era o inspetor-chefe quem coletava sentimentos. Em todos os casos de homicídio, Gamache ia atrás daqueles sentimentos velhos, decadentes e pútridos. E ao fim da trilha de lodo ele encontrava o assassino.

Enquanto o chefe ia atrás de sentimentos, Beauvoir ia atrás de fatos. Duros e frios. Mas, juntos, os dois acabavam chegando lá.

Eles formavam uma boa equipe. Uma ótima equipe.

E se ele não gostar da ideia?

A pergunta se aproximou sorrateiramente de Beauvoir, vinda do bosque.

E se ele não quiser que Annie fique comigo?

Porém, mais uma vez, aquilo era apenas uma fantasia. Não era um fato. Não era um fato. Não era um fato.

Ele olhou para a porta e tornou a ver as marcas onde haviam batido. Alguém, ou algo, desesperado para entrar.

Ao lado dele, o inspetor-chefe Gamache estava firme. Calmo. Fitando a porta como se fosse a coisa mais fascinante que já tinha visto.

E o capitão Charbonneau? Com sua visão periférica, Beauvoir notou que o comandante também olhava para a porta. Parecia inquieto. Ansioso para entrar ou ir embora. Avançar ou voltar. Fazer algo, qualquer coisa que não fosse esperar nos degraus da entrada como um grupo de conquistadores muito educados.

Então ouviu-se um barulho, e Beauvoir viu Charbonneau tremer de surpresa.

Eles escutaram o longo, prolongado raspar do ferro forjado contra a madeira. Depois, silêncio.

Gamache não se moveu nem ficou surpreso – ou, se ficou, não demonstrou. Ele continuou fitando a porta com as mãos cruzadas às costas. Com todo o tempo do mundo.

Uma fresta surgiu. Depois se alargou. E se alargou.

Beauvoir esperava ouvir um guincho de dobradiças velhas, enferrujadas e sem uso finalmente postas para trabalhar. Porém, em vez disso, não escutou som nenhum – o que era ainda mais desconcertante.

A porta se abriu completamente e, diante deles, uma figura com um longo hábito preto surgiu. Mas a veste não era toda escura. Havia dragonas brancas nos ombros e um pequeno avental branco cobrindo parte do peito. Como se o monge tivesse enfiado um guardanapo de linho no colarinho e se esquecido de tirá-lo.

Amarrada na cintura havia uma corda e, presa a ela, um anel com uma única chave gigante.

O monge assentiu e deu um passo para o lado.

– *Merci* – disse Gamache.

Beauvoir se virou para o barqueiro, quase não resistindo à tentação de lhe mostrar o dedo médio.

Ele, por sua vez, não teria parecido mais surpreso se os passageiros tivessem levitado.

Na soleira da porta, o inspetor-chefe Gamache gritou para ele:

– Cinco horas?

O barqueiro assentiu e conseguiu dizer:

– *Oui, patron.*

Gamache se voltou para a porta aberta e hesitou. Por um segundo. Teria sido imperceptível para qualquer pessoa que não o conhecesse muito bem. Beauvoir olhou para Gamache e entendeu por quê.

O chefe queria simplesmente saborear aquele momento singular. Com um passo, ele se tornaria a primeira pessoa não religiosa a pisar no mosteiro de Saint-Gilbert-Entre-les-Loups.

Então Gamache deu esse passo, e os outros o seguiram.

A porta se fechou atrás deles com um baque suave e preciso. O monge pegou a imensa chave, enfiou-a na fechadura e a girou.

Eles estavam trancados.

ARMAND GAMACHE ESPERAVA PRECISAR DE alguns instantes para se adaptar ao interior escuro. Não esperava ter que se adaptar à luz.

Longe de estar envolto em penumbra, o interior era luminoso.

Um longo corredor de pedras cinzentas se abria diante deles, culminando com uma porta fechada no outro extremo. Mas o que impressionou o chefe, o que devia ter impressionado todos os homens, todos os monges que havia séculos atravessavam aquela porta, foi a luz.

O corredor estava repleto de arco-íris. Prismas vertiginosos. Ricocheteando nas duras paredes de pedra. Acumulando-se no chão de ardósia. Eles se moviam, se fundiam e se separavam, como se estivessem vivos.

O inspetor-chefe sabia que estava de queixo caído, mas não se importava.

Nunca, em uma vida repleta de imagens surpreendentes, tinha visto algo assim. Era como adentrar o júbilo.

Ele se virou e encarou o monge. Sustentou o olhar dele por um instante.

Não havia júbilo ali. Apenas dor. A escuridão que Gamache esperara encontrar no mosteiro não estava nas paredes, mas nos homens. Ou, pelo menos, naquele homem.

Então, sem dizer uma palavra, o monge se virou e atravessou o corredor. Seu passo era ligeiro, mas seus pés quase não faziam ruído. Havia apenas o leve farfalhar de seu hábito roçando nas pedras. Deixando os arco-íris para trás.

Os oficiais da Sûreté acomodaram as sacolas com segurança nos ombros e entraram na trilha de prismas cálidos.

Enquanto seguia o monge, Gamache olhava para cima e ao redor. A luz vinha de janelas no alto das paredes. Não havia aberturas na altura dos olhos. As primeiras ficavam a 3 metros do chão. E, a seguir, vinha outro painel de janelas, acima dessas. Através delas, Gamache viu céus azuis, muito azuis, algumas nuvens e as copas das árvores, como se elas estivessem se curvando para olhar para dentro. Assim como ele olhava para fora.

As vidraças eram antigas. De cristal de chumbo. Imperfeitas. E eram aquelas imperfeições que criavam o jogo de luz.

As paredes não tinham adornos. Não havia necessidade.

O monge abriu a porta e eles entraram em um espaço maior e mais fresco. Ali, os arco-íris se direcionavam a um único ponto. O altar.

Era a igreja.

O monge a atravessou apressado, dando conta de fazer uma genuflexão no caminho. Ele havia acelerado o passo, como se o mosteiro estivesse ligeiramente inclinado e eles agora tomassem embalo em direção ao ponto de destino.

O corpo.

Gamache olhou de relance à sua volta, assimilando rapidamente o entorno. Aqueles eram sons e imagens jamais experimentados por homens que pudessem sair dali.

A capela cheirava a incenso. Mas não o odor almiscarado e estagnado de tantas igrejas do Quebec, que pareciam tentar camuflar algo podre. Aquele aroma era mais natural. Como o de flores ou ervas frescas.

Gamache assimilou tudo, em uma série de impressões rápidas.

Ali não havia vitrais sombrios e de advertência. Ele percebeu que as janelas altas nas paredes eram ligeiramente inclinadas para que a luz incidisse primeiro no altar simples e austero. Não tinha adornos – exceto pela luz alegre, que brincava em cima do altar e se irradiava para as paredes, iluminando os cantos mais distantes do lugar.

E, naquela luz, Gamache viu algo mais: eles não estavam sozinhos.

Havia duas fileiras de monges viradas uma para a outra, uma de cada lado do altar. Os monges estavam de cabeça baixa, com as mãos apoiadas no colo. Todos exatamente na mesma posição. Como esculturas, levemente inclinados para a frente.

Estavam em silêncio total, rezando no prisma de luz.

Gamache e os outros atravessaram a igreja e entraram em mais um longo corredor. Mais um longo arco-íris. Seguindo o monge.

O chefe se perguntou se o guia deles, o monge apressado, ainda notava a luz dos arco-íris que espalhava quando passava. Será que aquilo havia se tornado banal? Será que o extraordinário tinha se tornado lugar-comum naquele local singular? O homem à frente deles parecia não se importar. Mas o chefe sabia bem que uma morte violenta fazia isso com as pessoas.

Era um eclipse, bloqueando tudo o que era bonito, jubiloso, bondoso ou amável. Tamanha era a calamidade.

O monge que os guiava era jovem. Muito mais do que Gamache esperava. Ele se repreendeu em silêncio por ter aquele tipo de expectativa. Essa era uma das primeiras lições que ensinava aos novatos de sua Divisão de Homicídios.

Não ter expectativas. Encarar todo ambiente, homem, mulher e criança com a mente aberta. Não tão aberta que deixasse o cérebro cair, mas o suficiente para enxergar e ouvir o inesperado.

Não ter ideias preconcebidas. Assassinatos eram inesperados. E, muitas vezes, o assassino também.

Gamache havia quebrado a própria regra. Ele esperava que os monges fossem velhos. A maioria dos monges, padres e freiras no Quebec era. Já não eram muitos os jovens atraídos pela vida religiosa.

Embora vários continuassem a buscar a Deus, tinham desistido de procurá-lo em uma igreja.

Aquele homem jovem, aquele monge jovem, era a exceção.

No breve instante em que o inspetor-chefe e o monge se encararam, sustentando o olhar um do outro, Gamache percebeu duas coisas. O monge quase não passava de um garoto. E estava extremamente perturbado, embora tentasse esconder. Como uma criança que tivesse dado uma topada em uma pedra mas não quisesse admitir que estava doendo.

Emoções fortes eram a regra nas cenas de assassinato. Eram naturais. Então por que aquele jovem monge tentava esconder seus sentimentos? Mas ele não estava se saindo muito bem.

– Caramba – disse Beauvoir, sem fôlego, aproximando-se de Gamache –, quer apostar que indo por ali chegamos a Montreal?

Ele meneou a cabeça para a porta fechada seguinte, bem no fim do corredor. Beauvoir estava mais ofegante que Gamache ou o capitão Charbonneau, mas era ele quem carregava mais bagagem.

Na lateral da porta, o monge pegou uma barra de ferro forjado igual à da entrada e bateu na madeira. Ouviu-se um baque forte. Ele esperou um instante, depois bateu de novo. Eles aguardaram. Finalmente, Beauvoir pegou a barra e golpeou a porta com toda a força.

A espera chegou ao fim com aquele familiar raspar na madeira, quando, novamente, um ferrolho foi puxado. E a porta se abriu.

QUATRO

– Meu nome é Dom Philippe – disse o monge idoso. – Sou o abade de Saint-Gilbert. Obrigado por terem vindo.

Ele estava com as mãos dentro das mangas e os braços cruzados. Parecia exausto. Um homem cortês, tentando se agarrar a essa cortesia diante de um ato bárbaro. Ao contrário do jovem monge, o abade não tentava esconder seus sentimentos.

– Lamento que tenha sido necessário – disse Gamache, apresentando-se junto com seus homens.

– Venham comigo, por favor – disse o abade.

Gamache se virou para agradecer o jovem monge que os havia guiado, mas ele já tinha desaparecido.

– Quem era o irmão que nos trouxe aqui? – quis saber ele.

– Frère Luc – respondeu o abade.

– Ele é jovem – comentou Gamache, enquanto seguia o abade pelo pequeno cômodo.

– É.

Gamache não achou que Dom Philippe fosse seco. Quando homens faziam voto de silêncio, uma única palavra já era um grande presente. Na verdade, Dom Philippe estava sendo muito generoso.

Os arco-íris, os prismas e a luz alegre do corredor não chegavam até ali. Porém, longe de ser deprimente, o cômodo parecia intimista e doméstico. O teto era mais baixo e as janelas, pouco mais que fendas na parede. Mas através dos mainéis em formato de diamante se via a floresta. Era um contraponto reconfortante à impetuosa luz do corredor.

As paredes de pedra estavam cobertas por estantes de livros, porém uma delas ficava tomada por uma enorme lareira. Duas poltronas com um apoio para pés entre elas flanqueavam o fogo. Um abajur se somava à luz ambiente.

Então aqui tem eletricidade, pensou Gamache. Estava na dúvida.

Daquela pequena sala, eles passaram para outra ainda menor.

– Aquele era o meu escritório – contou o abade, meneando a cabeça em direção à sala da qual eles haviam saído. – Esta é a minha cela.

– Sua cela? – perguntou Beauvoir, ajustando nos ombros curvados as bolsas de viagem, a essa altura quase insuportáveis de carregar.

– Quarto – esclareceu Dom Philippe.

Os três oficiais da Sûreté olharam em volta. O espaço tinha cerca de 1,80 metro de largura por 3 de comprimento, com uma cama de solteiro estreita e uma pequena cômoda que também parecia fazer as vezes de um altar particular. Nele, havia uma imagem da Virgem Maria e do Menino Jesus. Uma estante de livros comprida e fina estava encostada em uma parede e ao lado da cama havia uma minúscula mesa de madeira com alguns livros. O lugar não contava com janelas.

Os homens olharam ao redor. E olharam.

– Perdão, *mon père* – disse Gamache. – Mas onde está o corpo?

Sem dizer uma palavra, o abade deu um puxão na estante. Os três homens estenderam os braços, alarmados, para agarrar o móvel quando caísse, mas, em vez de tombar, ele se abriu.

O sol forte verteu seus raios pela inesperada abertura na parede de pedra. E, mais além, o chefe viu a relva verde pontilhada pelas folhas do outono. E arbustos nos diferentes estágios de cor da estação. Além de uma única e imensa árvore. Um bordo. No meio do jardim.

Mas os olhos de Gamache foram direto para os fundos do jardim e para a figura caída ali. E para os dois monges de hábito a poucos metros do corpo.

Os oficiais da Sûreté atravessaram a última porta. E entraram naquele jardim inesperado.

– *Santa Maria, mãe de Deus...* – entoavam os monges, as vozes baixas e melódicas. – *Rogai por nós, pecadores...*

– Quando o senhor encontrou o corpo? – perguntou Gamache, aproximando-se com cuidado.

– Meu secretário o encontrou depois das Laudes. – Ao ver a expressão no rosto de Gamache, o abade explicou: – As Laudes terminam às 8h15 da manhã. Irmão Mathieu foi encontrado por volta das 8h40. Meu secretário foi procurar o médico, mas já era tarde.

Gamache aquiesceu. Atrás de si, podia ouvir Beauvoir e Charbonneau desempacotarem o equipamento para periciar a cena do crime. O chefe olhou para a grama, depois estendeu o braço e conduziu o abade delicadamente alguns passos para trás.

– *Désolé*, Dom Philippe, mas precisamos ter cuidado.

– Desculpa – disse o abade, afastando-se.

Ele parecia perdido, desnorteado. Não apenas pelo corpo, mas pelo súbito aparecimento de homens que não conhecia.

Gamache fez contato visual com Beauvoir e apontou sutilmente para o chão. Beauvoir assentiu. Ele já havia notado a ligeira diferença entre aquele pedaço da grama e o restante do jardim. Ali, as plantas estavam amassadas. E apontavam para o corpo.

Gamache se voltou para o abade. O homem era alto e magro. Como os outros monges, Dom Philippe tinha a barba bem-feita, e sua cabeça, embora não estivesse completamente raspada, contava apenas com uma pontinha de cabelos grisalhos.

Os olhos do abade eram muito azuis, e ele sustentou o olhar pensativo de Gamache como se tentasse encontrar uma maneira de entrar. O chefe não desviou os olhos, mas se sentiu devassado.

O abade voltou a escorregar as mãos para dentro das mangas do hábito. Aquela era a mesma postura dos dois monges de pé não muito longe do corpo, rezando de olhos fechados.

– *Ave Maria, cheia de graça...*

O rosário. Gamache o reconheceu. Poderia declamá-lo dormindo.

– *... o Senhor é convosco...*

– Quem é este homem, *Père Abbé*?

Gamache havia se posicionado de modo a ficar de frente para o corpo e o abade, de costas. Em alguns casos, o chefe queria que os suspeitos não tivessem como evitar olhar para a pessoa morta. A pessoa assassinada. Queria que a visão desgastasse, rasgasse e despedaçasse.

Mas não nesse caso. Ele suspeitava que o homem calado diante de si jamais esqueceria aquela imagem. E que, talvez, a gentileza fosse um caminho mais rápido até a verdade.

– Mathieu. Irmão Mathieu.

– O regente do coro? – perguntou Gamache. – Ah.

O inspetor-chefe baixou a cabeça de leve. A morte sempre implicava perda. A morte violenta ampliava esse vazio. A perda parecia maior. Mas perder aquele homem? Armand Gamache tornou a olhar para o corpo no chão, enroscado em posição fetal. Os joelhos da vítima o mais perto possível do queixo. Antes de morrer.

Frère Mathieu. O regente do coro de Saint-Gilbert-Entre-les-Loups. O homem cuja música Gamache escutara no voo até lá.

Gamache sentia como se o conhecesse. Não por sua fisionomia, obviamente. Ninguém nunca o havia visto. Não existiam fotografias nem pinturas de Frère Mathieu. No entanto, milhões de pessoas, inclusive Gamache, sentiam que o conheciam de formas muito mais íntimas que pela aparência física.

Aquela era de fato uma perda, e não apenas para aquela comunidade remota e enclausurada.

– O regente do coro – confirmou o abade. Ele se virou e olhou para o homem no chão. Dom Philippe falava baixo. Quase sussurrando. – Nosso prior e meu amigo – completou, voltando-se para Gamache.

Ele fechou os olhos e ficou completamente imóvel. Então voltou a abri-los. Eram de um azul profundo. O abade respirou fundo. *Para se recompor*, pensou Gamache.

Ele conhecia aquela sensação. De quando havia algo profundamente desagradável, doloroso a fazer. Aquele era o instante antes do mergulho.

Ao soltar o ar, Dom Philippe fez algo inesperado. Sorriu. Um sorriso sutil, que quase não estava lá. Olhou para Armand Gamache com tanto afeto e franqueza que o inspetor-chefe se viu quase paralisado.

– "Vai ficar tudo bem" – recitou Dom Philippe, olhando para Gamache. – "Vai ficar tudo bem; e todas as coisas vão ficar bem."

Aquilo não era nem de perto o que o chefe esperava ouvir do abade, e ele levou um instante, observando aqueles olhos surpreendentes, para responder.

– *Merci*. Eu acredito nisso, *mon père* – disse, por fim. – Mas o senhor acredita?

– Juliana de Norwich não mentiria – respondeu Dom Philippe, de novo com aquele pequeno sorriso.

– Provavelmente não – concordou Gamache. – Mas ela escreveu sobre o amor divino e nunca deve ter se deparado com um assassinato no convento dela. O senhor, sim, infelizmente.

O abade continuou observando Gamache. Não com raiva, sentiu o chefe. Na verdade, aquele afeto ainda estava lá. Mas o cansaço havia retornado.

– Isso é verdade.

– O senhor me daria licença, *Père Abbé*?

O chefe contornou o abade e examinou o solo, abrindo caminho cuidadosamente pela grama e pelo canteiro de flores. Até Frère Mathieu.

Lá, ele se ajoelhou.

Não estendeu a mão. Não o tocou. Armand Gamache apenas olhou. Assimilando evidências, mas também impressões.

Sua impressão era de que Frère Mathieu não havia partido tranquilamente. Muitas pessoas ao lado das quais ele se ajoelhara tinham sido mortas tão rápido que mal haviam percebido o que acontecera.

Não o prior. Ele soubera o que tinha acontecido e o que estava para acontecer.

Gamache voltou a olhar para a grama. Depois, para o homem morto. Um dos lados da cabeça de Frère Mathieu tinha sido esmagado. O inspetor-chefe se aproximou mais. Pareciam ter sido pelo menos dois golpes, talvez três. O suficiente para ferir mortalmente. Mas não para matar na hora.

O prior, pensou Gamache, devia ter uma cabeça dura.

Ele não precisou desviar o olhar para sentir que Beauvoir se ajoelhava a seu lado. Mas em seguida viu o capitão Charbonneau ao lado do inspetor. Eles haviam trazido seus kits de evidências.

Gamache olhou de relance para o jardim. Haviam cercado o gramado com a fita da polícia, delineando uma trilha até o canteiro de flores.

O abade havia se aproximado dos outros monges e, juntos, eles recitavam uma Ave-Maria.

Beauvoir pegou o caderninho. Um caderno novo para um corpo novo. Gamache não fazia anotações. Preferia escutar.

– O que acha? – perguntou o chefe, olhando para Charbonneau.

O capitão arregalou os olhos.

– *Moi?*

Gamache aquiesceu.

Por um instante terrível, o capitão não conseguiu pensar em nada. Sua mente ficou tão vazia quanto a do homem morto. Ele olhou para Gamache. Porém, longe de ter uma expressão de exigência, o inspetor-chefe parecia simplesmente atento. A pergunta não era uma armadilha nem um truque.

Charbonneau sentiu o coração desacelerar e o cérebro ganhar velocidade.

Gamache sorriu de maneira encorajadora.

– Sem pressa. Eu prefiro uma resposta bem pensada a uma rápida.

– ... *rogai por nós, pecadores...*

Os três monges entoavam a oração e os três oficiais continuavam ali, ajoelhados.

Charbonneau olhou ao redor. O jardim era murado. A única entrada era pela estante. Não havia escada nem qualquer evidência de que alguém tivesse escalado o muro para dentro ou para fora dali. Então olhou para cima. Nenhum cômodo dava para o jardim. Ninguém poderia ter testemunhado o que acontecera ali.

O que acontecera ali? O inspetor-chefe estava pedindo a opinião dele. Sua análise experiente e meticulosa.

Meu Deus, rezou ele. *Meu Deus, me dê uma opinião.*

Quando o inspetor Beauvoir telefonara e pedira que um dos oficiais locais da Sûreté recebesse o avião e os acompanhasse ao mosteiro, Charbonneau assumira pessoalmente a tarefa. Como chefe do destacamento, ele poderia ter designado qualquer um. Mas sequer cogitara essa possibilidade.

Ele queria o trabalho para si.

E não só para ver o interior da famosa abadia.

Charbonneau também queria aproveitar a chance de conhecer o inspetor--chefe Gamache.

– Tem sangue na grama bem ali – disse Charbonneau, apontando para uma seção isolada com fita. – E, pelas marcas na grama, parece que ele se arrastou por alguns metros até aqui.

– Ou foi arrastado – sugeriu Gamache.

– Pouco provável, *patron*. Não existem pegadas profundas na grama nem aqui, no canteiro de flores.

– Bem observado – disse Gamache, olhando em volta. – Agora, por que alguém se arrastaria até aqui em seus últimos instantes de vida?

Todos analisaram o corpo de novo. Frère Mathieu estava em posição fetal, com os joelhos dobrados e os braços envolvendo com firmeza a barriga robusta. A cabeça encolhida. As costas estavam apoiadas no muro de pedra do jardim.

– Ele estava tentando ficar menor? – perguntou Beauvoir. – Parece uma bola.

E parecia mesmo. Uma bola preta bem grande, que acabara parando no muro.

– Mas por quê? – tornou a perguntar Gamache. – Por que não se arrastar até o mosteiro? Por que se afastar?

– Talvez ele estivesse desorientado – sugeriu Charbonneau. – Talvez tenha se guiado mais pelo instinto do que pelo pensamento. Talvez não exista uma razão.

– Talvez – concordou Gamache.

Todos os três continuaram a encarar o corpo de Frère Mathieu. O capitão Charbonneau olhou de soslaio para Gamache, que parecia mergulhado em pensamentos.

Ele estava a centímetros do homem. Conseguia ver todas as linhas do rosto dele. Tanto as naturais quanto as fabricadas. Conseguia até sentir o cheiro do inspetor-chefe. O leve toque de sândalo com algo mais. Água de rosas.

Ele já tinha visto Gamache na TV, é claro. Charbonneau havia inclusive ido até Montreal para participar de uma conferência policial na qual o inspetor-chefe era o palestrante principal. O tópico era o lema da Sûreté: *Service, Intégrité, Justice*.

Aquele sempre era o tema principal e, ao longo dos anos, tinha se tornado uma preleção, uma orgia de autocongratulações para encerrar a conferência anual da Sûreté.

Exceto quando o inspetor-chefe dera a palestra, apenas alguns meses antes. No início, Gamache tinha chocado os milhares de oficiais presentes ao discorrer sobre suas próprias falhas em cada uma daquelas áreas. Sobre as ocasiões nas quais poderia ter agido melhor. Sobre quando não havia conseguido sequer agir.

E deixara claras as falhas da própria Sûreté. Destacando com precisão e transparência as situações em que a força policial decepcionara o povo quebequense e até traíra sua confiança. Repetidas vezes. Aquilo fora uma acusação impiedosa contra uma força na qual Gamache acreditava.

E isso ficara claro.

Armand Gamache acreditava nela. Ele acreditava na Sûreté e em serviço, integridade e justiça.

Ele poderia melhorar.

A força poderia melhorar.

Como indivíduos e como instituição.

Ao fim da palestra, os milhares de policiais estavam de pé, aplaudindo. Revigorados. Inspirados.

Exceto um pequeno quadro de pessoas. Na primeira fila. Elas também haviam se levantado. Também tinham aplaudido. Como poderiam agir diferente? Porém, de sua posição lateral, Charbonneau viu que o coração delas não estava ali. E só Deus sabia onde a cabeça delas estava.

Eram os superintendentes da Sûreté. A liderança. E o ministro da Justiça.

Agora, ele queria se inclinar para a frente. Sobre o corpo. Baixar a voz e dizer: *Eu não sei por que este homem se arrastou para longe. Mas sei de uma coisa que você deveria ouvir. Talvez você não tenha tantos amigos na força quanto imagina, quanto acredita ter.*

Ele abriu a boca para falar, mas tornou a fechá-la ao fitar o rosto do chefe. As cicatrizes e os olhos profundos e inteligentes.

Este homem sabe, percebeu Charbonneau. *O inspetor-chefe sabe que seus dias na força podem estar contados.*

– O que acha? – perguntou o chefe de novo.

– Acho que ele sabia exatamente o que ia acontecer.

– Continue – incentivou o chefe.

– Acho que ele fez o melhor que pôde, mas era tarde demais. Não conseguiu escapar.

– É – concordou Gamache. – Ele não tinha para onde ir.

Os dois homens se entreolharam por um instante. Compreendendo um ao outro.

– Mas por que não deixar uma mensagem? – perguntou Beauvoir.

– Perdão? – disse Charbonneau, virando-se para o homem mais jovem.

– Bom, ele tinha visto o assassino e sabia que estava morrendo. Teve forças para se arrastar até aqui. Por que não usou um pouco desse último fio de energia para deixar uma mensagem? – perguntou Beauvoir.

Eles olharam em volta, mas a terra havia sido pisoteada. Não por eles, mas por um bando de monges – bem-intencionados ou não.

– Talvez seja mais simples que isso – disse Charbonneau. – Talvez ele tenha agido como um animal e se encolhido para morrer sozinho.

Gamache sentiu uma enorme compaixão pelo homem. Morrer sozinho. Quase com certeza morto por alguém que conhecia e em quem confiava. Seria essa a causa daquela expressão alarmada? Não por estar morrendo, mas por ter sido morto pelas mãos de um irmão? Teria sido aquela a aparência de Abel quando caiu no solo?

Eles voltaram a se debruçar sobre o monge.

Frère Mathieu estava no fim da meia-idade e era rechonchudo. Um homem que parecia não se negar muitos prazeres. Se ele mortificava a carne, era com comida. E talvez bebida, embora não tivesse a tez avermelhada e inchada dos dissolutos.

O prior parecia satisfeito com a vida, ainda que claramente mais do que um pouco decepcionado com sua morte.

– Será que ele recebeu outro golpe? – perguntou o chefe. – No abdômen, talvez?

– ... *bendito é o fruto do vosso ventre...*

Beauvoir também se aproximou e assentiu.

– Os braços dele estão em volta da barriga. Vocês acham que ele estava sentindo dor?

Gamache se levantou e espanou a terra dos joelhos distraidamente.

– Vou deixá-lo com você, inspetor. Capitão.

O inspetor-chefe refez a própria trajetória, tomando cuidado para não se desviar do caminho que já havia traçado.

Os monges continuavam repetindo a Ave-Maria.

– *Santa Maria, mãe de Deus...*

Como eles sabiam a hora de parar?, perguntou-se Gamache. Quando era o suficiente?

Ele sabia qual era seu objetivo: descobrir quem havia matado Frère Mathieu.

– ... *rogai por nós, pecadores...*

Mas qual era o deles, daquelas três figuras de hábito preto?

– ... *agora e na hora da nossa morte. Amém.*

CINCO

O CHEFE OBSERVOU OS MONGES POR alguns instantes, depois se virou e examinou Beauvoir.

Ele havia ganhado peso e, embora ainda estivesse magro, sua aparência já não era abatida. O rosto de Jean Guy tinha engordado e as sombras debaixo dos olhos, desaparecido.

Porém, para além da mudança física, Beauvoir agora parecia feliz. Na verdade, mais feliz do que Gamache jamais o vira. Não com os picos febris e eufóricos dos viciados, mas com uma calma tranquila. Sabia que o caminho de volta era longo e traiçoeiro, mas Beauvoir pelo menos estava no rumo certo.

As variações bruscas de humor e as explosões irracionais tinham desaparecido. A raiva e as reclamações.

As pílulas tinham desaparecido. O OxyContin e o Percocet. Uma daquelas terríveis ironias, de que medicamentos destinados a aliviar a dor acabassem causando tanto sofrimento.

Só Deus sabia, pensou Gamache ao observar seu inspetor, que Beauvoir havia sentido dor genuína. Tinha precisado daquelas pílulas. Mas depois precisara parar.

E havia parado. Com ajuda. Esperava que não fosse cedo demais para que seu inspetor voltasse ao trabalho, mas suspeitava que o que Beauvoir precisava agora era de normalidade. Não ser tratado como deficiente.

Ainda assim, sabia que Jean Guy precisava ser vigiado. Para o caso de surgir alguma fenda naquela calma.

Por ora, porém, Gamache se afastou dos agentes, sabendo que tinham trabalho a fazer. E se afastou dos monges, sabendo que também eles tinham trabalho a fazer.

E Gamache tinha o dele.

Ele olhou ao redor, observando o jardim.

Aquela era a primeira chance que tinha de realmente analisar o ambiente.

O espaço era quadrado, com cerca de 12 por 12 metros. Não estava destinado à prática de esportes ou a grandes reuniões. Os monges não jogavam futebol ali.

Uma cesta de vime com ferramentas de jardinagem estava caída no chão. Havia também uma maleta médica preta, próxima aos monges em oração.

Ele começou a perambular, observando as flores perenes e as ervas, todas marcadas e identificadas.

Equinácea, ulmária, erva-de-são-joão, camomila.

Gamache não era nenhum jardineiro, mas suspeitava que aquelas não fossem apenas ervas ou flores, mas plantas medicinais. Ele voltou a olhar em volta.

Tudo ali parecia ter um propósito.

Inclusive o corpo, ele desconfiava.

Havia um propósito naquele assassinato. Seu trabalho era descobri-lo.

Debaixo do bordo no meio do jardim havia um banco curvo de pedra. A maioria das folhas de outono já tinha caído da árvore. Grande parte delas havia sido varrida, mas algumas continuavam espalhadas na grama. E umas poucas, como um fio de esperança, se agarravam à árvore-mãe.

No verão, em plena folhagem, haveria ali um dossel magnífico, lançando confetes de luz no jardim. Só uma pequena parte daquele espaço devia receber sol direto. E outra pequena parte devia ficar completamente na sombra.

O jardim do abade alcançara um equilíbrio entre luz e sombra.

Mas agora, no outono, parecia estar morrendo.

No entanto, isso também fazia parte do ciclo natural. Seria desviante, anormal, se tudo florescesse perpetuamente.

Os muros tinham pelo menos 3 metros de altura, deduziu Gamache. Ninguém o escalaria para sair do jardim. E a única forma de entrar era pelo quarto do abade. Pela porta secreta.

Gamache tornou a olhar para o mosteiro. Ninguém lá de dentro poderia entrar ou mesmo ver o jardim do abade.

Será que eles sequer sabiam que havia aquele lugar?

Será que aquele jardim era não apenas particular, mas também secreto?

DOM PHILIPPE REPETIA O ROSÁRIO.

– *Ave Maria, cheia de graça, o Senhor é convosco...*

Sua cabeça estava baixa, mas seus olhos, abertos – só uma frestinha. Ele observava os policiais no jardim. Debruçados sobre Mathieu. Tirando fotos dele. Cutucando-o. Mathieu, sempre tão cheio de dedos, tão meticuloso, teria odiado aquilo.

Morrer na terra.

– *Santa Maria, mãe de Deus...*

Como Mathieu poderia estar morto? Dom Philippe murmurava o rosário, tentando se concentrar na oração simples. Dizia as palavras e ouvia os irmãos monges ao seu lado. Escutava as vozes familiares. Sentia os ombros deles contra os seus.

Sentia o sol na cabeça e o cheiro almiscarado do jardim de outono.

Mas nada mais lhe era familiar. As palavras, a oração e até o sol eram estranhos.

Mathieu estava morto.

Como eu pude não saber?

– *... rogai por nós, pecadores...*

Como eu pude não saber?

As palavras se tornaram seu novo rosário.

Como eu pude não saber que tudo isso terminaria em assassinato?

APÓS DAR UMA VOLTA, GAMACHE parou em frente aos monges em oração.

Ao se aproximar do grupo, teve a impressão de que o abade o vinha observando.

Uma coisa era óbvia: nos poucos minutos em que Gamache estivera no jardim, a energia do abade havia diminuído ainda mais.

Se as Ave-Marias tinham o objetivo de confortar, não estavam funcionando. Ou, quem sabe, sem as preces Dom Philippe estivesse ainda pior. Parecia à beira do colapso.

– *Pardon* – disse Gamache.

Os dois monges interromperam a oração, mas Dom Philippe continuou até o fim.

– ... *agora e na hora da nossa morte.*

E, juntos, eles entoaram:

– *Amém.*

Dom Philippe abriu os olhos.

– Sim, meu filho?

Era a saudação tradicional de um padre a um paroquiano. Ou de um abade a seus monges. Gamache, no entanto, não era nem uma coisa nem outra. E se perguntou por que Dom Philippe usaria aquele termo com ele.

Seria por hábito? Uma oferta de afeto? Ou por outro motivo? Uma reivindicação de autoridade, talvez. De um pai para um filho.

– Eu tenho algumas perguntas.

– Claro – disse o abade enquanto os outros permaneciam em silêncio.

– Eu soube que um dos senhores encontrou Frère Mathieu.

O monge à direita do abade olhou para Dom Philippe, que fez um leve aceno de cabeça.

– Fui eu – disse o monge, que era um pouco mais baixo que Dom Philippe e ligeiramente mais moço.

Havia desconfiança em seus olhos.

– E o senhor é?

– Simon.

– *Mon frère*, talvez o senhor pudesse descrever o que aconteceu esta manhã.

Frère Simon se virou para o abade, que assentiu de novo.

– Eu vim aqui depois das Laudes para arrumar o jardim. Então o vi.

– O que o senhor viu?

– Frère Mathieu.

– *Oui*, mas o senhor sabia que era ele?

– Não.

– Quem o senhor achou que poderia ser?

Frère Simon ficou em silêncio.

– Está tudo bem, Simon. Precisamos falar a verdade – disse o abade.

– *Oui, Père Abbé.*

O monge não pareceu feliz nem convencido. Mas obedeceu.

– Eu pensei que fosse o abade.

– Por quê?

– Porque mais ninguém vem aqui. Só ele e eu agora.

Gamache pensou por um instante.

– O que o senhor fez?

– Eu fui lá ver.

Gamache olhou de soslaio para a cesta de vime, caída de lado com seu conteúdo derramado nas folhas de outono. O ancinho largado no chão.

– O senhor foi andando ou correndo até lá?

De novo, a hesitação.

– Eu corri.

Gamache era capaz de imaginar a cena. O monge de meia-idade com sua cesta. Preparando-se para trabalhar no jardim, para varrer as folhas mortas. Entrando naquele espaço tranquilo para fazer o que fizera tantas vezes antes. E, então, o impensável. Um homem caído junto ao muro.

Sem dúvida, o abade.

E o que Frère Simon havia feito? Largado as ferramentas e corrido. O mais rápido que o hábito permitia.

– E quando chegou lá, o que o senhor fez?

– Eu vi que não era *Père Abbé*.

– Descreva para mim tudo que o senhor fez, por favor.

– Eu me ajoelhei.

Cada palavra parecia lhe causar dor. Fosse pela lembrança ou por sua simples existência. Pelo próprio ato de falar.

– E eu afastei o capuz. Estava caído no rosto. Foi quando vi que não era o abade.

Não era o abade. Era o que parecia importar para aquele homem. Não quem era, mas quem *não* era. Gamache escutava com atenção. As palavras. O tom de voz. O intervalo entre as palavras.

E o que ele ouvia agora era alívio.

– O senhor tocou no corpo?

– Toquei no capuz e nos ombros dele. Eu o sacudi. Depois fui chamar o médico.

Frère Simon olhou para o outro monge.

Ele era mais jovem que os outros dois, mas não muito. O cabelo raspado rente à cabeça também estava ficando grisalho. Era mais baixo e um pouco mais gordo que os outros. E seus olhos, embora sombrios, não transmitiam a mesma ansiedade que os de seus companheiros.

– O senhor é o médico? – perguntou o inspetor-chefe, ao que o monge assentiu.

Ele parecia quase se divertir.

Mas Gamache não se deixava enganar. Um dos irmãos de Reine-Marie ria em funerais e chorava em casamentos. Um amigo deles sempre ria quando alguém gritava com ele. Não porque achasse divertido, mas devido ao transbordamento de uma emoção forte demais.

Às vezes, as duas coisas se misturavam. Principalmente em pessoas pouco acostumadas a demonstrar emoções.

O monge médico, embora parecesse alegre, na verdade poderia ser o que estava mais arrasado.

– Charles – disse o monge. – Eu sou o *médecin*.

– Conte como o senhor soube da morte do prior.

– Eu estava com os animais quando Frère Simon foi me buscar. Ele me puxou de lado e disse que tinha havido um acidente...

– O senhor estava sozinho?

– Não, tinha outros irmãos lá, mas Frère Simon teve o cuidado de falar baixo. Acho que eles não ouviram.

Gamache se voltou para Frère Simon.

– O senhor realmente achou que tinha sido um acidente?

– Eu não tinha certeza e não soube o que dizer.

– Desculpe – disse Gamache, virando-se para o médico. – Eu interrompi o senhor.

– Bem, eu corri até a enfermaria, peguei a minha maleta médica e vim para cá.

Gamache imaginou os dois monges de hábito preto correndo pelos corredores cintilantes.

– O senhor encontrou alguém no caminho?

– Ninguém – respondeu Frère Charles. – Era o nosso período de trabalho. Todo mundo estava ocupado com suas tarefas.

– O que o senhor fez quando chegou aqui?

– Tomei o pulso dele, é claro, mas os olhos já mostravam que estava morto, mesmo que eu não tivesse visto o ferimento.

– E o que o senhor pensou quando viu?

– Primeiro eu me perguntei se ele tinha caído do muro, mas percebi que era impossível.

– E depois, o que o senhor pensou?

Frère Charles olhou para o abade.

– Continue – incentivou Dom Philippe.

– Eu pensei que alguém tinha feito isso com ele.

– Quem?

– Sinceramente, eu não fazia ideia.

Gamache fez uma pausa para perscrutar o médico. Pela sua experiência, quando alguém dizia "sinceramente", isso com frequência precedia uma mentira. Ele registrou aquela impressão e se voltou para o abade.

– Senhor, será que nós dois poderíamos conversar um pouco mais?

O abade não pareceu surpreso. Era como se nada mais pudesse chocá-lo.

– Claro.

Dom Philippe fez uma mesura para os outros monges, olhando nos olhos deles, e o chefe se perguntou que mensagem acabara de ser transmitida. Será que monges que viviam juntos em silêncio desenvolviam uma espécie de telepatia? Uma capacidade de ler os pensamentos uns dos outros?

Nesse caso, aquela habilidade não servira de nada ao prior.

Dom Philippe conduziu Gamache até o banco debaixo da árvore. Para longe de toda aquela movimentação.

De lá, eles não viam o corpo. Não viam o mosteiro. Em vez disso, olhavam para o muro, as ervas medicinais e as copas das árvores mais além.

– É difícil acreditar que isso tenha acontecido – disse o abade. – O senhor deve ouvir isso o tempo todo. Todo mundo diz isso?

– A maioria das pessoas, sim. Seria terrível se um assassinato não fosse um choque.

O abade suspirou e olhou para longe. Então fechou os olhos e levou as mãos delgadas ao rosto.

Não soluçou. Não chorou. Nem sequer rezou.

Apenas silêncio. Suas mãos compridas e elegantes eram como uma máscara sobre o rosto. Mais um muro entre ele e o mundo exterior.

Por fim, ele apoiou as mãos no colo. Elas ficaram ali, moles.

– Ele era meu melhor amigo, sabe? Não devemos ter um melhor amigo em um mosteiro. Precisamos ser todos iguais. Todos amigos, mas não demais. É claro que esse é o ideal. Como Juliana de Norwich, nós aspiramos a um amor de Deus ilimitado, incomensurável. Mas somos falhos e humanos e às vezes também amamos o nosso próximo. O coração não quer saber de regras.

Gamache escutou e esperou, tentando não tirar conclusões precipitadas.

– Eu não sei nem dizer quantas vezes Mathieu e eu nos sentamos aqui. Ele costumava ficar onde o senhor está agora. Às vezes discutíamos os assuntos do mosteiro, outras vezes apenas líamos. Ele trazia as partituras dos cânticos. Eu ficava cuidando do jardim ou aqui, sentado, ouvindo ele cantarolar baixinho. Acho que ele nunca percebeu que fazia isso ou que eu escutava. Mas eu escutava.

O olhar do abade foi até o muro e os picos das árvores mais além, que lembravam campanários escuros. Ele ficou em silêncio por um instante, perdido em algo que ficaria para sempre no passado. A cena que ele descrevera nunca mais se repetiria. Ele nunca voltaria a entreouvir aquele som.

– Mas um assassinato? – murmurou ele finalmente. – Aqui?

Ele se virou para Gamache.

– E o senhor veio descobrir qual de nós fez isso. O senhor disse que é o inspetor-chefe. Então nos mandaram o chefe?

Gamache sorriu.

– Não o chefão, infelizmente. Eu também tenho chefes.

– E não temos todos? – disse Dom Philippe. – Pelo menos os seus não conseguem ver tudo o que o senhor faz.

– Nem saber tudo o que penso e sinto – completou Gamache. – Eu agradeço todos os dias por isso.

– Mas também não podem lhe trazer paz e salvação.

Gamache assentiu.

– Isso é certo.

– *Patron?* – chamou Beauvoir, a poucos metros de distância.

Gamache pediu licença e foi até seu inspetor.

– Estamos prontos para remover o corpo. Mas para onde levaremos?

Gamache pensou por um instante, depois olhou para os dois monges em oração.

– Aquele homem ali – disse, apontando para Frère Charles – é o *médecin*. Vá com ele pegar uma maca, depois leve a vítima para a enfermaria.

Ele fez uma pausa, e Beauvoir o conhecia bem o suficiente para esperar.

– Ele era o regente do coro, sabia? – comentou, olhando de novo para o corpo enroscado de Frère Mathieu.

Para Beauvoir, aquilo era apenas mais um fato. Uma informação. Mas ele podia ver que, para o chefe, significava algo mais.

– Isso é importante? – perguntou Beauvoir.

– Pode ser.

– É importante para o senhor, não é?

– É uma pena – disse o chefe. – Uma grande perda. Ele era um gênio, sabe? Eu estava ouvindo a música dele vindo para cá.

– Imaginei.

– Você já ouviu?

– Difícil não ter ouvido. Não parava de tocar há alguns anos. Eu não conseguia encontrar nenhuma estação de rádio que não tocasse isso.

Gamache sorriu.

– Não é muito fã?

– Está brincando? De canto gregoriano? Um bando de homens cantando sem instrumentos, praticamente sempre no mesmo tom, em latim? Como não amar?

O chefe sorriu para Beauvoir e foi até o abade.

– Quem pode ter feito uma coisa dessas? – perguntou Dom Philippe, baixinho, quando Gamache voltou a se sentar. – Eu passei a manhã inteira me perguntando isso. E por que não vi que isso ia acontecer?

Gamache ficou em silêncio, sabendo que a pergunta não se dirigira a ele. Mas a resposta viria dele, em algum momento. E ele percebeu algo mais.

Dom Philippe não tentara insinuar que alguém de fora havia dado um jeito de fazer aquilo. Nem sequer tentara convencer Gamache ou a si mesmo de que fora um acidente. Uma queda improvável.

Não houvera a habitual tentativa de se esquivar da terrível verdade. Frère Mathieu tinha sido assassinado. Por um dos monges.

Por um lado, Gamache admirava a capacidade de Dom Philippe de encarar a realidade, por mais terrível que fosse. Mas estava intrigado que aquele homem a aceitasse com tanta facilidade.

O abade afirmava estar perplexo com o fato de ter acontecido um assassinato ali. E no entanto ele não fizera o que seria o mais humano: não buscara outra explicação, por mais absurda que fosse.

E o inspetor-chefe Gamache começou a se perguntar se Dom Philippe estava realmente chocado.

– Frère Mathieu foi morto entre as 8h15, quando o serviço dos senhores terminou, e as 8h40, quando foi encontrado pelo seu secretário. Onde o senhor estava nesse intervalo?

– Logo depois das Laudes eu fui até o porão para discutir o sistema geotérmico com Frère Raymond. Ele cuida das instalações físicas. Da engenharia do mosteiro.

– Os senhores usam energia geotérmica aqui?

– Isso mesmo. A energia geotérmica aquece o mosteiro e os painéis solares geram eletricidade. Com o inverno chegando, eu precisava garantir que está tudo funcionando. Eu estava lá embaixo quando o irmão Simon me encontrou e me deu a notícia.

– A que horas foi isso?

– Perto das nove, eu acho.

– E o que Frère Simon disse?

– Só que parecia que Frère Mathieu tinha sofrido algum tipo de acidente no meu jardim.

– Ele contou que Frère Mathieu estava morto?

– Em determinado momento, sim. Enquanto eu vinha correndo, ele me contou. Ele tinha ido primeiro buscar o médico e depois fora falar comigo. Àquela altura, eles já sabiam que tinha sido fatal.

– Mas ele falou mais alguma coisa?

– Que Mathieu tinha sido morto?

– Sim, que ele tinha sido assassinado.

– O médico falou. Quando eu cheguei aqui, ele estava na porta, esperando. Ele tentou me impedir de chegar mais perto e disse que Mathieu não só havia falecido, como também parecia ter sido morto.

– E o que o senhor disse?

– Não lembro o que eu disse, mas suspeito que tenha sido algo que não nos ensinam no seminário.

Dom Philippe puxou pela memória. Ele havia empurrado o médico e corrido, aos tropeços, até os fundos do jardim. Até o que parecia ser um monte de terra preta. Mas não era. Tal qual a viu em suas lembranças, ele descreveu a cena ao policial grande e calado a seu lado.

– E então eu caí de joelhos ao lado dele – disse Dom Philippe.

– O senhor tocou nele?

– Toquei. Toquei no rosto e no hábito. Acho que endireitei a roupa. Não sei por quê. Quem faria uma coisa dessas?

De novo, Gamache ignorou a pergunta. Haveria tempo suficiente para respondê-la.

– O que Frère Mathieu estava fazendo aqui? No seu jardim?

– Não faço ideia. Ele não veio me ver. Estou sempre fora nesse horário. É quando eu faço as minhas rondas.

– E ele sabia disso?

– Ele era o meu prior. Sabia melhor que todo mundo.

– O que o senhor fez depois de ver o corpo? – quis saber Gamache.

O abade pensou um pouco.

– Primeiro, nós rezamos. Depois, eu liguei para a polícia. Nós só temos um telefone. É um negócio via satélite. Nem sempre funciona, mas funcionou hoje de manhã.

– O senhor pensou em não ligar?

A pergunta surpreendeu o abade, e ele examinou aquele estranho silencioso com novo apreço.

– Eu me envergonho de admitir que foi o meu primeiro pensamento. Manter isso entre nós. Estamos acostumados a ser autossuficientes.

– Então por que o senhor ligou?

– Não por Mathieu, infelizmente, mas pelos outros.

– Como assim?

– Mathieu se foi. Ele agora está com Deus.

Gamache torceu para que fosse verdade. Para Frère Mathieu, já não havia mistérios. Ele sabia quem lhe tirara a vida. E agora também sabia se Deus existia. E o Paraíso. E os anjos. E até mesmo um coro celestial.

Melhor não pensar no que havia acontecido com o coro celestial quando mais um regente aparecera por lá.

– Mas o resto de nós está aqui – continuou Dom Philippe. – Eu não chamei os senhores por vingança ou para punir quem quer que tenha feito isso. O que está feito, está feito. Frère Mathieu está salvo. Nós, por outro lado, não.

Gamache sabia que aquela era a mais pura verdade. Também era a reação de um pai. De proteger. Ou de um pastor, de manter o rebanho seguro contra um predador. Saint-Gilbert-Entre-les-Loups – São Gilberto em meio aos lobos. Um nome curioso para um mosteiro.

O abade sabia que havia um lobo no curral. De hábito preto, cabeça raspada, murmurando brandas orações. Dom Philippe havia chamado os caçadores para encontrá-lo.

Beauvoir e o médico tinham voltado com a maca e a posicionado ao lado de Frère Mathieu. Gamache se levantou e fez um sinal tácito a eles. O corpo foi erguido para a maca, e Frère Mathieu deixou o jardim para todo o sempre.

O ABADE LIDEROU A PEQUENA procissão, seguido pelos irmãos Simon e Charles. Em seguida vinha o capitão Charbonneau, na frente da maca, e Beauvoir atrás.

Gamache foi o último a deixar o jardim, fechando a estante de livros atrás de si.

Eles atravessaram o corredor dos arco-íris. As cores alegres brincavam sobre o corpo e os enlutados. Quando eles chegaram à igreja, o resto da comunidade se levantou e saiu, enfileirada, dos bancos. Juntou-se a eles, caminhando atrás de Gamache.

O abade, Dom Philippe, começou a recitar uma prece. Não o rosário. Alguma outra. Então Gamache percebeu que ele não estava falando. Estava cantando. E aquilo não era simplesmente uma prece. Era um canto.

Um canto gregoriano.

Devagar, os outros monges aderiram, e o cântico cresceu até preencher o corredor e se juntar à luz. Teria sido bonito, não fosse pela certeza de que um dos homens que cantavam as palavras de Deus, na voz de Deus, era um assassino.

SEIS

QUATRO HOMENS SE REUNIRAM EM VOLTA da reluzente mesa de exame.

Armand Gamache e o inspetor Beauvoir estavam de um lado; o médico, em frente a eles; e o abade, um pouco afastado. Frère Mathieu jazia na mesa de aço inoxidável, seu rosto apavorado voltado para o teto.

Os outros monges foram fazer o que monges fazem em uma hora dessas. Gamache se perguntou o que poderia ser.

Pela experiência dele, a maioria das pessoas saía por aí tateando e tropeçando, lanhando as canelas em cheiros, imagens e sons familiares. Como se, atacadas por uma vertigem, de repente caíssem da borda do mundo que conheciam.

O capitão Charbonneau fora destacado para procurar a arma do crime. Era um tiro no escuro, mas precisava ser feito. Tudo indicava que o prior fora morto com uma pedra. Nesse caso, era quase certo que ela tinha sido jogada para o outro lado do muro, para se perder na floresta antiga.

Gamache olhou ao redor. Ele esperava encontrar uma enfermaria velha, antiga. Tinha se preparado para ver algo saído diretamente da Idade das Trevas. Mesas cirúrgicas de placas de pedra, com calhas abertas para os fluidos. Prateleiras de madeira com ervas secas e em pó do jardim. Serras para as cirurgias.

Em vez disso, o lugar era totalmente novo, com equipamentos reluzentes e armários organizados, repletos de gazes, bandagens, comprimidos e abaixadores de língua.

– A legista vai fazer a autópsia – informou Gamache ao médico. – Não queremos que o senhor realize nenhum procedimento no prior. Só preciso que as roupas sejam removidas para podermos revistá-las. E tenho que ver o corpo dele.

– Por quê?

– Para verificar se existem marcas ou outros ferimentos. Qualquer outra coisa que a gente precise ver. Quanto mais rápido coletarmos os fatos, mais rápido chegaremos à verdade.

– Mas existe uma diferença entre fato e verdade, inspetor-chefe – disse o abade.

– Um dia o senhor e eu podemos nos sentar no seu belo jardim e discutir isso – disse Gamache –, mas não agora.

Ele deu as costas para o abade e assentiu para o médico, que começou a trabalhar.

A vítima não estava mais em posição fetal. Embora o *rigor mortis* começasse a se instalar, eles conseguiram deitá-lo. Gamache percebeu que as mãos do prior ainda estavam enterradas nas mangas compridas do hábito, envolvendo a cintura como se apertassem a barriga de dor.

Após desamarrar a corda que envolvia a cintura do prior, o médico retirou as mãos do homem morto das mangas. Tanto Gamache quanto Beauvoir se inclinaram para a frente, para ver se ele segurava alguma coisa. Havia algo debaixo das unhas? Alguma coisa dentro daqueles punhos cerrados?

Mas estavam vazios, e as unhas, limpas e aparadas.

Com cuidado, o médico colocou os braços de Frère Mathieu ao lado do corpo. Porém o braço esquerdo escorregou da mesa de metal e ficou balançando, pendurado. Algo caiu da manga e escorregou até o chão.

O médico se inclinou para pegar.

– Não toque nisso – ordenou Beauvoir, no que o médico parou.

Beauvoir calçou um par de luvas do kit de perícia e pegou um pedaço de papel do chão de pedra.

– O que é? – perguntou o abade, dando um passo à frente.

O médico se debruçou na mesa de exames, esquecendo o corpo em favor do papel que Beauvoir segurava.

– Não sei – disse Beauvoir.

O médico contornou a mesa, e os quatro homens formaram um círculo, fitando a página.

Estava amarelada e tinha um formato irregular. Não fora comprada em uma loja. Era mais espessa que papel comercial.

Nela, havia algumas palavras em uma escrita intrincada. Letras pretas caligrafadas. Mas sem adornos, em um estilo simples.

– Não consigo ler. É latim? – perguntou Beauvoir.

– Acho que sim – respondeu o abade, inclinando-se para a frente e semicerrando os olhos.

Gamache colocou os óculos de leitura meia-lua e também se curvou sobre o papel.

– Parece uma página de algum manuscrito antigo – disse ele por fim, recuando.

O abade parecia perplexo.

– Isto não é papel, é velino. Pele de carneiro. Dá para ver pela textura.

– Pele de carneiro? – perguntou Beauvoir. – É isso que os senhores usam para escrever?

– Já faz alguns séculos que não usamos – respondeu o abade, ainda olhando para a página na mão do inspetor. – O texto parece não fazer sentido. Pode até ser latim, mas não é de nenhum salmo, Livro de Horas ou texto religioso que eu conheça. Só consigo identificar duas palavras.

– Quais? – perguntou o chefe.

– Aqui – disse o abade, apontando para a página. – Isto parece dizer *Dies irae*.

O médico fez um barulhinho que poderia muito bem ser o início de uma gargalhada. O grupo olhou para o homem, mas ele recaiu em silêncio total.

– O que isso significa? – perguntou Beauvoir.

– É da Missa de Réquiem – explicou o abade.

– Significa "dia de ira" – disse Gamache. – *Dies irae* – citou ele –, *dies illa*. Dia de ira. Dia de luto.

– Isso mesmo – concordou o abade. – Na Missa de Réquiem, as duas expressões são ditas juntas. Mas aqui não tem *dies illa*.

– O que isso lhe diz, Dom Philippe? – indagou o chefe.

O abade ficou em silêncio por um instante, refletindo.

– Isso me diz que essa aí não é a Missa de Réquiem.

– Faz algum sentido para o senhor, Frère Charles? – perguntou Gamache.

O médico estava com a testa franzida em concentração enquanto olhava para o velino na mão de Beauvoir. Ele balançou a cabeça.

– Infelizmente, não.

– Algum dos senhores já viu isto antes? – insistiu Gamache.

O médico olhou de soslaio para o abade. Dom Philippe continuou fitando as palavras e, por fim, balançou a cabeça.

Fez-se uma pausa, e então Beauvoir apontou para a página.

– O que é isto?

Mais uma vez, os homens se curvaram para a frente.

Em cima de cada palavra havia minúsculos rabiscos de tinta. Como pequenas ondas. Ou asas.

– Acho que são neumas – respondeu o abade, por fim.

– Neumas? O que é isso? – perguntou Gamache.

Agora o abade estava claramente estupefato.

– É uma notação musical.

– Eu nunca vi isso – comentou Beauvoir.

– Faz sentido que não conheça – disse o abade, afastando-se da página. – Não são usados há mil anos.

– Eu não estou entendendo – disse Gamache. – Esta página tem mil anos?

– Pode ser que sim – respondeu Dom Philippe. – E isso talvez explique o texto. Talvez seja um cantochão escrito em uma forma de latim antigo.

Mas ele não parecia convencido.

– Cantochão quer dizer canto gregoriano? – perguntou o chefe.

O abade assentiu. O chefe continuou, apontando para a página:

– Isto pode ser um canto gregoriano?

O abade voltou a olhar para a página e balançou a cabeça.

– Não sei. São as palavras. Estão em latim, mas não querem dizer nada. O canto gregoriano segue regras muito antigas e quase sempre é retirado do livro de Salmos. Isto aqui não é.

Dom Philippe recaiu em seu habitual silêncio.

Por ora, parecia não haver nada mais a ser descoberto a partir daquele pedaço de papel.

Gamache se voltou para o médico:

– Por favor, continue.

Durante vinte minutos, Frère Charles despiu o irmão Mathieu, removendo as camadas de roupa. Lutava contra o *rigor mortis*.

Até que, diante deles, na mesa de exame, restou apenas o homem nu.

– Frère Mathieu estava com quantos anos? – perguntou Gamache.

– Eu posso mostrar a ficha dele para o senhor – disse o médico –, mas acredito que 62.

– Como estava seu estado de saúde?

– Bom. Próstata ligeiramente aumentada, PSA um pouco elevado, mas estávamos monitorando. Uns 15 quilos acima do peso, como o senhor pode ver. Gordura concentrada na barriga. Mas não era obeso. Sugeri que ele fizesse mais exercício.

– Como? – perguntou Beauvoir. – Ele não teria como entrar para uma academia. Ele passou a rezar com mais fervor?

– Se fez isso – respondeu o médico –, não seria a primeira pessoa a acreditar que podia emagrecer rezando. Mas, na verdade, nós montamos dois times de hóquei no inverno. Não do calibre da Liga Nacional, mas somos muito bons. E bastante competitivos.

Beauvoir olhou para o irmão Charles como se ele tivesse acabado de falar em latim.

Aquilo era quase indecifrável. Monges jogando hóquei competitivo? Quase conseguia vê-los em um rinque no lago congelado. Hábitos esvoaçando. Um partindo para cima do outro.

Cristianismo ogro.

Talvez aqueles homens não fossem tão esquisitos quanto ele presumira.

Ou quem sabe aquilo os tornasse ainda mais esquisitos.

– E ele passou a fazer? – perguntou o chefe.

– Fazer o quê? – perguntou o médico.

– Frère Mathieu começou a fazer mais exercício?

Irmão Charles observou o corpo na mesa e balançou a cabeça, depois encontrou o olhar de Gamache. Mais uma vez, os olhos do monge tinham um brilho divertido, embora sua voz fosse solene.

– O prior não era de acatar sugestões com muita facilidade.

Gamache continuou sustentando o olhar do médico, até que o irmão Charles baixou os olhos e tornou a falar:

– Fora isso, ele tinha boa saúde.

O chefe assentiu e fitou o homem nu na mesa. Estava ansioso para ver se havia de fato algum ferimento no abdômen do irmão Mathieu.

Mas não havia nada ali. Só pele flácida e cinzenta. O corpo dele, com exceção do crânio fraturado, não tinha nenhuma marca.

Gamache ainda não encontrara os golpes que haviam culminado no catastrófico esmagamento do crânio daquele homem. Mas chegaria lá. Aquele tipo de coisa nunca surgia do nada. Com certeza haveria uma trilha de machucados menores, hematomas, sentimentos feridos. Insultos e omissões.

O inspetor-chefe iria segui-los. E eles o levariam, inevitavelmente, ao homem que produzira aquele cadáver.

Gamache olhou para a mesa e para a folha de papel grosso e amarelado. Com seus rabiscos de... Qual era mesmo a palavra?

Neumas.

E seu texto quase ininteligível.

Exceto por duas palavras.

Dies irae.

Dia de ira. Da missa pelos mortos.

O que o prior estava tentando fazer na hora de sua morte? Quando ele só podia fazer mais uma coisa nesta vida, o que havia feito? Não tinha escrito na terra fofa o nome de seu assassino.

Não. Frère Mathieu tinha enfiado aquela folha de papel na manga e se enroscado em volta dela.

O que aquele bando de palavras sem sentido e neumas dizia? Não muito, ainda não. Exceto que Frère Mathieu havia morrido tentando protegê-lo.

SETE

A CADEIRA AO LADO DE DOM Philippe estava vazia.

Fazia anos, décadas, desde a última vez que o abade olhara para o lado direito na Sala do Capítulo e não vira Mathieu.

Agora ele não olhava para o lado direito. Em vez disso, mantinha os olhos firmes e fixos à frente. Nos rostos da comunidade de Saint-Gilbert--Entre-les-Loups.

E eles o encaravam de volta.

Esperando respostas.

Esperando informações.

Esperando consolo.

Esperando que ele dissesse alguma coisa. Qualquer coisa.

Que se postasse entre eles e o horror.

Ainda assim, ele os observava. Sem palavras. Ele havia acumulado tantas ao longo dos anos. Um armazém cheio de pensamentos e impressões, de emoções. De coisas não ditas.

Agora que precisava de palavras, o armazém estava vazio. Escuro e frio.

Não restava nada a dizer.

O INSPETOR-CHEFE GAMACHE SE INCLINOU para a frente, apoiando os cotovelos na mesa de madeira gasta. Entrelaçou as mãos casualmente.

Ele olhou para Beauvoir e o capitão Charbonneau, do outro lado. Os dois homens estavam com seus caderninhos abertos e prontos para se reportar ao chefe.

Depois do exame médico, eles haviam interrogado os monges, colhido impressões digitais e registrado depoimentos iniciais. Reações. Impressões. Uma ideia de seus movimentos.

Enquanto faziam isso, Gamache vasculhara a cela do homem morto. Era praticamente igual à do abade. A mesma cama estreita. A mesma cômoda, só que com um altar para Santa Cecília. Gamache nunca tinha ouvido falar dela, mas estava decidido a pesquisar.

Havia uma muda de hábito, roupas íntimas e sapatos. Um camisolão. Livros de orações e salmos. E nada mais. Nem um único item pessoal. Nenhuma foto, nenhuma carta. Nenhum parente, nenhum irmão. Mas talvez Deus fosse o pai dele e Maria, a mãe. Os monges eram os irmãos. Uma família numerosa, no fim das contas.

Já o escritório do prior era uma mina de ouro. Infelizmente, não de pistas sobre o caso. Não havia nenhuma pedra ensanguentada. Nenhuma carta ameaçadora assinada. Nenhum assassino disposto a confessar.

O que Gamache encontrou em sua mesa foram penas usadas e um frasco de tinta aberto. Ele os embalou e os guardou na maleta, junto com as outras evidências coletadas.

Aquela descoberta parecia ser importante. Afinal, a folha de papel que havia caído do hábito do prior tinha sido escrita com pena e tinta. Porém, quanto mais pensava sobre isso, menos certeza tinha de que os objetos se provariam relevantes.

Quais eram as chances de o prior, o regente do coro, uma autoridade internacional em canto gregoriano, escrever algo quase ininteligível? Tanto o abade quanto o médico tinham ficado confusos com aquele latim e com aquelas coisinhas, os tais neumas.

Aquilo parecia mais o trabalho de algum amador sem instrução nem treinamento.

Sem contar que estava escrito em um papel muito antigo. Velino. Pele de carneiro. Esticada e seca, talvez séculos antes. Na escrivaninha do prior havia papel à vontade, mas nada de velino.

Ainda assim, Gamache teve o cuidado de embalar e identificar as penas e a tinta.

Só por precaução.

Ele também encontrou partituras. Páginas e páginas de partituras.

Livros repletos de músicas e de história da música. Artigos acadêmicos sobre música. Mas o gosto de Frère Mathieu não era nada abrangente.

Só uma coisa o interessava: canto gregoriano.

Havia uma cruz simples na parede, com o Cristo crucificado em agonia. E, embaixo e ao redor desse crucifixo, um mar de música.

Aquela era a paixão de irmão Mathieu. Não Cristo, mas os cânticos sobre os quais ele flutuava. Cristo podia até ter despertado a vocação de Frère Mathieu, mas fora ao som de um canto gregoriano.

Gamache não fazia ideia de que tanta coisa tinha sido – ou poderia ser – escrita sobre cânticos católicos. Embora, a bem da verdade, nunca houvesse pensado nisso. Até agora. O chefe tinha se acomodado à mesa e, enquanto esperava Beauvoir e Charbonneau voltarem, começara a ler.

Ao contrário da cela, que cheirava a produtos de limpeza, o escritório tinha um odor de meias velhas, sapatos fedorentos e documentos empoeirados. Um cheiro humano. O prior dormia em sua cela, mas vivia ali. E Armand Gamache começou a ver Frère Mathieu simplesmente como Mathieu. Um monge. Um regente. Talvez um gênio. Mas, acima de tudo, um homem.

Por fim, Charbonneau e Beauvoir retornaram e o chefe voltou sua atenção para eles.

– O que vocês encontraram? – perguntou Gamache, olhando primeiro para Charbonneau.

– Nada, *patron*. Pelo menos não encontrei a arma do crime.

– Nenhuma surpresa – disse o chefe –, mas a gente precisava tentar. Quando recebermos o relatório da legista, vamos saber se foi uma pedra ou outra coisa. E os monges?

– Colhi as impressões digitais de todos eles – contou Beauvoir. – E fizemos os interrogatórios iniciais. Depois do serviço religioso das sete e meia, eles se ocupam com as tarefas deles. Aliás – pontuou Beauvoir, consultando o caderninho –, existem quatro principais áreas de trabalho no mosteiro: a horta, os animais, a manutenção da construção, que é interminável, e a cozinha. Todos os monges têm uma área de especialidade, mas também fazem um rodízio. A gente descobriu quem estava fazendo o quê no momento crucial.

Pelo menos, pensou Gamache ouvindo o relatório, a hora da morte estava clara. Não antes de as Laudes terminarem, às 8h15, e não depois de 8h40, quando Frère Simon encontrou o corpo.

Vinte e cinco minutos.

– Alguma coisa suspeita? – perguntou ele.

Os dois balançaram a cabeça.

– Todos estavam trabalhando – disse Charbonneau. – Com testemunhas.

– Mas isso não é possível – disse Gamache, calmamente. – Frère Mathieu não se matou. Um dos irmãos não estava fazendo a tarefa designada. Pelo menos, eu espero que isso não tenha sido uma tarefa designada.

Beauvoir ergueu as sobrancelhas. Ele presumiu que o chefe estivesse brincando, mas talvez fosse algo a considerar.

– Vamos tentar abordar a questão de outra forma – sugeriu o chefe. – Algum dos monges mencionou um conflito? Alguém estava brigando com o prior?

– Ninguém, *patron* – respondeu o capitão Charbonneau. – Pelo menos, ninguém admitiu que existisse algum conflito. Todos pareciam genuinamente chocados. "Inacreditável" era a palavra que não paravam de dizer. *Incroyable.*

O inspetor Beauvoir balançou a cabeça.

– Eles acreditam que uma virgem deu à luz, que alguém ressuscitou e andou sobre as águas e que um velho de barba branca flutua no céu e governa o mundo, mas acham *isso* inacreditável?

Gamache ficou em silêncio por um instante, depois assentiu.

– É interessante – concordou ele – pensar no que as pessoas escolhem acreditar.

E o que são capazes de fazer em nome dessa fé.

Como o monge que havia feito aquilo conseguia conciliar um assassinato com sua fé? O que, em seus momentos de quietude, o assassino dizia ao velho de barba branca flutuando no céu?

Não pela primeira vez naquele dia, o inspetor-chefe se perguntou por que aquele mosteiro fora construído tão longe da civilização. E por que tinha paredes tão grossas. E tão altas. E portas trancadas.

Seria para manter os pecados do mundo lá fora? Ou para manter algo pior lá dentro?

– Então – disse ele –, de acordo com os monges, não existia conflito nenhum.

– Nenhum – concordou o capitão Charbonneau.

– Alguém está mentindo – disse Beauvoir. – Ou todos.

– Há outra possibilidade – sugeriu Gamache.

Ele pegou a página amarelada da mesa. Após examiná-la por um instante, baixou-a de novo e olhou para o rosto deles.

– Talvez o assassinato não tenha nada a ver com o prior. Talvez realmente não houvesse nenhum conflito. Talvez ele tenha sido morto por causa disto.

O chefe devolveu a página à mesa. E mais uma vez ele viu o corpo, como o vira da primeira vez. Enroscado em um canto escuro do jardim luminoso. Ele não sabia antes, mas sabia agora, que bem no meio daquele corpo estava um pedaço de papel. Como o caroço de um pêssego.

Tinha sido aquele o motivo?

– Nenhum dos monges notou nada estranho hoje de manhã? – perguntou Gamache.

– Nada. Todo mundo parecia estar fazendo o que deveria fazer.

O chefe aquiesceu e pensou.

– E Frère Mathieu? O que ele deveria estar fazendo?

– Era para estar aqui, no escritório dele. Trabalhando na música – disse Beauvoir. – E esta foi a única informação interessante que surgiu: Frère Simon, o secretário do abade, diz que voltou para o escritório de Dom Philippe assim que as Laudes acabaram, depois teve que ir trabalhar na *animalerie*. Só que, no caminho, ele passou por aqui.

– Por quê? – perguntou Gamache, inclinando-se para a frente e tirando os óculos.

– Para dar um recado. Parece que o abade queria se encontrar com o prior hoje de manhã depois da missa das onze.

Aquelas palavras soavam estranhas na boca de Beauvoir. *Abades, priores e monges – meu Deus.*

Elas não faziam mais parte do vocabulário do Quebec. Não faziam mais parte de seu cotidiano. Em apenas uma geração, aquelas palavras tinham passado de respeitosas a absurdas. E logo, logo, desapareceriam completamente.

Deus podia até estar do lado dos monges, pensou Beauvoir, mas o tempo, não.

– Frère Simon afirma que, quando veio marcar a reunião, não tinha ninguém aqui.

– Isso deve ter sido por volta das 8h20 – disse o chefe, tomando nota. – Eu me pergunto por que o abade queria ver o prior.

– *Pardon?* – disse o inspetor Beauvoir.

– A vítima era o braço direito do abade. Parece provável que eles fizessem reuniões regulares, como a gente.

Beauvoir assentiu. Ele e o chefe se encontravam todas as manhãs às oito, para repassar o dia anterior e revisar todos os casos de homicídio investigados naquele momento pelo departamento de Gamache.

Mas era bem possível que um mosteiro não fosse exatamente igual à Divisão de Homicídios da Sûreté. E também era bem possível que o abade não fosse exatamente igual ao inspetor-chefe.

Ainda assim, que o abade e o prior mantivessem reuniões regulares parecia um bom palpite.

Beauvoir acrescentou:

– Isso significaria que o abade queria falar com o prior sobre algo diferente dos assuntos do mosteiro.

– É possível. Ou que o assunto era urgente. Inesperado. Alguma coisa que surgiu de repente.

– Então por que não pedir para ver o prior imediatamente? – perguntou Beauvoir. – Por que esperar o fim da missa das onze?

Gamache ponderou.

– Boa pergunta.

– Então, se o prior não voltou para o escritório depois das Laudes, para onde ele foi?

– Talvez tenha ido direto para o jardim – sugeriu Charbonneau.

– Possivelmente – disse o chefe.

– Nesse caso, Frère Simon, o secretário do abade, não teria visto Mathieu? – perguntou Beauvoir. – Ou cruzado com ele no corredor?

– Talvez ele tenha cruzado – respondeu o chefe, depois baixou a voz e disse, em um falso sussurro: – Talvez ele tenha mentido para você.

Beauvoir devolveu no mesmo tom:

– Um religioso? Mentindo? Alguém vai para o inferno.

Ele olhou para o chefe com uma preocupação exagerada, depois sorriu.

Gamache sorriu de volta e esfregou o rosto. Eles estavam reunindo uma série de fatos. E, provavelmente, mais do que apenas algumas mentiras.

– O nome de Frère Simon não para de aparecer – disse Gamache. – O que a gente sabe sobre a movimentação dele hoje de manhã?

– Bom, vejamos o que ele diz... – Beauvoir virou algumas páginas do caderninho e parou. – Logo depois das Laudes, às 8h15, ele voltou para o escritório do abade. Lá, o abade pediu que ele marcasse uma reunião com o prior para depois da missa das onze. O abade saiu para dar uma olhada no sistema geotérmico e Frère Simon foi cuidar dos animais. No caminho, ele parou aqui e olhou para dentro. Nada de prior. Então foi embora.

– Ele ficou surpreso? – quis saber Gamache.

– Ele não pareceu surpreso nem preocupado. O prior, assim como o abade, tinha liberdade para ir e vir o quanto quisesse.

Gamache pensou sobre aquilo por um instante.

– O que Frère Simon fez, então?

– Ele trabalhou por uns vinte minutos com os animais, depois voltou para o escritório do abade para cuidar do jardim. Foi quando encontrou o corpo.

– A gente tem certeza de que ele foi para a *animalerie*? – perguntou o chefe.

Beauvoir anuiu.

– A história dele bate. Outros monges o viram lá.

– Será que ele pode ter saído mais cedo? Digamos, às oito e meia?

– Eu me perguntei a mesma coisa – comentou Beauvoir, sorrindo. – Os outros monges que trabalham lá disseram ser possível. Todos eles estavam ocupados com as próprias tarefas. Mas seria difícil para o irmão Simon fazer o que tinha para fazer em tão pouco tempo. E todas as tarefas dele foram concluídas.

– E quais eram?

– Ele tirou as galinhas das gaiolas e deu comida fresca e água para elas. Depois limpou as gaiolas. Não é o tipo de coisa que dá para fingir que você fez.

Gamache fez algumas anotações, assentindo para si mesmo.

– A porta do escritório do abade estava trancada quando nós chegamos. Isso é comum?

Os homens se entreolharam.

– Não sei, *patron* – admitiu Beauvoir, tomando nota. – Vou descobrir.

– Ótimo.

Aquilo era claramente importante. Se a porta costumasse ficar trancada, então alguém precisaria ter deixado o prior entrar.

– Algo mais? – perguntou Gamache, olhando de Beauvoir para Charbonneau e vice-versa.

– Nada – respondeu Beauvoir –, só que eu tentei ligar esta merda e, é claro, não funcionou.

Ele apontou, indignado, para a antena parabólica que eles haviam levado de Montreal para estabelecer uma rede de comunicação via satélite.

Gamache respirou fundo. Isso era sempre um problema em investigações remotas. Eles levavam equipamentos de última geração para regiões primitivas e ficavam surpresos quando eles não funcionavam.

– Eu vou continuar tentando – disse Beauvoir. – Aqui não tem nenhuma torre de telecomunicações, então nem todos os celulares vão funcionar, mas a gente ainda consegue receber e-mails nos smartphones BlackBerry, que usam uma rede exclusiva.

Gamache checou as horas: passava das quatro. Eles só tinham uma hora antes de o barqueiro partir. Uma investigação de assassinato nunca era uma tarefa tranquila, mas, naquela, a urgência era ainda maior. Eles estavam correndo contra o pôr do sol e o prazo do barqueiro.

Quando o sol se pusesse, estariam presos no mosteiro. Junto com as evidências e o corpo. E o inspetor-chefe Gamache não queria isso.

DOM PHILIPPE FEZ O SINAL da cruz sobre os membros de sua comunidade. E eles se benzeram.

Depois ele se sentou. E todos se sentaram. Como sombras, imitando cada movimento seu. Ou crianças, ele pensou. Era uma imagem mais caridosa, talvez mais precisa.

Embora alguns monges fossem bem mais velhos que o abade, ele era seu padre, o pai deles. Seu líder.

E não estava nem um pouco convencido de que fosse um pai muito bom. Com certeza, não era tão bom quanto Mathieu. Mas, agora, era tudo o que eles tinham.

– Como vocês sabem, Frère Mathieu morreu – começou o abade. – De maneira inesperada.

Mas a coisa piorou. Novas palavras estavam surgindo. Alinhando-se. Empurrando a dianteira para seguir em frente.

– Ele foi morto.

Dom Philippe fez uma pausa antes desta última palavra:

– Assassinado.

Vamos rezar, pensou ele. *Vamos rezar. Vamos cantar. Vamos fechar os olhos, entoar os salmos e nos perder neles. Vamos nos refugiar em nossos cânticos e celas e deixar que aquele policial se preocupe com esta confusão.*

Mas aquele não era o momento de recuar. Nem de cantar. Era hora de falar com franqueza.

– A polícia está aqui. Quase todos vocês foram interrogados por eles. Nós devemos cooperar. Não podemos ter nenhum segredo. Isso significa não só deixar que eles entrem nas nossas celas e nos nossos locais de trabalho, mas também nos nossos pensamentos e corações.

Enquanto ele dizia essas palavras tão pouco familiares, notou alguns acenos de cabeça. E depois mais alguns. E, pouco a pouco, as expressões embotadas pelo medo começaram a dar lugar à compreensão. À concordância, até.

Será que deveria ir mais longe? *Senhor Deus*, implorou em silêncio, *será que devo ir mais longe? Com certeza, isso já foi longe o suficiente. Realmente preciso dizer o resto? E fazer o resto?*

– Estou suspendendo a regra do silêncio.

Ouviu-se um nítido arquejo. Parecia que os irmãos monges tinham sido despidos de suas vestes. Que ele os havia deixado desnudos, expostos.

– Isso precisa ser feito. Vocês estão livres para falar. Não palavras vãs. Não fofocas. Mas para ajudar esses policiais a chegarem à verdade.

Agora o rosto deles estava tomado de ansiedade. Seus olhos sustentavam os do abade. Tentando agarrar seu olhar.

E, embora fosse doloroso ver o medo dos monges, o abade sabia que esse sentimento era muito mais natural do que as expressões cautelosas e vazias que vira antes.

Então, ele deu seu último e irrevogável passo.

– Alguém deste mosteiro matou irmão Mathieu – disse Dom Philippe, sentindo-se afundar. O problema com as palavras, ele sabia, era que, depois de dizê-las, jamais se poderia voltar atrás. – Alguém que está aqui conosco matou irmão Mathieu.

Ele queria confortá-los, mas só conseguira despi-los e aterrorizá-los.

– Um de nós tem uma confissão a fazer.

OITO

Estava na hora de ir.

– Pegou tudo? – perguntou Gamache ao capitão Charbonneau.

– Fora o corpo, sim.

– É melhor a gente não esquecer o corpo – disse o chefe.

Cinco minutos depois, os dois agentes da Sûreté saíam da enfermaria carregando uma maca com o corpo coberto de Frère Mathieu. Gamache tinha procurado o médico, Frère Charles, para informá-lo. Mas nem sinal do *médecin*. Nem de Dom Philippe.

Tinham desaparecido.

Assim como o secretário do abade, o taciturno Frère Simon.

E todos os monges de hábitos escuros.

Todos haviam sumido.

O mosteiro de Saint-Gilbert-Entre-les-Loups não parecia estar simplesmente em silêncio, mas também vazio.

Enquanto eles atravessavam a Capela Santíssima carregando Frère Mathieu, Gamache perscrutou o amplo salão. Ninguém nos bancos. Nem nos compridos assentos do coro.

Até mesmo as luzes tinham desaparecido. Já não havia arco-íris. Nem prismas.

A ausência de luz não era apenas escuridão. Uma melancolia pairava no lugar, como se outra coisa se acumulasse no limiar da noite. Por mais alegre que tivesse sido a luz, um mau agouro de intensidade semelhante esperava para preencher o vazio deixado por ela.

Equilíbrio, pensou Gamache, enquanto seus passos ecoavam no chão de ardósia. Enquanto faziam a escolta de um monge assassinado através da Igreja. *Équilibre.* Yin e yang. Céu e inferno. Todas as religiões tinham isso. Opostos. Criando um equilíbrio. Eles haviam recebido a luz do dia. E agora a noite se aproximava.

Os homens saíram da igreja e entraram no último, longo corredor. Gamache conseguia ver a pesada porta de entrada do mosteiro lá no fim. E o ferrolho de ferro fundido enfiado no lugar.

Estava trancada. Mas contra o quê?

Eles chegaram, e o chefe olhou para dentro do pequeno gabinete do porteiro. Porém ele também estava vazio. Nem sinal do jovem monge, Frère Luc. Só restava um livro grosso que se revelou ser – de que mais? – de cânticos.

Havia música, mas nenhum monge.

– Está trancada, *patron* – disse Beauvoir, olhando para dentro do escritório. – Tem alguma chave aí?

Os dois fizeram uma busca, mas não encontraram nada.

Charbonneau abriu a portinhola e olhou para fora.

– Estou vendo o barqueiro – relatou, esmagando o rosto contra a porta de madeira, para tentar enxergar melhor. – Ele está no cais. Esperando. Olhando para o relógio.

Os três policiais consultaram o relógio.

16h40.

Beauvoir e Charbonneau olharam para Gamache.

– Encontrem os monges – disse ele. – Eu vou ficar aqui com o corpo, para o caso de Frère Luc voltar. Vocês se dividam. A gente não tem muito tempo.

O que parecia ser apenas algo estranho – a súbita ausência de monges –, agora estava prestes a se tornar uma crise. Se o barqueiro partisse, eles ficariam presos ali.

– *D'accord* – disse Beauvoir, parecendo nervoso.

No entanto, em vez de avançar pelo corredor, o inspetor se aproximou do chefe e sussurrou:

– O senhor quer ficar com a minha arma?

Gamache balançou a cabeça.

– Infelizmente, o meu monge já está morto. Não é uma grande ameaça.

– Mas existem outros – argumentou Beauvoir, extremamente sério. – Inclusive o que fez isso. E o que trancou a gente. O senhor vai ficar sozinho aqui. Pode precisar disto. Por favor.

– E o que você vai fazer, *mon vieux*, se encontrar algum problema?

Beauvoir ficou em silêncio.

– Eu prefiro que você fique com isto. Mas não se esqueça, Jean Guy, você está procurando, não caçando os monges.

– Procurando, não caçando – repetiu Beauvoir, com uma falsa seriedade. – Entendi.

Gamache os acompanhou, caminhando rapidamente até a porta da igreja. Ao abri-la, ele olhou lá dentro. O lugar já não estava cheio de luz, mas repleto de sombras compridas e crescentes.

– *Père Abbé!* – gritou Gamache, da porta.

Foi como se ele tivesse jogado uma bomba no lugar. A voz imponente do chefe ecoou nas paredes de pedra, ampliando-se e reverberando. Porém, em vez de se retrair, Gamache gritou de novo:

– Dom Philippe!

Nada. Ele deu um passo para o lado, e Beauvoir e Charbonneau entraram na igreja, apressados.

– Rápido, Jean Guy – disse Gamache quando Beauvoir passou. – E cuidado.

– *Oui, patron.*

O chefe viu os dois homens partirem em direções opostas, Beauvoir para a direita e Charbonneau para a esquerda. Gamache ficou postado na porta, observando-os, até que ambos desaparecessem.

– *Allô!* – gritou Gamache de novo, depois apurou os ouvidos.

Mas a única resposta que recebeu foi o eco da própria voz.

O inspetor-chefe escorou a porta da igreja para que permanecesse aberta, depois voltou pelo longo corredor até a porta fechada, trancada e aferrolhada. E o corpo que jazia diante dela como uma oferenda.

Era contraintuitivo caminhar deliberadamente até um beco sem saída. Um *cul-de-sac*. Todo o seu treinamento, todos os seus instintos o advertiam contra isso. Se alguma coisa acontecesse com ele naquele corredor, não haveria saída. Gamache sabia que fora por isso que Beauvoir lhe oferecera a arma. Para que ele ao menos tivesse uma chance.

Quantas vezes, nas aulas da academia de polícia, em suas sessões com os recrutas, ordenara a eles que nunca, jamais, fossem pegos em um beco sem saída?

E ainda assim lá estava ele, caminhando de volta. Precisava ter uma conversa séria consigo mesmo, pensou Gamache com um sorriso. E se reprovar.

Jean Guy Beauvoir entrou no longo corredor. Era exatamente como os outros. Comprido, com o teto alto e uma porta no fim.

Encorajado por Gamache, Beauvoir gritou:

– *Bonjour! Allô?*

Pouco antes de a porta se fechar, ele ouvira a voz do chefe e de Charbonneau misturadas. Gritando, em uníssono, uma única palavra: *Allô?*

Depois a porta se fechara e as vozes familiares haviam desaparecido. Todos os sons tinham sumido. Restara o silêncio. Exceto pelas batidas do coração de Beauvoir.

– Olá? – repetiu ele, agora mais baixo.

Havia portas de ambos os lados. Beauvoir seguiu apressado pelo corredor, olhando para dentro das salas. A sala de jantar. A despensa. A cozinha. Todas vazias. O único sinal de vida era uma enorme panela de sopa de ervilha fervendo em um fogão.

Beauvoir abriu a última porta à esquerda antes da porta final. Ali, ele parou. Olhando fixamente para dentro. Então entrou, e a porta se fechou suavemente atrás dele.

O capitão Charbonneau abriu todas as portas do corredor. Uma após a outra. Todos os cômodos eram iguais.

Eram trinta. Quinze de um lado. Quinze do outro.

Celas. Ele começara gritando "Olá?", mas logo percebera que não havia necessidade.

Aquela era obviamente a ala dos quartos. Com os banheiros e chuveiros no meio e o escritório do prior bem no início do corredor.

No outro extremo, havia uma grande porta de madeira fechada.

Os quartos estavam vazios. Ele soubera disso assim que pisara no corredor.

Não havia vivalma. Mas isso não queria dizer que não houvesse algumas mortas.

Por isso ele se abaixou para olhar debaixo das primeiras camas. Temia o que poderia encontrar, mas sentia a necessidade de olhar assim mesmo.

Fazia vinte anos que estava na Polícia. Tinha visto coisas terríveis. Acidentes atrozes. Mortes chocantes. Sequestros, agressões, suicídios. O desaparecimento de vinte e poucos monges estava longe de ser a coisa mais assustadora que já havia presenciado.

Porém era a mais sinistra.

Saint-Gilbert-Entre-les-Loups.

São Gilberto em meio aos lobos.

Quem dá um nome desses para um mosteiro?

– *Père Abbé?* – chamou ele, hesitante. – *Allô?*

O som de sua própria voz a princípio o acalmou. Era natural, familiar. Porém as duras paredes de pedra a haviam transformado, de modo que o que voltou aos seus ouvidos não foi exatamente o que saiu de seus lábios. Foi quase. Mas não igual.

O mosteiro tinha distorcido o som, pegando suas palavras e ampliando os sentimentos que carregavam. O medo. Tornando sua própria voz grotesca.

BEAUVOIR ENTROU NO PEQUENO CÔMODO. Assim como na cozinha, havia uma panela borbulhando em um fogão. Só que, ao contrário do que vira na cozinha, aquilo não era sopa de ervilha.

Tinha um cheiro mais amargo. Pesado. De forma alguma um aroma agradável.

Beauvoir espiou dentro da panela.

Então mergulhou o dedo no líquido espesso e quente. E o cheirou. Ele olhou em volta, para ver se havia alguém olhando, depois enfiou o dedo na boca.

Ficou aliviado.

Era chocolate. Chocolate amargo.

Beauvoir nunca gostara de chocolate amargo. Achava hostil.

O inspetor olhou em volta, observando o cômodo vazio. Não, não apenas vazio. Abandonado. A panela desassistida gorgolejava baixinho, como um vulcão refletindo se explodiria ou não.

Na bancada de madeira, havia vários montinhos de chocolate bem escuro. Longas fileiras deles, como minúsculos monges. Beauvoir pegou um pedaço e o virou de um lado para o outro.

E comeu.

ARMAND GAMACHE PASSARA ALGUNS MINUTOS olhando em volta. Talvez os monges tivessem escondido uma chave. Mas não havia nenhum vaso de planta e certamente nenhum tapetinho de boas-vindas embaixo dos quais pudesse procurar.

Precisava admitir que aquela era uma das ocorrências mais estranhas que já tivera nas centenas de assassinatos que seu departamento investigara. Era bem verdade que todos os homicídios tinham sua cota de comportamentos estranhos. Aliás, o comportamento normal seria considerado um dos mais estranhos.

Ainda assim, ele nunca havia visto uma comunidade inteira desaparecer.

Já vira suspeitos se esconderem. Várias pessoas tentarem fugir. Mas nunca todas elas. O único monge restante estava a seus pés. O inspetor-chefe Gamache torcia para que Frère Mathieu ainda fosse o único monge morto no mosteiro de Saint-Gilbert-Entre-les-Loups.

Gamache desistiu de procurar a chave e olhou para o relógio. Eram quase cinco horas. Com o coração apertado, abriu a fenda da porta e olhou para fora. O sol estava baixo no horizonte, quase tocando a copa das árvores. Ele sentia o cheiro de ar fresco, o perfume da floresta de pinheiros. E encontrou o que estava buscando.

O barqueiro ainda estava no cais.

– Étienne! – chamou Gamache, posicionando a boca perto da pequena abertura. – Monsieur Legault!

Então olhou para fora. O barqueiro não havia se mexido.

Gamache fez mais algumas tentativas e desejou saber assobiar daquele jeito estridente e agudíssimo que algumas pessoas sabem.

O chefe observou o barqueiro, sentado no barco. E percebeu que o homem estava pescando. Arremessando o anzol. E recolhendo a linha. Arremessando o anzol. E recolhendo a linha.

Com uma paciência infinita.

Gamache esperava que fosse infinita mesmo.

Deixando a pequena fenda aberta, voltou-se para o corredor e ficou totalmente imóvel. Apurando os ouvidos. Não ouviu nada. Era um tanto reconfortante, disse a si mesmo, não ouvir um motor de popa.

Continuou observando o ambiente. Perguntando-se onde os monges estavam. Onde os agentes estavam. Afastou a imagem que lhe veio à mente, criada por sua pequena porém poderosa fábrica interna de pensamentos terríveis.

O monstro debaixo da cama. O monstro dentro do armário. O monstro nas sombras.

O monstro no silêncio.

Com algum esforço, o inspetor-chefe baniu aqueles horrores. Deixou que eles passassem por ele, como se ele fosse uma rocha e os pensamentos, água.

Para se ocupar, foi até a salinha do porteiro. Na verdade, o lugar não passava de um recesso na parede de pedra com uma pequena janela para o corredor, uma escrivaninha estreita e um único banquinho de madeira.

Os espartanos definitivamente pareciam um bando de burgueses perto daqueles monges. Não havia objetos decorativos, calendários nas paredes, fotos do papa ou do arcebispo. Nem sequer imagens de Cristo. Ou da Virgem Maria.

Só pedra. E um único livro grosso.

Gamache mal conseguia dar meia-volta e se perguntou se teria que sair de ré. Ele não era exatamente *petit* e, quando aquele mosteiro fora construído, os monges eram bem menores. Seria constrangedor se os outros voltassem e o encontrassem entalado na porta.

Mas a coisa não chegou a esse ponto, e o chefe por fim se sentou no banquinho, ajustando o corpo para tentar encontrar uma posição confortável. Suas costas tocavam uma parede e os joelhos, a outra. Aquele não era um espaço para claustrofóbicos. Jean Guy, por exemplo, odiaria entrar ali. Assim como Gamache detestava altura. Todo mundo tinha medo de alguma coisa.

O chefe pegou o livro antigo da estreita escrivaninha. Era pesado e estava encadernado em um couro macio e gasto. Não havia nenhuma data nas primeiras páginas, e as letras estavam cinzentas. Desbotadas. Tinham sido escritas à pena.

O chefe pegou da maleta um livro de meditações cristãs e retirou dele o velino que encontrara no corpo. Fora guardado dentro do volume fino para evitar qualquer dano.

Será que aquela página tinha sido arrancada do imenso livro que tinha agora no colo?

Ele colocou os óculos de leitura e, pelo que pareceu a centésima vez naquele dia, examinou a página. As bordas, embora rotas, não davam a impressão de terem sido rasgadas de um volume maior.

Seus olhos iam do livro à página. E da página ao livro. Devagar. Tentando identificar semelhanças. E diferenças.

De vez em quando, olhava para cima e para o corredor vazio. E apurava os ouvidos. Àquela altura, já estava mais ansioso para ver seus homens do que os monges. Gamache já não se dava ao trabalho de checar as horas. Não fazia diferença.

Quando Étienne decidisse partir, não teria como impedi-lo. Porém, pelo menos por enquanto, nada de barulho de motor.

Gamache folheou as páginas quebradiças do livro.

Parecia ser uma coletânea de cantos gregorianos, escritos em latim com neumas sobre as palavras. Uma análise de caligrafia poderia dizer muito mais, mas Gamache havia examinado cartas suficientes para desenvolver certa aptidão no assunto.

À primeira vista, a caligrafia da página e do livro pareciam exatamente iguais. Uma forma simples de escrita. Não as espirais floreadas das gerações subsequentes, mas uma caligrafia clara, limpa e elegante.

No entanto, algumas coisas não batiam. Diferenças minúsculas. Uma curva aqui, a cauda de uma letra acolá.

Os cânticos do livro e da página arrancada não tinham sido escritos pela mesma mão. Ele tinha certeza disso.

Gamache fechou o livro grande e se voltou para a página amarelada. Mas, em vez de olhar para as palavras, examinou os rabiscos acima delas.

O abade os chamara de neumas. Notações musicais usadas havia mil anos. Antes de haver notas e pautas, claves e oitavas, havia neumas.

Mas o que eles significavam?

Ele não sabia ao certo por que os olhava de novo, fixamente. Não era como se, de repente, fosse entendê-los.

Enquanto fitava o papel, completamente concentrado, desejando que as marcas antigas fizessem algum sentido, imaginou ouvir a música. Escutava a gravação daqueles monges com tanta frequência que o som ficara gravado em seu cérebro.

Ao observar os neumas, era capaz de ouvir as suaves vozes e masculinas. Gamache baixou o papel devagar e tirou os óculos de leitura.

Olhou para o corredor muito, muito longo, que escurecia. E ainda ouvia as vozes.

Baixas, monótonas. E cada vez mais perto.

NOVE

GAMACHE DEIXOU O LIVRO E O corpo do monge para trás e caminhou depressa em direção à música.

Entrou na Capela Santíssima. Agora o cântico o envolvia completamente. Emanava das paredes, do chão e das vigas. Como se a construção fosse feita de neumas.

Ele perscrutou rapidamente a igreja enquanto caminhava, varrendo cada canto com os olhos, absorvendo de imediato tudo que havia ali. Estava quase no centro do ambiente quando os viu. E parou.

Os monges haviam voltado. Em fila, saíam de um buraco em uma parede lateral da igreja. Os capuzes brancos estavam levantados, escondendo as cabeças baixas. Os braços, cruzados diante do corpo, estavam com as mãos enterradas nas mangas pretas esvoaçantes.

Idênticos. Anônimos.

Nem um único vestígio de pele ou cabelo visível. Nada para provar que eram de carne e osso.

Enquanto caminhavam, em fila única, os monges cantavam.

Era assim que soavam os neumas quando tirados da página.

Aquele era o mundialmente famoso coro da abadia de Saint-Gilbert-Entre--les-Loups, entoando suas preces. O canto gregoriano. Embora milhares de pessoas já tivessem ouvido o som, aquela era uma visão testemunhada por poucos. Na verdade, até onde o inspetor-chefe sabia, um acontecimento único. Ele era a primeira pessoa a realmente ver os monges em sua capela, cantando.

– Achei os monges – disse uma voz atrás de Gamache.

Quando o chefe se virou, Beauvoir estava sorrindo e meneando a cabeça para o altar e os religiosos.

– Não precisa me agradecer.

Beauvoir parecia aliviado e Gamache sorriu, ele também aliviado.

Jean Guy parou ao lado dele e consultou o relógio.

– É o serviço religioso das cinco.

Gamache balançou a cabeça e quase soltou um gemido. Como tinha sido tolo. Todos os quebequenses nascidos antes de a Igreja cair em desgraça sabiam que havia uma cerimônia às cinco da tarde e que qualquer monge vivo iria até ali.

Isso não explicava onde aqueles homens tinham estado, mas certamente explicava por que haviam voltado.

– Cadê o capitão Charbonneau? – perguntou Gamache.

– Lá atrás – respondeu Beauvoir, apontando para o outro extremo da capela, além dos monges.

– Fique aqui – disse o chefe, e começou a caminhar naquela direção, quando a porta mais distante se abriu e o oficial da Sûreté se materializou.

Gamache pensou que Charbonneau tinha exatamente a mesma expressão que ele devia ter quando entrara na capela.

Perplexa, alerta, desconfiada.

E, finalmente, maravilhada.

O capitão viu o inspetor-chefe e assentiu, depois avançou rapidamente ao largo da parede, margeando os monges sem desgrudar os olhos deles.

Eles tomavam seus lugares nos bancos de madeira, duas fileiras ao lado do altar.

O último homem ocupou seu posto.

O abade, pensou Gamache. Ele tinha a mesma aparência que todos os outros, em seu hábito simples com uma corda ao redor da cintura esbelta, mas, ainda assim, o chefe sabia que aquele era Dom Philippe. Por certo maneirismo, por algum movimento. Alguma coisa o distinguia do resto.

– Chefe – disse Charbonneau, baixinho, ao chegar do lado de Gamache. – De onde eles vieram?

– Dali – respondeu, apontando para o lado.

Não havia nenhuma porta visível, apenas uma parede de pedra, e o capitão voltou a olhar para Gamache, que não explicou. Não conseguia explicar.

– A gente precisa dar o fora daqui – disse Beauvoir.

Ele deu um passo na direção dos monges, mas o chefe o deteve.

– Espere um pouco.

Quando o abade tomou seu lugar, o canto parou. Os monges continuaram de pé. Completamente imóveis. Uma fileira de frente para a outra.

Os agentes da Sûreté também estavam de pé, de frente para os monges. Aguardando algum sinal de Gamache. Ele fitava os monges, o abade. Seu olhar afiado. Então tomou uma decisão.

– Tragam o corpo de Frère Mathieu, por favor.

Beauvoir pareceu confuso, mas saiu com Charbonneau e voltou com a maca.

Os monges continuavam imóveis, aparentemente alheios aos homens parados juntos na nave da capela. Olhando para eles.

Então, em um único movimento sincronizado, tiraram o capuz, ainda olhando para a frente.

Não, percebeu Gamache. Não estavam olhando. Estavam de olhos fechados.

Rezando. Em silêncio.

– Venham comigo – sussurrou Gamache, e conduziu os outros dois policiais até o meio da capela.

Ele caminhou devagar.

Os monges, mesmo em transe, não tinham como não ouvir que eles se aproximavam. Seus pés no chão. Como aquilo devia ser desconcertante para eles, pensou o inspetor-chefe.

Desde que aquelas paredes foram erguidas, mais de três séculos antes, os serviços religiosos nunca haviam sido perturbados. O mesmo ritual. Familiar, confortável. Previsível. Privado. Os monges nunca tinham ouvido um único som durante as cerimônias que não fosse produzido por eles mesmos.

Até aquele momento.

O mundo os havia encontrado e escorregado para dentro por uma fenda aberta naquelas paredes grossas. Uma fenda produzida por um crime. Porém Gamache sabia que quem violara a santidade e a privacidade da vida deles não fora ele. Fora o assassino.

Aquele ato brutal no jardim, naquela manhã, invocara uma série de coisas. Inclusive um inspetor-chefe da Divisão de Homicídios.

Ele subiu os dois degraus de pedra e se postou entre as fileiras.

O chefe fez um sinal para que Beauvoir e Charbonneau baixassem o corpo no chão de ardósia, em frente ao altar.

O silêncio, mais uma vez, se instalou.

Gamache observou as fileiras de monges, para ver se algum deles estava espiando. Dito e feito, um deles estava.

O secretário do abade. Frère Simon. Seu rosto pesado era severo mesmo em repouso. E ele não estava de olhos fechados. A mente daquele homem não estava inteiramente em oração, não estava inteiramente com Deus. Enquanto Gamache o observava, o irmão Simon cerrou completamente os olhos.

Um erro, Gamache sabia. Caso ele tivesse permanecido como estava, o chefe talvez tivesse suas suspeitas, mas não uma certeza.

Porém aquele leve bater de pálpebras havia traído o monge de uma forma tão certeira quanto se ele tivesse gritado.

Aquela era uma comunidade de homens que se comunicavam o dia todo, todos os dias. Só que não com palavras. O menor gesto carregava um significado e uma importância que se perderiam na balbúrdia do mundo exterior.

Se perderiam para ele, Gamache sabia, se não tomasse cuidado. Quantas coisas ele já tinha deixado passar?

Então todos os monges abriram os olhos. De uma vez. E olharam. Para ele.

De repente, o inspetor-chefe se sentiu muito exposto e um pouco tolo. Como se tivesse sido pego onde não deveria estar. No altar durante um serviço religioso, por exemplo. Ao lado de um homem morto.

Ele olhou para o abade. Dom Philippe era o único monge que não o encarava. Em vez disso, seus olhos azuis e frios fitavam a oferenda de Gamache.

Frère Mathieu.

PELOS 25 MINUTOS SEGUINTES, OS oficiais da Sûreté ocuparam um banco, lado a lado, enquanto os monges conduziam as Vésperas. Acompanhando o que faziam, os policiais se sentaram e se levantaram, se curvaram e voltaram a se sentar. E se levantaram. E se sentaram e depois se ajoelharam.

– Eu devia ter ingerido mais carboidratos – murmurou Beauvoir, voltando a ficar de pé.

Quando não estavam em silêncio, os monges entoavam seu canto gregoriano.

Jean Guy Beauvoir se sentou de novo no banco duro de madeira. Ele ia à igreja o menos possível. Em alguns casamentos – embora os quebequenses agora preferissem simplesmente morar juntos. Na maioria das vezes, em funerais. E mesmo estes estavam se tornando mais raros, pelo menos nas igrejas. Até os quebequenses idosos agora preferiam uma despedida na funerária.

Ela podia até não ter cuidado deles, a funerária. Mas tampouco os havia traído.

Por favor, Senhor, rezou Beauvoir, *faça com que isso acabe.*

Então eles se levantaram e deram início a mais um cântico.

Tabernac, pensou Beauvoir, pondo-se de pé. Ao lado dele, o chefe também havia se levantado e agora apoiava as mãos grandes no banco de madeira da frente. A mão direita tremia de leve. Um movimento sutil, que mal estava ali, mas em um homem tão imóvel, tão controlado, era perceptível. Impossível não ver. O chefe não se dava ao trabalho de esconder. Mas Beauvoir viu o capitão Charbonneau olhar de soslaio para Gamache. E para o tremor revelador.

E se perguntou se o capitão sabia o que aquilo revelava.

Ele queria chamá-lo de lado e dar uma bronca em Charbonneau por ficar reparando. Queria deixar claro que aquele leve tremor não era sinal de fraqueza. Era exatamente o oposto.

Porém não fez isso. Seguindo o exemplo do chefe, não disse nada.

– Jean Guy – sussurrou Gamache, os olhos voltados para a frente, sem nunca se desviar dos monges –, Frère Mathieu era o regente do coro, não era?

– *Oui.*

– Então quem está regendo os monges neste exato momento?

Beauvoir ficou em silêncio por um instante. Agora, em vez de só matar o tempo enquanto aqueles intermináveis, intoleráveis e tediosos cânticos eram entoados repetidas vezes, ele parou para prestar atenção.

Havia um óbvio espaço vazio em um banco. Bem em frente ao abade.

Aquele devia ser o lugar onde o homem agora deitado a seus pés havia se sentado e se levantado, se curvado e rezado. E regido o coro ao longo daqueles cânticos enfadonhos.

Mais cedo, Beauvoir havia se entretido ponderando se o prior tinha feito aquilo consigo mesmo. Se havia apedrejado a própria cabeça até morrer para não ter que sobreviver a mais uma missa torturante daquelas.

Era isso, ou o inspetor sairia correndo e gritando em direção a uma das colunas de pedra, na esperança de nocautear a si mesmo.

Mas agora tinha um enigma para ocupar sua mente ativa.

Aquela era uma boa pergunta.

Quem estava regendo o coro de homens, agora que o maestro estava morto?

– Talvez ninguém – sussurrou ele, após observar os monges por um minuto ou dois. – Eles devem saber as músicas de cor. Não cantam as mesmas várias e várias vezes?

O som certamente parecia o mesmo para ele.

Gamache balançou a cabeça.

– Acho que não. Acho que eles mudam de missa para missa e de um dia para outro. Dias festivos, dias santos, esse tipo de coisa.

– O senhor não quer dizer *et cetera*?

Beauvoir viu o chefe sorrir de leve e olhar para ele.

– E assim por diante – disse Gamache. – *Ad infinitum*.

– Assim está melhor – debochou Beauvoir, antes de fazer uma pausa e voltar a sussurrar: – O senhor sabe do que está falando?

– Um pouco, mas não muito – admitiu o chefe. – Eu entendo o suficiente sobre coros para saber que eles não regem a si mesmos, assim como não há orquestra sinfônica sem maestro, por maior que seja a frequência com que executem determinada peça. Eles ainda precisam de um líder.

– O abade não é o líder deles? – perguntou Beauvoir, observando Dom Philippe.

O chefe também olhava para o homem alto e esbelto. *Quem será que liderava esses monges?*, ponderaram os dois homens, enquanto se curvavam e voltavam a se sentar. Quem os estava liderando agora?

O SINO DO ÂNGELUS RESSOOU, suas notas graves e intensas repicando nas árvores e por toda a superfície do lago.

As Vésperas haviam terminado. Os monges se curvaram diante do crucifixo e se afastaram, em fila, do altar, enquanto Gamache e os outros permaneciam no banco, assistindo.

– É para eu pegar a chave com aquele monge novinho? – perguntou Beauvoir, apontando para Frère Luc, que deixava o altar.

– Um instante, Jean Guy.

– Mas e o barqueiro?

– Se ele não tiver ido embora até agora, vai esperar um pouco mais.

– Como o senhor sabe?

– Ele deve estar curioso – explicou Gamache, examinando os monges. – Você não esperaria?

Eles observaram os monges deixarem o altar e se reunirem do outro lado da igreja. *Sim*, pensou Beauvoir, lançando um olhar ao chefe, *eu esperaria*.

Agora que eles estavam com o capuz baixo e a cabeça erguida, Gamache via o rosto dos monges. Alguns pareciam ter chorado, outros estavam com uma expressão desconfiada, enquanto outros carregavam um semblante exausto e ansioso. Havia também quem parecesse apenas interessado. Como se assistisse a uma peça.

Era difícil para Gamache confiar no que detectava naqueles homens. Muitas emoções fortes se confundiam com outras. A ansiedade poderia parecer culpa. O alívio, diversão. O luto profundo e inconsolável muitas vezes não parecia nada. As paixões mais intensas ocasionalmente apresentavam um exterior desapaixonado, o rosto uma lisa planície enquanto algo gigantesco se agitava por baixo.

O chefe analisou todos os rostos e se voltou para dois deles.

O jovem porteiro, que os recebera no cais. Frère Luc. Gamache viu a enorme chave pendurada na corda de sua cintura.

Luc parecia o mais apático. E no entanto, quando o vira pela primeira vez, estava claramente abalado.

Então Gamache levou os olhos ao abatido secretário do abade. Irmão Simon.

Tristeza. Ondas dela envolviam o homem.

Não culpa, não pesar, não raiva ou luto. Não *irae*, nem *illa*.

Mas pura tristeza.

Irmão Simon olhava para o altar. Para os dois homens ali.

O prior. E o abade.

Por quem sentia aquela profunda tristeza? Por qual homem? Ou, refletiu o chefe, talvez fosse pelo próprio mosteiro. Tristeza por Saint-Gilbert-Entre--les-Loups ter perdido mais do que um homem. Havia perdido o rumo.

Dom Philippe parou diante da grande cruz de madeira e se curvou profundamente. Agora, ele estava sozinho no altar elevado. Exceto pelo corpo de seu prior e amigo.

O abade se manteve curvado.

Seria uma mesura mais longa que a usual?, perguntou-se Gamache. Será que o esforço de se levantar, se virar e encarar a noite, o dia seguinte, o ano seguinte, o resto da vida, era pesado demais? A gravidade pesava demais?

Devagar, o abade voltou à posição vertical. Ele até pareceu ter endireitado os ombros, ficando o mais alto possível.

Então se virou e viu algo que nunca vira antes.

Pessoas nos bancos.

Por que havia bancos na Capela Santíssima? O abade não fazia ideia. Eles já estavam ali quando os monges chegaram, quarenta anos antes, e lá permaneceriam até muito depois de ele ser enterrado.

Ele nunca havia questionado por que uma ordem enclausurada precisava de bancos. Dom Philippe sentiu as contas do rosário no bolso, e seus dedos correram por elas de maneira inconsciente. Elas ofereciam um conforto que ele também nunca questionara.

– Inspetor-chefe – disse ele, ao deixar o altar e se aproximar dos homens.

– Dom Philippe – disse Gamache, fazendo uma leve mesura. – Infelizmente, vamos ter que levar o prior agora.

Gamache gesticulou em direção ao corpo, depois se virou e assentiu para Beauvoir.

– Eu entendo – disse Dom Philippe, embora por dentro se desse conta de que não entendia nada daquilo. – Venham comigo.

Dom Philippe fez um sinal para Frère Luc, que caminhou até eles rapidamente, e os três homens avançaram pelo corredor que dava na porta trancada. Beauvoir e o capitão Charbonneau os seguiram carregando a maca com Frère Mathieu.

Beauvoir ouviu algo atrás de si, um arrastar de pés, e olhou.

Os monges tinham formado duas fileiras e os seguiam como uma longa cauda preta.

– Nós tentamos encontrar os senhores antes, *Père Abbé* – disse o chefe –, mas não conseguimos. Onde os senhores estavam?

– Na Sala do Capítulo.

– E onde é a Sala do Capítulo?

– Fica logo ali – contou o abade, apontando para a parede da Capela Santíssima, no instante em que eles atravessavam a porta e entravam no longo corredor.

– Eu vi os senhores saindo dali – disse Gamache –, mas, quando nós os procuramos antes, não vimos nenhuma porta.

– Fica atrás de uma placa em homenagem a São Gilberto.

– É uma porta oculta?

O abade, mesmo de perfil, pareceu confuso e um pouco surpreso com a pergunta.

– Não para nós – respondeu, por fim. – Todo mundo sabe que ela está ali. Não é nenhum segredo.

– Então por que não ser simplesmente uma porta comum?

– Porque quem precisa saber da existência dela sabe – disse ele, sem olhar para Gamache, mas fitando a porta fechada à frente deles. – E quem não precisa não deve saber que ela está ali.

– Então a ideia é que ela seja escondida – insistiu Gamache.

– A ideia é que esta seja uma opção – admitiu o abade.

Eles chegaram à porta trancada para o mundo exterior. Finalmente, ele se virou e encarou Gamache.

– Se nós precisarmos nos esconder, a sala existe.

– Mas por que os senhores precisariam se esconder?

O abade sorriu de leve. De um jeito só um pouquinho condescendente.

– Eu imaginei que o senhor, mais que ninguém, saberia por quê, inspetor--chefe. Porque o mundo nem sempre é um lugar bom. Todos nós precisamos de um lugar seguro às vezes.

– E no entanto a ameaça não veio do mundo, no fim das contas – pontuou Gamache.

– É verdade.

O inspetor-chefe pensou por um instante.

– Então os senhores esconderam a porta da Sala do Capítulo na parede da capela?

– Não fomos nós que a colocamos lá. Tudo isso foi feito muito antes de eu chegar aqui. Os homens que construíram o mosteiro o fizeram. Era uma época diferente. Uma época brutal. Em que os monges realmente precisavam se esconder.

Gamache aquiesceu e olhou para a grossa porta de madeira à sua frente. A passagem para o mundo exterior. Ainda estava trancada, mesmo depois de séculos.

Ele sabia que o abade estava certo. Na época em que a enorme árvore fora cortada para fazer aquela porta, séculos antes, havia sido não a tradição, mas a necessidade, que tinha girado aquela chave na fechadura. A Reforma, a Inquisição, as batalhas internas. Eram tempos perigosos para os católicos. E, como fora o caso daquele evento recente, a ameaça muitas vezes vinha de dentro.

Por isso, na Europa, as pessoas construíram esconderijos para os padres nas casas. Cavaram túneis para as fugas.

Alguns haviam fugido para tão longe que acabaram dando no Novo Mundo. E mesmo lá não tinha sido distante o suficiente. Os gilbertinos tinham se afastado ainda mais. Haviam sumido no espaço em branco do mapa.

Desaparecido.

Para reaparecer mais de trezentos anos depois. No rádio.

As vozes de uma ordem que todos acreditavam extinta foram ouvidas primeiro por uns poucos, depois por centenas de pessoas e, logo, por milhares e centenas de milhares. Então, graças à internet, finalmente milhões de pessoas haviam escutado uma ou outra gravação.

De monges cantando.

A gravação se tornara uma sensação. De repente, o canto gregoriano estava por toda parte. *De rigueur*. Era considerado algo que "precisava ser ouvido" pelos intelectuais, pelos conhecedores e, finalmente, pelas massas.

Embora suas vozes estivessem por toda parte, os monges em si não estavam em lugar nenhum. Até que finalmente foram encontrados. Gamache se lembrou do próprio espanto quando o local onde os religiosos viviam fora descoberto. Ele acreditava se tratar de algum topo de colina remoto na Itália, França ou Espanha, algum mosteiro minúsculo, ancestral, caindo aos pedaços. Mas não. A gravação fora feita por uma ordem de monges que vivia bem ali, no Quebec. E não era só uma ordem – trapistas, beneditinos, dominicanos. Não. A descoberta deles pareceu deixar até a Igreja Católica perplexa. A gravação tinha sido feita por uma ordem de monges que a Igreja parecia considerar extinta. Os gilbertinos.

Porém lá estavam eles, no meio do mato, às margens daquele extenso lago. Vivinhos da silva, e entoando cânticos tão antigos e tão lindos que despertavam algo primordial em milhões de pessoas mundo afora.

E o mundo fora atrás. Alguns foram por curiosidade; outros, desesperados para alcançar a paz que aqueles homens pareciam ter encontrado. Mas aquele "portão" feito de árvores derrubadas séculos antes se mantivera firme. Não se abria para estranhos.

Até aquele dia.

Ele havia se aberto para deixá-los entrar, e agora estava prestes a se abrir de novo para deixá-los sair.

O *portier* avançou com a enorme chave preta na mão. A um pequeno sinal do abade, ele a inseriu na fechadura. Ela girou com facilidade, e a porta se abriu.

Através do retângulo da abertura os homens viram o sol poente, seus raios vermelhos e alaranjados refletidos no lago calmo e fresco. A floresta estava escura agora e pássaros arremetiam baixo na água, chamando uns aos outros.

Porém a visão mais gloriosa de todas era, de longe, a do barqueiro sujo de óleo, que fumava um cigarro sentado no cais. Pescando.

Ele acenou quando a porta se abriu e o inspetor-chefe acenou de volta. Então o barqueiro se esforçou para se pôr de pé, quase deixando o traseiro de tamanho considerável à mostra para os monges. Gamache fez um gesto para que Beauvoir e Charbonneau fossem na frente com o corpo. Depois, ele e o abade os seguiram até o cais.

O resto dos monges ficou lá dentro, amontoado em volta da porta aberta. Esticando o pescoço para ver lá fora.

O abade inclinou a cabeça para o céu avermelhado e fechou os olhos. Não em oração, pensou Gamache, mas em uma espécie de êxtase. Desfrutando a parca luz em seu rosto pálido, o ar perfumado pelos pinheiros. A sensação de pisar naquele terreno irregular e imprevisível.

Então abriu os olhos.

– Obrigado por não interromper as Vésperas – disse ele, sem olhar para Gamache, mas ainda absorvendo o mundo natural à sua volta.

– De nada.

Ele avançou mais alguns passos.

– Obrigado por levar Mathieu até o altar.

– De nada.

– Eu não sei se o senhor percebeu, mas isso nos deu a chance de fazer orações especiais. Para o falecido.

– Eu não tinha certeza – admitiu o inspetor-chefe, também olhando para o espelho d'água –, mas pensei ter ouvido *Dies irae*.

O abade assentiu.

– E *Dies illa*.

Dia de ira. Dia de luto.

– Os monges estão de luto? – perguntou Gamache.

A marcha deles havia diminuído quase a ponto de parar.

O chefe esperava uma resposta imediata, uma réplica chocada. Mas, em vez disso, o abade pareceu refletir.

– Mathieu nem sempre era um homem fácil – disse ele, sorrindo um pouco enquanto falava. – Ninguém é, imagino. Uma coisa que aprendemos quando entramos para a vida monástica é a aceitar uns aos outros.

– E o que acontece quando não se faz isso?

O abade fez uma nova pausa. Aquela tinha sido uma pergunta simples, mas Gamache viu que a resposta não era.

– Isso pode ser muito ruim – disse o abade, sem encontrar os olhos do inspetor-chefe. – Acontece. Mas aprendemos a deixar nossos sentimentos de lado em nome do bem maior. Aprendemos a conviver.

– Mas não necessariamente a gostar uns dos outros – disse Gamache.

Não era uma pergunta. Ele sabia que na Sûreté também era assim. Havia alguns colegas de quem não gostava, e ele sabia que o sentimento era mútuo. Na verdade, "não gostar" era um eufemismo. Aquilo tinha passado de desacordo e antipatia a desconfiança. E não parava de evoluir. Por ora, havia se estabilizado no ódio mútuo. Gamache não sabia onde o sentimento iria parar, mas podia imaginar. O fato de que essas pessoas eram seus superiores tornava tudo simplesmente mais desconfortável. Significava, pelo menos por enquanto, que eles tinham que descobrir como coexistir. Ou isso, ou destruiriam uns aos outros e ao serviço. E, enquanto inclinava o rosto para o glorioso pôr do sol, ele pensava que essa era uma possibilidade. Na calma daquele início de noite, tudo isso parecia longe, mas sabia que aquele período de paz não duraria muito. A noite se aproximava. E quem a encontrasse despreparado seria um tolo.

– Quem pode ter feito isso, *mon père*?

Agora eles estavam parados no cais, observando o barqueiro e os oficiais prenderem o corpo coberto de Frère Mathieu no barco, ao lado de robalos, trutas e minhocas ondulantes.

Mais uma vez, o abade pensou.

– Não sei. Eu deveria saber, mas não sei.

Ele olhou para trás. Os monges tinham se aventurado a sair e agora compunham um semicírculo, que os observava. Frère Simon, o secretário do abade, estava um ou dois passos à frente.

– Coitado – disse Dom Philippe, baixinho.

– De quem o senhor está falando?

– *Pardon?*

– O senhor disse "coitado". A quem se referia? – quis saber Gamache.

– A quem quer que tenha feito isso.

– E quem seria essa pessoa, Dom Philippe?

Ele tivera a impressão de que o abade olhava para um dos monges ao falar. Irmão Simon. O monge triste. O que havia se destacado do resto.

Houve um momento tenso de silêncio enquanto o abade observava sua comunidade, e Gamache olhou para ele. Finalmente, Dom Philippe se voltou para o inspetor-chefe.

– Eu não sei quem matou Mathieu. – Ele balançou a cabeça. Um sorriso exausto surgiu no rosto do homem. – Na verdade, eu achei que poderia olhar para eles agora e dizer. Que haveria algo de diferente nele. Ou em mim. Que eu simplesmente saberia. – O abade soltou uma risadinha abafada. – Ego. Húbris.

– E? – perguntou Gamache.

– Não funcionou.

– Não se sinta mal, eu faço a mesma coisa. Eu nunca olhei para alguém e soube na hora que ele era o assassino, mas continuo tentando.

– E o que o senhor faria se isso funcionasse?

– Perdão?

– Vamos supor que o senhor olhasse para alguém e soubesse.

Gamache sorriu.

– Eu não sei se confiaria em mim mesmo. Provavelmente, acharia que era apenas imaginação minha. Sem contar que um juiz não ficaria nada impressionado se eu dissesse no tribunal que "eu simplesmente soube".

– Esta é a diferença entre nós dois, inspetor-chefe. O senhor precisa de provas na sua área de atuação. Eu, não.

O abade olhou de relance para trás mais uma vez, e Gamache se perguntou se aquela era apenas uma conversa amena ou algo mais. O semicírculo de monges continuava assistindo.

Um deles havia matado irmão Mathieu.

– O que o senhor está procurando, *mon père*? O senhor pode não precisar de provas, mas precisa de um sinal. Que sinal está buscando no rosto deles? Culpa?

O abade balançou a cabeça.

– Eu não estava procurando culpa. Mas dor. O senhor consegue imaginar a dor que ele deve ter sentido, para ter feito isso? E a dor que ainda sente?

O chefe voltou a examinar o rosto dos monges e, finalmente, parou no homem bem ao lado dele. Gamache via dor no rosto de um dos monges. No de Dom Philippe. O abade.

– O senhor sabe quem fez isso? – perguntou de novo, em voz baixa, de modo que só o abade e o doce ar outonal em volta deles pudessem ouvi-lo. – Se o senhor souber, precisa me contar. Eu vou acabar encontrando o culpado, sabe? É isso o que eu faço. Só que é um processo terrível, terrível. O senhor não faz ideia do que está prestes a começar. E, quando isso acontecer, não vai parar até encontrarmos o assassino. Se o senhor puder poupar os inocentes, eu imploro que o faça. Me conte quem fez isso, se souber quem foi.

O pedido levou a atenção do abade de volta ao homem grande e quieto à sua frente. A leve brisa agitava os cabelos grisalhos que se enrolavam perto das orelhas do inspetor-chefe. Mas o resto de seu corpo estava imóvel. Firme.

E seus olhos, de um castanho escuro como a terra, eram atenciosos.

E gentis.

E Dom Philippe acreditou em Armand Gamache. O inspetor-chefe fora trazido ao mosteiro, admitido na abadia, para encontrar o assassino. Era o que aquele homem sempre tencionava fazer. E, quase com certeza, ele era muito bom nisso.

– Eu contaria se soubesse.

– Estamos prontos! – gritou Beauvoir, do barco.

– *Bon*.

Gamache sustentou o olhar do abade por mais um instante, depois se virou e viu a mão grande do barqueiro no motor de popa, pronta para puxar a corda.

– Capitão Charbonneau? – disse Gamache, convidando o inspetor da Sûreté a se sentar.

– Seria possível manter isso em segredo? – perguntou Dom Philippe.

– Infelizmente, não, *mon père*. A notícia vai se espalhar, como sempre acontece – disse Gamache. – O senhor devia considerar a possibilidade de soltar um comunicado.

Ele viu o desgosto no rosto do abade e suspeitou que aquilo não iria acontecer.

– *Au revoir*, inspetor-chefe – disse Dom Philippe, estendendo a mão. – Obrigado pela ajuda.

– De nada – disse Gamache, pegando a mão dele. – Mas ainda não acabou.

Com um aceno de cabeça do chefe, o barqueiro puxou a corda com força, e o motor ganhou vida. Beauvoir jogou a corda no barco, que se afastou, deixando Gamache e Beauvoir de pé no cais.

– Os senhores vão ficar? – perguntou o abade, perplexo.

– Sim. Vamos ficar. Eu só saio daqui com o assassino.

Beauvoir ficou ao lado de Gamache e, juntos, eles observaram o barquinho tossir baía abaixo e fazer uma curva ao pôr do sol. Desaparecendo de vista.

Os dois investigadores da Sûreté continuaram ali até o barulho sumir.

Então deram as costas para o mundo natural e seguiram as figuras de hábito de volta ao mosteiro de Saint-Gilbert-Entre-les-Loups.

DEZ

Beauvoir passou o início da noite montando a sala de investigação no escritório do prior enquanto Gamache lia os depoimentos dos monges e falava com alguns deles para esclarecer certos pontos.

Uma imagem estava emergindo. Era impossível dizer seu grau de precisão, mas ela era clara e se repetia com consistência surpreendente de homem para homem.

Após as Vigílias, às cinco horas, os monges tinham tomado café da manhã e se preparado para o dia. Havia outras orações às sete e meia, as Laudes. Terminavam às oito e meia. Depois, o dia de trabalho deles começava.

Por trabalho, entendia-se uma série de coisas, mas cada homem tinha praticamente a mesma tarefa todos os dias.

Eles trabalhavam no jardim ou com os animais. Limpavam a abadia, cuidavam dos arquivos, faziam reparos. Cozinhavam as refeições.

No fim das contas, cada homem era um grande especialista em sua área, fosse ele cozinheiro ou jardineiro, engenheiro ou historiador.

E todos eles, sem exceção, eram musicistas excepcionais.

– Como é possível, Jean Guy? – perguntou Gamache, observando as anotações. – Que todos eles sejam músicos notáveis?

– O senhor está perguntando para mim? Bem... pura sorte?

A voz de Beauvoir vinha de trás da mesa, onde ele tentava reconectar o laptop.

– Pura sorte seria você conseguir fazer esta coisa funcionar – disse o chefe. – Acho que há algo mais em ação aqui.

– Espero que o senhor não esteja se referindo à "providência divina".

– Não exatamente, embora eu não descarte essa hipótese. Não, é que eu acho que eles devem ter sido recrutados.

Beauvoir olhou por debaixo da mesa, os cabelos escuros desgrenhados.

– Como jogadores de hóquei?

– Como você foi recrutado. Eu te encontrei cuidando da sala de evidências naquele destacamento da Sûreté, lembra?

Beauvoir jamais se esqueceria. Tinha sido banido para o porão, já que ninguém queria trabalhar com ele. Não porque fosse incompetente, mas porque era um babaca. Embora preferisse acreditar que tinham inveja dele.

Ele fora designado para a sala de evidências porque só estava apto a lidar com objetos inanimados.

Eles queriam que ele pedisse demissão. Esperavam que fizesse isso. E, para ser sincero, ele estava prestes a ceder quando o inspetor-chefe aparecera em meio a uma investigação de assassinato. Ele fora até a sala atrás de uma evidência. E encontrara o agente Jean Guy Beauvoir.

E o convidara a se juntar à investigação.

Beauvoir jamais se esqueceria daquele momento. De olhar naqueles olhos, um comentário sarcástico morrendo em seus lábios. Ele tinha sido sacaneado muitas vezes, tapeado, insultado, intimidado. Mal ousava torcer para que aquilo não fosse mais uma gracinha. Apenas uma nova forma de crueldade. Um chute em cachorro morto. Porque Beauvoir sentia que ficaria ali até morrer. Tudo o que sempre quisera fora ser um oficial da Sûreté. E a cada dia que passava estava mais perto de perder o que conquistara.

Mas agora aquele homem grande de temperamento tranquilo se oferecera para levá-lo embora.

Para salvá-lo. Mesmo que nem se conhecessem.

E o agente Beauvoir, que havia jurado nunca mais confiar em ninguém, confiou em Armand Gamache. Isso fazia quinze anos.

Será que aqueles monges também tinham sido recrutados? Encontrados? Resgatados? E levados até ali?

– Então – disse Beauvoir, levantando-se do chão e batendo a poeira das calças folgadas – o senhor acha que alguém atraiu esses monges até a abadia?

Gamache sorriu e olhou para Beauvoir por cima dos óculos de leitura.

– Você tem o dom de fazer tudo parecer suspeito, ameaçador até.

– *Merci* – disse Beauvoir, sentando-se com um baque surdo em uma das cadeiras de madeira.

– Está funcionando? – perguntou Gamache, meneando a cabeça para o laptop.

Beauvoir apertou algumas teclas.

– O laptop está funcionando, mas não tem conexão com a internet – explicou, ainda martelando a tecla como se isso pudesse ajudar.

– Talvez você devesse rezar – sugeriu o chefe.

– Se eu fosse rezar por alguma coisa, seria por comida – disse ele, desistindo de conectar o laptop. – Que horas o senhor acha que é o jantar?

Então Beauvoir se lembrou de algo e tirou um pacotinho de papel encerado do bolso, colocando-o aberto na mesa entre eles.

– O que são essas coisinhas? – perguntou o chefe, aproximando-se.

– Experimente um.

Gamache pegou um chocolate e o segurou entre os dedos grandes. Parecia microscópico ali. Então o comeu. E Beauvoir sorriu ao ver o espanto – e o deleite – no rosto do chefe.

– Mirtilo?

Beauvoir aquiesceu.

– Daqueles pequenininhos, silvestres. Cobertos de chocolate. Eles fazem isto aos montes aqui. Eu encontrei a *chocolaterie* quando estava procurando os monges. Uma descoberta bem mais interessante.

Gamache riu e, juntos, eles comeram alguns chocolates. O chefe precisava admitir que aqueles eram, sem sombra de dúvida, os melhores que já havia provado, e ele já havia provado vários.

– Quais são as chances, Jean Guy, de que todos os monges daqui, todos os 24, tenham voz boa?

– Bem pequenas.

– E não só boa, mas excelente. São vozes que funcionam bem juntas, que combinam.

– Talvez eles tenham sido treinados – sugeriu Beauvoir. – Não é isso o que regente do coro, o morto, fazia?

– Mas ele precisaria ter algo com que trabalhar. Mesmo longe de ser um especialista em música, até eu sei que um grande coro não é só uma coleção de grandes vozes. Elas têm que ser as vozes certas, complementares. Harmoniosas. Eu acho que esses monges foram trazidos para cá intencionalmente. Acho que foram escolhidos especialmente para entoar esses cânticos.

– Talvez eles tenham sido criados para isso – disse Beauvoir, com a voz baixa e uns olhos que afetavam uma loucura fingida. – Uma conspiração do Vaticano. Talvez a música faça lavagem cerebral. Para aliciar as pessoas de volta para a Igreja. Para produzir um exército de zumbis.

– Meu Deus, isso é brilhante! É óbvio – disse Gamache, olhando para ele com espanto.

Beauvoir riu.

– O senhor acha que os monges foram escolhidos a dedo?

– Acho que é uma possibilidade – disse o chefe, ficando de pé. – Continue trabalhando nisto aí. Seria ótimo poder fazer contato com o mundo exterior. Eu vou falar com o *portier*.

– Por que com ele? – perguntou Beauvoir enquanto Gamache se dirigia à porta.

– É o mais jovem daqui, provavelmente foi o último a chegar.

– E um assassinato acontece quando alguma coisa muda – comentou Beauvoir. – Algo provocou o assassinato de Frère Mathieu.

– É quase certo que isso já estivesse sendo arquitetado há algum tempo. A maioria dos assassinatos leva anos para acontecer. Finalmente, algo ou alguém é a gota d'água.

Era isso que Gamache e sua equipe faziam. Eles peneiravam os fatos até encontrar aquele acontecimento geralmente minúsculo. Uma palavra. Um olhar. Um toque de desprezo. Aquela ferida final que libertava o monstro. Algo havia transformado um homem, um monge, em um assassino – o que com certeza era uma jornada mais longa que a maioria.

– E qual foi a mudança mais recente? – perguntou Gamache. – Talvez a chegada de Frère Luc. Talvez, de alguma forma, isso tenha perturbado o equilíbrio, a harmonia da abadia.

O chefe fechou a porta atrás de si, e Beauvoir voltou ao trabalho. Enquanto tentava descobrir qual era o problema da conexão, sua mente voltou à sala de evidências. Seu inferno. Mas ele também pensou na porta marcada com a palavra *Porterie*.

E no jovem relegado a ela.

Será que ele era odiado? Com certeza devia ser, para o designarem a ficar preso ali. Todos os outros trabalhos da abadia faziam sentido. Exceto o dele. Afinal, para que ter um porteiro em uma porta que nunca se abria?

GAMACHE CAMINHOU PELOS CORREDORES, ENCONTRANDO um monge aqui, outro ali. Estava começando a reconhecê-los, embora ainda não conseguisse dar nome a todos aqueles rostos.

Frère Alphonse? Frère Felicien?

O rosto deles quase sempre estava em repouso, as mãos enfiadas dentro das mangas caídas em um maneirismo que o chefe percebeu ser apenas algo que monges faziam. Quando eles passavam, sempre o olhavam nos olhos e assentiam. Alguns se aventuravam a abrir um pequeno sorriso.

À distância, todos pareciam calmos. Contidos.

Porém, de perto, na hora em que eles passavam, Gamache via ansiedade nos olhos de cada homem. Uma súplica.

Para que ele se afastasse? Ficasse? Ajudasse? Ou para que fosse embora de uma vez?

Quando chegara ali, poucas horas antes, a abadia de Saint-Gilbert lhe parecera tranquila. Sossegada. Era surpreendentemente bela. Suas paredes austeras não frias, mas reconfortantes. A luz do dia refratada pelo vidro imperfeito, dividida em fachos vermelhos, roxos e amarelos. Sozinhas, eram apenas cores, mas, juntas, formavam uma luz vertiginosa.

Assim como a abadia. Composta por indivíduos. Sozinhos, eles sem dúvida eram excepcionais, mas juntos eram brilhantes.

Exceto por um. A sombra. Necessária, talvez, para demonstrar a presença da luz.

Gamache se aproximou de outro monge enquanto atravessava a Capela Santíssima.

Frère Timothé? Frère Guillaume?

Eles passaram um pelo outro, assentiram e, de novo, Gamache captou algo no olhar furtivo daquele monge anônimo.

Talvez cada homem tivesse uma súplica particular, diferente da dos outros, dependendo de quem fosse e de sua natureza.

Aquele homem – Frère Joel? – claramente queria vê-lo fora dali. Não porque estivesse com medo, mas porque o inspetor-chefe se tornara um cartaz ambulante que anunciava a morte do prior. E o fracasso deles como comunidade.

Eles deveriam fazer uma única coisa: servir a Deus. Mas, em vez disso, aquela abadia havia ido na direção oposta. E Gamache era o ponto de exclamação enfatizando aquela verdade.

O chefe virou à direita e percorreu o longo corredor em direção à porta fechada. Estava começando a se familiarizar com a abadia, a se sentir confortável até.

Ela tinha um formato de cruz, com a Capela Santíssima no meio e braços abertos para os quatro lados.

Agora estava escuro lá fora. A iluminação dos corredores era fraca. Parecia ser meia-noite, mas, ao olhar de relance para o relógio, o chefe viu que ainda não eram nem seis e meia.

A porta com a inscrição *Porterie* estava fechada. Gamache bateu.

E esperou.

Lá dentro, ouviu um ruído baixo. Um papel, uma página sendo virada. Então, silêncio de novo.

– Eu sei que você está aí dentro, Frère Luc – disse Gamache, baixando a voz.

Sua intenção era soar menos como o Lobo Mau. Ele ouviu um novo farfalhar de papéis e, depois, a porta se abriu. Frère Luc era jovem, uns 20 e poucos anos talvez.

– *Oui?* – perguntou o monge.

E Gamache percebeu que era a primeira vez que ouvia aquele garoto se dirigir diretamente a ele. A palavra curta bastou para que notasse como a voz dele era rica e encorpada. Quase com certeza um belo tenor. Embora sua atitude fosse dissonante, sua voz não era.

– Podemos conversar? – perguntou Gamache, sua voz mais grave que a do garoto.

Os olhos castanhos de Frère Luc se agitaram de um lado para outro, por cima do ombro de Gamache.

– Acredito que estamos sozinhos – disse o chefe.

– *Oui* – repetiu ele, cruzando as mãos à frente do corpo.

Aquela era uma paródia da serenidade dos outros monges. Não havia calma ali. Aquele jovem parecia dividido entre sentir medo e alívio ao ver Gamache. Entre querer que ele ficasse e que fosse embora.

– Eu já prestei depoimento, *monsieur*.

Mesmo quando apenas falava, era uma linda voz. Parecia uma pena escondê-la sob um voto de silêncio.

– Eu sei – disse Gamache. – Eu li o relatório. Você estava aqui quando Frère Mathieu foi encontrado.

Luc anuiu.

– Você canta? – perguntou o chefe.

Em qualquer outro cenário, seria uma primeira pergunta absurda para fazer a um suspeito, mas não ali.

– Todos nós cantamos.

– Há quanto tempo você está em Saint-Gilbert-Entre-les-Loups?

– Dez meses.

Houve uma hesitação, e Gamache sentiu que aquele rapaz poderia ter dito a ele o número exato de dias, horas e minutos passados desde que atravessara aquela porta pesada.

– Por que você veio para cá?

– Pela música.

Gamache não sabia se Frère Luc não estava cooperando de propósito ao dar aquelas respostas concisas ou se o voto de silêncio lhe era natural e as palavras, não.

– Será que você poderia me dar respostas um pouco mais completas, *mon frère?*

Frère Luc pareceu irritado.

Um jovem tentando esconder seu gênio ruim atrás de um hábito, pensou Gamache. *Dá para ocultar muita coisa no silêncio. Ou, pelo menos, tentar.* Ele sabia que a maioria das emoções alguma hora encontrava um jeito de sair, principalmente a raiva.

– Eu ouvi a gravação – disse Luc. – Os cantos. Eu era postulante em outro mosteiro, lá no sul, perto da fronteira. Eles também cantam, mas isto aqui é diferente.

– Como?

– É difícil explicar.

O rosto de Frère Luc se transfigurou assim que ele pensou na música. A calma antes apenas fingida se tornou genuína.

– Assim que eu ouvi os monges de Saint-Gilbert, soube que nunca tinha escutado nada parecido.

Luc chegou a sorrir.

– Eu imagino que deveria dizer que vim para cá para ficar mais perto de Deus, mas a verdade é que acho que posso encontrar Deus em qualquer abadia. Já os cânticos não estão em qualquer lugar. Só aqui.

– A morte de Frère Mathieu deve ser uma grande perda.

O garoto abriu a boca, depois a fechou. Uma covinha se formou no queixo, as emoções quase irrompendo.

– O senhor não faz ideia.

Gamache suspeitou que ele talvez estivesse certo.

– O prior foi uma das razões para você vir para cá?

Frère Luc assentiu.

– E você vai ficar?

O rapaz baixou os olhos para as mãos e amassou o hábito.

– Não sei para onde eu poderia ir.

– Este é o seu lar agora?

– Os cânticos são o meu lar. Por acaso, eles estão aqui.

– A música significa tanto assim para você?

Frère Luc inclinou a cabeça para o lado e analisou o inspetor-chefe.

– O senhor já se apaixonou?

– Sim. Até hoje.

– Então vai entender. Quando ouvi aquela primeira gravação, eu me apaixonei. Um dos monges do meu mosteiro anterior tinha a gravação. Isso foi há uns dois anos, quando ela tinha acabado de ser lançada. Ele foi até a minha cela e a colocou para tocar. Nós dois estávamos no coro da abadia e ele queria saber o que eu achava.

– E o que você achou?

– Nada. Pela primeira vez na minha vida, eu não tive pensamento nenhum. Só sentimentos. Eu escutava a gravação sem parar, em todo o meu tempo livre.

– E o que ela fez por você?

– O que se apaixonar faz pela gente? Dá para explicar? Ela preencheu espaços que eu não sabia que estavam vazios. Curou uma solidão que eu não sabia que tinha. Ela me trouxe alegria. E liberdade. Acho que essa foi a parte mais incrível. De repente, eu me senti acolhido e livre ao mesmo tempo.

– Um êxtase? – perguntou Gamache, após pensar por um instante no que o monge dissera. – Uma experiência espiritual?

De novo, Frère Luc observou o inspetor-chefe.

– Não foi *uma* experiência espiritual. Isso eu já tinha tido algumas vezes. Como todos aqui, caso contrário não seríamos monges. Foi *a* experiência espiritual. Completamente separada da religião. Da Igreja.

– Como assim?

– Eu encontrei Deus.

Gamache deixou a afirmação pairar no ar por um instante.

– Na música? – perguntou ele.

Frère Luc aquiesceu. As palavras lhe fugiam.

JEAN GUY OLHOU PARA A tela do laptop. Depois, para a antena parabólica portátil que eles levavam para áreas remotas.

Às vezes funcionava; às vezes, não.

Por que funcionava e por que falhava era um mistério para Beauvoir. Ele fazia as mesmas conexões toda vez. Os mesmos ajustes. Fazia a mesma coisa, em todas as investigações.

E esperava o inexplicável acontecer. Ou não.

– *Merde* – murmurou ele.

Ainda assim, nem tudo estava completamente perdido. Ele tinha o BlackBerry.

Beauvoir abriu a porta do escritório do prior e espiou para fora. Não vinha ninguém.

Então ele se sentou e digitou uma mensagem laboriosamente com os polegares. Se antes seus e-mails consistiam em monossílabos e símbolos, agora contavam com frases inteiras. Agora, ele escrevia "você" em vez de "vc" e nunca usava a pontuação para fazer um rostinho sorrindo ou piscando, preferindo deixar claro, pela linguagem, como se sentia.

Não era difícil. Com Annie. Seus sentimentos eram sempre claros e muito simples.

Estava feliz. Ele a amava. Sentia saudades.

Além disso, mesmo que quisesse usar contrações e símbolos, ainda não haviam inventado nada capaz de expressar seus sentimentos. Nem as palavras conseguiam. Porém elas eram a melhor opção de Jean Guy.

Cada letra, cada espaço o aproximavam dela e davam a ele não só prazer, mas também alegria.

Annie veria o que ele havia criado, para ela. O que tinha escrito.

Ele a amava, escreveu. Estava com saudades, escreveu.

E ela escreveu de volta. Não só para responder, mas suas próprias mensagens. Sobre seu dia. Tão cheio, mas tão vazio sem ele.

Ela estava jantando com a mãe, mas esperaria até que ele e seu pai voltassem para que pudessem contar a eles juntos.

Volte logo, escreveu. *Estou com saudades*, escreveu. *Eu te amo*, escreveu.

E ele sentiu a presença dela. E a ausência dela.

– Então você veio para o mosteiro de Saint-Gilbert – disse Gamache.

– Bom, essa é a versão curta – disse Frère Luc. – Com a Igreja, nada é curto.

Luc estava relaxado, mas desviando-se um pouco da discussão sobre música ao responder àquela pergunta. Parecia ter ficado mais cauteloso.

– E a versão longa?

– Na verdade, eu demorei um pouco para descobrir quem tinha feito a gravação. Achei que eles fossem uma ordem de algum lugar da Europa.

– E, ainda assim, você estava disposto a ir para lá?

– Se a mulher que o senhor ama morasse na França, o senhor não teria ido para lá?

Gamache riu. O jovem monge o pegara. Com um golpe direto e preciso.

– Minha esposa – disse Gamache. – E eu teria ido até o inferno por ela.

– Espero que não tenha sido necessário.

– Bom, fui para o bairro de Hochelaga-Maisonneuve... Mas você precisou procurar?

– Eu só tinha o CD, mas não tem nada escrito. Ele ainda está em algum lugar da minha cela.

Gamache também tinha o CD. Ele o havia comprado fazia pouco mais de um ano. E também tinha procurado as informações no encarte para descobrir quem eram os monges. Mas não havia nada, apenas uma lista de cânticos. A capa do CD só mostrava monges de perfil. Era uma imagem estilizada, ao mesmo tempo muito abstrata e muito tradicional. Não havia créditos. O CD nem sequer tinha um nome.

Parecia – e era – amador. Tinha um som metálico e cheio de ecos.

– Então como você descobriu quem eles eram?

– Como todo mundo, eu descobri pelo rádio, quando aqueles repórteres localizaram a abadia. E mal acreditei. Todos os monges do meu mosteiro ficaram chocados. Não só porque eles eram quebequenses, mas, principalmente, porque eram gilbertinos. Eles não estão listados entre as ordens vivas. Segundo o registro da Igreja, eles desapareceram, ou foram exterminados, há quatrocentos anos. Não existem mais mosteiros gilbertinos. Pelo menos era isso que todo mundo achava.

– Mas como você acabou se juntando a eles? – insistiu Gamache.

Ele poderia deixar a aula de história para mais tarde.

– O abade visitou meu mosteiro e me ouviu cantar... – contou Frère Luc, que, de repente, pareceu bastante acanhado.

– Continue – pediu Gamache.

– Bom, eu tenho uma voz incomum. Um timbre estranho.

– E qual é o efeito disso?

– Posso cantar em praticamente qualquer coro e me encaixar.

– Você harmoniza bem?

– Nós cantamos cantochão, o que significa que todos entoamos a mesma nota ao mesmo tempo. Mas com vozes diferentes. Na verdade, não harmonizamos, mas precisamos estar em harmonia quando cantamos.

Gamache pensou sobre a distinção por um instante, depois assentiu.

– Eu sou a harmonia.

Foi algo tão extraordinário de se ouvir que o chefe se limitou a encarar aquele jovem monge de hábito simples. E aquela declaração grandiosa.

– *Pardon?* Eu não entendo o que isso significa.

– Não me leve a mal, o coro não precisa de mim. O CD prova isso.

– Então o que isso quer dizer?

Parecia meio tarde demais para ser humilde, pensou o chefe.

– Qualquer coro fica melhor comigo.

Os dois homens se entreolharam. Agora ocorria a Gamache que aquilo poderia não ser orgulho nem bravata. Talvez fosse simplesmente a constatação de um fato. Assim como aprendiam a aceitar suas falhas, talvez os monges também aprendessem a aceitar seus dons. Em vez de fingir, com falsa humildade, que não os possuíam.

Aquele homem não escondia seu dom, mas escondia sua voz em um voto de silêncio. Em um mosteiro muito, muito afastado das pessoas. E do público.

A menos que...

– Então você não estava no primeiro disco...

Luc balançou a cabeça.

– ... mas outras gravações estavam programadas?

Frère Luc fez uma pausa.

– *Oui*. Frère Mathieu estava entusiasmado. Ele já tinha até escolhido as peças.

Gamache tirou o papel da bolsa.

– Esta é uma delas?

Luc pegou a página. E ficou totalmente confuso. Completamente imóvel. Ele juntou as sobrancelhas e balançou a cabeça, devolvendo o papel ao chefe.

– Eu não sei o que é isto, *monsieur*. Mas posso afirmar o que não é. Não é um canto gregoriano.

– Como você sabe?

Luc sorriu.

– Os cânticos têm regras bem claras. Como um soneto ou um haicai. Coisas que você deve e que não deve fazer. O canto gregoriano envolve disciplina e simplicidade, com a humildade de se submeter às regras e a inspiração a se elevar acima delas. O desafio é usar as regras e transcendê-las ao mesmo tempo. Cantar para Deus sem impor seu próprio ego. Isto – concluiu ele, apontando para o papel agora novamente nas mãos de Gamache – não faz sentido.

– Você se refere às palavras?

– Eu não entendo as palavras. Mas estou falando do ritmo, da métrica. Isto está totalmente errado. Rápido demais. Não é nem de perto um canto gregoriano.

– Mas ele tem essas coisas – disse Gamache, apontando para os rabiscos acima das palavras. – Neumas, certo?

– Certo. Isso é que é perturbador.

– Perturbador, Frère Luc?

– Isto foi feito para parecer um canto gregoriano. Está disfarçado de cantochão, mas é uma fraude. Onde o senhor o encontrou?

– No corpo de Frère Mathieu.

Luc empalideceu. Gamache sabia que havia duas coisas que uma pessoa era incapaz de fazer deliberadamente, por mais que quisesse: empalidecer e corar.

– O que isso te diz, Frère Luc?

– Que o prior morreu tentando proteger o que amava.

– Isto? – perguntou Gamache, erguendo a página.

– Não, de jeito nenhum. Ele deve ter pegado isto de outra pessoa. Alguém que estava tentando transformar os cânticos em uma piada. Em uma abominação. E o prior queria impedir.

– Você acha que isto aqui é um insulto?

– Alguém entendia de canto gregoriano e neumas o suficiente para zombar deles. Sim, isto foi feito de propósito, como um insulto.

– Alguém daqui, você diz. Quem? – perguntou Gamache, observando o jovem monge.

Frère Luc ficou calado.

Gamache esperou. Então falou, reconhecendo que às vezes o silêncio era uma tática útil. Muito mais opressiva e ameaçadora que insultos gritados. Mas, ali, o silêncio representava conforto. Era a palavra falada que parecia assustar os monges.

– Quem odiava Frère Mathieu o suficiente para zombar do trabalho da vida dele? – insistiu Gamache. – Quem odiava o prior o suficiente para matá-lo?

Luc permaneceu em silêncio.

– Se todos os monges daqui amam os cânticos, por que alguém debocharia deles? Por que alguém criaria isso que você chamou de abominação?

Gamache ergueu o velino e se inclinou ligeiramente para a frente. Luc recuou um pouco, mas não tinha para onde ir.

– Não sei – respondeu Luc. – Eu diria se soubesse.

O chefe observou Frère Luc e pensou que ele provavelmente diria mesmo. Ele amava os cânticos e claramente admirava o prior. Frère Luc não protegeria nenhum homem que estivesse disposto a matar os dois. Porém, mesmo que aquele monge não soubesse quem fizera aquilo, devia ter suas suspeitas. Como o abade dissera mais cedo, Gamache precisava de provas, mas um monge precisava apenas de suas crenças. Será que Frère Luc acreditava saber quem havia matado o prior e zombado dos cânticos? E será que era arrogante o suficiente para pensar que poderia lidar com ele por conta própria?

O inspetor-chefe sustentou o olhar do monge e, quando falou, tinha a voz severa.

– Você precisa me ajudar a descobrir quem fez isso.

– Eu não sei de nada.

– Mas suspeita.

– Não. Isso não é verdade.

– Um assassino está andando por estes corredores, meu jovem. Está trancado aqui com a gente. Com você.

Gamache viu o medo nos olhos de Luc. Um jovem que ficava sentado sozinho o dia todo, com a única chave para o mundo exterior atada a uma corda ao redor da cintura. A única saída de lá precisava passar por ele. Se o assassino quisesse escapar, poderia ser, literalmente, por cima do cadáver daquele rapaz. Será que Luc se dava conta disso? O inspetor-chefe recuou, mas não muito.

– Conte o que você sabe.

– Só sei que nem todo mundo estava feliz com a gravação.

– A nova? A que o prior estava prestes a fazer?

Frère Luc fez uma pausa e depois balançou a cabeça.

– A antiga? A primeira?

Frère Luc assentiu.

– Quem não estava feliz?

Agora, o rapaz parecia consternado.

– Você precisa me contar, meu jovem – disse Gamache.

Luc se inclinou para a frente. Para sussurrar. Seus olhos foram de um lado para o outro no sombrio corredor. Gamache também se inclinou para a frente. Para ouvir.

Porém, antes que pudesse dizer qualquer coisa, Frère Luc arregalou os olhos.

– Achei o senhor, monsieur Gamache. O seu inspetor me disse que eu o encontraria aqui. Vim levá-lo para jantar.

Frère Simon, o secretário do abade, estava no corredor a alguns metros da portaria. Com as mãos dentro das mangas e a cabeça humildemente curvada.

Será que ele tinha ouvido alguma coisa?, se perguntou Gamache.

Aquele era o monge cujos olhos nunca pareciam se fechar completamente. O monge que observava tudo e que, suspeitava Gamache, também ouvia tudo.

ONZE

DOIS MONGES SAÍRAM DAS COZINHAS CARREGANDO tigelas cheias de batatas bolinha regadas com manteiga e cebolinha. Floretes de brócolis, pedaços de abóbora e ensopados as seguiram. Tábuas de corte com baguetes pontilhavam a longa mesa do refeitório, e travessas com queijos e manteiga eram passadas silenciosamente para cima e para baixo ao longo dos compridos bancos.

Os monges, no entanto, pegavam muito pouco. Passavam as tigelas e o pão, mas serviam-se apenas do suficiente, como um gesto simbólico.

Estavam sem apetite.

Isso deixou Beauvoir em um dilema. Ele queria jogar colheradas enormes de tudo no prato até que a pilha lhe tapasse a vista. Queria construir um altar de comida e depois comer. Tudo.

Quando a primeira caçarola surgiu, um prato perfumado de alho-poró e queijo com uma cobertura crocante e esfarelada, ele fez uma pausa e olhou para as quantidades modestas que todos haviam pegado.

Então pegou a maior colherada que conseguiu e a colocou no prato.

Que atirem a primeira pedra. E os monges pareciam mesmo dispostos a fazer isso.

O abade quebrou o silêncio para dar graças. E então outro monge se levantou depois que a refeição foi servida e foi até um púlpito. Lá, ele leu um trecho de um livro de orações.

Nem uma única palavra foi dita.

Nem uma única palavra foi dita sobre o buraco naquelas fileiras. O monge que faltava.

Mas Frère Mathieu estava muito presente, pairando sobre eles como uma assombração. Aproveitando o silêncio para crescer até finalmente encher a sala.

Gamache e Beauvoir não estavam sentados juntos. Como crianças em quem não se podia confiar, ocupavam extremos opostos da mesa.

Perto do fim da refeição, o chefe dobrou o guardanapo de pano e se levantou.

Frère Simon, sentado diante dele, fez um sinal, primeiro sutil, depois com mais vigor, para que o chefe voltasse a se sentar.

Gamache encontrou os olhos do homem e também fez um gesto. Indicando que havia entendido, mas faria o que era necessário mesmo assim.

Na outra ponta do banco, Beauvoir, vendo o chefe se levantar, também se pôs de pé.

O refeitório estava completamente em silêncio agora. Nem mesmo o discreto tilintar dos talheres. Todos os garfos e facas estavam ou na mesa, ou suspensos no ar. Todos os olhos estavam no chefe.

Ele caminhou devagar até o púlpito e olhou para a mesa. Doze monges de um lado, onze do outro. A sala, a comunidade, desequilibrada.

– Meu nome é Armand Gamache – disse ele, em meio a um silêncio chocado. – Alguns dos senhores eu já conheço. Sou o inspetor-chefe da Sûreté du Québec. Este é o meu segundo em comando, inspetor Beauvoir.

Os monges pareciam ansiosos. E com raiva. Dele.

Gamache estava acostumado a essa transferência. Eles ainda não tinham como culpar o assassino, então culpavam a polícia por virar a vida deles de cabeça para baixo. Sentiu uma onda de pena.

Se eles soubessem como ficaria ainda pior...

– Nós estamos aqui para investigar o que aconteceu hoje de manhã. A morte de Frère Mathieu. Estamos gratos pela hospitalidade, mas precisamos de mais do que isso. Precisamos da ajuda de vocês. Eu suspeito que quem quer que tenha matado o seu prior não tinha a intenção de ferir outras pessoas.

Gamache fez uma pausa. Sua voz ficou mais íntima. Mais pessoal.

– Mas outras pessoas serão gravemente feridas antes que isso tudo acabe. As coisas que os senhores querem manter reservadas se tornarão públicas. Relacionamentos, brigas. Todos os seus segredos serão revelados enquanto eu e o inspetor Beauvoir estivermos caçando a verdade. Eu gostaria que fosse diferente, mas é assim que as coisas são. Do mesmo jeito que os senhores gostariam que Frère Mathieu não estivesse morto.

Porém, mesmo enquanto dizia isso, Gamache se perguntava se era verdade.

Será que os monges queriam que Frère Mathieu ainda estivesse entre eles? Ou o queriam morto? Havia uma dor real ali. Os monges daquele mosteiro estavam arrasados, profundamente abalados.

Mas estavam de luto pelo quê, realmente?

– Todos nós sabemos que o assassino está entre nós agora. Ele compartilhou a nossa mesa e comeu o pão. Ouviu as orações e até participou delas. Eu quero falar com ele por um instante.

Gamache fez uma pausa. Não para soar melodramático, mas para que suas palavras penetrassem na armadura que aqueles monges vestiam. Capas de silêncio, piedade e rotina. Ele precisava atravessá-las, chegar aos homens dentro delas. Ao centro macio.

– Eu acho que o senhor ama esta abadia e não quer machucar os seus colegas monges. Essa nunca foi a sua intenção. Só que, por mais cuidadosos que eu e o inspetor Beauvoir sejamos, nosso trabalho causará mais danos. Uma investigação de assassinato é uma catástrofe para todos os envolvidos. Se o senhor pensou que o pior era o assassinato, espere só para ver.

A voz dele era calma, mas imperiosa, repleta de autoridade. Não havia dúvida de que estava falando a verdade.

– Mas existe uma forma de impedir isso. Só uma – disse Gamache, deixando a afirmação pairar no ar. – O senhor tem que se entregar.

Ele esperou e eles esperaram.

Alguém pigarreou, e todos os olhos se voltaram para o abade, que ficou de pé. Olhos arregalados em choque. Frère Simon também fez menção de se levantar, mas o abade, com um gesto quase imperceptível, fez sinal para que ele voltasse a se sentar.

Dom Philippe se voltou para sua comunidade. Se antes a tensão já era grande, agora parecia cozinhar em fogo alto, a sala toda crepitando.

– Não – disse o abade –, eu não vou confessar. Estou me juntando ao inspetor-chefe para pedir, implorar, que quem quer que tenha feito isso se apresente.

Ninguém se moveu, ninguém disse nada. O abade se dirigiu a Gamache:

– Nós vamos cooperar, inspetor-chefe. Eu suspendi o voto de silêncio. Pode haver uma tendência ao silêncio agora, mas já não é mais uma obrigação.

Ele olhou para os monges.

– Se algum de vocês tiver qualquer informação, não guarde para si. Não existe valor moral ou espiritual em proteger quem fez isso. Vocês devem contar tudo o que sabem ao inspetor-chefe Gamache e confiar que ele e o inspetor Beauvoir vão saber distinguir o que é importante do que não é. É isso o que eles fazem. Nós rezamos, trabalhamos e contemplamos Deus. E cantamos à glória Dele. E estes homens – concluiu ele, meneando a cabeça para Gamache e Beauvoir – encontram homicidas.

A voz dele era calma, pragmática. Aquele homem que não falava com muita frequência agora se via dizendo palavras como "homicidas". Ele prosseguiu:

– A nossa ordem foi testada ao longo dos séculos. E este é mais um teste. Nós realmente acreditamos em Deus? Nós realmente acreditamos em todas as coisas que dizemos e cantamos? Ou a nossa fé se tornou uma fé de conveniência? Será que ela, neste esplêndido isolamento, se enfraqueceu? Quando somos desafiados, simplesmente fazemos o que é mais fácil. Nós pecamos pelo silêncio? Se a nossa fé é verdadeira, precisamos ter a coragem de falar. Não podemos proteger o homicida.

Um dos monges se levantou e fez uma mesura para o abade.

– O senhor diz, *mon père*, que a nossa ordem foi testada ao longo dos séculos, e isso é verdade. Fomos perseguidos, expulsos dos nossos mosteiros, presos e queimados. Levados à beira da extinção. Forçados a nos esconder. Tudo pelas autoridades, por homens como esses – disse ele, apontando para Gamache e Beauvoir –, que também alegavam estar agindo em nome de uma suposta verdade. Este homem chegou a admitir que vai violar a nossa abadia para encontrar a verdade. E o senhor nos pede para ajudar? O senhor convidou esses homens a entrar. Deu a eles uma cama. Compartilhou com eles a nossa comida. A coragem nunca foi a nossa fraqueza, *Père Abbé*. Nossas decisões ruins é que são.

O monge era um dos mais jovens. Devia ter quase 40 anos, Gamache imaginou. A voz dele era segura, razoável e sensata. Alguns dos outros monges aquiesciam. E mais do que apenas alguns desviavam o olhar.

– O senhor nos pede para confiar neles – continuou o monge. – Por que deveríamos?

O homem se sentou.

Os irmãos que não se ocupavam em fitar a mesa à sua frente desviaram os olhos do monge que acabara de falar para o abade e, finalmente, para Gamache.

– Porque, *mon frère*, os senhores não têm escolha – disse o inspetor--chefe. – Como o senhor disse, nós já entramos. A porta foi trancada atrás de nós, e o resultado disso não está em questão. Eu e o inspetor Beauvoir vamos descobrir quem matou irmão Mathieu e entregar o assassino à Justiça.

Ouviu-se um baixo e anônimo bufo de escárnio.

– Não à justiça divina, mas à melhor que este mundo tem a oferecer por enquanto – continuou Gamache. – A justiça decidida pelos seus concidadãos quebequenses. Porque, gostem ou não, os senhores não são cidadãos de algum plano superior de existência, de algum domínio maior. Os senhores, como eu, como o abade, como o barqueiro que nos trouxe até aqui, são cidadãos do Quebec. E vão obedecer às leis do país. Os senhores também podem, é claro, obedecer às leis morais da sua fé. Mas eu rezo a Deus para que sejam a mesma coisa.

Gamache estava irritado. Isso era óbvio. Não por ter sido desafiado, mas pela arrogância, pela soberba presunção de superioridade e pelo papel de vítima que aquele monge havia assumido. E que os outros tinham apoiado.

Não todos os outros, isso dava para ver. E Gamache também entendeu outra coisa com uma repentina clareza: aquele monge arrogante lhe havia feito um imenso favor. E demonstrado algo que antes fora apenas vagamente sugerido.

Lá estava uma comunidade dividida, fendida. E aquela tragédia, em vez de tapá-la, simplesmente alargava o fosso. Gamache sabia que algo vivia naquela fenda escura. E quando ele e Jean Guy o encontrassem, quase com certeza descobririam que aquilo não tinha nada a ver com fé. Tampouco com Deus.

Eles deixaram os monges com seu silêncio atordoado e conveniente e se dirigiram à Capela Santíssima.

– O senhor está soltando fumaça – disse Beauvoir, quase correndo para acompanhar as longas passadas de Gamache.

– Pois é. E, infelizmente, acabamos no único mosteiro do mundo que não produz algum tipo de bebida alcoólica – retrucou o chefe, com um sorriso.

Beauvoir tocou o ombro dele para fazê-lo diminuir o passo, e Gamache parou no meio do corredor.

– Seu safad...

Ao olhar para Gamache, Beauvoir interrompeu o comentário que estava prestes a fazer e também sorriu.

– Foi tudo fingimento – disse Beauvoir, baixando a voz –, essa sua saída enfurecida. O senhor queria mostrar para aquele monge babaca que não vai admitir ser desrespeitado, ao contrário do abade.

– Nem tudo foi teatro, mas, sim, eu queria que os outros soubessem que era possível desafiar aquele monge. Qual é o nome dele, afinal?

– Frère Dominic? Frère Donat? Algo assim.

– Você não sabe.

– Não faço ideia. Todos parecem iguais.

– Bom, descubra, por favor.

Eles voltaram a caminhar, agora mais devagar. Quando chegaram à Capela Santíssima, o chefe fez uma pausa, olhou de relance para trás e viu o corredor vazio, depois atravessou a nave da igreja com Beauvoir ao lado.

Os dois passaram pelos bancos, subiram os degraus, cruzaram o altar, e Gamache se sentou no banco da frente do coro. No lugar do prior. Ele sabia qual era porque ficara vazio durante as Vésperas. Era bem em frente ao lugar onde o abade se sentava. Beauvoir se acomodou ao lado do chefe.

– Deu vontade de cantar? – murmurou Beauvoir. Gamache sorriu.

– Eu fiz aquilo principalmente para ver o que ia acontecer com os monges. A reação deles foi interessante, você não achou, Jean Guy?

– Que monges possam ser tão pretensiosos? Vou alertar a imprensa!

Como vários quebequenses de sua geração, ele não era ligado à Igreja. Ela simplesmente não fazia parte de sua vida. Ao contrário do que ocorrera nas gerações anteriores. A Igreja Católica não era apenas uma parte da vida de seus pais e avós, ela governava a vida deles. Os padres diziam a eles o que comer, o que fazer, em quem votar, no que pensar. No que acreditar.

Dizia a eles para ter mais e mais filhos. E os mantinha gestantes, pobres e ignorantes.

Eles tinham sido espancados na escola, repreendidos na igreja e abusados na sala dos fundos.

E quando, muitas gerações depois, finalmente se afastaram, a Igreja os acusou de serem infiéis. E os ameaçou com a perdição eterna.

Não, Beauvoir não estava surpreso em ver que monges, quando arranhados, sangravam hipocrisia.

– O que eu achei interessante foi a cisão – disse o chefe.

A voz dele era baixa, mas ecoava pela capela. Aquele era o melhor lugar do ambiente, percebeu Gamache. Bem ali. Onde os bancos estavam. A Capela Santíssima tinha sido projetada para amplificar vozes, para captá-las e ecoá-las em ângulos perfeitos, de modo que um sussurro ali seria ouvido com clareza em qualquer lugar da igreja.

Transmutação, pensou ele. Não da água em vinho, mas de um sussurro em uma palavra audível.

Que curioso, mais uma vez, pensar que uma ordem silenciosa havia criado uma maravilha acústica.

Aquele não era o lugar para uma conversa privada. Mas, bem, o chefe não dava a mínima se alguém estivesse escutando.

– Sim, isso ficou bem claro – concordou Beauvoir. – Todos eles pareciam tão calmos e tranquilos, mas tinha uma raiva real ali. Aquele monge não gosta do abade.

– Pior que isso – opinou Gamache. – Ele não o respeita. É possível ter um líder que você não escolheria como amigo. Mas você precisa pelo menos respeitar a pessoa. Confiar nela. Aquilo foi um soco no estômago. Acusar publicamente o abade de tomar decisões ruins.

– Talvez seja verdade – disse Beauvoir.

– Talvez.

– E o abade deixou. O senhor deixaria?

– Que alguém me ofendesse? Você claramente não está prestando atenção. Acontece o tempo todo.

– Mas um dos seus subordinados?

– Isso também já aconteceu, você sabe. E eu não demito essas pessoas automaticamente. Eu quero saber de onde está vindo o golpe, chegar à raiz. Isso é bem mais importante.

– E de onde o senhor acha que esse golpe está vindo?

Era uma boa pergunta. E Gamache a fizera a si mesmo ao sair do refeitório e atravessar a igreja.

Que aquela era uma abadia dividida era óbvio. O assassinato não era um acontecimento isolado, mas provavelmente o mais recente de uma série crescente de golpes.

O prior tinha sido atacado com uma pedra.

E o abade também acabara de sofrer um ataque. Com palavras.

A primeira matava instantaneamente; a outra, devagar. Será que ambos tinham sido vítimas da mesma pessoa? Será que o abade e o prior estavam do mesmo lado da cisão? Ou de lados opostos? O olhar de Gamache percorreu o chão de ardósia, passou pelo altar e se deteve do outro lado. Onde o abade se sentava.

Dois homens de certa idade, encarando-se há décadas.

Um no comando da abadia e o outro, do coro.

Naquela manhã, quando eles estavam no jardim e Gamache chamara Dom Philippe de lado para conversar, tivera a impressão de que o abade e o prior eram muito próximos.

Mais próximos, talvez, do que a Igreja aprovaria oficialmente.

Gamache não tinha problemas com isso. Aliás, ele entendia muito bem e ficaria surpreso se alguns daqueles homens não encontrassem conforto uns nos outros. Parecia perfeitamente natural para ele. O que ele queria saber, porém, era o que havia dado início àquela cisão. Onde a fissura tinha começado? Que golpe, pequeno ou não, desencadeara tudo aquilo?

E queria saber qual era a situação entre o abade e o prior. Eles estavam do mesmo lado? Ou separados?

A mente do chefe se voltou para o que o jovem monge dissera logo antes de Frère Simon aparecer para anunciar o jantar. Gamache contou a Beauvoir o que eles haviam conversado.

– Então nem todo mundo estava feliz com a gravação – comentou Beauvoir. – Por que não? Foi um baita sucesso. Deve ter rendido uma fortuna para a abadia. E dá para ver: telhado novo, encanamento novo. Sistema geotérmico. É incrível. Por mais gostosos que sejam esses mirtilos com cobertura de chocolate, eu aposto que eles não pagaram pelo aquecimento.

– E parece que Frère Mathieu estava planejando mais uma gravação – contou Gamache.

– O senhor acha que ele foi morto para que isso não acontecesse?

O chefe ficou em silêncio por um instante. Então virou a cabeça devagar. Beauvoir, percebendo que ele identificava alguma coisa, também olhou para a escuridão. As únicas luzes da Capela Santíssima eram arandelas nas paredes atrás do altar. O resto estava um breu.

Mas, naquele breu, eles conseguiram distinguir pequenas formas brancas. Semelhantes a barquinhos.

Lentamente, a armada tomou forma. Eram capuzes. Os capelos brancos dos monges.

Eles tinham voltado para a capela e estavam ali no escuro. Observando. E escutando.

Beauvoir se voltou para Gamache. Havia um discreto sorriso em seu rosto, perceptível apenas para alguém muito próximo. E em seus ávidos olhos, certo brilho.

Ele não está surpreso, pensou Beauvoir. Não, era mais que isso: ele queria que eles viessem. Para ouvir.

– Seu safad... – murmurou Beauvoir, e se perguntou se os monges também tinham ouvido aquilo.

DOZE

Beauvoir se deitou na cama. Era surpreendentemente confortável. Um colchão firme de solteiro, lençóis macios de flanela, um edredom quente. O ar fresco entrava pela janela aberta e ele conseguia sentir o cheiro da floresta e ouvir as águas do lago batendo na margem rochosa.

Na mão, segurava o celular. Precisara desplugar a luminária de leitura para carregar o aparelho. Era uma troca justa: luz por palavras.

Poderia tê-lo deixado no escritório do abade, conectado a uma extensão elétrica.

Poderia. Mas não deixara.

Beauvoir se perguntou que horas eram. Deu um tapinha na barra de espaço, e o celular adormecido acendeu, informando que ele tinha uma mensagem e que eram 21h33.

A mensagem era de Annie.

Ela contava que voltara do jantar com a mãe. Era uma mensagem tagarela e feliz, e Jean Guy se viu mergulhando naquelas palavras, juntando-se a Annie. Sentando-se ao lado dela enquanto Annie e madame Gamache comiam seu omelete com salada, enquanto conversavam sobre seus dias. Reine-Marie contando a Annie que o pai dela fora chamado para resolver um caso em uma abadia remota. Aquela do canto gregoriano.

E Annie tendo que fingir que era novidade.

Ela se sentira péssima, porém também confessou achar o relacionamento clandestino excitante. Mas o que mais queria era contar à mãe.

Beauvoir havia escrito para Annie mais cedo, ao voltar para o quarto. Para a cela. E contara tudo a ela. Sobre a abadia, a música, a gravação, o prior morto e o abade ofendido. Tivera o cuidado de não fazer as coisas parecerem fáceis nem divertidas.

Queria que ela soubesse como realmente tinham sido. Como ele se sentira.

Contara a ela sobre as preces intermináveis. Tinha havido outro serviço religioso às 7h45 naquela noite, após o jantar. Depois que os monges tinham ouvido a conversa deles na Capela Santíssima.

O pai dela havia se levantado, feito uma leve mesura para cumprimentar os monges, depois saído. Em seguida, caminhara com um passo estudado para longe do altar e atravessara a porta dos fundos em direção ao escritório do abade. Com Beauvoir ao lado.

Durante todo o trajeto, até eles saírem pela porta fechada que dava no corredor, Beauvoir sentira os olhos dos monges pregados nele.

Jean Guy contara a Annie o que sentira. E que depois voltara ao escritório e passara meia hora se engalfinhando com o laptop, enquanto o pai dela continuava examinando os papéis do prior.

Então eles tinham escutado o canto.

Naquela tarde, assim que haviam chegado na abadia, a cantoria só o entediara. Agora, dissera a Annie, o som lhe dava arrepios.

Depois, digitou Gamache, *Jean Guy e eu voltamos para a Capela. Mais orações. As "Completas", como eles chamam. Preciso conseguir um cronograma dessas coisas. Eu te contei dos mirtilos? Meu Deus, Reine-Marie, você ia amar. Os monges cobrem essas frutinhas com chocolate amargo artesanal. Eu vou levar uns para você, se sobrar alguma coisa. Porque corre o risco de Jean Guy acabar com tudo. Eu, é claro, continuo agindo normalmente, do meu modo contido. Abnegação, c'est moi.*

Ele sorriu e imaginou o deleite da esposa diante do pequeno lote de chocolates. Também a imaginou na casa deles. Ela ainda não estaria na cama. Ele sabia que Annie tinha ido jantar lá. Ela jantava com eles todos os sábados desde que se separara de David. Ela já teria ido embora, e Reine-Marie provavelmente estaria sentada na sala de estar, perto da lareira, lendo. Ou na sala de TV nos fundos do apartamento, instalada no antigo quarto de Daniel. Agora, o cômodo contava com uma estante de livros, um sofá confortável repleto de jornais e revistas, além da TV.

Estou indo assistir à TV5, diria ela. *Um documentário sobre alfabetização*. Porém, alguns minutos depois, ele a ouviria rir e, após avançar devagar pelo corredor, a encontraria bufando em frente a uma ridícula sitcom quebequense qualquer. Ele seria sugado pela TV e dentro de pouco tempo os dois estariam gargalhando daquele humor vulgar e contagiante.

Sim, ela estaria ali, rindo.

Ele sorriu.

Juro por Deus, escreveu Jean Guy, *a cerimônia não acabava nunca. E eles cantaram cada palavra. Daquele jeito monótono. E a gente não pode nem tirar uma soneca. É um tal de senta e levanta, senta e levanta. Seu pai está lá com eles. Acho que ele está quase curtindo. Será possível? Talvez ele só esteja tentando me sacanear. Ah, falando nisso, eu tenho que te contar o que ele fez com os monges...*

As Completas foram lindas, Reine-Marie. *Eles cantaram o tempo inteiro. Tudo em canto gregoriano. Imagine a abadia de Saint-Benoit-du-Lac, só que mais bonita. Muito tranquila. Acho que parte disso se deve à capela. Simples, sem nenhum adorno. Só com uma placa grande falando sobre São Gilberto. Tem uma sala escondida atrás dela.*

Gamache parou de digitar. Pensou naquela placa na parede e na Sala do Capítulo, escondida atrás dela. Ele teria que conseguir uma planta baixa da abadia.

Então voltou à mensagem.

A capela estava quase totalmente às escuras durante o último serviço religioso do dia, exceto por algumas luzes fracas nas paredes atrás do altar. Onde antigamente eles colocavam velas e tochas, eu imagino. Jean Guy e eu nos sentamos nos bancos, no escuro. Você pode imaginar como ele estava se divertindo. Eu mal ouvia os cânticos, de tanto que ele bufava.

Definitivamente, tem alguma coisa muito errada aqui, entre os monges. Uma inimizade. Mas, quando eles cantam, é como se nada tivesse acontecido. Eles parecem ir para outro lugar. Um lugar mais profundo, onde não existe nenhuma rusga. Um lugar de contentamento e paz. Nem sequer de alegria, eu acho. Mas de liberdade. Eles parecem livres das preocupações do mundo. Aquele jovem monge, Frère Luc, descreveu o canto como deixar todos os pensamentos para trás. Eu me pergunto se liberdade é isso.

De qualquer forma, foi muito bonito. Ouvir aqueles cantos extraordinários ao vivo, Reine-Marie. Foi incrível. E depois, perto do fim, eles diminuíram as luzes devagar, até que a gente ficasse em um breu total. Mas de dentro dele, como uma luz que a gente só pudesse sentir, vieram as vozes dos monges.

Foi mágico. Eu queria que você estivesse aqui.

DAÍ, ANNIE, FINALMENTE ACABOU. QUANDO *as luzes se acenderam, os monges tinham desaparecido. Mas aquele monge sorrateiro, Frère Simon, veio informar que estava na hora de dormir. Que a gente podia fazer o que quisesse, mas que eles todos iam para as celas.*

O seu pai não pareceu descontente, não. Aliás, acho que ele queria que os monges tivessem várias horas durante a noite para pensar no assassinato. Para se preocupar.

Eu encontrei mais mirtilos com cobertura de chocolate e trouxe tudo para a minha cela. Vou guardar alguns para você.

EU TE AMO, ESCREVEU ARMAND. *Durma bem,* mon coeur.

ESTOU COM SAUDADE, ESCREVEU JEAN Guy. Merde! *Todos os chocolates acabaram! Como isso foi acontecer?*

Então ele rolou na cama, segurando o celular de leve. Mas não antes de digitar, no escuro, a última mensagem do dia.

Je t'aime.

Ele embrulhou os chocolates com cuidado e os guardou na gaveta da mesinha de cabeceira. Para Annie. Então fechou os olhos e dormiu profundamente.

Jet t'aime, digitou Gamache, e pousou o celular na mesa ao lado da cama.

Gamache acordou. Ainda estava escuro e nem mesmo os pássaros do amanhecer cantavam. A cama quente envolvia seu corpo, porém, se ele movesse as pernas um milímetro sequer, elas entrariam em um frígido território.

Seu nariz estava gelado, mas o resto do corpo, bem quentinho.

Ele checou as horas.

4h10.

Algo o acordara? Algum som?

Ficou deitado ali, atento. Imaginando os monges em suas celas minúsculas, todas em volta dele. Como abelhas num favo de mel.

Será que eles estavam dormindo? Ou algum deles seguia acordado? Deitado a poucos metros de Gamache, sem conseguir dormir. Com um barulho imenso na cabeça. Os sons e as imagens do assassinato o perturbando demais.

Para um dos monges, era quase certo que nunca mais haveria uma noite de sono tranquila.

A menos que...

Gamache se sentou na cama. Ele sabia que só duas coisas poderiam dar ao assassino uma boa noite de sono: não ter consciência, ou a consciência ter sido sua cúmplice, sussurrando em seu ouvido, dando a ideia a ele.

Como um homem, um monge, poderia se convencer de que assassinato não era um crime, nem mesmo um pecado? Como ele poderia dormir enquanto o inspetor-chefe estava acordado? Só havia uma resposta. Só se aquela morte fosse justificada.

Uma morte como no Antigo Testamento.

Por apedrejamento.

Olho por olho.

Talvez o assassino acreditasse que estava fazendo a coisa certa. Se não aos olhos dos homens, pelo menos aos olhos de Deus. Talvez aquela fosse a tensão que Gamache sentia na abadia. Não que alguém tivesse cometido um assassinato, mas que a polícia pudesse descobrir quem fora.

Durante o jantar, aquele monge acusara o abade de tomar decisões ruins. Não por não ter conseguido evitar um assassinato, mas por ter chamado a Sûreté. Será que havia ali não apenas um voto, mas uma conspiração pelo silêncio?

O inspetor-chefe estava bem acordado agora. Alerta.

Ele jogou as pernas para fora da cama, encontrou os chinelos, vestiu seu robe, pegou uma lanterna e os óculos de leitura e saiu da cela. Parou por um instante no meio do corredor comprido. Olhou de um lado para o outro. Com a lanterna desligada.

O corredor estava repleto de portas dos dois lados, cada uma dando para uma cela. Nenhuma luz brilhava nas frestas. E nenhum som escapava, também.

Tudo mergulhado na escuridão e no silêncio.

Gamache já fora várias vezes a parques de diversão com os filhos e entrado em Casas Malucas. Já vira salas de espelhos distorcidos e ilusões de ótica que faziam um cômodo parecer inclinado. Também estivera naqueles ambientes de privação, onde nem a luz nem o som penetravam.

Ele lembrou que Annie segurara sua mão com força e Daniel, invisível no escuro, o chamara até Gamache encontrá-lo e pegá-lo no colo. Aquilo, mais do que qualquer outro efeito da Casa, havia aterrorizado os filhos, e eles tinham se agarrado a ele até o pai tirá-los de lá.

Assim era a abadia de Saint-Gilbert-Entre-les-Loups, um lugar de distorção e até de privação. De grande silêncio e de uma escuridão maior ainda. Onde sussurros viraram gritos. Onde monges cometiam assassinato e o mundo natural ficava trancado do lado de fora, como se a culpa fosse dele.

Os irmãos tinham vivido na abadia por tanto tempo que haviam se acostumado, aceitado a distorção como normal.

O chefe respirou fundo e se repreendeu. Também era possível que estivesse imaginando coisas, permitindo que a escuridão e o silêncio o afetassem. Era totalmente possível que não fossem os monges que tivessem a percepção distorcida, mas ele mesmo.

Após um instante, Gamache se acostumou com a falta de luz, de imagem e de som.

Não é uma ameaça, disse a si mesmo enquanto avançava em direção à Capela Santíssima. *Não é uma ameaça. É só a paz extrema.*

Ele sorriu diante do pensamento. Será que a paz e o silêncio tinham se tornado tão raros que, quando finalmente encontrados, eram confundidos com algo grotesco e antinatural? Parecia que sim.

O chefe tateou a parede de pedra até encontrar a porta da Capela Santíssima. Ele a abriu e, delicadamente, fechou a pesada porta de madeira atrás de si. Ali, a escuridão e o silêncio eram tão densos que ele teve a desagradável sensação de estar flutuando e caindo ao mesmo tempo.

Gamache ligou a poderosa lanterna. O feixe de luz rasgou a escuridão e foi descansar no altar, nos bancos, nas colunas de pedra. Aquele não era um simples passeio madrugador de um homem insone. Havia um objetivo. E ele não teve dificuldade de encontrá-lo, na parede leste da capela.

Ele lançou luz na enorme placa, iluminando a história de São Gilberto.

Gamache passou a mão livre pela placa. Em busca do trinco, da maçaneta, que dava para a Sala do Capítulo. Finalmente, ele a encontrou ao apertar a ilustração de dois lobos adormecidos, gravada no canto superior esquerdo da placa. A porta de pedra se abriu, e Gamache apontou a lanterna para dentro.

Era uma sala retangular, sem janelas ou cadeiras, embora um banco de pedra contornasse a parede. O cômodo estava completamente vazio, destituído de qualquer coisa.

Após apontar a lanterna para os cantos para se certificar, Gamache saiu e fechou a porta. Quando os lobos saltaram de volta para o lugar, o chefe colocou os óculos e se inclinou para a frente, para ler a inscrição na placa, sobre a vida de Gilberto de Sempringham.

São Gilberto não parecia ser o santo padroeiro de nada. Nem eram mencionados milagres ali. As únicas coisas que aquele homem parecia ter feito foram criar uma ordem, batizá-la com seu nome e morrer com a impressionante idade de 106 anos, em 1189.

Cento e seis anos. Gamache se perguntou se aquilo seria verdade, mas suspeitava que provavelmente fosse. Afinal de contas, se quem quer que tivesse feito aquela placa quisesse mentir ou exagerar os fatos, com certeza escolheria algo mais valoroso que a idade do santo. Suas realizações, por exemplo.

Se havia alguma coisa que poderia fazer o inspetor-chefe dormir, seria ler sobre a vida de São Gilberto.

Por que, perguntou a si mesmo, alguém escolheria aderir àquela ordem?

Ele então se lembrou da música, do canto gregoriano. Frère Luc havia descrito os cânticos como únicos. E, no entanto, aquela placa não mencionava absolutamente nada sobre música ou canto. Aquela não parecia ser uma vocação de São Gilberto. Em todos os seus 106 anos, Gilberto de Sempringham jamais sentira vontade de cantar.

Gamache voltou a examinar a placa, em busca de uma informação mais sutil. Algo que tivesse passado despercebido.

Ele moveu o círculo de luz devagar ao longo das palavras gravadas, semicerrando os olhos, olhando de um lado para o outro da placa. Caso algum símbolo tivesse sido gravado de leve no bronze. Ou desgastado ao longo dos séculos. Uma pauta musical. Uma clave de sol. Um neuma.

Mas não havia nada, absolutamente nada, que sugerisse que os gilbertinos fossem famosos por alguma coisa, nem mesmo pelo canto gregoriano.

Porém havia uma ilustração. Os dois lobos adormecidos, enroscados, entrelaçados.

Lobos, pensou o chefe, afastando-se da parede e guardando os óculos de volta no bolso do robe. *Lobos*. O que ele sabia sobre lobos na Bíblia? Qual era o simbolismo deles?

Havia a história de Rômulo e Remo. Eles tinham sido salvos por uma loba, amamentados por ela.

Mas aquilo era mitologia romana, não a Bíblia.

Lobos.

A maioria das imagens bíblicas era mais benigna. Cordeiros, peixes. Mas, é claro, o que era "benigno" dependia da perspectiva. Os cordeiros e os peixes geralmente eram mortos. Não, os lobos eram mais agressivos. Eles matavam.

Era uma imagem estranha para se ter não apenas naquela placa, mas no próprio nome do mosteiro. Saint-Gilbert-Entre-les-Loups: São Gilberto em meio aos lobos.

Especialmente estranha dada a vida banal, embora interminável, de São Gilberto. Como ele poderia estar associado a lobos?

A única coisa que lhe veio à mente foi "um lobo em pele de cordeiro". Mas isso era mesmo da Bíblia? Gamache sempre achara que sim, mas agora tinha suas dúvidas.

Um lobo em pele de cordeiro.

Talvez os monges daquela abadia fossem cordeiros. Uma função humilde. Apenas seguindo as regras. Seguindo o pastor. Trabalhando, rezando e cantando. Desejando a paz e o silêncio, ficar sozinhos atrás de sua porta trancada. Para executar sua tarefa de louvar a Deus.

Exceto um deles. Havia um lobo no rebanho? Vestido com um hábito preto, um capuz branco e uma corda na cintura? Seria ele o assassino ou a vítima? O lobo havia matado o monge, ou o monge havia matado o lobo?

Gamache olhou para a placa de novo. Ele percebeu que, na verdade, não tinha lido tudo. Passara os olhos pela nota de rodapé bem no fim. Afinal, qual seria a importância de uma nota de rodapé na história de um homem cuja vida inteira fora em si uma nota de rodapé? Leu rapidamente. Algo sobre um arcebispo. Mas então se ajoelhou, quase ficando de quatro, para ver melhor as palavras. Pegando os óculos de leitura de novo, ele se inclinou em direção ao bronze.

A nota explicava que Gilberto fora amigo do arcebispo da Cantuária e que fora em seu auxílio. Gamache olhou para o texto, tentando extrair seu significado. Afinal de contas, por que mencionar aquilo?

Finalmente, ficou de pé.

Gilberto de Sempringham morrera em 1189. Fora um membro ativo da Igreja por sessenta anos. Gamache fez as contas.

Isso significava...

O chefe olhou para trás, para a placa e as palavras que quase roçavam o chão. Isso significava que o amigo dele, o arcebispo, o homem a quem ajudara, era Tomás Becket.

Thomas à Becket.

Gamache se virou de costas para a placa e observou a Capela.

Thomas à Becket.

Ele deu um passo à frente, abrindo caminho por entre os bancos, perdido em pensamentos. Depois, subiu no altar e, lentamente, desenhou um arco ao seu redor com a lanterna, até que ela voltasse ao ponto de partida. Então a desligou. E deixou que a noite e o silêncio voltassem a engolir o espaço.

São Tomás Becket.

Que fora assassinado em sua catedral.

Um lobo em pele de cordeiro. A expressão era da Bíblia, mas fora famosamente citada por Tomás Becket, que chamara seus assassinos de "lobos em pele de cordeiros".

T. S. Eliot havia escrito uma peça sobre aqueles eventos. *Assassínio na catedral.*

– "Uma enfermidade se aproxima de nós" – citou Gamache, baixinho. – "Esperamos. Esperamos."

Mas o inspetor-chefe não precisou esperar muito. Em poucos instantes o silêncio foi quebrado.

Cânticos. Aproximando-se.

O chefe deu alguns passos, mas não conseguiu sair do altar antes de ver os monges encapuzados vindo em sua direção. Cada um com uma vela. Eles passaram direto por ele, como se Gamache não estivesse ali, e ocuparam seus lugares de costume nos bancos.

O canto parou e, como se fossem um único homem, todos baixaram os capuzes.

E 23 pares de olhos se voltaram para Gamache. Um homem de pijama e robe, de pé no meio do altar deles.

TREZE

– E O QUE O SENHOR falou? – perguntou Beauvoir, sem sequer se dar ao trabalho de esconder quanto estava se divertindo.

Eles estavam no escritório do prior, antes de sair para o café da manhã.

– O que eu poderia dizer? – disse Gamache, levantando os olhos após fazer algumas anotações. – Eu falei "*Bonjour*", fiz uma mesura para o abade e me sentei em um dos bancos.

– O senhor ficou lá? De pijama?

– Parecia um pouco tarde para ir embora – disse Gamache, sorrindo. – Além disso, eu estava de robe. Não muito diferente deles.

– Acho que eu vou precisar de terapia – murmurou Beauvoir.

Gamache voltou à leitura. Precisava admitir que não era assim que esperava começar o dia. Os monges encontrando um homem de pijama em seu altar nas Vigílias das cinco da manhã – Gamache sendo esse homem.

E Beauvoir não acreditava na história maravilhosa que tinha caído em seu colo logo de manhã cedinho. Seu único pesar era não ter presenciado a cena. E, quem sabe, ter tirado uma foto. Se o chefe ficasse irritado ao saber de seu relacionamento com Annie, com certeza a tal foto o silenciaria.

– O senhor me pediu para descobrir quem era aquele monge que bateu de frente com o abade no jantar de ontem – disse Beauvoir. – O nome dele é Frère Antoine. Está aqui desde os 23 anos. Faz 15 anos.

Beauvoir tinha feito as contas. Ele e Frère Antoine tinham exatamente a mesma idade.

– E olha só – continuou Beauvoir, debruçando-se na mesa –, ele era o solista daquela gravação.

O chefe também se debruçou.

– Como você sabe?

– Aqueles sinos me acordaram cedo. Eu deduzi que era algum tipo de alerta. Parece que os monges encontraram um homem de pijama no altar hoje de manhã.

– Não acredito!

– Enfim, depois que aqueles malditos sinos me acordaram, eu fui até os chuveiros. Aquele monge novinho que fica no escritório do porteiro, Frère Luc, estava no cubículo ao lado do meu. A gente estava sozinho, então eu perguntei para ele quem era o monge que tinha desafiado o abade. Adivinha o que Frère Luc me disse?

– O quê?

– Ele disse que o prior planejava substituir Frère Antoine por ele como solista na nova gravação.

Beauvoir viu os olhos do chefe se arregalarem.

– Ele, Luc?

– Ele, Luc. Mim, Beauvoir.

Gamache se recostou na cadeira e pensou por um instante.

– Você acha que Frère Antoine sabia do plano?

– Não sei. Outros monges chegaram e não tive a oportunidade de perguntar.

Gamache olhou de relance para o relógio. Eram quase sete horas. Ele e Beauvoir provavelmente não tinham se esbarrado nos chuveiros por pouco.

Se era levemente heterodoxo comer na mesa dos suspeitos, era definitivamente heterodoxo tomar banho com eles. Mas os cubículos eram individuais e não havia alternativa.

Gamache também tivera uma conversa no chuveiro naquela manhã, depois das Vigílias. Alguns monges haviam entrado enquanto ele tomava banho e fazia a barba. O inspetor-chefe iniciara uma conversa educada, aparentemente despretensiosa, perguntando a cada monge por que eles tinham se juntado aos gilbertinos. Todos haviam respondido, sem exceção: "Por causa da música."

E todos com quem ele falara tinham sido recrutados. Escolhidos. Por sua voz, principalmente, mas também por suas habilidades. Como o chefe havia descoberto ao ler as entrevistas do dia anterior, cada monge pertencia a uma área de conhecimento. Um era encanador; outro, eletricista. Um era arquiteto e outro, pedreiro. Havia cozinheiros, agricultores e jardineiros. Um médico, Frère Charles. Um engenheiro.

Eles eram como a Arca de Noé ou um abrigo nuclear, capazes de reconstruir o mundo em caso de desastre. Todos os elementos principais estavam presentes. Exceto um.

Não havia nenhum útero.

Assim, caso acontecesse uma catástrofe da qual só o mosteiro de Saint-Gilbert-Entre-les-Loups escapasse, ainda haveria edifícios, água corrente e eletricidade. Mas não vida.

Porém haveria música. Uma música gloriosa. Por um tempo.

– Como o senhor foi recrutado? – perguntara o chefe ao monge no cubículo ao lado, depois que todos os outros já tinham se vestido e saído.

– Pelo abade – respondera o monge. – Dom Philippe sai uma vez por ano para procurar novos monges. Nem sempre a gente precisa, mas ele acompanha os irmãos que têm as qualidades necessárias.

– E quais seriam elas?

– Bom, Frère Alexandre, por exemplo, cuida dos animais, mas está assumindo outras responsabilidades. Então *Père Abbé* vai ficar de olho nos monges lá de fora que tiverem habilidades nessa área.

– De olho nos monges gilbertinos?

O monge riu.

– Não existem outros gilbertinos. Nós somos a ordem. Os últimos da espécie. Todos nós fomos recrutados para cá de outras ordens.

– É difícil convencer os monges a virem para cá? – perguntou Gamache.

– Um pouco, mas quando Dom Philippe explicou que a vocação de Saint-Gilbert é o canto gregoriano, bom, a gente não precisou ouvir mais nada.

– Vale a pena abrir mão de tudo pela música? O isolamento... Parece que os senhores nunca veem familiares ou amigos.

O monge encarou Gamache.

– A gente abriria mão de tudo pela música. É só isso que importa – admitiu ele, depois sorriu. – O canto gregoriano não é apenas música, tampouco apenas uma oração. Ele é as duas coisas juntas. A Palavra de Deus cantada na voz de Deus. A gente abriria mão da nossa própria vida por isso.

– E foi o que os senhores fizeram.

– De jeito nenhum. A vida que a gente tem aqui dentro é mais rica e significativa do que qualquer outra coisa que poderia ter lá fora. Amamos a Deus e aos cânticos. E em Saint-Gilbert temos as duas coisas. É como um vício – disse ele, rindo.

– O senhor já se arrependeu da decisão de ter vindo para cá?

– Naquele primeiro dia, nos primeiros momentos, sim. Me pareceu uma longa viagem de barco pela baía até a gente se aproximar do Saint-Gilbert. Eu realmente senti saudades do meu antigo mosteiro, do meu abade e dos meus amigos de lá. Então ouvi a música. O cantochão.

O monge pareceu deixar Gamache, deixar os chuveiros com seu vapor e sua fragrância de lavanda e monarda. Deixar o próprio corpo e ir para um lugar melhor. Um lugar de pura bem-aventurança.

– Depois de cinco ou seis notas, eu soube que tinha algo diferente naquilo.

A voz dele era forte, mas os olhos estavam vidrados. Era a mesma expressão que Gamache observara no rosto dos monges durante os serviços religiosos. Quando eles cantavam.

De paz. Calma.

– O que era diferente? – perguntou.

– Quem dera eu soubesse. Eles são tão simples quanto todos os outros cânticos que eu já entoei, mas tem algo mais ali. Uma profundidade, uma riqueza. O jeito que as vozes se misturam. Aquilo me pareceu a plenitude. Eu me senti pleno.

– O senhor disse que Dom Philippe recruta novos monges com qualidades que são necessárias aqui. Isso obviamente deve incluir uma boa voz.

– Não só inclui, como é a principal qualidade que ele procura. Só que não é qualquer voz. Frère Mathieu falava para o abade de que tipo de voz precisava e o abade ia até os mosteiros atrás dela.

– Mas o recruta também teria que ser bom com animais, ou cozinheiro, ou ter qualquer habilidade que seja necessária para os senhores – argumentou Gamache.

– É verdade, e é por isso que pode levar anos para se substituir um monge; e por isso que o abade sai à procura. Ele é como o olheiro de uma equipe esportiva, observando atentamente até os mais jovens. O abade se informa sobre os novos talentos antes mesmo de eles fazerem os votos perpétuos, quando acabaram de entrar no seminário.

– A personalidade é importante?

– A maioria dos monges aprende a conviver em comunidade – explicou o religioso, vestindo o hábito. – Isso significa aceitar uns aos outros.

– E a autoridade do abade.

– *Oui.*

Aquela era, Gamache sabia, a resposta mais curta que havia recebido até então. O monge se abaixou para calçar as meias, interrompendo o contato visual com o chefe, que já estava vestido.

Quando ele se endireitou, voltou a sorrir.

– Na verdade, temos que fazer testes de personalidade bem completos. Somos avaliados.

Gamache achou que tivesse uma expressão neutra, mas, pelo visto, seu ceticismo transparecera.

– *Oui* – disse o monge, com um suspiro. – Dada a história recente da Igreja, talvez seja uma boa ideia reavaliar as avaliações. Parece que os poucos escolhidos talvez não sejam as melhores escolhas. Mas o fato é que a maioria de nós é gente boa. Sã e estável. Só queremos servir a Deus.

– Cantando.

O monge observou Gamache.

– O senhor parece acreditar, *monsieur*, que a música e os homens podem ser separados, mas não podem. A comunidade de Saint-Gilbert-Entre-les-Loups é como um cântico vivo. Cada um de nós é uma nota individual. Sozinhos, não somos nada. Mas juntos? Divinos. Nós não só cantamos, nós somos a música.

Dava para ver que ele acreditava naquilo. Acreditava que sozinhos eles não eram nada, mas que, juntos, os monges de Saint-Gilbert formavam um cântico. O chefe teve uma visão dos salões do mosteiro repletos não de monges em hábitos pretos, mas de notas musicais. Notas pretas pipocando pelos corredores. Aguardando a hora de se unirem em uma canção sagrada.

– Quanto a morte do prior afeta isso? – perguntou Gamache.

O monge respirou fundo, como se o chefe o tivesse catucado com uma vara pontiaguda.

– Nós precisamos agradecer a Deus por ter contado com Frère Mathieu um dia, e não ficar aborrecidos por ele ter sido tirado de nós.

Aquilo parecia menos convincente.

– Mas a música vai perder com isso?

Gamache havia escolhido as palavras deliberadamente e viu o resultado. O monge voltou a quebrar o contato visual.

O inspetor-chefe se perguntou se, assim como as notas, o espaço entre elas não seria igualmente importante para o canto. O silêncio.

Os dois ficaram em silêncio.

– Nós precisamos de tão pouco – disse o monge, afinal. – De música e da nossa fé. Os dois vão sobreviver.

– Perdão – disse o chefe –, eu não sei o seu nome.

– Bernard. Irmão Bernard.

– Armand Gamache.

Os dois apertaram as mãos. Bernard segurou a do chefe por um instante a mais que o necessário.

Aquela era mais uma entre as centenas de mensagens tácitas que circulavam pelo mosteiro. Mas que mensagem seria? Lá estavam dois homens que praticamente tinham tomado banho juntos. Parecia haver um convite óbvio. Porém, por instinto, Gamache sabia que não era isso que Frère Bernard estava tentando dizer.

– Mas alguma coisa mudou – disse Gamache, ao que Frère Bernard soltou sua mão.

O chefe percebeu que havia vários cubículos vazios. Bernard não precisava ter escolhido um bem ao lado do oficial da Sûreté.

Ele queria conversar. Tinha algo a dizer.

– O senhor estava certo ontem à noite – comentou o monge. – A gente ouviu o senhor na Capela Santíssima. A gravação mudou tudo. Não no início. No início, ela nos aproximou ainda mais. Era uma missão comum. O objetivo não era dividir os cânticos com o mundo. Éramos realistas o suficiente para saber que um CD de canto gregoriano talvez não figurasse nas paradas musicais.

– Então por que fazer a gravação?

– Foi ideia de Frère Mathieu – contou Bernard. – O mosteiro precisava de reparos e, por mais que a gente tentasse conservar as coisas, em algum momento o necessário já não era esforço ou perícia, mas dinheiro. A única coisa que não possuíamos e não tínhamos meios de gerar. Nós produzimos esses mirtilos cobertos de chocolate. O senhor provou?

Gamache aquiesceu.

– Eu ajudo a cuidar dos animais, mas também trabalho na fábrica de chocolate. Eles são bem populares. A gente troca com outros mosteiros por queijo e sidra e vende para amigos e familiares. A um preço inflacionado. Todo mundo sabe disso, mas eles também sabem que precisamos da verba.

– Os chocolates são incríveis, mas os senhores teriam que vender milhares de caixas para levantar dinheiro suficiente.

– Ou vender cada caixa por mil dólares. As nossas famílias nos ajudam muito, mas isso já parecia pedir demais. Acredite, monsieur Gamache, nós tentamos de tudo. Finalmente, Frère Mathieu veio com a ideia de vender a única coisa que nunca faltava aqui.

– O canto gregoriano.

– Exatamente. Nós cantamos o tempo todo e não precisamos competir com ursos e lobos por mirtilos, nem ordenhar cabras pelas notas.

Gamache sorriu ao imaginar cânticos gregorianos jorrando das tetas de cabras e ovelhas.

– Mas os senhores não tinham grandes esperanças?

– Nós sempre temos esperança. Isso é outra coisa que nunca falta aqui. O que não tínhamos eram grandes expectativas. O plano era fazer a gravação e vender os CDs a preços exorbitantes para familiares e amigos. E nas lojas de alguns outros mosteiros. Nossos amigos e familiares escutariam uma vez, só para dizer que tinham ouvido, depois guardariam o CD e o esqueceriam.

– Só que algo aconteceu.

Bernard assentiu.

– Demorou um pouco. A gente vendeu algumas centenas. Conseguiu o suficiente para comprar os materiais para consertar o telhado. Mas então, um ano depois do lançamento do CD, começou a entrar dinheiro na nossa conta. Eu lembro que estava na Sala do Capítulo quando o abade contou que tinham aparecido mais de 100 mil dólares na nossa conta. Ele pediu para o irmão que faz a contabilidade checar de novo e, dito e feito, tinha vindo da gravação. Mais CDs foram produzidos, com a nossa permissão, mas não sabíamos quantos. Então vieram as versões eletrônicas. Os downloads.

– Como os irmãos reagiram?

– Bom, parecia um milagre. Em vários níveis. De repente, tínhamos mais dinheiro do que poderíamos usar, e não parava de entrar mais. Mas, afora isso, era como se Deus tivesse dado a bênção d'Ele. Sorrido para o nosso projeto.

– E não só Deus, mas o mundo lá fora – disse Gamache.

– É verdade. Parecia que todo mundo, de uma vez só, tinha descoberto como a nossa música era bonita.

– Validação?

Frère Bernard corou e assentiu.

– Eu tenho vergonha de admitir, mas foi isso que senti. Parecia importar, no fim das contas. O que o mundo pensava.

– O mundo amava os senhores.

Bernard respirou fundo e baixou os olhos para as mãos, que passaram a descansar no colo do hábito, segurando as pontas da corda que lhe envolvia a cintura.

– E, por um tempo, foi uma sensação maravilhosa – admitiu Frère Bernard.

– O que aconteceu?

– O mundo descobriu não apenas a nossa música, mas a gente também. Aviões começaram a zumbir lá no alto, pessoas chegavam de barco. Repórteres, turistas. Autoproclamados peregrinos vinham adorar a gente. Foi terrível.

– O preço da fama.

– A gente só queria ter aquecimento no inverno – disse Frère Bernard. – E um teto sem goteiras.

– Mas vocês conseguiram manter todos eles lá fora.

– Isso foi Dom Philippe. Ele deixou claro para os outros mosteiros e para o público que nós somos uma ordem reclusa. Com um voto de silêncio. Ele até apareceu na TV, uma vez só. Na Rádio Canadá.

– Eu vi a entrevista.

Embora aquilo dificilmente pudesse ser chamado de entrevista. Fora apenas Dom Philippe de pé em uma locação anônima, de hábito, olhando para a câmera e implorando às pessoas que, por favor, deixassem seu mosteiro em paz. Ele ficava feliz que todos estivessem gostando dos cânticos, mas dizia que aquilo era tudo que eles tinham para oferecer. Não podiam dar nada mais. O mundo, porém, podia dar a eles, aos monges de Saint-Gilbert, um grande presente: paz e tranquilidade.

– E eles deixaram os monges em paz? – perguntou Gamache.

– Em algum momento, sim.

– Mas a paz não foi restaurada, foi?

Eles tinham saído dos chuveiros, e Gamache havia acompanhado Frère Bernard ao longo do silencioso corredor. Em direção à porta fechada lá no fim. Não a que dava na Capela Santíssima, mas a do outro lado.

Frère Bernard puxou a maçaneta e os dois entraram em um novo dia.

Eles estavam, na verdade, em uma imensa área cercada. Com cabras, ovelhas, galinhas e patos. Frère Bernard pegou uma cesta de junco e entregou outra a Gamache.

O ar estava fresco, frio, o que era agradável depois do calor do banho. Acima do muro alto ele via pinheiros e ouvia pássaros e o quebrar suave da água nas rochas.

– *Excusez-moi* – disse Bernard à galinha antes de pegar o ovo dela. – *Merci.*

Gamache também enfiou a mão grande debaixo das galinhas e encontrou os ovos quentes. Depois os colocou na cesta com cuidado.

– *Merci* – disse a cada galinha.

– A paz parecia ter sido restaurada, inspetor-chefe – continuou Bernard, enquanto eles iam de galinha em galinha. – Mas Saint-Gilbert já não era o mesmo. Existia uma tensão na abadia. Alguns monges queriam capitalizar a nossa popularidade, argumentando que isso era claramente a vontade de Deus e que seria uma perversidade desperdiçar uma oportunidade dessas.

– E os outros?

– Eles argumentavam que Deus já tinha sido generoso o suficiente e que a gente precisava aceitar com humildade o que Ele tinha nos dado. Que aquilo era um teste. Que a fama era uma serpente disfarçada de amiga. Essa era a nossa tentação, e deveríamos rejeitá-la.

– Qual era a posição de Frère Mathieu?

Bernard tinha se aproximado de uma pata imensa e acariciado a cabeça dela, murmurando palavras que Gamache não conseguia escutar mas identificava como carinhosas. Então ele beijou o topo da cabeça da ave e se afastou. Sem levar nenhum dos ovos dela.

– Ele estava com o abade. Eles eram melhores amigos, duas metades de um todo. Dom Philippe era a estética, e o prior, um homem de ação. Juntos, eles lideravam o mosteiro. Sem o abade, jamais teria existido a gravação. Ele apoiou totalmente o projeto. Ajudou com as conexões no mundo lá fora. Ficou mais feliz que todo o resto.

– E o prior?

– Era o bebê dele. Ele era o líder indiscutível do coro e do projeto. Ele escolheu a música, os arranjos, os solistas, a ordem de gravação. Tudo foi feito em uma única manhã, na Capela Santíssima, com um velho gravador de fita que o abade pegou emprestado em uma viagem à abadia de Saint-
-Benoit-du-Lac.

Após ouvir o CD diversas vezes, Gamache sabia que a gravação não tinha uma boa qualidade, mas isso lhe conferia uma espécie de charme, de legitimidade. Não havia edição digital, nem múltiplas faixas. Nenhum truque ou falsificação. Era real.

E belíssima. Havia capturado o que Frère Bernard descrevera. Quando as pessoas ouviam a gravação, tinham uma sensação de pertencimento. Era como se estivessem menos sozinhas. Como se ainda fossem indivíduos, mas também parte de uma comunidade. Parte de tudo. Pessoas, animais, árvores, rochas: de repente, já não havia distinção.

Era como se o canto gregoriano entrasse no corpo das pessoas e rearranjasse o DNA delas, de modo que se tornassem parte de tudo à sua volta. Já não havia mais raiva, competição, vencedores ou perdedores. Tudo era esplêndido e igual. E todos estavam em paz.

Não era de admirar que as pessoas quisessem mais. Gritassem por mais. Aparecessem no mosteiro e golpeassem a porta, quase histéricas para entrar. Para receber mais.

Só que os monges haviam se recusado.

Bernard ficou em silêncio por alguns instantes, caminhando lentamente pelo perímetro do lugar.

– Fale – pediu Gamache.

Havia mais, ele sabia. Sempre havia mais. Bernard o havia seguido até os chuveiros com um propósito. Queria contar algo a Gamache e, por mais que a narrativa até então tivesse sido interessante, não era aquilo.

Havia mais.

– Foi o voto de silêncio.

Gamache esperou, então, finalmente, o incentivou.

– Continue.

Frère Bernard hesitou, tentando encontrar as palavras para explicar algo que não existia no mundo exterior.

– O nosso voto de silêncio não é absoluto. Ele também é conhecido como uma regra de silêncio. Nós temos autorização para às vezes conversar uns com os outros, mas isso perturba a paz da abadia, a paz do monge. O silêncio é visto tanto como um ato voluntário quanto como algo profundamente espiritual.

– Mas os senhores podem falar?

– A nossa língua não é cortada quando entramos para a ordem – disse o monge com um sorriso. – Mas isso não é encorajado. Um tagarela nunca poderia ser monge. Tem horas do dia em que o silêncio é mais importante. À noite, por exemplo. Isso é chamado de "O grande silêncio". Alguns mosteiros relaxaram o voto de silêncio, mas aqui em Saint-Gilbert a gente tenta manter o grande silêncio durante a maior parte do dia.

O grande silêncio, pensou Gamache. Fora isso que ele experimentara algumas horas antes, quando tinha acordado e atravessado o corredor. Parecera um vazio dentro do qual poderia cair. E, se tivesse caído, o que teria encontrado lá?

– Quanto maior o silêncio, mais alta é a voz de Deus? – perguntou Gamache.

– Bom, maiores são as chances de ouvir a voz d'Ele. Alguns monges queriam que o voto fosse suspenso, para que pudéssemos sair pelo mundo para falar com as pessoas sobre a música, quem sabe fazer concertos. A gente estava recebendo todo tipo de convite. Teve até um boato de que fomos convidados para ir ao Vaticano, mas o abade recusou.

– O que as pessoas acharam disso?

– Alguns ficaram com raiva; outros, aliviados.

– Alguns apoiaram o abade e outros, não?

Bernard assentiu.

– O senhor tem que entender, um abade é mais que um chefe. A nossa lealdade não é ao bispo ou ao arcebispo. É ao abade. E à abadia. Elegemos o nosso representante, e ele faz esse trabalho até morrer ou até renunciar. Ele é o nosso papa.

– E ele é considerado infalível?

Bernard havia interrompido a caminhada e cruzado os braços, protegendo instintivamente os ovos com a mão livre.

– Não. Mas as abadias mais felizes são aquelas nas quais os monges não questionam o abade. E os melhores abades são abertos a sugestões. Discutem tudo no Capítulo. Depois tomam uma decisão. E todo mundo aceita. Isso é visto como um ato de humildade e graça. Não se trata de ganhar ou perder, mas de expressar sua opinião. E deixar que Deus e a comunidade decidam.

– Mas isso parou de acontecer aqui.

Bernard aquiesceu.

– Alguém iniciou essa campanha para acabar com o voto de silêncio? Uma voz pelos dissidentes?

De novo, Bernard anuiu. Era isso o que ele queria dizer.

– Frère Mathieu – disse Bernard, por fim, com uma expressão infeliz. – O prior queria que o voto de silêncio fosse suspenso. Isso gerou discussões terríveis. Ele era um homem enérgico, acostumado a conseguir o que queria. Até então, o que ele queria e o que o abade queria eram a mesma coisa. Mas não mais.

– E Frère Mathieu não se deu por vencido? – perguntou Gamache.

– De jeito nenhum. E, pouco a pouco, os outros monges viram que as paredes não iam desmoronar se eles também não se submetessem, se continuassem a lutar e até a desobedecer. As discussões se intensificaram, ficaram mais clamorosas.

– Em uma comunidade silenciosa?

Bernard sorriu.

– O senhor ficaria surpreso com quantas maneiras existem de se transmitir um recado. Bem mais poderosas e ofensivas que o uso das palavras. Em um mosteiro, dar as costas é como jogar uma bomba, revirar os olhos é um ataque nuclear.

– E em que pé estavam as coisas ontem de manhã?

– Ontem de manhã, o mosteiro já tinha sido totalmente devastado. Só que os corpos ainda se mexiam e as paredes ainda estavam de pé. Mas Saint--Gilbert-Entre-les-Loups tinha morrido em todos os outros sentidos.

Gamache pensou naquilo por um instante. Depois, agradeceu a Frère Bernard, entregou a ele a cesta de ovos, deixou a área cercada e voltou para o interior do mosteiro.

A paz não tinha sido simplesmente destroçada, mas assassinada. Algo precioso fora destruído. E, então, uma pedra atingira a cabeça de Frère Mathieu, destroçando-a também.

Após deixar Frère Bernard, Gamache parou na porta e fez uma última pergunta.

– E o senhor, *mon frère*? De que lado está?

– Com Dom Philippe – respondeu ele, sem hesitar. – Eu sou um dos homens do abade.

Homens do abade, pensou o chefe enquanto ele e Beauvoir adentravam o silencioso salão do café da manhã alguns minutos depois. Muitos dos monges já estavam lá, mas nenhum olhou na direção deles.

Os homens do abade. Os homens do prior.

Uma guerra civil, travada com olhadelas e pequenos gestos. E silêncio.

QUATORZE

APÓS UM CAFÉ DA MANHÃ DE ovos e frutas, além de pão e queijo frescos, os monges se dispersaram, e o chefe e Beauvoir se demoraram bebendo chá de ervas.

– Isto é nojento – disse Beauvoir, tomando um gole e fazendo careta. – É chá de terra. Eu estou bebendo lama.

– É hortelã. Eu acho – comentou Gamache.

– Lama de hortelã – rebateu Beauvoir, baixando a caneca e a empurrando para longe. – Então, quem o senhor acha que foi?

Gamache balançou a cabeça.

– Sinceramente, não sei. Parece provável que tenha sido alguém que estava do lado do abade.

– Ou o próprio abade.

Gamache assentiu.

– Isso se o prior tiver sido morto por causa da luta pelo poder.

– Quem quer que ganhasse a luta, controlaria um mosteiro que, de repente, se tornou extremamente rico e poderoso. E não só por causa do dinheiro.

– Continue – incentivou Gamache.

Ele sempre preferia ouvir a falar.

– Bom, pense bem. Esses gilbertinos desaparecem por séculos. Daí, de súbito, e aparentemente de maneira milagrosa, saem do meio do mato. Como se isso não fosse bíblico o bastante, trazem uma dádiva. A música sacra. Um guru do marketing nova-iorquino não seria capaz de inventar um truque publicitário melhor.

– Só que não é um truque publicitário.

– Tem certeza, *patron*?

Gamache pousou a caneca na mesa e se inclinou para seu segundo em comando, seus olhos castanho-escuros pensativos.

– Você está dizendo que isso tudo foi manipulado? Por esses monges? Quatrocentos anos de silêncio, depois uma gravação de um canto gregoriano obscuro? Tudo para que eles se colocassem em uma posição de riqueza e influência? Isso é o que eu chamo de plano a longo prazo. Ainda bem que eles não têm acionistas.

Beauvoir riu.

– Mas funcionou.

– Mas não foi moleza. As chances de este remoto mosteiro cheio de monges cantores se tornar um grande sucesso eram minúsculas.

– Eu concordo. Um monte de coisas tinha que acontecer. A música precisava conquistar as pessoas. Mas, provavelmente, isso não seria o suficiente. O que realmente inflamou o público foi descobrir quem eles eram. Uma ordem supostamente extinta que tinha feito voto de silêncio. Foi isso que conquistou as pessoas.

O chefe aquiesceu. Isso aumentava o mistério em torno da música e dos monges. Seria manipulação? Afinal de contas, era tudo verdade. Mas não era disso que se tratava um bom marketing? Não de mentir, mas de escolher quais verdades contar?

– Esses monges humildes se tornaram estrelas – disse Beauvoir. – Não só ricos: eles agora são poderosos. As pessoas amam os gilbertinos. Se o abade de Saint-Gilbert-Entre-les-Loups aparecesse amanhã na CNN e anunciasse que é a segunda vinda de Cristo, não venha me dizer que milhões de pessoas não acreditariam.

– Milhões de pessoas acreditariam em qualquer coisa – disse Gamache. – Elas veem Cristo em uma panqueca e começam a adorá-la.

– Mas isso é diferente, *patron*, e o senhor sabe. O senhor mesmo sentiu. A música não tem nenhum efeito em mim, mas eu vejo como ela afeta o senhor.

– Mais uma vez, é verdade, *mon vieux* – disse Gamache, sorrindo. – Mas ela não me leva a assassinar ninguém. Pelo contrário. É bem calmante. Como o chá.

Ele voltou a pegar a caneca, levantou-a para um brinde com Beauvoir e relaxou na cadeira.

– O que você está querendo dizer, Jean Guy?

– O que eu estou dizendo é que tinha mais coisas em jogo que uma nova gravação. E muito mais que brigas mesquinhas e o direito de mandar em duas dúzias de monges cantores. Gostem ou não, esses homens são bastante influentes agora. As pessoas querem ouvir o que eles têm a dizer. Isso deve ser bem inebriante.

– Ou preocupante.

– E eles só precisavam se livrar de um inconveniente voto de silêncio – disse Beauvoir, em voz baixa e intensa. – Sair em turnê. Fazer concertos. Dar entrevistas. As pessoas beberiam cada palavra deles. Eles seriam mais poderosos que o papa.

– E a única pessoa que estava no caminho deles era o abade – emendou o chefe, depois balançou a cabeça. – Mas, se isso for verdade, então o homem errado foi morto. A sua argumentação faria sentido, Jean Guy, se Dom Philippe estivesse morto, mas ele não está.

– Ahhh, mas aí é que o senhor se engana. Eu não estou dizendo que o assassinato aconteceu para suspender o voto de silêncio, só estou dizendo que tem muita coisa em jogo. Para o time do prior, é poder e influência, mas para o outro? Existe um motivo igualmente poderoso.

Agora Gamache sorria e assentia.

– Preservar a vida tranquila e silenciosa. Proteger o seu lar.

– E quem não mataria para proteger seu lar? – perguntou Beauvoir.

Gamache pensou sobre aquilo e se lembrou de quando coletara os ovos de manhã, à luz suave da aurora, com Frère Bernard. E da descrição que o monge fizera dos aviões zunindo e dos peregrinos esmurrando a porta.

E da abadia devastada.

– Se Frère Mathieu tivesse ganhado a batalha, teria feito outra gravação, suspendido o voto de silêncio e transformado o mosteiro para sempre – disse o chefe, depois sorriu para Beauvoir e ficou de pé. – Bom trabalho. Só tem uma coisa que você está esquecendo.

– Eu não vejo como isso possa ser verdade – disse Beauvoir, levantando-se também.

Os dois saíram do refeitório e avançaram pelo corredor deserto.

Gamache abriu o livro que vinha carregando para lá e para cá, o fino volume de meditações cristãs. Dele, tirou o pedaço de papel amarelado encontrado no corpo e o entregou a seu segundo em comando.

– Como você explica isto?

– Talvez não seja importante.

O chefe fez uma cara pouco encorajadora.

– O prior morreu abraçado a isto. Com certeza significava alguma coisa para ele.

Beauvoir abriu a grande porta para o chefe, e os dois entraram na Capela Santíssima. Eles pararam enquanto Beauvoir analisava a página.

Ele tinha dado uma olhada rápida no documento quando fora encontrado, mas não dedicara a ele tanto tempo quanto o chefe. Gamache aguardou, torcendo para que olhos frescos, jovens e céticos pudessem ver algo que ele havia deixado passar.

– A gente não sabe nada sobre isto, né? – perguntou Beauvoir, concentrando-se nos escritos e nas estranhas marcas sobre as palavras. – A gente não sabe se isto é antigo nem quem escreveu. E com certeza não sabe o que significa.

– Nem por que o prior estava com isto. Ele estava tentando proteger ou esconder esta página quando morreu? Ela era preciosa para ele ou uma blasfêmia?

– Isto é interessante – disse Beauvoir, examinando a página. – Acho que descobri o que uma das palavras significa. Acho que isto – prosseguiu, apontando para um termo em latim escrito à mão, fazendo Gamache debruçar-se sobre ele – quer dizer "bunda".

Beauvoir devolveu a página ao chefe.

– *Merci* – disse Gamache, recolocando o papel no livro para protegê-lo e fechando o volume. – Muito esclarecedor.

– Francamente, *patron*, o senhor tem um mosteiro cheinho de monges e vem até mim em busca de esclarecimento? Acho que mereceu.

Gamache riu.

– *C'est vrai*. Bom, eu vou procurar Dom Philippe e ver se ele tem uma planta baixa da abadia.

– E eu vou ter uma palavrinha com Frère Antoine, o solista.

– O que desafiou o abade?

– Ele mesmo – respondeu Beauvoir. – Deve ser um dos homens do prior. O que é isso?

Gamache estava muito quieto. Atento. O mosteiro, embora sempre silencioso, agora parecia estar prendendo a respiração.

Com as primeiras notas do cântico, ele respirou.

– Ah, de novo, não – lamentou Beauvoir, soltando o ar com força. – A gente não acabou de ter uma cerimônia? Sinceramente, eles são piores que viciados em crack.

SENTA E LEVANTA. CURVA o corpo. Volta a sentar. Fica de pé.

As Laudes – as orações que vinham depois do café da manhã – não acabavam nunca. Só que agora Beauvoir estava menos entediado. Provavelmente, disse a si mesmo, porque conhecia alguns membros. Também estava prestando mais atenção. Vendo a coisa toda menos como uma perda de tempo entre interrogatórios e mais como uma fonte de evidências.

As próprias orações eram evidências.

O canto gregoriano. Todos os suspeitos alinhados, uma fileira de frente para a outra.

A cisão era óbvia? Será que ele a veria agora que sabia que ela existia? Beauvoir estava fascinado pelo ritual. E pelos monges.

– Este foi o último serviço do prior – sussurrou Gamache, enquanto eles se curvavam e depois se endireitavam.

Beauvoir percebeu que a mão direita do chefe estava firme, sem tremor naquele dia.

– Ele foi morto quase que imediatamente depois das Laudes de ontem.

– A gente ainda não sabe com certeza para onde ele foi depois das orações – sussurrou Beauvoir, enquanto todos se sentavam por um breve instante.

Aquilo era, ele já havia percebido, uma provocação. Dentro de poucos instantes eles estariam de pé novamente.

– É verdade. Quando isto aqui acabar, a gente precisa observar quais monges vão para onde.

O chefe manteve os olhos nas fileiras de homens. O sol estava nascendo e, à medida que as Laudes avançavam, mais e mais luz descia das janelas no alto da torre central, atingia as vidraças antigas e imperfeitas e se refratava. Dividia-se. Em todas as cores já criadas. E estas rolavam para o altar e iluminavam os monges e sua música, de modo que as notas e a luz alegre pareceram se misturar e se fundir, brincando juntas no altar.

Grande parte da experiência de Gamache com a Igreja fora sombria, então ele havia procurado – e encontrado – Deus em outro lugar.

Mas aquilo era diferente. Havia um prazer ali. E não por acaso. Gamache tirou os olhos dos monges por um instante e olhou para o teto, para as vigas e os contrafortes. E para as janelas. O arquiteto original de Saint-Gilbert-Entre-les-Loups havia criado uma abadia que, deliberadamente, funcionava como receptáculo para a luz e o som.

A acústica perfeita se casara com a luz brincalhona.

Ele baixou os olhos. As vozes dos monges pareciam ainda mais bonitas que no dia anterior. Tingidas pelo pesar agora, mas também com uma leveza nas notas, certo ânimo. Os cânticos eram solenes e alegres. Firmes na terra e alados.

E Gamache pensou de novo na página com os velhos neumas que tinha guardado, por segurança, dentro do livro de meditações. Os neumas às vezes pareciam asas voando. Teria sido isso que o compositor dos antigos cânticos havia tentado transmitir? Que aquela música não era realmente desta terra?

Beauvoir estava certo, é claro: a música tocava e transportava Gamache. Ele ficava tentado a se perder naquelas vozes delicadas e calmantes, tão em sintonia umas com as outras, a abandonar as preocupações que carregava e se deixar levar, a esquecer por que estava ali.

Era contagiante, insidioso.

Gamache sorriu e percebeu que culpar a música era ridículo. Se ele se deixava levar, perdia o foco, a culpa era sua. Não dos monges. Não da música.

Redobrou os esforços e examinou as fileiras de monges. Como em um jogo, embora aquilo não fosse um jogo.

Encontre o líder.

Com o prior fora da jogada, quem liderava aquele coro mundialmente famoso agora? Porque alguém estava fazendo isso. Como ele dissera a Beauvoir, coros não se regiam sozinhos. Um dos monges, com movimentos tão sutis que nem mesmo um investigador treinado notaria, havia assumido o comando.

Quando as Laudes terminaram, o chefe e Beauvoir ficaram no banco, observando.

Aquilo era, pensou Beauvoir, um pouco como a primeira tacada de um jogo de sinuca: bolas indo para todos os lados. Era isso que parecia. Monges indo para lá, para cá, para todos os cantos. Espalhando-se, embora não exatamente ricocheteando nas paredes.

Beauvoir se virou para dizer algo sarcástico a Gamache, mas mudou de ideia quando viu a cara do chefe. Estava séria, pensativa. Jean Guy seguiu o olhar do chefe e viu Frère Luc caminhar devagar, talvez com relutância, até a porta de madeira que o levaria ao longo corredor. À porta trancada. Ao portão. E à minúscula salinha identificada como *Porterie*.

Ele estava sozinho e parecia solitário.

Beauvoir se voltou para Gamache e viu uma expressão ao mesmo tempo penetrante e preocupada. E se perguntou se o chefe estava vendo Frère Luc mas pensando em outros jovens. Jovens que tinham atravessado uma porta, e não haviam voltado.

Que tinham seguido as ordens de Gamache. Seguido Gamache. Mas, enquanto o chefe havia voltado, com uma profunda cicatriz próxima a uma das têmporas e um tremor em uma mão, eles não haviam.

Será que o chefe olhava para Frère Luc mas pensava neles?

Gamache parecia preocupado.

– Está tudo bem, *patron*? – murmurou Beauvoir.

A acústica da Capela Santíssima captou as palavras e as ampliou. O inspetor-chefe não respondeu. Em vez disso, continuou olhando a porta agora fechada.

Para onde Frère Luc havia ido e de onde tinha desaparecido.

Sozinho.

Os outros monges de hábito preto atravessaram outras portas.

Finalmente, os dois ficaram sozinhos na Capela Santíssima, e Gamache se virou para Beauvoir.

– Eu sei que você quer falar com Frère Antoine...

– O solista – disse Beauvoir. – Quero.

– É uma boa ideia, mas você se importaria de conversar com Frère Luc primeiro?

– Claro que não, mas o que eu vou perguntar para ele? O senhor já falou com ele. Eu também, hoje de manhã, nos chuveiros.

– Descubra se ele sabia que estava prestes a ser substituído como solista no segundo álbum. E faça companhia a Frère Luc por um instante. Veja se mais alguém aparece na portaria na próxima meia hora.

Beauvoir consultou o relógio. O serviço religioso tinha começado às sete e meia em ponto e terminado exatamente 45 minutos depois.

– Oui, *patron* – disse ele.

Gamache não desgrudara os olhos daquela parte escura da igreja.

Beauvoir seguiu Frère Luc de bom grado, assim como seguia todas as ordens de Gamache. Ele sabia que era uma perda de tempo, é claro. O chefe podia até fazer aquilo parecer um interrogatório, mas Beauvoir sabia muito bem o que era.

Ficar de babá.

Ele não se incomodava, desde que aquilo desse ao chefe alguma paz. Beauvoir teria colocado o monge para arrotar e trocado as fraldas dele, se Gamache pedisse. E se aquilo ajudasse a tranquilizar o chefe.

– VOCÊ SE IMPORTARIA DE dar uma olhada nisso, Simon?

O abade sorriu para o taciturno secretário, depois se voltou para o convidado.

– Vamos nos sentar?

Ele ergueu o braço e apontou, como um bom anfitrião, para as duas confortáveis poltronas perto da lareira. Estavam forradas com um chintz desbotado e pareciam ser recheadas com penas.

O abade era cerca de dez anos mais velho que Gamache. Tinha uns 60 e poucos, supôs o chefe. Mas parecia meio não ter idade. A cabeça raspada e as vestes davam essa impressão, supôs Gamache. Embora não houvesse como disfarçar as linhas no rosto de Dom Philippe – tampouco havia qualquer tentativa de fazê-lo.

– Irmão Simon vai encontrar uma planta baixa do mosteiro para o senhor. Eu tenho certeza de que a gente tem uma em algum lugar.

– O senhor não usa?

– Meu Deus, não. Eu conheço cada pedra, cada rachadura daqui.

Como o comandante de um navio, pensou Gamache, que chegara ao topo após muito trabalho. Intimamente familiarizado com cada canto de sua embarcação.

O abade parecia confortável no comando, aparentemente sem saber que havia um motim em andamento.

Ou – o que era mais provável – sabendo muito bem que houvera um motim e que ele fora frustrado. O desafio à sua autoridade tinha morrido com o prior.

Dom Philippe alisou os braços da poltrona com as mãos compridas e pálidas.

– Quando eu cheguei a Saint-Gilbert, um dos monges era estofador. Autodidata. Ele pedia para o abade trazer as sobras de tecido do fim dos rolos. Isto aqui foi ele que fez.

A mão do abade parou de se mover e descansou no braço da poltrona, como se ela fosse o braço do próprio monge.

– Isto faz quase quarenta anos. Ele já era idoso na época e morreu alguns anos depois de eu chegar. O nome dele era Frère Roland. Um homem gentil e calado.

– O senhor se lembra de todos os monges?

– Lembro, inspetor-chefe. O senhor não se lembra de todos os seus irmãos?

– Eu sou filho único, infelizmente.

– Eu não me expressei bem. Eu quis dizer dos seus outros irmãos, dos seus irmãos de armas.

O chefe sentiu o corpo ficar imóvel.

– Eu me lembro de cada nome, de cada rosto.

O abade o encarou. Aquele não era um olhar desafiador, nem sequer perscrutador. Para Gamache, foi mais como uma mão em seu cotovelo, ajudando-o a não perder o equilíbrio.

– Eu imaginei.

– Infelizmente, nenhum dos meus agentes é habilidoso desse jeito – comentou Gamache, também alisando o chintz desbotado.

– Se o senhor morasse e trabalhasse aqui, eles iam se tornar habilidosos mesmo que não tivessem começado assim.

– O senhor recruta todo mundo?

O abade assentiu.

– Eu tenho que ir atrás deles. Por causa da nossa história, a gente fez não só um voto de silêncio, mas também de invisibilidade. Uma promessa de manter nosso mosteiro...

Ele procurou a palavra. Aquilo era claramente algo que Dom Philippe não precisava explicar com muita frequência. Se é que já havia precisado alguma vez.

– ... em segredo? – sugeriu Gamache.

O abade sorriu.

– Eu estava tentando evitar essa palavra, mas acho que é isso. Os gilbertinos tiveram uma vida feliz e tranquila por muitos séculos na Inglaterra. Então, com a Reforma, todos os mosteiros foram fechados. Foi quando começamos a desaparecer. Nós empacotamos tudo o que conseguíamos carregar e simplesmente sumimos de vista. Encontramos um terreno bastante remoto na França e ali reconstruímos a ordem. Então, com a Inquisição, voltamos a ser alvo de escrutínio. O Santo Ofício interpretou nosso desejo de reclusão como um desejo de sigilo e não viu isso com bons olhos.

– E não é bom ser visto com maus olhos pela Inquisição – disse Gamache.

– Não é bom ser visto pela Inquisição, ponto. Pergunte aos valdenses.

– A quem?

– Exatamente. Eles viviam não muito longe de nós na França. Nós vimos a fumaça, inalamos a fumaça. Ouvimos os gritos.

Dom Philippe fez uma pausa, depois olhou para as mãos entrelaçadas no colo. Gamache percebeu que ele falava como se tivesse estado lá, sentindo o cheiro de seus irmãos monges.

– Então fizemos as malas de novo – continuou o abade.

– Foram para mais longe ainda.

O abade aquiesceu.

– O mais longe que conseguimos chegar. Viemos para o Novo Mundo, com alguns dos primeiros colonos. Os jesuítas foram os escolhidos para converter os nativos e partir com os exploradores.

– Enquanto os gilbertinos faziam o quê?

– Enquanto nós remávamos rumo ao norte – respondeu o abade, depois fez uma pausa. – Quando eu digo que viemos com os primeiros colonos, quero dizer que viemos como os primeiros colonos. Não como monges. Nós escondemos o nosso hábito. Escondemos a nossa ordem sagrada.

– Por quê?

– Porque estávamos com medo.

– Isso explica as paredes grossas, as salas secretas e as portas trancadas? – quis saber Gamache.

– Ah, o senhor reparou? – perguntou o abade com um sorriso.

– Sou um observador treinado, *mon père* – disse Gamache. – Quase nada escapa ao meu olhar atento.

O abade deu uma risadinha. Assim como os próprios cânticos, ele parecia mais leve naquela manhã. Parecia que o peso em seus ombros havia diminuído.

– Parece que nós somos uma ordem de monges preocupados.

– Eu notei que São Gilberto não tem uma vocação específica – disse Gamache. – Talvez ele possa se tornar o santo padroeiro dos desassossegados.

– Com certeza cairia como uma luva. Eu vou alertar o Santo Padre – disse o abade.

Embora reconhecesse tratar-se de uma piada, o inspetor-chefe suspeitava que o abade não queria ter muito contato com bispos, arcebispos ou papas. Talvez nenhum.

Mais do que qualquer coisa, os gilbertinos desejavam ser deixados em paz.

Dom Philippe recolocou a mão no braço da poltrona, explorando um buraco no tecido com o dedo. Parecia ser novo. Uma surpresa.

– Estamos acostumados a resolver nossos problemas – disse ele, olhando para o chefe. – Sejam reparos no telhado, calefação com defeito, câncer ou ossos quebrados. Todos os monges que vivem aqui vão morrer aqui. Nós deixamos tudo nas mãos de Deus: os buracos no tecido, as colheitas e o jeito e a hora da nossa morte.

– O que aconteceu no jardim ontem foi obra de Deus?

O abade balançou a cabeça.

– Foi por isso que decidi ligar para o senhor. Nós podemos lidar com a vontade de Deus, por mais dura que ela pareça às vezes. Mas isso foi outra coisa. Foi a vontade de um homem. E nós precisávamos de ajuda.

– Nem todos da sua comunidade concordam.

– O senhor está pensando no que irmão Antoine disse ontem, durante o jantar?

– Sim, e ele claramente não estava sozinho.

– Não – disse o abade, sustentando o olhar de Gamache. – Em mais de duas décadas como abade, eu aprendi que nem todo mundo vai concordar com as minhas decisões. Não posso me preocupar com isso.

– Com o que o senhor se preocupa, *mon père?*

– Eu me preocupo em saber a diferença.

– Perdão?

– Entre a vontade de Deus e a minha. E, neste exato momento, eu me preocupo em descobrir quem matou Mathieu e por quê.

Ele fez uma pausa, mexendo no buraco do estofamento. Aumentando o furo.

– E em entender como posso não ter percebido nada.

Frère Simon chegou com um pergaminho e o desenrolou na mesa baixa de pinho em frente aos homens.

– *Merci*, Simon – disse o abade, inclinando-se para a frente.

Frère Simon fez menção de ir embora, mas Gamache o deteve.

– Infelizmente, tenho mais um pedido. Seria útil contar com uma agenda com o horário de todas as missas, refeições e qualquer outra coisa que a gente deva saber.

– Um *horarium* – disse o abade. – Simon, você se importa de ver isso?

Parecia que Simon, embora se importasse até de respirar, na verdade estava disposto a fazer qualquer coisa que Dom Philippe pedisse. Sem dúvida, um dos homens do abade, pensou Gamache.

Simon se retirou, e os dois homens se debruçaram sobre a planta baixa.

– Então – disse Beauvoir, apoiando-se no batente da porta – você passa o dia todo aqui?

– O dia todo, todos os dias.

– E o que você faz?

Mesmo aos seus ouvidos, aquilo soou como uma cantada barata em um bar. *Você vem muito aqui, meu bem?* Se continuasse assim, acabaria perguntando qual era o signo do jovem monge.

Beauvoir era câncer, o que sempre o incomodara. Queria ser escorpião ou leão. Ou até aquele do carneiro. Qualquer coisa diferente do caranguejo, que, segundo as descrições, era cuidador, protetor e sensível.

Malditos horóscopos.

– Eu leio isto.

Frère Luc ergueu o imenso livro a alguns centímetros do colo, depois o pousou de novo.

– O que é isso?

Frère Luc lhe lançou um olhar desconfiado, como se tentasse avaliar os motivos do homem que conhecera nos chuveiros naquela manhã. Beauvoir precisava admitir que também teria achado a própria atitude suspeita.

– É o livro de canto gregoriano. Eu estudo os cânticos. Aprendo as minhas partes.

Era a abertura perfeita para uma conversa.

– Hoje de manhã, você me disse que o prior tinha escolhido você para ser o novo solista da próxima gravação. Você ficaria no lugar de Frère Antoine. Ele sabia disso?

– Devia saber – respondeu Luc.

– Por que você diz isso?

– Porque se ele achasse que era o solista, estaria estudando os cânticos. E não eu.

– Todos os cânticos estão neste único livro? – Ao olhar para o volume equilibrado nos joelhos magros de Frère Luc, Beauvoir teve uma ideia. – Quem mais sabe da existência dele? – perguntou o inspetor.

Se conhecimento era poder, pensou Beauvoir, aquele livro era todo-poderoso. Ele continha a chave para a vocação deles. E, agora, também era a chave para toda a riqueza e influência do grupo. Ali estava o Santo Graal dos monges.

– Todo mundo. Ele fica em um púlpito da Capela Santíssima. A gente o consulta o tempo todo. Às vezes, leva o livro para a própria cela. Não é nada de mais.

Merde, pensou Beauvoir. *Santo Graal coisa nenhuma.*

– A gente também copia os cânticos – contou Frère Luc, apontando para um caderno na mesa estreita. – Para que cada um tenha a própria cópia.

– Não é nenhum segredo, então? – perguntou Beauvoir, para ter certeza.

– Isto? – perguntou o jovem monge, colocando a mão no livro. – Muitos mosteiros têm um. A maioria tem dois ou três volumes, e muito mais impressionantes que o nosso. Acho que só temos um porque somos uma ordem muito pobre. Então temos que cuidar bem dele.

– Nada de ler na banheira? – perguntou Beauvoir.

Luc sorriu. Aquele era o primeiro sorriso que ele via no rosto do jovem e soturno monge.

– Quando vocês iam fazer a nova gravação?

– Ainda não tinha sido decidido.

Beauvoir pensou naquilo por um instante.

– O que ainda não tinha sido decidido? Quando ia ser ou *se* ia ter outra gravação?

– Não estava totalmente decidido se ia ter outra gravação, mas acho que não restavam muitas dúvidas quanto a isso.

– Mas você levou o inspetor-chefe a acreditar que a gravação iria ocorrer, que isso era um *fait accompli*. Agora está dizendo que não era?

– Era só uma questão de tempo – respondeu Luc. – Quando o prior queria alguma coisa, ela acontecia.

– E Frère Antoine? – perguntou Beauvoir. – Como você acha que ele recebeu a notícia?

– Teria aceitado. Ele não teria escolha.

Não porque Frère Antoine fosse humilde, pensou Beauvoir. Não como um reflexo de sua fé, mas porque era inútil argumentar com o prior. Provavelmente, seria mais fácil matar o homem.

Fora esse o motivo? Será que Frère Antoine havia esmagado a cabeça do prior porque estava prestes a ser substituído por outro solista? Em uma ordem dedicada ao canto gregoriano, o solista ocupava um lugar especial.

Alguns, como diria Orwell, eram mais iguais do que outros. E as pessoas matavam por causa disso o tempo todo.

QUINZE

A LUZ DO SOL QUE ATRAVESSAVA as janelas de cristal de chumbo incidia na planta baixa da abadia de Saint-Gilbert-Entre-les-Loups. Era um papel muito grosso e antigo e mostrava o formato cruciforme da construção. Áreas externas muradas ficavam nas extremidades dos dois braços, e o jardim do abade ficava na base da cruz.

O inspetor-chefe colocou os óculos de leitura e se aproximou do pergaminho. Ele analisou o desenho em silêncio. Gamache estivera no jardim do abade, é claro. E coletara ovos com Frère Bernard algumas horas antes na área murada onde ficavam as cabras, ovelhas e galinhas, no braço direito da cruz.

Seus olhos se moveram para o braço oposto da planta. Onde ficavam a fábrica de chocolate, o refeitório e as cozinhas. Ainda havia mais um espaço externo murado.

– O que é isto, *mon père?* – perguntou o chefe, apontando para o papel.

– É a nossa horta de ervas, legumes e verduras. Nós cultivamos os nossos, é claro.

– O suficiente para alimentar todo mundo?

– É por isso que nunca tivemos mais do que duas dúzias de monges. Os fundadores julgaram ser o número perfeito. É gente suficiente para fazer o trabalho, mas não demais para alimentar. Eles estavam certos.

– No entanto, os senhores contam com trinta celas. Tem espaço para mais gente. Por quê?

– Só para garantir – respondeu Dom Philippe. – Como o senhor disse, e com razão, inspetor-chefe, esta é uma ordem de desassossegados. E se precisarmos de mais espaço? E se alguém aparecer? Estamos preparados para o inesperado. Embora o número perfeito seja 24.

– Mas agora os senhores são só 23. Abriu uma vaga.

– Suponho que sim. Eu não tinha pensado nisso.

O inspetor-chefe se perguntou se aquilo era verdade e se poderia configurar uma motivação. Se era o abade quem fazia o recrutamento, será que ele teria encontrado outro monge que queria convidar para se juntar aos gilbertinos?

Mas alguém precisava ir embora para que a nova pessoa viesse. E quem melhor que o prior encrenqueiro?

Gamache afastou aquela possibilidade, mas sem grande entusiasmo. Mesmo no mundo sanguinário das universidades ou das cooperativas nova-iorquinas, em que havia vagas limitadas, as pessoas raramente derramavam sangue de verdade ou esmagavam crânios.

Ele via diversas razões para aquele abade matar seu prior, mas abrir espaço para alguém novo parecia ser uma das menos prováveis.

– Quem foi a última pessoa que o senhor recrutou?

– Irmão Luc. Ele chegou há pouco menos de um ano, de uma ordem perto da fronteira americana. Eles também são uma ordem musical. Os beneditinos. Fazem um ótimo queijo. Nós trocamos chocolate pelo queijo deles. O senhor comeu um pouco no café da manhã.

– É delicioso – concordou o chefe, que preferia deixar o queijo de lado e voltar ao assassinato. – Por que o senhor escolheu esse jovem?

– Eu estava de olho em Frère Luc desde que ele entrou para o seminário. Ele tem uma voz linda. Extraordinária.

– E o que mais ele trouxe?

– *Pardon?*

– Eu entendo que o canto talvez seja a primeira coisa que o senhor procura...

– A piedade é a primeira coisa que eu procuro – corrigiu o abade. A voz dele ainda era agradável, mas não havia como confundir seu tom. Dom Philippe queria deixar aquilo claro. – Primeiro, eu preciso acreditar que o irmão vai se encaixar no objetivo de Saint-Gilbert, que é viver com Deus através de Cristo. Satisfeita essa condição, eu olho para outras coisas.

– Como a voz – disse Gamache. – Mas ele precisa ter mais que isso, *non*?

Trazer alguma outra habilidade. Como o senhor disse, a abadia tem que ser autossuficiente.

Pela primeira vez o abade hesitou. Pareceu desconfortável.

– Frère Luc tem a vantagem de ser jovem. Ele pode aprender.

Mas Gamache tinha visto a fenda, a fissura. O desassossego. E avançou.

– Mas todos os outros monges vieram com alguma habilidade. Por exemplo, pelo que eu entendi, Frère Alexandre está ficando velho, talvez velho demais para cuidar dos animais. Não faria mais sentido encontrar um substituto para ele?

– O senhor está questionando o meu julgamento?

– Com certeza. Estou questionando tudo. Por que o senhor recrutou Frère Luc se ele só podia trazer a própria voz?

– Achei que a voz dele era suficiente neste estágio. Como eu disse, ele pode aprender outras coisas, como criar animais com Frère Alexandre, se demonstrar aptidão para isso. Nós somos afortunados agora.

– Como assim?

– Antes precisávamos implorar que outros monges viessem. Agora não. Os mais jovens estão interessados. Essa foi uma das grandes bênçãos da gravação. Temos mais opções. E, quando os novatos chegam, podem ser treinados. Um monge mais velho pode ser mentor de um mais novo, da mesma forma que Frère Roland foi orientado e aprendeu o ofício de estofador.

– Talvez Frère Luc também possa aprender isso – disse Gamache, e viu o abade sorrir.

– Não seria má ideia, inspetor-chefe. *Merci*.

Ainda assim, pensou Gamache, aquilo não explicava bem a reviravolta que o abade tinha feito no processo de recrutamento. Deixado de escolher um homem habilidoso e treinado em favor de um noviço. Com uma única competência notável: sua voz extraordinária.

Gamache olhou para a planta baixa na mesa diante de si. Havia algo errado com ela. Era uma sensação que ele tinha, como na Casa Maluca. Um leve mal-estar ao olhar para o desenho.

– Só existe uma sala oculta? – perguntou Gamache, seu dedo pairando sobre a Sala do Capítulo.

– Que eu saiba, sim. Sempre existiram rumores de túneis e catacumbas com tesouros há muito esquecidos, mas ninguém nunca encontrou nada. Pelo menos não que eu tenha conhecimento.

– E o que os rumores diziam ser o tesouro?

– Isso era, convenientemente, pouco claro – contou o abade com um sorriso. – Não teria como ser muita coisa, já que os 24 monges originais precisariam ter remado rio acima com ele desde a cidade de Quebec. E eu posso assegurar ao senhor que, se não era algo de comer ou vestir, não veio na viagem.

Como aquelas também eram basicamente as suas regras ao fazer as malas, Gamache aceitou a explicação do abade. Além disso, que tesouro homens que haviam feito votos de silêncio, pobreza e isolamento poderiam guardar? No entanto, mesmo ao se fazer aquela pergunta, ele já sabia a resposta. As pessoas sempre achavam alguma coisa para estimar. Para os garotinhos, eram pontas de flechas e bolinhas de gude. Para os adolescentes, uma camiseta descolada e uma bola de beisebol autografada. E para os garotos crescidos? Só porque eles eram monges, não significava que não tivessem tesouros. Talvez só não fossem as mesmas coisas que os outros valorizavam.

Ele colocou a mão na ponta da planta para impedir que o papel se enrolasse. Então olhou para onde seus dedos tocavam.

– É o mesmo papel – disse ele, alisando a planta.

– Como assim? – retorquiu o abade.

– O mesmo papel que este.

O chefe voltou a tirar a página do livro e a colocou em cima da planta baixa.

– O cântico foi escrito exatamente no mesmo papel que a planta baixa do mosteiro. É possível que isto – disse ele, tocando no cântico – seja tão antigo quanto isto? – perguntou, meneando a cabeça para a planta do mosteiro. – Eles foram escritos na mesma época?

O desenho datava de 1634 e estava assinado por Dom Clément, abade de Saint-Gilbert-Entre-les-Loups. Embaixo da assinatura havia duas figuras que Gamache aprendera a reconhecer; lobos, entrelaçados, aparentemente dormindo.

Entre les loups. Em meio aos lobos. Aquilo sugeria um acordo, a paz em vez do banimento ou do extermínio. Talvez, após fugir de uma Inquisição, você se tornasse menos propenso a infligir esses horrores aos outros. Até mesmo aos lobos.

Gamache comparou o estilo da escrita. Ambos tinham uma forma simples, as letras mais desenhadas que escritas. Caligrafadas. Pareciam ter sido criados por mãos semelhantes. Ele precisaria da ajuda de um especialista para saber se a planta e o cântico tinham sido escritos pelo mesmo homem. Em 1634.

Dom Philippe balançou a cabeça.

– Com certeza é o mesmo tipo de papel. Mas se são da mesma época? Eu acho que o cântico é bem mais recente, e quem escreveu isto usou velino para fazer com que ele parecesse mais antigo. Nós ainda temos folhas de velino, feitas por monges séculos atrás. Antes do advento do papel.

– Onde os senhores as guardam?

– Simon? – chamou o abade, e o monge apareceu. – Você pode mostrar o nosso velino para o inspetor-chefe?

Frère Simon pareceu incomodado, como se aquilo fosse um esforço grande demais, mas assentiu e atravessou o escritório, no que foi seguido por Gamache. Simon abriu uma gaveta cheia de folhas amareladas.

– Tem alguma faltando? – perguntou Gamache.

– Não sei – respondeu Simon. – Eu nunca contei.

– Para que os senhores usam isto?

– Para nada. Elas ficam aqui só para garantir.

Garantir o quê?, perguntou-se Gamache. Ou aquela seria apenas uma atitude de precaução geral?

– Quem poderia ter pegado uma? – perguntou ele, sentindo-se preso em um eterno jogo de adivinhação.

– Qualquer um – respondeu Frère Simon, fechando a gaveta. – A gaveta não fica trancada.

– Mas o seu escritório fica? – perguntou Gamache, voltando-se para o abade.

– Nunca.

– Estava trancado quando a gente chegou – argumentou o chefe.

– Fui eu que tranquei – explicou Frère Simon. – Eu queria ter certeza de que nada seria mexido enquanto eu ia buscar o senhor.

– O senhor também trancou a porta quando foi buscar o médico e o abade?

– *Oui.*

– Por quê?

– Eu não queria que ninguém encontrasse o corpo.

O monge estava começando a ficar na defensiva, seus olhos movendo-se rapidamente de Gamache para o abade, que ouvia tudo em silêncio.

– O senhor soube na hora que tinha sido assassinato?

– Eu soube que não tinha sido natural.

– Quantas pessoas usam o jardim do abade? – perguntou o chefe, e, de novo, viu Frère Simon procurar o abade com os olhos antes de se voltar para ele.

– Ninguém – disse Dom Philippe, pondo-se de pé e se aproximando.

Para resgatar Simon?, ponderou Gamache. Era o que parecia. Mas ele não sabia por que Frère Simon precisava ser resgatado.

– Como eu acredito ter mencionado antes, inspetor-chefe, este é o meu jardim particular. Uma espécie de santuário. Mathieu costumava visitá-lo e Frère Simon faz a jardinagem, mas, fora isso, só é usado por mim.

– Por quê? – quis saber Gamache. – A maioria dos espaços da abadia é compartilhada. Por que o seu jardim é particular?

– O senhor teria que perguntar isso para Dom Clément – disse o abade. – Foi ele quem projetou a abadia. Foi ele quem colocou este jardim aqui, a Sala do Capítulo oculta e tudo o mais. Ele era um mestre-arquiteto, sabe? Reconhecido em sua época. O senhor pode ver o brilhantismo do homem.

Gamache assentiu. Era verdade. E brilhantismo era a palavra exata. Não apenas em relação às linhas simples e elegantes da construção, mas também em relação à disposição das janelas.

Cada pedra estava ali por um motivo. Nada era supérfluo. Nada era só um enfeite. Tudo tinha uma razão de ser. E também havia uma razão para o jardim do abade ser privado, se não secreto.

Gamache se voltou para Frère Simon.

– Se ninguém mais usava o jardim, por que o senhor achou que um dos monges podia se deparar com o corpo de Frère Mathieu?

– Eu não esperava encontrar o prior ali – disse Simon. – Não sabia o que mais esperar.

Fez-se um silêncio enquanto Gamache observava o monge cauteloso.

Depois o chefe aquiesceu e se voltou para o abade.

– A gente estava falando sobre a página encontrada no corpo do prior.

O senhor acha que o papel é antigo, mas o que está escrito, não. Por que o senhor acha isso?

Os dois homens voltaram a seus assentos. Frère Simon perambulava no fundo, arrumando objetos, trocando papéis de lugar. Observando. Escutando.

– Para começar, a tinta está muito escura – explicou Dom Philippe, enquanto eles examinavam juntos a página. – O velino absorve o líquido com o tempo, de modo que o que sobra na superfície não é mais tinta, mas uma mancha, no formato de palavras. O senhor pode ver isso na própria planta do mosteiro.

Gamache se debruçou sobre o pergaminho. O abade estava certo. Ele achara que, com a passagem do tempo e a exposição ao sol, a tinta preta havia desbotado um pouco, mas não era verdade. Ela tinha sido absorvida pelo velino. A cor agora estava presa dentro da página, e não na superfície.

– Mas isto – disse o abade, apontando para o papel amarelado – ainda não foi absorvido.

Gamache franziu a testa, impressionado. Ele ainda consultaria um especialista forense, mas suspeitava que o abade tivesse razão. O cântico amarelado não era antigo de forma alguma, só feito de modo a ter essa aparência. Para enganar.

– Quem faria algo assim? – perguntou Gamache.

– Eu não tenho como saber.

– Deixe-me reformular. Quem seria capaz de ter feito algo assim? Eu posso afirmar com certeza que poucas pessoas são capazes de entoar um canto gregoriano, quanto mais escrever um, ainda que por deboche, usando estas coisas aqui.

Ele colocou um dedo indicador firme em cima de um dos neumas.

– Nós vivemos em realidades diferentes, inspetor-chefe. O que é óbvio para o senhor não é para mim.

Ele saiu e voltou um instante depois com um caderno claramente moderno e o abriu. Lá dentro, na página da esquerda, havia um texto em latim e neumas rabiscados. À direita estava o mesmo texto, mas com notas musicais em vez de neumas.

– É o mesmo cântico – explicou Dom Philippe. – Um lado está na forma antiga, com neumas; o outro, em notas modernas.

– Quem fez isto?

– Eu. Foi uma tentativa inicial de transcrever os cânticos antigos. Não muito boa ou precisa, infelizmente. As mais recentes são melhores.

– Onde o senhor conseguiu o cântico antigo? – perguntou Gamache, apontando para o lado dos neumas.

– No nosso *Livro de Cânticos*. Antes que o senhor se anime, inspetor-chefe...

Mais uma vez, Gamache percebeu que até mesmo as mudanças mais discretas em sua expressão eram evidentes para aqueles monges. E que uma pequena onda de interesse era considerada "animação" naquele lugar plácido.

– ... deixe-me explicar que muitos mosteiros têm pelo menos um e, geralmente, vários volumes. O nosso está entre os menos interessantes. Nenhuma iluminura. Nenhuma ilustração. Bem monótono, para os padrões da Igreja. Era tudo que os empobrecidos gilbertinos podiam fazer na época, eu suspeito.

– Onde fica o *Livro de Cânticos* dos senhores?

Seria esse o tesouro?, perguntou-se Gamache. Mantido escondido? Será que um dos monges tinha sido designado para guardá-lo? Talvez até o prior morto. Quanto poder aquilo teria dado a Frère Mathieu?

– No púlpito da Capela Santíssima – disse o abade. – É um livro enorme, que fica aberto. Embora eu acredite que Frère Luc esteja com ele agora na *porterie*. Estudando.

O abade abriu um sorriso infinitesimal. Ele conseguia ver a ligeira decepção no rosto do chefe.

Era desconcertante para Gamache ver que sua expressão era lida com tanta facilidade. Aquilo também eliminava qualquer suposta vantagem que um investigador tivesse. Que suspeitos não soubessem o que a polícia estava pensando. Mas aquele parecia saber, ou adivinhar, quase tudo.

No entanto, Dom Philippe não era onisciente nem onipresente. Afinal, ele não soubera que havia um assassino entre eles. Ou talvez soubesse?

– O senhor deve ler bem os neumas – disse o chefe, voltando-se para o caderno do abade –, para ter transcrito essas marcações em notas musicais.

– Quem dera. Eu não sou o pior de todos, mas estou longe de ser o melhor. Todos nós fazemos isso. Quando um monge chega a Saint-Gilbert, essa é a primeira tarefa que ele recebe. Como Frère Luc. Começar a transcrever os cantos gregorianos do nosso livro antigo para notas musicais modernas.

– Para quê?

– Primeiro, como uma espécie de teste. Para ver o quanto o monge é dedicado. Para quem não é verdadeiramente apaixonado pelo canto gregoriano, pode ser uma tarefa longa e tediosa. É uma boa forma de eliminar os diletantes.

– E para quem é apaixonado?

– É o paraíso. Nós mal conseguimos esperar para pegar no livro. Como ele fica no púlpito, podemos consultá-lo sempre que quisermos.

O abade baixou os olhos para o caderno e o folheou, sorrindo, às vezes balançando a cabeça e até fazendo um muxoxo diante de algum erro. Gamache se lembrou dos filhos, Daniel e Annie, folheando álbuns de fotos tiradas quando eram crianças, rindo e às vezes envergonhando-se das escolhas de penteados e roupas.

Aqueles monges não tinham álbuns de fotos. Nem fotos de família. Em vez disso, tinham cadernos com neumas e notas musicais. Os cânticos substituíam a família.

– Quanto tempo leva para transcrever o livro inteiro?

– Uma vida inteira. A pessoa pode demorar um ano para transcrever um único cântico. Isso se torna um relacionamento surpreendentemente bonito, muito íntimo.

O abade pareceu se afastar. Ir para outro lugar. Um lugar sem muros, sem assassinatos e sem um oficial da Sûreté fazendo perguntas.

Então voltou.

– Como o trabalho é longo e complexo, muitos de nós morrem antes de terminar.

– O que acabou de acontecer?

– *Pardon?*

– Enquanto o senhor falava da música, seus olhos pareceram perder o foco. Foi como se o senhor tivesse se distraído.

O abade concentrou toda a sua atenção e os olhos muito alertas no chefe. Mas não disse nada.

– Eu já vi essa expressão – disse Gamache. – Quando os senhores cantam. Não apenas no senhor, mas em todos os monges.

– É júbilo, eu imagino – disse o abade. – Quando eu penso nos cânticos, me liberto das preocupações. É o mais perto de Deus que consigo chegar.

Mas o inspetor-chefe havia visto aquela expressão em outros rostos. Em quartos imundos, fedidos, sórdidos. Debaixo de pontes e em becos frios. No rosto dos vivos e, às vezes, dos mortos. Era um êxtase. De algum tipo.

Essas pessoas chegavam a ele não por meio de cânticos, mas de agulhas no braço, cachimbos de crack e pequenos comprimidos. Às vezes, nunca voltavam.

Se a religião era o ópio do povo, os cânticos eram o quê?

– Se todos os senhores vão transcrever os mesmos cânticos – disse o chefe, pensando no que o abade dizia antes de se distrair –, não podem simplesmente copiar um dos outros?

– Trapacear? O senhor vive mesmo em um mundo diferente.

– Foi uma pergunta – disse Gamache com um sorriso –, não uma sugestão.

– Imagino que pudéssemos, mas isso não é um castigo. O objetivo não é transcrever os cânticos, mas conhecê-los melhor, viver dentro da música, enxergar a voz de Deus em cada nota, em cada palavra, em cada fôlego. Quem quer pegar um atalho não vai querer dedicar a vida ao canto gregoriano nem passá-la aqui, em Saint-Gilbert.

– Alguém já terminou o *Livro de Cânticos* inteiro?

– Alguns monges, que eu saiba. Ninguém do meu tempo.

– E o que acontece com o caderno deles, depois que eles morrem?

– São queimados, em uma cerimônia.

– Os senhores queimam livros?

O choque no rosto de Gamache não exigia muita interpretação.

– Queimamos. Assim como os monges tibetanos passam anos e anos criando seus intrincados trabalhos artísticos na areia e depois destroem tudo no instante em que terminam. O intuito não é se apegar a objetos. A dádiva é a música, não o caderno.

– Mas deve ser doloroso.

– É. A fé muitas vezes é dolorosa. E, muitas vezes, jubilosa. Duas metades de um todo.

– Então – disse Gamache, voltando a atenção para a página amarelada sobre a planta baixa do mosteiro – o senhor não acha que isto seja tão antigo assim?

– Não.

– O que mais o senhor pode me dizer sobre isto?

– O que está claro, e foi por isso que mostrei meu caderno para o senhor, é a diferença entre os cânticos.

O abade colocou a página amarelada no caderno, cobrindo a tradução moderna. Os dois cânticos com neumas ficaram um ao lado do outro. O inspetor-chefe os examinou. Passou quase um minuto em silêncio total, encarando as folhas. Passando os olhos de uma para a outra. Observando as palavras e as marcas que se espalhavam pelas páginas.

Então os olhos dele desaceleraram, e Gamache se deteve um pouco mais em uma delas. Depois, em outra.

Quando o chefe ergueu os olhos, havia neles a centelha da descoberta, e o abade sorriu, como faria com um postulante inteligente.

– Os neumas são diferentes – disse Gamache. – Não, não diferentes. Mas tem mais deles na página que a gente encontrou com o prior. Bem mais. Agora que estou vendo os dois exemplos lado a lado, parece óbvio. O do seu caderno, copiado do original, tem só alguns neumas por linha. Mas o que a gente encontrou com o prior está abarrotado.

– Exatamente.

– O que isso significa?

– De novo, eu não tenho certeza – respondeu o abade, debruçando-se sobre a página amarelada. – Neumas têm apenas um propósito, inspetor--chefe. Dar indicações. Mais alto, mais baixo, mais rápido, mais lento. Eles são símbolos, sinais. Como as mãos de um maestro. Eu acho que quem quer que tenha escrito isto está indicando a presença de várias vozes, indo em direções diferentes. Isto não é cantochão. É um canto complexo, com múltiplas camadas. Também é muito rápido, tem um andamento acelerado. E...

Agora o abade hesitava.

– Sim?

– Como eu disse, não sou exatamente o especialista daqui. Mathieu era. Mas acho que isto também indica a presença de música. Acho que uma das linhas de neumas é para um instrumento.

– E isso seria diferente do canto gregoriano?

– Seria uma nova criatura. Algo que nunca foi ouvido antes.

Gamache examinou a página amarelada.

Que estranho, pensou ele, que monges nunca vistos possuíssem algo nunca ouvido.

E que um deles, o prior, fosse encontrado morto, encolhido em posição fetal. Como uma mãe protegendo um filho não nascido. Ou um irmão de armas enroscado em uma granada.

Ele gostaria de saber qual das opções se aplicava. Era algo divino ou maldito?

– Tem algum instrumento aqui?

– Um piano e...

– Um piano? Ele fica só de enfeite?

O abade riu.

– Um dos monges chegou com ele há anos e não tivemos coragem de mandá-lo de volta – contou o abade, e sorriu. – Nós nos dedicamos ao canto gregoriano, somos apaixonados por ele, mas a verdade é que amamos música sacra. Muitos dos irmãos são excelentes músicos. Nós temos flautas doces e violinos. Ou seriam rabecas? Eu nunca sei direito a diferença.

– Um canta, o outro faz dançar – disse Gamache.

O abade olhou para ele com interesse.

– Que bela forma de colocar a questão.

– Um colega me disse isso. Eu aprendi muito com ele.

– Será que ele gostaria de se tornar monge?

– Infelizmente, ele não tem mais essa opção.

De novo, o abade interpretou corretamente a expressão de Gamache e não o pressionou.

Gamache pegou a página.

– Imagino que os senhores não tenham um fotocopiadora, certo?

– Não. Mas temos 23 monges.

Gamache sorriu e entregou a página ao abade.

– Os senhores teriam como transcrever isto? Seria muito útil ter uma cópia, para não ter que ficar carregando o original. E talvez um dos monges possa passar os neumas para notas musicais. Seria possível?

– Nós podemos tentar.

Dom Philippe chamou o secretário e explicou o que era preciso.

– Passar para notas musicais? – perguntou Simon.

Ele não parecia muito otimista. O burrinho Ió do mosteiro.

– Em algum momento. Por ora, só copie, para que nós possamos devolver o original para o inspetor-chefe. Com a maior precisão possível, é claro.

– Claro – respondeu Simon.

O abade se virou, mas Gamache captou o lampejo de um olhar azedo no rosto de Simon. Direcionado para as costas do abade.

Será que ele era mesmo um dos homens do abade?, ele se perguntou.

Gamache olhou de soslaio para a janela de cristal de chumbo. Ela fazia o mundo lá fora parecer levemente distorcido. Mas, ainda assim, ansiava por entrar nele. E se postar debaixo do sol. Longe, mesmo que brevemente, daquele mundo interior de olhares sutis e alianças vagas. De anotações e expressões veladas.

De olhares vazios e êxtase.

Gamache ansiava por passear no jardim do abade. Por mais que ele fosse cultivado, capinado e podado, aquele controle era uma ilusão. Não havia como domar a natureza.

E então ele entendeu o que o deixara desconfortável mais cedo, quando vira a planta baixa do mosteiro.

Ele olhou para ela de novo.

Os jardins murados. Na planta, todos tinham o mesmo tamanho. Mas, na realidade, não. O jardim do abade era bem menor que a *animalerie*. Porém, na planta, pareciam ter exatamente o mesmo tamanho.

Os arquitetos originais haviam distorcido o desenho. As perspectivas estavam erradas.

Coisas que pareciam iguais não eram.

DEZESSEIS

O inspetor Beauvoir deixou Frère Luc com o imenso livro apoiado nos joelhos magrelos. Ele chegara ali imaginando que o pobre coitado com certeza devia querer alguma companhia e saíra percebendo que tinha sido simplesmente um incômodo. Tudo que o jovem monge queria era ficar em paz com seu livro.

Ao deixá-lo, Jean Guy foi em busca de Frère Antoine, mas parou na Capela Santíssima para conferir o celular.

Dito e feito, havia duas mensagens de Annie. Ambas curtas. Respondendo aos e-mails dele daquela manhã e uma mais recente, descrevendo o dia dela até então. Beauvoir se apoiou nas pedras frias da capela e sorriu ao escrever de volta.

Algo tosco e sugestivo.

Ficou tentado a contar aventuras do pai dela naquela manhã, encontrado pelos monges de pijama e robe no altar. Mas a história era boa demais para ser desperdiçada em um e-mail. Ele a levaria a um dos *terrasses* não muito longe da casa dela e contaria tudo acompanhado de uma taça de vinho.

Quando terminou sua mensagem vagamente erótica para Annie, ele virou à direita e olhou para a fábrica de chocolate. Irmão Bernard estava lá, pescando pequenos mirtilos silvestres de dentro de uma tina de chocolate amargo.

– Frère Antoine? – disse Bernard, respondendo à pergunta do oficial da Sûreté. – Tente a cozinha ou o jardim.

– O jardim?

– É a porta no fim do corredor.

O monge apontou o caminho com a colher de madeira, deixando o chocolate pingar no avental. Ele pareceu querer praguejar, e Beauvoir fez uma pausa, perguntando-se como os monges faziam isso. Do mesmo jeito que os outros quebequenses? Como o próprio Beauvoir? Será que eles blasfemavam contra a Igreja? *Câlice! Tabernac! Hostie!* Os quebequenses tinham transformado palavras religiosas em palavrões.

Mas o monge permaneceu em silêncio e Beauvoir saiu, olhando de relance para a reluzente cozinha de aço inoxidável na porta ao lado. Não era difícil ver onde fora gasto parte do dinheiro que eles ganharam com a música. Finalmente Beauvoir chegou à grande porta de madeira bem no fim do corredor. E a abriu.

Ele sentiu uma lufada de ar outonal, fresco e limpo. E o sol no rosto.

Beauvoir não fazia ideia do quanto sentia falta do sol antes de tê-lo de volta. Então respirou fundo e entrou no jardim.

A ESTANTE DO ABADE SE abriu, revelando a Gamache um mundo luminoso e fresco. De grama verde e das últimas flores, de arbustos bem cuidados e do enorme bordo no centro, que começava a perder as folhas de outono. Enquanto o chefe observava o espaço, uma única folha alaranjada se soltou e flutuou no ar para a frente e para trás, caindo delicadamente no chão.

Aquele era um mundo murado. Com uma falsa aparência de controle, mas nenhuma realidade.

Gamache sentiu os pés afundarem na grama fofa e inspirou o cheiro almiscarado do outono no ar da manhã. Os insetos zumbiam, quase bêbados com o néctar de meados de setembro. Estava friozinho, porém menos do que o chefe imaginava. Os muros, supôs ele, faziam uma barreira contra o vento e retinham o calor e a luz do sol, criando um ambiente próprio.

Gamache havia pedido para ir até o jardim não só porque ansiava por sol e ar fresco, mas porque aquele era quase o exato momento em que, 24 horas antes, os dois homens tinham estado ali.

Frère Mathieu e seu assassino.

E, agora, o inspetor-chefe da Divisão de Homicídios e o abade de Saint-Gilbert estavam ali.

Gamache consultou o relógio. Tinha acabado de passar das oito e meia.

Quando exatamente o companheiro do prior soubera o que iria fazer? Será que ele tinha ido até o jardim e se postado ali onde o chefe estava agora com o assassinato em mente? Será que tinha se abaixado, pegado uma pedra e esmagado o crânio do prior por impulso? Ou esse havia sido seu plano o tempo todo?

Quando a decisão de matar fora tomada?

E quando Frère Mathieu soubera que estava prestes a ser morto? Que tinha sido morto, na verdade? Ele obviamente morrera poucos minutos após o golpe ser desferido. Ele havia se arrastado até o muro mais distante. Para longe da abadia. Para longe do sol brilhante e quente. Para a escuridão.

Teria sido só por instinto, como alguém havia sugerido? Um animal desejando morrer sozinho? Ou havia outra coisa em jogo? Será que o prior tinha um último serviço a realizar?

Proteger aquela página amarelada dos monges. Ou protegê-los da página?

– O senhor estava inspecionando o novo sistema de aquecimento geotérmico ontem de manhã, a esta hora – comentou Gamache. – Sozinho?

O abade assentiu.

– A manhã é um período movimentado na abadia. Os irmãos estão no jardim ou cuidando dos animais, ocupados com todo tipo de tarefa. Nós temos um trabalho quase constante para manter a abadia funcionando.

– Algum dos seus monges é responsável pelas instalações físicas?

O abade aquiesceu.

– Frère Raymond cuida da infraestrutura. Do encanamento, do aquecimento e da parte elétrica. Esse tipo de coisa.

– Então, o senhor encontrou com ele?

– Bom, não.

O abade se virou e começou a caminhar devagar pelo jardim, e Gamache se juntou a ele.

– Como assim "não"?

– Irmão Raymond não estava lá. Ele trabalha no jardim todas as manhãs depois das Laudes.

– E foi essa a hora que o senhor escolheu para inspecionar o sistema geotérmico? – perguntou Gamache, perplexo. – Não seria melhor ir na hora em que ele estivesse lá, para que os senhores repassassem tudo juntos?

O abade sorriu.

– O senhor já conheceu irmão Raymond?

Gamache balançou a cabeça.

– É um homem adorável. Gentil. Um explicador.

– Um o quê?

– Ele adora explicar como as coisas funcionam e por quê. Mesmo que todos os dias, há catorze anos, Frère Raymond me diga como funciona um poço artesiano, ao me encontrar ele ainda vai me dizer de novo.

Um olhar divertido e carinhoso se manteve no rosto de Dom Philippe.

– Tem dias que eu sou muito mau – confidenciou ele ao chefe – e desço sorrateiramente para fazer a minha ronda quando sei que ele não vai estar lá.

O chefe sorriu. Ele tinha alguns agentes e inspetores assim. Que literalmente o seguiam pelos corredores explicando as complexidades das impressões digitais. Ele havia se escondido no escritório mais de uma vez para evitá-los.

– E o seu secretário, irmão Simon? Ele tentou encontrar o prior, mas, quando não conseguiu, foi trabalhar na *animalerie*, pelo que eu entendi.

– Isso mesmo. Ele gosta muito de galinhas.

Gamache observou o abade para ver se ele estava brincando, mas o homem parecia completamente sério.

JEAN GUY CONTEMPLOU O JARDIM. Era enorme. Muito, mas muito maior que o do abade. Era claramente uma horta, cuja principal cultura parecia ser a de enormes cogumelos.

Uns dez monges de hábitos pretos estavam ajoelhados e curvados. Na cabeça, imensos e extravagantes chapéus de palha, com abas largas e flexíveis. Um homem que usasse aquilo sozinho ficaria ridículo, mas, como todos eles usavam, pareciam normais. E Beauvoir, com a cabeça descoberta, se tornara o anormal ali.

Os monges apoiavam plantas em estacas, conduziam trepadeiras ao longo de treliças, removiam ervas daninhas das bem cuidadas fileiras de cogumelos e coletavam vegetais.

Beauvoir se lembrou da avó, que morara a vida inteira em uma fazenda. Baixinha e robusta, passara metade da vida amando a Igreja e a outra metade a odiando. Quando Jean Guy a visitava, eles colhiam juntos pequenas ervilhas frescas e as descascavam sentados na varanda.

Agora ele percebia que a avó devia viver muito ocupada, mas ela nunca passava essa impressão. Assim como aqueles monges agora pareciam trabalhar em um ritmo constante, trabalhar duro até, mas em seu próprio compasso.

Beauvoir se viu quase hipnotizado pelo ritmo de seus movimentos. Levantando-se, curvando-se, ajoelhando-se.

Aquilo lhe lembrava alguma coisa. Então, ele entendeu. Se eles estivessem cantando, seria uma missa.

Será que isso explicava o amor da avó pela jardinagem? Quando ela se levantava, se curvava e se ajoelhava, o trabalho havia se tornado a sua missa? A sua devoção? Será que ela tinha encontrado em seu próprio jardim a paz e o consolo que havia buscado na Igreja?

Um dos monges notou a presença dele e sorriu. Fez sinal para que se aproximasse.

O voto de silêncio havia sido suspenso, mas não dizer nada era claramente uma escolha. Aqueles homens gostavam do silêncio. Beauvoir estava começando a entender por quê.

Quando ele chegou, o monge ergueu o chapéu em uma saudação à moda antiga. Beauvoir se ajoelhou ao lado dele.

– Eu estou procurando Frère Antoine – sussurrou.

O monge apontou uma colher de pedreiro para o muro oposto e voltou ao trabalho.

Abrindo caminho por entre as fileiras ordenadas, passando pelos monges que capinavam e colhiam, Beauvoir se aproximou de Frère Antoine. Ele capinava. Sozinho.

O solista.

– Coitado do Mathieu – disse Dom Philippe. – Eu me pergunto o que ele estava fazendo aqui.

– O senhor não tinha chamado o prior? O senhor enviou Frère Simon para marcar uma reunião.

– Sim, para depois da missa das onze. Não para depois das Laudes. Se foi por isso que ele veio, chegou três horas adiantado.

– Talvez ele tenha entendido mal.

– O senhor não conhecia Mathieu. Ele raramente se enganava. E nunca chegava adiantado.

– Então Frère Simon talvez tenha dito a hora errada.

O abade sorriu.

– Simon erra menos ainda. Embora seja mais pontual.

– E o senhor, Dom Philippe? Erra?

– Sempre e perpetuamente. É um dos privilégios do cargo.

Gamache sorriu. Ele também conhecia esse privilégio. Porém lembrava que, embora Frère Simon tivesse ido dar o recado ao prior, não o havia encontrado. A mensagem não fora entregue.

Então, se não era para se encontrar com o abade, por que o prior fora até ali? Quem ele tinha ido encontrar?

O assassino, obviamente. Embora, também obviamente, o prior não tivesse como saber que isso estava na agenda. Então, o que levara Frère Mathieu àquele jardim?

– Por que o senhor queria falar com o prior ontem?

– Assuntos da abadia.

– Alguém poderia argumentar que tudo são assuntos da abadia – disse Gamache.

Os dois continuaram a passear pelo jardim. O chefe prosseguiu:

– Mas eu prefiro que o senhor não desperdice o meu tempo com esse argumento. Pelo que sei, o senhor e Frère Mathieu se encontravam duas vezes por semana para discutir os assuntos da abadia. A reunião que o senhor queria marcar ontem era extraordinária.

Gamache usava uma voz moderada, mas firme. Ele estava farto das respostas superficiais daquele abade e de todos os outros monges. Era como copiar os neumas de outra pessoa. Podia até ser mais fácil, mas não os aproximava de seu objetivo – se o objetivo deles fosse a verdade.

– O que era tão importante, Dom Philippe, que não poderia esperar até a próxima reunião agendada?

O abade deu mais alguns passos em silêncio, exceto pelo leve farfalhar de seu longo hábito preto roçando a grama e as folhas secas.

– Mathieu queria conversar sobre fazer outra gravação.

O abade tinha uma expressão soturna.

– O prior queria conversar sobre isso?

– Perdão?

– O senhor disse que Mathieu queria conversar sobre isso. A reunião foi ideia dele ou sua?

– O assunto foi ideia dele. A hora da conversa, minha. Nós precisávamos resolver essa questão antes que a comunidade voltasse a se reunir no Capítulo.

– Então ainda não tinha sido decidido se os senhores iam fazer outra gravação ou não?

– Ele tinha decidido, mas eu, não. Nós discutimos isso no Capítulo, só que o resultado foi...

O abade procurou a palavra certa.

– ... inconclusivo.

– Não houve consenso?

Dom Philippe deu alguns passos e enfiou as mãos nas mangas. Aquilo o fazia parecer contemplativo, embora seu rosto estivesse tudo, menos pensativo. Estava sombrio. Um rosto outonal, após o cair das folhas.

– O senhor sabe que posso perguntar para os outros – lembrou o chefe.

– Eu suspeito que o senhor já tenha feito isso.

O abade respirou fundo, soltando uma nuvenzinha de fumaça no ar gelado daquele início de manhã.

– Como acontece com a maioria das questões do mosteiro, alguns eram a favor e outros, contra.

– O senhor faz o assunto parecer só mais um problema a ser resolvido. Mas era mais do que isso, não era? – perguntou Gamache.

As palavras pressionavam, mas o tom era delicado. Ele não queria que o abade ficasse na defensiva. Pelo menos, não mais do que já estava. Dom Philippe era um homem cauteloso. Mas qual era o motivo de tanta cautela?

Gamache estava determinado a descobrir.

– A gravação estava mudando a abadia, não estava? – insistiu o chefe.

O abade parou e olhou para cima do muro, para a floresta mais além e para uma única e magnífica árvore com todas as cores do outono. Ela brilhava à luz do sol, parecendo ainda mais cintilante contra o fundo escuro de árvores perenes. Um vitral vivo. Com certeza mais magnífico do que qualquer coisa encontrada em uma grande catedral.

O abade ficou admirado com a árvore. E com outra coisa também.

Que ele havia esquecido como Saint-Gilbert era alguns anos antes. Antes da gravação. Tudo agora parecia ser medido a partir dela. Antes e depois.

Saint-Gilbert-Entre-les-Loups era pobre e estava ficando cada vez mais pobre. Isso antes da gravação. O telhado tinha goteiras, e panelas e frigideiras eram dispostas no chão por monges apressados quando chovia. Os aquecedores a lenha mal geravam calor suficiente. Eles tinham que colocar cobertores extras nas camas durante o inverno e dormir de hábito. Às vezes, nas noites mais frias, ficavam acordados. No refeitório. Reunidos ao redor do fogão. Alimentando-o de lenha. Tomando chá. Torrando pão.

Aquecidos pelo fogão e uns pelos outros. Por seus corpos.

E às vezes, enquanto aguardavam o sol nascer, eles rezavam. Suas vozes eram um rumor baixo de cantochão. Não porque algum sino havia tocado para dizer a eles o que fazer. Não porque estivessem com medo do frio ou da noite.

Eles rezavam porque isso lhes dava prazer. Pela diversão.

Mathieu estava sempre ao lado dele. E, enquanto eles cantavam, Dom Philippe notava um leve movimento na mão do amigo. Uma regência particular. Como se as notas e as palavras fossem parte dele. Estivessem fundidas a ele.

Dom Philippe queria segurar aquela mão. Fazer parte dela. Sentir o que Mathieu sentia. Mas, é claro, ele nunca pegara a mão de Mathieu. E nunca a pegaria agora.

Isso fora antes da gravação.

Agora, tudo estava acabado. Tudo havia sido assassinado. Não por uma pedra na cabeça de Mathieu. Na verdade, a antiga abadia morrera antes disso.

Por obra daquela maldita gravação.

O abade escolhia suas palavras com cuidado, mesmo aquelas que guardava para si. Era uma gravação maldita. E ele desejou, de todo o coração, que nunca tivesse acontecido.

Aquele policial grande, calado e um tanto assustador havia perguntado se ele costumava errar. Ele tinha respondido, com eloquência, que errava o tempo todo.

O que deveria ter dito era que havia errado muitas vezes, mas que um erro tinha eclipsado todos os outros. Seu erro havia sido tão espetacular, tão assombroso, que se tornara permanente. Inscrito com uma tinta indelével. Como a planta baixa da abadia. Seu erro penetrara no próprio tecido do mosteiro. Seu erro agora definia a abadia e havia se tornado perpétuo.

O que antes parecera tão certo, tão bom, em tantos níveis, havia se tornado uma caricatura. Os gilbertinos tinham sobrevivido à Reforma, à Inquisição. Tinham sobrevivido a quatrocentos anos na mata. Mas finalmente haviam sido encontrados. E abatidos.

E a arma usada fora exatamente o que eles queriam proteger: o canto gregoriano.

Dom Philippe jamais cometeria esse erro de novo.

JEAN GUY BEAUVOIR ENCAROU FRÈRE ANTOINE.

Era como ter um vislumbre de um universo alternativo. O monge tinha 38 anos. A idade de Beauvoir. Tinha também a altura do inspetor, o mesmo tom de pele. Até a mesma compleição magra e atlética.

E, quando falava, a voz de Frère Antoine revelava o mesmo sotaque quebequense. Da mesma região: as ruas do East End de Montreal. Mal disfarçado por camadas e camadas de boa educação e esforço.

Os dois homens se encararam, nenhum deles sabendo o que fazer com o outro.

– *Bonjour* – disse Frère Antoine.

– *Salut* – respondeu Beauvoir.

A única diferença era que um era monge e o outro, oficial da Sûreté. Era como se eles tivessem crescido juntos na mesma casa, mas em quartos diferentes.

Beauvoir entendia os outros monges. A maioria era mais velha, parecia ter uma natureza intelectual, contemplativa. Mas aquele homem esguio?

Ele sentiu uma leve vertigem. O que poderia ter levado Antoine a se tornar Frère Antoine? Por que não um policial, como Beauvoir? Ou um professor? Ou um funcionário da companhia de energia elétrica? Ou um vagabundo, um mendigo, um fardo para a sociedade?

Beauvoir conseguia entender o caminho que levava a todos esses destinos. Mas um religioso? Um homem da sua idade? Saído daquelas mesmas ruas?

Ninguém que Beauvoir conhecia sequer frequentava a igreja, muito menos dedicava sua vida a ela.

– Eu soube que o senhor é o solista do coro – disse Beauvoir.

Ele se colocou o mais alto que pôde, mas ainda assim se sentia diminuído diante de Frère Antoine. Eram aqueles hábitos, concluiu. Eles eram uma vantagem injusta, davam uma impressão de altura e autoridade.

Talvez a Sûreté devesse considerar a hipótese de adotá-los, caso algum dia redesenhasse os uniformes. Ele teria que pôr aquilo na caixa de sugestões e assinar o nome da inspetora Lacoste.

– Sim, sou o solista.

Beauvoir ficou aliviado por não ter sido chamado de "meu filho". Não sabia ao certo o que faria se isso acontecesse, mas suspeitava que aquele epíteto não refletiria bem na Sûreté.

– Eu também soube que o senhor está prestes a ser substituído.

Aquilo provocou uma reação, embora não a que Beauvoir esperava e desejava.

Frère Antoine sorriu.

– Estou vendo que o senhor andou conversando com Frère Luc. Receio que ele esteja equivocado.

– Ele parecia ter certeza.

– Frère Luc está tendo dificuldade para separar o que ele quer que aconteça do que realmente vai acontecer. Separar as expectativas da realidade. Ele é jovem.

– Não me parece que ele seja muito mais jovem que Cristo.

– O senhor está sugerindo que a segunda vinda de Cristo esteja ocupando a portaria?

Beauvoir, que tinha um domínio frágil de qualquer coisa bíblica, deu razão ao monge.

– Frère Luc deve ter compreendido mal o prior – disse Frère Antoine.

– Isso era fácil de acontecer?

Frère Antoine hesitou.

– Não – admitiu. – O prior era um homem bastante preciso.

– Então por que Frère Luc acredita que o prior planejava torná-lo o solista?

– Eu não tenho como explicar por que as pessoas acreditam em certas coisas, inspetor Beauvoir. O senhor tem?

– Não – admitiu Beauvoir.

Ele estava olhando para um homem da sua idade, de hábito e chapéu de palha, com a cabeça raspada, em uma comunidade só de homens no meio da floresta. Eles tinham dedicado a vida a uma Igreja à qual a maioria dos quebequenses renunciara e haviam encontrado sentido em cantar músicas em uma língua morta com rabiscos no lugar de notas musicais.

Não, Beauvoir não tinha como explicar.

Mas ele sabia de uma coisa, após anos ajoelhando-se ao lado de cadáveres: era muito, mas muito perigoso se interpor entre uma pessoa e suas crenças. Frère Antoine entregou uma cesta a Beauvoir e se abaixou à procura de algo em meio às folhas de orelha-de-elefante.

– Por que o senhor acha que Frère Luc é o *portier*? – perguntou o monge, sem olhar para Beauvoir.

– É alguma punição? Algum tipo de ritual de chegada, como um trote? Frère Antoine balançou a cabeça.

– Todos nós passamos por aquela salinha quando chegamos.

– Por quê, então?

– Para que a gente possa ir embora.

Frère Antoine pegou uma abóbora gorda e a colocou na cesta que dera a Beauvoir.

– A vida religiosa é dura, inspetor. E esta aqui é a mais difícil de todas. Nem todo mundo consegue encarar.

Do jeito que ele falava, os gilbertinos pareciam os fuzileiros navais das ordens religiosas. Não havia vida como aquela. E Beauvoir vislumbrou um princípio de compreensão. De atração, até. Aquela era uma vida dura, que só os durões aguentavam. Os poucos. Os orgulhosos. Os monges.

– Aqueles que ficam em Saint-Gilbert estão atendendo a uma vocação. Mas isso significa que é um ato voluntário. Precisamos ter certeza.

– Então os senhores testam cada monge novato?

– A gente não testa os monges, o teste é entre eles e Deus. E não tem resposta errada. Só a verdade. Eles recebem a porta para guardar e a chave para sair.

– Livre-arbítrio? – perguntou Beauvoir, e viu o monge sorrir novamente.

– Não seria má ideia fazer uso disso.

– Alguém já foi embora?

– Um monte. A maioria vai.

– E o irmão Luc? Já faz quase um ano que ele está aqui. Quando o teste acaba?

– Quando ele decidir que acabou. Quando pedir para sair da portaria e se juntar ao resto de nós. Ou usar a chave para partir.

Outra abóbora pesada aterrissou na cesta de Beauvoir.

Frère Antoine avançou na fila.

– Ele está em uma espécie de purgatório ali – disse o monge, procurando outra abóbora em meio às folhas enormes. – Que ele mesmo criou. Deve ser muito doloroso. Ele parece paralisado.

– Pelo quê?

– Me diga o senhor, inspetor. O que geralmente paralisa as pessoas?

Beauvoir sabia a resposta.

– Medo.

Frère Antoine anuiu.

– Frère Luc é talentoso. É, de longe, a melhor voz que a gente tem aqui, e isso é muita coisa. Mas está paralisado de medo.

– De quê?

– De tudo. De pertencer e de não pertencer. Ele tem medo do sol e das sombras. Tem medo dos rangidos da noite e do sereno da manhã. É por isso que eu sei que Frère Mathieu não teria escolhido Luc para ser o solista. Porque a voz dele, embora bonita, está cheia de medo. Quando esse medo for substituído pela fé, ele será o solista. Mas não antes.

Beauvoir pensou naquilo enquanto eles avançavam na fila, a cesta cada vez mais carregada de vegetais.

– Mas vamos supor que o prior tivesse escolhido Frère Luc. Vamos supor que ele tivesse decidido que a maioria das pessoas não ia ouvir o medo, ou ligar para isso. Que isso talvez até tornasse a música mais atraente, mais rica, mais humana. Sei lá. Mas que, enfim, Frère Mathieu tivesse escolhido Luc. Como o senhor se sentiria?

O monge tirou o chapéu de palha da cabeça e enxugou a testa.

– O senhor acha que eu ia me importar?

Beauvoir encontrou os olhos dele. Aquilo era realmente como olhar para um espelho.

– Acho que o senhor ia se importar profundamente.

– O senhor se importaria? Se um homem que admira, respeita e até reverencia rejeitasse você em favor de outra pessoa, o que o senhor faria?

– Era isso o que o senhor sentia por Frère Mathieu? O senhor reverenciava o prior?

– Reverenciava. Ele era um grande homem. Salvou o mosteiro. E, se ele quisesse que um macaco fizesse o solo, eu plantaria bananas de bom grado.

Beauvoir se pegou querendo acreditar naquele homem. Talvez porque quisesse acreditar que ele próprio reagiria da mesma forma.

Mas tinha lá suas dúvidas.

E Jean Guy também duvidava daquele monge. Por baixo daquele hábito, por baixo daquele ridículo chapéu, não estava o filho de Deus, mas o filho do homem. E o filho do homem, sabia ele, era capaz de quase tudo. Quando pressionado. Quando traído. Principalmente por um homem que reverenciava.

Beauvoir sabia que o dinheiro não era a raiz de todos os males. Não. O que criava e alimentava o mal era o medo. Medo de não ter dinheiro, comida, terras, poder, segurança ou amor suficientes. Medo de não conseguir o que se quer ou de perder o que se tem.

Beauvoir observou o irmão Antoine colher abóboras ocultas. O que levava um jovem saudável e inteligente a se tornar um monge? Era a fé ou era o medo?

– Quem está regendo o coro, agora que o prior não está mais aqui? – perguntou Gamache.

Eles haviam caminhado até a extremidade do jardim e estavam voltando. Estavam com as bochechas vermelhas devido ao ar frio da manhã.

– Eu pedi ao irmão Antoine que assumisse o coro.

– O solista? Aquele que desafiou o senhor ontem à noite?

– Aquele que é de longe o músico mais talentoso daqui, depois de Mathieu.

– O senhor não ficou tentado a assumir?

– Fiquei e ainda estou – disse o abade com um sorriso. – Mas abri mão dessa oportunidade. Antoine é o homem certo para o trabalho. Eu, não.

– E, no entanto, ele era um dos homens do prior.

– O que o senhor quer dizer com isso?

O sorriso do abade sumiu. Gamache inclinou ligeiramente a cabeça e o observou.

– O que eu quero dizer é que esta abadia, esta ordem, está dividida. De um lado, os homens do prior; do outro, os do abade.

– Isso é um absurdo – retrucou o abade, exaltado.

Ele se recompôs rapidamente, porém era tarde demais. Gamache tivera um vislumbre do que se escondia debaixo daquele rosto. Uma língua de serpente havia atacado e recuado com a mesma rapidez.

– É a verdade, *mon père* – disse Gamache.

– O senhor está confundindo discordância com desentendimento – disse o abade.

– Não estou. Eu sei a diferença. O que está acontecendo aqui, e provavelmente não é de hoje, é mais do que uma saudável discordância. E o senhor sabe disso.

Os dois pararam de caminhar e, agora, se entreolhavam.

– Eu não sei do que o senhor está falando, monsieur Gamache. Essa criatura, o "homem do abade", não existe. Nem o "homem do prior". Mathieu e eu trabalhamos juntos por décadas. Ele cuidava da música, e eu, da vida espiritual...

– Mas elas não eram a mesma coisa? Frère Luc descreveu os cânticos tanto como uma ponte para Deus quanto como o próprio Deus.

– Frère Luc é jovem e tende a simplificar as coisas.

– Frère Luc é um dos homens do prior.

O abade se encrespou.

– Os cânticos são importantes, mas são apenas um dos aspectos da nossa vida espiritual aqui em Saint-Gilbert.

– A cisão segue esta linha? – quis saber Gamache.

A voz dele era calma, mas implacável.

– Aqueles para quem a música era primordial se juntaram ao prior? E aqueles para quem a fé vinha antes se juntaram ao senhor?

– Ninguém se juntou a ninguém – disse o abade, erguendo a voz, exasperado. Desesperado até, pensou Gamache. – Nós somos unidos. Às vezes discordamos, mas é só isso.

– E o senhor discordou da direção que a abadia deveria tomar? O senhor discordou sobre algo tão fundamental quanto o voto de silêncio?

– Eu suspendi o voto de silêncio.

– Sim, mas só depois que o prior morreu, e só para responder às nossas perguntas, não para permitir que os monges saíssem por aí pelo mundo fazendo concertos, dando entrevistas.

– O voto de silêncio nunca vai ser suspenso de forma permanente. Nunca.

– O SENHOR ACHA QUE essa segunda gravação vai para a frente? – perguntou Beauvoir.

Então, finalmente, ele viu Frère Antoine esboçar uma reação. Um lampejo de raiva, logo reprimido. Como os tubérculos debaixo dos pés deles: enterrados, mas ainda assim, crescendo.

– Não faço ideia. Se o prior estivesse vivo, com certeza. O abade era contra, é claro. Mas Frère Mathieu teria ganhado.

Não havia nenhuma incerteza na voz do monge. E Beauvoir finalmente encontrara o ponto fraco do homem. Tinha demorado um pouco. Ele poderia passar o dia todo pressionando, insultando e atacando Frère Antoine, que o monge continuaria sereno, bem-humorado até. Mas bastava mencionar o abade e...

Cabum.

– Por que o senhor diz "é claro"? Por que o abade seria contra?

Enquanto ele continuasse pressionando, falando do abade, aquele monge permaneceria desestabilizado. E haveria uma chance maior de algo inesperado sair de sua boca.

– Porque ele não teria como controlar.

O monge se inclinou para Beauvoir. Jean Guy sentiu o vigor da personalidade dele. E sua vitalidade física. Ali estava um homem forte, em todos os sentidos.

"Por que você é monge?" Definitivamente, essa era a pergunta que Beauvoir queria fazer. Mas não fez. E ele sabia, no fundo, no fundo, por quê. Ele também estava com medo. Da resposta.

– Olha, o abade decide tudo entre estas paredes. Na vida monástica, ele é o todo-poderoso – disse Frère Antoine, focando os olhos cor de avelã em Beauvoir. – Mas ele deixou algo escapar por entre os dedos. A música. Ao autorizar a primeira gravação, ele deixou a música ir para o mundo e perdeu o controle sobre ela. Os cânticos ganharam vida própria. Ele passou o último ano inteiro tentando desfazer tudo isso. Conter os cânticos de novo – explicou o monge, e um sorriso malicioso surgiu naquele rosto bonito. – Mas não conseguiu. É a vontade de Deus. E ele odeia isso. E odiava o prior. Todos nós sabemos disso.

– Por que ele odiaria o prior? Eu achei que eles fossem amigos.

– Porque o prior era tudo o que ele não é. Brilhante, talentoso e apaixonado. O abade é um homem seco. Um bom administrador, mas não um líder. Ele é capaz de citar a Bíblia de trás para a frente, em inglês, francês e latim. Mas o canto gregoriano? O centro da nossa vida aqui? Bom, alguns sabem, outros sentem. O abade conhece os cânticos. O prior sentia a música. E isso tornava Frère Mathieu o homem mais poderoso do mosteiro. E o abade sabia disso.

– Mas deve ter sido sempre assim. Por que a gravação mudaria alguma coisa?

– Porque enquanto isso estava só entre a gente, eles se entendiam. Formavam uma boa equipe, aliás. Mas, com o sucesso da gravação, o poder mudou de mãos. De repente, o prior estava recebendo reconhecimento do mundo lá fora.

– E, com isso, veio a influência – disse Beauvoir.

– O abade se sentiu ameaçado. Daí, Frère Mathieu decidiu que a gente devia não só fazer uma nova gravação, mas também sair para o mundo. Responder aos convites. Ele tinha certeza de que esses convites vinham tanto de Deus quanto das pessoas. Que eram, em sua essência, literalmente um chamado. Imagina se Moisés tivesse guardado aquelas tábuas? Ou se Jesus tivesse continuado a trabalhar como carpinteiro, comungando com Deus em particular? Não. Esses dons foram feitos para ser compartilhados. O prior queria compartilhá-los com o mundo; o abade, não.

As palavras se atropelavam ao deixar o corpo de Frère Antoine. Ele queria condenar Dom Philippe o mais rápido possível.

– O prior queria que o voto de silêncio fosse suspenso, para que a gente pudesse ir para o mundo.

– E o abade se recusava a fazer isso – completou Beauvoir. – Ele recebeu bastante apoio?

– Alguns dos irmãos foram leais a ele, mais por hábito do que por qualquer outra coisa. Hábito e treinamento. Nós somos treinados a sempre submeter a nossa vontade ao abade.

– Então por que o senhor não fez isso?

– Porque Dom Philippe teria destruído Saint-Gilbert, levado o mosteiro de volta à Idade das Trevas. Ele não queria que nada mudasse. Mas era tarde demais. A gravação mudou tudo. Foi um presente de Deus. Só que o abade se recusava a ver as coisas desse jeito. Ele disse que a gravação era como a serpente no jardim, tentando atrair, seduzir a gente com promessas de poder e dinheiro.

– Talvez ele estivesse certo – sugeriu Beauvoir, no que foi recompensado com um olhar furioso.

– Ele é um velho assustado, apegado ao passado.

Frère Antoine estava inclinado na direção de Beauvoir, praticamente cuspindo as palavras. Então ele fez uma pausa, e um olhar de perplexidade estampou seu rosto. O monge inclinou a cabeça para o lado.

Beauvoir também parou para escutar.

Algo estava vindo.

ARMAND GAMACHE OLHOU PARA O céu.

Algo estava vindo.

Ele e o abade conversavam sobre o jardim. Ele queria conduzir o interrogatório de volta a um tom mais coloquial. Era como pescar. Recolher e soltar a linha. Recolher e soltar a linha. Dar ao suspeito a impressão de liberdade, de que havia soltado a isca, e então, puxá-la de novo.

Era exaustivo. Para todo mundo. Mas, principalmente, para quem se contorcia no anzol.

O abade tinha claramente interpretado a mudança de tom de Gamache como uma concessão.

– Por que o senhor acha que Dom Clément construiu este jardim? – perguntou Gamache.

– O que as pessoas que moram juntas mais valorizam?

Gamache pensou sobre a pergunta. Seria companheirismo? Paz e tranquilidade? Tolerância?

– Privacidade?

O abade assentiu.

– *Oui, c'est ça*. Dom Clément deu a si mesmo a única coisa que ninguém mais tinha em Saint-Gilbert. Privacidade.

– Mais uma divisão – disse Gamache, e o abade olhou para ele.

Dom Philippe sentiu o leve puxão na linha e percebeu que o que havia considerado liberdade não era nada disso.

Gamache pensou no que o abade acabara de dizer. Talvez o tesouro lendário daqueles monges não fosse uma coisa, mas o nada. Uma sala vazia que ninguém sabia que existia. E uma fechadura.

Privacidade. E com ela, é claro, vinha outra coisa.

Segurança.

Gamache sabia que isso era o que as pessoas mais valorizavam.

Então ele ouviu.

E olhou para o céu azul. Nada.

Mas havia algo ali. E cada vez mais perto.

UM RUGIDO PERTURBOU A PAZ. Parecia vir de todos os lados, como se o céu tivesse aberto sua bocarra e agora gritasse com eles.

Beauvoir e todos os monges que coletavam cogumelos olharam para cima.

E então, como se fossem um só, se abaixaram.

GAMACHE SE ABAIXOU E PUXOU Dom Philippe consigo.

O avião zuniu acima deles e desapareceu um segundo depois. Mas Gamache ouviu a aeronave fazer a curva e voltar.

Os dois ficaram imóveis, olhando para o céu, o chefe ainda agarrando o hábito do abade.

– Ele está voltando! – gritou Dom Philippe.

– MERDA! – GRITOU BEAUVOIR em meio ao ruído dos motores.

– Meu Deus! – exclamou Frère Antoine.

Os chapéus de palha foram arrancados da cabeça dos monges e caíram nas plantas, quebrando o caule de algumas trepadeiras.

– Ele está voltando! – gritou Frère Antoine.

Beauvoir olhou para o céu. Era enlouquecedor só conseguir ver algo azul diretamente acima da cabeça deles. Eles ouviam o avião fazer a curva, acelerar e se aproximar, mas não conseguiam vê-lo.

E, então, lá estava a aeronave sobre eles, desta vez ainda mais baixo. Aparentemente, indo direto para a torre do sino.

– Ah, merda! – exclamou Frère Antoine.

DOM PHILIPPE AGARROU A JAQUETA de Gamache e os dois se abaixaram de novo.

– Maldição.

Gamache ouviu o abade, mesmo em meio aos ruídos dos motores.

– Eles quase atingiram o mosteiro! – gritou Dom Philippe. – É a imprensa. Eu esperava que a gente tivesse mais tempo.

BEAUVOIR SE LEVANTOU DEVAGAR, MAS permaneceu alerta, apurando os ouvidos.

O som aumentou por um instante, desapareceu, e depois eles ouviram um enorme barulho de água.

– Meu Deus – disse Beauvoir.

– *Merde* – disse Frère Antoine.

Beauvoir e os monges correram para a porta, de volta ao mosteiro. Os chapéus abandonados no jardim.

CACETE, PENSOU GAMACHE, SAINDO DO jardim com o abade.

O chefe tinha examinado o avião enquanto ele zunia ao que pareciam ser poucos metros da cabeça deles. No último instante, a aeronave tinha se inclinado e desviado da torre do sino.

Nessa hora, antes que ela desaparecesse de novo, Gamache tinha visto uma insígnia na porta dela.

Eles se juntaram ao cortejo de monges, que caminhavam rápido pelos corredores, ganhando mais homens e velocidade à medida que avançavam, atravessando a Capela Santíssima e chegando ao corredor final. Gamache viu Beauvoir logo à frente, andando rápido ao lado de Frère Antoine.

O jovem Frère Luc estava diante da porta trancada, segurando a chave de ferro forjado. Ele os encarou. Gamache era o único entre os homens que sabia exatamente o que havia do outro lado daquela porta. Ele reconhecera a insígnia no avião. Não era a imprensa. Nem curiosos que tinham vindo bisbilhotar o famoso mosteiro, agora infame devido a um crime terrível.

Não, aquela era uma criatura completamente diferente.

Farejando sangue.

DEZESSETE

A UM ACENO DE CABEÇA DO abade, Frère Luc enfiou a chave na fecha-dura. Ela girou com facilidade e a porta se abriu, deixando entrar uma brisa perfumada de pinheiros, a luz do sol e o som de um hidroavião taxiando até o cais.

Os monges se aglomeraram ao redor da porta aberta. Então o abade deu um passo à frente.

– Vou pedir para irem embora – declarou, com um tom decidido.

– Talvez eu deva ir junto – disse Gamache.

Dom Philippe examinou o chefe, depois assentiu.

Beauvoir fez menção de se juntar a eles, mas foi detido por um aceno sutil da mão do chefe.

– É melhor você ficar aqui.

– O que foi? – perguntou Beauvoir, vendo a expressão no rosto do chefe.

– Eu não tenho certeza.

Gamache se voltou para o abade e apontou para o cais.

– Vamos?

O avião já estava quase no píer. O piloto desligou o motor, as hélices desaceleram e a aeronave deslizou, sobre os flutuadores, os últimos poucos metros até o cais. Gamache e o abade agarraram os suportes das asas e fir-maram o avião.

Então o chefe pegou as cordas que pendiam até o lago gelado.

– Eu não me daria ao trabalho – disse o abade. – Eles não vão ficar.

O chefe se virou com a corda molhada na mão.

– Acho que talvez fiquem.

– O senhor esquece quem está no comando aqui.

Gamache se ajoelhou e deu alguns nós rápidos, prendendo o hidroavião ao cais, depois tornou a se levantar.

– Eu não esqueci. É que acho que sei quem está no avião. Não é a imprensa, sabe?

– Não?

– Eu não sabia se tinha visto direito quando o avião sobrevoou o mosteiro. Foi por isso que eu quis vir com o senhor.

O chefe apontou para o brasão na porta. Ele mostrava quatro flores-de--lis. E, acima delas, estava escrito MJQ.

– MJQ? – perguntou o abade.

A pequena porta se abriu.

– *Ministère de la Justice du Québec* – respondeu Gamache, e deu um passo à frente, oferecendo a mão ao visitante enquanto ele se espremia para fora do hidroavião.

A oferta do inspetor-chefe ou não foi notada ou foi ignorada. Um refinado sapato de couro preto surgiu, depois um segundo, e um homem ficou de pé por um instante no flutuador, depois deu um passo casual até o píer, como se estivesse em uma sala de concertos ou uma galeria de arte.

Ele olhou em volta, observando o ambiente.

Não um explorador aterrissando em um novo mundo, mas um conquistador.

Ele estava no fim da meia-idade, devia ter uns 60 anos. Tinha os cabelos grisalhos e o rosto barbeado, bonito e seguro. Não havia nenhuma fraqueza ali. Aquele tampouco era o rosto de um valentão. Ele parecia estar completamente à vontade, sereno e confortável. Enquanto a maioria dos homens ficaria ligeiramente ridícula pousando no meio do mato em um terno elegante, ele fazia isso parecer perfeitamente natural. Invejável, até.

E Gamache suspeitava que, se o visitante ficasse tempo suficiente, os próprios monges acabariam de terno e gravata. E ainda agradeceriam a ele.

Ele tinha esse efeito nas pessoas. Não o de se ajustar ao mundo, mas o de fazer com que o mundo se ajustasse a ele. O que de fato acontecia. Com poucas, embora notáveis, exceções.

O homem parou no píer e observou à sua volta, olhando por cima de Gamache. Por cima, através e ao redor do inspetor-chefe. E detendo-se no abade.

– Dom Philippe?

O abade fez uma mesura, mas não desgrudou os olhos azuis do estranho.

– Meu nome é Sylvain Francoeur – disse o homem, oferecendo a mão. – Sou o superintendente da Sûreté du Québec.

Os olhos do abade se moveram por um instante. Até Gamache. Então voltaram para o homem. Armand Gamache sabia que sua própria expressão estava relaxada, atenta. Respeitosa.

Mas será que Dom Philippe, tão bom com os neumas, havia lido as minúsculas linhas no rosto do inspetor-chefe e visto como Gamache realmente se sentia?

– QUE MERDA É ESSA? – murmurou Beauvoir, enquanto eles voltavam pelo corredor a certa distância do abade e do superintendente Francoeur.

Gamache advertiu Beauvoir. Não com uma leve reprimenda visual, mas com o equivalente a uma pancada na cabeça. *Cala a boca*, dizia sua expressão severa. *Segura essa sua língua agora, se não segurou até hoje.*

Beauvoir calou a boca. Mas isso não impediu que ele observasse e escutasse. À medida que eles avançavam, atravessavam as nuvens de conversa criadas pelos dois homens logo à frente.

– É mesmo uma lástima, *mon père* – dizia o superintendente. – A morte do prior é uma tragédia nacional. Mas posso garantir que nós vamos resolver isso rápido e que os senhores vão ter privacidade para viver o luto. Eu mandei o meu pessoal manter a morte de Frère Mathieu em sigilo pelo maior tempo possível.

– O inspetor-chefe Gamache disse que isso não seria possível.

– E ele estava correto, é claro. Ele não teria como fazer isso. Eu tenho o maior respeito por monsieur Gamache, mas os poderes dele são limitados.

– E os do senhor não? – perguntou o abade.

Beauvoir sorriu e se perguntou se o abade sabia com quem estava lidando.

Francoeur riu. Uma risada relaxada e bem-humorada.

– Pelos seus parâmetros, Dom Philippe, os meus poderes são exíguos. Mas, em termos mortais, são substanciais. E estão ao seu dispor.

– *Merci, mon fils.* Fico muito grato.

Beauvoir virou o rosto enojado para Gamache e abriu a boca, mas voltou a fechá-la ao ver a expressão do chefe. Ele não estava com raiva. Nem mesmo aborrecido.

O inspetor-chefe Gamache parecia intrigado. Como se tentasse resolver alguma fórmula matemática complexa que não estivesse batendo.

Beauvoir também tinha uma pergunta.

Que merda é essa?

– EU POSSO FALAR AGORA? – perguntou Beauvoir, apoiando-se na porta fechada.

– Não precisa – respondeu o chefe, puxando uma cadeira no escritório entulhado do prior. – Eu sei qual é a pergunta, mas não tenho a resposta.

Eles tinham visto o superintendente Francoeur pela última vez atravessando a Capela Santíssima, em uma conversa profunda com o abade. Os agentes da Homicídios e os monges tinham sido dispensados, mas, por um instante, ficaram juntos observando aqueles dois homens avançarem pela igreja e pelo longo corredor em direção ao escritório do abade.

A cabeça de Francoeur, com seus distintos cabelos grisalhos, estava inclinada para a cabeça raspada do abade. Dois extremos. Um bem-vestido e o outro com um hábito austero. Um poderoso e o outro um exemplo de humildade.

Mas ambos no comando. Aparentemente.

Beauvoir se perguntou se os dois formariam uma aliança ou começariam uma nova guerra.

Ele olhou para Gamache, que havia colocado os óculos de leitura e fazia anotações.

E como ficava a situação do chefe? O surgimento de Sylvain Francoeur parecia ter deixado Gamache perplexo, mas despreocupado. Beauvoir torcia para que ele realmente se sentisse assim e para que não houvesse motivo para preocupação.

Mas era tarde demais. A preocupação criara raízes na barriga de Beauvoir. Uma dor familiar e antiga.

Gamache ergueu o olhar e encontrou os olhos de Beauvoir. O chefe abriu um sorriso tranquilizador.

– Não adianta especular, Jean Guy. Já, já, a gente vai saber o que o superintendente veio fazer aqui.

Eles passaram meia hora discutindo as conversas daquela manhã, a de Beauvoir com Frère Antoine e a de Gamache com o abade.

– Então o abade nomeou Frère Antoine como o novo regente do coro? – perguntou Beauvoir, cuja surpresa era óbvia. – Ele não me contou isso.

– Talvez esse gesto passasse uma imagem boa demais do abade, e Frère Antoine não ia querer isso.

– É, talvez. Mas o senhor acha que foi por isso que o abade deu a regência do coro para ele?

– Como assim? – perguntou Gamache, inclinando-se para a frente.

– Ele podia ter nomeado qualquer um. Ou ficado ele mesmo com o trabalho. Mas talvez ele tenha dado a regência para Frère Antoine só para ferrar com os homens do prior. Para confundir a cabeça deles. Fazer o oposto do que eles esperavam. Provar que está acima das briguinhas estúpidas deles. Talvez o abade quisesse mostrar que é melhor do que eles. É uma jogada inteligente, se for pensar bem.

Gamache refletiu sobre isso. Pensou nas duas dúzias de monges, manipulando a mente uns dos outros, tentando desequilibrar uns aos outros. Será que era isso que estava acontecendo ali, talvez durante anos? Uma forma de terrorismo psicológico?

Sutil, invisível. Um olhar, um sorriso, um dar de costas.

Em uma ordem silenciosa, uma única palavra ou um som poderiam ser devastadores. Um muxoxo, uma fungada, uma risadinha.

Teria o gentil abade aperfeiçoado essas armas?

Promover Frère Antoine era o certo a fazer. Ele era o melhor músico, um óbvio sucessor do prior como maestro. Mas será que o abade tinha feito isso pelo motivo errado?

Para ferrar com os homens do prior?

E o voto de silêncio? Será que o abade lutava para mantê-lo por sua importância espiritual para a comunidade? Ou, de novo, para ferrar com o prior? Para negar ao maestro o que ele mais queria?

E por que o prior estava tão determinado a suspender um voto em vigor havia mais de mil anos? Pelo bem da ordem ou pelo seu próprio bem?

– No que o senhor está pensando? – quis saber Beauvoir.

– Uma frase apareceu na minha cabeça e eu estava tentando lembrar de onde ela veio.

– É poesia? – perguntou Beauvoir, um pouco nervoso.

Não era preciso muito para que o chefe começasse a citar algum poema ininteligível.

– Na verdade, eu estava pensando em uma obra épica de Homero.

Gamache abriu a boca como se fosse começar a recitar, então riu da angústia no rosto de Beauvoir.

– Não. É só uma frase. "Fazer a coisa certa pelo motivo errado."

Beauvoir pensou sobre isso.

– Será que o oposto também pode ser verdade?

– Como assim?

– Bom, será que dá para fazer a coisa errada pelo motivo certo?

Gamache tirou os óculos.

– Continue.

Ele ouvia atentamente, sem desviar os calmos olhos castanhos de seu inspetor.

– Como um assassinato – prosseguiu Beauvoir. – Matar é errado. Mas será que o motivo pode estar certo?

– Um homicídio justificável – disse Gamache. – É uma defesa, mas meio frágil.

– O senhor acha que isto aqui pode ser justificável?

– Por que você está perguntando?

Beauvoir pensou por um instante.

– Alguma coisa deu errado aqui. O mosteiro estava desmoronando. Implodindo. Vamos supor que fosse culpa do prior. Então...

– Ele foi morto para salvar o resto da comunidade? – perguntou Gamache.

– Talvez.

Ambos sabiam que aquele era um argumento hediondo, apresentado por diversos loucos. De que um assassinato pudesse ser por "um bem maior".

Mas será que aquilo podia, sob alguma circunstância, ser verdade?

Gamache já tinha se feito a mesma pergunta. E se o prior fosse a maçã podre, espalhando a discórdia, putrefazendo aquela comunidade pacífica, um monge por vez?

Em uma guerra, as pessoas matavam o tempo todo. Se havia uma guerra silenciosa mas devastadora em Saint-Gilbert, talvez um dos monges tivesse se convencido de que aquele era o único jeito de acabar com ela. Antes que a abadia inteira apodrecesse por dentro.

Banir o prior não seria possível. Ele não fizera nada abertamente errado.

Esse era o problema das maçãs podres. Eram insidiosas. Lentas. Por fora, pareciam ótimas, até a podridão se espalhar. E, então, já era tarde demais.

– Talvez – disse Gamache. – Mas talvez a maçã podre ainda esteja aqui.

– O assassino?

– Ou talvez alguém que tenha sussurrado no ouvido dele.

Gamache deixou o pensamento no ar e se recostou.

– "Ninguém vai me livrar desse padre problemático?"

– O senhor acha que foi isso que ele disse? – perguntou Beauvoir. – Parece um pouco pomposo para mim. Eu, provavelmente, teria dito: Por que não morre logo, cacete?

Gamache riu.

– Você devia sugerir essa frase para a fábrica de cartões comemorativos.

– Não seria má ideia. Eu mandaria esse cartão para várias pessoas.

– "Ninguém vai me livrar desse padre problemático?" – repetiu Gamache. – Foi o que o Henrique II disse sobre Tomás Becket.

– Isso deveria ter algum significado para mim?

Gamache abriu um sorriso largo.

– Aguente firme, meu jovem. A história termina em assassinato.

– Melhor assim.

– Isso foi há quase 900 anos – continuou o chefe. – Na Inglaterra.

– Já estou dormindo.

– O rei Henrique promoveu seu bom amigo Tomás a arcebispo, pensando que isso daria a ele controle sobre a Igreja. Mas o tiro saiu pela culatra.

Contra a própria vontade, Beauvoir se inclinou para a frente.

– O rei estava preocupado com a quantidade de crimes na Inglaterra. Ele queria fechar o cerco...

À medida que Gamache falava, Beauvoir assentia. Simpatizando com o rei.

– ... mas sentia que todos os seus esforços estavam sendo minados pela Igreja, que era bem tolerante com os criminosos.

– Então esse rei...

– Henrique – lembrou Gamache.

– Henrique. Ele teve a oportunidade e tornou o amigo dele, Tomás, arcebispo. O que deu errado?

– Bom, para começo de conversa, Tomás não queria o cargo. Ele até escreveu para o rei dizendo que, se assumisse o posto, a amizade deles ia se tornar ódio.

– E ele estava certo.

Gamache aquiesceu.

– O rei aprovou uma lei dizendo que qualquer pessoa considerada culpada em um tribunal da Igreja seria punida pela corte real. Tomás se recusou a assinar.

– Então ele foi morto?

– Não imediatamente. Demorou seis anos, e a animosidade entre eles crescia a cada dia. Então, um dia, o rei Henrique murmurou essas palavras, que quatro cavaleiros consideraram uma ordem.

– E o que aconteceu?

– Eles mataram o arcebispo. Na Catedral de Cantuária. *Assassínio na catedral.*

– "Ninguém vai..." – disse Beauvoir, esforçando-se para se lembrar da citação.

– "... me livrar desse padre problemático?" – completou Gamache.

– O senhor acha que o abade disse algo assim e que alguém considerou uma ordem?

– Talvez. Em um lugar como este, o abade talvez nem tenha precisado falar. Um olhar seria suficiente. Um erguer de sobrancelha, uma careta.

– O que aconteceu depois que o arcebispo foi morto?

– Ele foi canonizado.

Beauvoir riu.

– Isso deve ter deixado o rei fulo da vida.

Gamache sorriu.

– O rei Henrique passou o resto da vida lamentando o assassinato e dizendo que nunca quis que isso acontecesse.

– O senhor acha que era verdade?

– Acho que é fácil dizer depois que já aconteceu.

– Então o senhor acha que o abade daqui pode ter dito algo assim e um dos monges matou o prior?

– É possível.

– E, sabendo o que aconteceu, Dom Philippe vira e faz o inesperado: nomeia um dos homens do prior como regente do coro.

Beauvoir analisava cada informação com cuidado.

– Culpa?

– Penitência? Redenção? – sugeriu Gamache, franzindo a testa, pensativo. – Pode ser.

Era difícil saber por que aqueles monges faziam qualquer coisa, pensou Gamache. Eles eram tão diferentes de todas as pessoas que ele conhecera ou investigara...

Mas, por fim, teve que dizer a si mesmo que eram apenas homens. Com os mesmos motivos de qualquer outra pessoa, só que os deles estavam escondidos atrás de hábitos pretos e vozes angelicais. E do silêncio.

– O abade nega que exista uma cisão – comentou Gamache, reclinando--se na cadeira e entrelaçando os dedos.

– Uau – disse Beauvoir, balançando a cabeça. – As coisas em que esses monges acreditam sem evidências... Mas é só dar uma prova de alguma coisa, que eles duvidam. A cisão é óbvia. Metade quer gravar mais cânticos; a outra metade, não. Metade quer o voto de silêncio suspenso; a outra metade, não.

– Eu não sei é metade, metade – disse Gamache. – Suspeito que o equilíbrio tenha mudado a favor do prior.

– E foi por isso que ele morreu?

– Acho possível.

Beauvoir refletiu.

– Então o abade está meio que ferrado. Frère Antoine o chamou de velho assustado. O senhor acha que ele matou Frère Mathieu?

– Sinceramente, não sei. Mas se Dom Philippe está morrendo de medo, ele não é o único – disse Gamache. – Acho que a maioria está.

– Por causa do assassinato?

– Não. Eu não sei se esses homens têm medo da morte. Acho que eles têm medo é da vida. Mas, aqui em Saint-Gilbert, finalmente encontraram seu lugar.

Beauvoir pensou no campo de cogumelos gigantes com os chapéus. E em como havia se sentido o intruso, com suas calças folgadas bem passadas e seu suéter de lã merino.

– Então, se eles finalmente encontraram o lugar deles, do que estão com medo?

– De perder esse lugar – respondeu o chefe. – Eles já estiveram no purgatório. Muitos, provavelmente, no inferno. E, uma vez que você tenha estado lá, com certeza não vai querer voltar.

Gamache fez uma pausa, e os dois sustentaram o olhar um do outro. Beauvoir viu a cicatriz profunda na têmpora do chefe. E sentiu a dor corroer as próprias entranhas. Viu o frasco de comprimidos minúsculos que deixava escondido em casa. Só por garantia.

Sim, pensou Beauvoir. *Com certeza, você não vai querer voltar para o inferno.*

O chefe se inclinou para a frente, colocou os óculos e desenrolou um imenso cilindro de papel na mesa.

Beauvoir observou Gamache, mas viu algo mais. O superintendente Francoeur saindo do avião que descera tão rápido do céu. O chefe oferecera a mão, mas o outro lhe dera as costas, para que todo mundo visse. Para que Beauvoir visse.

A sensação de mal-estar atingiu o estômago de Beauvoir como um soco. Encontrou nele um lar. Começou a se acomodar. E a crescer.

– O abade nos deu uma planta baixa do mosteiro – disse Gamache, levantando-se e debruçando-se na mesa.

Beauvoir fez o mesmo.

O desenho da abadia era exatamente como Beauvoir imaginava depois de passar 24 horas caminhando por aqueles corredores. Em forma de cruz, com a capela bem no meio e a torre do sino acima.

– Aqui fica a Sala do Capítulo – disse Gamache.

A sala aparecia na planta, anexa à lateral da capela. No desenho, ninguém tentara escondê-la. Porém, na vida real, estava camuflada atrás da placa em homenagem a São Gilberto.

O jardim do abade também aparecia na planta, evidenciado pela tinta, mas não na vida real. Ele também estava oculto, mas não era secreto.

– Existem outras salas ocultas? – quis saber Beauvoir.

– O abade não sabe de nenhuma, mas admite que existem rumores sobre cômodos secretos, além de uma outra coisa.

– O quê? – perguntou Beauvoir.

– Bom, é quase constrangedor dizer em voz alta – admitiu Gamache, tirando os óculos e encarando Beauvoir.

– Eu esperava que um homem flagrado de pijama no altar tivesse uma boa tolerância para constrangimentos.

– Nisso você tem razão – disse o chefe, sorrindo. – Um tesouro.

– Um tesouro? Está brincando? O abade afirma que tem um tesouro escondido aqui?

– Ele não afirma – corrigiu Gamache –, só disse que existem rumores.

– Eles já procuraram?

– Extraoficialmente. Acho que, em tese, os monges não devem ligar para coisas assim.

– Mas ligam – disse Beauvoir, voltando a olhar para a planta.

Uma antiga abadia com um tesouro escondido, pensou Beauvoir. Era ridículo demais. Não era de surpreender que o chefe estivesse com vergonha de dizer aquilo em voz alta. Mas, embora ridicularizasse a ideia, Beauvoir examinou o desenho com os olhos brilhando.

Que criança, menino ou menina, nunca sonhara com um tesouro escondido? Quem não havia devorado histórias de bravura, de galeões, piratas e príncipes e princesas em fuga, enterrando algo precioso? Ou, melhor ainda, encontrando algo precioso.

Por mais ridículo e improvável que fosse uma sala oculta com um tesouro, Beauvoir não pôde evitar ser sugado pela fantasia. Em um segundo ele se pegou ponderando o que o tesouro poderia ser. Relíquias da Igreja medieval? Cálices, pinturas, moedas? Joias inestimáveis trazidas pelas Cruzadas?

Então imaginou que as encontrava.

Não pela fortuna em si. Ou, pelo menos, não só por isso. Mas pela diversão de encontrá-las.

Imediatamente ele se viu contando tudo a Annie. Podia vê-la observando-o, escutando-o. Prestando atenção em cada palavra sua. Reagindo a cada reviravolta da história. Seu rosto expressivo enquanto contava a ela sobre a busca. Arquejando. Rindo.

Eles falariam sobre isso pelo resto da vida. Contariam aos filhos e netos. Sobre quando o vovô encontrara o tesouro. E o devolvera à Igreja.

– Então – disse Gamache, enrolando a planta baixa –, posso deixar isso com você? – perguntou, entregando o desenho a Beauvoir.

– Eu vou dividir tudo com o senhor, *patron*. Meio a meio.

– Muito obrigado, mas eu já tenho o meu tesouro – disse Gamache.

– Não sei se um saco de mirtilos com cobertura de chocolate pode ser considerado um tesouro.

– *Non?* Gosto não se discute.

Um sino grave começou a tocar. Não um som alegre, mas solene.

– De novo? – disse Beauvoir. – Posso ficar aqui?

– Claro que pode.

Gamache tirou do bolso da camisa o *horarium* que o secretário do abade lhe dera e o examinou. Então conferiu as horas.

– É a missa das onze – disse ele, indo até a porta fechada.

– São só onze horas? Parece que já está na hora de dormir.

Para um lugar que funcionava como um relógio, o tempo parecia não se mover.

Beauvoir abriu a porta para o chefe e, após hesitar por um milésimo de segundo e praguejar baixinho, o seguiu pelo corredor de volta à Capela Santíssima.

Gamache escorregou para o banco com Beauvoir a seu lado. Eles se sentaram em silêncio, esperando a cerimônia começar. De novo, o chefe ficou maravilhado com a luz que atravessava as janelas altas. Dividida em diversas cores. Ela se derramava no altar e nos bancos e parecia dançar ali. Aguardando, feliz, a companhia dos monges.

O chefe deu uma olhada no espaço agora familiar. Parecia que já estava lá fazia muito tempo, e foi uma surpresa pensar que ele e Beauvoir não tinham passado nem um dia inteiro em Saint-Gilbert-Entre-les-Loups.

A Capela Santíssima, Gamache sabia agora, tinha sido construída em homenagem a um santo tão chato que a Igreja não conseguira encontrar nenhuma queixa igualmente chata da qual ele fosse padroeiro.

Pouca gente rezava para São Gilberto.

E ainda assim, em sua vida terrivelmente longa, ele havia feito uma coisa espetacular. Resistira a um rei. Defendera seu arcebispo. Tomás tinha sido morto, mas Gilberto havia enfrentado a tirania e sobrevivido.

Gamache se lembrou de ter brincado com o abade falando que talvez Gilberto pudesse se tornar o santo padroeiro dos desassossegados, já que seu mosteiro contava com aquelas fortes defesas e portas trancadas.

Além de vários esconderijos.

Mas talvez ele estivesse errado e prestara a Gilberto um desserviço. Por mais desassossegado que fosse, ele havia, finalmente, encontrado mais coragem que qualquer outra pessoa. Sentado em silêncio sob a luz refratada, Gamache se perguntou se teria a mesma coragem.

Passou um tempo pensando no novo visitante e rezando para São Gilberto.

Quando a última nota do solene sino ressoou, os monges entraram. Surgiram em fila única. Cantando. Os rostos escondidos sob um capuz branco. As mãos enterradas até os cotovelos nas mangas pretas folgadas. O canto crescia à medida que mais vozes entravam na Capela Santíssima, até que o espaço vazio foi preenchido pelo cantochão. E pela luz.

Então alguém mais entrou.

O superintendente Francoeur se curvou, se benzeu e, depois, a despeito de todo o espaço vazio na capela, instalou-se bem na frente de Gamache e Beauvoir, bloqueando a visão deles.

E, mais uma vez, o inspetor-chefe inclinou a cabeça ligeiramente para o lado. Na esperança de enxergar com mais clareza. Os monges. Mas também as razões do homem à sua frente. Que caíra tão precipitadamente dos céus, com um propósito.

E, enquanto Beauvoir bufava e fungava ao seu lado, Gamache fechou os olhos e ouviu a bela música.

E pensou sobre tirania e assassinato.

E se alguma vez seria certo matar um pelo bem de muitos.

DEZOITO

– Está perdido?

Beauvoir se virou para ficar de frente para a voz.

– Eu só estou perguntando porque é raro encontrar gente aqui.

Um monge estava parado na densa floresta, a alguns metros de Beauvoir. Era como se tivesse se materializado do nada. Beauvoir o reconheceu: era o monge da chocolateria, que estava coberto de respingos de chocolate amargo na última vez que Beauvoir o vira. Agora ele vestia um hábito limpo e carregava uma cesta. Como a de Chapeuzinho Vermelho. *Entre-les-Loups*, pensou Beauvoir.

– Não, não estou perdido – respondeu ele, tentando enrolar rapidamente a planta baixa.

Mas era tarde demais para isso. O monge estava completamente imóvel, só observando. Aquilo fez com que Beauvoir se sentisse tolo e desconfiado. Era desconcertante estar rodeado por pessoas tão quietas e silenciosas. E tão furtivas.

– Posso ajudar o senhor com alguma coisa? – perguntou o monge.

– Eu só estava... – disse Beauvoir, gesticulando com o papel.

– Olhando? – perguntou ele, sorrindo. Beauvoir meio que esperava ver longos caninos, mas, em vez disso, avistou um pequeno, quase hesitante, sorriso. – Eu também estou olhando – disse o monge –, mas, provavelmente, não em busca da mesma coisa.

Aquele era o tipo de observação vagamente condescendente que Beauvoir esperava de um *religieux*. Ele provavelmente estava em algum tipo de busca espiritual, bem mais digna do que qualquer coisa que o desajeitado humano à sua frente pudesse estar fazendo. O monge estava passeando pela floresta atrás de inspiração, salvação ou Deus. Rezando ou meditando. Enquanto Beauvoir procurava um tesouro.

– Ah – disse o monge. – Achei alguns.

Ele se abaixou, depois se levantou e estendeu a mão para Beauvoir. Minúsculos mirtilos silvestres rolaram juntos na palma da mão do homem.

– São perfeitos – disse o monge.

Beauvoir olhou para as frutinhas. Eram iguais a todos os outros mirtilos silvestres que já tinha visto.

– Por favor.

O monge aproximou a mão, e Beauvoir pegou um único e pequenino mirtilo. Era como tentar pegar um átomo.

Ele enfiou a frutinha na boca e sentiu uma imediata explosão de sabor completamente desproporcional ao tamanho da fruta. Ela tinha gosto, o que não era surpreendente, de mirtilo. Mas também do outono no Quebec. Doce e almiscarado.

Aquele monge estava certo: era perfeita.

Ele pegou outra, assim como o monge.

Os dois ficaram parados à sombra do muro alto do jardim do abade, comendo mirtilos. A apenas poucos metros dali, do outro lado, havia um jardim bem aparado, lindamente plantado e bem cuidado. Com gramados e canteiros de flores, arbustos podados e bancos.

Mas ali, daquele lado do muro, havia minúsculos mirtilos perfeitos.

E também um emaranhado tão denso de vegetação rasteira que arranhava as pernas de Beauvoir através das calças folgadas enquanto ele abria caminho pelo matagal. Ele estava seguindo o perímetro do mosteiro, a pé e no papel. O inspetor pegara galochas emprestadas com os monges e se vira pisando em estrume, subindo em troncos de árvores caídas e escalando rochas. Tentando descobrir se as linhas marcadas na página correspondiam às paredes da abadia atual.

– Como o senhor chegou de fininho para me flagrar aqui?

– De fininho? – perguntou o monge, rindo. – Eu só estou fazendo as minhas rondas. Tem um caminho aqui. Por que não o usou?

– Bom, eu teria feito isso se soubesse que ele existia – respondeu Beauvoir, não muito seguro de que eles estavam falando da mesma coisa.

Ele havia trabalhado tempo suficiente com o inspetor Gamache para farejar de longe uma alegoria.

– Meu nome é Bernard – disse o monge, estendendo a mão manchada de roxo.

– Beauvoir.

O aperto de mão o surpreendeu. Beauvoir esperava uma mão macia e frouxa, mas era firme e segura, com uma pele bem mais grossa que a sua.

– Uau, olhe só isso.

Frère Bernard se abaixou de novo e ficou ali ajoelhado, colhendo mirtilos. Beauvoir também se ajoelhou e olhou atentamente para o chão. Aos poucos, em vez de ver apenas uma profusão de galhos, limo e folhas secas, começou a ver o que Frère Bernard estava procurando.

Não a salvação, mas as mais ínfimas frutinhas silvestres.

– Meu Deus – disse Bernard, rindo. – Aqui é a fonte! Todo outono eu percorro esta trilha e nunca soube que havia isto aqui.

– O senhor não pode estar sugerindo que às vezes é bom se desviar do caminho.

Beauvoir ficou orgulhoso de si mesmo. Ele também era capaz de criar uma boa alegoria.

O monge riu de novo.

– *Touché*.

Eles passaram os minutos seguintes engatinhando na vegetação rasteira e colhendo mirtilos.

– Bom – disse Frère Bernard por fim, levantando-se, alongando-se e espanando os gravetos do hábito. – Deve ter sido um recorde.

Ele olhou para a cesta, lotada de mirtilos.

– O senhor é o meu amuleto da sorte. *Merci*.

Beauvoir ficou bem satisfeito.

– Agora – continuou Bernard, apontando para duas pedras planas –, é a minha vez de ajudar o senhor.

Beauvoir hesitou. Ele tinha enfiado a planta baixa do mosteiro em um arbusto, onde ela ficaria segura enquanto eles colhessem as frutas. Ele olhou para ela. Bernard seguiu seu olhar, mas não disse nada.

Beauvoir pegou a planta, e os dois homens se sentaram frente a frente nas pedras.

– O que o senhor está procurando?

Beauvoir ainda hesitava. Então se decidiu e desenrolou a planta.

Frère Bernard baixou os olhos para o velino. E os arregalou de leve.

– A planta do mosteiro feita por Dom Clément. A gente ouviu dizer que ele tinha feito uma. Ele foi um arquiteto famoso na época, sabia? Então se juntou aos gilbertinos e desapareceu junto com os outros 23 monges. Ninguém sabia para onde eles tinham ido. Na verdade, ninguém ligava muito. Os gilbertinos não eram uma ordem rica nem poderosa. Eram o oposto. Então, quando o mosteiro da França foi abandonado, todo mundo deduziu que a ordem tinha se dissolvido ou acabado.

– Mas não tinha – disse Beauvoir, também fitando a planta.

– Não. Eles tinham vindo para cá. O que, naquela época, era o equivalente a ir para a Lua.

– Por que eles vieram?

– Eles estavam com medo da Inquisição.

– Mas se eles eram tão pobres e marginais, por que estavam com medo?

– Por que alguém sente medo? Na maioria das vezes, está tudo na cabeça das pessoas. Não tem nada a ver com a realidade. Eu imagino que a Inquisição não desse a mínima para os gilbertinos, mas eles foram embora mesmo assim. Só para garantir. Esse poderia ser o nosso lema. Só para garantir. *Exsisto paratus.*

– O senhor nunca viu isto antes? – perguntou Beauvoir, apontando para o desenho.

Frère Bernard balançou a cabeça. Ele parecia perdido nas linhas da página.

– É fascinante – comentou o monge, aproximando-se – ver a planta baixa original de Dom Clément. Eu me pergunto se isto foi feito antes ou depois de Saint-Gilbert ser construída.

– Faz diferença?

– Talvez não, mas um seria o ideal e o outro, a realidade. Se a planta foi feita depois, então isto mostra o que está realmente aqui. Não o que talvez eles quisessem fazer e depois mudaram de ideia.

– O senhor conhece o mosteiro – disse Beauvoir. – O que acha?

Durante alguns minutos, Frère Bernard ficou de cabeça baixa sobre o velino, por vezes acompanhando o traçado em tinta com o dedo sujo de mirtilos. Ele resmungou algumas coisas. Cantarolou um pouco. Balançou a cabeça, depois afastou o dedo e seguiu outra linha, outro corredor.

Finalmente o monge levantou a cabeça e encontrou os olhos ansiosos de Beauvoir.

– Tem uma coisa errada com este desenho.

Beauvoir sentiu uma excitação, um frisson.

– O quê?

– A escala está incorreta. Você vê aqui e aqui...

– A horta e o espaço dos animais.

– Isso. Eles estão do mesmo tamanho que o jardim do abade. Mas não são. Na realidade, têm pelo menos o dobro do tamanho.

Era verdade. Beauvoir se lembrou daquela manhã, de quando colhera as abóboras com Frère Antoine. A horta era imensa. O jardim do abade, a cena do crime, era muito menor.

– Mas como o senhor sabe? O senhor já entrou no jardim do abade? – perguntou Beauvoir, olhando de relance para o muro alto.

– Nunca, mas já caminhei ao redor. Procurando mirtilos. Também já contornei os outros jardins e hortas. Esta planta – afirmou ele, voltando a olhar para baixo – está errada.

– Então, o que isso quer dizer? – quis saber Beauvoir. – Por que Dom Clément faria isso?

Bernard ponderou, depois balançou a cabeça.

– É difícil dizer. A Igreja tinha mania de exagerar as coisas. Se você der uma olhada em algumas pinturas antigas, o menino Jesus parece ter 10 anos quando nasceu. E os mapas antigos das cidades mostram catedrais bem maiores do que elas realmente eram.

– Então o senhor acha que Dom Clément exagerou o tamanho do jardim do abade? Mas por quê?

De novo, o monge balançou a cabeça.

– Vaidade, talvez. Para fazer com que o desenho parecesse ter uma escala mais correta. A arquitetura da Igreja tinha pouca tolerância a qualquer coisa incomum, desequilibrada. Isto aqui fica melhor no papel – explicou o monge, mais uma vez gesticulando em direção ao desenho – do que a coisa real. Embora a coisa real funcione melhor na realidade.

De novo, Beauvoir foi surpreendido pelo choque entre percepção e realidade naquele mosteiro. E pela escolha de refletir o que tinha boa aparência, e não a verdade.

Frère Bernard continuou a analisar o desenho.

– Se Dom Clément tivesse desenhado o mosteiro exatamente como ele é, a construção não pareceria um crucifixo, mas um pássaro. Duas asas grandes e um corpo mais curto.

– Então ele forjou isto?

– Imagino que seja uma forma de enxergar as coisas.

– Ele pode ter forjado outras áreas da planta? – perguntou Beauvoir, embora já soubesse a resposta: se alguém enganava uma vez, certamente faria de novo.

– Imagino que sim. – O monge olhou para o inspetor como se um dos anjos tivesse caído. – Mas não estou vendo mais nada errado. Isso faz alguma diferença?

– Talvez não – respondeu Beauvoir, voltando a enrolar a planta. – O senhor perguntou o que eu estava procurando. Eu estou atrás de uma sala oculta.

– Como a Sala do Capítulo?

– Essa a gente conhece. Eu estou procurando outra.

– Então ela existe.

– A gente não sabe. Só ouvimos uns rumores e, obviamente, os senhores também.

Pela primeira vez durante a conversa, Beauvoir sentiu uma hesitação da parte do monge. Como se uma porta tivesse se fechado devagar. Como se Frère Bernard tivesse sua própria sala oculta.

É claro, todo mundo tinha uma. E era trabalho dele, e do chefe, encontrar estas também. Infelizmente para eles, salas assim quase nunca escondiam tesouros. O que eles invariavelmente encontravam eram montanhas de lixo.

– Se realmente existe uma sala secreta no mosteiro, o senhor precisa me contar – pressionou Beauvoir.

– Eu não sei de nenhuma.

– Mas o senhor ouviu rumores?

– Sempre existem rumores. Eu ouvi este no dia em que cheguei aqui.

– Para uma ordem silenciosa, os senhores parecem falar bastante.

Bernard sorriu.

– A gente não fica totalmente em silêncio. Pode conversar em certas horas do dia.

– E um dos tópicos das conversas são salas secretas?

– Se o senhor só tivesse alguns minutos de conversa por dia, sobre o que acha que iria falar? Sobre o tempo? Sobre política?

– Segredos?

Frère Bernard sorriu.

– Às vezes, sobre o mistério divino, e às vezes, só sobre mistérios. Como salas ocultas. E tesouros.

Ele lançou a Beauvoir um olhar de cumplicidade. Um olhar aguçado. Aquele monge, pensou Beauvoir, podia ser calmo e até gentil, mas não era nenhum bocó.

– O senhor acha que eles existem?

– Uma sala e algum tesouro trazido para cá por Dom Clément e pelos outros monges séculos atrás? – disse Bernard. – É divertido pensar nisso. Ajuda a passar o tempo nas noites frias de inverno. Mas ninguém acredita realmente que exista. Alguém já teria encontrado há muito tempo. A abadia já foi reformada, modernizada e consertada. Se existisse alguma sala secreta, a gente já teria encontrado.

– Talvez alguém tenha – disse Beauvoir, pondo-se de pé. – Com que frequência os senhores têm autorização para sair?

O monge riu.

– Isto aqui não é uma prisão, sabia?

Mas até Frère Bernard precisava admitir que, daquele ângulo, com certeza parecia.

– A gente sai quando quer, embora não vá muito longe. Fazemos caminhadas, na maioria das vezes. Vamos atrás de mirtilos e lenha. Pescamos. No inverno, jogamos hóquei no gelo. É Frère Antoine quem organiza.

Beauvoir voltou a sentir aquela vertigem. Frère Antoine jogava hóquei. Provavelmente era o capitão do time e ficava no centro. A mesma posição de Beauvoir.

– No verão, alguns correm e praticam tai chi. O senhor está convidado a ir conosco depois das Vigílias.

– São as orações de manhã cedinho?

– Às cinco da manhã – respondeu o monge, sorrindo. – O seu chefe estava lá hoje.

Beauvoir estava prestes a dizer algo mordaz, para cortar qualquer chacota contra Gamache, quando viu que Frère Bernard parecia estar simplesmente se divertindo. E não debochando.

– É, ele mencionou – disse Beauvoir.

– A gente conversou depois, sabe?

– Ah, é?

Mas Beauvoir sabia perfeitamente bem que fora com Frère Bernard que o chefe conversara de manhã nos chuveiros e que, depois, eles haviam coletado ovos juntos. Irmão Bernard contara ao chefe sobre a cisão na comunidade. Aliás, o inspetor-chefe tivera a impressão de que o monge o procurara especificamente para contar aquilo.

E só então ocorreu a Beauvoir se perguntar se a mesma coisa estava acontecendo ali. Será que aquele monge estava só colhendo mirtilos e esbarrara com ele? Ou será que não fora um acaso? Será que Frère Bernard tinha visto Beauvoir sair com o rolo de pergaminho e o seguira?

– Seu chefe é um bom ouvinte – disse o monge. – Ele se adaptaria bem à vida daqui.

– É bem verdade que ele fica ótimo de robe – disse Beauvoir.

Frère Bernard riu.

– Eu estava com medo de falar isso – disse o monge, antes de olhar para Beauvoir e observá-lo por alguns instantes. – Acho que o senhor também ia gostar daqui.

Gostar?, pensou Beauvoir. *Gostar? Será que alguém realmente gosta daqui?*

Ele havia presumido que eles toleravam o lugar, como um cilício. Nunca ocorrera a Beauvoir que viver em Saint-Gilbert-Entre-les-Loups realmente os fizesse felizes.

Frère Bernard pegou a cesta de mirtilos e eles deram alguns passos antes que o monge falasse de novo. Ele parecia estar escolhendo as palavras com cuidado.

– Eu fiquei surpreso quando vi mais uma pessoa chegar. Todos nós ficamos. Inclusive o seu chefe, eu acho. Quem era aquele homem que chegou de avião?

– O nome dele é Francoeur. É o superintendente.

– Da Sûreté?

Beauvoir anuiu.

– O chefão.

– O papa de vocês.

– Só se o papa for um idiota com uma arma.

Frère Bernard riu soltando o ar pelo nariz, depois se esforçou para tirar o sorriso do rosto.

– O senhor não gosta dele?

– Anos de contemplação aguçaram a sua intuição, Frère Bernard.

Bernard riu outra vez.

– As pessoas vêm de longe para ouvir meus insights.

Então o sorriso do monge desapareceu.

– Por exemplo, esse Francoeur... ele não gosta do seu chefe, né?

Ambos sabiam que aquilo também não era uma grande demonstração de perspicácia.

Beauvoir pensou no que dizer. Seu impulso era sempre mentir. Ele teria sido um bom arquiteto medieval, pensou. Imediatamente quis negar que houvesse qualquer questão, encobrir a verdade. Ou, pelo menos, esconder a escala do problema. Mas percebeu que era inútil. Aquele homem tinha visto claramente, como todos os outros, a facilidade com que Francoeur rejeitara Gamache no píer.

– Isso vem de alguns anos. Eles tiveram um desentendimento por causa de um colega policial.

Frère Bernard não disse nada. Simplesmente escutou. O rosto calmo, os olhos neutros e atentos. Eles avançaram devagar pela floresta, seus pés estalando nos galhos e folhas caídos na trilha muito percorrida. O sol rompia a cobertura das árvores em alguns trechos e de vez em quando eles ouviam o barulho de um esquilo, um pássaro ou alguma outra criatura selvagem.

Beauvoir esperou um instante, depois prosseguiu. *E por que não?*, pensou. Afinal de contas, era tudo de conhecimento público. A não ser que você vivesse em um mosteiro no meio do nada.

O que os monges sabiam e o que o resto do mundo sabia pareciam ser coisas bem distintas.

– O chefe prendeu um dos superintendentes da Sûreté, ainda que Francoeur e os outros tivessem ordenado que ele não fizesse isso. O nome desse homem é Arnot. Ele era o superintendente na época.

E lá estava uma pequena reação no rosto plácido do monge. Um minúsculo erguer de sobrancelhas. E então elas voltaram a se acomodar no lugar. Foi quase invisível. Quase.

– Prendeu por quê?

– Assassinato. Sedição. Foi descoberto que Arnot estava incentivando os oficiais da reserva a matar qualquer indígena que criasse problema. Ou, no mínimo, quando um jovem indígena levava um tiro ou era espancado até a morte, Arnot não disciplinava os responsáveis. Ou seja, ele fechava os olhos para os crimes e estava a um passo de ativamente incentivar os assassinatos. Parecia ter se tornado...

Beauvoir hesitou diante da dificuldade de falar sobre algo tão vergonhoso, mas depois prosseguiu:

– ... quase um esporte. Uma anciã cri pediu ajuda ao chefe para encontrar o filho desaparecido. Foi quando ele descobriu o que estava acontecendo.

– E o resto da liderança da Sûreté queria que o seu chefe ficasse calado?

– Exato. Eles concordaram em demitir Arnot e os outros oficiais, mas não queriam escândalo. Não queriam perder a confiança da opinião pública.

Frère Bernard não baixou os olhos, mas Beauvoir teve a impressão de que eles divagaram ligeiramente.

– E o inspetor-chefe prendeu Arnot assim mesmo – disse Frère Bernard. – Ele desobedeceu às ordens.

– Nunca passou pela cabeça dele agir diferente. Ele achava que as mães, os pais e os entes queridos dos mortos mereciam uma resposta. E um julgamento público. Além de um pedido de desculpas. Tudo isso veio à tona. Foi uma confusão.

Bernard assentiu. A Igreja entendia bem de escândalos, acobertamentos e confusões.

– O que aconteceu? – perguntou o monge.

– Arnot e os outros foram condenados. Eles estão em prisão perpétua.

– E o inspetor-chefe?

Beauvoir sorriu.

– Ele ainda é chefe. Mas nunca vai ser superintendente. E sabe disso.

– Mas manteve o emprego.

– Eles não podiam demiti-lo. Mesmo antes de isso acontecer, ele já era um dos oficiais mais respeitados da Sûreté. O julgamento fez com que ele fosse odiado pelos chefões, mas adorado por todos os outros oficiais. Ele restaurou o orgulho deles. E, ironicamente, a confiança do público. Francoeur não tinha como demitir o inspetor-chefe, por mais que quisesse. Ele e Arnot eram amigos. Bons amigos.

Frère Bernard refletiu sobre a história por um instante.

– Então esse Francoeur sabia o que o amigo dele estava fazendo? Os dois eram superintendentes.

– O chefe nunca conseguiu provar.

– Mas tentou?

– Ele queria se livrar de toda a podridão.

– E conseguiu?

– Espero que sim.

Os dois relembraram a cena do cais: Gamache com a mão estendida, para ajudar Francoeur a sair do avião. E o olhar de Francoeur. Oblíquo.

Não havia apenas inimizade ali. Havia ódio.

– Por que o superintendente veio? – perguntou Frère Bernard.

– Não sei.

Beauvoir tentou manter a voz leve. E era a verdade. Ele realmente não sabia. Mas, de novo, sentiu a preocupação revirar seu estômago e arranhar suas entranhas.

Frère Bernard franziu a testa enquanto pensava.

– Deve ser difícil para eles trabalharem juntos. Isso acontece muito?

– Não muito.

Ele não iria mais longe. Com certeza não contaria àquele monge sobre a última vez que Gamache e Francoeur tinham sido destacados juntos para o mesmo caso. O ataque à fábrica. Fazia quase um ano. Tampouco contaria sobre os resultados desastrosos.

De novo, ele viu o chefe agarrar as laterais da mesa e se inclinar para Francoeur de um jeito tão ameaçador que fizera o superintendente empalidecer e dar um passo para trás. Beauvoir poderia contar nos dedos de uma mão o número de vezes que ouvira Gamache gritar. Mas, naquele dia, ele gritara. Bem na cara de Francoeur.

A ferocidade assustara até mesmo Beauvoir.

E o superintendente gritara de volta.

Gamache havia prevalecido. Mas só porque tinha recuado. Pedido desculpas. Implorado a Francoeur que ouvisse a voz da razão. Gamache havia implorado. Esse fora o preço que pagara para fazer o superintendente agir.

Beauvoir nunca tinha visto o chefe implorar. Mas, naquele dia, ele vira.

Gamache e Francoeur mal haviam se falado desde então. Talvez uma palavra no funeral de Estado dos oficiais mortos naquele ataque à fábrica, embora Beauvoir duvidasse. E talvez eles tivessem dito algo na cerimônia, quando Francoeur prendera uma medalha por bravura no peito de Gamache. Contra a vontade do inspetor-chefe.

Mas Francoeur havia insistido. Sabia que, para o resto do mundo, daria a impressão de estar recompensando Gamache. Porém, no íntimo, os dois sabiam qual era a verdade.

Beauvoir estava na plateia daquela cerimônia. Viu o rosto do chefe quando a medalha foi colocada em seu peito. Foi como se perfurasse o coração dele.

Era a ação certa. Pelo motivo errado.

Beauvoir sabia que o chefe merecia aquela medalha, mas Francoeur a havia concedido para humilhá-lo. Recompensara Gamache publicamente por uma ação que ferira e matara tantos agentes da Sûreté. Francoeur tinha dado a medalha não como um reconhecimento de todas as vidas que o chefe salvara naquele dia terrível, mas como uma acusação. Um lembrete permanente. De todas as vidas jovens perdidas.

Beauvoir poderia ter matado Francoeur naquele momento.

De novo, ele sentiu que algo lhe arranhava o estômago. Que algo tentava abrir caminho com suas garras. Ele queria desesperadamente mudar de assunto. Apagar as memórias. Da cerimônia, mas, principalmente, daquele dia horrível. Na fábrica.

Quando uma das vidas perdidas quase fora a sua.

Quando uma das vidas perdidas quase fora a do chefe.

Beauvoir pensou nas minúsculas pílulas do tamanho de mirtilos silvestres. As que ainda estavam escondidas em seu apartamento. E na explosão que elas causavam. Não de um sabor almiscarado, mas de um abençoado esquecimento.

Entorpecendo o que se escondia na sala secreta de Beauvoir.

Fazia meses que ele não tomava OxyContin ou Percocet. Desde que o chefe o confrontara, levara os comprimidos embora e conseguira ajuda para ele.

Talvez ele desse um bom gilbertino, no fim das contas. Assim como eles, vivia com medo. Não do que havia lá fora, mas do que estava pacientemente à espreita dentro de suas próprias paredes.

– O senhor está bem?

Beauvoir voltou a si, seguindo a voz suave. Ela era como uma trilha de doces em um caminho. Conduzindo-o para fora da floresta.

– Eu posso ajudar?

Frère Bernard tinha estendido a mão áspera e agora tocava o braço de Beauvoir.

– Não, eu estou bem. Só estava pensando no caso.

O monge continuou examinando-o, nem um pouco convencido de que ouvia a verdade.

Beauvoir vasculhou a memória, catando cacos aqui e ali, desesperado para encontrar algo útil. O caso. O caso. O prior. O assassinato. A cena. O jardim.

O jardim.

– A gente estava falando do jardim do abade – disse por fim.

Sua voz saiu rouca, nada convidativa a novas confidências. Ele já tinha ido longe demais.

– Estava? – perguntou Frère Bernard.

– O senhor disse que todo mundo sabe que ele existe. Mas o senhor nunca esteve lá.

– Correto.

– Quem esteve?

– Qualquer um que Dom Philippe tenha convidado.

Beauvoir percebeu que não estava ouvindo com tanta atenção quanto deveria. Continuava distraído por suas lembranças e pelos sentimentos que elas despertavam.

Havia algum ressentimento na voz de Frère Bernard?

Beauvoir achava que não, porém, com sua atenção fragilizada, não poderia ter certeza. E, de novo, ele amaldiçoou Francoeur. Por estar onde não era desejado. No mosteiro. E na cabeça de Beauvoir. Chacoalhando por ali. Cutucando coisas que era melhor deixar adormecidas.

Ele se lembrou do que um de seus psicólogos o havia aconselhado a fazer quando se sentisse ansioso.

Respirar. Apenas respirar.

Inspirar fundo. Expirar todo o ar.

– O que o senhor acha do abade? – perguntou o inspetor.

Estava se sentindo um pouco tonto.

– Como assim?

Beauvoir não sabia ao certo.

Inspirar fundo. Expirar todo o ar.

– O senhor é um dos homens do abade, certo? – perguntou ele, agarrando-se a quaisquer perguntas que surgissem.

– Sou.

– Por quê? Por que não se juntar ao prior?

O monge começou a chutar uma pedra, e Beauvoir se concentrou em observá-la dançar e pular ao longo da trilha de terra. A entrada do mosteiro ainda parecia muito distante. E, de repente, ele desejou estar na Capela Santíssima. Onde era calmo e tranquilo. Escutando os cânticos monótonos. Agarrando-se a eles.

Não havia caos ali. Nem pensamentos ou decisões. Não havia emoções cruas.

Inspirar fundo. Expirar todo o ar.

– Frère Mathieu era um músico talentoso – era o que Frère Bernard estava dizendo. – Ele transformou a nossa vocação de entoar cânticos em algo sublime. Era um grande professor e um líder nato. Ele deu um novo propósito e significado à nossa vida. Ele deu vida à abadia.

– Então por que ele não era o abade?

Estava funcionando. Beauvoir seguira a própria respiração e a voz baixa do monge e voltara ao próprio corpo.

– Talvez ele devesse ter sido. Mas Dom Philippe foi eleito.

– Ele derrotou Frère Mathieu?

– Frère Mathieu não concorreu.

– Dom Philippe entrou por aclamação?

– Não. O prior da época concorreu. A maioria achava que ele ia ganhar, já que era uma progressão natural. O prior quase sempre virava abade.

– E quem era o prior naquela época?

A cabeça de Beauvoir estava funcionando de novo. Absorvendo informações e gerando perguntas racionais em resposta. Mas o nó na boca do estômago permanecia ali.

– Era eu.

Beauvoir ficou na dúvida se tinha ouvido direito.

– O senhor era o prior?

– Era. E Dom Philippe era apenas o bom e velho Frère Philippe. Um monge como qualquer outro.

– Deve ter sido humilhante.

Frère Bernard sorriu.

– A gente tenta não levar para o lado pessoal. Foi a vontade de Deus.

– E isso melhora as coisas? Eu preferia ser humilhado pelos homens do que por Deus.

Bernard optou por não responder.

– Então o senhor voltou a ser apenas mais um monge e o abade nomeou o amigo dele como prior. Frère Mathieu.

Bernard aquiesceu e, distraidamente, pegou um punhado de mirtilos da cesta.

– O senhor se ressentiu do novo prior? – perguntou Beauvoir, servindo-se de algumas frutas.

– De forma alguma. Acabou sendo uma escolha inspirada. O ex-abade e eu formávamos uma boa dupla. Mas eu não teria sido um prior tão bom para Dom Philippe quanto Frère Mathieu. A parceria deles funcionou bem por vários anos.

– Então o senhor teve que engolir.

– O senhor tem um jeito singular de colocar as coisas.

– Isso porque o senhor não ouviu o que eu não falo – disse Beauvoir, e Frère Bernard sorriu. – O senhor ouviu dizer que o prior estava pensando em substituir Frère Antoine como solista?

– Por Frère Luc? Ouvi. Isso foi um boato espalhado pelo próprio Frère Luc e no qual, aparentemente, só ele acredita, mais ninguém.

– O senhor tem certeza de que não era verdade?

– O prior podia ser uma pessoa difícil. Eu acho que talvez o senhor dissesse que ele era um "babaca" – afirmou Frère Bernard, olhando de soslaio para Beauvoir.

– Que ideia o senhor faz de mim...

– Mas ele entendia de música. O canto gregoriano era mais do que apenas música para ele. Era o caminho dele para o Divino. Ele preferiria morrer a fazer qualquer coisa que afetasse o coro ou os cânticos.

Frère Bernard continuou andando, aparentemente inconsciente do que dissera. Mas Beauvoir guardou a informação.

– Frère Antoine é quem deve ser o solista – disse o monge, mordiscando mais mirtilos. – Ele tem uma voz magnífica.

– Melhor que a de Luc?

– Muito melhor. Frère Luc é superior tecnicamente. Ele consegue controlar a voz. E tem um timbre bonito. Mas não tem nada divino ali. É como ver a pintura de alguém, em vez da própria pessoa. Falta uma dimensão.

A opinião de Frère Bernard sobre a voz de Luc era quase a mesma que a de Frère Antoine.

Ainda assim, o jovem monge tinha convencido a si mesmo e era bem convincente ao dar aquela informação.

– Se Luc estivesse certo – arriscou Beauvoir –, qual teria sido a reação das pessoas?

Bernard ponderou sobre a pergunta por um instante.

– Acho que elas teriam se perguntado.

– Teriam se perguntado o quê?

Agora Frère Bernard estava nitidamente desconfortável. Ele enfiou mais mirtilos na boca. A cesta, que antes estava transbordando, fora reduzida a uma poça de mirtilos.

– Só se perguntado.

– O senhor não está me contando tudo, Frère Bernard.

Bernard permaneceu em silêncio. Engolindo seus pensamentos, suas opiniões e suas palavras junto com os mirtilos.

Mas Beauvoir imaginava o que ele queria dizer.

– Os senhores teriam se perguntado sobre a natureza do relacionamento dos dois.

Bernard fechou bem a boca, e os músculos ao redor da mandíbula incharam com o esforço de manter as palavras lá dentro.

– Os senhores teriam se perguntado – pressionou Beauvoir – o que estava acontecendo entre o prior e o novo recruta.

– Não foi isso que eu quis dizer.

– Claro que foi. O senhor e os outros monges teriam se perguntado o que acontecia depois do ensaio do coro. Quando o resto dos monges voltava para a cela.

– Não. O senhor está enganado.

– Foi assim que Antoine conseguiu o cargo? Ele era mais do que apenas um solista e Frère Mathieu, mais do que apenas um regente?

– Pare – rebateu Frère Bernard. – Não foi assim.

– Então como foi?

– O senhor está transformando os cânticos, o coro, em algo sórdido. Mathieu era um homem extremamente desagradável. Mas até eu, que não o suportava, sei que ele nunca, jamais, teria escolhido um solista em troca de sexo. Frère Mathieu amava os cânticos. Acima de tudo.

– Mas, ainda assim – prosseguiu Beauvoir, com a voz baixa agora –, os senhores teriam se perguntado.

Frère Bernard encarou Beauvoir com os olhos arregalados.

– O senhor sabia que o abade nomeou Frère Antoine o novo regente?

A voz de Beauvoir era amigável. Descontraída. Como se o confronto nunca tivesse acontecido. Aquele era um truque que ele havia aprendido com Gamache. Não prolongar o ataque. Avançar, recuar, ir pelas beiradas. Ficar parado.

Ser imprevisível.

Lentamente, Frère Bernard se recompôs. E inspirou fundo. Expirou todo o ar.

– Não me surpreende – respondeu ele, por fim. – Esse tipo de coisa é a cara do abade.

– Continue.

– Alguns minutos atrás, o senhor me perguntou por que eu sou um dos homens do abade. É por isso. Só um santo ou um tolo promoveria um adversário. E Dom Philippe não é nenhum tolo.

– O senhor acha que ele é um santo?

Frère Bernard deu de ombros.

– Não sei. Mas acho que ele é o mais perto de um santo que a gente tem. Por que o senhor acha que ele foi eleito abade? O que ele tinha a oferecer? Ele era apenas um mongezinho calado seguindo sua rotina. Não era um líder.

Não era um grande administrador. Não era um músico refinado. Ele não trouxe quase nenhuma habilidade para a comunidade. Não era encanador, carpinteiro nem pedreiro.

– Então o que ele é?

– Ele é um homem de Deus. De verdade. Ele acredita em Deus de toda a alma e todo o coração. E inspira essa fé nos outros. Se as pessoas escutam o Divino quando a gente canta, é porque Dom Philippe o coloca ali. Ele nos torna homens e monges melhores. Ele acredita em Deus e no poder do amor e do perdão. Não é só uma fé de conveniência. Se o senhor precisava de alguma prova, olhe só o que ele acabou de fazer. Nomeou Frère Antoine o novo regente. Porque era a coisa certa a fazer. Pelo coro, pelos cânticos e pela paz da comunidade.

– Isso só faz dele um excelente político, não um santo.

– O senhor é um cético, monsieur Beauvoir.

– E por uma boa razão, Frère Bernard. Alguém matou o prior. Esmagou a cabeça dele no lindo jardinzinho do abade. O senhor fala de santos. Onde estava o santo quando isso aconteceu? Onde estava Deus?

Bernard não disse nada.

– *Oui* – retrucou Beauvoir. – Eu sou cético.

Ninguém vai me livrar desse padre problemático?

Alguém tinha feito isso.

– E o seu precioso abade não foi simplesmente eleito do nada – relembrou Beauvoir. – Ele escolheu concorrer. Ele queria o posto. Será que um santo quer ter poder? Eu achei que eles, em tese, deveriam ser humildes.

Agora eles já viam o portão. Lá dentro estavam os longos e iluminados corredores. As pequenas celas. Os monges silenciosos e deslizantes. E o inspetor-chefe. E Francoeur. Juntos. Beauvoir ficou um pouco surpreso de não ver as paredes e fundações do mosteiro tremerem.

Eles se aproximaram da porta de madeira maciça, cortada daquela mesma floresta quatrocentos anos antes. Depois, haviam forjado dobradiças. E um ferrolho. E uma fechadura.

No rolo de pergaminho na mão de Beauvoir, Saint-Gilbert-Entre-les--Loups parecia um crucifixo. Mas e na realidade?

Parecia uma prisão.

Beauvoir parou.

– Por que a porta fica trancada? – perguntou ele a Frère Bernard.

– Tradição, nada mais. Eu imagino que muito do que fazemos pareça sem sentido, mas, para nós, nossas regras e tradições têm fundamento.

Ainda assim, Beauvoir encarava a porta.

– Um portão fica trancado por proteção – disse, por fim. – Mas quem está sendo protegido?

– *Pardon?*

– O senhor disse que o slogan da ordem podia ser "Só para garantir".

– *Exsisto paratus*, sim. Foi uma piada.

Beauvoir assentiu.

– Muitas verdades são ditas nos chistes, ou pelo menos foi o que eu ouvi dizer. Só para garantir o quê, *mon frère*? Para que servem as portas trancadas? Para manter o mundo aqui fora ou os monges lá dentro? Para proteger os senhores ou nós?

– Eu não estou entendendo – disse Frère Bernard.

Mas Beauvoir viu pela expressão dele que o monge entendia perfeitamente bem. Ele também viu que a cesta do monge, que antes continha uma montanha de mirtilos, agora estava vazia. Lá se fora a oferta perfeita.

– Talvez o seu precioso abade não seja um excelente político nem um santo, mas um carcereiro. Talvez por isso ele tenha sido tão contrário a outra gravação, tão inflexível quanto à manutenção do voto de silêncio. Será que ele estava só assegurando uma longa tradição de silêncio? Ou estava com medo de soltar algum monstro no mundo?

– Eu não acredito no que o senhor acabou de dizer – retrucou Bernard, tremendo pelo esforço de se conter. – O senhor está falando de pedofilia? O senhor acha que a gente está aqui por ter violado garotinhos? O senhor acha que irmão Charles, irmão Simon, o abade... – gaguejou ele. – ... eu... o senhor não pode...

Ele não conseguiu ir mais longe. Seu rosto estava vermelho de fúria, e Beauvoir se perguntou se a cabeça dele iria explodir.

Porém, ainda assim, o inspetor da Homicídios não disse nada. Mas esperou. E esperou.

Finalmente, o silêncio se tornara seu amigo. E inimigo daquele monge. Porque, naquele silêncio, havia um espectro. Totalmente crescido. Totalmente desenvolvido. De todos os garotinhos. Coralistas. Estudantes. Coroinhas. De todos os meninos crédulos. E de seus pais.

Que viviam para sempre no silêncio da Igreja.

Quando lhe fora dada uma escolha, a do livre-arbítrio, a Igreja escolhera proteger os padres. E qual melhor forma de proteger aqueles clérigos do que enviá-los para o meio do mato? Para uma ordem quase extinta? E construir um muro ao redor deles?

Onde eles pudessem cantar, mas não falar.

Será que Dom Philippe era tanto um abade quanto um guarda? Um santo que vigiava os pecadores?

DEZENOVE

– O senhor sabe por que os gilbertinos usam hábito preto e capuz branco? É uma roupa única, sabia? Nenhuma outra ordem usa.

O superintendente Sylvain Francoeur estava sentado atrás da mesa do prior, casualmente reclinado na cadeira dura, as longas pernas cruzadas.

O inspetor-chefe Gamache agora ocupava a cadeira do visitante, do outro lado da mesa. Ele tentava ler o relatório da legista e os outros papéis que Francoeur trouxera consigo. Ele olhou para cima e viu o superintendente sorrir.

Aquele era um sorriso atraente. Não falso nem condescendente. Era caloroso e confiante. O sorriso de um homem em quem se podia confiar.

– Não, senhor. Por quê?

Francoeur havia chegado ao escritório vinte minutos antes e entregado os relatórios a Gamache. Em seguida, dera início a uma série de interrupções à leitura do chefe com declarações triviais.

O inspetor-chefe reconhecia que aquela atitude era inspirada em uma antiga técnica de interrogatório desenvolvida para irritar, incomodar. Interromper, interromper e interromper até que, por fim, o sujeito explodisse e dissesse bem mais do que normalmente diria, de tanta frustração por não conseguir dizer absolutamente nada.

Era uma técnica sutil e demorada, que ia minando a paciência da pessoa. Não era muito usada pelos jovens agentes impetuosos daqueles dias. Mas os oficiais mais velhos a conheciam. E sabiam que, se esperassem o suficiente, quase sempre dava certo.

O superintendente da Sûreté a estava usando com o chefe da Homicídios.

Enquanto escutava educadamente as observações triviais de Francoeur, Gamache se perguntava por quê. Seria só por diversão, para tirar onda com a cara dele? Ou havia ali, como sempre era o caso com o superintendente, segundas intenções?

Gamache observou aquele rosto encantador e se perguntou o que se passava a poucos centímetros daquele sorriso. Naquele cérebro podre. Naquela mente maquiavélica.

Por mais que Jean Guy considerasse aquele homem um idiota, Gamache sabia que ele não era. Ninguém chegava ao posto mais alto na hierarquia policial do Quebec, em uma das forças mais respeitadas do mundo, sem ter uma série de habilidades.

Considerar Francoeur um idiota seria um erro grave – embora Gamache nunca tivesse conseguido afastar totalmente a impressão de que Beauvoir tivesse razão em parte. Mesmo que Francoeur não fosse um idiota, ele não era tão inteligente quanto parecia. E, com certeza, não tanto quanto pensava. Afinal, era habilidoso o suficiente para usar uma antiga e sutil técnica de interrogatório, mas arrogante o bastante para fazê-lo com alguém que quase com certeza a reconheceria. Ele era mais astuto que inteligente.

Porém isso não o tornava menos perigoso.

Gamache olhou para o relatório da legista. Em vinte minutos, só conseguira ler uma única página. Ele mostrava que o prior era um homem saudável de 60 e poucos anos. Com o desgaste comum a um corpo dessa idade. Uma artrite leve, algum enrijecimento das artérias.

– Eu dei uma pesquisada sobre os gilbertinos assim que soube do assassinato do prior.

A voz de Francoeur era agradável, de alguém que parecia saber bem do que estava falando. As pessoas não confiavam naquele homem; elas acreditavam nele.

Gamache ergueu os olhos da página e pôs uma expressão educada no rosto, de interesse.

– É mesmo?

– Eu tinha lido alguns artigos de jornal, é claro – contou o superintendente, desviando os olhos para espiar pela estreita fresta da janela. – A cobertura jornalística quando a gravação deles fez sucesso. Você tem o disco?

– Tenho.

– Eu também. Não entendi por que esse interesse todo. Chato. Mas muita gente gostou. Você gosta?

– Gosto.

Francoeur abriu um pequeno sorriso.

– Imaginei.

Gamache esperou, observando o superintendente em silêncio. Como se tivesse todo o tempo do mundo e o papel em sua mão fosse bem menos interessante do que os comentários inúteis do chefe.

– Foi uma sensação. É incrível pensar que esses monges estão aqui há séculos e ninguém pareceu notar. Aí eles fazem uma gravaçãozinha e *voilà*. Ficam mundialmente famosos. Esse é o problema, é claro.

– Como assim?

– Quando a notícia do assassinato de Frère Mathieu sair, vai ser uma loucura. Ele é mais famoso que Frère Jacques.

Francoeur sorriu e, para a surpresa de Gamache, começou a cantar:

– *Frère Jacques, Frère Jacques, dormez-vous? Dormez-vous?*

Porém ele transformou a alegre musiqueta infantil em um canto fúnebre. Cantarolando devagar, sonoramente. Como se houvesse algum significado oculto no verso sem sentido. Então Francoeur encarou Gamache por um prolongado e frio momento.

– Vai ser um inferno, Armand. Até você já deve ter percebido isso.

– Sim, percebi. *Merci.*

Gamache se inclinou para a frente e colocou o relatório da legista na mesa. Ele olhou diretamente para Francoeur, que o fitava de volta. Sem piscar. Seus olhos frios e duros. Desafiando-o a falar. O que ele fez.

– Por que o senhor veio?

– Eu vim ajudar.

– Perdão, superintendente – disse Gamache. – Mas eu ainda não entendi ao certo por que o senhor veio. O senhor nunca sentiu a necessidade de ajudar.

Os dois se entreolharam. O ar entre eles pulsava de inimizade.

– Em uma investigação de assassinato, quero dizer – completou Gamache, com um sorriso.

– É claro.

Francoeur mal disfarçava o ódio ao olhar para Gamache.

– Sem comunicação – disse o superintendente, olhando para o laptop na mesa – e com só um telefone no mosteiro, estava claro que alguém precisava trazer isto aqui.

Ele gesticulou em direção aos dossiês na mesa. O relatório da legista e as conclusões da equipe forense.

– Isto é extremamente útil, de verdade – respondeu Gamache.

Ele estava falando sério. No entanto, sabia, assim como o outro, que o superintendente da Sûreté não precisava trabalhar como entregador. Aliás, teria sido bem mais útil, caso aquele realmente fosse o objetivo, que um dos investigadores da equipe do inspetor-chefe tivesse trazido os documentos.

– Já que o senhor veio ajudar, talvez queira que eu lhe passe as informações do caso – ofereceu Gamache.

– Por favor.

Gamache passou os minutos seguintes transmitindo as informações ao superintendente Francoeur enquanto ele o interrompia com perguntas e comentários insignificantes, a maioria dos quais sugerindo que Gamache talvez tivesse deixado algo passar e deixado de fazer alguma pergunta importante ou de investigar um fato.

Porém, aos trancos e barrancos, Gamache conseguiu contar a história do assassinato de Frère Mathieu.

O corpo enroscado em volta do papel amarelado com neumas e aquela baboseira em latim. Os três monges rezando sobre o prior morto no jardim. O abade, Dom Philippe, seu secretário, Frère Simon, e o médico, Frère Charles.

A evidência de uma rusga cada vez mais amarga em Saint-Gilbert. Entre os que queriam que o voto de silêncio fosse suspenso e que fosse feita uma nova gravação de canto gregoriano e os que não queriam nenhuma das duas coisas. Entre os homens do prior e os do abade.

Em meio às constantes interrupções, Gamache contou ao superintendente sobre a Sala do Capítulo oculta e o jardim secreto do abade. Sobre os boatos de outras salas secretas e até de um tesouro.

Nesse ponto, o superintendente o olhou como se ele fosse uma criança ingênua.

Gamache simplesmente continuou, apresentando comentários concisos sobre a personalidade dos monges.

– Parece que você não está mais perto de resolver o assassinato do que quando chegou – comentou Francoeur. – Todos ainda são suspeitos.

– É bom que o senhor esteja aqui, então – disse Gamache, e fez uma pausa. – Para ajudar.

– É, sim. Por exemplo, você sequer encontrou a arma do crime.

– É verdade.

– Nem sabe o que é.

Gamache abriu a boca para dizer que eles suspeitavam que uma pedra do jardim tivesse esmagado o crânio do prior e depois sido atirada por cima do muro, na floresta. Mas sua intuição e talvez um leve brilho de satisfação nos olhos de Francoeur o detiveram. Ele apenas olhou para o superintendente, depois para o relatório da legista, em grande parte ainda por ler.

Gamache virou a página e leu por alto a continuação, rapidamente. Então ergueu o rosto, encontrando os olhos de Francoeur. O leve brilho havia se tornado um fulgor de triunfo.

Gamache colocou a mão direita dentro da esquerda. E a manteve firme ali. Para que o outro não visse o discreto tremor e pensasse ser ele a causa.

– O senhor leu os relatórios? – perguntou Gamache.

Francoeur aquiesceu.

– Durante o voo. Vocês estavam em busca de uma pedra, pelo que entendi – disse ele, fazendo com que aquilo soasse ridículo.

– É verdade. Nós estávamos claramente errados. Não foi uma pedra.

– Não – afirmou Francoeur, descruzando as pernas e inclinando-se para a frente. – Não tinha terra nem nenhum resíduo no ferimento. Nada mesmo. Como você vê, a legista acha que foi um objeto comprido de metal, como um cano ou um atiçador de lareira.

– O senhor já sabia disso quando chegou e não me falou nada?

A voz de Gamache era calma, mas a censura estava clara.

– O quê? Eu me atrever a ensinar ao grande Gamache como fazer o próprio trabalho? Eu não ousaria.

– Então por que veio, se não foi para passar informações valiosas?

– Porque, Armand – respondeu Francoeur, cuspindo o nome como se ele fosse *merde* em sua boca –, um de nós cuida do trabalho e um de nós se preocupa com a própria carreira. Eu estou aqui para que, quando a notícia do assassinato vier à tona, quando o circo pegar fogo e a mídia internacional aparecer, a gente não pareça uns completos imbecis. Eu posso, pelo menos, dar a impressão de que a Sûreté é competente. De que a gente está fazendo o que pode para resolver o assassinato brutal de um dos mais amados *religieux* do mundo. Você sabe o que o mundo vai querer saber quando esse assassinato vier a público?

Gamache continuou calado. Ele sabia que, embora a interrupção frequente fosse capaz de gerar uma explosão de informações, o silêncio também era. Um homem como Francoeur, que reprimia a raiva com tanta força, só precisava de espaço. E, quem sabe, de um empurrãozinho na hora certa.

– Por que, com apenas duas dúzias de suspeitos em uma abadia enclausurada, a famosa Sûreté du Québec ainda não conseguiu efetuar uma prisão? – esbravejou Francoeur, sarcástico. – Por que está demorando tanto?, é o que eles vão perguntar.

– E o que você vai dizer a eles, Sylvain? Que é difícil chegar à verdade quando o seu próprio pessoal retém informações?

– A verdade, Armand? Você quer que eu diga a eles que um idiota arrogante, pretensioso e incompetente está à frente da investigação?

Gamache ergueu as sobrancelhas e gesticulou de leve para o lugar onde Francoeur estava sentado. Atrás da mesa.

E viu Francoeur perder o controle. O superintendente ficou de pé, e o chão de pedra gritou quando a cadeira o arranhou. Seu rosto bonito estava lívido.

Gamache continuou sentado, mas após um instante se levantou lentamente, bem lentamente, de modo que eles ficassem cara a cara, um de cada lado da mesa. As mãos de Gamache estavam entrelaçadas nas costas. Seu peito estava exposto, como se convidasse Francoeur a desferir seu melhor ataque.

Ouviu-se uma batida suave na porta.

Nenhum dos dois respondeu.

Então veio uma nova batida, acompanhada de um hesitante "Chefe?".

Uma fresta se abriu.

– Você precisa tratar o seu pessoal com mais respeito, Armand – disse Francoeur em voz alta e ríspida.

Então se voltou para a porta.

– Entre.

Beauvoir deu um passo à frente e olhou de um para o outro. A atmosfera estava tão densa que era quase impossível entrar no escritório do prior. Mas Beauvoir entrou. E ficou ombro a ombro com Gamache.

Francoeur arrastou o olhar do inspetor-chefe para Beauvoir e respirou fundo. Até conseguiu abrir um sorriso falso.

– Você chegou em boa hora, inspetor. Acho que o seu chefe e eu já falamos o suficiente. Talvez até mais do que o suficiente.

Ele deu uma risadinha desconcertante e estendeu a mão.

– Eu não tive a chance de cumprimentá-lo quando cheguei. Peço desculpas, inspetor Beauvoir.

Jean Guy hesitou, depois aceitou a mão dele.

Um sino tocou, e Beauvoir fez uma careta.

– De novo, não...

O superintendente Francoeur riu.

– É exatamente como eu me sinto. Mas talvez, enquanto os monges estiverem cuidando da tarefa deles de rezar, a gente possa cuidar da nossa. Pelo menos assim a gente sabe onde eles estão.

Ele só faltou dar uma piscadela para Beauvoir e então se voltou para Gamache.

– Pense no que eu falei, inspetor-chefe – disse, com a voz calma, quase cordial. – É só o que eu peço.

Ele fez menção de ir embora, mas Gamache o chamou.

– Eu acho, superintendente, que o senhor vai descobrir que esse sino não é para as orações, mas para o almoço.

– Bom – disse Francoeur, abrindo um sorriso largo –, então minhas preces foram atendidas. Ouvi dizer que a comida aqui é excelente. É verdade? – perguntou a Beauvoir.

– Nada mau.

– *Bon*. Então vejo vocês no almoço. Vou ficar alguns dias, é claro. O abade fez a gentileza de me ceder um dos quartos. Se me dão licença, vou me aprontar e encontro vocês lá.

Ele deu um aceno de cabeça aos dois e saiu confiante. Um homem com total controle de si mesmo, da situação, do mosteiro.

Beauvoir se virou para Gamache.

– O que foi isso?

– Sinceramente, eu não faço ideia.

– O senhor está bem?

– Estou bem, sim, obrigado.

– Bem DEMAIS? Desequilibrado, egoísta, mesquinho, amargo, inseguro e solitário?

– Acho que essa seria a avaliação do superintendente – respondeu Gamache, sorrindo, e eles atravessaram o longo corredor em direção à Capela Santíssima e ao refeitório.

– Ele veio até aqui para dizer isso?

– Não. De acordo com Francoeur, ele veio ajudar. Trouxe o relatório da legista e os resultados da equipe forense.

Gamache contou o que os relatórios diziam. Beauvoir ouviu enquanto eles caminhavam. Então parou e se voltou para o chefe, irado.

– Ele sabia que era isso que o relatório dizia, que a arma do crime não era uma pedra, e não contou para a gente imediatamente? Qual é a dele?

– Não sei. Mas a gente precisa se concentrar no assassinato e não se deixar distrair pelo superintendente.

– *D'accord* – concordou Beauvoir, a contragosto. – Então, onde está a maldita arma do crime? A gente procurou do outro lado do muro e não encontrou nada.

Só mirtilos, pensou. E eles provavelmente não eram letais até serem mergulhados em chocolate amargo.

– Eu só sei de uma coisa – afirmou o chefe. – O relatório diz algo crucial.

– O quê?

– O assassinato de Frère Mathieu quase com certeza foi premeditado. Se você está em um jardim, pode pegar uma pedra no instante em que é dominado por uma forte emoção e matar alguém...

– Mas não um pedaço de metal – completou Beauvoir, acompanhando o raciocínio do chefe. – Isso só pode ter sido levado pelo assassino. Não tem como um cano ou um atiçador simplesmente estar ali no jardim do abade.

Gamache aquiesceu.

Um dos monges não havia simplesmente atacado o prior, matando-o em um acesso de raiva. Aquilo fora planejado.

Mens rea.

A frase jurídica em latim ocorreu a Gamache.

Mens rea. Uma mente culpada. Intenção.

Um daqueles monges tinha encontrado o prior no jardim já armado com o cano de metal e a mente culpada. O pensamento e o ato colidiram, e o resultado foi o assassinato.

– Eu não acredito que Francoeur vai ficar aqui – comentou Beauvoir, enquanto eles cruzavam a Capela Santíssima. – Eu mesmo vou confessar o crime se isso fizer aquele idiota ir embora.

Gamache parou. Eles estavam no meio da capela.

– Cuidado, Jean Guy – disse o chefe, em voz baixa. – O superintendente não é nenhum bobo.

– O senhor está brincando? Ele deveria ter nos entregado aquele dossiê assim que desceu do avião. Mas, em vez disso, ignorou o senhor na frente de todo mundo e puxou o saco do abade.

– Baixe a voz – advertiu Gamache.

Beauvoir lançou um olhar furtivo ao redor, depois falou, em um sussurro urgente:

– Aquele homem é uma ameaça.

Do corredor, ele olhou para a porta, em busca de Francoeur. Gamache se virou, e eles retomaram a caminhada até o refeitório.

– Olhe... – disse Beauvoir, apressando-se para acompanhar as passadas largas do chefe. – Ele está desautorizando o senhor. O senhor precisa enxergar isso. Todo mundo viu o que aconteceu no píer, e agora eles pensam que Francoeur está no comando.

Gamache abriu a porta e indicou o corredor seguinte a Beauvoir. O aroma de pão fresco e sopa os encontrou. Então, após olhar rapidamente para trás, para a penumbra da Capela Santíssima, Gamache fechou a porta.

– Ele *está* no comando, Jean Guy.

– Ah, fala sério.

Mas o riso morreu no rosto de Beauvoir. Gamache estava falando sério.

– Ele é o superintendente da Sûreté. Eu... não sou. Ele é meu chefe. Ele sempre vai estar no comando.

Diante do olhar ensurdecedor de Beauvoir, Gamache sorriu.

– Vai ficar tudo bem.

– Eu sei que vai, *patron*. Afinal de contas, nada de ruim acontece quando um oficial sênior da Sûreté começa a abusar do poder.

– Exatamente, *mon vieux* – pontuou Gamache, abrindo um sorriso largo e encarando Beauvoir. – Por favor, Jean Guy. Fique fora disso.

Beauvoir não precisava perguntar o que era "isso". Os calmos olhos castanhos de Gamache não se desviaram dos dele. E os do chefe continham uma súplica. Não por ajuda, mas o contrário. Para que Beauvoir o deixasse lidar com Francoeur sozinho.

Beauvoir anuiu.

– *Oui, patron.*

Mas sabia que tinha acabado de mentir.

VINTE

A MAIORIA DOS MONGES JÁ ESTAVA no refeitório quando Gamache e Beauvoir chegaram. O inspetor-chefe fez um aceno de cabeça para o abade, sentado à cabeceira da mesa comprida com uma cadeira vazia ao lado. O abade ergueu a mão para cumprimentá-lo, mas não ofereceu o assento. Nem o chefe se convidou para se juntar a ele. Ambos tinham outras intenções.

Cestas de baguetes frescas, queijos, jarras d'água e garrafas de sidra estavam dispostas na mesa de madeira, e ao redor dela se sentavam os monges, com seus hábitos pretos e seus capuzes brancos para trás, nas costas. Gamache percebeu que o superintendente Francoeur não tinha lhe contado por que Gilberto de Sempringham havia escolhido aquele design único novecentos anos antes.

– Este é o irmão Raymond – sussurrou o chefe, meneando a cabeça para um espaço no banco entre o médico, Frère Charles, e outro monge. – Ele cuida da manutenção.

– Entendi – disse Beauvoir, e caminhou rapidamente para o outro lado da mesa.

– Os senhores se importam? – perguntou Beauvoir aos monges.

– De jeito nenhum – respondeu Frère Charles.

Ele pareceu feliz, aliás, de um jeito quase histérico, ao ver o agente da Sûreté. Aquela era uma recepção que Beauvoir quase nunca recebia em uma investigação de assassinato.

O companheiro de almoço de Gamache, por outro lado, não pareceu nada satisfeito ao vê-lo. Também não parecia nada satisfeito ao ver os pães e os queijos. Nem o sol no céu, nem os pássaros lá fora.

– *Bonjour*, Frère Simon – disse o chefe, sentando-se.

Mas, aparentemente, o secretário do abade mantinha seu rigoroso voto de silêncio particular. Ele também parecia ter abraçado um voto de irritação.

Do outro lado da mesa e um pouco para o lado, Gamache viu que Beauvoir já havia entabulado conversa com irmão Raymond.

– Os primeiros irmãos sabiam o que estavam fazendo – disse Raymond em resposta à pergunta de Beauvoir sobre a planta original da abadia.

A resposta dele surpreendeu o inspetor. Não pelo conteúdo, mas pela voz do monge.

Ele falava com um sotaque carregado do campo, quase ininteligível. Um som anasalado extraído das florestas e montanhas dos minúsculos vilarejos do Quebec. Ele fora plantado pelos primeiros colonos e *voyageurs* da França, séculos antes. Homens rústicos, educados no que importava ali. Não em *politesse*, mas em sobrevivência. Os aristocratas, administradores eruditos e marinheiros podiam ter encontrado o Novo Mundo, mas foram os resistentes camponeses que o colonizaram. Suas vozes tinham criado raízes profundas no Quebec, como as de alguns carvalhos antigos. Imutáveis, por séculos. De modo que um historiador que falasse com aqueles quebequenses talvez sentisse que viajara no tempo até a França medieval.

Ao longo das gerações, a maioria dos quebequenses perdera o sotaque. Mas de vez em quando aquela voz emergia de um vale, de um vilarejo.

Tornara-se popular zombar de sotaques assim, pensando-se que, se a voz era rústica, o pensamento também devia ser atrasado. Mas Beauvoir sabia que não era verdade.

Sua avó falava daquele jeito enquanto eles descascavam ervilhas na velha e instável varanda. Enquanto ela discorria sobre o jardim. Sobre as estações. Sobre paciência. E sobre a natureza.

Seu ríspido avô, quando decidia falar, também parecia um camponês. Mas pensava e agia como um nobre. Nunca deixava de ajudar um vizinho. Ou de dividir o pouco que tinha.

Não, Beauvoir não estava inclinado a menosprezar Frère Raymond, e sim o oposto: se sentiu atraído pelo monge.

Os olhos de Raymond eram castanho-escuros e, apesar do hábito, Beauvoir conseguia ver que o monge tinha um corpo magro e musculoso. As mãos eram esguias e fortes, fruto de uma vida de trabalho duro. Ele estava com uns 50 e poucos anos, deduziu.

– Eles construíram Saint-Gilbert para durar – disse Frère Raymond, pegando a garrafa de sidra e servindo um pouco para o inspetor e para si. – Um trabalho artesanal, isso sim. E disciplinado. Mas depois daqueles primeiros monges foi um desastre.

O que se seguiu foi uma ladainha de como cada geração de monges tinha estragado o mosteiro à sua própria e especial maneira. Não espiritualmente. Frère Raymond não parecia muito preocupado com isso. Fisicamente. Acrescentando coisas, tirando coisas. Colocando de novo. Mudando o telhado. Só desastres.

– E os banheiros. Não vou nem entrar nesse assunto.

Mas era tarde demais. Frère Raymond já havia entrado. E Beauvoir começou a entender por que Frère Charles tinha ficado quase louco de satisfação ao ver que alguém se sentaria entre ele e Raymond. Não por causa daquela voz, mas pelo que aquela voz dizia. Sem parar.

– Eles destruíram tudo – continuava irmão Raymond. – Os banheiros eram...

– Um desastre? – completou Beauvoir.

– *Exactement.*

Raymond soube, então, que estava na companhia de uma alma irmã.

Os últimos monges chegaram e se sentaram. Francoeur parou à porta. O salão ficou um pouco mais quieto, exceto por Frère Raymond, que parecia incapaz de deter sua locomotiva de palavras.

– Merda. Grandes buracos de merda. Posso lhe mostrar, se o senhor quiser.

Irmão Raymond olhou para Beauvoir com entusiasmo, mas o inspetor balançou a cabeça e se voltou para Francoeur.

– *Merci, mon frère* – murmurou ele. – Mas eu já vi merda o suficiente.

Frère Raymond soltou uma risadinha.

– Eu também.

Então, eles ficaram em silêncio.

Francoeur tinha um jeito de dominar a sala. Beauvoir observou, um por um, os monges se voltarem para o superintendente.

Ele enganou estes também, pensou Beauvoir. Com certeza homens de Deus veriam por trás daquela fachada de falsidade. Enxergariam a maldade, a mesquinhez. Perceberiam que ele era um canalha desprezível. Um desastre.

Mas os monges pareceram não ver nada. Assim como muitos da Sûreté. Eram ludibriados pela bravata de Francoeur. Por sua virilidade, por seu andar emproado.

Beauvoir até entendia que aquele mundo cheio de testosterona da Sûreté se deixasse enganar. Mas esperava mais daqueles monges calados e observadores.

Porém eles também pareciam deslumbrados com aquele homem, que chegara tão depressa, voando e pousando quase em cima deles. Não havia fraqueza ou hesitação em Francoeur. Ele praticamente caíra do céu. Dentro da abadia. No colo deles.

E, a julgar pela expressão no rosto dos monges, eles pareciam admirá-lo por isso.

Mas nem todos. Seu companheiro na colheita de mirtilos daquela manhã, Frère Bernard, olhava Francoeur com desconfiança, assim como outros poucos.

Talvez aqueles monges não fossem tão ingênuos quando Beauvoir temia. Mas então ele percebeu. Os homens do abade olhavam para Francoeur com ceticismo. Seus rostos demonstravam educação, mas de um jeito velado.

Eram os homens do prior que estavam praticamente dominados pela emoção.

Francoeur varreu o ambiente com os olhos e parou no abade. E na cadeira vazia ao lado dele. O ar pareceu deixar a sala enquanto todos os olhos se voltavam do superintendente para a cadeira. E, depois, para ele de novo.

Dom Philippe estava sentado completamente ereto à cabeceira da mesa. Nem convidando, nem desencorajando o superintendente a se juntar a ele.

Finalmente, Francoeur fez uma pequena e respeitosa mesura aos monges e caminhou, decidido, ao largo da mesa comprida. Até a cabeceira. E tomou seu lugar, à direita do abade.

A cadeira do prior. Preenchida. O vazio, o vácuo, preenchido.

Beauvoir voltou sua atenção para Frère Raymond e ficou surpreso ao ver um olhar de admiração no rosto magro e desgastado do monge, enquanto ele também encarava o superintendente.

– A cadeira do prior, é claro – comentou Raymond. – O rei está morto. Vida longa ao rei.

– O prior era o rei? Eu pensei que seria o abade.

Frère Raymond lançou a Beauvoir um olhar penetrante e avaliador.

– Só no nome. O prior era o nosso verdadeiro líder.

– O senhor era um dos homens do prior? – perguntou Beauvoir, surpreso. Ele havia pensado que aquele homem era leal ao abade.

– Com certeza. Eu não consigo aturar incompetência por muito tempo. Ele está arruinando a abadia – disse Frère Raymond, meneando a cabeça raspada na direção do abade. – O prior ia salvar o mosteiro.

– Arruinando? Como?

– Não fazendo nada.

Raymond mantinha a voz baixa, mas sua irritação transpareceu mesmo assim. Ele continuou:

– O prior deu a ele os meios para levantar todo o dinheiro de que pudéssemos precisar, para finalmente consertar a abadia e fazer com que ela durasse mais mil anos, e Dom Philippe recusou.

– Mas eu achei que muito trabalho já tivesse sido feito. As cozinhas, o telhado, o sistema geotérmico... Não é como se o abade não estivesse fazendo nada.

– Mas ele não fez o que era realmente necessário. A gente teria sobrevivido muito bem sem uma cozinha nova ou um sistema geotérmico.

Frère Raymond fez uma pausa. Foi como se um vazio tivesse se aberto de repente em meio ao fluxo de palavras. Beauvoir o encarou. E esperou. Enquanto o outro cambaleava na beirada. Do silêncio. Ou de mais palavras.

Beauvoir decidiu dar um empurrãozinho.

– E sem o que os senhores não conseguem sobreviver?

O monge baixou ainda mais a voz.

– Os alicerces estão podres.

Agora Beauvoir não sabia se Frère Raymond estava falando em sentido figurado, como *les religieux* tinham a tendência a fazer, ou em sentido concreto. Mas achou que aquele monge, com aquele sotaque, provavelmente não seria um grande fã de metáforas.

– O que o senhor quer dizer? – murmurou Beauvoir também.

– Quantas interpretações existem para isso? – perguntou Raymond. – Os alicerces estão podres.

– É um serviço muito grande?

– Está brincando? O senhor viu o mosteiro. Se os alicerces cederem, a abadia desaba.

Beauvoir encarou aquele monge intenso, que o perfurava com os olhos.

– Desaba? O mosteiro vai vir abaixo?

– Completamente. Não hoje. Não amanhã. Eu diria que daqui a uns dez anos. Mas o conserto também deve demorar esse tanto. Os alicerces aguentaram o peso das paredes por centenas de anos – explicou Raymond. – O que aqueles primeiros monges fizeram foi incrível. Muito à frente de seu tempo. Mas eles não contaram com os invernos terríveis. Com os ciclos de congelamento e descongelamento e com o que isso faz. E com outra coisa também.

– O quê?

– A floresta. Saint-Gilbert-Entre-les-Loups é um lugar fixo, mas a floresta não para de se mover. Na nossa direção. As raízes estão destruindo as fundações. Quebrando, enfraquecendo as estruturas. Aí a água vem e entra. Os alicerces estão ruindo, apodrecendo.

Apodrecendo, pensou Beauvoir. Não era uma metáfora, mas bem que poderia ser.

– Quando a gente chegou, percebeu que muitas das árvores do mosteiro tinham sido cortadas recentemente – disse Beauvoir. – Foi por isso?

– Um pouco tarde demais. O estrago está feito, as raízes já estão aqui. São necessários milhões para consertar isso. Além de todo tipo de trabalhadores qualificados. Mas ele – disse Raymond, agora apontando a faca para o abade – acha que duas dúzias de monges idosos conseguem fazer isso. Ele não é só incompetente, mas louco.

Beauvoir precisava concordar. Ele observou o abade no que pareceu ser uma conversa educada com o superintendente e, pela primeira vez, questionou a sanidade do homem.

– O que ele diz quando o senhor fala que os monges não teriam como consertar os alicerces sozinhos?

– Que eu deveria fazer como ele. Rezar por um milagre.

– E o senhor não acredita que isso possa acontecer?

Agora irmão Raymond se virou completamente para encarar Beauvoir. A raiva, tão evidente um segundo antes, havia desaparecido.

– Muito pelo contrário. Eu disse para o abade que a gente já podia parar de rezar. Que o milagre já tinha acontecido. Deus nos deu nossas vozes. E os cânticos mais lindos. Em uma época em que eles podem correr o mundo, para inspirar milhões e render milhões. Se isso não é um milagre, eu não sei o que é.

Beauvoir se recostou e olhou para aquele monge, que não só acreditava em orações e milagres, mas também que Deus lhes concedera um. A ordem silenciosa ganharia dinheiro com suas próprias vozes e salvaria a abadia.

Mas o abade estava cego demais para ver que aquilo pelo qual rezava já estava ali.

– Quem mais sabe dos alicerces?

– Ninguém. Eu só descobri o problema há alguns meses. Fiz uns testes e depois contei a Dom Philippe, esperando que ele compartilhasse com a comunidade.

– Mas ele não fez isso?

Frère Raymond balançou a cabeça e baixou ainda mais a voz, olhando de relance para os irmãos monges.

– Ele mandou cortar as árvores, mas falou para os irmãos que era para fazer lenha, caso o sistema geotérmico falhasse.

– Ele mentiu?

O monge deu de ombros.

– É uma boa ideia ter um estoque emergencial de lenha por precaução. Mas não era a verdadeira razão. Nenhum deles sabe disso. Só o abade. E eu. Ele me fez prometer que não ia contar para ninguém.

– O senhor acha que o prior sabia?

– Eu queria que ele soubesse. Ele teria salvado a gente. Teria sido muito fácil. Só mais uma gravação. E talvez uma turnê de concertos. Teria sido o suficiente para salvar Saint-Gilbert.

– Mas então Frère Mathieu foi morto – disse Beauvoir.

– Assassinado – concordou o monge.

– Por quem?

– Vamos lá, meu filho. O senhor sabe tão bem quanto eu.

Beauvoir olhou para a cabeceira da mesa, de onde o abade se levantara. Houve uma agitação quando os outros monges e os oficiais da Sûreté também se puseram de pé.

O abade deu a bênção sobre a comida. Quando terminou, todos se sentaram, e um dos monges foi até um púlpito, limpou a garganta com uma pequena tosse e começou a cantar.

De novo?, pensou Beauvoir, arquejando e olhando com desejo para o pão fresco e o queijo, tão tentadoramente próximos. Mas, principalmente, enquanto o religioso cantava, Beauvoir pensou naquele monge franco e direto ao seu lado. Que era um dos homens do prior. E que considerava o abade um desastre. E pior: um assassino.

Quando o monge finalmente parou de cantar, outros trouxeram até a mesa tinas de sopa feita com os vegetais que Beauvoir tinha ajudado a colher de manhã.

O inspetor pegou um naco de baguete quente, passou manteiga aerada e a observou derreter. Então cortou pedaços de queijos azul e brie da tábua que passava de mão em mão. Enquanto o irmão Raymond continuava sua ladainha sobre as falhas do mosteiro, Beauvoir pegou uma colherada da sopa, um caldo perfumado em que cenouras, ervilhas, pastinacas e batatas se misturavam.

Enquanto achava difícil conter a enxurrada quase bíblica de palavras do companheiro, Beauvoir percebeu que o chefe estava cortando um dobrado para arrancar algumas poucas palavras do irmão Simon.

GAMACHE JÁ HAVIA SE DEPARADO com muitos suspeitos que se recusavam a falar. A maior parte deles simplesmente ficava sentada, beligerante e de braços cruzados, do outro lado de uma velha mesa desgastada em algum posto da Sûreté.

Em algum momento, o inspetor-chefe fizera todos falarem. Alguns haviam confessado. A maioria tinha, pelo menos, dito mais do que esperava e, certamente, pretendia.

Armand Gamache era bom em extrair indiscrições das pessoas.

Porém agora se perguntava se havia encontrado em Frère Simon o adversário imbatível.

Ele tinha puxado assunto sobre o clima. Depois, pensando que talvez aquele fosse um tópico banal demais para o secretário do abade, havia perguntado sobre Santa Cecília.

– Nós encontramos uma estátua dela na cela de Frère Mathieu.

– A santa padroeira da música – dissera Simon, concentrando-se na sopa.

Pelo menos era um começo, pensara o chefe, enquanto cortava um pedaço de camembert e o espalhava em um naco de baguete quente. E um mistério resolvido. Frère Mathieu rezava todas as noites para a santa padroeira da música.

Sentindo uma pequena abertura, Gamache perguntou sobre Gilberto de Sempringham. E o design dos hábitos.

Aquilo gerou uma reação. Frère Simon olhou para o chefe como se ele estivesse louco. Depois voltou a comer. Assim como Gamache.

O inspetor-chefe tomou um gole de sidra.

– Esta sidra é ótima – comentou, devolvendo o copo à mesa. – Pelo que eu entendi, os senhores trocam mirtilos por ela com um mosteiro no sul.

Se ele tivesse falado com o camembert, teria dado no mesmo.

Caso aquela fosse apenas uma ocasião social extremamente constrangedora, Gamache teria desistido e quase com certeza se voltado para o monge do outro lado. Mas aquilo era uma investigação de assassinato. Ele não tinha essa opção. Então se virou de novo para irmão Simon, decidido a derrubar suas defesas.

– Poedeira vermelha.

Frère Simon mergulhou a colher no caldo e virou a cabeça devagar. Para encarar Gamache.

– *Pardon?* – perguntou.

A voz dele soou bonita, mesmo ao pronunciar aquela única palavra. Rica. Melódica. Como um café encorpado ou um conhaque envelhecido. Com todo tipo de sutileza e profundidade.

Gamache percebeu, com surpresa, que não havia escutado mais que meia dúzia de palavras do secretário do abade durante todo aquele tempo.

– Poedeira vermelha – repetiu. – Uma raça adorável.

– O que o senhor sabe sobre elas?

– Bom, elas têm uma plumagem fantástica. E, na minha opinião, são desmerecidas sem motivo.

Gamache não fazia ideia do que estava dizendo, é claro. Só sabia que o comentário soava bem e poderia ter algum apelo para aquele homem. Pois um pequeno milagre acontecera. O inspetor-chefe se lembrara de uma única frase de todas as conversas que tivera com o abade.

Frère Simon adorava galinhas.

Gamache, que não tinha o mesmo gosto, só conseguia se lembrar de uma raça. Estivera prestes a dizer "Frangolino" quando o primeiro milagre acontecera, mas se lembrara, bem a tempo, que esse era um personagem de desenho animado, não uma raça de galinhas.

Para horror do chefe, a música preferida do personagem tinha se insinuado em sua mente. *Du-dah*. Ele lutou contra ela. *Du-dah*.

Gamache se voltou para Frère Simon, torcendo para que aquela tentativa de conversa tivesse rendido frutos. *Duuuh-dah, du-dah*.

– É verdade que elas têm um bom temperamento, mas cuidado: podem se tornar agressivas quando se irritam – advertiu o irmão Simon.

Com aquelas duas palavras mágicas, *poedeiras vermelhas*, Gamache não havia simplesmente aberto uma brecha nas defesas do monge. Agora os portões estavam escancarados. E o inspetor-chefe marchava para dentro deles.

Gamache, no entanto, fez uma pausa longa o suficiente para se perguntar o que poderia irritar uma galinha. Talvez as mesmas coisas que irritavam Frère Simon e os outros monges, espremidos em suas minúsculas celas. Não exatamente criados livres. Monges engaiolados.

– O senhor tem delas aqui? – perguntou Gamache.

– Das poedeiras vermelhas? Não. Elas são resistentes, mas só uma raça se adapta bem ao extremo norte.

O secretário do abade tinha se virado completamente no assento, na direção de Gamache. Longe de continuar taciturno, agora estava quase implorando que ele fizesse a pergunta. O chefe, é claro, atendeu ao pedido tácito.

– E que raça é essa? – perguntou, torcendo, rezando, para que Frère Simon não o encorajasse a adivinhar.

– Depois que eu contar, o senhor vai perceber como é óbvio – disse Frère Simon, quase eufórico.

– Ah, com certeza.

– As chantecler.

Frère Simon disse aquilo com tamanho triunfo que Gamache realmente achou difícil acreditar que não tivesse adivinhado. Isso antes de se tocar que nunca tinha ouvido falar daquela raça.

– Claro – disse ele –, as chantecler. Que idiota que eu sou. São galinhas incríveis.

– O senhor tem razão.

Durante os dez minutos seguintes, Gamache ouviu Frère Simon enquanto ele gesticulava, desenhava na mesa de madeira com o dedo pequeno e grosso e falava sem parar das chantecler. E de seu próprio galo premiado, Fernando.

– Fernando? – precisou perguntar Gamache.

Simon *riu*, para surpresa e quase consternação dos monges a seu redor. Era provável que eles nunca tivessem ouvido aquele som antes.

– Sinceramente? – disse Simon, inclinando-se para Gamache. – Eu estava com a música do grupo Abba em mente.

O monge cantarolou a faixa conhecida, uma única frase sobre os rufos da guerra. Gamache sentiu seu coração saltar, como se quisesse se acoplar àquele monge. Lá estava uma voz extraordinariamente bela. Enquanto outras eram gloriosas em sua clareza, a de Simon era linda pela tonalidade, pela intensidade. Ele transformara a simples letra pop em algo esplêndido. O chefe se pegou desejando que o irmão Simon também tivesse uma galinha chamada Mama Mia.

Ali estava um homem apaixonado. Era bem verdade que por galinhas. Se ele também era apaixonado por música, por Deus ou pela vida monástica já eram outros quinhentos.

– Parece que seu chefe conseguiu uma proeza – comentou Frère Charles, inclinando-se para Beauvoir.

– *Oui*. Do que será que eles estão falando?

– Também gostaria de saber – disse o médico. – Eu nunca consegui arrancar mais do que um grunhido de Frère Simon. Embora isso faça dele um ótimo guardião.

– Eu pensei que Frère Luc fosse o guardião do mosteiro.

– Ele é o *portier*, o porteiro. Simon tem outro trabalho. Ele é o cão de guarda do abade. Ninguém consegue chegar até Dom Philippe se não por meio dele. Ele é devotado ao abade.

– E o senhor? É devotado?

– Ele é o abade, o nosso líder.

– Isso não é uma resposta, *mon frère* – retrucou Beauvoir.

Ele tinha conseguido se virar de Frère Raymond para o monge médico quando o responsável pela manutenção esticara a mão para pegar mais sidra.

– O senhor é um dos homens do abade ou do prior?

O olhar do médico, antes amigável, se afiou, examinando Beauvoir. Então ele voltou a sorrir.

– Eu sou neutro, inspetor. Como a Cruz Vermelha. Só cuido dos feridos.

– E existem muitos? Feridos, eu quero dizer.

O sorriso abandonou o rosto de Frère Charles.

– O suficiente. Uma rusga como essa em um mosteiro antes feliz atinge todo mundo.

– Incluindo o senhor?

– *Oui* – admitiu o médico. – Mas eu realmente não tomo partido. Não seria apropriado.

– E é apropriado para alguém?

– Esta não foi a primeira opção de ninguém – explicou o médico, com um toque de impaciência na voz simpática. – A gente não acorda um dia e escolhe um lado, como se fosse um time de futebol. Foi um processo insuportável e lento. Como ser eviscerado. Uma guerra civil nunca é civilizada.

Então o olhar do monge deixou Beauvoir e primeiro pousou em Francoeur, ao lado do abade, e depois em Gamache, do outro lado da mesa.

– Como o senhor talvez saiba.

Uma negativa brotou nos lábios de Beauvoir, mas ele a deteve. O monge sabia. Todos eles sabiam.

– Ele está bem? – perguntou Frère Charles.

– Quem?

– O inspetor-chefe.

– Por que não estaria?

O irmão Charles hesitou, examinando o rosto de Beauvoir. Então olhou para a própria mão firme.

– O tremor. Na mão direita – explicou, depois voltou os olhos para o inspetor. – Tenho certeza que o senhor já notou.

– Já, e ele está bem.

– Eu não estou perguntando de enxerido, sabe? – insistiu Frère Charles. – Um tremor como esse pode ser sinal de algo muito errado. Ele vai e vem, pelo que eu notei. A mão dele parece firme agora.

– Acontece quando o chefe está cansado ou estressado.

O médico assentiu.

– Ele tem isso há muito tempo?

– Não muito – respondeu Beauvoir, tomando cuidado para não dar a impressão de estar na defensiva.

Ele sabia que o chefe parecia não se importar com quem via o movimento ocasional em sua mão direita.

– Então não é Parkinson?

– De jeito nenhum – disse Beauvoir.

– E o que causou?

– Um ferimento.

– Ahh – disse Charles, que voltou a olhar para o inspetor-chefe. – A cicatriz próxima à têmpora esquerda.

Beauvoir ficou em silêncio, arrependido por ter deixado a conversa com Frère Raymond e sua lista de desastres estruturais e de outros tipos que atingiam a abadia devido a abades incompetentes – sendo Dom Philippe o principal entre eles. Agora ele queria voltar. Ouvir sobre poços artesianos, fossas e paredes estruturais.

Qualquer coisa era melhor que discutir os ferimentos do chefe. E, por associação, aquele dia terrível na fábrica abandonada.

– Se o senhor achar que ele precisa de alguma coisa, eu tenho medicamentos na enfermaria que podem ser úteis.

– Ele vai ficar bem.

– Eu tenho certeza disso. – Frère Charles fez uma pausa e sustentou o olhar de Beauvoir. – Mas todos nós precisamos de ajuda às vezes. Inclusive o seu chefe. Eu tenho relaxantes e analgésicos. Só diga a ele.

– Pode deixar – disse Beauvoir. – *Merci*.

Beauvoir voltou sua atenção para a refeição. Mas, enquanto comia, as palavras penetravam em suas próprias feridas. Afundando cada vez mais.

Relaxantes.

Até que elas finalmente encontraram o fundo e se acomodaram na sala oculta de Beauvoir.

E analgésicos.

VINTE E UM

QUANDO O ALMOÇO TERMINOU, O INSPETOR-CHEFE e Beauvoir voltaram para o escritório do prior e estavam comparando anotações.

Beauvoir falava sobre os alicerces, e Gamache, sobre galinhas.

– Não são galinhas comuns, mas as chantecler – disse Gamache, com entusiasmo.

Beauvoir nunca sabia ao certo se o chefe estava realmente interessado ou só fingindo, mas tinha suas suspeitas.

– Ahh, as nobres chantecler...

Gamache sorriu.

– Não deboche, Jean Guy.

– Eu? Debochar de um monge?

– Parece que nosso Frère Simon é um especialista internacional nas chantecler. Elas foram criadas bem aqui no Quebec. Por um monge.

– Sério? Bem aqui? – perguntou Beauvoir, que, mesmo sem querer, se interessara.

– Bom, não, não em Saint-Gilbert, mas em um mosteiro nos arredores de Montreal, há uns cem anos. Ele achava que o clima do Canadá era rigoroso demais para as galinhas normais, então passou a vida desenvolvendo uma raça nativa. As chantecler. Elas quase foram extintas, mas Frère Simon as está trazendo de volta.

– Que sorte a nossa – disse Beauvoir. – Todos os outros mosteiros produzem álcool. Conhaque e licor *bénédictine*. Champanhe. Vinhos. O nosso canta cânticos obscuros e cria galinhas quase extintas. Não me admira que eles quase tenham seguido os passos do dodô. Mas isso me lembra a minha conversa com Frère Raymond na mesa do almoço. Muito obrigado, a propósito.

Gamache abriu um sorriso largo.

– Tagarela ele, não?

– O senhor não conseguia fazer o seu monge falar e eu não conseguia fazer o meu parar. Mas espere só até o senhor ouvir o que ele tinha para dizer.

Agora eles estavam na Capela Santíssima. Os monges tinham se dispersado para voltar ao trabalho, ler ou rezar. As tardes pareciam menos estruturadas que as manhãs.

– A fundação de Saint-Gilbert está ruindo – contou Beauvoir. – Frère Raymond falou que descobriu isso há uns meses. A primeira gravação gerou muito dinheiro, mas não o suficiente. Eles precisam de mais.

– Você quer dizer que a abadia inteira pode desmoronar? – perguntou Gamache, parando de repente.

– Bum!, e já era – confirmou Beauvoir. – E ele culpa o abade.

– Como assim? Com certeza não foi o abade quem minou os alicerces da abadia. Pelo menos não literalmente.

– Frère Raymond afirma que, se eles não levantarem o dinheiro com uma segunda gravação e uma turnê de concertos, não vão conseguir salvar o mosteiro. E o abade não quer autorizar nem uma coisa nem outra.

– Dom Philippe sabe sobre os alicerces?

Beauvoir aquiesceu.

– Frère Raymond falou que conversou com o abade, e com mais ninguém. Ele tem implorado a Dom Philippe que leve a situação a sério. Que levante a grana e conserte as fundações.

– E ninguém mais sabe? – confirmou Gamache.

– Bom, irmão Raymond não contou para ninguém. Mas talvez o abade tenha contado.

Gamache deu alguns passos em silêncio, pensando. Então parou.

– O prior era o braço direito do abade. Eu me pergunto se Dom Philippe contou para ele.

Beauvoir refletiu.

– Parece o tipo de coisa que você contaria para o segundo em comando.

– A menos que você estivesse em guerra com ele – considerou Gamache, perdido em pensamentos, tentando enxergar o que poderia ter acontecido.

Será que o abade havia contado ao prior que Saint-Gilbert estava literalmente desmoronando? Mas, depois, continuara a resistir a outra gravação? E continuara, mesmo diante da notícia, recusando-se a suspender o voto de silêncio, o que permitiria aos monges fazer uma turnê e dar entrevistas? E levantar os milhões e milhões necessários para salvar a abadia?

De repente, a segunda gravação de canto gregoriano passara de um possível projeto vaidoso da parte dos monges e de Frère Mathieu para algo vital. Ela não só colocaria Saint-Gilbert-Entre-les-Loups no mapa, mas também salvaria a abadia inteira.

Aquilo deixara de ser uma mera diferença filosófica entre o abade e o prior. A própria sobrevivência da abadia estava em jogo.

O que Frère Mathieu teria feito se soubesse?

– O relacionamento deles já estava tenso – disse Gamache, voltando a caminhar, mas lentamente.

Pensando alto. A voz baixa, para evitar ser ouvido. Aquilo dava a eles a aparência de conspiradores na Capela Santíssima.

– O prior teria ficado pu...

Ao ver a expressão de Gamache, Beauvoir substituiu as palavras.

– ... com muita raiva.

– Ele já estava louco de raiva – concordou o chefe. – Isso teria levado o homem ao limite.

– E se, diante disso tudo, o abade continuasse a dizer não para uma segunda gravação? Eu aposto que Frère Mathieu teria ameaçado contar para os outros monges. Jogar a merd... jogar a...

Mas Beauvoir não conseguia pensar em outra forma de colocar as coisas.

– Com certeza teria – concordou Gamache. – Então...

O chefe parou de novo e olhou para o nada. Juntando as peças para formar uma imagem semelhante, mas um pouco diferente.

– Então – repetiu ele, virando-se para Beauvoir –, talvez Dom Philippe não tenha contado para o prior que os alicerces estavam ruindo. Ele é inteligente o suficiente para saber o que Frère Mathieu faria de posse dessa informação. Ele estaria dando ao adversário uma bomba atômica de informação. A fundação rachada e apodrecida teria sido o último e mais poderoso argumento de que o prior e os homens deles precisavam.

– O senhor acha que o abade guardou essa informação para si?

– Acho possível. E fez Frère Raymond jurar segredo.

– Mas, se ele contou para mim – refletiu Beauvoir –, por que não teria falado para os outros monges?

– Talvez ele sentisse que a promessa que fez para o abade só se estendia à comunidade. Não a você.

– E talvez já esteja farto de tanto silêncio – disse Beauvoir.

– E talvez – continuou Gamache –, talvez Frère Raymond tenha mentido para você e, sim, contado para alguma outra pessoa.

Beauvoir ponderou sobre aquilo por um instante. Eles ouviram um suave arrastar de pés de monges na Capela Santíssima e viram alguns deles aqui e ali, rentes às velhas paredes. Como se tivessem medo de se mostrar.

Gamache e Beauvoir haviam mantido a voz baixa. Baixa o suficiente, esperava Beauvoir. Caso contrário, era tarde demais.

– O prior – completou Beauvoir. – Se Frère Raymond fosse quebrar a promessa feita ao abade, teria ido até Frère Mathieu. Ele se sentiria justificado se pensasse que o abade não iria agir.

Gamache anuiu. Fazia sentido no pequeno mundo lógico que eles haviam acabado de criar. Mas muitas coisas na vida dos monges pareciam não seguir a lógica. E o inspetor-chefe tinha que se lembrar de não confundir o que deveria ter sido, o que poderia ter sido, com o que realmente acontecera.

Eles precisavam de fatos.

– Se Frère Raymond contasse para o prior, *patron*, o que o senhor acha que teria acontecido depois?

– Eu acho que a gente pode deduzir. O prior teria ficado louco de raiva...

– ... ou talvez não – interrompeu Beauvoir, no que o chefe olhou para ele. – Bom, talvez o abade, ao ficar em silêncio sobre algo tão vital, tenha finalmente dado ao prior a arma de que ele precisava. O prior talvez tenha fingido estar com raiva quando, na verdade, estava em êxtase.

Gamache imaginou o prior. Viu o homem recebendo a notícia sobre os alicerces em ruínas. Descobrindo que o abade sabia e, aparentemente, não estava fazendo nada. Exceto rezando. O que o prior faria, então?

Ele contaria a mais alguém?

Gamache achava que não. Pelo menos, não imediatamente.

Em uma ordem silenciosa, a informação se tornava uma poderosa moeda, e Frère Mathieu era, quase certamente, meio pão-duro. Ele jamais compartilharia essa informação tão rápido. Ele a guardaria. Esperaria o momento perfeito.

Gamache não tinha como ter certeza, mas achava que o prior provavelmente pediria uma reunião com o abade. Em algum lugar privado. Onde eles não pudessem ser vistos. Nem ouvidos. Onde tivessem só os pássaros, o bordo antigo e os borrachudos como testemunhas. Isso se Deus não contasse.

De novo, porém, o chefe balançou a cabeça. Aquilo não batia com todos os fatos. Um deles, confirmado por testemunhas, era que fora o abade quem procurara o prior, e não o contrário.

A não ser...

Gamache se lembrou de uma das conversas que tivera com o abade. No jardim. Quando o monge admitira que o encontro fora ideia do prior. E só o horário fora ideia dele.

Então o prior tinha pedido a reunião. Será que para falar sobre os alicerces da abadia?

E o cenário mudava de novo. Para o abade, enviando o secretário pessoal em uma missão sem sentido. Para ir atrás do prior e pedir que encontrasse Dom Philippe mais tarde naquela manhã.

Frère Simon vai embora.

E o abade fica com o escritório, a cela, o jardim, só para ele. E lá ele espera, por Frère Mathieu e pelo encontro que marcou em segredo. Não para depois da missa das onze, mas para depois das Laudes.

Eles vão para o jardim. Dom Philippe não sabe ao certo por que o prior quer aquele encontro, mas desconfia. Ele levou um pedaço de cano consigo, escondido nas longas mangas pretas do hábito.

Frère Mathieu conta ao abade que sabe sobre os alicerces. Exige uma segunda gravação. Exige a suspensão do voto de silêncio. Para salvar o mosteiro. Caso contrário, mais tarde, no Capítulo, ele vai contar a todos. Sobre o silêncio do abade. Sobre a paralisia do líder diante da crise.

Quando Frère Mathieu vem com a bomba, o abade vem com o cano. Uma arma é figurada; a outra, não.

Dentro de poucos segundos, o prior jaz, moribundo, aos pés do abade.

Sim, pensa Gamache, imaginando a cena. *Isso se encaixa.*

Quase.

– O que foi? – perguntou Beauvoir, vendo a perturbação no rosto do chefe.

– Quase faz sentido, mas tem um problema.

– Qual?

– Os neumas. Aquele papel que estava com o prior quando ele morreu.

– Bom, talvez ele só estivesse com aquilo por puro acaso. Talvez não seja nada.

– Talvez – disse Gamache.

Mas nenhum dos dois estava convencido. Havia uma razão para o prior carregar aquele papel. Algum motivo para ele ter morrido enroscado em volta dele.

Será que aquilo tinha algo a ver com as fundações podres de Saint-Gilbert--Entre-les-Loups? Gamache não conseguia ver como.

– Eu estou completamente confuso – admitiu Beauvoir.

– Eu também. O que está confundindo você, *mon vieux?*

– O abade, Dom Philippe. Eu falo com Frère Bernard, que parece um cara legal, e ele acha que o abade é quase um santo. Daí eu converso com Frère Raymond, que também parece ser bem razoável, e, para ele, o abade é primo em primeiro grau do próprio Satanás.

Gamache ficou em silêncio por um instante.

– Você poderia ir atrás de Frère Raymond de novo? Ele deve estar no porão. Acho que é lá que fica a sala dele. Pergunte diretamente se ele contou ao prior sobre os alicerces.

– E, se a arma do crime foi um cano, o assassino deve ter pegado no porão. E pode até ter devolvido para lá depois.

O que, Beauvoir sabia, tornava o musculoso e tagarela Frère Raymond um excelente suspeito. O homem do prior, que sabia da fundação em ruínas, que amava a abadia e acreditava que o abade estava prestes a destruí-la. E quem melhor que o monge responsável pela manutenção para saber onde encontrar um pedaço de cano?

Exceto... Exceto... Mais uma vez, Beauvoir se deparou com o fato de que o monge errado tinha sido morto. Tudo se encaixaria, se o abade tivesse morrido. Mas não. Tinha sido o prior.

– Eu também vou perguntar a Frère Raymond sobre a sala oculta – disse Beauvoir.

– *Bon.* Leve a planta. Veja o que ele acha. E dê uma olhada na fundação. Se está tão ruim assim, deve ser fácil de ver. Por que ninguém percebeu?

– O senhor acha que ele está mentindo?

– Ouvi dizer que algumas pessoas fazem isso.

– Ser cínico é contra a minha natureza, *patron*, mas eu vou tentar. E o senhor?

– Frère Simon deve estar terminando de copiar o cântico que a gente encontrou com o prior. Eu vou lá pegar. E também tenho algumas perguntas discretas para fazer a ele. Mas, primeiro, eu quero terminar de ler os relatórios da legista e da equipe forense em paz.

Um passo nítido e determinado ecoou na capela. Os dois homens se viraram na direção do som, embora ambos já soubessem o que veriam. Com certeza, não um dos monges de pés macios.

O superintendente Francoeur caminhava na direção deles, estalando os pés no chão de pedra.

– Cavalheiros – disse Francoeur. – Gostaram do almoço? – perguntou ele, e, virando-se para Gamache, continuou: – Eu ouvi você e o outro monge falando sobre aves, foi isso?

– Galinhas – confirmou Gamache. – Raça chantecler, para ser exato.

Beauvoir reprimiu um sorriso. Francoeur não esperava uma resposta tão entusiasmada. *Que babaca!*, pensou Beauvoir. Então ele viu os olhos frios de Francoeur encararem o chefe, e seu sorriso congelou no rosto.

– Espero que vocês tenham planejado coisas mais úteis para esta tarde – disse o superintendente, em tom casual.

– Planejamos. O inspetor Beauvoir está querendo fazer um tour no porão com Frère Raymond, em busca de uma possível sala oculta. E talvez até da arma do crime – acrescentou Gamache. – E eu estou indo conversar um pouco mais com o secretário do abade, Frère Simon. O homem com quem eu falei no almoço.

– Sobre porcos, talvez, ou cabras?

Beauvoir não se mexeu. E observou os dois homens, naquela tranquila e fresca capela, se entreolharem. Por um segundo.

Gamache sorriu.

– Se ele quiser, sim, mas principalmente sobre aquele cântico de que eu falei.

– O que foi encontrado com Frère Mathieu? – perguntou Francoeur. – Por que conversar com o secretário do abade sobre isso?

– Ele está fazendo uma cópia, à mão. Eu vou lá pegar.

Beauvoir percebeu que Gamache estava escondendo o assunto sobre o qual realmente queria conversar com Frère Simon.

– Você deu a ele a única evidência sólida que nós temos?

Que Francoeur parecia incrédulo era óbvio. O que não era tão óbvio para Beauvoir era como Gamache conseguia não retrucar.

– Não tive escolha. Eu precisava da ajuda dos monges para descobrir o que é aquilo. Como aqui não tem fotocopiadora, esta me pareceu ser a única solução. Se o senhor tiver outra, seria ótimo escutar.

Agora, Francoeur mal fingia civilidade. Beauvoir podia ouvir a respiração dele a metros de distância. Ele suspeitava que os monges, caminhando silenciosamente ao redor da Capela Santíssima, também escutassem aquela respiração profunda e irregular. Como um fole, alimentando a raiva do superintendente.

– Então eu vou com você – afirmou o superintendente. – Para ver esse famoso papel.

– Com prazer – disse Gamache, e apontou o caminho.

– Na verdade – disse Beauvoir, pensando rápido, sentindo como se estivesse pulando de um penhasco –, eu estava me perguntando se o superintendente não gostaria de vir comigo.

Os dois homens olharam para Beauvoir. E agora ele se sentia em queda livre.

– Por quê? – perguntaram os dois juntos.

– Bom...

Ele não podia revelar o real motivo. Que tinha visto o olhar assassino de Francoeur. E que tinha visto o chefe colocar a mão direita dentro da esquerda. E segurá-la delicadamente ali.

– Bom – repetiu Beauvoir –, eu achei que o superintendente podia querer fazer um tour pela abadia, pelos lugares que a maioria das pessoas nunca vê. E que poderia ser bom ter a ajuda do senhor.

Beauvoir viu as sobrancelhas de Gamache se erguerem, bem de leve, depois baixarem. E desviou o olhar, incapaz de encarar o chefe.

Gamache estava irritado com ele. Isso acontecia de vez em quando, é claro, no trabalho estressante e de alto risco que eles tinham. Às vezes, eles batiam de frente. Mas ele nunca havia visto aquele olhar no rosto do chefe.

Era irritação, porém mais do que isso. Ele sabia perfeitamente bem o que Beauvoir estava fazendo. E os sentimentos de Gamache em relação àquela atitude iam muito além da reprovação, muito além até da raiva. Beauvoir conhecia aquele homem o suficiente para saber disso.

Havia algo mais no rosto do chefe, visível apenas naquele instante, quando ele erguera as sobrancelhas.

Era medo.

VINTE E DOIS

Jean Guy Beauvoir pegou o rolo com as plantas baixas do mosteiro no escritório do prior. Ao fazê-lo, olhou de soslaio para o chefe, sentado na cadeira do visitante. Em seu colo estavam os relatórios da legista e da equipe forense.

Francoeur aguardava Beauvoir na Capela Santíssima, e ele tinha que voltar correndo. Mesmo assim, ele fez uma pausa.

Gamache pôs os óculos de leitura meia-lua e olhou para Beauvoir.

– Desculpe se eu passei do ponto, chefe – disse Beauvoir. – Eu só...

– É, eu sei o que você "só" fez. – A voz de Gamache estava implacável. Restava nela pouco afeto. – Ele não é nenhum bobo, Jean Guy. Não trate o superintendente assim. E nunca me trate assim.

– *Désolé* – respondeu Beauvoir, sinceramente.

Quando se oferecera para tirar o superintendente das mãos de Gamache, não poderia sonhar que aquela seria a reação do chefe. Pensara que ele ficaria aliviado.

– Isto aqui não é um jogo – afirmou Gamache.

– Eu sei que não, *patron*.

Gamache continuava encarando Beauvoir.

– Não se deixe afetar pelo superintendente Francoeur. Se ele te provocar, não responda. Se ele fizer pressão, não faça de volta. Apenas sorria e mantenha o foco no nosso objetivo. Solucionar o assassinato. Ele está aqui com segundas intenções, nós dois sabemos disso. Só não sabemos quais são, e eu, pelo menos, não estou nem aí. A única coisa que importa é resolver o crime e voltar para casa. Certo?

– *Oui* – disse Beauvoir. – *D'accord.*

Ele assentiu para Gamache e saiu. Se Francoeur tinha segundas intenções, Beauvoir também tinha. E eram simples: manter o superintendente longe do chefe. O que quer que Francoeur tivesse em mente estava ligado a Gamache. E Beauvoir não permitiria que aquilo acontecesse.

– Pelo amor de Deus, tome cuidado.

As últimas palavras do chefe seguiram Beauvoir pelo corredor até a Capela Santíssima. Assim como sua última visão de Gamache, sentado na cadeira com o dossiê no colo. Com um papel na mão.

E o leve tremor na página quando uma corrente de ar a atingiu. Só que o ar estava completamente parado.

A princípio, Beauvoir não viu o superintendente, depois o encontrou junto à parede, lendo a placa.

– Então, esta é a porta oculta para a Sala do Capítulo – comentou Francoeur, sem levantar os olhos para Beauvoir quando ele se aproximou. – Infelizmente, a vida de Gilberto de Sempringham não vale a leitura. Você acha que foi por isso que eles esconderam a sala aqui atrás? Sabendo que os possíveis invasores morreriam de tédio neste lugar?

O superintendente Francoeur olhou então para cima, bem nos olhos de Beauvoir.

Havia bom humor ali, Beauvoir podia ver. E confiança.

– Sou todo seu, inspetor.

Beauvoir encarou o superintendente e se perguntou por que o homem era tão simpático com ele. Francoeur sabia, sem sombra de dúvida, que Beauvoir era leal a Gamache. Era um dos homens do chefe. E, embora Francoeur atormentasse, provocasse e insultasse Gamache, era extremamente agradável, encantador até, com Beauvoir.

Beauvoir ficou ainda mais cauteloso. Um ataque direto era uma coisa, mas aquela falsa tentativa ridícula de camaradagem era outra totalmente diferente. Ainda assim, quanto mais tempo ele conseguisse manter aquele homem longe do chefe, melhor.

– As escadas são por aqui.

Os dois homens da Sûreté caminharam até o canto da capela, onde Beauvoir abriu uma porta. Degraus de pedras gastas conduziam ao andar de baixo. Eles estavam bem iluminados, e os homens desceram até enfim encontrar o porão. Beauvoir parou não em um chão de terra batida, como esperava, mas sobre enormes placas de ardósia.

O teto era alto e abobadado.

– Os gilbertinos parecem não fazer nada de qualquer jeito – comentou Francoeur.

Beauvoir não respondeu, mas era exatamente o que estava pensando. Lá embaixo era mais fresco, embora não fizesse frio, e ele suspeitava que a temperatura devia se manter mais ou menos a mesma ainda que as estações mudassem no andar de cima.

Grandes castiçais de ferro forjado estavam aparafusados à pedra, mas a luz vinha de lâmpadas penduradas em fios ao longo das paredes e do teto.

– Para onde? – perguntou Francoeur.

Beauvoir olhou para um lado. Depois para o outro. Sem saber para onde seguir. Ele percebeu que não havia traçado seu plano até o fim. Esperava chegar ao porão e, por algum motivo, encontrar Frère Raymond bem ali.

Então se sentiu um idiota. Se estivesse com o inspetor-chefe, faria uma piada e eles iriam procurar Frère Raymond juntos. Mas Beauvoir não estava com Gamache, e sim com o superintendente da Sûreté du Québec. E Francoeur agora o encarava. Não com raiva. Em vez disso, ele tinha uma expressão paciente, como se estivesse trabalhando com um agente novato dando o seu melhor – de forma desastrada.

Beauvoir teve vontade de esbofetear Francoeur para arrancar aquele olhar da cara dele.

Mas, em vez disso, sorriu.

Inspirou fundo. Expirou todo o ar.

Afinal de contas, fora ele quem o convidara para vir junto. Precisava, ao menos, parecer feliz de tê-lo ali. Para encobrir sua incerteza, foi até uma das paredes de pedra e pôs a mão nela.

– Durante o almoço, Frère Raymond me falou que os alicerces estão ruindo – contou Beauvoir, examinando a pedra como se aquele fosse o plano o tempo todo, mas querendo se matar por não ter marcado um encontro com o monge.

– *Vraiment?* – perguntou Francoeur, embora não parecesse nada interessado. – O que isso quer dizer?

– Quer dizer que Saint-Gilbert está desmoronando. Ele falou que a abadia vai desabar completamente dentro de dez anos.

Agora, ele tinha a atenção de Francoeur. O superintendente foi até a parede em frente à de Beauvoir e a examinou.

– Para mim, parece tudo bem – disse ele.

Para Beauvoir, também parecia. Nenhuma rachadura, nenhuma raiz atravessando as paredes. Os dois homens espiaram ao redor. O espaço era magnífico. Outra maravilha da engenharia criada por Dom Clément.

As paredes de pedra corriam por baixo de todo o mosteiro. Aquilo fazia Beauvoir pensar no metrô de Montreal, só que sem os barulhentos trens subterrâneos. Quatro corredores cavernosos, como túneis, se estendiam a partir delas. Todos bem iluminados. Todos limpos. Nada fora do lugar.

Não havia nenhuma arma do crime dando sopa. E nenhuma floresta de pinheiros crescendo pelas paredes.

No entanto, se Frère Raymond falava a verdade, Saint-Gilbert-Entre--les-Loups estava colapsando. E, embora Beauvoir não fosse lá muito fã de monges, padres, igrejas e abadias, descobriu que lamentaria a destruição daquela.

E lamentaria mais ainda se isso acontecesse enquanto eles estavam no porão.

O som de uma porta se fechando ecoou na direção dos homens, e Francoeur começou a caminhar até ele, sem esperar para ver se Beauvoir o seguia. Como se isso não importasse para ele, de tão insignificante e incompetente que era o inspetor Beauvoir.

– Imbecil – murmurou Beauvoir.

– O som fica amplificado aqui embaixo, sabia? – disse Francoeur, sem se virar.

A despeito das advertências de Gamache, a despeito de suas próprias promessas, Beauvoir já tinha se deixado espicaçar. Deixado que seus sentimentos viessem à tona.

Mas talvez fosse até bom, pensou ele, enquanto seguia Francoeur devagar. Talvez Gamache estivesse errado e Francoeur precisasse saber que Beauvoir não tinha medo dele. Que estava lidando com um homem adulto, não com um garoto recém-saído da academia, deslumbrado com o título de superintendente. Um garoto que ele podia manipular.

Sim, pensou Beauvoir alguns passos atrás do superintendente, que avançava a passos largos: aquilo não era de forma alguma um erro.

Eles chegaram a uma porta fechada. Beauvoir bateu. Houve uma longa pausa. Francoeur estendeu a mão para a maçaneta bem na hora em que a porta se abriu. Frère Raymond estava ali. Ele parecia alarmado, mas, ao vê-los, sua expressão se tornou exasperada.

– Os senhores estão tentando me matar de susto? Podia ser o assassino.

– Eles raramente batem à porta – disse Beauvoir.

Ele se virou e teve a satisfação de ver que o superintendente olhava para Frère Raymond completamente perplexo.

Ele parecia não só surpreso, mas estupefato diante daquele rústico monge subterrâneo, que falava em um dialeto antigo. Era como se a porta tivesse se aberto e um monge da primeira congregação, da comunidade de Dom Clément, tivesse surgido.

– De onde o senhor é, *mon frère*? – perguntou Francoeur, por fim.

E agora era a vez de Beauvoir ficar surpreso. Assim como Frère Raymond.

O superintendente Francoeur havia feito a pergunta no mesmo sotaque carregado do monge. Beauvoir examinou o superintendente, para ver se ele estava debochando do religioso, mas não estava. Na verdade, sua expressão era de deleite.

– Saint-Felix-de-Beauce – respondeu Frère Raymond. – E o senhor?

– Saint-Gédéon-de-Beauce – informou Francoeur. – Ali pertinho.

O que se seguiu foi uma interação ligeira entre os homens, quase ininteligível para Beauvoir. Finalmente, Frère Raymond se voltou para o inspetor.

– O avô deste homem e o meu tio-avô reconstruíram a igreja de Saint-Ephrem depois do incêndio.

Frère Raymond fez sinal para que os homens entrassem na sala. Ela também era imensa. Larga e comprida, percorrendo toda a extensão do corredor. O monge fez um tour com eles, explicando os sistemas geotérmico, de ventilação, de água quente e de filtragem. O sistema séptico. Todos os sistemas.

Beauvoir tentou manter o foco, caso algo útil fosse dito, mas sua mente acabou entorpecida. No fim do tour, Frère Raymond foi até um armário e pegou uma garrafa e três copos.

– Isto merece uma comemoração – disse ele. – Não é sempre que eu conheço um vizinho. Um amigo meu é beneditino e me envia isto.

Frère Raymond entregou a garrafa empoeirada a Beauvoir.

– Que tal um trago?

Beauvoir examinou a garrafa. Era um B&B. *Brandy* e *bénédictine*. Felizmente, não era feito de monges fermentados, embora suspeitasse que estes existissem em quantidade suficiente, mas pelos beneditinos em si, a partir de uma antiga receita secreta.

Os três homens puxaram as cadeiras ao redor de uma mesa de desenho e se sentaram.

Frère Raymond os serviu.

– *Santé* – disse ele, inclinando o líquido âmbar na direção dos raros convidados.

– *Santé* – disse Beauvoir, e levou o copo aos lábios.

Ele sentiu o cheiro da bebida, forte e denso, doce, mas também medicinal. Seus olhos arderam com a intensidade. O B&B queimou sua garganta enquanto ele engolia e, então, o álcool explodiu em seu estômago, levando lágrimas a seus olhos.

Foi bom.

– Então, *mon frère*. – O superintendente pigarreou, depois começou de novo. Seu sotaque voltara a ser o que Beauvoir reconhecia, como se o B&B tivesse queimado o antigo dialeto. – O inspetor Beauvoir aqui tem algumas perguntas.

Beauvoir lançou a ele um olhar irritado. Aquela fora uma pequena alfinetada. Como se ele precisasse que Francoeur abrisse caminho. Mas Beauvoir simplesmente sorriu e agradeceu o superintendente. Então desenrolou o pergaminho e observou a reação de Frère Raymond. Mas não houve nenhuma além do educado aceno de cabeça enquanto o monge se levantava e se debruçava sobre a antiga planta baixa do mosteiro.

– O senhor já viu isto antes? – quis saber Beauvoir.

– Muitas vezes – respondeu ele, olhando para o rosto de Beauvoir. – Eu considero esta planta uma velha amiga – explicou, a mão magra pairando sobre o velino. – Eu praticamente memorizei isto quando a gente precisava descobrir onde instalar o sistema de energia geotérmica.

O monge se voltou para a planta com um olhar carinhoso no rosto.

– É linda.

– Mas é precisa?

– Bom, não estas partes – disse o monge, apontando para os jardins. – O resto é surpreendentemente preciso.

Frère Raymond voltou a se sentar e deu início a uma explicação de como os primeiros monges, lá em meados de 1600, teriam construído o mosteiro. Como fizeram as medições. Como transportaram as pedras. Como cavaram.

– Eles devem ter levado anos e anos – explicou Raymond, entusiasmando-se com o assunto –, décadas, só para cavar o porão. Imaginem só.

Beauvoir estava fascinado. De fato, era um feito de proporções gigantescas. Aqueles homens tinham fugido da Inquisição para ir até lá, onde foram recebidos por um clima que poderia matar em questão de dias. Eles também foram recebidos por ursos, lobos e todo tipo de animais estranhos e selvagens. Por borrachudos tão vorazes que conseguiam esfolar alces recém-nascidos. Mutucas tão persistentes que levariam um santo à loucura.

Quão terrível era a Inquisição, para que isso fosse melhor?

E, em vez de erguer um abrigo de madeira mais modesto, eles haviam construído aquilo.

Era inacreditável.

Quem teria aquele tipo de disciplina? Aquele tipo de paciência? Monges, eles teriam. Mas talvez, no caso de Frère Raymond, aquilo tivesse sido enraizado nele. Como a paciência da avó de Beauvoir. Junto com as pragas, o granizo e as inundações. Com a crueldade. Com as cidades invasoras e os novos vizinhos espertos.

Beauvoir olhou para o superintendente Francoeur, um filho do mesmo solo do monge e dos avós dele.

Em que plano paciente ele trabalhava mesmo agora? Será que já vinha fazendo isso havia muitos anos? Francoeur o estava construindo pedra por pedra? E que parte do plano havia conduzido o superintendente até ali?

Beauvoir sabia que ele próprio teria que ser paciente se quisesse descobrir, embora essa qualidade não exatamente transbordasse de si.

Frère Raymond continuava falando. E falando.

Depois de um tempo, Beauvoir perdeu o interesse. Frère Raymond possuía o raro dom de transformar uma história fascinante em tédio. Era uma espécie de alquimia. Outro tipo de transmutação.

Finalmente, quando o silêncio penetrou no crânio agora entorpecido de Beauvoir, ele emergiu de seu devaneio.

– Então – disse, agarrando-se ao último fato relevante de que se lembrava – a planta é precisa?

– O suficiente para que eu não precisasse desenhar outra quando fomos instalar o sistema geotérmico. A questão do sistema geotérmico...

– Sim, eu sei. *Merci.*

Mas nem por um decreto Beauvoir permitiria que um daqueles homens o espicaçasse e o outro o entediasse até a morte.

– O que eu quero saber é se é possível que exista uma sala oculta em algum lugar da abadia...

Ele foi interrompido por uma risadinha.

– O senhor não acredita em contos da carochinha, não é? – perguntou Frère Raymond.

– É um conto de monges. O senhor certamente já o escutou.

– Como já escutei histórias sobre Papai Noel e unicórnios. Mas não espero encontrar nada disso aqui na abadia.

– Mas o senhor espera encontrar Deus.

Longe de parecer ofendido, Frère Raymond sorriu.

– Acredite, inspetor, até o senhor vai encontrar Deus aqui antes de qualquer sala oculta. Ou tesouro. O senhor acha que a gente conseguiria instalar um sistema geotérmico aqui e não encontrar uma sala escondida? Que poderia ter colocado painéis solares, eletricidade, água corrente e encanamento sem encontrar essa tal sala?

– Não – respondeu Beauvoir. – Não acho que isso seja possível. Eu acho que ela teria sido encontrada.

O significado implícito em sua voz não passou despercebido ao monge, mas, em vez de ficar na defensiva, ele simplesmente sorriu.

– Escute, meu filho – disse Frère Raymond, devagar.

Beauvoir estava ficando muito cansado de ser tratado como se fosse filho deles. Uma criança. Frère Raymond continuou:

– Isso era só uma história que os monges antigos contavam uns para os outros para passar o tempo nas longas noites de inverno. Para se divertir. Nada mais. Não existe nenhuma sala escondida. Nenhum tesouro.

Frère Raymond se inclinou para a frente, as mãos unidas em frente ao corpo e os cotovelos apoiados nos joelhos magros.

– O que o senhor está realmente procurando?

– O homem que matou o seu prior.

– Bom, o senhor não vai encontrá-lo aqui embaixo.

Fez-se uma pausa enquanto os dois homens se entreolhavam, e a fria atmosfera ficou tensa.

– Mas eu me pergunto se a gente vai encontrar a arma do crime aqui – disse Beauvoir.

– Uma pedra?

– Por que o senhor acha que foi uma pedra?

– Porque foi isso que os senhores disseram para nós. Todos nós achamos que Frère Mathieu foi morto com uma pedrada na cabeça.

– Bom, o relatório da legista diz que é mais provável que a arma tenha sido um pedaço de cano ou algo parecido. O senhor tem algum?

Frère Raymond se levantou e o conduziu até uma porta. Ele acendeu uma luz, e eles viram uma sala não maior que as celas dos monges. Havia prateleiras nas paredes, e tudo estava muito bem arrumado. Tábuas, pregos, parafusos, martelos, velhos pedaços de ferro forjado, toda a miscelânea de uma casa qualquer, embora em quantidade consideravelmente menor que na maioria delas.

E, apoiados em um canto, havia pedaços de cano. Beauvoir foi até lá, mas, após um instante, se voltou para Frère Raymond.

– Isto é tudo que os senhores têm?

– A gente tenta reaproveitar todas as coisas. Isso é tudo.

O oficial da Sûreté se voltou para o canto. Ok, havia canos ali, mas nenhum com menos de 1,5 metro, a maioria bem maior. O assassino poderia ter usado um deles como vara para saltar sobre o muro, mas não para acertar a cabeça do prior.

– Onde alguém poderia encontrar um outro pedaço de cano? – perguntou Beauvoir, quando eles saíram da sala e fecharam a porta.

– Não sei. Não é o tipo de coisa que a gente deixa por aí.

Beauvoir aquiesceu. Isso dava para ver. O porão era impecável. E ele sabia que, se houvesse algum outro pedaço de cano por ali, Frère Raymond saberia onde.

Ele era o abade ali. O mestre do mundo subterrâneo. E, embora a abadia lá em cima parecesse envolta em incenso e mistério, música e luzes estranhas e dançantes, ali embaixo tudo era organizado e limpo. E constante. A temperatura, a iluminação, nada mudava.

Beauvoir gostava disso. Não havia criatividade, nada belo naquela caverna. Mas também não havia caos.

– O abade afirma que veio aqui ontem de manhã, depois das Laudes, mas que o senhor não estava.

– Depois das Laudes, eu trabalho no jardim. O abade sabe disso – respondeu Frère Raymond, com a voz leve e amigável.

– Que jardim?

– A horta. Eu vi o senhor lá hoje de manhã – contou ele, depois se voltou para o superintendente Francoeur. – E vi o senhor chegar. Bem dramático.

– O senhor estava lá? – perguntou Beauvoir. – Na horta?

Frère Raymond anuiu.

– Ao que tudo indica, todos os monges são parecidos.

– Alguém viu o senhor? – quis saber Beauvoir.

– Na horta? Bom, eu não falei com ninguém, mas não estava exatamente invisível.

– Então é possível que o senhor não estivesse lá?

– Não, não é possível. É possível que eu não tenha sido visto, mas eu estava lá. O que é possível é que o abade não estivesse aqui. Não tinha ninguém aqui embaixo para vê-lo.

– Ele afirma que veio dar uma olhada no sistema geotérmico. Isso parece provável?

– Não, não parece.

– Por que não?

– O abade não entende nada disso – afirmou Frère Raymond, apontando para a mecânica. – E quando eu tento explicar, ele perde o interesse.

– Então o senhor acha que ele não veio aqui ontem depois das orações?

– Acho.

– Onde o senhor acha que ele estava?

O monge ficou em silêncio. Eles eram como pedras, pensou Beauvoir. Grandes pedras pretas. Tal como as pedras, seu estado natural era o silêncio. E a imobilidade. Falar não era natural.

Beauvoir só conhecia um jeito de quebrar uma pedra.

– O senhor acha que ele estava no jardim, não acha? – disse Beauvoir, sua voz já não tão amigável.

Ainda assim, o monge apenas o encarava.

– Não na horta, é claro – continuou o inspetor, dando um passo em sua direção –, mas no jardim dele. No jardim particular do abade.

Frère Raymond não emitiu nenhum som. Não se mexeu. Não recuou quando Beauvoir avançou.

– O senhor acha que o abade não estava sozinho no jardim.

A voz de Beauvoir ia ficando mais alta. Preenchendo a caverna. Ricocheteando nas paredes. Com sua visão periférica, ele viu o superintendente e pensou ter ouvido uma tosse. Um pigarro. Sem dúvida, para deter aquele agente audacioso e inadequado.

Para corrigi-lo. Para fazer com que Beauvoir recuasse, se afastasse, deixasse aquele *religieux* em paz.

Mas ele não faria isso. Apesar de toda a gentileza, de toda a paixão por coisas mecânicas e de soar como o avô de Beauvoir, Frère Raymond estava escondendo alguma coisa. Em um conveniente silêncio.

– O senhor acha que o prior também estava lá.

As palavras de Beauvoir saíam curtas, duras. Como se ele arremessasse pedrinhas no monge de pedra. Embora quicassem em Frère Raymond, as palavras estavam surtindo efeito. Beauvoir deu outro passo à frente. Agora, ele estava perto o suficiente para ver o alarme nos olhos do outro.

– O senhor praticamente nos conduziu a essa conclusão – continuou Beauvoir. – Tenha a coragem de ir até o fim. De dizer o que o senhor realmente pensa.

A única forma de quebrar uma pedra, Beauvoir sabia, era bater nela. E bater mais.

– Ou o senhor apenas insinua, dá indiretas, faz fofoca? – perguntou Beauvoir, pingando sarcasmo. – E espera que homens mais corajosos façam o seu trabalho sujo? O senhor está disposto a atirar o abade aos lobos, só não quer isso pesando na sua consciência. Então insinua, sugere. O senhor só falta piscar para a gente. Mas não tem coragem de se levantar e dizer em que realmente acredita. Maldito hipócrita.

Frère Raymond deu um passo para trás. As pedrinhas tinham se transformado em pedras. E Beauvoir estava acertando em cheio.

– Que homem patético o senhor é – prosseguiu Beauvoir. – Olhe só para o senhor. Reza, borrifa água benta, acende incensos e finge acreditar em Deus. Mas só se levanta para fugir. Do mesmo jeito que os monges antigos fizeram. Eles vieram para o Quebec para se esconder, e o senhor veio aqui para baixo. Para se esconder no seu porão. Organizando as coisas, limpando, arrumando. Explicando. Enquanto o trabalho de verdade acontece lá em cima. O difícil trabalho de encontrar Deus. O difícil e maldito trabalho de encontrar um assassino.

Beauvoir estava tão perto de Frère Raymond que podia sentir o *brandy* e o *bénédictine* no hálito dele.

– O senhor acha que sabe quem fez isso? Pois então fale para a gente. Diga as palavras – ordenou Beauvoir, erguendo a voz até gritar na cara do monge. – Diga as palavras.

Agora Frère Raymond parecia apavorado.

– O senhor não entende – gaguejou ele. – Eu já falei demais.

– O senhor sequer começou. O que o senhor sabe?

– Nós devemos ser leais ao nosso abade – disse Raymond, afastando-se de Beauvoir.

Ele se voltou para Francoeur, sua voz suplicante:

– Quando entramos para um mosteiro, nossa lealdade não é com Roma, nem mesmo com o arcebispo local ou com o bispo. É com o abade. Isso faz parte dos nossos votos, da nossa devoção.

– Olhe para mim – exigiu Beauvoir. – Não para ele. É a mim que o senhor está respondendo agora.

Frère Raymond parecia realmente assustado, e Beauvoir se perguntou se aquele monge acreditava mesmo em Deus. E se perguntou se ele acreditava que Deus lançaria um raio sobre ele caso falasse. E quem poderia ser leal a um Deus assim.

– Eu nunca pensei que isso chegaria tão longe – murmurou Frère Raymond. – Quem teria imaginado?

Agora, ele parecia implorar a Beauvoir. Mas pelo quê? Por compreensão? Por perdão?

Nenhuma das duas coisas viria do inspetor. Beauvoir só queria uma coisa: solucionar o assassinato e ir para casa, como dissera Gamache. Só dar o fora dali. E ir para bem longe de Francoeur, que, sentado de pernas cruzadas, parecia apenas remotamente interessado o tempo todo.

– O que o senhor achou que fosse acontecer? – pressionou Beauvoir.

– Eu achei que o prior fosse ganhar.

Frère Raymond havia finalmente cedido. Agora, as palavras saíam aos borbotões.

– Eu pensei que, depois de algum debate, o abade fosse cair em si. Que ele enfim fosse ver que uma nova gravação era a coisa certa a se fazer. Mesmo sem levar em conta o problema nos alicerces.

Frère Raymond afundou no assento, parecendo atordoado.

– A gente já tinha feito uma gravação. Que mal teria fazer outra? E ela salvaria o mosteiro. Salvaria Saint-Gilbert. Como poderia ser errado?

Ele procurou os olhos de Beauvoir, como se esperasse encontrar uma resposta ali.

Não havia nenhuma.

Aliás, Beauvoir foi inesperadamente confrontado por um novo mistério. Quando Frère Raymond cedera, mais do que apenas algumas palavras saíram dele. Uma voz totalmente nova irrompera do monge. Desprovida do antigo dialeto.

O sotaque forte havia desaparecido.

Agora ele falava no francês culto dos eruditos e diplomatas. Na língua franca.

Será que ele estava finalmente falando a verdade?, se perguntou Beauvoir. Será que Frère Raymond queria ter certeza de que, após toda aquela luta, não seria mal interpretado? Que Beauvoir compreenderia cada uma de suas dolorosas palavras?

Mas longe de ter a impressão de que ele abandonara o teatro, Beauvoir suspeitava que o monge tivesse acabado de subir no palco. Aquela era a voz que sua avó usava quando falava com os vizinhos novos. Com o notário. E com os padres.

Não era sua voz verdadeira. A que ela guardava para as pessoas em quem confiava.

– Quando o senhor decidiu desafiar o seu abade? – perguntou Beauvoir.

Frère Raymond hesitou.

– Eu não estou entendendo.

– Claro que está. Quando o senhor percebeu que ele não ia mudar de ideia e concordar com as gravações?

– Eu não sabia disso.

– Mas o senhor estava com medo de que fosse isso que ele ia anunciar.

Na Sala do Capítulo. Que não ia ter uma segunda gravação. E, uma vez que o abade se pronunciasse, seria fim de jogo.

– Eu não sou confidente dele – disse Raymond. – Não sabia o que o abade ia fazer.

– Mas o senhor não podia arriscar – pressionou o inspetor. – O senhor tinha prometido ao abade que não ia contar para ninguém sobre os alicerces, mas decidiu quebrar essa promessa. Desafiar o abade.

– Não é verdade.

– Claro que é. O senhor odiava o abade. E ama a abadia. O senhor conhece este lugar melhor que qualquer um, não é? Conhece cada pedra, cada centímetro, cada lasquinha daqui. E cada fenda. O senhor podia salvar Saint-Gilbert. Mas precisava de ajuda. O abade era um tolo. Rezando por um milagre que já tinha acontecido. Os senhores já tinham recebido os meios para consertar as fundações: suas vozes. As gravações. Mas o abade não estava ouvindo. Então o senhor transferiu a sua lealdade para o prior. O único homem capaz de salvar Saint-Gilbert.

– Não – insistiu Raymond.

– O senhor contou para o prior.

– Não.

– Quantas vezes vai negar, *mon frère*? – rosnou Beauvoir.

– Eu nunca contei para o prior.

O monge estava quase chorando agora, e finalmente Beauvoir deu um passo para trás. Ele olhou de soslaio para o superintendente Francoeur, que tinha o semblante sério. Depois, voltou a encarar Frère Raymond.

– O senhor contou para o prior na esperança de salvar Saint-Gilbert, mas, em vez disso, enviou Frère Mathieu para a morte – afirmou Beauvoir em tom trivial. – E agora o senhor se esconde aqui e finge que não é verdade.

Beauvoir se virou e pegou uma das plantas baixas.

– Fale para mim o que o senhor acredita que aconteceu naquele jardim, Frère Raymond.

Os lábios do monge se mexeram, mas nenhum som saiu.

– Fale para mim.

Ele encarou o monge, cujos olhos agora estavam fechados.

– Fale – exigiu Beauvoir.

Então ouviu um leve murmúrio.

– Ave Maria, cheia de graça...

Frère Raymond estava rezando. Mas pelo quê?, se perguntou Beauvoir. Para que o prior ressuscitasse? Para que as fendas se fechassem?

Os olhos do monge se abriram e ele encarou o inspetor com tanta gentileza que Beauvoir quase precisou se apoiar na parede. Aqueles eram os olhos de sua avó. Pacientes e bondosos. E de perdão.

Beauvoir viu, então, que Frère Raymond estava rezando por ele.

ARMAND GAMACHE FECHOU O ÚLTIMO dossiê devagar. Lera duas vezes, parando, também duas vezes, em uma frase do relatório da legista.

A vítima, Frère Mathieu, não havia morrido imediatamente.

É claro que eles já sabiam disso. Eles tinham visto que a vítima havia se arrastado para longe, até que não existisse mais para onde ir. E, lá, o moribundo se enroscara até quase virar uma bola. A mesma forma que sua mãe tinha carregado. Tinha consolado, quando ele entrara neste mundo, nu e choroso.

E, no dia anterior, Mathieu se enroscara de novo, para deixar este mundo.

Sim, tinha ficado claro para Gamache, para todos os outros investigadores e, provavelmente, também para o abade e os monges que rezavam sobre o corpo, que ele havia demorado um pouco a morrer.

Mas não sabiam quanto.

Até agora.

O inspetor-chefe se levantou e, levando o dossiê consigo, saiu do escritório do abade.

– INSPETOR BEAUVOIR – CHAMOU o superintendente Francoeur, erguendo a voz. – Eu preciso falar com você.

Beauvoir deu mais alguns passos no corredor do porão, depois se virou.

– Que diabos o senhor esperava que eu fizesse? – perguntou ele. – Que deixasse ele mentir? Isso é uma investigação de assassinato. Se o senhor não gosta quando as coisas ficam feias, então deveria ficar de fora.

– Ah, eu não tenho medo de coisas feias – declarou Francoeur, com a voz dura mas firme. – Só não esperava que você fosse lidar com a situação dessa forma.

– Ah, é mesmo? – Beauvoir tinha a voz carregada de desprezo. Já não havia mais nenhuma necessidade de disfarçar. – E como o senhor esperava que eu lidasse com a situação?

– Como um homem sem culhões.

A afirmação surpreendeu Beauvoir de tal maneira que ele não soube o que dizer. Em vez disso, o inspetor observou Francoeur passar por ele e subir as escadas.

– Que merda isso quer dizer?

Francoeur parou, suas costas voltadas para Beauvoir. Então se virou. Seu rosto estava sério enquanto ele examinava o homem à sua frente.

– Você não vai querer saber.

– Fale.

Francoeur sorriu, balançou a cabeça e continuou subindo as escadas. Depois de um instante, Beauvoir correu atrás dele, galgando os gastos degraus de pedra de dois em dois até alcançar o superintendente.

Francoeur abriu a porta bem na hora em que Beauvoir chegou. Eles ouviram um barulho de sapatos duros no chão de pedra da Capela Santíssima e viram o inspetor-chefe Gamache caminhar, determinado, em direção ao corredor que dava no escritório e no jardim do abade.

Como que por consentimento mútuo, os dois ficaram em silêncio até que a porta do corredor se fechasse e o barulho de passos desaparecesse.

– Fale – exigiu Beauvoir.

– Em tese, você é um investigador treinado da Sûreté du Québec. Descubra.

– Em tese? – gritou Beauvoir para as costas que se afastavam. – Em tese?

As palavras ecoaram, cresceram e voltaram para Beauvoir, aparentemente sem atingir Francoeur.

VINTE E TRÊS

– Aí ESTÁ O SENHOR, INSPETOR-CHEFE.

Frère Simon contornou a mesa, a mão estendida.

Gamache a aceitou e sorriu. Que diferença fazia uma galinha.

Du-dah, du-dah.

Gamache suspirou para si mesmo. Em meio a tantas músicas literalmente divinas, ele tinha que ficar logo com a melodia do Frangolino na cabeça.

– Eu já ia procurar o senhor – continuou Simon. – Estou com o seu papel.

Frère Simon entregou a página amarelada ao inspetor-chefe e sorriu. Naquele rosto, um sorriso jamais se sentiria completamente à vontade. Mas ele acampou confortavelmente ali por um instante.

De volta ao repouso, o secretário do abade assumiu sua seriedade habitual.

– *Merci* – disse Gamache. – O senhor conseguiu fazer uma cópia, obviamente. Já começou a transcrever os neumas para notas musicais?

– Ainda não. Eu estava planejando fazer isso hoje à tarde. Talvez eu peça ajuda a outros irmãos, se o senhor não se importar.

– *Absolument* – concordou Gamache. – Quanto antes a gente terminar, melhor.

Mais uma vez, Frère Simon sorriu.

– Acho que a sua ideia de tempo e a nossa são um pouco diferentes. Aqui, nós lidamos com milênios, mas vou tentar ser mais rápido que isso.

– Acredite, *mon frère*, o senhor não vai querer a gente aqui por tanto tempo. O senhor se importa? – perguntou Gamache, apontando para uma cadeira confortável, ao que o secretário do abade aquiesceu.

Os dois se sentaram um de frente para o outro.

– Enquanto o senhor trabalhava nisso – disse Gamache, erguendo um pouco a página –, traduziu alguma parte do latim?

Frère Simon pareceu desconfortável.

– Eu não sou exatamente fluente e suspeito que quem quer que tenha escrito isto também não era.

– Por que o senhor diz isso?

– Porque o pouco que eu consegui entender é ridículo.

Ele foi até a mesa e voltou com um caderno.

– Eu tomei nota de alguns pensamentos enquanto trabalhava. Mesmo que a gente consiga transpor os neumas para notas musicais, acho que não vai dar para cantar a letra.

– Então não é um hino ou cântico conhecido, nem mesmo uma oração? – perguntou Gamache, olhando de relance para o documento original.

– Não, a não ser que o profeta ou apóstolo responsável precisasse de medicação – afirmou Frère Simon, consultando o caderno. – A primeira frase, aqui – continuou, apontando para o início do cântico –, eu posso estar errado, mas traduzi como "Não consigo ouvir você. Estou com uma banana no ouvido".

Ele disse aquilo de modo tão solene que Gamache teve que rir. Quando tentou sufocar o riso, ele tornou à tona. O chefe baixou os olhos para a página, para disfarçar.

– O que mais o texto diz? – perguntou ele, com a voz meio estridente devido ao esforço de abafar o riso.

– Isso não é engraçado, inspetor-chefe.

– Não, é claro que não. É um sacrilégio.

Mas um pequeno bufo o traiu e, quando ele ousou olhar para o monge de novo, ficou surpreso ao ver um discreto sorriso no rosto de Frère Simon.

– O senhor conseguiu entender mais alguma coisa? – perguntou Gamache, recuperando o controle de si após um esforço monumental.

Frère Simon suspirou e se debruçou sobre o papel, apontando para uma linha mais adiante na página.

– Isto aqui o senhor provavelmente conhece.

Dies irae.

Gamache anuiu. Ele já não sentia mais vontade de rir, e os *du-dahs* tinham ido embora.

– Sim, eu notei isto aí. Dia de ira. É a única frase em latim que eu reconheço nesta página. O abade e eu conversamos sobre isso.

– E o que ele disse?

– Ele também acha que a letra não faz sentido. Ele pareceu tão perplexo quanto o senhor.

– Ele tem alguma teoria?

– Não. Mas Dom Philippe acha estranho, assim como eu, que, embora exista claramente um *dies irae* aqui, ele não esteja acompanhado de *dies illa*.

– Dia de luto. É, isso também me deixou com a pulga atrás da orelha. Até mais do que a banana.

Gamache sorriu de novo, mas só por um instante.

– O que o senhor acha que isso significa?

– Eu acho que quem escreveu isto estava de brincadeira. Só jogou um monte de coisas em latim no papel.

– Mas por que não usar mais frases e palavras dos cânticos? Por que "dia de ira" é a única frase de uma oração?

Frère Simon deu de ombros.

– Quem dera eu soubesse. Talvez ele estivesse com raiva. Talvez esta página seja isso. Um deboche. Ele quer mostrar a própria raiva e de fato faz uma declaração. *Dies irae*. E depois acrescenta todo tipo de palavras e frases ridículas em latim, para que pareça um cântico, algo que a gente cantaria a Deus.

– Mas na verdade é um insulto – disse Gamache, e Frère Simon assentiu. – Quem aqui poderia ajudar com a tradução?

Frère Simon refletiu.

– O único que me vem à mente é Frère Luc.

– O porteiro?

– Não faz muito tempo que ele saiu do seminário, então o estudo do latim está mais fresco na cabeça dele do que na nossa. E ele é metido o suficiente para ter algum prazer nisso.

– O senhor não gosta dele?

A pergunta pareceu surpreender Frère Simon.

– Se eu não gosto dele?

Era como se ele nunca tivesse pensado no assunto, e Gamache percebeu, com um pouco de surpresa, que provavelmente ele não tinha mesmo.

– Não é uma questão de gostar ou não gostar, mas de aceitar. Gostar facilmente se transforma em desgostar em um ambiente fechado. A gente aprende a nem sequer pensar nesses termos, mas a aceitar como a vontade de Deus que os monges que estão aqui devem estar aqui. Se isso é bom o suficiente para Deus, é bom o suficiente para nós.

– Mas o senhor acabou de chamar Frère Luc de metido.

– E ele é. E ele provavelmente me chama de rabugento, o que eu sou. Todos nós temos falhas em que trabalhamos. Negar nossos defeitos não ajuda em nada.

De novo, Gamache ergueu a página.

– É possível que Frère Luc tenha escrito isto?

– Duvido muito. Ele não gosta de errar nem de estar errado. Se Luc escrevesse um hino em latim, ele estaria perfeito.

– E talvez não tivesse muito humor – acrescentou Gamache.

Frère Simon sorriu de leve.

– Ao contrário da imensa jocosidade do resto de nós.

Gamache reconheceu o sarcasmo, mas pensou que Simon estava enganado. Os monges que havia encontrado pareciam ter senso de humor e ser capazes de rir de si mesmos e de seu mundo. Era um humor silencioso, gentil e muito bem escondido por trás de uma fachada solene, mas estava ali.

Gamache observou o papel que tinha nas mãos. Ele concordava com Simon. Frère Luc não poderia ter escrito aquilo, mas um deles havia feito isso. Mais do que nunca, o inspetor-chefe estava convencido de que aquele papel fino em sua mão era a chave para o assassinato.

E sabia que o desvendaria, ainda que demorasse milênios.

– Os neumas... – começou, tentando dizer o que queria de Frère Simon. – O senhor diz que não começou a transcrever para notas musicais, mas consegue ler o que está aí?

– Ah, sim. Eles são confusos – disse Frère Simon, pegando sua própria cópia. – Quer dizer. Não é bem isso. Eles são complexos. A maioria dos neumas para cânticos parece confusa, mas, uma vez que você saiba o que está procurando, vê que é bem simples. Esse era o objetivo deles. Dar instruções simples para as melodias de cantochão.

– Mas esses não são simples – disse Gamache.

– Longe disso.

– O senhor pode me dar uma ideia da melodia?

Frère Simon tirou os olhos da página, seu rosto extremamente duro, severo até. Mas Gamache não recuou. Os dois homens se entreolharam por um instante, até que Simon finalmente rompeu o contato visual e voltou a olhar para a página.

Após cerca de um minuto de silêncio, Gamache ouviu um som. Parecia muito distante, e o chefe se perguntou se um avião se aproximava de novo. Era uma espécie de zumbido perturbador.

Então ele percebeu que o som não vinha do lado de fora. Vinha de Frère Simon.

O que começara como um zumbido, um cantarolar, uma nota suspensa no ar, se transformou em outra coisa. Com um mergulho, a nota desceu e pareceu brincar nos registros mais graves antes de voltar a dar um salto para cima. Não um salto irregular, mas um voo suave.

Ela pareceu entrar no peito de Gamache, envolver seu coração e, então, levá-lo para passear. Subindo mais e mais, porém nunca de forma abrupta, nunca de um jeito perigoso. Ele jamais sentiu que a música ou seu coração estivessem prestes a desabar.

Havia uma certeza, uma confiança. Uma alegria cadenciada.

Palavras substituíram o zumbido, e agora Frère Simon cantava. Gamache, é claro, não entendia o latim e ainda assim sentia que o entendia completamente.

A límpida, calma e rica voz de tenor de Frère Simon abraçava as notas, as palavras sem sentido, como um amante. Não havia julgamento ali, apenas aceitação, na voz e na música.

E, então, a nota final desceu à terra. Suave e gentilmente. Uma aterrissagem macia.

E a voz parou. Mas a música permaneceu com Gamache. Mais um sentimento que uma lembrança. Ele queria aquele sentimento de volta. Aquela leveza. Queria pedir ao monge que por favor continuasse, que não parasse nunca.

O chefe notou que não havia nem sinal da música do Frangolino. A canção tinha sido substituída por aquela breve mas gloriosa explosão musical.

Até Frère Simon pareceu surpreso pelo que acabara de produzir.

Gamache sabia que ainda cantarolaria aquela linda melodia por muito tempo. A música do Frangolino dera lugar a *Não consigo ouvir você. Estou com uma banana no ouvido.*

Beauvoir atirou uma pedra na água, o mais longe possível da beirada.

Aquele não era um arremesso de seixos, para que quicassem na água. Ele escolheu outra pedra pesada, a ergueu, depois levou o braço para trás e a lançou.

A pedra desenhou um arco no ar e aterrissou na água com um *plop.*

Beauvoir ficou parado na costa repleta de pedras, conchas e seixos arredondados, olhando para o lago transparente e limpo. As ondas que produzira alcançaram a orla, quebrando nos seixos em minúsculas cristas brancas. Como um mundo em miniatura, inundado por um inesperado tsunami criado por Beauvoir.

Após seu encontro com Francoeur, ele precisava de ar fresco.

Frère Bernard, o monge dos mirtilos silvestres, havia mencionado uma trilha. Beauvoir a encontrara e começara a caminhar, embora não prestasse muita atenção em volta. Em vez disso, corria de um lado para outro dentro da própria cabeça, avaliando as poucas palavras que havia trocado com Francoeur.

E o que deveria ter dito. Poderia ter dito. Os comentários inteligentes e cortantes que poderia ter feito.

Contudo, após alguns minutos, seu pensamento e seus passos furiosos perderam velocidade e ele percebeu que a trilha contornava a costa. Ali, a orla estava repleta de rochas. E de arbustos de mirtilo.

Ele desacelerou até parar em uma pequena e pedregosa península que se projetava para dentro do lago remoto. Pássaros enormes arremetiam e planavam sobre sua cabeça, parecendo nunca bater as asas.

Beauvoir tirou os sapatos e as meias, dobrou as calças e enfiou o dedão no lago. E rapidamente o puxou de volta. O lago estava tão gelado que chegava a queimar. Tentou de novo, até que, milímetro a milímetro, seus dois pés entraram na água congelante. Tinham se acostumado. Beauvoir sempre ficava surpreso com as coisas a que uma pessoa conseguia se acostumar. Principalmente se estivesse dormente.

Ele se sentou em silêncio por um minuto, colhendo e comendo pequenos mirtilos silvestres de um arbusto próximo, tentando não pensar em nada.

E, quando pensou, o que lhe veio à mente foi Annie. Pegou o celular. Havia uma mensagem dela. Ele a leu, sorrindo.

Ela falava sobre o dia no escritório de advocacia. Uma historieta engraçada sobre uma confusão virtual. Um relato trivial, mas Beauvoir leu cada palavra duas vezes. Imaginando o constrangimento dela, a comunicação cruzada e a resolução feliz. Ela dizia o quanto sentia falta dele. E o amava.

Então ele respondeu, descrevendo onde estava. Dizendo que estavam progredindo. Hesitou antes de clicar em "enviar", sabendo que, embora não tivesse exatamente mentido, tampouco contara toda a verdade. Sobre como se sentia. Sua confusão, sua raiva. Elas pareciam dirigidas a Francoeur e ao mesmo tempo não dirigidas. Ele estava com raiva de Frère Raymond, dos monges, de estar no mosteiro e não com Annie. Com raiva do silêncio, interrompido por missas intermináveis.

Com raiva de si mesmo por ter deixado que Francoeur o irritasse.

Principalmente, com raiva do superintendente.

Mas Beauvoir não contou nada disso a Annie, só concluiu a mensagem com um emoticon sorridente e clicou em "enviar".

Ele enxugou os pés com o suéter e calçou as meias e os sapatos.

Precisava voltar. Mas, em vez disso, pegou mais uma pedra, a lançou no lago e observou os anéis perturbarem as águas calmas.

– O ENGRAÇADO – DISSE Frère Simon, após parar de cantar – é que as palavras, na verdade, se encaixam.

– Eu pensei que o senhor tivesse dito que elas são ridículas. Que não fazem sentido – comentou Gamache.

– E são. O que eu quero dizer é que elas se encaixam na métrica. Como a letra de uma canção, elas têm que se encaixar no ritmo.

– E estas aqui se encaixam?

Gamache voltou a olhar para a página amarelada, embora não soubesse o que esperava. Que acontecesse alguma mágica e ele de repente compreendesse o que estava escrito? Mas ele não compreendia nada. Nem a letra, nem os neumas.

– Eu acho que quem escreveu isto entendia de música – opinou Frère Simon. – Mas não era muito bom com letras.

– Como Lerner e Loewe – disse Gamache.

– Simon e Garfunkel – brincou Simon.

– Gilbert e Sullivan – rebateu Gamache, sorrindo.

Simon riu.

– Eu ouvi dizer que eles se detestavam. Não ficavam nem juntos no mesmo cômodo.

– Então – prosseguiu Gamache, examinando os pensamentos –, a música é linda, nisso a gente está de acordo. E a letra é ridícula. A gente também está de acordo em relação a isso.

Frère Simon aquiesceu.

– O senhor está pensando que havia mais gente envolvida. Não um, mas dois?

– Um escreveu a música – disse Simon – e o outro, a letra.

Eles olharam para as páginas que tinham nas mãos; depois, um para o outro.

– Mas isso não explica por que as palavras são tão idiotas – comentou Frère Simon.

– A não ser que quem quer que tenha escrito os neumas não entendesse latim. Talvez ele tenha presumido que o parceiro escreveria uma letra tão bonita quanto a melodia merecia.

– E quando ele descobriu o que as palavras realmente significavam... – disse Frère Simon.

– *Oui* – disse Gamache. – Isso levou ao assassinato.

– As pessoas realmente matam por algo assim? – perguntou Simon.

– A Igreja castrava homens para que eles continuassem sopranos – lembrou Gamache ao monge. – As emoções se exaltam quando se trata de música sacra. Talvez de mutilar para matar não seja um salto tão grande.

Frère Simon projetou o lábio inferior para a frente, pensando. Aquilo o fez parecer muito jovem de repente. Um garoto, resolvendo um enigma.

– O prior – disse Gamache –, o que será que ele escreveu? A letra ou a música?

– A música, sem sombra de dúvida. Ele era uma autoridade internacional em neumas e canto gregoriano.

– Mas ele conseguia escrever músicas originais com neumas? – perguntou o chefe.

– Ele certamente sabia muito sobre neumas, então imagino que seja possível.

– Alguma coisa está incomodando o senhor – disse Gamache.

– É que parece improvável, só isso. Frère Mathieu amava o canto gregoriano. Não só gostava deles, era uma forma de adoração para ele. Uma grande paixão religiosa.

Gamache entendeu o que o monge estava dizendo. Se ele amava tanto esses cantos, havia feito deles o trabalho de sua vida, por que, de repente, se afastar da forma e criar aquilo?

– A não ser que... – disse Frère Simon.

– A não ser que ele não tenha escrito isso – completou Gamache, erguendo um pouco a página. – Mas encontrado na posse de alguém e confrontado a pessoa. No único lugar onde eles não seriam vistos.

O que conduziu o inspetor-chefe à pergunta seguinte:

– Quando o senhor encontrou o prior, ele ainda estava vivo?

VINTE E QUATRO

A PORTA DO ESCRITÓRIO DO PRIOR estava fechada.

Na última vez em que Beauvoir estivera ali, havia entrado no meio de uma evidente discussão entre Gamache e Francoeur.

Ele se aproximou da porta e viu se escutava algo.

A madeira era grossa e densa. Madeira de lei, o que dificultava a audição. Mas ele conseguiu ouvir o chefe. As palavras estavam abafadas, mas ele reconheceu a voz.

Beauvoir deu um passo para trás, perguntando-se o que fazer. Isso não demorou muito. Se o chefe ainda estivesse brigando com aquele cretino do Francoeur, Beauvoir não o deixaria lutar sozinho.

Ele bateu duas vezes e abriu a porta.

O som lá dentro parou de repente.

Beauvoir olhou em volta. Nada de Gamache.

O superintendente Francoeur estava sentado à mesa. Sozinho.

– O que foi? – perguntou, ríspido, o superintendente.

Aquela foi uma das poucas vezes que Beauvoir viu Francoeur irritado. Então ele reparou no computador. O laptop antes estava virado para outra direção, a da cadeira do visitante. Agora, estava de frente para Francoeur. Ele parecia usar a máquina quando Beauvoir o interrompera.

Será que estava baixando alguma coisa? Beauvoir não via como. Desde que haviam chegado, a conexão via satélite não funcionava. A não ser que Francoeur tivesse resolvido o problema, mas Beauvoir duvidava. Ele não era tão inteligente.

Francoeur exibia o olhar culpado de um adolescente flagrado pela mãe.

– E então? – disse o superintendente, olhando feio para Beauvoir.

– Eu ouvi vozes – respondeu ele, e imediatamente se arrependeu.

Francoeur lançou a ele um olhar de desdém, pegou um dossiê e começou a ler. Ignorando-o completamente. Como se um buraco na atmosfera tivesse acabado de entrar. Um nada. Ninguém. Beauvoir era um vazio para o superintendente.

– O que o senhor quis dizer mais cedo? – perguntou Beauvoir, batendo a porta com força e fazendo Francoeur erguer os olhos.

Jean Guy não pretendia perguntar, prometera a si mesmo que não faria isso. E, se Gamache estivesse ali, ele com certeza nunca teria perguntado. Mas o chefe não estava, e Francoeur, sim. A pergunta saiu, como um relâmpago em uma nuvem de tempestade.

Francoeur o ignorou.

– Fale.

Beauvoir chutou a cadeira, agarrou-a por trás e se inclinou sobre ela, virado para o superintendente.

– Senão o quê? – perguntou Francoeur.

Ele se divertia, não estava com medo nenhum, e Beauvoir sentiu as bochechas queimarem. Os nós de seus dedos empalideceram quando ele agarrou a cadeira de madeira.

– Vai me bater? – perguntou o superintendente. – Vai me ameaçar? É o que você faz, não é? Você é o cãozinho do Gamache.

Francoeur baixou o dossiê e se inclinou na direção de Beauvoir.

– Quer saber o que eu quis dizer quando falei que pensava que você não tinha culhões? Foi isso que eu quis dizer. É o que todos os seus colegas dizem, Jean Guy. É verdade?

– De que merda o senhor está falando?

– Que a sua única utilidade é servir de cãozinho para Armand Gamache. Seus colegas dizem que você é a cadelinha dele porque, embora rosne e às vezes morda, eles não acham que você realmente tenha culhões.

Francoeur olhou para Beauvoir como se ele fosse uma coisa mole e fedida que homens de verdade limpam da sola do sapato. A cadeira rangeu quando o superintendente se recostou nela, confortavelmente. O paletó de seu terno se abriu, e Beauvoir viu a arma dele ali.

Mesmo em meio ao uivo furioso que tinha na cabeça, Beauvoir teve presença de espírito suficiente para se perguntar por que o superintendente, um burocrata, carregava uma arma.

E por que a havia levado para a abadia.

Nem mesmo Gamache carregava uma arma, embora Beauvoir, sim. E agora, ele estava grato por isso.

– Foi isso que eu quis dizer – afirmou Francoeur. – Eu te acompanhei no interrogatório daquele monge não porque você me convidou, mas porque estava curioso. Como esse homem, que é motivo de chacota na Sûreté, ia conduzir um interrogatório? Mas você me surpreendeu. Na verdade, eu fiquei impressionado.

E Beauvoir também se surpreendeu. Uma pequena parte dele estava aliviada em ouvir aquilo. Só que ela estava enterrada bem debaixo da raiva, da ira, da fúria quase apocalíptica diante daquele insulto.

Ele abriu a boca, mas só saíram sílabas gagas. Nenhuma palavra formada. Apenas ar.

– Não vai me dizer que você não sabia – continuou Francoeur, parecendo realmente surpreso. – Fala sério, homem, só um idiota não perceberia isso. Você desfila todo pomposo pela sede, meio passo atrás do seu chefe, do seu mestre, praticamente ganindo, e acha que os outros agentes e inspetores te admiram? Eles admiram o inspetor-chefe, e têm um pouquinho de medo dele. Se ele conseguiu cortar as suas bolas fora, talvez possa fazer isso com eles também. Olha, ninguém te culpa. Quando o Gamache te contratou você era só um pequeno agente em um pequeno posto avançado da Sûreté, prestes a ser demitido porque ninguém queria trabalhar com você. Certo?

Beauvoir encarava Francoeur, embasbacado.

– Certo – respondeu Francoeur, inclinando-se para a frente. – E por que você acha que ele fez isso? Por que você acha que ele se cercou de agentes que ninguém mais queria? Ele acabou de promover Isabelle Lacoste a inspetora. A sua patente... – disse Francoeur, lançando a Beauvoir um olhar penetrante – ... eu ficaria de olho se fosse você. Não é nada bom quando você é o segundo em comando mas é ela quem fica na sede, dando as ordens. Mas o que eu ia dizendo mesmo? *Oui*, as práticas de contratação do inspetor-chefe. Você já deu uma olhada na Divisão de Homicídios? Ele criou um departamento de fracassados. Pegou a ralé. Por quê?

Então a raiva de Beauvoir finalmente irrompeu. Ele se levantou da cadeira e a bateu no chão com tanta força que as duas pernas traseiras se quebraram. Mas ele não se importou. Beauvoir só tinha olhos para o homem à sua frente. Francoeur estava em sua mira.

– Fracassados? – disse Beauvoir, com a voz rouca. – O inspetor-chefe se cerca de agentes que pensam por conta própria, que conseguem agir sozinhos. O resto de vocês, seus merdas, tem medo de nós. Vocês nos desprezam, nos rebaixam, nos tratam como lixo até nós nos demitirmos. E por quê?

Ele estava literalmente cuspindo as palavras na mesa.

– Porque se sentem ameaçados. Nós não participamos dos seus joguinhos corruptos. O inspetor-chefe Gamache recolheu o seu lixo e nos deu uma chance. Ele acreditou em nós quando ninguém mais fez isso. E o senhor, seu imbecil, acha que eu vou acreditar em alguma dessas suas merdas? Deixe os seus ratos rirem de mim. Isso para mim é um baita de um elogio. Nós temos o melhor histórico de prisões da força. É isso que importa. E se o senhor e a sua corja acham isso engraçado, então podem rir.

– O melhor histórico?

Francoeur estava de pé agora. Sua voz era glacial.

– Como o caso Brulé? O seu chefe prendeu o homem. Custou à província uma fortuna julgar o réu por homicídio. Ele foi até condenado, o miserável, e o que aconteceu? No fim das contas, ele não matou aquele cara. E o que o seu Gamache fez? Foi lá limpar a própria bagunça? Não. Ele mandou você encontrar o verdadeiro assassino. E foi o que você fez. Foi aí que eu comecei a pensar que talvez você não fosse o inútil completo que parecia ser.

Francoeur juntou alguns papéis, mas parou diante da mesa.

– Você está se perguntando por que eu estou aqui, não é?

Beauvoir não disse nada.

– É claro que está. Gamache também. Ele até me perguntou. Eu não contei a verdade para ele, mas vou contar para você. Eu tinha que pegar você e ele fora da sede. Longe de onde ele tem alguma influência. Para poder falar com você. Eu não precisava vir até aqui só para trazer uns relatórios. Eu sou o superintendente, pelo amor de Deus. Um agente da Homicídios podia ter feito isso. Mas eu vi a chance e aproveitei. Eu vim aqui te salvar. Dele.

– O senhor está louco.

– Pense no que eu disse. Junte as peças. Você é mais esperto que isso.

Pense. E, enquanto estiver fazendo isso, aproveite para se perguntar por que ele promoveu Isabelle Lacoste a inspetora.

– Porque ela é uma ótima investigadora. Ela mereceu.

Francoeur lançou a ele aquele olhar de novo, como se Beauvoir fosse especialmente burro. Depois, caminhou até a porta.

– O quê? – demandou Beauvoir. – O que o senhor está querendo dizer?

– Eu já falei demais, inspetor Beauvoir. Mas o que eu falei está falado – disse ele, lançando a Beauvoir um olhar avaliador. – Você é, na verdade, um ótimo investigador. Use essas habilidades. E fique à vontade para contar a Gamache exatamente o que eu acabei de dizer. Já está na hora de ele perceber que alguém está de olho nele.

A porta se fechou, e Beauvoir ficou sozinho com sua raiva. E com o laptop.

Frère Simon ficou de queixo caído diante de Gamache.

– O senhor acha que o prior ainda estava vivo quando eu o encontrei?

– Acho possível. Acho que o senhor sabia que ele estava morrendo e, em vez de ir buscar ajuda, o que quase com certeza significaria deixá-lo para morrer sozinho, ficou com ele nos últimos momentos. Para confortar Frère Mathieu. Dar a extrema-unção. Foi um ato de bondade. De compaixão.

– Então por que eu não diria nada? O resto da congregação teria ficado aliviado de ouvir que, mesmo naquela situação terrível, pelo menos o prior recebeu a extrema-unção.

Ele olhou atentamente para o inspetor-chefe. Depois prosseguiu:

– O senhor acha que eu teria mantido segredo sobre isso? Por quê?

– Bom, essa é a questão.

Gamache cruzou as pernas, encontrando uma posição confortável, para o óbvio desconforto de Frère Simon. O chefe estava preparado para uma longa visita.

– Eu não tive muito tempo para pensar nisso – admitiu o chefe. – Acabei de ler no relatório da autópsia que a legista acredita que Frère Mathieu pode ter sobrevivido por meia hora depois do golpe fatal.

– "Pode ter" não significa que sobreviveu.

– Isso é absolutamente verdade. Mas vamos supor que ele tenha sobrevivido. Ele era forte o suficiente para rastejar até o muro. Talvez tenha lutado contra a morte até o último segundo. Agarrado cada instante de vida disponível. Isso lhe parece algo que o prior faria?

– Eu não achava que a ocasião e a hora da nossa morte fossem escolha nossa – disse Frère Simon, ao que Gamache sorriu. – Se fosse – continuou o monge –, suspeito que o prior teria optado por não morrer.

– Eu acho que Dom Clément ainda estaria caminhando por estes familiares corredores se a gente realmente tivesse escolha – concordou Gamache. – Eu não estou dizendo que a força de vontade é capaz de combater um golpe claramente fatal. Só estou dizendo, por experiência própria, que uma vontade poderosa pode adiar a morte por alguns instantes, às vezes minutos. E às vezes, no meu trabalho, esses instantes e minutos são cruciais.

– Por quê?

– Porque consistem naquele momento de ouro entre este mundo e o que quer que você acredite que seja o próximo. Quando a pessoa sabe que está morrendo. E, se ela tiver sido assassinada, o que faz?

Frère Simon não disse nada.

– Ela conta para a gente quem a matou, se isso for possível.

As bochechas do monge ficaram vermelhas e os olhos se estreitaram um pouco.

– O senhor acha que Frère Mathieu me contou quem era o assassino? E eu não disse nada?

Foi a vez de Gamache ficar em silêncio. Ele examinou o monge. Absorvendo cada detalhe daquele rosto redondo e cheio. Não gordo, mas com bochechas de esquilo. A cabeça raspada. O nariz pequeno como o de um pug. A carranca quase permanente de reprovação. E os olhos amendoados, como a casca de uma árvore. Sarapintados. Duros. E implacáveis.

E, ainda assim, com a voz de um arcanjo. Não um simples membro do coro celestial, mas um dos Escolhidos. Um favorito de Deus. Mais talentoso que todos os outros.

Exceto pelos demais homens daquele mosteiro. Duas dúzias deles.

Seria aquele lugar, Saint-Gilbert-Entre-les-Loups, um momento de ouro? Entre os dois mundos? Era o que parecia. Um limbo fora do tempo e do espaço. Um submundo. Entre a vibrante vida do Quebec. Os bistrôs e *brasseries*, os festivais. Os fazendeiros diligentes e os brilhantes acadêmicos.

Entre o mundo mortal e o paraíso. Ou o inferno. Havia aquele lugar.

Onde o silêncio reinava. E a calma imperava. E os únicos sons vinham dos pássaros, das árvores e do cantochão.

E onde, um dia antes, um monge tinha sido morto.

Será que o prior, bem no fim, com as costas voltadas para o muro, quebrara seu voto de silêncio?

JEAN GUY BEAUVOIR APOIOU A cadeira quebrada na porta do escritório do prior.

Ela não impediria ninguém de entrar, mas os atrasaria o suficiente. E, certamente, o alertaria.

Então deu a volta na mesa e se sentou na cadeira da qual Francoeur acabara de se levantar. Ainda estava morna do corpo do superintendente. O pensamento deixou Beauvoir ligeiramente nauseado, mas ele o ignorou e puxou o laptop para si.

O computador também estava morno. Francoeur o estava usando, mas o fechara quando Beauvoir entrara.

Após reiniciar o laptop, tentou conectá-lo à internet.

Não conseguiu. Ainda não havia conexão via satélite.

Então o que o superintendente estava fazendo? E por que havia desligado tão rápido?

Jean Guy Beauvoir se acomodou para encontrar a resposta.

– QUER SABER O QUE eu acho? – perguntou Gamache.

A expressão de Frère Simon gritava *não*. Gamache, é claro, a ignorou.

– Não é nada ortodoxo – admitiu o chefe. – A gente geralmente gosta que os interrogados é que falem. Mas talvez seja sensato ser flexível neste caso.

Ele olhou, com certo bom humor, para o monge teimoso à sua frente. Então seu rosto ficou solene.

– O que eu acho que aconteceu foi o seguinte. Eu acho que Frère Mathieu ainda estava vivo quando o senhor entrou no jardim. Ele estava enroscado contra o muro e, provavelmente, o senhor demorou um tempinho para ver o prior.

Enquanto Gamache falava, uma imagem brotou entre os dois homens, uma visão de Frère Simon entrando no espaço com suas ferramentas de jardinagem. Mais folhas de outono haviam caído desde a última vez que ele tinha varrido o jardim, e algumas das flores precisavam ser podadas. O dia estava iluminado, nítido e fresco, e o perfume das macieiras silvestres da floresta preenchia o ar, suas frutas assando no sol tardio da estação.

Frère Simon caminhou pelo gramado, examinando os canteiros de flores, verificando o que precisava ser cortado e finalizado antes do inverno rigoroso que obviamente se aproximava.

Ele então parou. A grama do outro lado do jardim estava bagunçada. Remexida. Não era óbvio. Um visitante casual provavelmente não teria notado. Mas o secretário do abade não era um visitante casual. Ele conhecia cada folha, cada lâmina de grama. Ele cuidava do jardim como de uma criança.

Havia algo errado.

Ele olhou em volta. O abade estava ali? Mas ele sabia que o abade estava indo para o porão dar uma olhada no sistema geotérmico.

Frère Simon ficou imóvel sob o sol do fim de setembro, o olhar aguçado e os sentidos alertas.

– Estou certo até agora? – perguntou Gamache.

A voz do inspetor-chefe era hipnotizante, suas palavras tão descritivas que Frère Simon se esquecera de que ainda estava lá dentro, no escritório. Ele quase podia sentir o ar frio do outono nas bochechas.

O monge olhou para o inspetor-chefe, sentado tão sereno à sua frente, e pensou, não pela primeira vez, que aquele era um homem muito perigoso.

– Eu vou interpretar o seu silêncio como um sim – disse Gamache com um sorriso –, embora saiba que muitas vezes isso é um erro.

Ele continuou a história e, mais uma vez, a imagem surgiu entre os homens e começou a se mover.

– O senhor deu alguns passos, tentando identificar o que era aquele montinho no fundo do jardim. Não preocupado, mas curioso. Então o senhor percebeu que a grama não estava só remexida, mas também suja de sangue.

Os dois homens viram Frère Simon se curvar, observando a grama amassada e as manchas de sangue aqui e ali, como se das folhas caídas tivessem brotado as chagas de Cristo.

Então ele parou e olhou para a frente, na direção da trilha.

No fim do caminho jazia uma figura. Enroscada como uma bola preta e retesada. Com apenas um pedacinho de um branco nítido. Porém não completamente branco. Também havia um vermelho escuro ali.

Frère Simon atirou as ferramentas de jardinagem no chão e saltou para a frente, desviando dos arbustos para chegar lá, pisando em suas preciosas flores perenes. Matando as alegres margaridas-amarelas que surgiam em seu caminho.

Um monge, um de seus irmãos, estava ferido. Gravemente ferido.

– Eu pensei...

Frère Simon olhava não para Gamache, mas para o rosário em suas mãos. Sua voz era baixa, não mais que um sussurro, e o chefe se inclinou para a frente para captar cada uma daquelas raras palavras.

– Eu pensei...

Então Frère Simon elevou o olhar. A lembrança, por si só, fora o suficiente para assustá-lo.

Gamache não disse nada. Manteve o rosto neutro, interessado. Mas não desgrudou os olhos castanho-escuros do monge.

– Eu pensei que fosse Dom Philippe.

Seus olhos recaíram sobre a cruz simples que pendia do rosário. Então Frère Simon ergueu as mãos, baixou a cabeça e a manteve ali, de modo que a cruz bateu suavemente em sua testa. Depois, parou.

– Ah, meu Deus, eu achei que ele estivesse morto. Eu achei que alguma coisa tinha acontecido com ele.

A voz de Frère Simon estava abafada. Mas, embora suas palavras fossem obscuras, seus sentimentos não poderiam ser mais claros.

– O que o senhor fez? – perguntou Gamache, baixinho.

Com a cabeça ainda entre as mãos, o monge falou, olhando para o chão:

– Eu hesitei. Que Deus me ajude, mas eu hesitei.

Ele levantou a cabeça para encarar Gamache. Seu confessor. Em busca de compreensão, se não de absolvição.

– Continue – incentivou Gamache, sem desviar o olhar.

– Eu não queria ver. Eu estava com medo.

– É claro que estava. Qualquer um estaria. Mas o senhor, por fim, foi até ele – disse o chefe. – Não fugiu.

– Não.

– O que aconteceu?

Agora Frère Simon sustentava o olhar de Gamache como se ele fosse uma corda e o monge estivesse pendurado em um penhasco.

– Eu me ajoelhei e virei o irmão de leve. Eu pensei que, talvez, ele tivesse caído do muro ou de uma árvore. Eu sei, é ridículo, mas eu não conseguia imaginar de que outra forma aquilo poderia ter acontecido. E se ele estivesse com o pescoço quebrado, eu não queria...

– *Oui* – disse Gamache. – Continue.

– Então eu vi quem era.

A voz do monge mudou. Ainda estava cheia de estresse e ansiedade por reviver aqueles momentos. Mas a intensidade dos sentimentos era outra.

– Não era o abade.

Houve um óbvio alívio.

– Era o prior.

E mais alívio ainda. O que tinha começado como uma terrível tragédia havia acabado quase como uma boa notícia. Frère Simon não conseguia disfarçar. Ou optou por não o fazer.

Ainda assim, sustentava o olhar do chefe. Procurando a reprovação.

Não encontrou. Só encontrou o reconhecimento de que, quase com certeza, finalmente Gamache estava ouvindo a verdade.

– Ele ainda estava vivo? – quis saber o inspetor-chefe.

– *Oui*. Os olhos dele estavam abertos. Ele me encarou e agarrou a minha mão. O senhor está certo. Ele sabia que estava morrendo. E eu também sabia. Eu não consigo dizer como, mas sabia. Eu não podia simplesmente deixá-lo ali.

– Quanto tempo levou?

Frère Simon fez uma pausa. Obviamente, aquilo havia durado uma eternidade. Aquele ajoelhar na terra, segurando a mão de um homem moribundo. Um colega monge. Um homem que ele desprezava.

– Não sei. Um minuto, talvez um pouco mais. Eu dei a ele a extrema-unção, e isso deixou Frère Mathieu um pouco mais calmo.

– Qual é a oração da extrema-unção, o senhor poderia repetir para mim?

– Com certeza o senhor já a ouviu.

Gamache não só já ouvira a oração, como a conhecia. Ele mesmo já realizara o sacramento, com rapidez, urgência, enquanto segurava um agente moribundo após outro. Mas queria que Frère Simon a citasse agora.

Simon fechou os olhos. Sua mão direita se estendeu só um pouco, se curvou em concha só um pouco. Segurando outra mão invisível.

– "Ó Senhor Jesus Cristo, Senhor misericordioso da terra, pedimos que recebas esta criança em Teus braços, para que ela possa passar desta crise em segurança, como Tu nos disseste com infinita compaixão."

Ainda de olhos fechados, Frère Simon ergueu a outra mão e desenhou uma cruz com o polegar.

Infinita compaixão, pensou Gamache, olhando para o jovem agente, seu próprio espectro em seus braços. No calor do momento, não tivera tempo de dar a ele a extrema-unção completa, então simplesmente se abaixara e sussurrara: *Leva esta criança*.

Mas o agente já havia partido. E o próprio Gamache precisava ir.

– É neste momento – disse o chefe – que um moribundo, se puder, faz a sua confissão.

Frère Simon ficou em silêncio.

– O que ele disse? – perguntou Gamache.

– Ele fez um barulho – respondeu Frère Simon, como em um transe. – Tentando limpar a garganta. Depois, disse "homo".

Agora, Simon concentrava-se em Gamache. Ele havia voltado de muito longe. Os dois se entreolharam.

– Homo? – perguntou o chefe.

Frère Simon assentiu.

– Agora o senhor entende por que eu não disse nada. Não tem nada a ver com a morte dele.

Mas, pensou Gamache, *talvez tenha tudo a ver com a vida dele.* O chefe ponderou por um instante.

– O que o senhor acha que ele quis dizer? – perguntou, por fim.

– Acho que nós dois sabemos o que ele quis dizer.

– Ele era gay? Homossexual?

Por um instante, Frère Simon experimentou usar seu olhar de reprovação, mas depois o abandonou. Eles já tinham passado daquele ponto fazia tempo.

– É difícil de explicar – disse. – Somos duas dúzias de homens sozinhos aqui. Nosso objetivo, e nós rezamos para isso, é encontrar o amor divino. A compaixão. Ser consumidos pelo amor de Deus.

– Esse é o ideal – disse Gamache. – Mas, enquanto isso, os senhores também são humanos.

A necessidade de conforto físico era, ele sabia, poderosa e primal, e não necessariamente desaparecia com um voto de castidade.

– Mas a gente não precisa de amor físico – explicou Frère Simon, interpretando corretamente os pensamentos de Gamache e corrigindo-os.

O monge não parecia estar nem um pouco na defensiva. Apenas se esforçava para encontrar as palavras certas.

– Eu acho que a maioria, se não todos nós, já deixamos isso para trás. Nós não somos altamente sexuais.

– Do que os senhores precisam, então?

– De gentileza. Intimidade. Não sexual. Mas de companheirismo. Deus deveria substituir os homens no nosso afeto, mas a realidade é que todos nós queremos um amigo.

– É assim que o senhor se sente em relação ao abade?

Gamache fez a pergunta à queima-roupa, mas sua voz e atitude eram gentis.

– Eu vi como o senhor reagiu quando pensou que era ele quem estava ferido e morrendo.

– Eu amo o abade, é verdade. Mas não tenho desejo de relações físicas. É difícil explicar um amor que vai muito além disso.

– E o prior? Ele amava alguém?

Frère Simon ficou em silêncio. Um silêncio contemplativo.

Após cerca de um minuto, ele falou.

– Eu me perguntava se ele e o abade...

Era o mais longe que ele conseguia ir naquele momento. Ele fez uma nova pausa.

– Durante muitos anos, eles foram inseparáveis. Além de mim, o prior era a única pessoa convidada para o jardim do abade.

Pela primeira vez, Gamache começara a se perguntar se o jardim existia em planos diferentes. Aquele era tanto um lugar composto de grama, terra e flores, quanto uma alegoria. Para o local mais privado dentro de cada um deles. Para uns, uma sala escura e trancada; para outros, um jardim.

O secretário tinha sido admitido. Assim como o prior.

E o prior havia morrido lá.

– O que o senhor acha que o prior queria dizer? – perguntou Gamache.

– Acho que só existe uma interpretação possível. Ele sabia que estava morrendo e queria absolvição.

– Por ser homossexual? Eu achei que o senhor tinha dito que, provavelmente, ele não era.

– Eu não sei mais o que pensar. Os relacionamentos dele podem ter sido platônicos, mas talvez, no fundo, ele desejasse mais. Ele sabia disso. E Deus também.

– Esse é o tipo de coisa pela qual Deus o condenaria? – perguntou Gamache.

– Ser gay? Talvez não. Quebrar o voto de castidade, provavelmente sim. É o tipo de coisa que requer uma confissão.

– Dizendo "homo"?

Gamache não estava nem um pouco convencido, ainda que, à beira da morte, a razão desempenhasse um papel muito pequeno, se é que desempenhava algum. Quando o fim chegasse e só houvesse tempo para uma única palavra, qual seria ela?

O inspetor-chefe não tinha nenhuma dúvida sobre quais seriam as suas. E quais haviam sido. Quando pensara que estava morrendo, ele dissera duas palavras, repetidas vezes, até não conseguir mais falar.

Reine-Marie.

Nunca ocorreria a ele dizer "hétero". Mas, por outro lado, ele não carregava nenhuma culpa por seus relacionamentos. E talvez o prior carregasse.

– O senhor tem os registros pessoais dele para eu dar uma olhada? – perguntou Gamache.

– Não.

– "Não", o senhor não quer me mostrar, ou "não", o senhor realmente não tem os arquivos?

– A gente realmente não tem esses arquivos.

Ao ver a expressão no rosto do inspetor-chefe, Frère Simon explicou:

– Quando entramos para a vida religiosa, nós passamos por uma triagem e testes rigorosos. A nossa primeira abadia teria mantido os registros. Mas não Dom Philippe, não aqui em Saint-Gilbert.

– Por que não?

– Porque isso não importa. Nós somos como a Legião Estrangeira. Deixamos o passado para trás.

Gamache olhou para aquele *religieux*. Será que ele realmente era ingênuo daquele jeito?

– Não é só porque você quer deixar o passado do lado de fora do portão que ele vai ficar lá – disse o chefe. – Ele dá um jeito de se infiltrar pelas fendas.

– Se ele vier até aqui, então imagino que devesse mesmo nos reencontrar – declarou Frère Simon.

Pela lógica dele, pensou Gamache, a morte do prior também era a vontade de Deus. Era para ser. Deus claramente estava muito ocupado com os gilbertinos. A Legião Estrangeira das ordens religiosas.

Faz sentido, pensou Gamache. Nenhum recuo era possível. Não havia um passado para onde voltar. Nada além daqueles muros, só mato.

– Por falar em fendas, o senhor está sabendo sobre os alicerces? – perguntou Gamache.

– Alicerces do quê?

– Da abadia.

Frère Simon parecia confuso.

– O senhor tem que falar com Frère Raymond sobre isso. Mas reserve metade de um dia e se prepare para voltar sabendo mais sobre o nosso sistema séptico do que provavelmente seria saudável.

– Então o abade não contou nada para o senhor sobre os alicerces da abadia? Nem o prior?

Foi aí que a ficha de Frère Simon caiu.

– Tem alguma coisa errada com eles?

– Eu estou perguntando se o senhor sabe de alguma coisa.

– Não, de nada. Eu deveria?

Então o abade havia guardado aquele segredo, como suspeitava Gamache. Só ele e Frère Raymond sabiam que Saint-Gilbert estava desmoronando. Que tinha, na melhor das hipóteses, uma década de vida.

E talvez o prior também soubesse. Talvez Frère Raymond, em meio ao desespero, tivesse contado a ele. Se este fosse o caso, o prior havia morrido antes que pudesse contar a qualquer outra pessoa. Qual teria sido o motivo? Calá-lo?

Ninguém vai me livrar desse padre problemático?

– O senhor sabia que o prior tinha sido assassinado, não sabia?

Frère Simon aquiesceu.

– Quando o senhor percebeu?

– Quando eu vi a cabeça dele. E...

A voz do monge sumiu. Gamache ficou totalmente em silêncio. Esperando.

– ... e, então, eu vi uma coisa no canteiro de flores. Uma coisa que não deveria estar lá.

Gamache parou de respirar. Os dois homens se tornaram um *tableau vivant*, congelados no tempo. Ele esperou. E esperou. Agora, sua respiração era curta, silenciosa, para sequer perturbar o ar em volta deles.

– Não foi uma pedra, sabia?

– Eu sei – disse o chefe. – O que o senhor fez com o objeto?

Ele quase fechou os olhos para rezar e implorar que aquele monge não o tivesse pegado e o atirado por cima do muro. Para que ele desaparecesse de volta no mundo.

Frère Simon se levantou, abriu a porta principal do escritório do abade e entrou no corredor. Gamache o seguiu, presumindo que o monge o estivesse levando a algum esconderijo.

Porém, em vez disso, ele parou na soleira da porta, estendeu a mão e então apresentou a arma do crime ao inspetor-chefe. Era a velha barra de ferro, usada havia centenas de anos para obter acesso aos aposentos mais privados do abade.

E usada, no dia anterior, para esmagar o crânio do prior de Saint-Gilbert--Entre-les-Loups.

VINTE E CINCO

JEAN GUY BEAUVOIR PERCORRIA OS CORREDORES de Saint-Gilbert--Entre-les-Loups. Procurando.

Os monges que cruzaram com ele inicialmente paravam para cumprimentá-lo com a costumeira mesura. Porém, quando ele se aproximava, recuavam. Para sair de seu caminho.

E ficavam aliviados quando o inspetor passava por eles.

Jean Guy Beauvoir esquadrinhou os corredores do mosteiro. Olhou na horta. Olhou na *animalerie*, onde cabras pastavam e galinhas chantecler cacarejavam.

Olhou no porão. Onde Frère Raymond estava invisível, mas sua voz ecoava pelos longos e frescos corredores. Ele entoava um cântico. As palavras saíam arrastadas e sua voz, embora bela, continha bem pouco do Divino e muito mais da mistura de *brandy* e *bénédictine*.

Beauvoir subiu correndo as escadas de pedra e parou na Capela Santíssima, respirando pesado. Virando-se para um lado e para outro.

Longe da luz dançante, monges em seus longos hábitos o observavam. Mas Beauvoir não prestava atenção neles. Não eram eles a sua presa. Ele caçava outra pessoa.

Então se virou e abriu caminho através da porta fechada. O corredor estava vazio, e a porta do fim, também fechada. Trancada.

– Abra – exigiu ele.

Frère Luc não perdeu tempo. A imensa chave, que já estava na fechadura, girou, o ferrolho foi empurrado para trás e a porta se abriu em questão de segundos. E Beauvoir, todo de preto, como certamente estaria se vestisse um hábito, passou para o lado de fora.

Luc fechou a porta rapidamente. Ficou tentado a abrir a fresta na altura dos olhos e espiar lá fora. Observar o que estava prestes a acontecer. Mas não fez isso. Frère Luc não queria ver, ouvir ou saber. Ele voltou para sua salinha, colocou o imenso livro nos joelhos e mergulhou nos cânticos.

Na mesma hora, Beauvoir viu o que procurava. De pé na beira da água.

Sem pensar nem se importar – ele já tinha deixado essas duas coisas para trás havia muito tempo –, correu com todas as suas forças.

Correu como se sua vida dependesse disso.

Correu como se vidas dependessem disso.

Direto até o homem na névoa.

Enquanto corria, deixou um som terrível sair do fundo do estômago. Um som que mantivera ali por meses e meses. Um som que havia engolido, escondido e trancado. Mas que, agora, estava ali fora. E o impulsionava para a frente.

O superintendente Francoeur se virou segundos antes de Beauvoir se lançar contra ele. Ele deu meio passo para trás, evitando o impacto do golpe. Os dois homens caíram nas rochas, mas Francoeur com menos força que Beauvoir.

Ele saiu de baixo de Beauvoir e pegou a arma bem na hora em que o inspetor rolou para o lado e ficou de pé, também alcançando a sua.

Mas era tarde demais. Francoeur sacou a arma e a apontou para o peito de Beauvoir.

– Seu imbecil! – gritou Beauvoir, mal notando a arma. – Canalha! Eu vou te matar!

– Você acaba de atacar um oficial superior – retrucou Francoeur, abalado.

– Eu ataquei um babaca e vou fazer isso de novo! – berrou Beauvoir a plenos pulmões, com a voz aguda.

– Que merda é essa? – berrou Francoeur de volta.

– O senhor sabe muito bem. Eu encontrei o que o senhor tinha no laptop. O que estava vendo quando eu entrei.

– Ah, merda – disse Francoeur, olhando para Beauvoir, meio incerto. – Gamache viu?

– Por que diabos isso importa? – gritou Beauvoir, depois se curvou e apoiou as mãos nos joelhos, tentando recuperar o fôlego.

Ele olhou para cima.

– Eu vi.

Inspirar fundo, implorou Beauvoir ao próprio corpo. Expirar.

Meu Deus, não desmaia.

Inspirar fundo, expirar.

Ai, meu Deus, não me deixa desmaiar agora.

Beauvoir soltou os joelhos e se endireitou devagar. Ele nunca seria tão alto quanto o homem à sua frente. O homem com a arma apontada para o seu peito. Mas ele ficou o mais alto que pôde. E encarou a criatura.

– Foi o senhor quem vazou o vídeo.

A voz dele havia mudado. Estava rouca. Insubstancial. Cada palavra saíra de sua boca em uma exalação muito, muito profunda, vinda de muito, muito fundo.

A porta de seu lugar privado havia explodido e, com ela, vieram as palavras.

E a intenção.

Ele ia matar Francoeur. Agora.

Beauvoir manteve os olhos fixos no superintendente. Na extremidade indistinta de seu campo de visão, ele conseguia ver a arma. E sabia que, quando saltasse, Francoeur dispararia pelo menos dois tiros. Antes que Beauvoir atravessasse o espaço entre eles.

E calculou que, se não fosse atingido na cabeça ou no coração, conseguiria chegar lá. E contar com vida suficiente, vontade suficiente, para derrubar aquele homem no chão. Agarrar uma pedra. E esmagar o crânio dele.

Beauvoir se lembrou, por um louco instante, da história que o pai havia lido para ele repetidas vezes. Sobre o trenzinho otimista que se esforçava para levar a carga pesada montanha acima.

Acho que eu consigo. Acho que eu consigo, repetiu para si mesmo o lema do trem.

Acho que eu consigo matar Francoeur antes que ele me mate.

Embora Beauvoir soubesse que também iria morrer. Só não primeiro. *Por favor, Deus, primeiro, não.*

Ele tensionou os músculos e se inclinou um milímetro para a frente, mas Francoeur, hiperalerta, ergueu um pouco a arma. E Beauvoir parou.

Ele esperaria a hora certa. Esperaria por aquela fração de segundo de distração da parte de Francoeur.

Só preciso disso.

Acho que eu consigo. Acho que eu consigo.

– O quê? – retrucou o superintendente Francoeur. – Você acha que fui eu que vazei o vídeo?

– Pare com esses seus joguinhos de merda. O senhor traiu os meus amigos, o seu próprio pessoal. Eles morreram.

Beauvoir sentiu que estava recaindo na histeria, quase soluçando, e recuou.

– Eles morreram, e o senhor vazou a merda da fita que mostra isso.

A garganta de Beauvoir estava se fechando, sua voz agora não passava de um chiado. Sua respiração vinha em arquejos enquanto ele puxava o ar pela passagem cada vez mais estreita.

– O senhor transformou o que aconteceu em um circo, seu... seu...

Ele não conseguia ir mais longe. Estava esmagado pelas imagens do ataque à fábrica. De Gamache liderando-os. Dos oficiais da Sûreté chegando, seguindo o líder. Para salvar o oficial sequestrado. Para deter os atiradores.

Parado na beira daquele lago tranquilo, Jean Guy ainda podia ouvir as explosões dos tiros. As balas atingindo o concreto, o chão, as paredes. Seus amigos. Podia sentir o cheiro acre da fumaça misturada à poeira do concreto. E seu coração batendo forte pela adrenalina. E pelo medo.

Mas, ainda assim, ele havia seguido Gamache. Avançando cada vez mais para dentro da fábrica. Todos eles haviam seguido Gamache.

A operação fora capturada pelas câmeras fixas no capacete de cada agente. E, depois, meses depois, hackeada, editada e disponibilizada na internet.

Beauvoir se tornara tão viciado naquele vídeo quanto em analgésicos. Duas metades de um todo. Primeiro, a dor; depois, os analgésicos. Repetidas vezes. Até que aquilo se tornara a sua vida. Assistir à morte dos amigos. Repetidas vezes. Inúmeras vezes.

Mas restava uma pergunta. Quem tinha vazado? Beauvoir sabia que havia sido alguém de dentro. E, agora, tinha a sua resposta.

Agora, tudo o que queria era ficar consciente por tempo suficiente para matar o homem que tinha diante de si.

Por trair seu próprio pessoal. Os agentes de Gamache. Os amigos de Beauvoir. Perdê-los já fora ruim o suficiente, mas colocar o vídeo do ataque na internet... Para milhões e milhões de pessoas do mundo inteiro verem... Para todo o Quebec ver...

E eles haviam visto.

Todo mundo tinha pegado a pipoca e assistido, repetidas vezes, os oficiais da Sûreté sendo abatidos a tiros naquela fábrica. Eles assistiram até que as mortes se tornassem entretenimento.

E as famílias dos massacrados também haviam assistido. Aquilo se tornara a sensação da internet, substituindo a caixa de gatinhos como o vídeo mais visto.

Beauvoir encarou Francoeur. Ele não precisava olhar para a arma. Sabia que ela estava ali. E sabia o que sentiria, a qualquer momento, quando a primeira bala o atingisse.

Ele já havia sentido isso antes. O baque, o choque e depois a dor ardente.

Ele tinha visto tantos filmes de guerra, tantos faroestes. Tantos corpos. Corpos reais. Mortos a tiros. Que, de alguma forma, acreditara que sabia como seria. Levar um tiro.

Mas estava enganado.

Não era só a dor, mas o terror. O sangue. A luta frenética para chegar aonde queimava, só que a ferida era profunda demais.

Fazia mais de um ano que aquilo tinha acontecido. Ele levara muito tempo para se recuperar. Mais do que o chefe. Gamache se lançara de cabeça na recuperação. Na fisioterapia. Nos pesos, na caminhada, nos exercícios. Na terapia.

Beauvoir sabia que cada imagem, cada cheiro, cada som que o chefe captava eram mais nítidos agora. Era como se ele vivesse por cinco. Por ele e pelos outros quatro agentes. De alguma maneira, aquilo tinha revigorado o chefe.

Mas o ataque e as perdas tiveram o efeito contrário em Beauvoir.

Ele havia tentado. De verdade. Mas a dor parecia profunda demais. A agonia, grande demais. E os analgésicos, eficientes demais.

E, então, o vídeo tinha surgido, e a dor voltara a queimar. Cada vez mais fundo. E mais analgésicos haviam sido necessários. E mais. E mais. Para embotar a dor. E as lembranças.

Até que, finalmente, o chefe interviera. Gamache o salvara naquele dia da fábrica. E o salvara de novo, meses depois, quando insistira que Beauvoir procurasse ajuda. Para lidar com as pílulas e com as imagens que se infiltravam em sua cabeça. Forçando-o a começar uma terapia intensa. E ir para a reabilitação. Forçando-o a parar de correr e dar meia-volta. Para encarar o que havia acontecido.

Gamache também o forçara a prometer que nunca mais assistiria àquele vídeo.

E Beauvoir tinha cumprido sua promessa.

"Eles dariam tudo para estar aqui agora", dissera Gamache em um dia de primavera, quando ele e Beauvoir passeavam pelo parque em frente ao apartamento do chefe em Outremont.

Beauvoir sabia de quem ele estava falando. Ele podia ver que Gamache absorvia tudo, como se quisesse compartilhar suas impressões com os agentes mortos. Então o chefe havia parado para admirar um velho e imenso arbusto de lilases em plena floração. Depois, tinha se voltado para Beauvoir.

"É contra a lei colher estas flores, sabia?"

"Só se você for pego."

Beauvoir fora até o outro lado do arbusto e o vira tremer, como se estivesse rindo, enquanto Gamache arrancava dele as flores pontudas e perfumadas.

"É uma visão interessante de justiça", dissera o chefe. "Só é errado se você for pego."

"O senhor prefere que eu o prenda?", perguntara Beauvoir, arrancando mais algumas flores.

Ele ouvira a risada do chefe.

Beauvoir sabia o fardo que o chefe carregava agora. Viver para muitos. No início, Gamache tinha cambaleado, mas finalmente se tornara mais forte debaixo daquele peso.

E Beauvoir se sentia melhor a cada dia que continuava sóbrio. Longe das drogas e do cilício de imagens que tinha infligido a si mesmo.

O chefe dera a madame Gamache seu buquê de lilases roubados, e ela os colocara em uma jarra branca na mesa. Depois pusera o arranjo menor na água, para que ele continuasse fresco até que Beauvoir o levasse para casa após o jantar. Mas, é claro, eles não haviam chegado até o pequeno apartamento do inspetor.

Ele os entregara a Annie.

Os dois tinham começado a namorar, e aquelas eram as primeiras flores que ele oferecia a ela.

"Roubadas", admitira Beauvoir quando Annie abrira a porta e ele lhe estendera o buquê. "Por influência do seu pai, infelizmente."

"Não foi a primeira coisa que o senhor roubou, monsieur", dissera ela com uma risada, dando um passo para o lado para deixá-lo entrar.

Ele levou alguns segundos para entender o que ela tinha dito. Depois a observou colocar os lilases em um vaso na mesa da cozinha e afofá-los um pouco, tentando arrumá-los. Ele passou a noite lá. Pela primeira vez. E acordou de manhã com o leve aroma dos lilases e a consciência de que estava com o coração de Annie batendo em seu peito. E o dele no dela. E o manteria em segurança.

Beauvoir cumpriu a promessa feita ao pai de Annie, ao chefe. De não assistir àquele vídeo de novo. Até então. Até descobrir o que o superintendente Francoeur estava fazendo no escritório do prior. No laptop.

Francoeur havia trazido o vídeo. E o via naquela hora.

Aquelas foram as vozes que Beauvoir ouvira. A do chefe, dando ordens. Liderando. Conduzindo os agentes a avançar cada vez mais naquela maldita fábrica. Atrás dos atiradores.

Beauvoir encontrara o arquivo no laptop.

Quando apertara o play, já sabia o que iria ver. E, que Deus o ajudasse, ele desejara ver de novo. Sentira falta de sua extrema tristeza.

Beauvoir encarou Francoeur à sua frente na orla enevoada. Ele tinha levado aquela monstruosidade até o mosteiro. Para contaminar o último lugar do Quebec, o último lugar da face da Terra que não conhecia aquelas imagens.

E Beauvoir soube, naquele instante, por que, apesar da estranheza do ambiente, da esquisitice dos monges, da monotonia entorpecente dos cânticos intermináveis, sentira uma espécie de calma absorvê-lo devagar ali.

Porque aqueles homens – os únicos no Quebec – não sabiam de nada. Não tinham visto o vídeo. Não haviam olhado para ele e para Gamache como homens para sempre feridos, marcados. Em vez disso, os monges tinham olhado para os dois oficiais como se eles fossem apenas homens. Assim como eles. Cuidando da própria vida.

Mas Francoeur caíra do céu e trouxera aquela praga.

Só que isso acabaria ali. Agora. Aquele homem já tinha causado estragos demais. A Gamache, a Beauvoir, à memória dos mortos e às suas famílias.

– Você acha que eu vazei aquele vídeo? – repetiu Francoeur.

– Eu sei que foi o senhor – afirmou Beauvoir, com um arquejo. – Quem mais teria acesso à gravação bruta? Quem mais poderia influenciar aquela investigação interna? Um departamento inteiro da Sûreté dedicado ao crime cibernético, e tudo o que eles conseguiram descobrir foi que algum hacker desconhecido teve sorte?

– Você não acredita nisso? – perguntou Francoeur.

– Claro que não.

Beauvoir se mexeu, mas parou quando Francoeur projetou a arma para a frente.

Haveria um momento melhor, pensou Beauvoir. Em um instante ou dois. Quando Francoeur estivesse distraído. Um piscar de olhos, isso era tudo de que ele precisava.

– Gamache acredita?

– Na teoria do hacker?

Pela primeira vez, Beauvoir ficou confuso.

– Não sei.

– Claro que sabe, seu merdinha. Diga. Ele acredita?

Beauvoir não disse nada, só encarou Francoeur. Sua cabeça estava ocupada com uma única pergunta.

Agora era a hora?

– Gamache está investigando o vazamento? – berrou Francoeur. – Ou ele aceitou o relatório oficial? Eu preciso saber.

– Para quê? Para que o senhor possa matá-lo também?

– Matar? – perguntou Francoeur. – Quem você acha que vazou aquele vídeo?

– O senhor.

– Meu Deus, você é realmente burro. Por que você acha que eu trouxe o vídeo comigo? Para apreciar a minha obra? Aquela coisa é repulsiva. Eu fico doente só de pensar nela. Ver aquilo é...

Francoeur estava tremendo agora, quase explodindo de raiva.

– Claro que eu não acredito nas conclusões daquela maldita investigação. É ridículo. Obviamente, um acobertamento. Alguém de dentro da Sûreté vazou o vídeo, não um suposto hacker. Um de nós. Eu trouxe aquele maldito vídeo comigo porque assisto sempre que posso. Para não esquecer. Para me lembrar por que ainda estou procurando.

A voz dele havia mudado. O sotaque ficara mais forte, a sofisticação caíra drasticamente para revelar um homem que havia crescido no vilarejo ao lado do de seus próprios avós.

Francoeur havia baixado o cano da arma. Só um milímetro.

Beauvoir notou. Francoeur estava distraído. Agora era a hora.

Mas ele hesitou.

– O que senhor está procurando? – perguntou.

– Evidências.

– Não me venha com essa merda – disse Beauvoir. – O senhor vazou o vídeo e agora que foi pego, começou com esse papo furado.

– Por que eu faria isso?

– Porque...

– Por quê? – rugiu Francoeur, o rosto vermelho de raiva.

– Porque...

Mas Beauvoir não sabia por quê. Por que o superintendente da Sûreté vazaria um vídeo de seus próprios agentes sendo mortos? Não fazia sentido.

Porém Beauvoir sabia que havia uma razão. Em algum lugar.

– Não sei – admitiu Beauvoir. – E eu não tenho que saber. Só sei que foi o senhor.

– Mas que grande investigador. Você não precisa de evidências? De motivação? Só acusa e condena? Foi isso o que Gamache ensinou? Não me surpreende.

Francoeur olhou para Beauvoir como se estivesse diante de alguém profunda e espetacularmente estúpido.

– Mas você tem razão sobre uma coisa, seu idiota. Um de nós aqui vazou essa fita.

Beauvoir arregalou os olhos e quase abriu a boca.

– O senhor não pode estar falando sério – disse ele, deixando os braços caírem ao lado do corpo, todo e qualquer pensamento de atacar Francoeur extinto diante das palavras do homem. – O senhor está dizendo que o inspetor-chefe Gamache vazou a fita?

– Quem mais se beneficiou disso?

– Beneficiou? – murmurou Beauvoir, o choque silenciando sua voz. – Ele quase morreu no ataque. Aqueles eram os agentes dele. Contratados por ele, orientados por ele. Ele daria a vida...

– Mas não deu, deu? Eu vi a fita. Conheço cada quadro dela. E também vi o material bruto. Que é ainda mais revelador.

– O que o senhor está dizendo?

– Gamache está investigando o vazamento do vídeo? – exigiu saber Francoeur.

Beauvoir ficou em silêncio.

– Está? – perguntou Francoeur de novo, e agora já não gritava, mas berrava a plenos pulmões. – Eu achei mesmo que não – disse ele, por fim, agora com a voz mais controlada. – Por que ele estaria? Ele sabe quem vazou a gravação. Ele quer que todas as perguntas morram.

– O senhor está enganado.

Beauvoir estava confuso e irritado. Aquele homem o contorcera de uma forma que virara seu mundo de cabeça para baixo. Nada mais fazia sentido. Francoeur se parecia com seu avô, mas dizia coisas terríveis.

O superintendente baixou completamente a arma, então olhou para ela como se estivesse se perguntando como ela tinha ido parar ali. Ele a recolocou no coldre de couro preso ao cinto.

– Eu sei que você admira o seu chefe – disse ele em voz baixa. – Mas Armand Gamache não é o homem que você pensa que é. Ele fez um trabalho desastroso naquela operação de resgate. Quatro agentes da Sûreté foram mortos. Você mesmo quase morreu. Você foi deixado ali no chão para sangrar até a morte. O homem que você admira tanto levou você até aquele lugar e depois o deixou lá para morrer. Eu vejo isso toda vez que assisto àquela fita. Ele até lhe deu um beijo de despedida. Como Judas.

A voz de Francoeur era calma, razoável. Reconfortante. Familiar.

– Ele não teve escolha – respondeu Beauvoir, com a voz rouca.

Não restava nada nele. Nenhum impulso de agir.

Ele não atacaria Francoeur agora. Não quebraria uma pedra em sua têmpora. Beauvoir já não tinha energia. Só queria vergar até o chão. Sentar-se na beira acidentada do lago e deixar que a névoa o engolisse.

– Todos nós temos escolha – declarou Francoeur. – Por que vazar aquele vídeo? Nós dois sabemos a bagunça que foi aquela operação. Quatro agentes morreram. Sob nenhum padrão isso pode ser considerado um sucesso...

– Vidas foram salvas – disse Beauvoir, embora mal tivesse energia para falar. – Centenas e centenas de vidas. Graças ao chefe. As mortes não foram culpa dele. Ele recebeu a informação errada...

– Ele estava no comando. Era responsabilidade dele. E, depois de toda aquela lambança, quem sai de herói? Por causa da fita? Aquilo podia ter sido editado de inúmeras formas. Para mostrar qualquer coisa. Para mostrar a verdade. Então, por que a gravação passa uma imagem tão boa dele?

– A edição não foi obra dele.

– Bom, minha é que não foi. Eu sei o que realmente aconteceu. E você também – afirmou, sustentando o olhar de Beauvoir. – Que Deus me ajude, eu fui até forçado a dar ao homem uma medalha por bravura, tamanho foi o sentimento da opinião pública. Fico enjoado só de pensar nisso.

– Ele não queria a medalha – disse Beauvoir. – Ele odiou a coisa toda.

– Então por que aceitou? Nós temos escolha, Jean Guy. Nós realmente temos.

– Ele mereceu aquela medalha – continuou Beauvoir. – Ele salvou mais vidas que...

– Que perdeu? Sim. Talvez. Mas ele não salvou você. Ele podia ter feito isso, mas saiu correndo. Você sabe disso. Ele sabe disso.

– Ele precisou.

– Sei. Não teve escolha.

Francoeur examinou Beauvoir, aparentemente tentando tomar uma decisão.

– Ele provavelmente gosta de você. Como gosta do carro dele ou de um bom terno. Você é útil – disse Francoeur, depois fez uma pausa. – Mas só isso.

A voz dele era baixa, razoável.

– Você nunca vai ser amigo dele. Você nunca vai ser nada além de um subordinado conveniente. Ele o convida para a casa dele e o trata como um filho. Mas depois o deixa ali para morrer. Não se engane, inspetor. Você nunca vai ser um membro da família dele. Ele vem de Outremont. De onde você vem? Do extremo leste de Montreal, certo? Balconville? Ele estudou em Cambridge e na Université Laval. Você frequentou uma escola pública suja e jogava hóquei de rua. Ele cita poesia e você não entende nada, não é?

Havia uma delicadeza em seu tom.

– Muito do que ele diz você não entende. Estou certo?

Involuntariamente, Beauvoir assentiu.

– Eu também não – disse Francoeur com um pequeno sorriso. – Eu sei que, depois daquele ataque, você se separou da sua mulher. Desculpe fazer um comentário tão pessoal, mas eu me perguntei...

A voz de Francoeur se esvaiu, e ele pareceu quase acanhado. Então encontrou os olhos de Beauvoir e os sustentou por um instante.

– Eu me perguntei se você não estaria em um novo relacionamento.

Ao ver a reação de Beauvoir, Francoeur ergueu uma das mãos.

– Eu sei, não é da minha conta.

Mas ele continuou encarando Beauvoir e baixou ainda mais a voz.

– Tome cuidado. Você é um bom oficial. E acho que pode vir a ser excelente, se tiver a chance. Se puder trabalhar de maneira independente. Eu vi você enviando mensagens e checando se o chefe não estava vendo.

Fez-se um silêncio entre eles.

– É Annie Gamache?

Agora, o silêncio era total. Nem um pássaro cantava, nem uma folha tremia, nem uma onda quebrava. O mundo tinha desaparecido e só restavam dois homens e uma pergunta.

Finalmente, Francoeur soltou um suspiro.

– Espero estar errado.

Ele caminhou de volta para a porta, pegou o ferrolho e bateu.

Ela se abriu.

Mas Beauvoir não viu nada disso. Ele dera as costas para Saint-Gilbert-
-Entre-les-Loups e olhava para onde o lago tranquilo estaria, se não tivesse desaparecido na névoa.

O mundo de Jean Guy Beauvoir estava de cabeça para baixo. As nuvens tinham descido, e o céu havia adquirido um tom de ardósia. E a única coisa familiar era aquela dor profunda demais para ser compreendida.

VINTE E SEIS

– Por que o senhor escondeu a arma do crime? E por que não nos contou as últimas palavras do prior?

Frère Simon baixou os olhos para o chão de pedra dos aposentos do abade, depois os ergueu de novo.

– Acho que o senhor pode imaginar.

– Eu sempre posso imaginar, *mon frère* – disse o chefe. – O que eu preciso de você é que me diga a verdade.

Gamache olhou ao redor. Eles tinham voltado à privacidade do escritório de Dom Philippe. O sol débil já não iluminava a sala e o secretário do abade estava distraído demais para acender as luminárias ou sequer para notar que elas eram necessárias.

– Poderíamos conversar no jardim? – pediu Gamache.

Frère Simon anuiu.

As palavras do monge pareciam ter se esgotado, como se ele tivesse recebido apenas uma certa quantidade delas e usado o suficiente para uma vida inteira.

Mas eram suas ações que precisavam prestar contas agora.

Os dois homens atravessaram a estante de livros repleta de volumes sobre os primeiros místicos cristãos, como Juliana de Norwich e Hildegarda de Bingen, além dos escritos de outras grandes mentes cristãs, de Erasmo a C.S. Lewis. Repleta de livros de orações e meditações. De obras sobre a vida espiritual. Sobre a vida católica.

Eles deixaram aquelas palavras de lado e foram para o mundo.

As colinas do lado de fora do muro estavam carregadas de nuvens baixas.

A névoa pairava nas árvores e entre elas, transformando o mundo colorido daquela manhã em tons de cinza.

Longe de diminuir a beleza, a cerração parecia aumentá-la, dando ao mundo certo grau de suavidade e sutileza, conforto e intimidade.

Enrolado em uma toalha, na mão do chefe, estava o pedaço de ferro que, como uma varinha mágica, transformara o prior vivo em um corpo morto.

Frère Simon foi até o meio do jardim e parou debaixo do imenso bordo quase sem folhas.

– Por que o senhor não contou para a gente o que o prior falou? – perguntou Gamache.

– Porque a palavra foi proferida em confissão. Do meu tipo, não do seu. Era a minha obrigação moral.

– O senhor tem uma moral conveniente, *mon frère*. Ela parece autorizar a mentira.

A declaração surpreendeu Frère Simon, que recaiu no silêncio.

Ele também tem um voto de silêncio conveniente, pensou Gamache.

– Por que o senhor não contou para a gente que o prior tinha dito "homo" logo antes de morrer?

– Porque eu sabia que seria mal interpretado.

– Porque nós somos idiotas, o senhor quer dizer? E não estamos familiarizados com as nuances mentais tão óbvias aos *religieux*? Por que o senhor escondeu a arma do crime?

– Eu não escondi, ela estava bem à vista.

– Chega disso – retrucou Gamache. – Eu sei que o senhor está com medo. Que está encurralado. Pare com esses joguinhos, conte a verdade, e vamos acabar logo com isso. Tenha a decência e a coragem de fazer isso. E confie em nós. Nós não somos esses tolos que o senhor pensa.

– *Désolé* – disse o monge, com um suspiro. – Eu tenho tentado tanto me convencer de que o que fiz não foi errado que quase esqueci que foi. Desculpe. Eu deveria ter contado para o senhor. E Deus sabe que eu jamais deveria ter tirado a aldrava dali.

– Por que o senhor tirou?

Frère Simon encarou Gamache.

– O senhor suspeita de alguém, não é? – perguntou o chefe, sustentando o olhar do monge.

Os olhos dele continham um apelo. Um apelo desesperado para que aquele interrogatório parasse. Para que as perguntas parassem.

Mas ambos sabiam que isso era impossível. Aquela conversa estava destinada a acontecer a partir do momento em que o golpe fora desferido, que Frère Simon ouvira a última palavra de um homem moribundo e pegara a arma do crime. Ele sabia que, de uma forma ou de outra, teria que responder por suas ações.

– Quem o senhor acha que fez isso? – perguntou Gamache.

– Eu não posso contar. Não consigo dizer as palavras.

E ele parecia mesmo fisicamente incapaz.

– Então nós vamos ficar aqui por toda a eternidade, *mon frère* – disse Gamache. – Até que o senhor diga as palavras. E, depois, nós dois estaremos livres.

– Mas não...

– O homem de quem o senhor suspeita – disse Gamache, com os olhos e a voz mais brandos. – O senhor acha que eu não sei?

– Então por que me forçar a dizer?

O monge estava quase chorando.

– Porque o senhor precisa. É o seu fardo, não o meu. – Ele olhou para Frère Simon com empatia, como de um irmão para o outro. – Acredite, eu tenho o meu para carregar.

Simon fez uma pausa e olhou para Gamache.

– *Oui. C'est la verité* – disse ele, e respirou fundo. – Eu não contei que o prior disse "homo" logo antes de morrer e depois escondi a arma do crime porque estava com medo de que o abade fosse o responsável. Eu achei que Dom Philippe tivesse matado Frère Mathieu.

– *Merci* – disse Gamache. – O senhor ainda acha isso?

– Eu não sei o que pensar. Não sei mais o que pensar.

O chefe anuiu. Ele não sabia se Frère Simon estava falando a verdade, mas sabia que aquelas palavras haviam custado caro ao monge. Simon tinha, para todos os efeitos, atirado o abade nas mãos da Inquisição.

A pergunta que Gamache se fazia agora, e que os inquisidores não haviam feito, era se aquela era a verdade. Ou será que aquele pobre homem estava aterrorizado a ponto de dizer qualquer coisa? Será que Frère Simon dissera o nome do abade para salvar a si mesmo?

Gamache não sabia. O que ele sabia era que Frère Simon, o monge taciturno, havia amado o abade. Ainda o amava.

Ninguém vai me livrar desse padre problemático?

Teria Frère Simon livrado o abade do padre problemático? Teria ele interpretado um olhar sutil, uma sobrancelha erguida, um gesto, como um apelo de Dom Philippe? E agora, consumido pela culpa e atormentado pela consciência, tentava incriminar o próprio abade?

O prior podia até ser problemático, mas isso não era nada se comparado a uma consciência desperta. Ou ao problema criado quando o chefe da Divisão de Homicídios batia na porta.

A vida exterior dos monges em Saint-Gilbert podia ser simples, regida pelo sino, pelos cânticos e pela mudança de estações. Mas sua vida interior era um atoleiro de emoções.

E após anos ajoelhando-se ao lado de cadáveres, Gamache sabia que eram as emoções que levavam a assassinatos. Não uma arma, não uma faca. Não um pedaço de ferro velho.

Alguma emoção havia escapado da rédea e matado Frère Mathieu. E, para encontrar o assassino do prior, Armand Gamache precisava usar tanto a lógica quanto os próprios sentimentos.

O abade dissera: *E por que eu não vi que isso ia acontecer?*

A pergunta parecera genuína e a angústia certamente era. Ele não vira que um dos homens de sua comunidade, de seu rebanho, não era uma ovelha. Mas um lobo.

No entanto, e se aquela pergunta, cheia de admiração e choque, não fosse dirigida a um dos irmãos? Talvez o abade estivesse falando de si mesmo. *E por que eu não vi que isso ia acontecer?* Não as ações e os pensamentos assassinos de outra pessoa, mas dele mesmo.

Talvez Dom Philippe estivesse surpreso por ele próprio ser capaz de matar, e tê-lo feito.

O inspetor-chefe recuou meio passo. Fisicamente, não muito, mas um sinal para o monge de que ele ganhara um pouco de espaço e tempo. Para se recompor. Para acalmar o corpo e os pensamentos. Talvez fosse um erro, o chefe sabia, dar a Frère Simon aquele tempo. Seus colegas, inclusive Jean Guy, quase com certeza o teriam pressionado. Ao ver o homem de joelhos, o forçariam até derrubá-lo por completo.

Mas Gamache sabia que, embora esse tipo de coisa pudesse ser eficaz a curto prazo, um homem humilhado, emocionalmente violado, nunca mais se abriria.

Além disso, ainda que quisesse muito solucionar o crime, Gamache não queria perder sua alma no processo. Suspeitava que já houvesse um número suficiente de almas perdidas.

– Por que Dom Philippe mataria o prior? – perguntou Gamache, por fim.

O silêncio era total no jardim, todos os sons abafados pela neblina. Não que houvesse muitos sons ali normalmente. Pássaros cantavam de vez em quando, esquilos tagarelavam uns com os outros. Gravetos e galhos se quebravam quando uma criatura maior se movia na densa floresta canadense.

Tudo abafado agora.

– O senhor estava certo sobre a cisão – respondeu Frère Simon. – Assim que a primeira gravação fez sucesso, as coisas começaram a desmoronar. Ego, eu imagino. E poder. De repente, havia algo pelo qual valia a pena brigar. Até então, todos nós éramos iguais, vagando pelos nossos dias em um velho e frágil mosteiro. Nós éramos bem felizes, com certeza estávamos satisfeitos. Mas a gravação atraiu muita atenção e muito dinheiro rápido demais.

O monge ergueu as palmas das mãos para o céu cinzento e deu de ombros.

– O abade queria que a gente fosse com calma. Que não se afobasse e abandonasse os votos assim. Mas o prior e os outros viram o sucesso como um sinal de Deus de que a gente precisava estar mais no mundo. Compartilhar o nosso dom.

– Os dois alegavam conhecer a vontade de Deus – comentou o chefe.

– Estávamos com certa dificuldade de interpretar a vontade d'Ele – admitiu Frère Simon, com um discreto sorriso.

– Talvez os senhores não tenham sido os primeiros *religieux* a enfrentar esse problema.

– O senhor acha?

Era o que Gamache havia escutado de todos, exceto do abade. Antes da gravação, o mosteiro estava caindo aos pedaços, mas a congregação era sólida. Depois, o mosteiro começara a ser reformado, mas a congregação, a desmoronar.

Uma enfermidade se aproxima de nós.

O abade estava paralisado, tentando descobrir a vontade de um Deus que parecia em conflito.

– Antes da gravação, o abade e o prior eram bons amigos, tinham uma relação de profundo amor.

O monge assentiu.

Gamache pensou que os gilbertinos poderiam criar um novo calendário. Havia AG, antes da gravação, e DG.

Uma enfermidade se aproxima de nós. Disfarçada de milagre.

Agora, eles estavam mais ou menos no ano II DG. Tempo de sobra para uma amizade se transformar em ódio. Como só uma amizade poderia fazer. O canal para o coração já fora criado.

– E esta página – perguntou Gamache, indicando o cântico amarelado que ainda carregava consigo –, que papel pode ter desempenhado nessa história?

Frère Simon pensou sobre a pergunta. Assim como Gamache.

Os dois homens ficaram parados no jardim enquanto a névoa deslizava pelo muro.

– O abade ama cantochão – disse Frère Simon devagar, elaborando o raciocínio. – E ele tem uma voz maravilhosa. Muito limpa, muito verdadeira.

– Mas?

– Mas ele não é o músico mais talentoso de Saint-Gilbert. E também não é fluente em latim. Assim como o resto de nós, ele conhece as Escrituras e a missa em latim. Mas, fora isso, não é nenhum estudioso. O senhor deve ter percebido que todos os livros dele estão em francês, não em latim.

Gamache havia notado.

– Eu duvido que ele conheça a palavra latina para "banana", por exemplo – explicou Simon, apontando para aquela frase boba.

– Mas o senhor conhece – argumentou Gamache.

– Eu procurei no dicionário.

– Assim como o abade poderia ter feito.

– Mas por que ele procuraria isto no dicionário e usaria uma sequência de palavras sem sentido? – perguntou Frère Simon. – Se ele fosse colocar palavras em latim no papel, provavelmente usaria trechos de orações ou cânticos. Duvido que ele seja o Gilbert para o Sullivan do prior. Ou vice--versa.

Gamache aquiesceu. Aquele também fora o seu raciocínio. Ele conseguia ver o abade acertando o prior na cabeça em um acesso de paixão. Não de paixão sexual, mas de um tipo bem mais perigoso. Um fervor religioso. Ao acreditar que Frère Mathieu iria matar o mosteiro, matar a ordem. E era o fardo de Dom Philippe, dado a ele por Deus, deter o prior.

Também era o trabalho de Dom Philippe, como pai de seus filhos, protegê-los. E isso significava proteger seu lar. Defender seu lar. Gamache havia olhado nos olhos de muitos pais enlutados e conhecia a força daquele amor.

Ele mesmo o sentia, por seu filho e sua filha. Sentia por seus agentes – e que Deus o ajudasse. Ele os escolhia, recrutava e treinava.

Eles eram seus filhos e filhas, e todos os dias os enviava atrás de assassinos.

E ele havia se arrastado até cada um daqueles feridos de morte, os abraçado e murmurado uma prece urgente.

Leva esta criança.

Enquanto os tiros explodiam nas paredes e no chão, ele havia abraçado Jean Guy, protegendo-o com seu próprio corpo. Tinha beijado a testa dele e murmurado aquelas palavras também. Acreditando que aquele garoto que amava estava morrendo. E Gamache podia ver nos olhos de Jean Guy que ele também acreditava nisso.

E então ele o deixara. Para ir ajudar os outros. Naquele dia, Gamache tinha matado. Mirado com frieza e visto homens perderem a vida. Ele havia matado deliberadamente e faria isso de novo. Para salvar seus agentes.

Armand Gamache conhecia o poder do amor de um pai, fosse ele um pai biológico ou um pai por escolha. E por destino.

Se ele era capaz de matar, por que o abade não seria?

Mas Gamache não conseguia, por mais que tentasse, enxergar que papel os neumas poderiam ter desempenhado naquela história. Tudo fazia sentido, exceto o mistério que carregava nas mãos.

Como um pai, o prior morrera abraçado a ele.

O inspetor-chefe deixou Frère Simon e saiu em busca de Beauvoir para atualizá-lo sobre o caso e entregar a ele a arma do crime, para que a guardasse em segurança.

Gamache duvidava que a aldrava de ferro tivesse muito a lhes dizer. Frère Simon admitira que a lavara, secara e recolocara na porta. Para que qualquer pessoa que quisesse entrar nos aposentos trancados do abade na manhã anterior deixasse suas impressões digitais e seu DNA ali. O que muitos haviam feito. Inclusive o próprio Gamache.

O escritório do prior estava vazio. Alguns monges trabalhavam na *animalerie*, alimentando e limpando as cabras e galinhas. No outro corredor, Gamache olhou para o refeitório e, depois, abriu a porta da *chocolaterie*.

– Procurando alguém? – perguntou Frère Charles.

– O inspetor Beauvoir.

– Infelizmente, ele não está aqui.

O monge médico mergulhou uma concha na tina de chocolate derretido e a retirou cheia de mirtilos pingando.

– Último lote do dia. Colhido por Frère Bernard hoje de manhã. Coitado, ele teve que ir lá duas vezes. Parece que comeu a primeira colheita inteira – contou Charles, rindo. – Um risco ocupacional. Quer alguns?

Ele apontou para as longas fileiras de minúsculas esferas marrom-escuras já frias e prontas para serem embaladas e enviadas ao sul.

Sentindo-se um pouco como uma criança matando aula, Gamache entrou na *chocolaterie* e fechou a porta.

– Queira fazer a gentileza – disse Frère Charles, apontando para um banco robusto e puxando outro para si mesmo. – A gente trabalha em turnos aqui. Quando os monges começaram a fazer mirtilos com cobertura de chocolate, um deles foi designado para o trabalho, mas eles logo perceberam que o homem estava ficando cada vez maior e a produção, cada vez menor.

Gamache sorriu e pegou o doce que o monge oferecia.

– *Merci.*

Como se fosse possível, o delicioso mirtilo coberto pelo chocolate almiscarado parecia ainda mais gostoso que antes. Gamache entenderia se um monge fosse assassinado por causa deles. *Mas, bem,* pensou ele, pegando outro chocolate, *todos nós escolhemos nossa droga. Para alguns, é chocolate; para outros, são cânticos.*

– O senhor falou para o inspetor Beauvoir que era neutro no conflito do mosteiro, *mon frère.* Uma espécie de Cruz Vermelha, atendendo aos feridos na batalha pelo controle de Saint-Gilbert. Quem o senhor diria que saiu mais machucado? Pela luta, mas também pela morte do prior?

– Da luta, eu diria que ninguém saiu ileso. Todos nós nos sentíamos péssimos com o que estava acontecendo, mas ninguém sabia ao certo como impedir. Muita coisa parecia estar em jogo, e sem um possível meio-termo. Não dava para fazer meia gravação ou suspender metade do voto de silêncio. Nenhuma concessão parecia possível.

– O senhor diz que tinha muita coisa em jogo. O senhor sabe sobre os alicerces?

– Que alicerces? Da abadia?

Gamache assentiu, observando atentamente o alegre médico.

– O que tem eles?

– O senhor sabe se são sólidos? – perguntou Gamache.

– O senhor está falando literal ou figurativamente? No sentido literal, nada pode derrubar estas paredes. Os monges originais sabiam o que estavam fazendo. Mas no sentido figurado? Infelizmente, Saint-Gilbert está muito instável.

– *Merci* – respondeu Gamache.

Ali estava outro que parecia não saber nada sobre as rachaduras nas fundações. Será que Frère Raymond poderia estar enganado? Ou será que mentira? Será que ele tinha inventado aquela história toda para ajudar a pressionar o abade a fazer uma segunda gravação?

– E depois da morte do prior, *mon frère*? Qual dos monges ficou mais abalado?

– Bom, todos nós ficamos arrasados. Até os irmãos que se opunham veementemente a ele ficaram chocados.

– *Bien sûr* – disse o chefe, recusando mais chocolate.

Se não parasse agora, acabaria comendo tudo.

– Mas o senhor poderia individualizar os irmãos? Esta comunidade não é amorfa. Os senhores podem até cantar em uma única voz, mas não reagem com um único sentimento.

– É verdade.

O médico se recostou e pensou por um instante.

– Eu diria que duas pessoas foram mais afetadas. Frère Luc. Ele é o mais jovem de nós, o mais impressionável. E o menos ligado à comunidade. A única ligação dele parece ser com o coro. E, é claro, Frère Mathieu era o regente. Ele o adorava. O prior foi a grande razão de Luc ter se juntado aos velhos gilbertinos. Estudar com ele, entoar o canto gregoriano.

– Os cânticos daqui são diferentes? Dom Philippe disse que todos os mosteiros usam o mesmo livro de cantos gregorianos.

– É verdade. Mas, estranhamente, eles soam diferentes aqui. Eu não sei por quê. Talvez fosse o prior. Ou a acústica. Ou a combinação específica de vozes.

– Pelo que eu soube, Frère Luc tem uma bela voz.

– Tem. Tecnicamente, ele é o melhor de nós. Sem dúvida.

– Mas?

– Ah, ele chega lá. Quando aprender a canalizar aquelas emoções da cabeça para o coração. Um dia, ele vai ser o regente. E será magnífico. Ele tem toda a paixão, só precisa direcionar.

– Mas ele vai ficar?

O monge médico comeu mais alguns mirtilos, parecendo ponderar.

– Agora que Frère Mathieu se foi? Não sei. Talvez não. Foi uma perda imensa para a comunidade inteira, mas acho que principalmente para Frère Luc. Havia certa adoração de herói ali, o que não é raro em uma relação mentor-pupilo.

– O prior era mentor de Frère Luc?

– Ele guiava todos nós, mas, como Frère Luc era o mais novo, precisava de mais orientação.

– Frère Luc poderia ter interpretado mal o relacionamento deles? Deduzido que era especial? Único, até?

– Em que sentido?

Embora ainda cordial, Frère Charles agora estava cauteloso. Todos eles ficavam na defensiva quando havia qualquer sugestão de uma amizade "especial".

– Frère Luc pode ter pensado que o diretor do coro tinha segundas intenções com ele? Que Frère Mathieu estava fazendo mais do que simplesmente ensinar a ele como esse coro funcionava?

– É possível – admitiu Frère Charles. – Mas o prior teria sido sensível a isso e parado. Frère Luc não seria o primeiro monge a se deixar enfeitiçar por ele.

– Isso aconteceu com Frère Antoine? O solista? – perguntou Gamache. – Eles devem ter sido próximos.

– O senhor não está sugerindo que Frère Antoine matou o prior em um acesso de ciúmes quando Frère Mathieu voltou as atenções para Luc, está? – disse o médico, quase rindo.

Mas Gamache sabia que o riso muitas vezes encobria uma verdade desconfortável.

– É tão ridículo assim? – perguntou Gamache.

O sorriso desapareceu do rosto do monge.

– O senhor está confundindo a gente com o elenco de alguma novela. Antoine e Mathieu eram colegas. Eles compartilhavam o amor pelo canto gregoriano. Esse era o único amor que eles compartilhavam.

– Mas era um amor bem intenso, o senhor não acha? Incomensurável.

Então o médico ficou em silêncio, só observando o chefe. Sem concordar. Porém tampouco discordou.

– O senhor disse que duas pessoas foram mais afetadas pela morte do prior – prosseguiu Gamache, quebrando o silêncio. – Uma foi Luc. E a outra?

– O abade. Dom Philippe está tentando manter a compostura, mas eu vejo o esforço que ele faz. São pequenos sinais. Uma leve falta de atenção. Coisas que ele esquece. Falta de apetite. Eu mandei ele comer mais. São sempre as pequenas coisas que denunciam a gente, não são?

O irmão Charles baixou os olhos para as mãos do inspetor-chefe, uma segurando discretamente a outra.

– O senhor está bem?

– Eu? – perguntou Gamache, surpreso.

O médico levantou a mão e passou o dedo na têmpora esquerda.

– Ah – disse o chefe. – Isto. O senhor notou.

– Eu sou médico – lembrou o irmão Charles com um sorriso. – Quase nunca deixo de notar uma cicatriz profunda em uma têmpora – disse ele, depois seu rosto ficou sério. – Ou uma mão trêmula.

– Um problema antigo – disse Gamache. – Do passado.

– Um sangramento? – perguntou o médico, sem mudar de assunto.

– Uma bala – contou o chefe.

– Ah – disse o irmão Charles. – Um hematoma. É o único efeito? O tremor na sua mão direita?

Gamache não sabia bem como responder. Então não respondeu. Em vez disso, sorriu e assentiu.

– Fica um pouco mais evidente quando estou cansado ou estressado.

– É, o inspetor Beauvoir me falou.

– Falou? – perguntou Gamache, interessado e não particularmente satisfeito.

– Eu perguntei.

O médico olhou para Gamache por um instante, examinando-o. Vendo seu rosto simpático. As linhas nos cantos dos olhos e da boca. Rugas de riso. Ali estava um homem que sabia sorrir. Mas havia outras linhas também. Na testa e entre as sobrancelhas. Linhas que nasciam de preocupações.

Entretanto, mais do que o corpo físico daquele homem, o que impressionava Frère Charles era a calma de Gamache. Ele sabia que aquele era o tipo de paz que uma pessoa só encontrava após ter estado em uma guerra.

– Se este é seu único sintoma, então o senhor é um homem de sorte – disse o monge médico, por fim.

– É.

Leva esta criança.

– Embora a chegada do seu chefe não pareça ter melhorado muito a situação.

Gamache não respondeu. Não pela primeira vez, ele percebeu que aqueles monges não deixavam quase nada passar. Cada respiração, cada olhar, cada movimento, cada tremor dizia algo a eles. Em particular, ao monge médico.

– Foi uma surpresa – admitiu Gamache. – Quem o senhor acha que matou o prior?

– Mudando de assunto? – disse o médico, sorrindo, depois pensou um pouco antes de responder. – Sinceramente, não sei. Desde a morte dele, eu não penso em mais nada. Não consigo acreditar que um de nós fez isso. Mas, é claro, um de nós fez.

Ele voltou a ficar em silêncio e encarou Gamache.

– Mas tem uma coisa que eu sei com certeza.

– E o que é?

– A maioria das pessoas não morre de uma vez só.

Não era o que Gamache esperava ouvir, e ele se perguntou se o irmão Charles percebera que o prior estava vivo quando Frère Simon o encontrou.

– Elas morrem um pouquinho de cada vez – afirmou o médico.

– *Excusez-moi?*

– Eles não ensinam isso na faculdade de medicina, mas eu vi na vida real. As pessoas morrem aos poucos. Em uma série de *petites morts*. Pequenas mortes. Perdem a visão, a audição, a independência. Essas são as partes físicas. Mas existem outras. Menos óbvias, só que mais fatais. Elas perdem o ânimo. Perdem a esperança. A fé. O interesse. E, por fim, se perdem.

– O que o senhor está me dizendo, Frère Charles?

– Que é possível que tanto o prior quanto o assassino estivessem no mesmo caminho. Ambos podem ter sofrido uma série de *petites morts* antes do golpe final.

– A *grande mort* – disse Gamache. – E quem aqui se enquadra nessa descrição?

O médico se inclinou para a frente, passando pelos mirtilos cobertos de chocolate.

– Como o senhor acha que a gente chega aqui, inspetor-chefe? Em Saint--Gilbert-Entre-les-Loups. A gente não segue a estrada de tijolos amarelos. Somos empurrados pelas nossas próprias *petites morts*. Não existe um homem neste mosteiro que não tenha passado por aquela porta ferido. Marcado. Quase morto por dentro.

– E o que os senhores encontraram aqui?

– A cura. Nossas feridas foram enfaixadas. Os buracos que a gente tinha por dentro foram preenchidos com a fé. A nossa solidão foi curada pela companhia de Deus. A gente prospera com trabalho simples e comida saudável. Com rotina e certeza. Por não estar mais sozinho. Mas, acima de tudo, pela alegria de cantar a Deus. Os cânticos salvaram a gente, inspetor-chefe. Os cantos gregorianos. Eles ressuscitaram cada um de nós.

– Bom, talvez não todos.

Os dois homens ali sentados estavam cientes de que o milagre não fora perfeito. Um dos homens não fora contemplado.

– Em algum momento, esses cânticos destruíram a sua comunidade – lembrou Gamache.

– Eu sei que pode parecer assim, mas os cânticos não foram o problema. Foi nosso ego. As lutas pelo poder. Foi terrível.

– "Uma enfermidade se aproxima de nós" – citou Gamache.

O médico pareceu confuso, depois assentiu. Identificando a tradução.

– T. S. Eliot. "Assassínio na catedral". *Oui*. É isso. Uma enfermidade – concordou o monge médico.

Ao sair pela porta, Gamache se perguntou quão neutra era aquela Cruz Vermelha de fato. Teria o bom médico encontrado a enfermidade e a curado com um golpe na cabeça?

JEAN GUY BEAUVOIR TORNOU A entrar no mosteiro e foi em busca de um lugar privado. Apenas um lugar onde pudesse ficar sozinho.

Finalmente, ele o encontrou. A estreita passagem que corria acima e ao redor da Capela Santíssima. Beauvoir subiu os degraus sinuosos e se sentou no fino banco de pedra esculpido na parede. Ele podia ficar ali sem ser visto.

Depois de sentado, porém, sentiu que talvez nunca mais se levantasse. Que eles o encontrariam décadas depois, ossificado. Transformado em pedra, lá em cima. Uma gárgula. Empoleirado e olhando para baixo, de maneira permanente, para os homens de preto e branco que se curvavam e ajoelhavam.

Naquele momento, Beauvoir desejava escorregar para dentro de um hábito. Raspar a cabeça. Apertar uma corda na cintura. E ver o mundo em preto e branco.

Gamache era bom. Francoeur era mau.

Annie o amava. Ele amava Annie.

Os Gamaches o aceitariam como um filho. Como seu genro.

Eles ficariam felizes. Ele e Annie seriam felizes.

Simples. Claro.

Beauvoir fechou os olhos e respirou fundo algumas vezes, inspirando o incenso. Anos e anos de incenso. Em vez de despertar lembranças ruins, de horas perdidas em bancos duros de igreja, o cheiro, na verdade, era bom. Reconfortante. Relaxante.

Inspirar fundo. Expirar todo o ar.

Na mão, ele segurava um frasco de comprimidos que encontrara na mesa de sua cela, com um bilhete rabiscado ao lado.

Tomar quando necessário. A assinatura era ilegível, mas parecia a de Frère Charles. Ele era médico, afinal, pensou Beauvoir. Que mal poderia haver?

Beauvoir ficara em sua cela, indeciso. O conhecido frasco na mão como se a cavidade da palma tivesse sido projetada para ele. Beauvoir sabia o que o frasco continha mesmo sem ler o rótulo, mas leu de qualquer maneira e sentiu tanto alarme quanto alívio.

OxyContin.

Beauvoir ficou tentado a engolir um comprimido ali mesmo, na cela. E, então, se deitar na cama estreita. E sentir o calor se espalhar e a dor recuar.

Mas temia que Gamache entrasse. Em vez disso, encontrara um lugar aonde suspeitava que o chefe, avesso a alturas, não iria, ainda que soubesse que ele estava ali. A passarela exposta sobre a Capela Santíssima.

Agora Beauvoir olhava para o frasco em sua mão, apertado com tanta força que a tampa deixara um círculo roxo na pele. Ele vinha, afinal de contas, de um médico. E o inspetor estava sentindo dor.

– Ai, meu Deus – murmurou ele, e abriu o frasco.

Alguns instantes depois, na Capela Santíssima, Beauvoir encontrou um alívio abençoado.

OS SINOS DE SAINT-GILBERT TOCARAM. Não o chamado fraco para as preces de mais cedo. Todos os sinos repicaram em um convite forte, robusto e encorpado.

O inspetor-chefe conferiu o relógio, por hábito. Mas sabia o que os sinos sinalizavam. A oração das cinco da tarde.

As Vésperas.

A Capela Santíssima estava vazia quando ele escorregou para um dos bancos. Colocou a arma do crime no assento ao lado e fechou os olhos. Mas não por muito tempo. Alguém havia se sentado ao lado dele no banco.

– *Salut, mon vieux* – disse Gamache. – Por onde você andou? Eu estava te procurando.

Ele sabia que era Jean Guy mesmo sem olhar.

– Aqui e ali – respondeu Beauvoir. – Investigando um assassinato, sabe?

– Você está bem? – perguntou Gamache.

Beauvoir parecia atordoado e suas roupas estavam amarrotadas.

– Sim. Fui dar uma caminhada e escorreguei na trilha. Eu preciso dar uma saída de vez em quando.

– Entendo. Alguma sorte com Frère Raymond no porão?

Beauvoir pareceu perdido por um instante. Frère Raymond? Então se lembrou. Aquilo tinha mesmo acontecido? Parecia fazer tanto tempo.

– Os alicerces parecem ok para mim. E nem sinal de canos de aço.

– Bom, não precisa procurar mais. Eu encontrei a arma do crime.

Gamache entregou a toalha ao segundo em comando. Acima deles, os sinos pararam de tocar.

Beauvoir desembrulhou o pacote cuidadosamente. Lá, em meio às dobras do tecido, estava a aldrava de ferro. Ele olhou para aquilo, sem tocá-la, e depois para Gamache.

– Como o senhor sabe que foi isto que matou o prior?

O inspetor-chefe contou a ele sobre a conversa com Frère Simon. A Capela Santíssima estava muito silenciosa agora, e Gamache manteve a voz no registro mais baixo. Quando olhou para cima, foi para ver que o superintendente havia chegado e estava sentado em um banco oposto ao deles, uma fileira atrás.

A distância entre eles, ao que parecia, estava aumentando. Gamache achava ótimo.

Beauvoir embrulhou o pedaço de ferro de novo.

– Eu vou colocar na sacola de evidências. Mas acho que não dá para ter muita esperança quanto à perícia.

– Concordo – murmurou o chefe.

Da lateral da capela, veio um som agora familiar. Uma única voz. Frère Antoine, reconheceu Gamache, entrou primeiro, sozinho. O novo regente.

Então seu rico timbre de tenor foi acompanhado por outra voz. Frère Bernard, que colhia ovos e mirtilos. A voz dele era mais alta, menos rica, porém mais precisa.

Depois veio irmão Charles, o *médecin*, e sua voz de tenor preencheu as lacunas entre os dois primeiros monges.

Um após o outro, os irmãos entraram, as vozes unindo-se, misturando-se, complementando-se. Dando ao cantochão profundidade e vida. Por mais bonita que fosse a música no CD, por mais maravilhosa que tivesse sido no dia anterior, estava ainda mais gloriosa agora.

Gamache percebeu que se sentia tanto revigorado quanto relaxado. Calmo e animado. O chefe se perguntou se era simplesmente porque conhecia os monges agora ou se por alguma razão menos palpável. Alguma mudança entre os monges que viera com a morte de seu antigo regente e a ascensão do novo.

Um após o outro, os monges entraram, cantando. Frère Simon. Frère Raymond. E, por fim, Frère Luc.

E tudo mudou. A voz dele, nem de tenor, nem de barítono. De nenhum dos dois timbres, mas de ambos, se juntou ao resto. E, de repente, as vozes individuais, as notas individuais, estavam conectadas. Unidas. Seguras em um abraço, como se os neumas tivessem se alongado e agora envolvessem cada monge e cada homem que escutava.

O grupo se tornara um todo. Já não havia mais feridas. Já não havia danos. Os buracos tinham se fechado. O dano fora reparado.

Frère Luc cantava o cântico simples com simplicidade. Sem melodrama. Sem histeria. Mas com uma paixão e uma plenitude de espírito que Gamache nunca havia notado antes. Era como se o jovem monge estivesse livre. E, ao ser livre, desse uma nova vida aos aéreos e deslizantes neumas.

Gamache ouviu a música, pasmo com a beleza. Aliás, as vozes ocuparam não só sua mente, mas seu coração. Seus braços, pernas e mãos. A cicatriz em sua cabeça, seu peito e o tremor em sua mão.

A música o abraçou. Seguro. E inteiro.

A voz de Frère Luc havia feito aquilo. Os outros, sozinhos, eram magníficos.

Mas Frère Luc os elevava ao Divino. O que ele havia dito a Gamache? *Eu sou a harmonia*. Parecia a mais pura verdade.

Ao lado de Gamache no banco, Jean Guy Beauvoir tinha fechado os olhos e se sentiu deslizar para aquele mundo familiar onde nada importava. Já não havia dor nem sofrimento. Já não havia incerteza.

Tudo ficaria bem.

Então a música parou. A última nota morreu. Fez-se silêncio.

O abade deu um passo à frente, fez o sinal da cruz e abriu a boca.

E ficou ali.

Perplexo diante de outro som. Nunca ouvido durante as Vésperas. Nunca ouvido durante qualquer oração em Saint-Gilbert-Entre-les-Loups.

Era um bastão na madeira.

Batendo.

Alguém estava na porta. Alguém queria entrar.

Ou sair.

VINTE E SETE

DOM PHILIPPE TENTOU NÃO NOTAR.

Ele entoou uma bênção. Ouviu a resposta. Fez mais uma oração.

Ele percebeu que tinha se tornado muito bom em não notar. Em ignorar o desagradável.

Seu voto de silêncio fora expandido para um voto de surdez. Com um pouco mais de tempo, apagaria completamente seus sentidos.

Ali, perfeitamente imóvel, ele se entregou a Deus.

Então Dom Philippe cantou, com uma voz já não mais jovem e vigorosa, mas ainda cheia de adoração, a linha seguinte da oração.

E ouviu a batida na porta, como que em resposta.

– Senhor, tende piedade de nós – entoou ele.

Mais batidas.

– Cristo, tende piedade de nós.

Mais batidas.

– Santíssima Trindade, tende piedade de nós.

Mais batidas.

Deu um branco. Pela primeira vez em décadas, após centenas, milhares de serviços religiosos, a mente do abade não sabia como continuar.

A paz de Cristo, a graça a Deus, fora substituída. Pelas batidas.

Batidas.

Como um metrônomo gigante.

Batendo na porta.

Os monges, alinhados de seus dois lados, olhavam. Para ele.

Em busca de orientação.

Meu Deus, me ajude, rezou ele. *O que devo fazer?*

As batidas não cessavam, percebeu Dom Philippe. Elas tinham adquirido um ritmo. Um baque morto e repetitivo. Como se geradas por uma máquina.

Tum. Tum. Tum.

Aquilo continuaria para sempre. Até que...

Até que alguém respondesse.

O abade fez algo que nunca, jamais, havia feito. Nem quando era um noviço, nem durante todos os seus anos como monge, nem agora, como abade. Nos milhares de serviços religiosos que havia celebrado, ele nunca havia saído.

Mas agora saía. Ele se curvou para a cruz e, depois, virando as costas para a congregação, deixou o altar.

Seu coração também batia forte, muito mais rápido que as pancadas na porta. Ele sentiu que suava debaixo do hábito, e o hábito pesava enquanto ele avançava pelo longo corredor.

Passando por aquele superintendente da Sûreté, com seus olhos inteligentes e seu rosto inteligente.

Passando pelo jovem inspetor, que parecia muito ansioso para estar em qualquer outro lugar que não ali.

Passando pelo inspetor-chefe, que escutava atentamente, como se tentasse encontrar respostas não só sobre o crime, mas sobre si mesmo.

Dom Philippe passou por todos eles. Tentou não se apressar. Disse a si mesmo para ser comedido. Caminhar com propósito, mas também com contenção.

As batidas persistiam. Nem mais altas, nem mais baixas. Nem mais rápidas, nem mais lentas. Com uma regularidade quase inumana.

E o abade se pegou quase correndo. Em direção a elas. Desesperado para fazer aquilo parar. O barulho que havia destruído as Vésperas. E, finalmente, aberto um buraco em sua calma decidida.

Atrás de Dom Philippe, os monges o seguiam em uma fila longa e estreita. Com as mãos dentro das mangas e a cabeça baixa. Os passos apressados. Tentando acompanhar o passo do abade, mas sem darem a impressão de correr.

Quando o último monge deixou o altar, os oficiais da Sûreté se juntaram a eles, Gamache e Beauvoir um passo atrás de Francoeur.

Dom Philippe saiu da Capela Santíssima e virou no longo corredor. Com a porta no fim. Ele sabia que era um truque de sua imaginação, mas a madeira parecia se projetar para a frente a cada batida.

Senhor, tende piedade, rezou ele enquanto se aproximava da porta. Fora a última oração que fizera no altar e a única que permanecera com ele, agarrando-se a ele quando tudo o mais havia fugido. *Senhor, tende piedade. Ah, meu Deus, tende piedade.*

Na porta, o abade parou. Será que deveria olhar pela fresta, para ver quem estava ali? Mas isso importava? Ele sabia que quem quer que estivesse lá não iria parar até aquela porta pesada se abrir.

Ele percebeu que não estava com a chave.

Onde estava o *frère portier*? Será que teria que voltar até a Capela Santíssima para pegar a chave?

O abade se virou e ficou surpreso ao ver os outros monges em um semi-círculo atrás de si. Como um coro prestes a cantar canções natalinas. Todos os fiéis tinham vindo, mas não estavam nem alegres, nem triunfantes, como pedia a canção. Pareciam mais abatidos e chateados.

Mas estavam ali. O abade não estava sozinho. Deus tivera piedade.

Frère Luc surgiu ao lado dele, a chave tremendo de leve em sua mão fina.

– Me dê a chave, meu filho – pediu o abade.

– Mas é o meu trabalho, *mon père*.

Tum.

Tum.

Tum, fazia a porta.

Dom Philippe manteve a mão estendida.

– Este trabalho compete a mim – disse ele, e sorriu para o jovem monge alarmado.

Com as mãos tremendo, Frère Luc soltou a pesada chave de metal, entregou-a ao abade e depois recuou um passo.

Dom Philippe, a própria mão também instável, empurrou o ferrolho para trás. Depois tentou enfiar a chave na fechadura.

Tum.

Tum.

Ele levantou a outra mão para firmar a chave, para ajudar a guiá-la.

Tum.

Ela escorregou para o lugar, e ele a girou.

As batidas pararam. Quem estava do outro lado tinha ouvido, em meio às pancadas, o clique metálico do destrancar da porta.

A porta se abriu.

Era a hora do crepúsculo, o sol tinha quase se posto. A névoa estava mais espessa agora. Um pouco de luz saía do mosteiro, pela fresta da porta, mas nenhuma entrava.

– *Oui?* – disse o abade, desejando que sua voz soasse mais firme, mais cheia de autoridade.

– Dom Philippe?

A voz era educada, respeitosa. Incorpórea.

– *Oui* – respondeu o abade, sua voz ainda deixando a desejar.

– Posso entrar? Eu vim de muito longe.

– Quem é o senhor? – quis saber o abade.

Parecia uma pergunta razoável.

– Isso importa? O senhor realmente recusaria alguém em uma noite como esta?

Parecia uma resposta razoável.

Mas a razão não era o forte dos gilbertinos. Paixão, dedicação, lealdade. Música. Mas talvez não razão.

Ainda assim, Dom Philippe percebeu que a voz estava certa. Ele não tinha como fechar a porta agora. Era tarde demais. Uma vez aberta, o que quer que estivesse ali precisava entrar.

Ele deu um passo para trás. Às suas costas, Dom Philippe ouviu o resto da congregação fazer o mesmo, de uma só vez. Mas, com sua visão periférica, ele percebeu que duas pessoas não tinham se movido.

O inspetor-chefe Gamache e seu inspetor Beauvoir.

Um pé entrou no mosteiro. Belamente calçado, em couro preto, com lama e um pedaço de folha colorida e morta grudados nele. E, então, lá estava o homem.

Ele era esguio e de estatura mediana, um pouco mais baixo que o abade. Tinha os olhos castanho-claros, assim como os cabelos, e sua pele era branca, exceto por um leve rubor de frio.

– *Merci, mon père.*

Ele arrastou uma sacola de viagem para dentro e se virou para observar os anfitriões. E então, sorriu, aberta e completamente. Não com um ar de divertimento, mas maravilhado.

– Finalmente – disse ele. – Encontrei os senhores.

Ele não era bonito nem feio. Era comum, exceto por um detalhe.

O que vestia.

Ele também estava de hábito, mas, enquanto os gilbertinos usavam uma sobrepeliz branca por cima do hábito preto, as vestes dele sobrepunham o preto ao branco.

– *O cão do Senhor* – murmurou um dos monges.

Quando Gamache se virou para ver qual deles havia falado, viu que todos estavam com a boca ligeiramente aberta.

– Nós não usamos mais esse termo – disse o recém-chegado, analisando os homens à sua frente e alargando o sorriso. – Afasta as pessoas.

A voz dele era agradável, e ele continuava encarando os monges.

Os gilbertinos o encaravam de volta, sem sorrir.

Finalmente, o desconhecido se voltou para Dom Philippe e estendeu a mão. Em silêncio, o abade a aceitou. O jovem fez uma reverência, depois se endireitou.

– Meu nome é irmão Sébastien. Eu vim de Roma.

– Esta noite? – perguntou o abade, e imediatamente se arrependeu da pergunta idiota.

Mas ele não tinha ouvido nenhum avião ou barco.

– O avião de Roma chegou hoje de manhã e depois vim para cá.

– Mas como? – quis saber o abade.

– Eu vim remando.

Agora era a vez de Dom Philippe encará-lo com a boca ligeiramente aberta.

Frère Sébastien riu. O riso, assim como tudo nele, era agradável.

– Eu sei. Não foi a ideia mais brilhante que eu já tive. Um pequeno avião me levou até o aeródromo local, mas a neblina estava ficando muito espessa, e ninguém queria me trazer pelo resto do caminho. Então eu mesmo decidi me trazer.

Ele se virou para Gamache, fez uma pausa, perplexo, depois voltou a encarar o abade.

– Os senhores estavam bem mais longe do que eu imaginava.

– O senhor remou de lá até aqui? Do vilarejo?

– Remei.

– Mas são quilômetros. Como o senhor sabia para onde ir?

O abade se esforçava para ficar calado, mas parecia não conseguir conter as perguntas.

– O barqueiro me direcionou. Disse para eu passar por três baías e virar à direita na quarta – explicou ele, que parecia encantado com as instruções. – Só que a névoa ficou pesada demais, e eu temi ter cometido o meu último erro. Mas então ouvi os sinos e segui o som. Quando cheguei no fundo da baía, vi as luzes. Os senhores não fazem ideia de como eu estou feliz de ter encontrado a sua abadia.

E ele parecia mesmo feliz, pensou Gamache. Na verdade, parecia em êxtase. O homem continuou fitando os monges como se ele mesmo não fosse um. Como se nunca tivesse visto um *religieux*.

– O senhor veio por causa do prior? – perguntou Dom Philippe.

E Gamache teve uma súbita percepção. Ele deu um passo à frente, mas era tarde demais.

– Por causa do assassinato dele? – perguntou o abade.

O abade, um homem que ansiava pelo grande silêncio, havia falado demais.

Gamache respirou fundo, e Frère Sébastien o encarou, depois desviou os olhos para Beauvoir, antes de, finalmente, pousá-los no superintendente Francoeur.

O sorriso desapareceu do rosto do jovem monge e foi substituído por um olhar de grande compaixão. Ele se benzeu e beijou o polegar, depois cruzou as mãos compridas na frente do corpo e se curvou de leve, com os olhos graves.

– Era por isso que eu estava com tanta pressa. Eu vim assim que soube. Que Deus o tenha.

Agora os monges se benziam, enquanto o inspetor-chefe Gamache examinava o recém-chegado. O homem que havia remado em meio à escuridão crescente, através da névoa crescente. Cruzado um lago desconhecido. E, finalmente, encontrado a abadia seguindo o som. E a luz.

Ele tinha vindo de Roma.

Desesperado, ao que parecia, para chegar a Saint-Gilbert-Entre-les-Loups. Tão desesperado que havia arriscado a própria vida. Aquele jovem, embora zombasse de sua própria decisão tola, parecia a Gamache extremamente competente. Por que havia se arriscado tanto? O que não podia esperar até a manhã seguinte?

Não era o assassinato do prior, disso Gamache tinha certeza. No instante em que Dom Philippe perguntara, ele vira que aquele desconhecido não sabia de nada. Aquilo era novidade para Frère Sébastien.

Se ele realmente tivesse vindo de Roma por causa da morte do prior, teria agido de maneira mais solene. Teria oferecido suas condolências imediatamente.

Em vez disso, ele rira de sua própria estupidez, falara de suas viagens, dissera como estava feliz em vê-los. Havia se maravilhado diante dos monges. Mas não tinha mencionado Frère Mathieu uma vez sequer.

Não. Frère Sébastien tinha uma razão para estar ali. Uma razão importante. Mas ela não tinha nada a ver com a morte de Frère Mathieu.

– Foram os sinos das Vésperas? – perguntou Frère Sébastien. – Sinto muito, *mon père*, por ter interrompido. Por favor, continuem.

O abade hesitou, então se virou e caminhou de volta pelo longo corredor, com o recém-chegado atrás de si, olhando para todos os lados.

Gamache o observou atentamente. Era como se o visitante nunca tivesse estado em um mosteiro.

O chefe fez sinal para que o irmão Charles ficasse atrás da procissão com ele. Ele esperou até que os outros estivessem a uma boa distância e se voltou para o médico.

– Foi o senhor que chamou Frère Sébastien de cão do Senhor?

– Bom, eu não me referia a ele pessoalmente.

O médico estava pálido, abalado. Não tinha o costumeiro ar jovial. Na verdade, parecia bem mais abalado por causa do desconhecido vivo do que do prior morto.

– Então o que o senhor quis dizer?

Eles estavam quase na Capela Santíssima e Gamache queria terminar aquela conversa antes de entrar na igreja. Não devido a qualquer decoro religioso, mas por causa da acústica assombrosa.

Aquela conversa precisava permanecer em particular.

– Ele é um dominicano – explicou irmão Charles, a voz também baixa, sem desgrudar os olhos dos líderes da procissão: Frère Sébastien e o abade.

– Como o senhor sabe?

– Por causa do hábito e do cinto. Dominicanos.

– Mas por que isso faz dele o cão do Senhor?

Os líderes da procissão, como a cabeça de uma cobra, tinham entrado na Capela Santíssima, e os outros os seguiam.

– Dominicano – repetiu o irmão Charles. – *Domini canis*. Cão do Senhor.

Então eles também entraram na Capela Santíssima, e toda conversa morreu. O irmão Charles assentiu de leve para Gamache e seguiu seus companheiros monges de volta ao altar, onde eles tomaram seus lugares.

Frère Sébastien fez uma ligeira genuflexão, se benzeu e depois se sentou em um banco, esticando o pescoço. Olhando de um lado para o outro.

Beauvoir tinha voltado ao banco, e Gamache franziu a testa quando o superintendente Francoeur se juntou a Jean Guy. Gamache deu a volta e deslizou para o assento do outro lado de Beauvoir, fechando os parênteses ao redor do inspetor.

Mas Beauvoir nem ligou. Quando as Vésperas recomeçaram, ele fechou os olhos e se imaginou no apartamento de Annie. Os dois deitados juntos no sofá em frente à lareira.

Ela se aninharia na curva de seu braço. Ele a manteria segura ali.

Todas as mulheres que tinha namorado, inclusive Enid, com quem fora casado, eram pequenas. Esguias, *mignons*.

Annie Gamache, não. Ela era atlética, encorpada. Forte. E, quando se deitava com ele, vestida ou não, eles se encaixavam perfeitamente.

Eu queria que isso nunca acabasse, sussurraria Annie.

Não vai acabar, ele asseguraria a ela. Nunca.

Mas vai mudar, quando as pessoas descobrirem.

Vai ficar ainda melhor, diria ele.

Vai, concordaria Annie. *Mas eu gosto assim. Só nós dois.*

E ele também gostava.

Agora, na Capela Santíssima, com seu cheiro de incenso e velas, ele imaginava ouvir o murmúrio da lareira. Inalar o perfume doce da lenha de bordo. Provar o vinho tinto. E sentir Annie em seu peito.

A MÚSICA COMEÇOU. TODOS DE uma vez, a partir de algum sinal invisível para Gamache, os monges foram do completo silêncio ao topo de suas vozes.

A voz deles encheu a capela como ar nos pulmões. Parecia emanar das pedras nas paredes. Como se o canto gregoriano fizesse parte da abadia tanto quanto as rochas, a ardósia e as vigas de madeira.

Na frente de Gamache, Frère Sébastien os encarava. Fascinado. Imóvel. Com a boca ligeiramente aberta e um brilho nas faces pálidas.

Frère Sébastien ouviu os gilbertinos cantarem e chorou, como se nunca tivesse escutado a voz de Deus.

O JANTAR DAQUELA NOITE FOI um evento quase silencioso.

Como as Vésperas terminaram tarde, os irmãos e seus convidados foram direto para o refeitório. Na mesa, havia terrinas cheias de sopa de ervilha e hortelã, ao lado de cestas com baguetes quentes e frescas.

Um irmão cantou a bênção aos alimentos, os monges se benzeram e, então, o único som que se ouvia era o da sopa sendo servida e o das colheres batendo nas tigelas de cerâmica.

Então se ouviu um cantarolar baixinho. Em qualquer outro ambiente, aquilo teria sido inaudível, mas ali, em meio ao silêncio, o zumbido parecia tão alto quando o motor do barqueiro.

E ele ficou ainda mais alto. E mais alto.

Um por um, os monges pararam de comer e logo aquele cantarolar se tornou o único som no comprido refeitório. Todas as cabeças se viraram para ver de onde vinha.

Vinha do inspetor-chefe Gamache.

Gamache sorvia a sopa e cantarolava. Olhando para o prato, aparentemente absorto na deliciosa refeição. Então, talvez pressentindo o escrutínio, elevou o olhar.

Mas o zumbido não parou.

Gamache sorriu um pouco enquanto cantarolava e olhou para o rosto dos monges.

Alguns pareciam escandalizados; outros, preocupados, como se um louco tivesse surgido ali. E uns estavam irritados por ter tido sua paz perturbada.

Beauvoir o encarava sem expressão, a sopa intocada diante de si, já sem apetite. Francoeur balançou a cabeça de leve, como que com vergonha.

Um dos monges pareceu assustado. Frère Simon.

– O que o senhor está cantarolando?

A pergunta veio da cabeceira da mesa. Mas não de Dom Philippe. Foi o dominicano quem fez a pergunta. Seu rosto jovem estava interessado, cordial. Não irritado, magoado ou escandalizado.

Na verdade, Frère Sébastien parecia sinceramente interessado.

– Perdão – disse Gamache –, eu não percebi que estava cantarolando tão alto. *Désolé.*

Mas o inspetor-chefe não parecia nem um pouco arrependido.

– Acho que é uma canção folclórica canadense – disse Frère Simon, em uma voz um pouco mais alta que o normal.

– É mesmo? É muito bonita.

– Na verdade, *mon frère* – disse Gamache, fazendo Frère Simon se contorcer ao seu lado e golpeá-lo com o joelho debaixo da mesa –, é um cântico. Eu estou com ele na cabeça. Não consigo tirar.

– Não é um cântico – corrigiu Simon rapidamente. – Ele acha que é, mas eu estava tentando explicar que um cântico é muito mais simples.

– O que quer que seja, é muito bonito – opinou Frère Sébastien.

– Bem melhor que a música que ele substituiu na minha cabeça. Aquela do Frangolino.

– *Du-dah, du-dah* – cantou Frère Sébastien. – Esta?

Todos os olhos passaram do inspetor-chefe para o recém-chegado. Até Gamache ficou sem palavras por um instante.

Frère Sébastien tinha transformado a canção boboca em obra de gênio.

Como se Mozart, Handel ou Beethoven a tivessem escrito. Se os trabalhos de Da Vinci pudessem virar música, teriam soado daquele jeito.

– *All the doo-dah day* – concluiu Frère Sébastien com um sorriso.

Aqueles monges, que cantavam tão gloriosamente a Deus, olharam para o dominicano como se ele fosse uma criatura nova.

– Quem é o senhor?

A pergunta veio de Frère Antoine. O novo regente. Não em um tom exigente, e de forma alguma acusatório. Seu rosto e sua voz continham uma nota de espanto que Gamache nunca ouvira antes.

O chefe olhou para os outros monges.

O desconforto havia desaparecido. A ansiedade sumira. Frère Simon tinha se esquecido de ser taciturno; irmão Charles já não estava com medo. Todos pareciam profundamente curiosos, isso sim.

– Eu sou Frère Sébastien. Um simples frade dominicano.

– Mas quem é o senhor? – insistiu Frère Antoine.

Frère Sébastien dobrou o guardanapo com cuidado e o colocou diante de si. Então olhou para a comprida mesa de madeira, gasta e marcada por centenas e centenas de anos de gilbertinos sentados à sua volta.

– Eu disse que vim de Roma – começou ele –, mas não fui muito específico. Eu vim do Palácio do Santo Ofício, no Vaticano. Eu trabalho na CDF.

Agora o silêncio era profundo.

– CDF? – perguntou Gamache.

– A Congregação para a Doutrina da Fé – esclareceu Frère Sébastien, após se voltar para Gamache com um pedido de desculpas estampado em seu rosto comum.

O medo se insinuara de volta na sala. Se antes parecia vago, informe, agora tinha forma e foco. O agradável e jovem monge na cabeceira da mesa, sentado ao lado do abade. O cão do Senhor.

Ao olhar para Frère Sébastien e Dom Philippe lado a lado, o inspetor-chefe se lembrou do improvável emblema de Saint-Gilbert-Entre-les-Loups. Dois lobos entrelaçados. Um usava preto sobre branco e o outro, o abade, branco sobre preto. Dois polos opostos. Sébastien, jovem e vivaz. Dom Philippe, velho e envelhecendo mais e mais a cada instante.

Entre les loups.

– A Congregação para a Doutrina da Fé? – perguntou Gamache.

– A Inquisição – respondeu Frère Simon, em uma voz baixíssima.

VINTE E OITO

GAMACHE E BEAUVOIR ESPERARAM CHEGAR AO escritório do abade
para conversar. O superintendente Francoeur havia encurralado o recém-
-chegado depois do jantar e os dois tinham ficado no refeitório.

Todos os outros haviam saído assim que a boa educação permitira.

– Caramba – disse Beauvoir. – A Inquisição. Por essa eu não esperava.

– Ninguém espera – disse Gamache. – Faz séculos que não existe Inquisição. O que ele veio fazer aqui?

Beauvoir cruzou os braços e se recostou na porta enquanto Gamache
se sentava atrás da mesa. Só então ele percebeu que a outra cadeira estava
quebrada e apoiada, toda torta, em um canto.

Gamache não disse nada, mas olhou para Beauvoir e ergueu as sobrancelhas.

– Um leve desentendimento.

– Com a cadeira?

– Com o superintendente. Ninguém saiu ferido – acrescentou, imediatamente, ao ver o rosto do chefe.

Mas aquela garantia não pareceu tranquilizá-lo. Gamache continuava
aborrecido.

– O que aconteceu?

– Nada. Ele disse umas idiotices e eu discordei.

– Eu te falei para não entrar na dele, para não discutir. É isso que ele faz,
entra na cabeça das pessoas...

– E o que eu deveria fazer? Só concordar com a cabeça, fazer uma reverência e aceitar as merdas dele? O senhor pode até fazer isso, mas eu, não.

Os dois se encararam por um instante.

– Desculpa – disse Beauvoir, e se endireitou.

Ele enxugou o rosto cansado com as mãos, depois olhou para Gamache. O chefe já não estava zangado. Agora parecia preocupado.

– Aconteceu alguma coisa? O que o superintendente disse?

– Ah, a mesma baboseira de sempre. Que o senhor não sabe o que está fazendo e eu sou exatamente igual.

– E você ficou com raiva disso?

– De ser comparado ao senhor? Quem não ficaria? – respondeu Beauvoir, rindo, mas viu que o chefe não estava entretido.

Ele continuou examinando Beauvoir.

– Você está bem?

– Meu Deus, por que o senhor sempre me pergunta isso quando eu fico com raiva ou aborrecido? O senhor acha que sou tão frágil assim?

– Você está bem? – repetiu Gamache.

E esperou.

– Ah, droga – disse Beauvoir, e apoiou todo o peso na parede. – Eu só estou cansado, e este lugar está me abalando. E agora esse monge novo, esse dominicano. Parece que eu pousei em outro planeta. Eles falam a mesma língua que eu, mas não paro de pensar que eles estão dizendo mais do que eu entendo, sabe?

– Sei.

Gamache continuou encarando Beauvoir, depois desviou o olhar. Decidiu deixar aquilo de lado por ora. Mas algo tinha claramente perturbado seu inspetor. E Gamache podia adivinhar o quê. Ou quem.

Ele sabia que o superintendente tinha inúmeras habilidades. Era um erro terrível subestimá-lo. E, ao longo de todos aqueles anos em que eles haviam trabalhado juntos, aprendera que o maior talento de Francoeur era trazer à tona o pior das pessoas.

Por mais bem escondido que estivesse aquele demônio, Francoeur o encontraria. E o libertaria. E o alimentaria. Até que ele consumisse seu hospedeiro e se tornasse o próprio homem.

Gamache tinha visto jovens oficiais decentes se transformarem em bandidos cínicos, cruéis e arrogantes. Jovens homens e mulheres com consciências diminutas e armas enormes. E um superior que servia de exemplo e recompensava o comportamento deles.

Mais uma vez, Gamache olhou para Beauvoir, recostado, exausto, na parede. De alguma forma, Francoeur havia se imiscuído em Jean Guy. Havia encontrado a entrada, a ferida, e agora perambulava dentro dele. Tentando causar ainda mais estrago.

E Gamache havia permitido.

Estava quase tremendo de tanta raiva. Em um segundo, ela havia ocupado seu peito e avançado até suas extremidades, de modo que agora suas mãos se fechavam em punhos tão apertados que deixavam brancos os nós dos dedos.

A fúria o estava transformando, e Gamache lutou para recuperar o controle. Para agarrar sua humanidade e se arrastar de volta para si.

Francoeur não levaria aquele jovem, jurou Gamache. Aquilo parava por ali.

Ele se levantou, pediu licença e saiu da sala.

Beauvoir esperou alguns minutos, achando que o chefe só tinha ido até o fim do corredor para usar o banheiro. Porém, quando ele não voltou, o inspetor se levantou, foi até o corredor e olhou de um lado para o outro.

O espaço estava escuro, na penumbra. Ele verificou os banheiros. Nada de Gamache. Bateu à porta na cela do chefe e, quando não houve resposta, enfiou a cabeça lá dentro. Nada de Gamache.

Beauvoir não sabia o que fazer. E agora?

Ele podia escrever para Annie.

Pegou o celular. Havia uma mensagem. Ela estava jantando com alguns amigos e enviaria um e-mail quando chegasse em casa.

A mensagem era curta e alegre.

Curta demais, pensou Beauvoir. Alegre demais? Havia, talvez, só uma pitadinha de brusquidão nela? Um tom de dispensa? Não se importando que ele ainda fosse trabalhar até altas horas da noite? Que não pudesse simplesmente largar tudo e sair para beber e jantar com os amigos?

Ele ficou parado no sombrio corredor imaginando Annie naquele *terrasse* de que ela gostava na Laurier Avenue. Jovens profissionais, bebendo cervejas artesanais de microcervejarias. Annie rindo. Divertindo-se. Sem ele.

– QUER VER O QUE tem atrás disso aí?

A voz, mais do que a pergunta, fez Francoeur estremecer com um microespasmo de surpresa. O superintendente estava olhando para a placa em homenagem a São Gilberto quando Gamache avançou em silêncio pela Capela Santíssima.

Sem esperar a resposta, Gamache estendeu a mão e pressionou os dois lobos. A porta se abriu para revelar a Sala do Capítulo escondida.

– Acho que a gente devia entrar, não?

Gamache colocou a mão grande e firme no ombro de Francoeur e o conduziu para dentro da sala. Não foi exatamente um empurrão. Uma testemunha jamais diria que houvera qualquer agressão. Mas os dois homens sabiam que entrar naquela sala não fora nem ideia nem iniciativa de Francoeur.

Gamache fechou a porta e se virou para encarar o superior.

– O que você disse para o inspetor Beauvoir?

– Me deixe sair daqui, Armand.

Gamache pensou por um instante.

– Está com medo de mim?

– Claro que não.

Mas Francoeur parecia um pouco assustado.

– Quer sair?

A voz de Gamache era amistosa, mas seus olhos estavam frios e duros. E sua postura, na frente da porta, obstinada. Francoeur ficou em silêncio por um instante, avaliando a situação.

– Por que você não pergunta para o seu inspetor o que aconteceu?

– Pare com esses joguinhos infantis, Sylvain. Você veio aqui com segundas intenções. Eu achei que fosse para ferrar comigo, mas não era, né? Você sabia que eu não ia dar a mínima. Então foi atrás do inspetor Beauvoir. Ele ainda está se recuperando dos ferimentos...

Francoeur fez um ruído áspero e desdenhoso.

– Você não acredita? – perguntou Gamache.

– Todo mundo se recuperou. Você se recuperou, pelo amor de Deus. Você trata o inspetor como uma criança.

– Eu não vou discutir a saúde do inspetor com você. Ele ainda está se recuperando, mas não é tão vulnerável quanto você pensa. Você sempre subestima as pessoas, Sylvain. Essa é a sua grande fraqueza. Você acha que os outros são mais fracos do que realmente são. E se acha mais poderoso do que é.

– É uma coisa ou outra, Armand. Ou Beauvoir ainda está ferido, ou ele é mais forte do que eu penso. Você pode até enrolar, hipnotizar, o seu pessoal com seu papo furado, mas a mim, não.

– Não – disse Gamache. – A gente se conhece muito bem.

Francoeur começou a vagar pela sala, andando de um lado para o outro. Mas Gamache continuou parado diante da porta. Sem desgrudar os olhos do superintendente.

– O que você disse para o inspetor Beauvoir? – repetiu Gamache.

– Eu disse para ele o que disse para você. Que você é um incompetente e que ele merece coisa melhor.

Gamache analisou o homem em movimento. Então balançou a cabeça.

– Foi mais do que isso. Fale.

Francoeur parou e se voltou para encarar Gamache.

– Meu Deus, Beauvoir falou alguma coisa para você, não foi?

Francoeur ficou a centímetros do chefe, olhando bem nos olhos dele. Nenhum dos homens piscou.

– Se ele não se recuperou de algum ferimento, foi de um ferimento que você causou. Se ele está fraco, foi você quem criou a fraqueza. Se ele é inseguro, é porque sabe que não está seguro com você. E agora você me culpa?

Francoeur riu. Seu hálito de hortelã quente e úmido atingiu o rosto de Gamache.

E, de novo, Gamache sentiu que sua fúria, contida com tanta firmeza, transbordava. Ele lutou com todas as suas forças para controlá-la, sabendo que o inimigo não era aquele homem mentiroso, cruel e de olhar malicioso, mas ele próprio. E a fúria que ameaçava consumi-lo.

– Ninguém vai machucar Jean Guy.

Cada palavra foi dita lentamente. Clara, precisamente. E com uma voz que poucos tinham ouvido do inspetor-chefe. Uma voz que fez seu superior dar um passo para trás. Que derreteu o sorriso em seu rosto bonito.

– Tarde demais, Armand – atalhou Francoeur. – Ele já foi machucado. E foi você quem fez isso. Não eu.

– Inspetor?

Frère Antoine estava lendo em sua cela quando ouviu passos do lado de fora da porta. Ele olhou para o corredor e viu o oficial da Sûreté parado ali, com um ar confuso.

– O senhor parece perdido. Está tudo bem?

– Está, sim – respondeu Beauvoir, desejando que as pessoas parassem de perguntar aquilo para ele.

Mais uma vez, os dois se entreolharam. O mesmo homem, de tantas maneiras. A mesma idade, altura, constituição física. Crescidos no mesmo bairro.

Porém, um entrara para a Igreja e nunca mais saíra. E o outro saíra da Igreja e nunca mais entrara. Agora eles se entreolhavam, cada um de um lado do corredor escuro de Saint-Gilbert-Entre-les-Loups.

Beauvoir se aproximou do monge.

– Aquele camarada que acabou de chegar. O dominicano. Qual é a história ali?

Frère Antoine olhou de um lado para o outro do corredor. Então entrou na cela, ao que Beauvoir o seguiu.

Ela era exatamente igual à cela designada a Beauvoir, com uns poucos toques pessoais. Um conjunto de casaco e calça de moletom formava um montinho em um canto. Livros estavam espalhados ao lado da cama. Uma biografia de Maurice Richard, um manual de hóquei, escrito por um ex--técnico da Montréal Canadiens. Beauvoir também tinha aqueles livros. O hóquei havia substituído a religião para a maioria dos quebequenses.

No entanto, ali, eles pareciam coexistir. No topo da pilha havia a história de um mosteiro em algum lugar chamado Solesmes. E uma Bíblia.

– Frère Sébastien – disse irmão Antoine, sua voz não exatamente um sussurro, mas baixa o suficiente para que Beauvoir precisasse se concentrar para escutá-la – é do ofício do Vaticano que antes era conhecido como a Inquisição.

– Isso eu entendi. Mas o que ele está fazendo aqui?

– Ele disse que veio por causa da morte do prior.

Frère Antoine não parecia nada feliz com a situação.

– Mas o senhor não acredita nisso, não é?

Frère Antoine esboçou um sorriso.

– É tão óbvio assim?

– Não, é que eu sou um excelente observador.

Antoine soltou uma risadinha antes de ficar sério de novo.

– O Vaticano poderia enviar um padre para investigar o que aconteceu em um mosteiro onde ocorreu um assassinato. Não para encontrar o assassino, mas para descobrir como o clima da abadia ficou ruim a ponto de o assassinato acontecer.

– Mas a gente sabe o que deu errado – disse Beauvoir. – Os senhores todos estavam brigando por causa dos cânticos, da gravação.

– Mas por que a gente estava brigando? – perguntou Frère Antoine, que parecia realmente perplexo. – Eu tenho rezado sobre isso há semanas, meses. A gente devia ter conseguido resolver esse problema. Então, o que deu errado? E por que a gente não viu que um de nós não só era capaz de cometer assassinato, mas estava realmente cogitando isso?

Ao ver a confusão, a dor nos olhos do monge, Beauvoir quis contar a ele. Responder à pergunta. Mas não fazia a menor ideia da resposta. Ele não sabia por que os monges tinham se voltado uns contra os outros. Assim como não imaginava por que qualquer um deles havia ido para lá. Por que qualquer um daqueles homens era monge.

– O senhor disse que o Vaticano poderia enviar um padre, mas não pareceu convencido. O senhor acha que ele não é quem diz ser?

– Não, eu acredito que ele seja mesmo Frère Sébastien e que trabalhe com a Congregação para a Doutrina da Fé em Roma. Eu só não acho que ele esteja aqui por causa da morte de Frère Mathieu.

– Por que não?

Beauvoir se sentou na cadeira de madeira e o monge se sentou na beirada da cama.

– Porque ele é um monge, não um padre. Eu acho que eles enviariam alguém mais graduado para algo tão sério. Mas o fato é que – Frère Antoine tentava encontrar as palavras para expressar o que era principalmente um sentimento, uma intuição – o Vaticano não age tão rápido. Nada na Igreja acontece tão rápido assim. Ela está soterrada na tradição. Existem procedimentos adequados para tudo.

– Até para assassinatos?

Antoine voltou a sorrir.

– Se o senhor tivesse estudado os Bórgias, saberia que o Vaticano tem uma tradição para isso também. Então, sim, até para assassinatos. A CDF pode enviar alguém para investigar a gente, mas não tão rápido. Levaria meses, talvez anos até, para eles agirem. Frère Mathieu já seria pó. É inconcebível que um homem do Vaticano chegue antes mesmo de o prior ser enterrado.

– Então, qual é a sua teoria?

O monge pensou, depois balançou a cabeça.

– Eu passei a noite toda tentando descobrir.

– A gente também – admitiu Beauvoir, e depois se arrependeu de ter dado aquela informação.

Quanto menos um suspeito soubesse sobre a investigação, melhor. Às vezes eles plantavam informações para enervar um suspeito. Mas sempre era um ato deliberado. Aquele fora um deslize descuidado.

– Eu tenho estes livros – contou Beauvoir, tentando cobrir sua indiscrição.

– Os de hóquei? O senhor joga?

– No centro. E o senhor?

– Também no centro, mas tenho que admitir que não enfrentei muita concorrência pela posição depois que Frère Eustache morreu de velhice.

Beauvoir riu, e então suspirou.

– O senhor quer falar sobre isso? – perguntou Frère Antoine.

– Sobre o quê?

– Sobre o que quer que esteja consumindo o senhor.

– A única coisa que está me consumindo é encontrar o assassino e dar o fora daqui.

– O senhor não gosta do mosteiro?

– Claro que não. O senhor gosta?

– Eu não estaria aqui se não gostasse – respondeu Frère Antoine. – Eu amo Saint-Gilbert.

Foi uma declaração tão simples que deixou Beauvoir estupefato. O outro dissera aquilo da mesma forma que ele poderia falar de Annie. Sem confusão, sem ambiguidades. Aquilo era simplesmente o que era. Algo natural e absoluto.

– Por quê? – perguntou Beauvoir, inclinando-se para a frente.

Era uma das perguntas que ele estava louco para fazer àquele monge de voz bonita e com um corpo tão parecido com o seu.

– Por que eu amo isto aqui? Como não amar? – perguntou Frère Antoine, olhando ao redor como se a cela fosse uma suíte no Ritz de Montreal. – A gente joga hóquei no inverno, pesca no verão, nada no lago e colhe mirtilos. Eu sei o que cada dia reserva e, mesmo assim, todos parecem uma aventura. Eu convivo com homens que têm fé como eu e, no entanto, são diferentes o suficiente para nunca deixarem de me fascinar. Eu vivo na casa do meu Pai e aprendo com os meus irmãos. E canto as palavras de Deus na voz de Deus.

O monge se inclinou para a frente, descansando as mãos fortes nos joelhos.

– O senhor sabe o que eu encontrei aqui?

Beauvoir balançou a cabeça.

– Eu encontrei a paz.

Beauvoir sentiu os olhos arderem e se recostou, profundamente envergonhado de si mesmo.

– Por que o senhor investiga assassinatos? – quis saber Frère Antoine.

– Porque eu sou bom nisso.

– E o que torna o senhor bom nisso?

– Não sei.

– Sabe, sim. O senhor pode me dizer.

– Eu não sei – retrucou Beauvoir. – Mas é melhor do que ficar sentado ou ajoelhado rezando para uma nuvem no céu. Pelo menos eu estou fazendo algo útil.

– O senhor já matou alguém? – perguntou o monge, com a voz baixa.

Beauvoir, surpreso, assentiu.

– Eu, não – disse Frère Antoine.

– O senhor já salvou alguém? – perguntou Beauvoir.

Agora Frère Antoine pareceu surpreso. Após um instante de silêncio, ele balançou a cabeça.

– Eu, já – disse Beauvoir, ficando de pé. – Continue cantando, *mon frère*. Continue rezando. Continue se ajoelhando. E deixe que os outros se levantem e salvem as pessoas.

Beauvoir saiu e estava na metade do caminho de volta para o escritório do prior quando ouviu a voz de Frère Antoine.

– Eu salvei uma pessoa.

Beauvoir parou e se virou. O monge estava de pé no corredor sombrio, fora da cela.

– A mim mesmo.

Jean Guy bufou, balançou a cabeça e deu as costas para Antoine.

Ele não acreditava em uma palavra daquilo. Com certeza, não acreditava no amor do monge pelo mosteiro. Era impossível amar aquela pilha de pedras e os ossos velhos que chacoalhavam dentro dela. Escondendo-se do mundo. Escondendo-se da própria razão.

Era impossível amar cantar aquela música mortalmente monótona, ou um Deus que exigia isso deles. E ele não sabia se podia acreditar que Frère Antoine nunca havia matado.

Uma vez no escritório do prior, Jean Guy Beauvoir se encostou na parede e depois dobrou o corpo, apoiando as mãos nos joelhos. Inspirou fundo. Expirou todo o ar.

O INSPETOR-CHEFE VOLTOU AO ESCRITÓRIO do prior carregando uma cadeira nova.

– *Salut* – disse ele a Beauvoir, depois colocou a cadeira quebrada no corredor, torcendo para que um monge carpinteiro a encontrasse e consertasse. Gamache tinha suas próprias coisas para consertar.

Ele apontou para a cadeira e Beauvoir se sentou.

– O que o superintendente Francoeur disse a você?

Beauvoir olhou atônito para ele.

– Eu falei para o senhor. Só aquelas merdas sobre o quanto o senhor é incompetente. Como se eu já não soubesse.

Mas a tentativa de aliviar o clima ficou na mesa entre eles. Gamache não abriu um sorriso. Não desviou os olhos do seu segundo em comando.

– Teve mais coisa – afirmou o chefe, após examinar Beauvoir por alguns instantes, em silêncio. – Francoeur falou mais do que isso. Ou insinuou. Você precisa confiar em mim, Jean Guy.

– Não teve nada mais.

Beauvoir parecia cansado, esgotado, e Gamache sabia que precisava mandá-lo de volta a Montreal. Ele encontraria algum pretexto. Jean Guy poderia levar a arma do crime de volta e o velino que eles tinham encontrado no corpo. Agora que as cópias tinham sido feitas, o original podia ir para o laboratório.

Sim, havia vários bons motivos para enviar Jean Guy de volta a Montreal. Inclusive o verdadeiro.

– Eu acho que, quando a gente se importa com alguém, tenta proteger o outro – disse Gamache, escolhendo as palavras com cuidado. – Mas, às vezes, isso é como bloquear um goleiro em um jogo de futebol ou hóquei: em vez de proteger o jogador, você só faz com que seja mais difícil para ele ver a ameaça que está vindo. E o mal é causado. Por engano.

Gamache se inclinou um milímetro mais para a frente, e Beauvoir se afastou outro milímetro.

– Eu sei que você está tentando me proteger, Jean Guy. E eu agradeço. Mas você precisa me contar a verdade.

– E o senhor? Está me contando a verdade?

– Sobre o quê?

– Sobre o vídeo do ataque. Sobre como ele foi divulgado. O relatório oficial serviu para acobertar o caso. Alguém de dentro vazou aquele vídeo. Mas o senhor parece acreditar no relatório oficial. Hacker uma ova.

– Foi isso? O superintendente disse alguma coisa sobre o vídeo para você?

– Não, a pergunta é minha.

– E eu já respondi antes – disse ele, olhando atentamente para Beauvoir. – De onde isso veio, assim, de repente? O que você quer que eu diga?

– Que o senhor não acredita no relatório. Que está investigando em segredo. Que vai descobrir quem fez isso. Aquele era o nosso pessoal. O seu pessoal. O senhor não pode deixar isso assim.

A voz dele estava saindo do controle.

Beauvoir tinha razão, é claro. O vídeo fora vazado por alguém de dentro. Gamache soubera disso no instante em que acontecera. Mas escolhera, pelo menos oficialmente, aceitar o resultado da investigação interna. Que algum jovem, algum hacker, havia tido sorte e encontrado o vídeo do ataque nos arquivos da Sûreté.

Era um relatório ridículo. Mas Gamache dissera a seu pessoal, inclusive a Beauvoir, para aceitá-lo. Deixar para lá. Seguir em frente.

Até onde sabia, todos eles tinham obedecido. Exceto Beauvoir.

E agora Gamache se perguntava se deveria contar a ele que fazia oito meses que, junto com alguns poucos oficiais seniores e com a ajuda de pessoas de fora, estava secreta, cuidadosa e silenciosamente investigando o caso.

Uma enfermidade se aproxima de nós.

Só que, no caso da Sûreté du Québec, ela já estava ali. Estava ali fazia anos, apodrecendo, de dentro para fora. E de cima para baixo.

Sylvain Francoeur fora enviado ao mosteiro para coletar informações. Não sobre o assassinato do prior, mas para descobrir quanto Gamache sabia. Ou suspeitava.

E Francoeur tinha tentado obtê-las com Beauvoir. Instigando, espicaçando e tentando fazer o inspetor perder a cabeça.

Mais uma vez, Gamache sentiu aquela onda de fúria.

Queria poder contar tudo a Beauvoir, mas estava profundamente grato por não ter feito isso. Francoeur deixaria Jean Guy em paz agora. Satisfeito por saber que, embora Gamache pudesse estar tramando algo, Beauvoir não estava. Francoeur devia estar satisfeito por ter arrancado tudo o que podia de Beauvoir.

Sim, ele fora enviado com segundas intenções, e Gamache finalmente descobrira qual era. Mas ainda tinha uma pergunta. Quem havia enviado o superintendente?

Quem era o chefe do chefão?

– E então? – exigiu Beauvoir.

– A gente já conversou sobre isso, Jean Guy – respondeu Gamache. – Mas eu não me importo de conversar de novo, se for ajudar.

Ele olhou diretamente para Beauvoir por cima dos óculos de leitura meia-lua.

Jean Guy via aquele olhar com frequência. Em cabanas de caçadores. Em miseráveis quartos de hotel. Em restaurantes e bistrôs. Com hambúrgueres e *poutine* na frente deles. E caderninhos abertos.

Falando sobre o caso. Dissecando os suspeitos, as evidências. Trocando ideias, pensamentos, palpites.

Por mais de dez anos, Beauvoir havia olhado dentro daqueles olhos, por cima daqueles óculos. E, embora nem sempre concordasse com o chefe, sempre o respeitara. Até mesmo amara. Da maneira que só um irmão de armas poderia amar o outro.

Armand Gamache era seu chefe. Seu patrão. Seu líder. Seu mentor. E mais.

Um dia, se Deus quisesse, Gamache olharia daquele jeito para os netos. Os filhos de Jean Guy. Os filhos de Annie.

Beauvoir viu dor naqueles olhos conhecidos. E não podia acreditar que a tivesse colocado ali.

– Esqueça o que eu disse – falou Beauvoir. – Foi uma pergunta idiota. Não importa quem vazou o vídeo. Importa?

Mesmo sem querer, ele ouviu um apelo naquelas últimas palavras.

Gamache se recostou pesadamente e observou Beauvoir por um instante.

– Se você quiser falar sobre isso, eu falo, você sabe.

Mas Beauvoir podia ver o que dizer aquilo custara a Gamache. Beauvoir sabia que não era o único que havia sofrido naquele dia da fábrica, naquele dia capturado pelo vídeo e depois lançado ao mundo. Beauvoir sabia que não era o único que ainda carregava o fardo de ter sobrevivido.

– O estrago está feito, *patron*. O senhor está certo, a gente precisa seguir em frente.

Gamache tirou os óculos e encarou Beauvoir.

– Eu preciso que você acredite em uma coisa, Jean Guy. Quem quer que tenha vazado aquele vídeo vai responder por isso um dia.

– Só que não para a gente?

– A gente tem o nosso próprio trabalho para fazer aqui e, francamente, eu estou achando difícil o suficiente.

O chefe sorriu, mas isso não chegou a encobrir a vigilância de seus olhos castanhos. Quanto mais cedo pudesse mandar Beauvoir de volta a Montreal, melhor. Estava escuro agora, mas ele falaria com o abade e enviaria o inspetor de volta de manhã cedinho.

Gamache puxou o laptop para si.

– Eu queria que a gente conseguisse fazer esta coisa funcionar.

– Não – disse Beauvoir, de maneira brusca.

Ele se debruçou na mesa, agarrando a tela.

O chefe o encarou, surpreso.

Beauvoir sorriu.

– Desculpe, é só que eu estava trabalhando nisso hoje à tarde e acho que encontrei o problema.

– E você não quer que eu bagunce tudo, é isso?

– Exatamente.

Beauvoir torcia para que sua voz tivesse saído leve. Torcia para que sua explicação fosse crível. Mas, principalmente, torcia para que Gamache se afastasse do computador.

Ele se afastou. E Beauvoir virou o laptop para si.

A crise fora evitada. Ele se sentou na cadeira. O sofrimento crônico tinha se transformado em uma dor aguda que escavava os ossos de Beauvoir e corria por sua medula. Como se eles fossem corredores, levando a dor a cada parte de seu corpo.

Beauvoir começou a se perguntar quando ficaria sozinho no escritório. Com o computador. E o DVD que o superintendente havia trazido. E os comprimidos que o médico tinha deixado. Agora ele ansiava pelo próximo serviço religioso. Para que, enquanto todos estivessem na Capela Santíssima, ele pudesse ficar ali.

Eles passaram os vinte minutos seguintes discutindo o caso, lançando e descartando teorias, até que, por fim, Gamache se levantou.

– Eu preciso dar uma volta. Você quer vir?

Com o coração apertado de decepção, Beauvoir assentiu e seguiu Gamache pelo corredor.

Eles viraram na direção da Capela Santíssima, quando o chefe parou de repente e olhou para a lâmpada elétrica presa à parede.

– Sabe, Jean Guy, quando a gente chegou aqui, eu fiquei surpreso de ver que eles tinham eletricidade.

– Vem da energia solar e, em parte, hidrelétrica, que eles conseguiram se conectando a um rio próximo. Frère Raymond me contou. Quer saber como funciona? Ele também me contou.

– Talvez no meu aniversário. Como um presente especial – respondeu o chefe. – Mas o que eu estou me perguntando é como esta luz chegou aqui.

Ele apontou para a arandela na parede.

– Não entendi, *patron*. Como qualquer luz chega em uma parede? Por fios elétricos.

– Exatamente. Mas onde estão os fios? E onde estão os dutos para o novo sistema de aquecimento? E os canos para o encanamento?

– No mesmo lugar que em qualquer outra construção – respondeu Beauvoir, perguntando-se se o chefe tinha perdido o juízo. – Atrás da parede.

– Mas a planta baixa só mostra uma parede. Os gilbertinos que construíram isto aqui levaram anos, décadas, para cavar as fundações e erguer as paredes. É uma maravilha da engenharia. Mas não venha me dizer que eles projetaram a abadia para contar com uma unidade geotérmica, encanamento e isto.

De novo, ele apontou para a luz.

– Não entendi – admitiu Beauvoir.

Gamache se voltou para ele.

– Na sua casa, na minha, existem duas paredes. O revestimento exterior e o drywall interno. E, entre os dois, ficam o isolamento e a fiação. O encanamento. Os dutos de ventilação.

Foi quando a ficha de Beauvoir caiu.

– Eles não podem ter passado os fios e canos pela pedra sólida. Então esta não é a parede externa – disse ele, apontando para as pedras rústicas, – tem outra atrás dela.

– Tem que ter. A parede onde você procurou as rachaduras talvez não seja a que está desmoronando. É a parede externa que está sendo fissurada pelas raízes e pela água. Ainda não é perceptível por dentro.

Duas peles, pensou Beauvoir, enquanto eles retomavam a caminhada e entravam na Capela Santíssima. A fachada pública e a outra, despedaçando e apodrecendo por trás.

Ele havia cometido um erro. Não tinha olhado direito. E Gamache sabia disso.

– *Excusez-moi* – cantarolou uma voz, fazendo os dois se virarem.

Eles estavam cruzando a Capela Santíssima.

– Aqui.

Gamache e Beauvoir olharam para a direita, e lá, em meio às sombras, estava o dominicano. Ao lado da placa em homenagem a Gilberto de Sempringham.

– Parece que os senhores estão indo a algum lugar – disse Frère Sébastien. – Se eu estiver atrapalhando, nós podemos conversar depois.

– Nós sempre temos algum lugar para ir, *mon frère* – disse Gamache. – E, quando não temos, somos treinados para parecer que temos.

O dominicano riu.

– É o mesmo com os monges. Se o senhor for para o Vaticano, vai ver que andamos sempre apressados pelos corredores, parecendo importantes. Na maior parte do tempo, só estamos atrás de um banheiro. A triste convergência entre o grande café italiano e a chocante distância entre os banheiros do Vaticano. Os arquitetos da Basílica de São Pedro eram brilhantes, mas os banheiros não eram uma prioridade. O superintendente Francoeur me contou alguma coisa sobre a morte do prior. Eu estava me perguntando se poderíamos conversar um pouco mais sobre isso. Tenho a impressão de que, embora monsieur Francoeur esteja no comando, os senhores fazem a maior parte da investigação propriamente dita.

– É uma avaliação correta – concordou Gamache. – Quais são as suas perguntas?

Porém, em vez de responder, o monge se voltou para a placa.

– Uma vida longa, a de Gilberto. E esta é uma descrição interessante – comentou ele, gesticulando para o texto escrito. – Eu acho estranho que os próprios gilbertinos, que supostamente foram os autores da placa, tenham feito o santo parecer tão sem graça. Mas aqui embaixo, como se fosse uma reflexão tardia, eles dizem que ele defendeu o arcebispo – comentou Frère Sébastien, virando-se para Gamache. – O senhor sabe quem ele era?

– O arcebispo? Tomás Becket.

Frère Sébastien aquiesceu. Sob a luz incerta das lâmpadas altas nas vigas, as sombras surgiam distorcidas. Os olhos se tornavam buracos pretos e os narizes se alongavam, deformando-se.

O dominicano ofereceu a eles um sorriso grotesco.

– Isso que Gilberto fez foi notável. Eu adoraria saber por que ele fez isso.

– E eu adoraria saber, *mon frère* – disse Gamache, sem sorrir –, o verdadeiro motivo para que o senhor viesse até aqui.

A pergunta surpreendeu o monge, que olhou para Gamache e, então, riu.

– Acho que a gente tem muito o que conversar, *monsieur*. Vamos para a Sala do Capítulo? Não seremos incomodados lá.

A entrada da sala era através da placa. Gamache sabia disso. Beauvoir sabia disso. E o monge também parecia saber. No entanto, em vez de encontrar a trava escondida e abrir a porta, Frère Sébastien esperou. Esperou que um dos outros fizesse isso.

O inspetor-chefe analisou o monge. Ele parecia agradável. Lá estava aquela palavra de novo. Inofensivo. Feliz com seu trabalho, feliz com sua vida. Feliz, certamente, de ter seguido os sinos do Ângelus e encontrado aquele mosteiro isolado.

Construído quase quatrocentos anos antes por Dom Clément, para fugir da Inquisição. Eles tinham desaparecido na selva canadense e deixado o mundo acreditar que o último gilbertino havia recebido sua extrema-unção séculos antes.

Até a Igreja acreditava que eles estavam extintos.

Mas não. Ao longo de séculos, aqueles monges tinham se sentado às margens daquele lago cristalino e adorado a Deus. Rezado para Ele. Cantado para Ele. Levado vidas de silenciosa contemplação.

Mas sem nunca esquecer o que os levara até lá.

Medo. Desassossego.

Como se as paredes não fossem altas o suficiente, grossas o suficiente, Dom Clément havia adotado mais uma medida. Tinha construído uma sala onde se esconder. Só para garantir. E naquela noite a garantia, finalmente, não fora suficiente. A Inquisição, na pessoa daquele monge agradável, havia encontrado os gilbertinos.

Finalmente, dissera Frère Sébastien ao cruzar a soleira da porta pela primeira vez. *Encontrei os senhores.*

E agora o dominicano da Congregação para a Doutrina da Fé estava pedindo a um oficial de polícia que mostrasse a ele a porta secreta. Para abri-la. Para tirar dos gilbertinos seu último esconderijo.

Gamache sabia que já não importava mais. O segredo fora revelado. Já não havia nada a esconder. E nenhuma necessidade disso. A Inquisição tinha acabado. Mas, mesmo assim, o inspetor-chefe não estava disposto a ser o homem que, após quatrocentos anos, abriria a porta para o cão do Senhor.

Tudo isso passou pela cabeça de Gamache como um relâmpago, mas, antes que ele pudesse dizer qualquer coisa, Beauvoir deu um passo à frente e pressionou a imagem dos lobos entrelaçados.

– *Merci* – disse o dominicano. – Eu me perguntei por um instante se os senhores sabiam como abrir.

Beauvoir lançou a ele um olhar de desdém. Aquilo ensinaria aquele jovem monge a não o subestimar.

Gamache deu um passo para o lado e fez um gesto para que o monge passasse na frente. Eles entraram na Sala do Capítulo e se sentaram no banco de pedra que circundava as paredes. Gamache esperou. Ele não começaria a conversa. Então os três permaneceram sentados em silêncio. Após cerca de um minuto, Beauvoir começou a se remexer um pouco.

Porém o chefe continuou absolutamente imóvel. Sereno.

Então um som suave veio do monge. Levou um instante para que o chefe o reconhecesse. Ele estava cantarolando a música que o próprio Gamache cantarolara durante o jantar. Mas ela soava diferente. Talvez fosse a acústica da sala, pensou ele. No entanto, no fundo, no fundo, sabia que não era isso.

Ele se voltou para o homem a seu lado. Frère Sébastien estava de olhos fechados, seus cílios finos e claros descansando nas bochechas brancas. E um sorriso no rosto.

Era como se as pedras estivessem cantando. Era como se o monge tivesse extraído a música do ar, das paredes, do tecido do hábito. Gamache teve a estranha sensação de que a música vinha de dentro de si mesmo. Como se ela fosse parte dele, e ele, parte dela.

Era como se tudo tivesse se decomposto, rodopiasse junto e, daí, viesse aquele som.

A experiência era tão íntima, tão invasiva, que se tornava quase assustadora. E teria sido mesmo, caso a música em si não fosse tão linda. E calmante.

Então o dominicano parou de cantarolar, abriu os olhos e se voltou para Gamache.

– Eu gostaria de saber, inspetor-chefe, onde o senhor ouviu essa música.

VINTE E NOVE

– EU PRECISO FALAR COM O senhor, *Père Abbé* – disse Frère Antoine.

Lá de dentro do escritório, Dom Philippe escutou o pedido. Ou exigência. Normalmente, teria ouvido a aldrava de ferro na madeira. Mas aqueles estavam longe de ser tempos normais. A barra de ferro fora declarada a arma que matara Frère Mathieu e levada embora.

E corria a notícia de que o prior estava vivo quando Simon o encontrou. Ele tinha recebido a extrema-unção, ainda vivo. Saber disso dera a Dom Philippe uma imensa paz de espírito. Embora ele tivesse se perguntado por que Simon não havia mencionado o fato antes.

Então ele descobrira.

Mathieu não só estava vivo, como havia falado. Dito uma palavra. A Simon.

Homo.

Dom Philippe ficara tão perplexo quanto os outros. Com a chance de dizer uma última palavra neste mundo, por que Mathieu escolheria "homo"?

Ele sabia qual era a suspeita da congregação. Que Mathieu estava se referindo à própria sexualidade. Pedindo algum tipo de perdão. Uma extrema-unção. Mas o abade não acreditava que fosse verdade.

Não que Mathieu não fosse homossexual. Ele podia muito bem ter sido. Mas Dom Philippe fora seu confessor ao longo de muitos anos e Mathieu nunca mencionara o fato. Poderia, é claro, ter sido uma orientação latente, profundamente enterrada, que só viera à tona, gritando, com o golpe em sua cabeça.

Homo.

Simon contara que Mathieu havia limpado a garganta, pigarreando, esforçando-se para proferir a palavra e, finalmente, dito com a voz rouca: *Homo.*

O abade experimentou. Pigarrear. Dizer a palavra.

Ele a repetiu. Inúmeras vezes.

Até que achou ter entendido. O que Mathieu havia feito. O que Mathieu havia dito. O que Mathieu queria dizer.

Mas então Frère Antoine entrou e fez uma leve mesura para o abade.

– Sim, meu filho, o que foi? – disse Dom Philippe, ficando de pé.

– É sobre Frère Sébastien, o visitante. Ele diz que foi enviado por Roma quando eles souberam da morte do prior.

– Sim?

O abade apontou para uma cadeira próxima a ele, e Frère Antoine se sentou.

O regente parecia preocupado e falava baixo.

– Eu não vejo como isso possa ser verdade.

– Por que você diz isso? – perguntou o abade, embora ele mesmo já tivesse pensado muito sobre o assunto.

– Bom, quando o senhor informou o Vaticano?

– Não informei. Eu liguei para monsenhor Ducette, da arquidiocese de Montreal. Ele informou o arcebispo do Quebec e, supostamente, o arcebispo contatou Roma.

– Mas quando o senhor ligou?

– Logo depois que a gente ligou para a polícia.

Frère Antoine pensou por um instante.

– Isso deve ter sido umas nove e meia, ontem de manhã.

Aquela era a primeira conversa civilizada que ele tinha com Frère Antoine em meses, pensou o abade. E percebeu quanto sentia falta daquele monge em sua vida. De sua criatividade de pensamento, de sua paixão e dos debates sobre escrituras e literatura. Sem falar no hóquei.

Mas agora aquela relação parecia restaurada, sendo a morte de Mathieu um interesse comum dos dois homens. E a chegada do dominicano.

– Eu venho pensando a mesma coisa – admitiu Dom Philippe, e olhou para o pequeno fogo em seus pequenos aposentos.

Com a nova energia geotérmica, eles tinham aquecimento central. Mas o abade era um homem de tradições e preferia uma janela aberta e o calor da lareira.

– Eram seis horas mais tarde em Roma – comentou o abade. – Mesmo que eles tivessem reagido imediatamente, é pouco provável que Frère Sébastien pudesse chegar aqui tão rápido.

– Exatamente, *mon père* – disse Antoine.

Fazia muito tempo que ele não chamava Dom Philippe assim, tendo usado o termo mais formal, afetado e frio *"Père Abbé"* nos últimos meses. O regente continuou:

– E nós dois sabemos que a arquidiocese se move na velocidade da deriva continental, e Roma, na da evolução das espécies.

O abade sorriu, depois voltou a ficar muito sério.

– Então o que ele veio fazer aqui? – perguntou Frère Antoine.

– Se não por causa da morte de Frère Mathieu? – disse Dom Philippe, sustentando o olhar ansioso de Antoine. – Não sei.

Mas, pela primeira vez em muito tempo, o abade sentiu o coração calmo. Sentiu que a fenda que causara tanta dor a ele se fechava.

– Eu queria saber a sua opinião sobre uma coisa, Antoine.

– Claro.

– Frère Simon afirma que Mathieu disse uma palavra antes de morrer. Tenho certeza de que, a esta altura, você já deve ter ouvido qual foi.

– Ouvi.

– Ele disse "homo".

O abade observou a reação do regente, mas não houve nenhuma. Os monges eram treinados e acostumados a guardar seus sentimentos e pensamentos para si mesmos.

– Você sabe o que ele pode ter querido dizer?

Antoine não falou nada por alguns instantes e rompeu o contato visual. Em um lugar de poucas palavras, os olhos se tornavam a chave. Romper o contato visual era significativo. Mas seus olhos encontraram o caminho de volta até o abade.

– Os irmãos estão se perguntando se tinha a ver com a sexualidade dele...

Frère Antoine claramente queria dizer algo mais, então o abade cruzou as mãos no colo e esperou.

– E estão se perguntando se ele se referiu especificamente ao relacionamento dos senhores.

O abade arregalou só um pouquinho os olhos, por ter ouvido aquilo expresso com tanta ousadia. Após um instante, ele assentiu.

– Eu entendo por que eles estão pensando isso. Eu e Mathieu fomos muito próximos por vários anos. Eu o amava muito. Sempre vou amar. E você, Antoine? O que acha?

– Eu também amava o prior. Como um irmão. Pessoalmente, eu nunca tive nenhuma razão para acreditar que ele sentisse algo diferente disso, em relação ao senhor ou a qualquer outra pessoa.

– Eu acho que sei o que Mathieu pode ter dito. Simon mencionou que ele pigarreou antes de falar, depois disse "homo". Eu tentei algumas vezes...

Frère Antoine pareceu surpreso e impressionado ao mesmo tempo.

– ... e isso foi o que, finalmente, consegui dizer.

O abade pigarreou para limpar a garganta, ou pareceu fazer isso, depois disse:

– Homo.

Antoine o encarou, chocado. Então anuiu.

– *Bon Dieu*, eu acho que o senhor está certo.

Ele mesmo tentou, limpando a garganta e dizendo *Homo*.

– Mas por que Frère Mathieu diria isso? – perguntou ele ao abade.

– Não sei.

Dom Philippe estendeu a mão direita, com a palma para cima. E Frère Antoine, após hesitar por um pequeno instante, a tomou. O abade pôs a mão esquerda em cima dela e segurou a mão jovem como se ela fosse um passarinho.

– Mas eu sei que vai ficar tudo bem, Antoine. E todas as coisas vão ficar bem.

– *Oui, mon père.*

GAMACHE SUSTENTOU O OLHAR DO dominicano.

Frère Sébastien parecia curioso. Na verdade, parecia extremamente curioso. Mas não ansioso, pensou Gamache. Ele tinha a aparência de um homem que sabia que a resposta viria e podia esperar.

O chefe gostava daquele monge. Aliás, gostava da maioria deles. Ou, pelo menos, não desgostava. Mas aquele jovem dominicano tinha uma qualidade que o desarmava. Gamache sabia que era uma qualidade poderosa e perigosa e que seria uma estupidez extrema se permitir ser desarmado.

O dominicano exalava calma e convidava a confidências.

Então o inspetor-chefe percebeu por que se sentia atraído e cauteloso ao mesmo tempo. Aquelas eram as qualidades que ele mesmo usava em uma investigação. Enquanto Gamache se ocupava em investigar os monges, aquele homem investigava Gamache. E ele sabia que a única defesa contra isso era, perversamente, a completa sinceridade.

– A melodia que eu cantarolei no jantar veio daqui.

Gamache abriu o volume de escritos místicos que carregava consigo desde o assassinato e entregou o velino amarelado a Frère Sébastien.

O monge o pegou. Seus olhos jovens não precisavam de ajuda para lê-lo, mesmo naquela luz fraca. O inspetor-chefe desviou o olhar por um instante, para encontrar os olhos de Beauvoir. Jean Guy também observava o monge, mas seus olhos pareciam quase vidrados. Embora pudesse ser a luz. Todos os olhos ficavam estranhos naquela pequena sala secreta. O chefe se voltou para Frère Sébastien. Os lábios do dominicano se mexiam sem emitir nenhum som.

– Onde o senhor encontrou isso? – perguntou o monge, afinal, erguendo brevemente os olhos da página, antes que eles fossem sugados de volta para o papel.

– Estava com Frère Mathieu quando encontramos o corpo. Ele estava enroscado ao redor desta página.

O monge se benzeu. Embora fosse um gesto rotineiro, ele conseguiu conferir-lhe significado. Então Frère Sébastien soltou o ar com força. E assentiu.

– O senhor sabe o que é isto, inspetor-chefe?

– Eu sei que isto são neumas – respondeu ele, movendo o indicador sobre a antiga notação musical. – E que as palavras estão em latim, embora pareçam não fazer sentido.

– Elas não fazem mesmo.

– Alguns dos gilbertinos parecem pensar que são deliberadamente ofensivas – contou Gamache. – E os neumas, uma caricatura de cântico. Como se alguém tivesse transformado a forma do canto gregoriano em algo grotesco de propósito.

– As palavras são bobas, mas não são ofensivas. Se isto menosprezasse a fé – disse Frère Sébastien, erguendo a página –, eu concordaria. Mas não é o caso. Aliás, eu acho interessante que as palavras nunca mencionem Deus, a Igreja ou devoção. É como se quem quer que escreveu isto tenha se afastado desses temas de propósito.

– Por quê?

– Não sei, mas sei que não é uma heresia. Assassinatos podem ser a sua especialidade, inspetor-chefe, mas heresias são a minha. É o que a Congregação para a Doutrina da Fé faz, entre outras coisas. A gente rastreia heresias e hereges.

– E foi isso que trouxe o senhor aqui?

O dominicano refletiu sobre a pergunta ou, mais precisamente, sobre a resposta.

– Esta é uma trilha longa, que percorre dezenas de milhares de quilômetros e centenas de anos. Dom Clément estava certo em partir. Nos arquivos da Inquisição, existe uma proclamação assinada de próprio punho pelo Grande Inquisidor ordenando uma investigação sobre os gilbertinos.

– Mas por quê? – perguntou Beauvoir, concentrando sua atenção.

Aquilo parecia o mesmo que investigar coelhinhos ou gatinhos.

– Por causa de quem deu origem a eles: Gilberto de Sempringham.

– Eles iam ser investigados por serem sem graça demais? – perguntou Beauvoir.

Frère Sébastien riu, mas não por muito tempo.

– Não. Por serem leais demais. Era um dos paradoxos da Inquisição, que coisas como a extrema devoção ou a lealdade se tornassem suspeitas.

– Por quê? – quis saber Beauvoir.

– Porque elas não podem ser controladas. Os homens que acreditavam fortemente em Deus e eram leais ao seu abade e à sua ordem não se curvavam à vontade da Inquisição ou dos inquisidores. Eles eram fortes demais.

– Então a defesa de Gilberto ao arcebispo foi vista como suspeita? – perguntou Gamache, tentando seguir aquela lógica labiríntica. – Mas isso foi seiscentos anos antes da Inquisição. E ele estava defendendo a Igreja contra uma autoridade laica. Eu achei que a Igreja ia considerá-lo um herói, não um suspeito. Mesmo séculos depois.

– Seiscentos anos não são nada para uma organização erguida sobre acontecimentos milenares – explicou Sébastien. – E qualquer um que se levante para defender aquilo em que acredita se torna um alvo. O senhor deveria saber disso, inspetor-chefe.

Gamache lançou a ele um olhar penetrante, mas o semblante do monge estava plácido. Não parecia haver nenhuma indireta ali. Nenhuma advertência.

– Se não tivessem ido embora – disse o dominicano –, os gilbertinos teriam tido o mesmo destino dos cátaros.

– Que foi...? – perguntou Beauvoir.

Porém um olhar para o rosto do chefe lhe informou que provavelmente não fora um cruzeiro.

– Eles foram queimados vivos – contou Frère Sébastien.

– Todos? – perguntou Beauvoir, seu rosto cinzento na luz fraca.

O monge aquiesceu.

– Cada homem, mulher e criança.

– Por quê?

– A Igreja considerava os cátaros pensadores livres, independentes demais. E eles estavam ganhando influência. Os cátaros ficaram conhecidos como "homens bons". E homens bons são muito ameaçadores para homens não tão bons.

– Então a Igreja os matou?

– Depois de tentar trazer o grupo de volta para o rebanho – contou Frère Sébastien.

– Não foi São Domingos, o seu fundador, que insistiu que os cátaros não eram católicos de verdade? – perguntou Gamache.

Sébastien anuiu.

– Mas a ordem para exterminar os cátaros só veio séculos depois. – O monge hesitou e, quando voltou a falar, a voz dele era baixa, mas clara. – Muitos foram mutilados antes e enviados de volta para assustar os outros, mas isso só fortaleceu a determinação dos cátaros. Os líderes se entregaram, em uma tentativa de apaziguar a Igreja, mas não funcionou. Todo mundo foi morto, até gente que só estava passando pela área. Inocentes. Quando um dos soldados perguntou como ele poderia diferenciar essas pessoas dos cátaros, foi instruído a matar todo mundo e deixar que Deus fizesse essa distinção.

Frère Sébastien parecia estar vendo a cena. Como se tivesse estado lá. E Gamache se perguntou de que lado das paredes do mosteiro aquele monge da Congregação para a Doutrina da Fé estaria.

– A Inquisição teria feito isso com os gilbertinos? – quis saber Beauvoir.

Ele já não parecia aéreo. O monge o havia arrancado de qualquer que fosse o devaneio em que se encontrava.

– Não é uma certeza – disse Sébastien, embora aquilo parecesse ser mais um desejo que um fato. – Mas Dom Clément foi sábio de partir. E sábio de se esconder.

Sébastien respirou fundo de novo.

– Isto não é heresia – afirmou, olhando para o papel em suas mãos. – Fala de bananas, e o refrão é *Non sum pisces*.

Gamache e Beauvoir ficaram com cara de paisagem.

– Eu não sou um peixe – traduziu o dominicano.

Gamache sorriu, e Beauvoir só pareceu confuso.

– Se não é uma heresia – disse o chefe –, o que é?

– É uma melodia de uma beleza singular. Um cântico, acho eu, embora não gregoriano e não um cantochão. Ele usa todas as regras, mas faz uns leves ajustes, como se o cântico antigo fossem os alicerces e isto – explicou, dando um tapinha na página –, uma estrutura totalmente nova.

Ele olhou, primeiro para Beauvoir e depois para Gamache. Seus olhos estavam animados. O sorriso em seu rosto recuperara o brilho.

– Eu acho que, longe de ser um deboche de um canto gregoriano, é, na verdade, uma homenagem, um tributo. Uma celebração, até. O compositor usou neumas, mas de um jeito que eu nunca vi antes. Tem tantos...

– Frère Simon fez cópias, para que ele e os outros monges possam transcrever os neumas para notas musicais – explicou Gamache. – Ele pareceu pensar que os neumas eram para vozes diferentes. Camadas de vozes. Harmonizando.

– Hummm – murmurou Frère Sébastien, de novo perdido na música.

Seu dedo descansava, desajeitado (assim pareceu a Gamache), em um lugar da página. Quando o monge finalmente o moveu, Gamache viu que ele cobria um pequeno ponto bem no iniciozinho da música. Antes do primeiro neuma.

– Isto é antigo? – perguntou Gamache.

– Ah, não. De jeito nenhum. Foi feito para parecer antigo, é claro, mas eu ficaria surpreso se tivesse sido escrito há mais do que alguns meses.

– Por quem?

– Isto eu não tenho como dizer. Mas o que posso dizer ao senhor é que só pode ter sido alguém que entenda bastante de canto gregoriano. Da estrutura deles. De neumas, é claro. Mas não tanto de latim.

Ele olhou para Gamache mal disfarçando o fascínio. Depois continuou:

– O senhor pode ter sido uma das primeiras pessoas da face da Terra a ouvir uma forma totalmente nova de música, inspetor-chefe. Deve ter sido emocionante.

– O senhor sabe que foi mesmo? – admitiu Gamache. – Embora eu não fizesse ideia do que estava ouvindo. Mas, depois que Frère Simon cantou, ele fez um comentário sobre o texto em latim. Ele disse que, embora seja basicamente só uma sequência de frases engraçadas, ela, na verdade, faz sentido musicalmente.

– Ele está certo – afirmou o monge, aquiescendo.

– O que o senhor quer dizer? – perguntou Beauvoir.

– As palavras, as sílabas, se encaixam nas notas. Como a letra de uma música ou as palavras de um poema. Elas têm que se encaixar na métrica. Estas palavras casam com a melodia, mas não fazem sentido de outra forma.

– Então por que elas estão aqui? – perguntou Beauvoir. – Elas têm que significar alguma coisa.

Todos os três olharam para a música escrita. Mas ela não lhes dizia nada.

– Agora é a sua vez, *mon frère* – disse Gamache. – A gente contou sobre a música. É a sua vez de falar a verdade.

– Sobre a razão de eu estar aqui?

– Exatamente.

– O senhor acha que eu não vim por causa do assassinato do prior? – perguntou o dominicano.

– Acho. A cronologia dos eventos não bate. O senhor não poderia ter vindo lá do Vaticano tão rápido – respondeu Gamache. – E, mesmo que pudesse, a sua reação quando chegou não foi de luto compartilhado com seus colegas monges. Foi de deleite. O senhor cumprimentou esses monges como se os estivesse procurando há muito tempo.

– E eu estava. A Igreja estava. Eu mencionei os arquivos da Inquisição e a descoberta do mandado ordenando a investigação dos gilbertinos.

– *Oui* – disse Gamache, ficando cada vez mais cauteloso.

– Bom, a investigação nunca acabou. Eu tenho um monte de predecessores na Congregação que passaram a vida tentando encontrar os gilbertinos. Quando eles morriam, outro irmão assumia. Desde que os gilbertinos desapareceram, não se passou um ano, um dia, uma hora sem que a gente procurasse por eles.

– Os cães do Senhor – disse Gamache.

– *C'est ça*. Cães de caça. A gente nunca desistiu.

– Mas faz séculos – disse Beauvoir. – Por que os senhores continuaram procurando? Por que isso importa?

– Porque a Igreja não gosta de mistérios, exceto aqueles que ela mesma cria.

– Ou os de Deus... – completou Gamache.

– Estes a Igreja tolera – admitiu o monge, de novo com um sorriso capaz de desarmá-lo.

– Então, como os senhores finalmente encontraram esses monges? – quis saber Beauvoir.

– O senhor consegue adivinhar?

– Se eu quisesse tentar, já teria feito isso – retrucou Beauvoir.

O espaço confinado estava deixando o inspetor abalado. Ele sentia que as paredes se fechavam. Sentia-se oprimido – pelo mosteiro, pelo monge, pela Igreja. Só queria sair dali. Tomar um pouco de ar. Beauvoir sentia que estava sufocando.

– A gravação – disse Gamache, após um instante de reflexão.

Frère Sébastien assentiu.

– Isso. A imagem na capa do CD. Era um monge estilizado de perfil. Quase um desenho de história em quadrinhos.

– Os hábitos – disse Gamache.

– *Oui*. Os hábitos eram pretos com um pouco de branco no capuz e no peito e drapeados nos ombros. É um desenho singular.

– *Uma enfermidade se aproxima de nós* – citou Gamache. – Talvez esta seja a enfermidade.

– A música? – perguntou Beauvoir.

– Os tempos modernos – respondeu Frère Sébastien. – Foi isso que se aproximou dos gilbertinos.

O chefe assentiu.

– Por séculos eles cantaram seus cânticos no anonimato. Mas agora a tecnologia permitiu que eles transmitissem essa música para o mundo.

– E para o Vaticano – acrescentou Frère Sébastien. – E para a Congregação para a Doutrina da Fé.

A Inquisição, pensou Gamache. Os gilbertinos tinham sido, finalmente, descobertos. Traídos por seus cânticos.

OS SINOS TOCARAM, E OS repiques penetraram na Sala do Capítulo.

– Eu preciso dar um pulo no banheiro – disse Beauvoir, quando os três saíram da saleta. – Vejo o senhor depois.

– Está bem – disse Gamache, e observou Jean Guy caminhar de volta pela Capela Santíssima.

– Aí estão vocês.

O superintendente Francoeur caminhava, decidido, na direção deles. Ele sorriu para o monge e assentiu brevemente para Gamache.

– Eu pensei que talvez pudéssemos nos sentar juntos – disse Francoeur.

– Com prazer – disse o monge, depois se voltou para Gamache. – O senhor nos acompanha?

– Acho que vou sentar aqui, em silêncio.

Francoeur e Frère Sébastien pegaram um banco mais à frente, e Gamache se sentou algumas fileiras atrás, no outro lado da igreja.

Ele sabia que aquilo era quase com certeza uma grande falta de cortesia. Mas também sabia que não se importava. Gamache olhou de cara feia para a nuca de Francoeur, fuzilando-a com os olhos. Deu graças a Deus por Beauvoir ter preferido urinar a rezar. Um contato a menos com Francoeur.

Deus, me ajude, rezou Gamache. Mesmo naquele lugar tranquilo, ele sentia sua fúria crescer só de ver Sylvain Francoeur.

Ele continuou encarando o chefe, e Francoeur girou os ombros, como se pressentisse o escrutínio. O superintendente não se virou. Mas o dominicano, sim.

Frère Sébastien girou a cabeça e olhou para Gamache. O chefe desviou os olhos de Francoeur para o monge. Os dois se entreolharam por um instante. Então Gamache se voltou para o superintendente. Sem se deixar intimidar pela delicada indagação do monge.

Por fim, fechou os olhos e inspirou e expirou fundo algumas vezes. Sentiu de novo o cheiro de Saint-Gilbert, tão familiar, mas também um pouco diferente. Um casamento do incenso tradicional com outra coisa. Tomilho e monarda.

O natural e o manufaturado se reuniam ali, naquele mosteiro isolado. Paz e fúria, silêncio e canto. Os gilbertinos e a Inquisição. Os homens bons e os não tão bons.

OUVIR OS SINOS DEIXARA BEAUVOIR quase eufórico. Quase doente de ansiedade. Finalmente. Finalmente.

Ele correu até *les toilettes*, fez xixi, lavou as mãos e encheu um copo d'água. Do bolso, puxou o pequeno frasco de comprimidos, tirou a tampa – sem lacre à prova de crianças ali – e sacudiu o pote até lançar dois comprimidos na palma da mão.

Com o gesto treinado, levou a mão à boca e sentiu as minúsculas pílulas aterrissarem na língua. Um gole d'água, e elas desceram.

Ele saiu do *pissoire* e parou no corredor. Os sinos ainda estavam tocando, mas, em vez de voltar para a Capela Santíssima, caminhou rapidamente até o escritório do prior. Fechou a porta e apoiou a nova cadeira na maçaneta.

Ele ainda ouvia os sinos.

Sentado à mesa, puxou o laptop para si e o reiniciou.

Os sinos haviam parado e agora tudo estava em silêncio.

O DVD começou a rodar na máquina. Beauvoir abaixou o som. Não era preciso chamar a atenção. Além disso, ele tinha a trilha sonora na cabeça. Sempre.

As imagens surgiram.

GAMACHE ABRIU OS OLHOS QUANDO as primeiras notas chegaram à Capela Santíssima, junto com o primeiro monge.

Frère Antoine carregava à sua frente a cruz simples de madeira, que pôs no suporte do altar. Depois se curvou e ocupou seu lugar. Atrás dele, o resto dos monges entrou em fila, curvando-se diante da cruz e ocupando seus lugares. Cantando o tempo todo. O dia inteiro.

Gamache olhou de relance para o perfil de Frère Sébastien. Ele encarava os monges. Os gilbertinos havia tanto tempo perdidos. Então Sébastien fechou os olhos e inclinou a cabeça para trás. Ele parecia estar em transe. Uma fuga. Enquanto o canto gregoriano e os gilbertinos enchiam a capela.

BEAUVOIR OUVIA A MÚSICA, só que baixinho, vindo de muito longe.

As vozes dos homens, todos cantando juntos, ficando cada vez mais vibrantes à medida que mais vozes se juntavam a elas. Enquanto isso, na tela, ele via os colegas de trabalho, os amigos, os companheiros agentes, serem mortos a tiros.

Ao som dos cânticos, Beauvoir se viu ser abatido.

Os monges cantavam enquanto o chefe o arrastava para um lugar seguro. Depois o deixava. Descartando-o ali como... Como mesmo Francoeur havia descrito? Algo que já não era mais útil.

E, para piorar a situação, antes de sair, o chefe o havia beijado.

Ele o havia beijado. Na testa. Não era de admirar que eles chamassem Beauvoir de "a cadelinha do Gamache". Todos tinham visto aquele beijo. Todos os colegas dele. E, agora, todos riam dele pelas costas.

Enquanto o canto gregoriano era entoado na Capela Santíssima, o inspetor-chefe Gamache o beijava. E, depois, ia embora.

GAMACHE VOLTOU A OLHAR DE relance para o dominicano. Frère Sébastien parecia ter passado de uma fuga para uma espécie de êxtase.

Então, Frère Luc entrou na capela, e os olhos do dominicano se abriram de repente. Ele quase deu um pulo no banco. Atraído pelo homem muito jovem com sua voz divina.

Lá estava uma voz em um milhão. Uma voz em um milênio.

O prior morto sabia disso. O atual regente sabia disso. O abade sabia. Até

Gamache, com sua apreciação mas seu limitado conhecimento, era capaz de ouvir.

E, agora, a Congregação para a Doutrina da Fé também sabia.

JEAN GUY BEAUVOIR APERTOU o play, depois o pause. Então, o play de novo. Assistindo repetidas vezes.

Na tela, mais uma vez, e mais uma vez, em looping, como uma ladainha, uma liturgia, Beauvoir se viu cair. E se viu ser arrastado, como um saco de batatas, pelo chão da fábrica. Por Gamache.

Ao fundo, os monges cantavam.

O Kyrie. A Aleluia. A Glória.

Enquanto isso, no escritório do prior, Beauvoir morria. Sozinho.

TRINTA

Depois das Completas, as últimas orações do dia, o abade chamou Gamache de lado. E não estava sozinho. Para a surpresa do inspetor-chefe, Frère Antoine estava com ele.

Seria impossível, ao olhar para os dois homens juntos, dizer que eles eram inimigos. Ou, pelo menos, que estavam de lados opostos de uma divisão profunda.

– Como posso ajudar? – perguntou Gamache.

Ele fora guiado até um canto da Capela Santíssima. O local estava vazio agora, embora o dominicano continuasse em seu banco. Olhando para a frente em um estupor.

O superintendente Francoeur não estava à vista.

Gamache ficou de costas para um canto, para manter um olhar vigilante na capela escura.

– É sobre as últimas palavras de Mathieu – disse o abade.

– "Homo" – citou Frère Antoine. – Não foi isso?

– Foi o que Frère Simon reportou, *oui* – respondeu Gamache.

Os monges trocaram um rápido olhar, depois voltaram a encarar o chefe.

– A gente acha que sabe o que significa – explicou o abade.

Ele limpou a garganta, pigarreando bem alto, e disse:

– Homo.

– *Oui* – disse Gamache, encarando Dom Philippe e esperando mais. – Parece que foi isso que o prior disse.

O abade fez aquilo de novo. Dessa vez, com um pigarro monumental, e por um instante Gamache se preocupou com a saúde do homem.

– Homo – repetiu Dom Philippe.

Agora Gamache estava intrigado. Ele viu que Sébastien, o dominicano, olhava para eles. Se o barulho da garganta do abade tinha sido alto para Gamache, devia ter soado monstruoso quando alcançara a acústica da capela em toda a sua glória.

O abade olhava fixamente para Gamache, com seus olhos azuis penetrantes, desejando que o chefe compreendesse algo que ele simplesmente não conseguia.

Então, ao lado do abade, Frère Antoine limpou a garganta. Com um som gutural e desesperado.

– Homo – disse ele.

E o inspetor-chefe finalmente começou a entender que não era a palavra que eles queriam que ele compreendesse, mas o som. Ainda assim, aquilo não significava nada para Gamache.

Sentindo-se um idiota completo, ele se voltou para o abade.

– *Désolé, mon père*, mas eu sinceramente não estou entendendo.

– *Ecce homo.*

As palavras vieram não do abade, não de Frère Antoine, mas da Capela Santíssima, como se o som em si tivesse falado.

Então o dominicano apareceu do outro lado de uma das colunas.

– Acho que é isso que o abade e o regente estão dizendo. Correto?

Os dois encararam Frère Sébastien, depois aquiesceram. Seus olhares, se não abertamente beligerantes, tampouco eram convidativos. Mas era tarde demais. Aquele homem do Vaticano, que não era bem-vindo, estava ali. Aliás, ele parecia estar em todos os lugares.

Gamache se voltou para os gilbertinos, de pé lado a lado. Teria sido aquilo que, finalmente, erguera uma ponte sobre o abismo entre eles? Um inimigo em comum? Aquele monge agradável e discreto de hábito branco que se sentava ali tão quieto mas ocupava tanto espaço?

– A gente acha que o prior não estava limpando a garganta – explicou Frère Antoine, voltando-se do dominicano para Gamache –, mas que, na verdade, disse duas palavras: *"Ecce"* e *"homo"*.

Gamache arregalou os olhos. Ecce. É-chê. Mas com a pronúncia gutural do latim. Podia ser.

O abade repetiu as palavras, do jeito que o prior poderia ter dito. Um homem lutando para proferir uma palavra. Um moribundo com uma palavra presa ali, na garganta.

Ecce homo.

As palavras eram familiares para Gamache, mas ele não conseguia decifrá-las.

– O que significa?

– Foi o que Pôncio Pilatos disse à multidão – esclareceu Frère Sébastien. – Ele levou Jesus para fora, sangrando, para mostrá-lo a todos.

– Mostrar o que a todos? O que isso significa? – repetiu Gamache, olhando do dominicano para os gilbertinos e vice-versa.

– *Ecce homo* – disse o abade. – Ele é homem.

ERAM QUASE NOVE DA NOITE, tarde para os padrões do mosteiro, e Frère Sébastien seguiu em direção às celas após deixar os três homens. Frère Antoine esperou um minuto, até que o dominicano desaparecesse, e, após uma breve mesura para o abade, também foi embora.

– As coisas mudaram – observou Gamache.

Em vez de negar que havia um problema, Dom Philippe simplesmente assentiu e observou o jovem avançar a passos largos até a porta no fim da capela.

– Ele vai ser um regente maravilhoso. Talvez até melhor que Mathieu – comentou o abade, antes de voltar os olhos para Gamache. – Frère Antoine ama os cânticos, mas ama a Deus mais ainda.

O chefe assentiu. Sim. Aquilo estava no coração do mistério, pensou ele. Não o ódio, mas o amor.

– E o prior? – perguntou Gamache enquanto acompanhava o abade até seus aposentos. – O que ele amava mais?

– A música.

A resposta foi rápida e inequívoca.

– Mas não é assim tão simples – continuou o abade, sorrindo. – Como o senhor deve ter notado, poucas coisas aqui são realmente simples.

Gamache também sorriu. Ele havia notado.

Eles estavam no longo corredor que dava no escritório e na cela do abade. Onde, a princípio, o caminho lhe parecera perfeitamente reto de ponta a ponta, agora ele pensava identificar uma curva muito suave. Dom Clément talvez tivesse desenhado uma linha reta, mas seus construtores haviam se desviado, ainda que só um pouquinho. Como todo mundo que construía uma estante de livros ou tentava seguir um mapa detalhado sabia, um erro infinitesimal no início podia se tornar um erro imenso no fim.

Até os corredores dali, refletiu ele, não eram tão simples, tão retos quanto pareciam.

– Para Mathieu, não existia separação entre a música e a fé. Elas eram uma mesma coisa – disse o abade. Ele tinha diminuído o passo, e agora os dois mal se moviam no corredor escuro. – A música ampliava a fé dele. Elevava essa fé a níveis quase de êxtase.

– Níveis que poucos alcançam?

O abade ficou calado.

– Níveis que o senhor nunca alcançou? – pressionou Gamache.

– Eu sou mais do tipo devagar e sempre – disse o abade, olhando para a frente enquanto eles avançavam devagar pelo caminho ligeiramente falho. – Não sou dado a altos voos.

– Mas o senhor também não cai?

– Todos nós podemos cair – disse o abade.

– Mas talvez não tão feio, não tão rápido, nem tão longe quanto alguém que passa a vida ascendendo.

O abade voltou a ficar em silêncio.

– O senhor obviamente adora o canto gregoriano – disse Gamache. – Mas, ao contrário do prior, separa a música da sua fé?

O abade aquiesceu.

– Eu não tinha pensado no assunto até isto tudo acontecer, mas, sim, separo. Se, de alguma forma, a música fosse tirada de nós amanhã; se eu não pudesse mais cantar ou ouvir os cânticos, meu amor por Deus não mudaria.

– E com Frère Mathieu não era assim?

– É o que eu me pergunto.

– Quem era o confessor dele?

– Eu. Até recentemente.

– E quem era o novo confessor?

– Frère Antoine.

Agora o lento progresso deles parara de vez.

– O senhor pode me contar o que Frère Mathieu disse nas confissões dele? Antes de mudar de confessor?

– O senhor sabe que não.

– Mesmo o prior estando morto?

O abade analisou Gamache.

– Com certeza, o senhor já sabe a resposta. Algum padre já concordou em quebrar o sigilo do confessionário para o senhor?

Gamache balançou a cabeça.

– Não, *mon père*. Mas eu nunca vou perder as esperanças.

Aquilo levou um sorriso ao rosto do abade.

– Quando o prior mudou para Frère Antoine?

– Faz mais ou menos uns seis meses – respondeu o abade, que parecia resignado. – Eu não fui completamente honesto com o senhor – disse ele, olhando bem nos olhos de Gamache. – Desculpe. Eu e Mathieu tivemos um desentendimento por causa dos cânticos, e isso se transformou em uma discussão sobre a direção do mosteiro e da comunidade.

– Ele queria outra gravação e que Saint-Gilbert fosse mais aberto ao mundo exterior.

– *Oui*. E eu acredito que nós precisamos manter o curso.

– Uma mão firme no leme – disse o chefe, assentindo em aprovação.

Apesar disso, os dois sabiam que, quando o barco ia em direção às rochas, uma guinada rápida com frequência se fazia necessária.

– Mas havia outra questão pendente – afirmou Gamache. Eles haviam retomado a caminhada em direção à porta fechada no fim do corredor. – Os alicerces.

Gamache dera um passo à frente antes de perceber que o abade já não estava a seu lado. O chefe se virou e viu que Dom Philippe o encarava, surpreso.

O inspetor-chefe teve a impressão de que o abade estava prestes a contar outra mentira, porém, quando tomou ar para falar, pareceu ter mudado de ideia.

– O senhor está sabendo?

– Frère Raymond contou para o inspetor Beauvoir. É verdade, então.

O abade anuiu.

– Alguém mais sabe? – perguntou Gamache.

– Eu não contei para ninguém.

– Nem mesmo para o seu prior?

– Um ano atrás, um ano e meio, ele teria sido a primeira pessoa para quem eu contaria, mas agora, não. Mantive segredo. Contei para Deus, mas Ele já sabia, é claro.

– E talvez até tenha colocado as fendas e rachaduras lá – sugeriu Gamache.

O abade olhou para o chefe, mas não disse nada.

– Por isso que o senhor estava no porão ontem de manhã? – quis saber Gamache. – Não para examinar o sistema geotérmico, mas para dar uma olhada nos alicerces?

O abade assentiu, e eles voltaram a avançar lentamente, nenhum dos dois com pressa de chegar à porta.

– Eu esperei Frère Raymond sair. Não precisava ouvir o irmão falar sem parar sobre o desastre iminente. Só precisava de algum silêncio para ver com os meus próprios olhos.

– E o que o senhor viu?

– Raízes – disse ele, sua voz um exemplo perfeito de neutralidade.

Uma voz de cantochão, monótona. Sem inflexão. Sem emoção. Apenas factual.

– As fendas estão piorando. Eu marquei onde elas estavam na última vez que olhei, uma semana atrás. Elas se alargaram desde então.

– Os senhores podem ter ainda menos tempo do que esperavam?

– Talvez – admitiu Dom Philippe.

– E o que o senhor está fazendo para resolver isso?

– Rezando.

– Só isso?

– E o que o senhor faz, inspetor-chefe, quando tudo parece perdido?

Leva esta criança.

– Eu também rezo – respondeu ele.

– E funciona?

– Às vezes – disse Gamache.

Jean Guy não morrera naquele dia terrível na fábrica. Coberto de sangue, ofegando de dor. Seus olhos implorando para que Gamache ficasse. Para que fizesse alguma coisa. Para que o salvasse. Gamache havia rezado. E Beauvoir não fora levado. Mas também não retornara. Não completamente. Beauvoir ainda estava entre mundos.

– Mas está tudo perdido? – perguntou ele ao abade. – Frère Raymond parece pensar que outra gravação traria dinheiro suficiente para consertar os alicerces. Só que o senhor precisa agir rápido.

– Frère Raymond está certo. Mas ele também só vê as fendas. Eu vejo o mosteiro todo. A comunidade toda. Que bem faria consertar as fendas mas perder nossos verdadeiros alicerces? Nossos votos são inegociáveis.

Gamache viu, então, o que Frère Raymond devia ter visto. O que o prior devia ter visto. Um homem que não cedia. Ao contrário do mosteiro, não havia fendas nem fissuras no abade. Ele era totalmente inflexível, pelo menos em relação àquele assunto.

O último mosteiro gilbertino só seria salvo por intervenção divina. A não ser, como acreditava Frère Raymond, que o milagre já tivesse sido ofertado e o abade, cego de orgulho, não houvesse visto.

– Eu tenho um favor a lhe pedir, *Père Abbé*.

– O senhor também quer que eu aprove outra gravação?

Gamache quase riu.

– Não. Eu vou deixar isto entre o senhor e o seu Deus. Mas eu queria que o barqueiro viesse amanhã de manhã para levar o inspetor de volta com algumas evidências que a gente coletou.

– Claro. Eu vou ligar logo cedo. Se a neblina tiver se dissipado, Étienne deve estar aqui logo depois do café da manhã.

Eles chegaram à porta fechada. A madeira marcada por séculos de monges pedindo admissão. Porém, não mais. A barra de ferro não estava mais lá e deixaria a abadia para sempre, com Beauvoir, logo de manhãzinha. Gamache se perguntou se o abade a substituiria.

– Bom – disse Dom Philippe –, boa noite, meu filho.

– *Bonne nuit, mon père* – disse Gamache.

As palavras soaram estranhas. Seu próprio pai havia morrido quando Gamache ainda era um garoto e ele raramente chamara alguém assim desde então.

– *Ecce homo* – disse Gamache, assim que Dom Philippe abriu a porta.

O abade parou.

– Por que Frère Mathieu diria isso?

– Não sei.

Gamache refletiu por um instante.

– Por que Pilatos disse?

– Ele queria provar à multidão que o deus deles não era divino coisa nenhuma. Que Jesus era apenas um homem.

– *Merci* – respondeu Gamache, e, após se curvar de leve, caminhou de volta pelo corredor ligeiramente curvo.

Para pensar sobre o Divino, o humano e as fendas entre eles.

QUERIDA ANNIE, ESCREVEU BEAUVOIR NO escuro. Sua luminária estava apagada, para que ninguém soubesse que ainda estava acordado.

Estava deitado na cama, completamente vestido. Beauvoir sabia que as Completas tinham acabado, e se retirara para sua cela até que pudesse voltar discretamente para o escritório do prior, quando todos estivessem dormindo.

Ele havia encontrado uma mensagem de Annie em seu celular. Uma descrição alegre da noite dela com velhos amigos.

Eu te amo, escreveu ela, no fim.

Estou com saudades.

Volte logo.

Ele imaginou Annie jantando com os amigos. Será que ela tinha contado a eles sobre ele? Será que tinha contado sobre seu presente? O desentupidor? Que coisa idiota de se fazer. Um presente grosseiro, crasso. Provavelmente todos haviam dado risada. Dele. Do quebequense tosco sem noção. Que era pobre, mão de vaca e deselegante demais para comprar um presente de verdade para ela. Para ir até a Holt Renfrew, a Ogilvy's ou a uma daquelas lojas metidas da Avenue Laurier e comprar alguma coisa legal.

Em vez disso, ele dera a ela um desentupidor de privada.

E eles riram dele.

E Annie devia ter rido também. Do caipira ridículo com quem estava transando. Só por diversão. Ele podia ver aqueles olhos brilhando, cintilando. Do jeito que ela olhara para ele tantas vezes nos últimos meses. Do jeito que ela olhara para ele nos últimos dez anos.

Ele confundira aquele olhar com carinho, amor até, mas agora sabia que não passava de entretenimento.

Annie, escreveu.

Querida Reine-Marie, escreveu Gamache.

Ele tinha voltado para a cela, após procurar Beauvoir no escritório do prior. As luzes estavam apagadas e o lugar, vazio. O chefe passara meia hora ali, fazendo anotações, copiando anotações, preparando o pacote de evidências para o inspetor levar com ele na manhã seguinte.

Eram onze da noite. O fim de um longo dia. Ele havia apagado as luzes e levado o pacote de volta para a cela, depois de bater na porta de Beauvoir. Mas não obtivera resposta.

Ele abrira a porta e olhara para dentro. Para ter certeza de que Jean Guy estava ali. E, dito e feito, ele distinguiu a silhueta na cama e ouviu a respiração pesada e constante.

Inspirando fundo. Expirando fundo.

Evidência de vida.

Não era do feitio de Jean Guy simplesmente ir dormir sem uma conversa, uma análise final dos eventos do dia. Mais uma razão, pensou Gamache enquanto se preparava para dormir, para mandá-lo de volta o mais rápido possível.

Querida Reine-Marie, escreveu ele.

Annie. Meu dia correu bem. Nada especial. A investigação está avançando. Obrigado por perguntar. Fico feliz de saber que você teve uma noite legal com seus amigos. Muitas risadas, imagino.

Querida Reine-Marie. Queria que você estivesse aqui e que a gente pudesse conversar sobre esse caso. Ele parece girar em torno do canto gregoriano e da importância que esses cânticos têm para esses monges. Seria um erro descartá-los como nada além de música.

Gamache fez uma pausa e pensou sobre isso. Ele descobriu que só de escrever para Reine-Marie já ajudava a esclarecer as coisas, como se pudesse ouvir a voz dela, ver seus olhos vivos e calorosos.

A gente recebeu uma visita surpresa. Um dominicano do Vaticano. Do ofício que antes era a Inquisição. Parece que eles estavam atrás dos gilbertinos há quase quatrocentos anos. E, hoje, os encontraram. O monge disse que esta é só uma ponta solta que precisava ser amarrada, mas eu fiquei me perguntando se é isso mesmo. Acho que, como tantas outras coisas desse caso, parte do que ele está dizendo é verdade, e parte não é. Eu queria poder enxergar os fatos com mais clareza.

Boa noite, meu amor. Bons sonhos.

Estou com saudades. Já, já, vou estar em casa.

Je t'aime.

ATÉ MAIS, ESCREVEU BEAUVOIR.

Então apertou o botão "enviar" e se deitou no escuro.

TRINTA E UM

BEAUVOIR ACORDOU COM O SOM DOS sinos chamando os fiéis. Embora soubesse que os sinos não clamavam por ele, ainda assim os seguiu, com seu cérebro anuviado. Rastejou até a consciência.

Sequer tinha certeza de que estava acordado, tão vaga era a fronteira entre o sono e a vigília. Ele se sentia confuso, desajeitado. Pegou o relógio e tentou enxergar a hora.

Cinco da manhã. Os sinos continuaram e, se Beauvoir tivesse conseguido reunir energia, teria atirado os sapatos no monge que os tocava.

Ele se jogou de volta na cama e rezou para que o som parasse. A ansiedade o agarrou, e ele ofegou por um pouco de ar.

Inspirar fundo, implorou ao corpo. Expirar todo o ar.

Inspirar fundo – *ah, que se dane,* pensou. Beauvoir se sentou na cama e jogou as pernas para o lado, sentindo os pés descalços no piso de pedra fria.

Tudo doía. A sola dos pés, o topo da cabeça. O peito, as articulações. As unhas dos pés e as sobrancelhas. Ele olhou para a parede do outro lado com a boca aberta e frouxa. Implorando por ar.

Finalmente, com um arquejo irregular, sua garganta se abriu e o ar entrou correndo.

Então o tremor começou.

Ah, merda, merda, merda.

Ele acendeu a luz e pegou o frasco de comprimidos debaixo do travesseiro, apertando-o com força. Depois de algumas tentativas, o abriu. Queria apenas um, mas o tremor estava tão forte que caíram dois. Ele não ligou. Enfiou os dois na boca e engoliu a seco. Então agarrou as laterais da cama e esperou.

Sua químio. Seu remédio. Os comprimidos matariam o que o estava matando. Deteriam o tremor. Deteriam a dor tão profunda que ele não conseguia alcançar. Deteriam as imagens, as lembranças.

Os medos. De que ele fora deixado sozinho. E ainda estava sozinho. Sempre estaria sozinho.

Ele se deitou na cama e sentiu os comprimidos começarem a surtir efeito. Como algo tão bom assim poderia ser ruim?

Ele se sentiu humano de novo. Inteiro de novo.

A dor recuou, seu cérebro clareou. Os ganchos e as farpas soltaram sua carne, e o vazio foi preenchido. Enquanto sentia o torpor, Beauvoir ouvia vozes familiares cantando.

Os sinos tinham parado e o serviço religioso, começado. As Vigílias. O primeiro do dia.

Duas vozes límpidas cantavam agora. Um chamado e uma resposta. E Beauvoir ficou surpreso ao perceber que agora as reconhecia. Ele afrouxou o aperto na cama enquanto escutava.

Chamado. Resposta.

Chamado. Resposta.

Era hipnotizante.

Chamado. Resposta.

E, então, todas as vozes entraram. Já não era preciso chamar. Elas haviam se encontrado.

Beauvoir sentiu um puxão dentro de si, lá no fundo. Uma dor não totalmente anestesiada.

ERAM CINCO E MEIA DA manhã. As Vigílias tinham terminado e Gamache estava sentado no banco, apreciando a paz do momento. Ele inalou o incenso. Tinha um cheiro de jardim, não era almiscarado como na maioria das igrejas.

Os monges já tinham saído. Todos exceto Frère Sébastien, que se juntou a ele no banco.

– Seus colegas não são tão religiosos quanto o senhor.

– Infelizmente, eu também não sou religioso – disse o chefe. – Não vou à igreja.

– Mas está aqui.

– Procurando um assassino, eu receio. Não a salvação.

– Mesmo assim, o senhor parece encontrar conforto.

Gamache ficou em silêncio por um instante, depois assentiu.

– Seria difícil não encontrar. O senhor gosta de canto gregoriano?

– Muito. Há uma mitologia inteira em torno desses cânticos, sabia? Provavelmente porque se sabe muito pouco sobre eles. Não se sabe sequer de onde vieram.

– O nome não seria uma pista?

O dominicano sorriu.

– O seu palpite é natural, mas está errado. O papa Gregório não teve nada a ver com os cânticos. Marketing, nada mais. Gregório era um papa popular, então, para angariar favores, um padre esperto batizou os cânticos com o nome dele.

– Foi assim que eles se tornaram tão populares?

– Mal não fez. Tem também uma teoria de que se Cristo ouviu ou cantou alguma música, foi cantochão. Isso, sim, é marketing. Ser promovido por Jesus. Como o que era cantado pelo Salvador.

Gamache riu.

– Com certeza, daria a eles uma bela vantagem sobre a concorrência.

– Os cientistas até começaram a estudar os cânticos para tentar explicar a popularidade da gravação que esses monges fizeram – contou Frère Sébastien. – As pessoas ficaram loucas por ela.

– E eles têm alguma explicação?

– Bom, quando conectaram sondas a voluntários e colocaram o canto gregoriano para tocar, o resultado foi espantoso.

– Espantoso como?

– Mostrou que, depois de um tempo, as ondas cerebrais mudaram. Eles começaram a produzir ondas alfa. O senhor sabe o que são?

– O estado mais calmo da mente – respondeu o chefe. – Quando as pessoas ainda estão alertas, mas em paz.

– Exatamente. A pressão arterial deles baixou e a respiração ficou mais pesada. E, ainda assim, eles também ficaram, como o senhor disse, mais alertas. Foi como se eles se tornassem "ainda mais", sabe?

– Eles mesmos, mas a melhor versão de si.

– Isso. Não funciona com todo mundo, é claro. Mas eu acho que funciona com o senhor.

Gamache refletiu um pouco e assentiu.

– Funciona. Talvez não tão profundamente quanto com os gilbertinos, mas eu senti.

– Enquanto os cientistas dizem que são ondas alfa, a Igreja chama de "o belo mistério".

– E esse mistério seria...?

– Por que esses cânticos, mais do que qualquer outra música sacra, são tão poderosos? Como eu sou um monge, acho que fico com a teoria de que eles são a voz de Deus. Embora exista uma terceira possibilidade – admitiu o dominicano. – Faz algumas semanas, eu estava em um jantar com um colega, e ele tem a teoria de que todos os tenores são idiotas. Tem algo a ver com o crânio e a vibração das ondas sonoras.

Gamache riu.

– Ele sabe que o senhor é tenor?

– Ele é meu chefe e com certeza suspeita que eu seja um idiota. E talvez esteja certo. Mas que maneira gloriosa de viver. Cantando até a completa estupidez. Talvez o canto gregoriano tenha o mesmo efeito. O de nos tornar imbecis felizes. Embaralhando nosso cérebro enquanto a gente entoa os cânticos. Esquecendo nossas angústias e preocupações. Deixando o mundo se esvair.

O homem mais jovem fechou os olhos e pareceu ir para outro lugar. E então, tão rápido quanto se fora, ele voltou. Abriu os olhos, olhou para Gamache e sorriu.

– Arrebatamento.

– Êxtase – disse Gamache.

– Exatamente.

– Mas para os monges não é apenas música – disse Gamache. – Também tem as orações. Os cânticos são orações. É uma combinação potente. Ambos alteram a mente, cada qual à sua maneira.

Quando o monge não disse nada, Gamache continuou:

– Eu já me sentei aqui um número suficiente de vezes observando os monges. Todos eles entram em uma espécie de devaneio quando entoam os cânticos. Ou mesmo quando apenas os escutam. O senhor fez isso agora mesmo, quando pensou neles.

– E o senhor quer dizer...?

– Eu já vi esse olhar antes, sabe? No rosto de viciados em drogas.

Aquilo pareceu chocar Frère Sébastien, que encarou Gamache.

– O senhor está sugerindo que nós somos viciados?

– Eu só estou lhe contando o que observei.

O dominicano se levantou.

– O que o senhor talvez não enxergue é a fé genuína desses homens. O compromisso que eles têm com Deus, com a perfeição do coração. O senhor menospreza essa fé quando descreve o comprometimento solene deles como um simples vício. O senhor transforma os cânticos em uma doença. Em algo que nos enfraquece, em vez de fortalecer. Comparar Saint-Gilbert-Entre-les-Loups a um ponto de consumo de crack é absurdo.

Ele se afastou, seus pés, ao contrário dos daqueles monges de sapatinhos leves, batendo forte no piso de ardósia.

Gamache sabia que talvez tivesse ido longe demais. Mas, ao fazê-lo, tocara em um ponto sensível.

Frère Sébastien estava de pé em meio às sombras. Após sair pisando forte, ele fora até a porta mais distante, a abrira e deixara que se fechasse. Sem passar por ela.

Ele ficara na curva da igreja, na esquina, observando o inspetor-chefe. Gamache ficara sentado em um banco por um minuto, mais ou menos. A maioria das pessoas, o monge sabia, tinha dificuldade de ficar parada por trinta segundos. Aquele homem quieto parecia capaz de ficar sentado imóvel pelo tempo que quisesse.

Então o inspetor-chefe tinha se levantado e deixara a Capela Santíssima sem fazer a genuflexão. Ele caminhara até a porta que dava no longo corredor e, depois, até a porta trancada, onde ficava o jovem monge silencioso com sua voz memorável. Frère Luc.

Deixando Frère Sébastien sozinho na Capela Santíssima.

Era agora ou nunca, percebeu o dominicano.

Ele deu início a uma busca lenta mas constante pelo ambiente. No púlpito vazio, pousou a mão na madeira gasta, depois continuou sua procura metódica. Uma vez certo de que a capela não guardava segredos, ele se esgueirou pelo corredor e entrou no escritório do prior que os policiais tinham transformado em sua sede. Lá, vasculhou gavetas, olhou dentro de arquivos, abriu pastas. Procurou debaixo da mesa e atrás da porta.

O dominicano ligou o computador, sabendo que o que procurava jamais estaria ali. Mas ele estava decidido a tentar de tudo após ter chegado tão longe. Ao contrário dos gilbertinos, que pareciam satisfeitos em permanecer no século XVI, Frère Sébastien era um filho de seu tempo. Ele jamais poderia fazer seu trabalho se não conhecesse e admirasse a tecnologia. De aviões a celulares e laptops.

Eles eram suas ferramentas, tão cruciais quanto a cruz e a água benta.

Ele examinou os arquivos, embora não houvesse muito para ver. O laptop não estava conectado à internet, a conexão via satélite era complicada demais. Porém, antes que pudesse desligar a máquina, ouviu um zumbido familiar.

O DVD tinha começado a rodar.

Curioso, clicou e a imagem apareceu. Um vídeo. O som estava baixo, o que lhe convinha. Além disso, as imagens já contavam a história toda.

Ele assistiu ao vídeo com uma crescente consternação, enojado pelo que via, mas incapaz de desviar o olhar. Até que a tela se apagou.

Ele ficou surpreso ao descobrir que queria ver de novo. Aquele vídeo horrível. O que havia na tragédia, ele se perguntou não pela primeira vez, que tornava tão difícil desviar o olhar? Porém o dominicano fez isso. Com uma pequena mas fervorosa oração pela alma daqueles havia muito perdidos e pelas almas perdidas dos que ainda caminhavam entre eles, ele desligou a máquina.

Então saiu do escritório do prior e continuou sua busca pela abadia de Saint-Gilbert-Entre-les-Loups.

Ele sabia que o que procurava estava ali em algum lugar. Tinha que estar. Ele ouvira.

TRINTA E DOIS

Enquanto conversava com o dominicano após as Vigílias, Gamache notara Francoeur em meio às sombras da Capela Santíssima, caminhando rápido junto às paredes. Ficou tentado a usar a palavra "espreitando", mas não era bem isso. Parecia mais uma atividade clandestina.

Uma coisa era certa: Francoeur não queria ser visto. Mas Gamache o vira. Quando Frère Sébastien saíra pisando forte, ele continuara sentado por um minuto, mais ou menos, para deixar que o superintendente percorresse todo o longo corredor e passasse pelo jovem monge na porta.

Então ele o seguira até o portão da frente da abadia.

Frère Luc abrira a porta sem dizer uma palavra, embora seus olhos estivessem cheios de todos os tipos de perguntas. Mas Armand Gamache não tinha respostas para oferecer.

Além disso, o chefe também tinha suas próprias perguntas, a primeira delas se era sensato seguir Francoeur. Não pelo que o superintendente pudesse fazer, mas pelo que Gamache temia que ele próprio pudesse fazer.

No entanto, ele precisava descobrir o que era tão sigiloso para fazer Francoeur precisar sair da abadia, claramente não para um passeio matinal. Gamache adentrou a manhã fria e escura e olhou em volta. Ainda não eram seis da manhã e a neblina da noite anterior se tornara uma névoa pesada quando o ar gelado atingia o lago e subia.

Francoeur havia parado em um bosquezinho de árvores. Ele poderia ter desaparecido na floresta escura, mas um brilho branco-azulado em sua mão o traiu.

Gamache parou e observou. Francoeur estava de costas para ele. Com a cabeça baixa para o dispositivo, parecia consultar uma bola de cristal. Só que, claro, não era isso que ele estava fazendo ali. Francoeur escrevia, ou lia, alguma mensagem.

Uma mensagem tão secreta que o fizera sair do mosteiro por medo de ser descoberto. Mas ele fora descoberto, sendo a mensagem em si, na profunda escuridão da manhã, um farol. Denunciando-o.

Gamache daria tudo para pôr as mãos naquele celular.

Por um instante, cogitou vencer rapidamente a distância entre eles e arrancar o aparelho da mão de Francoeur. Que nome veria ali? O que era tão importante a ponto de fazer Francoeur arriscar um encontro com os ursos, lobos e coiotes que aguardavam, naquele bosque, o erro de uma criatura vulnerável?

Mas Gamache se perguntou se a criatura vulnerável não seria ele mesmo. E se o erro não seria dele.

Ainda assim não se moveu, e ainda assim não desviou os olhos. E tomou uma decisão.

Ele não conseguiria tirar o dispositivo da mão de Francoeur e, mesmo que conseguisse, o aparelho não contaria a história toda. Paciência, Gamache lembrou a si mesmo. Paciência.

E uma outra tática.

– *Bonjour*, Sylvain.

Gamache quase sorriu ao ver a placa brilhante dançar na mão de Francoeur. Então o superintendente se virou e o ar de divertimento abandonou completamente o rosto do inspetor-chefe. Francoeur não estava só furioso, mas agressivo. O celular, ainda aceso, tornou seu rosto grotesco.

– Para quem está escrevendo? – perguntou Gamache, avançando, mantendo o passo e a voz calmos.

No entanto, Francoeur parecia incapaz de dizer qualquer coisa e, enquanto se aproximava, Gamache viu que não havia apenas fúria ali, mas também medo. Francoeur estava apavorado.

E, agora mais do que nunca, o chefe queria agarrar aquele celular. E ver para quem era a mensagem, ou de quem, para gerar uma angústia daquelas.

Pois estava claro que não era de Gamache que o superintendente tinha medo.

Em uma fração de segundo, o chefe soube que aquela era a sua chance, afinal. Ele decidiu tentar pegar o telefone. Mas Francoeur se antecipara a ele e, com um movimento rápido, desligou o dispositivo e o enfiou no bolso.

Os dois se entreolharam, respirando em baforadas que obscureciam o ar como se um fantasma se formasse entre eles.

– Para quem você estava escrevendo? – repetiu Gamache, sem esperar resposta, mas querendo deixar claro que ele não podia mais se esconder. – Ou você estava lendo uma mensagem? Vamos lá, Sylvain, somos só nós dois – disse Gamache, abrindo os braços e olhando em volta. – Estamos completamente sozinhos.

Era verdade. O silêncio era tão grande que quase doía. Parecia que eles tinham caminhado até um vazio. Não havia som. Poucas imagens. Saint--Gilbert-Entre-les-Loups tinha até desaparecido. A névoa havia engolido até o mosteiro de pedra.

Só restavam os dois homens no mundo.

E, agora, eles se entreolhavam.

– A gente se conhece desde a Academia. A gente tem se enfrentado desde então – disse Gamache. – Isso precisa acabar. Do que se trata tudo isso?

– Eu vim ajudar.

– Eu acredito. Mas ajudar quem? A mim, que não foi. Ao inspetor Beauvoir, também não. Você está aqui sob as ordens de quem?

Ele vira uma minúscula reação no homem ao dizer as últimas palavras?

– Você chegou tarde demais, Armand – declarou Francoeur. – Você perdeu a sua chance.

– Eu sei. Mas não foi só agora. Eu cometi meu erro anos atrás quando estava investigando o superintendente Arnot. Eu devia ter esperado antes de prendê-lo, para poder pegar todos vocês.

Francoeur não se deu ao trabalho de negar. Se era tarde demais para Gamache impedir o que quer que estivesse acontecendo, também já era tarde para Francoeur se agarrar a negações.

– Era Arnot?

– Arnot está em prisão perpétua, Armand. Você sabe disso. Você mesmo o colocou lá.

O chefe sorriu, embora com certo cansaço.

– E nós dois sabemos que isso não significa nada. Um homem como Arnot sempre consegue o que quer.

– Nem sempre – disse Francoeur. – Não foi ideia dele ser preso, julgado e condenado.

Aquela foi uma rara admissão da parte de Francoeur de que Gamache, por um momento, levara a melhor sobre Arnot. Mas, depois, ele tropeçara. Não concluíra o trabalho. Não percebera que havia mais gente para capturar.

Então a podridão permanecera ali e crescera.

Arnot era uma figura poderosa, Gamache sabia. Com amigos poderosos. E um alcance que ia muito além dos muros da prisão. O inspetor-chefe tivera a chance de matá-lo, mas escolhera não fazer isso. E, às vezes, só às vezes, se perguntava se teria sido um erro.

Mas agora outro pensamento lhe ocorria. Francoeur não estava escrevendo para Arnot. O nome, embora respeitado pelo superintendente, não lhe evocava pavor. Era outra pessoa. Alguém mais poderoso que Francoeur. Alguém mais poderoso até que Arnot.

– Para quem você estava escrevendo, Sylvain? – perguntou Gamache pela terceira vez. – Não é tarde demais. Fale para mim, e a gente pode encerrar isso juntos.

A voz de Gamache era calma, razoável. Ele estendeu a mão.

– Me dê isso aí. Me dê as suas senhas. É só o que preciso, e isso acaba.

Francoeur pareceu hesitar. Levou a mão ao bolso. Então a deixou cair, vazia, ao lado do corpo.

– Você entendeu errado de novo, Armand. Não tem nenhuma grande conspiração. Está tudo na sua cabeça. Eu estava escrevendo para a minha mulher. Como eu suspeito que você escreva para a sua.

– Me dê isso aí, Sylvain.

Gamache ignorou a mentira, mantendo a mão estendida e os olhos em seu superior.

– Você deve estar cansado. Exausto. Isso tudo vai acabar logo.

Os olhos dos dois se encontraram.

– Você ama os seus filhos, Armand?

Foi como se as palavras lhe tivessem dado um empurrão. Por um instante, Gamache perdeu o equilíbrio. Em vez de responder, ele continuou a encarar Francoeur.

– Claro que ama.

Não havia rancor na voz dele agora. Era quase como se eles fossem velhos amigos, papeando enquanto tomavam um uísque em uma *brasserie* na Rue St. Denis.

– O que você está dizendo? – exigiu saber Gamache, sua voz já não tão moderada.

Ele podia sentir toda a razão lhe escapando, desaparecendo na floresta densa e escura.

– Deixe a minha família fora disso.

Gamache falou em um rosnado baixo, e a parte de seu cérebro que ainda conseguia raciocinar percebeu que a criatura selvagem que imaginava estar no bosque estava, na verdade, em sua pele. Ele havia se tornado feroz só de pensar em sua família ameaçada.

– Você sabia que a sua filha e o inspetor Beauvoir estão tendo um caso? Talvez você não esteja tão no controle quanto pensa. O que mais você não sabe, se deixou isso escapar?

A raiva que Gamache vinha tentando controlar desapareceu completamente com aquelas palavras. E foi substituída por algo glacial. Ancestral.

Armand Gamache sentiu-se ficar muito quieto. E também percebeu uma mudança em Francoeur. Ele sabia que tinha ido longe demais. Que tinha se arriscado demais.

Gamache sabia sobre Jean Guy e Annie. Fazia meses. Desde o dia em que ele e Reine-Marie tinham visitado Annie e visto a jarrinha de lilases na mesa da cozinha dela.

Então eles souberam e ficaram imensamente felizes por Annie, que amava Jean Guy desde o instante em que o conhecera, mais de uma década antes. E por Jean Guy, que também claramente amava a filha deles.

E por si mesmos, que amavam os dois jovens.

Os Gamaches tinham dado a eles seu espaço. Os dois sabiam que Annie e Jean Guy contariam quando estivessem prontos. Ele sabia. Mas como Francoeur sabia? Alguém devia ter contado a ele. E, se não fora Jean Guy e se não fora Annie, então...

– As anotações do psicólogo – disse Gamache. – Você leu os arquivos da terapia de Beauvoir.

Todos eles estavam em terapia desde o ataque. Todos os sobreviventes. E agora Gamache sabia que Francoeur havia violado não só a privacidade de Jean Guy, mas a sua também. E a de todos os outros. Tudo o que eles tinham dito em sigilo, aquele homem sabia. Seus pensamentos mais profundos, suas inseguranças. O que eles amavam. E o que temiam.

E todos os seus segredos. Inclusive o relacionamento de Jean Guy com Annie.

– Não coloque minha filha no meio disso – disse Gamache.

Com todas as suas forças, ele se conteve para não estender a mão. Não para o celular de Francoeur, mas para o pescoço dele. Para sentir a artéria pulsar, depois desacelerar. E parar.

Ele poderia, sabia disso. Poderia matar aquele homem. Deixar o corpo dele para os lobos e ursos. Voltar para o mosteiro e dizer a Frère Luc que o superintendente fora dar uma volta. Que não demoraria.

Como seria fácil. Como seria bom. Como o mundo ficaria melhor se aquele homem fosse arrastado para o bosque pelos lobos. E devorado.

Ninguém vai me livrar desse padre problemático?

As palavras de um rei voltaram para ele e, pela primeira vez na vida, Gamache as entendeu completamente. Entendeu como o assassinato acontecia.

A enfermidade o abatera. Fria, calculista, completa. Ela o dominara até que Gamache não se importasse mais com as consequências. Ele só queria que aquele homem sumisse.

Ele deu um passo à frente, então se deteve. Não tinha dado ouvidos aos avisos que ele mesmo dera a Beauvoir. Ele permitira que Francoeur o afetasse. E permitira de tal modo que um homem devotado a impedir assassinatos havia realmente pensado em cometer um.

Fechou os olhos por um instante e, quando os abriu de novo, falou, inclinando-se para a frente e sussurrando, perfeitamente calmo, na cara de Francoeur:

– Você foi longe demais, Sylvain. Expôs demais. Falou demais. Se eu tinha as minhas dúvidas, já não tenho mais.

– Você teve a sua chance, Armand. Lá atrás, quando prendeu Arnot. Mas você hesitou. Como hesitou agora. Você podia ter tirado o celular da minha mão. Podia ter visto a mensagem. Por que você acha que estou aqui? Por você?

Gamache passou por Francoeur, afastando-se do mosteiro e entrando no bosque. Ele seguiu a trilha na beira do lago e parou, de frente para a água e para a sugestão do amanhecer, à distância. Com a aurora, viria o barqueiro para levar Jean Guy de volta a Montreal. E, então, ele ficaria sozinho com Francoeur. E eles poderiam, finalmente, resolver aquilo.

Todo mar tem sua costa, Gamache sabia. Ele estivera no mar por muito tempo, mas agora pensava que finalmente podia ver a costa. O fim da jornada.

– *Bonjour.*

Perdido em pensamentos, Gamache não ouvira o homem chegar. Ele se virou rápido e viu Frère Sébastien acenar.

– Eu vim me desculpar por ter saído daquele jeito da Capela Santíssima hoje de manhã – disse o dominicano, avançando por sobre as grandes rochas até alcançar o inspetor-chefe.

– Não precisa se desculpar – respondeu Gamache. – Eu fui grosseiro.

Ambos os homens sabiam que era verdade e que tinha sido intencional. Eles ficaram calados na orla rochosa por alguns instantes, ouvindo o chamado distante de uma mobelha, e, no silêncio quase total, um peixe pulou. A floresta tinha um cheiro adocicado. De sempre-vivas e folhas caídas.

Gamache estivera pensando em seu confronto com Francoeur. Agora trazia a mente de volta ao mosteiro e ao assassinato de Frère Mathieu.

– O senhor disse que recebeu a tarefa de encontrar os gilbertinos. Para finalmente fechar aquele dossiê de centenas de anos aberto pela Inquisição. O senhor disse que a imagem na capa do CD de canto gregoriano os denunciou.

– É verdade.

A voz era monótona. Ela deslizaria para sempre naquele lago, batendo de leve na superfície, mal deixando uma marca.

– Mas acho que tem mais coisa aí que o senhor não está me contando. Nem a Igreja guardaria rancor por tanto tempo.

– Não foi rancor, mas interesse.

Frère Sébastien apontou para a rocha plana sobre a qual Gamache estava, e os dois se sentaram. O monge prosseguiu:

– Os filhos perdidos. Irmãos desterrados em uma época lamentável. Era um esforço para consertar as coisas. Encontrar os gilbertinos e dizer a esses irmãos que eles não correm perigo.

– E é verdade? Nenhum homem em sã consciência remaria em um lago desconhecido, no meio da selva, ao anoitecer, em meio a uma névoa pesada. A menos que precisasse. A menos que tivesse um chicote nas costas ou um tesouro à sua frente. Ou ambos. O que o senhor veio fazer aqui? O que está realmente procurando?

A luz ia preenchendo o céu. Uma luz fria e cinzenta, que não se esforçava muito para penetrar na névoa. Será que o barqueiro conseguiria vir?

– Nós conversamos sobre neumas ontem, mas o senhor sabe o que eles são? – perguntou o dominicano.

Embora inesperada, a pergunta não surpreendeu Gamache de todo.

– Eles foram a primeira notação musical. Antes de existirem notas, existiam neumas.

– *Oui*. A gente tende a pensar que a pauta de cinco linhas sempre esteve ali. Claves, semibreves e mínimas. Acordes e tons. Mas eles não surgiram do nada. Eles evoluíram. Dos neumas. Que foram feitos para simular os movimentos das mãos. Para mostrar a forma do som.

Frère Sébastien ergueu a mão e a moveu para a frente e para trás, para cima e para baixo. Ela deslizou, graciosa, no ar frio do outono. Enquanto ele movia a mão, cantarolava.

Com uma voz adorável. Clara. Pura. Com uma qualidade emocionante. E, sem querer, Gamache se viu caindo num torpor, flutuando com ela. Arrebatado pelo movimento da mão e pelo som calmante.

Então a voz e a mão pararam.

– A palavra "neuma" vem do grego "respiração". Os primeiros monges que escreveram cânticos acreditavam que, quanto mais profunda a respiração, mais trazemos Deus para dentro de nós. E não existe respiração mais profunda do que quando a gente canta. O senhor já notou que, quanto mais profunda é a sua respiração, mais calmo fica? – perguntou o monge.

– Já. Assim como os hindus, os budistas e os pagãos, há milênios.

– Exatamente. Toda cultura, toda crença espiritual, tem alguma forma de cântico ou meditação. E no âmago delas está a respiração.

– Então, de onde os neumas vieram? – quis saber Gamache.

Ele estava se inclinando em direção ao dominicano, entrelaçando as mãos grandes para aquecê-las.

– As primeiras melodias de cantochão foram aprendidas oralmente. Mas, depois, por volta do século X, um monge decidiu escrever os cânticos. Só que, para fazer isso, ele precisou inventar uma forma de notação musical.

– Neumas – disse o chefe, e o monge assentiu.

– Por três séculos, gerações de monges escreveram todos os cânticos. Para preservar a música.

– Eu ouvi falar disso – disse Gamache. – Muitos mosteiros receberam livros de cânticos.

– Como o senhor sabe?

– Eles têm um aqui. Parece que não um dos mais memoráveis.

– Por que o senhor diz isso?

– Não fui eu quem disse – explicou Gamache. – Foi o abade. Ele falou que a maioria deles são edições com iluminuras. Mas ele suspeita que, como os gilbertinos eram uma ordem menor e muito pobre, acabaram, no século X, com o equivalente a um produto de segunda linha.

– O senhor viu o livro?

Frère Sébastien se inclinou na direção de Gamache. O inspetor-chefe abriu a boca para falar, depois tornou a fechá-la e examinou o dominicano.

– Foi por isso que o senhor veio, não foi? – disse o inspetor-chefe afinal. – Não para encontrar os gilbertinos, mas o livro deles.

– O senhor o viu? – repetiu Frère Sébastien.

– *Oui*. Eu o peguei.

Não fazia sentido mentir. O livro não era exatamente um segredo.

– Meu Deus – disse Frère Sébastien, soltando o ar com força. – Meu bom Deus – continuou, balançando a cabeça. – O senhor pode me mostrar? Eu procurei esse livro por todo canto.

– Do mosteiro?

– Do mundo.

O dominicano se levantou e espanou a terra e os galhos do hábito branco. Gamache também se levantou.

– Por que o senhor não perguntou ao abade ou a qualquer um dos monges?

– Achei que eles provavelmente o haviam escondido.

– Bom, não esconderam. Ele normalmente fica no púlpito da Capela Santíssima, para todos os monges consultarem.

– Eu não vi o livro lá.

– É porque um dos monges tem ficado com ele. Para estudar os cânticos.

Enquanto conversavam, caminharam de volta para o mosteiro e pararam em frente à grossa porta de madeira. Gamache bateu e, após um instante, ouviram o ferrolho deslizar para trás e a chave girar na fechadura. Eles entraram. Comparado ao frio do lado de fora, o interior da abadia parecia quase quente. O dominicano já estava no meio do corredor quando Gamache o chamou de volta.

– Frère Sébastien?

O monge parou e se virou, impaciente.

Gamache apontou para Frère Luc, parado na sala do porteiro.

– O quê?

Então Frère Sébastien entendeu o que Gamache estava dizendo. O dominicano começou a voltar, a princípio rápido, mas desacelerando o passo à medida que se aproximava da sala do porteiro.

Frère Sébastien pareceu relutante em dar aquele último passo. Por medo, talvez, da decepção, pensou Gamache. Ou talvez ele tivesse percebido que não queria realmente que a busca terminasse. Porque, nesse caso, o que ele faria?

Se o mistério fosse resolvido, qual seria seu propósito?

Frère Sébastien parou na porta da sala do porteiro.

– O senhor se importaria, *mon frère* – pediu o dominicano, de repente formal, quase grave –, se eu desse uma olhada no seu *Livro de Cânticos*?

Gamache sabia que aquela não seria a abordagem da Inquisição no passado. Eles teriam simplesmente pegado o livro e, quase com certeza, queimado o jovem monge que o possuía.

Frère Luc deu um passo para o lado.

E o cão do Senhor deu os últimos passos de uma jornada que começara centenas de anos e milhares de quilômetros antes. Por irmãos mortos havia muito tempo.

Ele entrou na salinha sombria e olhou para o livro grande, de encadernação simples, na mesa. Sua mão pairou sobre a capa. Então ele abriu o volume e inspirou fundo.

Depois, expirou todo o ar.

Em um longo e vagaroso arquejo.

– É ele.

– Como o senhor sabe? – perguntou Gamache.

– Por causa disto.

O monge pegou o livro e o segurou nos braços.

Gamache pôs os óculos de leitura e se inclinou para ele. Frère Sébastien estava apontando para a primeira palavra da primeira página. Sobre ela, havia um neuma. Mas onde o dedo estava não havia nada, só um ponto.

– Isto? – perguntou Gamache, também apontando. – Este ponto?

– Este ponto – confirmou Sébastien, com uma expressão fascinada, perplexa, no rosto. – É ele. O primeiro livro de canto gregoriano. E isto – disse ele, levantando o dedo um milímetro – é a primeira nota musical. Isto deve ter, de alguma forma, chegado às mãos de Gilberto de Sempringham, no século XII – explicou o dominicano, falando com a página, e não com os homens à sua volta. – Talvez como um presente, um agradecimento da Igreja, pela lealdade dele a Tomás Becket. Mas Gilberto não devia saber como o livro era valioso. Ninguém sabia, naquela época. Eles não tinham como saber que ele era único. Que se tornaria único.

– Mas o que torna o livro único? – quis saber Gamache.

– Este ponto. Ele não é um ponto.

– Então, o que é?

Para Gamache, parecia um ponto. Poucas vezes ele se sentira tão burro quanto desde que chegara em Saint-Gilbert.

– É o tom, a chave.

Os dois olharam para o jovem *portier* que acabara de falar.

– O ponto de partida.

– Você sabia? – perguntou Frère Sébastien a Frère Luc.

– No início, não – admitiu Luc. – Eu só sabia que os cânticos daqui eram diferentes de tudo o que eu já tinha ouvido ou cantado. Mas eu não sabia por quê. Então Frère Mathieu me contou.

– Ele sabia que este livro era inestimável? – perguntou o dominicano.

– Acho que ele não pensava nesses termos. Mas acho que sabia que era único. Ele sabia o suficiente sobre canto gregoriano para notar que nenhum dos outros, em toda a literatura e em todas as coleções, tinha este ponto. E ele sabia o que significava.

– E o que significa? – perguntou Gamache.

– Este ponto é a Pedra de Roseta musical – disse Frère Sébastien, depois se voltou para Luc. – Você chamou o ponto de chave, e é exatamente isso que ele é. Todos os outros cânticos chegam perto. É como chegar a este mosteiro mas não conseguir passar pela porta. O melhor a fazer é vagar pelo lado de fora. Perto. Mas não exatamente ali. Isto – afirmou ele, meneando a cabeça para a página – é a chave que destranca a porta e nos leva para dentro do canto gregoriano. Isto nos leva para dentro da mente e da voz dos primeiros monges. Com isto, sabemos como os cânticos originais soavam. Como realmente soa a voz de Deus.

– De que jeito? – perguntou Gamache, esforçando-se para não parecer exasperado.

– Conte para ele – pediu Frère Sébastien, fazendo um convite ao jovem gilbertino. – O livro é de vocês.

Frère Luc corou de orgulho e olhou para o dominicano quase com adoração. Não só por tê-lo incluído naquela conversa, mas também por tratá-lo como a um igual.

– Não é só um ponto – afirmou Frère Luc, voltando-se para Gamache. – Se o senhor encontrasse um mapa do tesouro que tivesse todas as direções, mas não o ponto de partida, ele seria inútil. Este símbolo é o ponto de partida. Ele nos diz qual deve ser a primeira nota.

Gamache voltou a olhar o livro, aberto nos braços de frère Sébastien.

– Mas eu pensei que o neuma dissesse isso – argumentou ele, apontando para o primeiro rabisco acima da primeira palavra desbotada.

– Não – disse Luc, paciente agora, um professor nato ao tratar de algo que conhecia e amava. – Ele só diz que a gente tem que erguer a voz. Mas a partir de onde? Este ponto está no meio da letra. A voz deve começar no registro médio e subir.

– Não é exatamente preciso – comentou Gamache.

– É uma arte, não uma ciência – explicou Frère Sébastien. – É o mais perto que precisamos e podemos chegar.

– Se o ponto é tão importante, por que todos os outros livros de cânticos não têm isso? – perguntou o chefe.

– É uma boa pergunta – admitiu Frère Sébastien. – Nós achamos que isto – disse ele, suspendendo o livro – foi escrito por monges músicos, mas depois copiado. Por escribas. Literatos que não sabiam da importância do ponto. Talvez eles até tenham pensado que era um defeito, um erro.

– Então eles deixaram o ponto de fora? – perguntou Gamache, ao que o dominicano aquiesceu.

Séculos de busca, quase uma guerra santa, gerações de monges dedicados à caçada. Tudo por causa de um ponto faltando e de monges que o haviam confundido com uma falha.

– O cântico que a gente encontrou no corpo do prior tinha um ponto – lembrou Gamache.

Frère Sébastien olhou para o chefe com interesse.

– O senhor notou?

– Eu só notei porque o senhor colocou o dedo em cima dele, como se estivesse tentando esconder.

– Eu estava tentando – admitiu o monge. – Fiquei com medo de que alguém mais percebesse a importância dele. Quem quer que tenha escrito aquela música sabia sobre o *Livro de Cânticos* original. E escreveu outro canto exatamente no mesmo estilo. Incluindo o ponto.

– Mas isso não diminui o número de suspeitos – disse Gamache. – Todos os gilbertinos sabiam sobre este livro. Eles copiam os cânticos. Eles devem saber sobre o ponto e o que ele representa.

– Mas será que todos eles sabem quanto isso torna este livro valioso? – perguntou o dominicano. – Aliás, ele não tem preço. É inestimável.

Luc balançou a cabeça.

– Só Frère Mathieu podia saber, e ele não ligava. A única coisa que tinha valor para ele era a música, nada mais.

– Você também sabia – pontuou Gamache.

– Sobre o ponto, sim, mas não que o livro era inestimável – disse Frère Luc.

Gamache se perguntou se finalmente havia encontrado a motivação do crime. Será que um dos monges tinha percebido que seu velho livro em frangalhos valia uma fortuna? Que o tesouro dentro daquelas paredes não estava escondido, mas totalmente à vista?

Será que o prior tinha sido morto porque ficara entre o monge e a fortuna?

Gamache se voltou para o dominicano.

– É por isso que o senhor está aqui? Não pelos irmãos perdidos, mas pelo livro perdido? Não foi o desenho na capa do CD que denunciou os monges, mas a música em si.

A verdade se tornara clara. Aquele monge tinha seguido os neumas até ali. Por séculos a Igreja procurara o ponto de partida. A gravação gilbertina de canto gregoriano havia, sem querer, fornecido exatamente isso.

Frère Sébastien pareceu pesar a resposta e então, finalmente, anuiu.

– Quando o Santo Padre ouviu a gravação, soube na hora. O canto gregoriano era igual ao que é cantado nos mosteiros ao redor do mundo. Só que divino.

– Sagrado – concordou Frère Luc.

Os dois olharam para Gamache com olhos intensos. Havia algo assustador naquele nível de zelo. Por um único ponto.

No princípio.

O belo mistério. Finalmente solucionado.

TRINTA E TRÊS

DEPOIS DO CAFÉ DA MANHÃ, GAMACHE se aproximou do abade. Não para falar sobre o *Livro de Cânticos* e seu valor. Isso ele decidiu manter em segredo por ora. Mas sobre outra coisa, de valor inestimável para o próprio chefe.

– O senhor conseguiu falar com o barqueiro?

Ele assentiu.

– Frère Simon precisou tentar algumas vezes, mas finalmente conseguiu a conexão. Ele está esperando a névoa se dissipar, mas tem esperança de chegar aqui ao meio-dia. Não se preocupe – disse Dom Philippe, mais uma vez interpretando corretamente as linhas no rosto de Gamache. – Ele vai vir.

– *Merci, mon père.*

Quando o abade e os outros saíram para se preparar para as Laudes, Gamache consultou o relógio. Eram 7h20. Mais cinco horas. Sim, o barqueiro viria, mas o que encontraria quando atracasse?

Jean Guy não tinha aparecido para tomar o café da manhã. A passos largos, Gamache atravessou a capela silenciosa e a porta distante. Alguns monges assentiram para ele no corredor enquanto deixavam suas celas e se encaminhavam para o serviço seguinte.

O chefe espiou no escritório do prior, mas ele estava vazio. Então bateu na porta de Beauvoir e entrou sem esperar resposta.

Jean Guy estava deitado na cama. Com as roupas da noite anterior. A barba por fazer, desgrenhado. Com os olhos turvos, ele se apoiou em um cotovelo.

– Que horas são?

– Quase sete e meia. O que está acontecendo, Jean Guy? – perguntou Gamache, de pé ao lado da cama, enquanto Beauvoir tentava se levantar.

– Eu só estou cansado.

– É mais do que isso – disse ele, olhando atentamente para o homem que conhecia tão bem. – Você tomou alguma coisa?

– O senhor está brincando? Eu estou limpo e sóbrio. Quantas vezes vou precisar provar isso? – retrucou Beauvoir, irritando-se.

– Não minta para mim.

– Eu não estou mentindo.

Eles se entreolharam. *Cinco horas*, pensou Gamache. *Só cinco horas. A gente consegue.* Ele examinou o quartinho, mas não havia nada fora do lugar.

– Vista-se, por favor, e me encontre na Capela Santíssima para as Laudes.

– Por quê?

Gamache estava completamente imóvel.

– Porque eu estou pedindo.

Fez-se uma pausa entre os dois.

Então Beauvoir cedeu.

– Está bem.

Gamache saiu e, alguns minutos depois, Beauvoir tomou uma ducha rápida e se juntou a ele na Capela Santíssima, chegando assim que os cânticos começaram. Ele desabou no banco ao lado de Gamache, mas não disse nada. Estava furioso por ter recebido uma ordem e por ter sido questionado. Posto em dúvida.

A cantoria, como sempre, começou lá de longe. Em um distante mas perfeito princípio. E, então, se aproximou. Beauvoir fechou os olhos.

Inspirar fundo, disse a si mesmo. Expirar todo o ar.

Era como se ele estivesse respirando as notas. Conduzindo-as ao centro de seu ser. Elas pareciam mais leves que as notas pretas redondas. Aqueles neumas tinham asas. Beauvoir se sentiu meio alegre, meio tonto. Livre de seu estupor. Livre do buraco no qual havia se enfiado.

Enquanto escutava a música, ouvia não só as vozes, mas a respiração dos monges, também em uníssono. Inspirar fundo. E depois o canto, ao expirar. Expirar.

E, então, antes que se desse conta, as Laudes haviam terminado, e os monges, partido. Todo mundo tinha ido embora.

Beauvoir abriu os olhos. A Capela Santíssima estava em completo silêncio e ele, sozinho. Exceto pelo chefe.

– A gente precisa conversar – disse Gamache, baixinho, sem olhar para Beauvoir, mas para a frente. – Seja o que for, vai ficar tudo bem.

A voz dele era confiante, gentil e reconfortante. Beauvoir se sentiu atraído por ela. E então sentiu seu corpo ser arremessado para a frente. Perdendo todo o controle. O banco arremessando-o para cima, e ele não conseguia se deter.

Então a mão forte de Gamache estava em seu peito, parando-o. Segurando-o. Ele ouviu aquela voz familiar chamar seu nome. Não Beauvoir. Não inspetor.

Jean Guy. Jean Guy.

E sentiu que deslizava para o lado, mole, e que seus olhos rolavam para a nuca. Logo antes de apagar, ele viu prismas de luz vindo de cima e sentiu a jaqueta do chefe contra o rosto e cheiro de sândalo e água de rosas.

Os olhos de Beauvoir piscaram, suas pálpebras pesadas. E então se fecharam.

Armand Gamache pegou Jean Guy no colo e correu pela Capela Santíssima.

Não leva esta criança.

Não leva esta criança.

– Fica comigo, filho – murmurou ele repetidas vezes até que, finalmente, eles chegaram à enfermaria.

– O que aconteceu? – perguntou Frère Charles enquanto Gamache deitava Jean Guy na mesa de exames.

Todos os sinais do monge relaxado e jovial tinham desaparecido. O médico assumira o controle e, agora, sua mão se movia depressa sobre Beauvoir.

– Acho que ele tomou alguma coisa, mas não sei o quê. Ele estava viciado em analgésicos, mas já está limpo há uns três meses.

O médico fez uma avaliação rápida do paciente, levantando as pálpebras de Beauvoir, tomando seu pulso. Ele enrolou o suéter do inspetor até o peito, para auscultar melhor. Ali, Frère Charles parou e olhou para o chefe.

Uma cicatriz percorria o abdômen de Beauvoir.

– Qual era o analgésico? – perguntou ele.

– OxyContin – respondeu Gamache, e viu a preocupação no rosto de Frère Charles. – Ele foi baleado. O OxyContin foi prescrito para a dor.

– Meu Deus – murmurou o monge, baixinho. – Mas a gente não tem certeza se o que ele tomou foi OxyContin. O senhor diz que ele está limpo. Tem certeza?

– Eu tenho certeza de que ele estava quando chegou. Eu conheço este jovem, muito bem. Eu perceberia se ele tivesse uma recaída.

– Bom, isto parece uma overdose para mim. Ele está respirando e os sinais vitais estão fortes. O que quer que ele tenha tomado, não foi o suficiente para matar. Mas ajudaria se a gente conseguisse os comprimidos.

Frère Charles rolou Beauvoir de lado, caso ele vomitasse, e Gamache revistou os bolsos de Jean Guy. Estavam vazios.

– Eu já volto – disse o inspetor-chefe, mas, antes de ir até a porta, tocou de leve o rosto de Beauvoir e o sentiu frio e úmido.

Depois, se virou e saiu.

Enquanto suas longas pernas o conduziam de volta pelo corredor, passando por monges que o encaravam, Gamache consultou o relógio. Oito da manhã. Quatro horas. O barqueiro chegaria dali a quatro horas. Se a neblina se dissipasse.

A luz alegre não havia aparecido naquele dia. Quase nenhum sol conseguia atravessar as janelas altas, e não dava para ver se o tempo estava abrindo ou fechando.

Quatro horas.

Ele partiria com Beauvoir. Agora sabia disso. Estando o assassinato resolvido ou não. Segundo o médico, Jean Guy não corria perigo iminente. Mas Gamache sabia que o perigo ainda estava longe de ser eliminado.

Ele não demorou muito para achar o pequeno frasco de comprimidos na pequena cela de Beauvoir. Estava debaixo do travesseiro. Mal escondido. Mas, bem, Jean Guy não esperava desmaiar. Não esperava que aquele quarto fosse revistado.

Gamache pegou o frasco de comprimidos com um lenço.

OxyContin. Só que não tinha sido prescrito para Beauvoir. Simplesmente não tinha sido prescrito para ninguém. No rótulo, havia só o nome do fabricante e o nome e a dosagem da droga.

Após colocar o frasco no bolso, Gamache revistou a cela e encontrou um bilhete na lixeira de papel. *Tomar quando necessário*. E uma assinatura. Ele dobrou o papel cuidadosamente, com mais precisão que o necessário. Parando na janela, olhou para a neblina.

Sim. Estava se dissipando.

NA ENFERMARIA, FRÈRE CHARLES REALIZAVA tarefas administrativas e a cada poucos minutos checava o estado de Beauvoir. A respiração antes superficial e rápida agora vinha em intervalos regulares. E estava mais profunda. O inspetor da Sûreté não estava mais desmaiado. Agora só dormia.

Ele acordaria dali a mais ou menos uma hora, com dor de cabeça, sede e abstinência. Frère Charles não invejava aquele homem.

O monge elevou os olhos e levou um susto. Armand Gamache estava parado bem na porta. E, enquanto Frère Charles o observava, o inspetor-chefe fechou a porta devagar.

– O senhor encontrou? – perguntou o médico.

O chefe estava olhando para ele de um jeito que não o agradava nem um pouco.

– Encontrei. Debaixo do travesseiro dele.

Frère Charles estendeu a mão para o frasco, mas Gamache não se mexeu. Ele continuou encarando o monge, que baixou os olhos, já incapaz de sustentar aquele olhar duro e pesado.

– Eu também encontrei isto.

Gamache ergueu o bilhete, e o monge foi pegá-lo, mas o chefe o puxou de volta. Frère Charles o leu enquanto o papel pairava no ar entre eles, então encontrou os olhos do inspetor-chefe.

A boca do monge se abriu, mas nenhuma palavra saiu dela. Seu rosto ficou vermelho-vivo, e ele tornou a olhar para o bilhete na mão de Gamache.

Tinha sua própria caligrafia. Com sua própria assinatura.

– Mas eu não... – tentou falar de novo, e corou ainda mais.

O inspetor-chefe baixou o papel e foi até Beauvoir. Lá, ele pôs a mão no pescoço do inspetor, para sentir o pulso. O médico identificou que aquele era um gesto treinado. Um gesto natural. Do chefe da Divisão de Homicídios. Para estabelecer uma prova de vida. Ou morte.

Então Gamache se voltou para o médico.

– É a sua letra? – perguntou, meneando a cabeça para o bilhete.

– É, mas...

– E a sua assinatura?

– É, mas...

– O senhor deu estes comprimidos para o inspetor Beauvoir?

Gamache enfiou a mão no bolso e estendeu o frasco, usando um lenço.

– Não. Eu nunca dei estes comprimidos a ele. Deixe-me ver.

O médico esticou o braço, mas Gamache afastou o frasco, de modo que Frère Charles precisou se inclinar para ler o rótulo.

Após examiná-lo, ele se virou e foi até o armário de remédios, que destrancou com uma chave que tinha no bolso.

– Eu mantenho o OxyContin em estoque, mas só para as piores emergências. Normalmente, eu jamais prescreveria. É uma droga perversa. O meu estoque está intacto. Eu tenho o registro, se o senhor quiser ver o que encomendei, quando e o que prescrevi. Não tem nada faltando.

– Registros podem ser falsificados.

O médico aquiesceu e entregou um pequeno frasco de comprimidos ao chefe, que colocou os óculos e o examinou.

– Como o senhor pode ver, inspetor-chefe, os comprimidos são os mesmos, mas a dosagem e o fornecedor são diferentes. Eu nunca encomendo as doses maiores, e compramos os nossos medicamentos de um fornecedor em Drummondville.

Gamache tirou os óculos.

– O senhor é capaz de explicar esse bilhete?

Os dois tornaram a olhar para o papel na mão de Gamache.

Tomar quando necessário. E a assinatura do médico.

– Eu devo ter escrito para outra pessoa, e quem quer que tenha dado o OxyContin para o seu inspetor o encontrou e usou.

– Para quem o senhor receitou alguma coisa recentemente?

O médico consultou o registro, mas ambos sabiam que não era necessário. Era uma comunidade pequena, e aquilo teria sido recente. Frère Charles quase com certeza se lembraria sem a ajuda de um registro.

Mesmo assim, ele fez a pesquisa e voltou.

– Eu deveria exigir um mandado para o senhor acessar o registro médico – disse o monge, mas ambos sabiam que ele não faria isso.

Seria apenas adiar o inevitável, e nenhum dos dois queria isso. Além do mais, o monge nunca mais queria ver aquele olhar frio e duro.

– Foi para o abade. Dom Philippe.

– *Merci*.

Gamache foi até Beauvoir mais uma vez e olhou para o rosto de seu agora adormecido inspetor. Depois de envolvê-lo confortavelmente no cobertor, o chefe se dirigiu à porta.

– O senhor pode me dizer para que era a receita?

– Para um tranquilizante suave. O abade não dorme bem desde a morte de Frère Mathieu. Ele precisava cumprir suas obrigações, então veio buscar ajuda.

– O senhor já receitou tranquilizantes para ele antes?

– Não, nunca.

– E para os outros irmãos? Tranquilizantes? Pílulas para dormir? Medicação para dor?

– Acontece, mas eu sou bastante criterioso.

– O senhor sabe se o abade tomou os tranquilizantes?

O médico balançou a cabeça.

– Não, não sei. Eu duvido. Ele prefere meditação a medicação. Todos nós preferimos. Mas ele queria alguma coisa, só para garantir. Eu escrevi o bilhete para ele.

ARMAND GAMACHE CHEGOU à Capela Santíssima, mas, em vez de atravessá-la, parou. E se sentou no último banco. Não para rezar, mas para pensar.

Se o médico estava falando a verdade, aquele bilhete fora encontrado por alguém e usado para dar a Beauvoir a impressão de que os comprimidos vinham dele. Gamache queria poder se convencer de que o inspetor não sabia o que estava tomando, mas o frasco fora claramente identificado como OxyContin.

Beauvoir sabia. E tomara mesmo assim. Ninguém o forçara. Mas alguém o havia tentado. Gamache olhou para o altar, que tinha mudado nos poucos minutos desde que ele se sentara ali. Como acrobatas cintilantes, fios de luz caíam lá de cima.

A névoa estava se dissipando. O barqueiro viria buscá-los. Gamache consultou o relógio. Dentro de duas horas e meia. Será que ele teria tempo de fazer o que era necessário? O inspetor-chefe avistou outra pessoa na capela, sentada em silêncio em um banco junto à parede. Talvez não tentando se esconder, mas tampouco completamente à vista.

Era o dominicano. Sentado sob a luz refletida. Com um livro nos joelhos.

E, naquele momento, o inspetor-chefe soube, com desgosto, o que precisava fazer.

Jean Guy Beauvoir sentiu a própria boca antes de qualquer outra coisa. Ela estava imensa. E cheia de pelos e lama. Ele a abriu e fechou. O som foi gigantesco. Um som pastoso e que estalava, como o avô comendo em seus últimos anos de vida.

Então ele ouviu a própria respiração, que também soou muito mais alta que o natural. E, finalmente, ele se forçou a abrir um olho. O outro parecia colado. Através da fresta, viu Gamache sentado em uma cadeira dura, bem perto.

Beauvoir teve um momento de pânico. O que tinha acontecido? Na última vez em que vira o chefe sentado daquele jeito, estava gravemente, quase mortalmente ferido. Será que tinha acontecido de novo?

Mas ele achava que não. Isso parecia diferente. Ele estava exausto, quase anestesiado. Mas não com dor. Embora, lá no fundo, sentisse uma pontada.

Ele observou Gamache sentado ali, tão quieto. O chefe estava de óculos, lendo. Na última vez, no hospital de Montreal, Gamache também estava ferido. Seu rosto fora um choque para Beauvoir quando ele finalmente acordara o suficiente para absorver alguma coisa.

Estava coberto de hematomas e havia um curativo na testa. E, quando ele se levantara para se inclinar sobre Beauvoir, Jean Guy vira a careta de dor. Antes que ele rapidamente a transformasse em um sorriso.

"Está tudo bem, rapaz?", perguntara ele, baixinho.

Beauvoir não conseguira falar. Sentira-se adormecendo de novo, mas sustentara aqueles olhos castanho-escuros o máximo que conseguira antes de se deixar levar.

Agora, na enfermaria do mosteiro, ele observava o chefe.

Ele já não estava ferido e, embora houvesse – sempre haveria – uma cicatriz profunda em sua têmpora esquerda, ela tinha sarado. O chefe tinha sarado.

Beauvoir, não.

Na verdade, agora lhe parecia que, quanto mais saudável o chefe ficava, mais fraco ele próprio se tornava. Como se Francoeur tivesse razão, e Gamache o estivesse sugando por completo. Usando-o até que ele pudesse ser descartado. Em favor de Isabelle Lacoste, que o chefe acabara de promover à mesma patente de Beauvoir.

Mas ele sabia que não era verdade. Ele tirou de sua carne o anzol daquele pensamento e quase o viu flutuar para longe. Mas pensamentos terríveis assim vinham com uma farpa.

– *Bonjour.*

O chefe levantou a cabeça e notou o olho aberto de Jean Guy.

– Como você está se sentindo? – perguntou ele, inclinando-se para a cama e sorrindo. – Você está na enfermaria.

Jean Guy lutou para se levantar, e conseguiu com a ajuda de Gamache. Eles estavam sozinhos. O médico tinha saído para a missa das onze, deixando Gamache com seu inspetor.

O chefe levantou a cabeceira da cama, colocou alguns travesseiros atrás de Beauvoir e o ajudou a beber um copo d'água, tudo sem dizer uma palavra. Beauvoir começou a se sentir humano de novo. Seu torpor se dissipou, primeiro devagar, depois com uma rápida sucessão de lembranças.

O chefe se sentou de novo, com as pernas cruzadas. Gamache não parecia sério, recriminador ou zangado. Mas queria respostas.

– O que aconteceu? – perguntou o chefe, afinal.

Beauvoir não disse nada, mas observou, consternado, Gamache enfiar a mão no bolso da jaqueta e tirar dele um lenço. E o abrir.

Jean Guy assentiu, depois fechou os olhos, tão envergonhado que não conseguia encarar Gamache. E, se não conseguia encarar Gamache, como conseguiria encarar Annie?

O pensamento o deixou tão enjoado que ele achou que fosse vomitar.

– Está tudo bem, Jean Guy. Foi um deslize, nada mais. A gente vai te levar para casa e buscar ajuda. Nada que não possa ser consertado.

Beauvoir abriu os olhos e viu Gamache olhando para ele não com pena, mas com determinação. E confiança. Ficaria tudo bem.

– *Oui, patron* – conseguiu dizer.

E até se pegou acreditando. Que aquilo poderia ser deixado para trás.

– Me conte o que aconteceu.

Gamache guardou o frasco e se inclinou para a frente.

– Isto estava lá, na mesinha de cabeceira, com um bilhete do médico – respondeu Beauvoir. – Pensei...

Pensei que fosse uma receita. Pensei que não faria mal, já que vinha do médico. Pensei que não tivesse escolha.

Ele sustentou o olhar do chefe e hesitou.

– ... não pensei. Eu queria as pílulas. Não sei por quê, mas estava com uma fissura, elas apareceram e eu tomei.

O chefe anuiu e deixou Beauvoir se recompor.

– Quando foi isso? – quis saber Gamache.

Beauvoir precisou pensar. Quando fora? Semanas antes, com certeza. Meses. Uma vida inteira.

– Ontem de manhã.

– Não foi o médico quem colocou os comprimidos lá. Você faz ideia de quem mais pode ter feito isso?

Beauvoir pareceu surpreso. Ele sequer pensara naquilo, aceitando completamente que o remédio vinha do monge médico. Ele balançou a cabeça.

Gamache se levantou e pegou outro copo d'água para Beauvoir.

– Você está com fome? Posso arrumar um sanduíche.

– *Non, patron. Merci.* Estou bem.

– O abade chamou o barqueiro, e ele vai chegar em pouco mais de uma hora. Nós vamos embora juntos.

– Mas e o caso? O assassino?

– Muita coisa pode acontecer em uma hora.

Beauvoir observou Gamache ir embora. Ele sabia que o chefe estava certo. Muita coisa poderia acontecer em uma hora. E muita coisa poderia desmoronar.

TRINTA E QUATRO

ARMAND GAMACHE SE SENTOU EM UM dos primeiros bancos e observou os monges em sua missa das onze. De vez em quando fechava os olhos e rezava para que aquilo desse certo.

Menos de uma hora agora, pensou. Na verdade, o barqueiro podia até já estar no píer. Gamache observou o abade deixar seu lugar no banco e caminhar até o altar, onde fez a genuflexão e cantou algumas frases de uma oração em latim.

Um por um, os outros monges se uniram a ele.

Chamado, resposta. Chamado. Resposta.

Então, houve um momento em que todos os sons ficaram em suspenso e pareceram pairar no ar. Não um silêncio, mas uma inspiração profunda e coletiva.

Depois, todas as vozes se juntaram em um coro que só poderia ser descrito como glorioso. Armand Gamache o sentiu ressoar em seu âmago. A despeito do que havia acontecido com Beauvoir. A despeito do que havia acontecido com Frère Mathieu. A despeito do que estava prestes a acontecer.

Invisível atrás dele, Jean Guy Beauvoir chegara à capela. Ele adormecera e despertara várias vezes desde que o chefe saíra da enfermaria, então, finalmente, emergira do sono. Estava todo dolorido e, bem longe de melhorar, parecia piorar. Ele caminhara pelo longo corredor como se fosse um idoso. Arrastando os pés. As articulações rangendo. A respiração curta. Porém cada doloroso passo o aproximava de onde ele sabia que era seu devido lugar.

Não necessariamente a Capela Santíssima. Mas ao lado de Armand Gamache.

Uma vez na capela, ele viu o chefe bem na frente.

Mas o corpo de Beauvoir já o havia carregado o mais longe que podia, e ele afundou no último banco. Ele se inclinou para a frente, as mãos pendendo, frouxas, no banco da frente. Não exatamente em oração, mas em uma espécie de limbo.

O mundo parecia muito distante, mas a música, não. Ela estava em toda parte. Dentro e fora dele. Apoiando-o. A música era pura e simples. As vozes cantavam em uníssimo. Uma voz, uma música. A própria simplicidade dos cânticos tanto acalmava quanto energizava Beauvoir.

Não havia caos ali. Nada inesperado. Exceto o efeito que a música tinha nele. Isso era completamente inesperado.

Uma coisa estranha pareceu tomar conta dele. Ele se sentiu diferente.

Então percebeu o que era.

Paz. Paz completa e absoluta.

Ele fechou os olhos e deixou que os neumas o elevassem, para fora de si mesmo, do banco, da Capela Santíssima. Eles o conduziram para fora da abadia e por sobre o lago e a floresta. Beauvoir voou com eles, livre, desprendido.

Aquilo era melhor que Percocet, melhor que OxyContin. Já não havia dor, ansiedade ou preocupações. Não havia "nós" e "eles", fronteiras nem limites.

Então a música parou e Beauvoir desceu, suavemente, até o chão.

Ele abriu os olhos e perscrutou o entorno, perguntando-se se alguém tinha percebido o que acabara de acontecer com ele. Viu o inspetor-chefe em um dos bancos da frente e, na fileira ao lado da sua, o superintendente Francoeur.

Beauvoir olhou ao redor. Faltava alguém.

O dominicano. O que será que tinha acontecido com o homem da Inquisição?

Beauvoir se virou para o altar e interceptou um breve olhar de Gamache para Francoeur.

Meu Deus, pensou. *Ele realmente despreza o homem.*

ARMAND GAMACHE VOLTOU SEU OLHAR para os monges. O canto havia cessado e o abade estava, de novo, de pé na frente e no centro da igreja silenciosa.

Então, em meio ao silêncio, irrompeu uma única voz. Um tenor. Cantando.

O abade olhou para seus monges. Os monges olharam para seu abade e, depois, uns para os outros. Os olhos estavam arregalados, mas a boca, fechada.

E, no entanto, a límpida voz continuava.

O abade se postou diante da hóstia e do cálice de vinho. O corpo e o sangue de Cristo. O pão ázimo congelado no meio da bênção, oferecido ao ar.

A bela voz os envolvia, como se tivesse deslizado pelos raios de luz tênue e tomado posse da capela.

O abade voltou o rosto para a diminuta congregação. Para ver se um deles havia perdido o juízo e encontrado a própria voz. Mas só viu os três policiais. Espalhados. Assistindo. Em silêncio.

Então, de trás da placa em homenagem a São Gilberto, surgiu o dominicano. Frère Sébastien caminhou devagar, solenemente, até o meio da Capela Santíssima. Lá, ele parou.

– *Não consigo ouvir você* – cantou ele em um andamento alegre, muito mais rápido e mais leve que qualquer canto gregoriano ouvido na capela.

A letra em latim preenchia o ar.

– *Estou com uma banana no ouvido.*

A música com a qual o prior morrera, agora ganhando vida.

– *Eu não sou um peixe* – entoou o dominicano, enquanto caminhava pela nave da igreja. – *Eu não sou um peixe.*

Os monges e o abade estavam paralisados. O sol dissipava ainda mais a neblina, e pequenos arco-íris dançavam em volta deles. Frère Sébastien se aproximou do altar, a cabeça erguida, os braços enfiados nas mangas, a voz preenchendo o vazio.

– Pare.

Não foi tanto uma ordem, mas um uivo. Um gemido.

Porém o dominicano não interrompeu nem o canto, nem a caminhada. Ele prosseguiu, sem pressa e inexorável, em direção ao altar. E aos monges.

Devagar, Armand Gamache ficou de pé, seus olhos no único monge que havia, por fim, se separado do resto.

A voz solitária.

– Nããã0! – gritou de dor o monge.

Era como se a música lhe incendiasse a pele, como se a Inquisição tivesse um último monge para queimar.

Frère Sébastien parou de repente, logo abaixo do abade, e olhou para cima.

– *Dies irae* – cantou ele.

Dia de ira.

– Pare – implorou o monge.

Ele deu um passo em direção ao dominicano e caiu de joelhos.

– Por favoooor!

E o dominicano parou. Tudo o que preenchia a capela agora eram soluços. E a luz alegre.

– Você matou o seu prior – disse Gamache, baixinho. – *Ecce homo*. Ele é homem. E você matou Frère Mathieu por isso.

Perdoe-me, padre, pois eu pequei.

O abade se benzeu.

– Continue, meu filho.

Fez-se uma longa pausa. Dom Philippe sabia que aquele velho confessionário tinha ouvido muitas, muitas coisas ao longo dos séculos, mas nenhuma tão vergonhosa quanto a que estava prestes a ser dita.

Deus, é claro, já sabia. Provavelmente soubera antes mesmo de o golpe ser desferido. Provavelmente, até antes de o pensamento ser formado. Aquela confissão não era para o Senhor, mas para o pecador, a ovelha que havia se afastado demais do rebanho. E que tinha se perdido em uma terra de lobos.

– Eu cometi um assassinato. Eu matei o prior.

Insetos rastejavam por toda a pele de Jean Guy Beauvoir, e ele se perguntou se a enfermaria estava infestada de percevejos ou baratas.

Correu as mãos pelos braços e tentou arrancar os que lhe desciam pelas costas. Ele e o chefe estavam no escritório do prior, cuidando da papelada e fazendo anotações. Empacotando tudo. Os preparativos finais antes de partir com o barqueiro.

O superintendente fizera a prisão oficial, tomara posse do prisioneiro e chamara o hidroavião para ir buscá-los. Francoeur agora estava sentado na Capela Santíssima enquanto o monge assassino se confessava. Não para a polícia, mas para seu confessor.

O desconforto de Beauvoir vinha em ondas, chegando cada vez mais perto até que, agora, ele mal conseguia ficar parado. Insetos rastejavam por baixo de suas roupas e ondas de ansiedade o invadiam, e ele percebeu que quase já não conseguia respirar.

E a dor tinha voltado. Em suas entranhas, em sua medula. Seus cabelos, seus globos oculares, seus lábios secos doíam.

– Eu preciso de um comprimido – disse ele, mal conseguindo focar no homem à sua frente.

Ele viu Gamache levantar a cabeça das anotações que fazia e olhar para ele.

– Por favor. Só mais um, e eu paro. Só até eu chegar em casa.

– O médico disse para eu te dar um Tylenol extraforte...

– Eu não quero um Tylenol! – gritou Beauvoir, batendo a mão na mesa. – Pelo amor de Deus, por favor. Este vai ser o último, eu juro.

O inspetor-chefe colocou dois comprimidos na mão calmamente e deu a volta na mesa com um copo d'água. Ele estendeu a palma da mão a Beauvoir, que agarrou os remédios e os jogou no chão.

– Não estes, não o Tylenol. Eu preciso dos outros.

Ele os viu no bolso da jaqueta de Gamache.

Jean Guy Beauvoir sabia que não deveria. Sabia que isso seria cruzar uma linha e que jamais teria volta. Mas, por fim, já não havia mais "saber". Apenas a dor. E o rastejar dos insetos, e a ansiedade. E a necessidade.

Ele se levantou da cadeira e, com toda a força de que dispunha, agarrou o bolso de Gamache, empurrando-o contra a parede de pedra.

– Eu matei o prior.

– Continue, meu filho – incentivou o abade.

Fez-se um silêncio. Mas não um silêncio total. Dom Philippe ouviu arquejos enquanto o homem do outro lado do confessionário tentava respirar.

– Não era a minha intenção. Não mesmo.

A voz estava começando a ficar histérica, e o abade sabia que isso não ajudaria em nada.

– Devagar – aconselhou. – Devagar. Conte o que aconteceu.

Fez-se outra pausa enquanto o monge se recompunha.

– Frère Mathieu queria conversar sobre o cântico que tinha escrito.

– Mathieu escreveu o cântico?

O abade sabia que não deveria fazer perguntas durante uma confissão, mas não conseguia se conter.

– Foi.

– A letra e a música? – perguntou o abade, prometendo a si mesmo que aquela seria a última interrupção.

E então, silenciosamente, pediu perdão a Deus por mentir. Ele sabia que haveria outras.

– Sim. Bom, ele escreveu a música, depois só colocou um monte de palavras em latim para encaixar na métrica. Ele queria que eu escrevesse a letra real.

– Ele queria que você escrevesse uma oração?

– Algo assim. Não que eu seja tão bom assim em latim, mas qualquer pessoa era melhor do que ele. E acho que ele queria um aliado. Ele queria tornar os cânticos ainda mais populares e pensou que, se a gente conseguisse modernizar só um pouquinho a música, alcançaria um público maior. Eu tentei dissuadir o prior. Aquilo não era certo. Era blasfêmia.

O abade ficou sentado em silêncio, esperando algo mais. Que finalmente veio.

– O prior me deu o novo cântico há mais ou menos uma semana. Ele disse que, se eu o ajudasse, poderia cantar na nova gravação. Ser o solista. Ele estava animado, e no início eu também, até que olhei melhor. Eu vi o que ele estava fazendo. Não tinha nada a ver com a glória a Deus e tudo a ver com o ego dele. Ele esperava que eu simplesmente concordasse. Ele não acreditou quando eu me recusei.

– O que Frère Mathieu fez?

– Ele tentou me subornar. E, depois, ficou com raiva. Disse que ia me tirar do coro.

Dom Philippe tentou imaginar ser o único monge que não cantava os cânticos. Ser excluído daquela Glória. Excluído da comunidade. Deixado de fora. Em completo silêncio.

Aquilo não seria vida.

– Eu precisava deter Frère Mathieu. Ele teria destruído tudo. Os cânticos, o mosteiro. Me destruído.

A voz incorpórea fez uma pausa para se recompor. E, quando voltou a falar, estava tão baixa que o abade precisou encostar o ouvido na grade para escutar.

– Era uma profanação. O senhor escutou, *mon père*. O senhor viu que alguma coisa tinha que ser feita para deter o prior.

Sim, pensou o abade, ele havia escutado. Mal acreditando em seus olhos e ouvidos, ele observara o dominicano caminhar até a nave da Capela Santíssima. Primeiro, ficara chocado, irritado até. E então, que Deus o perdoasse, toda a raiva desaparecera e ele fora seduzido.

Mathieu havia criado um cantochão com um ritmo complexo. A música derrubara as últimas defesas do abade. Muralhas que ele não sabia que tinha. E as notas, os neumas e a belíssima voz tinham encontrado o acorde no âmago de Dom Philippe.

E, por alguns instantes, o abade conhecera o êxtase completo e absoluto. Ressoara com o amor. De Deus, do homem. De si mesmo. De todas as pessoas e coisas.

Mas, agora, tudo o que ele ouvia eram soluços do outro lado da cabine de confissão.

Frère Luc tinha finalmente feito sua escolha. Ele deixara a *porterie* e matara o prior.

GAMACHE SENTIU QUE ERA LANÇADO para trás e se preparou para a pancada. Suas costas bateram na parede de pedra e ele perdeu o fôlego.

Mas, de longe, o maior choque veio naquela fração de segundo antes do impacto, quando ele percebeu quem estava fazendo aquilo.

Ele ofegou e sentiu a mão de Jean Guy em seu bolso. Procurando os comprimidos.

Gamache agarrou a mão e a torceu. Beauvoir uivou e lutou ainda mais, esmurrando e gemendo. Batendo no rosto e no peito do chefe. Voltando a derrubá-lo, em uma tentativa desesperada e obstinada de pegar o que estava no bolso do outro.

Nada mais importava. Beauvoir se contorcia, empurrava e teria aberto caminho à unha no concreto para chegar àquele frasco de comprimidos.

– Pare, Jean Guy, pare! – gritou Gamache, mas sabia que não adiantava.

Beauvoir estava fora de si. O chefe ergueu o antebraço e o encostou na garganta de Beauvoir no instante em que viu algo que quase parou seu coração.

Jean Guy estava pegando sua arma.

– Todos aqueles neumas... – disse Frère Luc, babando, sua voz úmida e confusa.

O abade ouviu uma fungada e imaginou a longa manga preta do hábito sendo arrastada no nariz escorrendo.

– Eu não conseguia acreditar. Pensei que fosse uma piada, mas o prior disse que era a obra-prima dele. O resultado de uma vida estudando os cânticos. As vozes entoariam o cantochão. Juntas. Os outros neumas eram para instrumentos. Um órgão, violinos e uma flauta. Ele estava trabalhando naquilo havia anos, *Père Abbé*. E o senhor nem sabia.

A voz jovem tinha um tom acusatório. Como se fosse o prior quem tivesse pecado e o abade quem tivesse falhado.

Dom Philippe olhou através da grade do confessionário, tentando ter um vislumbre do outro lado. Ver o jovem monge que acompanhara desde o seminário. Que observara, à distância, enquanto ele crescia e amadurecia e escolhia as ordens sagradas. Enquanto a voz dele começava a longa queda, da cabeça ao coração.

Porém, sem o conhecimento do abade ou do prior, essa queda nunca se completara. A belíssima voz ficara presa em um nó na garganta do jovem.

Depois do sucesso da primeira gravação, mas antes da cisão, Mathieu e o abade tinham se encontrado para uma de suas conversas no jardim. E Mathieu dissera que era chegada a hora. O coro precisava do jovem. Mathieu queria trabalhar com Luc, para ajudar a moldar a voz extraordinária antes que algum regente menos talentoso colocasse as mãos nele.

Um dos irmãos mais velhos acabara de morrer e o abade concordou, com alguma relutância. Frère Luc ainda era muito jovem e aquele mosteiro era muito remoto.

Mas Mathieu foi convincente.

E, agora, ao espiar através da grade para o assassino, o abade se perguntou se era a voz ou o monge que Mathieu esperava influenciar.

Será que Mathieu imaginava que os outros irmãos poderiam relutar em entoar um cântico tão revolucionário? Mas, se conseguisse recrutar o jovem monge solitário para a abadia, poderia convencê-lo? Não só a entoar o cântico, mas também a escrever a letra?

Mathieu era magnético e Luc, impressionável. Ou era o que o prior pensava.

– O que aconteceu? – perguntou o abade.

Fez-se uma pausa, e ele ouviu mais inspirações irregulares.

O abade não pressionou mais. Tentou dizer a si mesmo que era a paciência que o guiava. Mas sabia que era o medo. Ele não queria ouvir o que vinha a seguir. O rosário pendia de suas mãos e seus lábios se mexiam. Ele esperou.

GAMACHE AGARROU A MÃO DE Beauvoir, tentando soltar a arma. Da garganta de Jean Guy veio um gemido, um grito desesperado. Ele lutava com selvageria, debatendo-se, chutando e escoiceando, mas, finalmente, Gamache torceu o braço de Beauvoir atrás das costas e a arma caiu no chão, retinindo.

Os dois ofegavam. Gamache segurou o rosto de Jean Guy contra a áspera parede de pedra. Beauvoir escoiceou e deu um passo para o lado, mas Gamache o segurou firme.

– Me solta! – gritou Beauvoir para a pedra. – Esses comprimidos são meus! Minha propriedade!

O chefe o segurou ali até que as convulsões e os coices dele diminuíssem e parassem e tudo o que restasse fosse um jovem ofegante. Exausto.

Gamache tirou o coldre do cinto de Beauvoir, depois pegou o distintivo da Sûreté de seu bolso. Então se inclinou para pegar a arma e virou o inspetor.

O homem mais jovem estava sangrando devido aos arranhões na lateral do rosto.

– A gente vai embora daqui, Jean Guy. A gente vai entrar naquele barco e, quando chegar em Montreal, eu vou te levar direto para a reabilitação.

– Vai se ferrar. Eu não volto para lá. E o senhor acha que ficar com esses comprimidos vai adiantar alguma coisa? Eu posso conseguir mais, mesmo sem sair da sede.

– Você não vai para a sede. Você está suspenso. Ou acha que eu vou te deixar sair por aí com um frasco de comprimidos e uma arma? Você vai entrar em licença médica e, quando o seu médico disser que está bem, a gente vai discutir a sua reintegração.

– Vai se ferrar – retrucou Beauvoir, cuspindo, a baba grudando em seu queixo.

– Se você não for por vontade própria, eu vou te prender por agressão e pedir ao juiz que te condene à reabilitação. Você sabe que eu vou.

Beauvoir sustentou o olhar de Gamache e viu que ele ia mesmo.

Gamache pôs o distintivo e a identidade de Beauvoir no bolso. A boca do inspetor estava aberta e um fino fio de saliva pingava em seu suéter. Seus olhos estavam arregalados e vidrados, e ele cambaleava.

– O senhor não pode me suspender.

Gamache respirou fundo e deu um passo para trás.

– Eu sei que este não é você. São essas porcarias de comprimidos. Eles estão te matando, Jean Guy. Mas você vai se tratar, e vai ficar tudo bem. Confie em mim.

– Como eu confiei no senhor na fábrica? Como os outros confiaram?

E Beauvoir, mesmo em meio à névoa, viu que tinha acertado em cheio. Viu o chefe estremecer quando as palavras o atingiram.

E ficou feliz.

Beauvoir observou o chefe colocar sua arma no coldre devagar e prendê-la ao próprio cinto.

– Quem te deu os comprimidos?

– Eu já falei. Eu encontrei estas pílulas no meu quarto, com um bilhete do médico.

– Mas elas não vieram do médico.

Beauvoir estava certo em um ponto. Ele poderia conseguir mais

OxyContin quando quisesse. Quebec estava nadando naquilo. O armário de evidências da Sûreté também. Alguns daqueles comprimidos chegavam, inclusive, a ser apresentados em julgamentos.

Gamache não se mexeu.

Ele sabia quem dera as drogas a Beauvoir.

– *ECCE HOMO* – DISSE o abade. – Por que Mathieu falou isso quando estava morrendo?

– Foi o que eu falei quando o golpeei.

– Por quê?

Houve uma nova pausa e mais um arquejo.

– Ele não era o homem que eu pensei que fosse.

– Você quer dizer que ele era apenas um homem – sugeriu o abade. – Não era o santo que você pensava. Ele era um especialista internacional em canto gregoriano. Um gênio, até. Mas apenas um homem. Você esperava que ele fosse mais.

– Eu amava o prior. Teria feito qualquer coisa por ele. Mas ele me pediu para ajudar a arruinar os cânticos, e isso eu não podia fazer.

– Você foi ao jardim sabendo que talvez matasse o prior? – perguntou o abade, tentando manter a voz neutra. – Você levou a aldrava de ferro.

– Eu precisava deter Frère Mathieu. Quando a gente se encontrou no jardim, eu tentei fazê-lo cair em si, mudar de ideia. Eu rasguei a folha que ele tinha me dado. Achei que era a única cópia.

A voz parou. Mas a respiração continuou, rápida e curta agora.

– Frère Mathieu estava furioso. Disse que ia me chutar para fora do coro. Que ia me deixar sentado nos bancos.

O abade ouvia Frère Luc, mas via Frère Mathieu. Não seu amigo amoroso, gentil e devoto, mas o homem dominado pela raiva. Travado. Rejeitado. O abade mal conseguia enfrentar a força daquela personalidade. Ele começou a entender como o jovem Frère Luc poderia ter perdido a cabeça.

E atacado.

– Tudo o que eu queria era entoar os cânticos. Eu vim para cá para estudar com o prior e entoar os cânticos. Só isso. Por que não foi suficiente?

A voz se tornou um guincho, ininteligível. O abade tentou decifrar as palavras. Frère Luc chorava e implorava a ele que entendesse. E o abade descobriu que entendia.

Mathieu era humano, assim como aquele jovem.

E ele.

Dom Philippe baixou a cabeça para as mãos enquanto os soluços do jovem o cercavam.

GAMACHE DEIXOU BEAUVOIR NO ESCRITÓRIO do prior e foi até a Capela Santíssima. A cada passo, sentia a raiva crescer.

As drogas matariam Jean Guy. Um longo e vagaroso deslizar até o túmulo. Gamache sabia disso. O homem que fizera aquilo também. E fizera mesmo assim.

O inspetor-chefe abriu a porta da Capela Santíssima com tanta força que ela bateu na parede. Ele viu os monges se virarem ao ouvir o estrondo.

Ele viu Francoeur se virar. E, ao se aproximar com uma calma firme e férrea, Gamache viu o sorriso desaparecer do rosto bonito do superintendente.

– A gente precisa conversar, Sylvain – disse Gamache.

Francoeur recuou, subindo os degraus até o altar.

– Não é uma boa hora, Armand. O avião vai chegar a qualquer momento.

– É uma ótima hora.

Gamache continuou caminhando em direção a Francoeur, sem desgrudar os olhos dele. Na mão, segurava um lenço.

À medida que suas passadas longas e firmes o aproximavam do superintendente, Gamache abriu o punho e revelou um frasco de comprimidos.

O superintendente se virou para correr, mas Gamache foi mais rápido e o pressionou contra o cadeiral do coro. Os monges se dispersaram. Só o dominicano continuou onde estava. Mas não disse nem fez nada.

Gamache aproximou seu rosto do de Francoeur.

– Você podia tê-lo matado – rosnou. – Você quase o matou. Como você pôde fazer isso com um dos seus?

Gamache estava agarrando a camisa de Francoeur e a puxava. Ele sentiu o hálito quente do homem no rosto, em baforadas curtas e aterrorizadas.

E Gamache soube. Só um pouco mais de pressão. Só mais alguns instantes, e aquele problema desapareceria. Aquele homem despareceria. Só mais uma torção.

E quem o culparia?

Naquela hora, Gamache o soltou. E recuou, lançando um olhar feroz para o superintendente. A respiração de Gamache estava curta e rápida. Com algum esforço, ele se controlou.

– Você está ferrado, Gamache – disse Francoeur em um sussurro rouco.

– O que aconteceu?

Os dois se viraram e viram Jean Guy Beauvoir agarrado às costas de um banco, olhando para eles, o rosto pálido e suado.

– Nada – respondeu Gamache, ajeitando a jaqueta torta. – O barco já deve estar aqui. A gente vai fazer as malas e ir embora.

Gamache desceu do altar e se dirigiu à porta do escritório do prior. Então percebeu que estava sozinho. Ele se virou.

Francoeur não tinha se mexido. Beauvoir também não.

Gamache voltou devagar pela nave, olhando para Beauvoir o tempo todo.

– Você me ouviu, Jean Guy? – perguntou ele. – A gente precisa ir andando.

– Parece que o inspetor Beauvoir está dividido – disse Francoeur, ajeitando as roupas.

– O senhor me suspendeu – disse Beauvoir. – Eu não preciso de reabilitação. Se eu for com o senhor, prometa que não vai me colocar lá.

– Eu não posso fazer isso – disse Gamache, sustentando os olhos injetados de Beauvoir. – Você precisa de ajuda.

– Isso é ridículo – declarou Francoeur. – Não tem nada de errado com você. Você precisa é de um chefe decente, que não te trate como criança. Você acha que está com problemas agora? Espere só até ele descobrir sobre você e Annie.

Beauvoir se virou para Francoeur. Depois, de volta para Gamache.

– A gente já sabe sobre você e Annie – contou o chefe, sem tirar os olhos de Jean Guy. – Há meses.

– Então por que não disseram nada? – perguntou Francoeur. – Estão com vergonha? Torcendo para que dure pouco? Para que a sua filha caia em si? Talvez seja por isso que ele queira te humilhar, inspetor Beauvoir. Talvez seja por isso que ele tenha te suspendido e queira te mandar para a reabilitação. Com um *coup-de-grâce*, ele vai acabar com a sua carreira e o seu relacionamento. Você acha que ela vai querer se casar com um viciado?

– A gente respeita a privacidade de vocês – respondeu Gamache, ignorando Francoeur e continuando a falar só com Beauvoir. – Nós sabíamos que vocês iam contar quando estivessem prontos. A gente não podia ter ficado mais feliz. Por vocês dois.

– Ele não está feliz – disse Francoeur. – Olhe só para ele. Dá para ver na cara dele.

Gamache deu um cauteloso passo à frente, como se estivesse se aproximando de um cervo arisco.

– Isso, olhe para mim, Jean Guy. Eu soube de você e de Annie por causa dos lilases. As flores que a gente colheu juntos e você deu para ela. Lembra?

A voz dele era gentil. Amável.

Gamache ofereceu a mão direita a Beauvoir. Uma oferta de ajuda. Jean Guy viu o leve tremor naquela mão familiar.

– Volte comigo – disse Gamache.

O silêncio foi total na Capela Santíssima.

– Ele te largou para morrer sozinho – veio a voz na direção deles. – Foi ajudar os outros e deixou você para trás. Ele não te ama. Ele sequer gosta de você. E com certeza não te respeita. Se respeitasse, nunca te suspenderia. Ele quer te humilhar. Te castrar. Devolva a arma dele, Armand. E o distintivo.

Mas Gamache não se mexeu. Sua mão permaneceu estendida para Beauvoir; seus olhos, fixos nele.

– O superintendente Francoeur leu os seus arquivos. Da sua terapia – afirmou Gamache. – É por isso que ele sabe dos seus relacionamentos. É por isso que ele sabe tudo sobre você. Tudo que você pensou que fosse confidencial, tudo que contou para o psicólogo, Francoeur sabe. Ele está usando isso para te manipular.

– De novo, ele está te tratando como criança. Como se você fosse facilmente manipulável. Se você não confia nele com uma arma, Armand, eu confio.

O superintendente Francoeur tirou o coldre e se aproximou de Beauvoir.

– Tome. Eu sei que você não é um viciado. Nunca foi. Você estava morrendo de dor e precisava de medicação. Eu entendo.

Gamache se virou para Francoeur e lutou contra a vontade de sacar imediatamente a arma presa ao cinto e terminar o que havia começado.

Inspirar fundo, disse a si mesmo. Expirar todo o ar.

Quando sentiu que era seguro falar, ele se voltou para Beauvoir.

– Você precisa escolher.

Beauvoir olhou de Gamache para Francoeur. Ambos com a mão estendida para ele. Uma oferecia um leve tremor, e a outra, uma arma.

– Você vai me levar para a reabilitação?

Gamache olhou para ele por um instante. E assentiu.

Fez-se um longo silêncio, que, por fim, Beauvoir quebrou. Não com uma palavra, mas com uma ação. Ele se afastou de Gamache.

GAMACHE FICOU NA PRAIA OBSERVANDO o hidroavião deixar o píer com Francoeur, Frère Luc e Beauvoir a bordo.

– Ele vai cair em si – disse o dominicano, aproximando-se do inspetor-chefe.

Gamache não disse nada. Só observou o avião quicar sobre as ondas. Então se voltou para o companheiro.

– Imagino que o senhor também vá partir logo – disse Gamache.

– Eu não estou com pressa.

– Sério? Nem mesmo para levar o *Livro de Cânticos* de volta para Roma? Foi por isso que o senhor veio, não foi?

– É verdade, mas eu andei pensando. Ele é muito antigo. Talvez seja frágil demais para viajar. Eu vou refletir bem antes de tomar qualquer atitude. Quem sabe até reze sobre isso. A decisão pode levar algum tempo. E "algum tempo", nos padrões da Igreja, é realmente um bom tempo.

– Não espere muito – aconselhou Gamache. – Eu detesto lembrar ao senhor, mas os alicerces da abadia estão ruindo.

– É, bom, sobre isso... Eu tive uma conversa com o chefe da Congregação para a Doutrina da Fé. Ele ficou impressionado com a insistência do abade em manter os votos de silêncio e humildade. Mesmo diante de tanta pressão, inclusive do possível colapso do mosteiro.

Gamache aquiesceu.

– Uma mão firme no leme.

– Foi exatamente o que o Santo Padre disse. Ele também ficou bastante impressionado.

Gamache ergueu as sobrancelhas.

– Tanto que o Vaticano está considerando pagar pela restauração de Saint-Gilbert. A gente já perdeu os gilbertinos uma vez. Seria uma pena perdê-los de novo.

Gamache sorriu e anuiu. Dom Philippe conseguira seu milagre.

– Quando o senhor me pediu para entoar o novo cântico de Frère Mathieu, já sabia que Frère Luc reagiria? – perguntou o dominicano. – Ou foi uma surpresa?

– Bom, eu suspeitava dele, mas não tinha certeza.

– Por que o senhor suspeitou de Frère Luc?

– Primeiro, porque o assassinato aconteceu depois das Laudes. Eu vi para onde cada um foi depois das orações, e ficou claro que Frère Luc estava sozinho. Ninguém o visitou na sala do porteiro. Ninguém atravessou aquele corredor. Só ele poderia ter ido até o jardim sem ser visto, porque todos os outros estavam em grupos.

– Fora o abade.

– É verdade, eu também suspeitei dele por um tempo. Aliás, até o fim eu suspeitei de praticamente todo mundo. Percebi que, embora Dom Philippe não tivesse confessado o crime, ele também não estava se eximindo completamente. Ele contou uma mentira que sabia que ia ser descoberta. Disse que estava no porão dando uma olhada no sistema geotérmico. Ele queria que a gente soubesse que ele estava sozinho.

– Mas o abade devia saber que isso ia torná-lo suspeito – comentou Frère Sébastien.

– Era isso que ele queria. Ele sabia que um dos monges tinha cometido o crime e sentia que parte disso era responsabilidade dele. Então se expôs de propósito para talvez levar a culpa. Mas essa foi mais uma razão que me fez suspeitar de Frère Luc.

– Como assim?

A aeronave deslizava sobre as ondas, começando a alçar voo. Gamache falava com o monge, mas só tinha olhos para o aviãozinho.

– O abade não parava de se perguntar como podia não ter visto isso. Como podia não ter previsto. Desde o início, Dom Philippe me pareceu ser um homem extremamente observador. Ele deixava passar muito pouca coisa. Então eu comecei a me perguntar a mesma coisa. Como o abade podia não ter visto isso? E parecia haver duas respostas possíveis. Ou ele não tinha deixado nada passar, porque ele mesmo era o assassino, ou tinha deixado passar, porque o assassino era um monge que ele não conhecia muito bem. O mais novo deles, que escolheu passar todo o tempo na salinha do porteiro. Ninguém conhecia Frère Luc. Nem mesmo o prior, ao que parece.

O avião atravessou o lago. A neblina havia desaparecido, e Gamache protegeu os olhos do sol forte com a mão em concha, observando a aeronave.

– *Ecce homo* – disse Frère Sébastien, observando Gamache.

Então seus olhos se voltaram para o mosteiro. O abade acabara de sair e agora caminhava na direção deles.

– Dom Philippe ouviu a confissão de Frère Luc, sabia? – disse o dominicano.

– Foi mais do que eu fiz – disse Gamache, olhando de relance para o monge antes de voltar a observar o céu.

– Suspeito que Frère Luc vá contar tudo ao senhor. Que isso vai ser parte da penitência dele. Além de Ave-Marias para o resto da vida.

– E isso vai ser suficiente? Ele vai ser perdoado?

– Espero que sim – respondeu o dominicano, examinando o inspetor-chefe. – O senhor correu um risco ao me pedir para entoar o cântico do prior. E se Frère Luc não reagisse?

Gamache aquiesceu.

– Foi mesmo um risco. Mas eu precisava de um desfecho rápido. Eu tinha esperanças. Só de ver o novo cântico Frère Luc cometeu o assassinato. Imaginei que ouvir a música na Capela Santíssima também fosse provocar alguma reação violenta.

– E se Luc não reagisse? Se não tivesse se entregado? O que o senhor teria feito?

Gamache se virou para olhá-lo de frente.

– Acho que o senhor sabe.

– O senhor teria ido embora com o seu inspetor? Para colocar o Sr. Beauvoir em tratamento? Ia nos deixar com um assassino?

– Eu teria voltado depois, mas, sim, teria ido embora com Beauvoir.

Agora, os dois fitavam o avião.

– O senhor faria qualquer coisa para salvar a vida dele, não é?

Como Gamache não respondeu, o dominicano caminhou de volta para a abadia.

BEAUVOIR OLHOU PELA JANELA para o lago brilhante.

– Aqui – disse Francoeur, jogando algo para Beauvoir. – Isto é para você.

Beauvoir se atrapalhou, mas conseguiu pegar o frasco de comprimidos. E fechou a mão em volta dele.

– *Merci.*

Rapidamente girou a tampa e tomou dois. Então encostou a cabeça na janela fria.

O avião deu uma volta e voou na direção do mosteiro de Saint-Gilbert--Entre-les-Loups.

Jean Guy olhou para baixo enquanto a aeronave se inclinava. Alguns monges estavam fora dos muros, colhendo mirtilos. Ele se tocou que não estava levando nenhum chocolate para Annie. Mas, com certo enjoo, teve a sensação de que aquilo já não importava mais.

Enquanto sua cabeça pendia e batia na janela, ele viu os monges curvando--se no jardim. E um lá fora com as galinhas. As chantecler. Salvas da extinção. Como os gilbertinos. E os cânticos.

E viu Gamache na beira do lago. Olhando para cima. Ele estava acompanhado do abade, e o dominicano se afastava.

Beauvoir sentiu os comprimidos fazendo efeito. Sentiu a dor finalmente recuar e o buraco sarar. Ele soltou o ar, aliviado. Para sua surpresa, entendeu por que Gilberto de Sempringham havia escolhido aquele design único para os hábitos. Compridos hábitos pretos com a parte superior branca.

Lá de cima, do Paraíso, ou de um avião, os gilbertinos pareciam cruzes. Cruzes vivas.

Mas havia mais uma coisa para Deus, ou Beauvoir, ver.

O mosteiro de Saint-Gilbert-Entre-les-Loups em si não era uma cruz. No papel, Dom Clément o desenhara para parecer um crucifixo, mas aquela era outra mentira da arquitetura medieval.

A abadia era, na verdade, um neuma. Com as alas curvas, como asas.

Parecia que o mosteiro de Saint-Gilbert-Entre-les-Loups estava prestes a alçar voo.

Naquele momento, o inspetor-chefe Gamache olhou para cima. E Beauvoir desviou o olhar.

GAMACHE OBSERVOU O AVIÃO ATÉ desaparecer de vista, depois se voltou para o abade, que tinha acabado de se colocar ao seu lado.

– Imaginei que tenha sido horrível para o senhor.

– Para todos nós – concordou o abade. – Espero aprender com isso. Gamache fez uma pausa.

– E qual é a lição?

O abade refletiu por alguns instantes.

– O senhor sabe por que o nosso nome é Saint-Gilbert-Entre-les-Loups? Por que o nosso emblema são dois lobos entrelaçados?

Gamache balançou a cabeça.

– Eu presumi que remontasse à época da chegada dos primeiros monges. Que simbolizasse domar a selva ou se unir a ela. Algo do gênero.

– O senhor está certo, é de quando Dom Clément e os outros vieram para cá – disse o abade. – De uma história que um dos *montagnais* contou para eles.

– Uma história nativa? – perguntou Gamache, surpreso que os antigos gilbertinos tivessem se inspirado em algo de uma cultura considerada pagã.

– Dom Clément relata isso nos diários dele. Um dos anciãos contou que, quando ele era garoto, seu avô disse que havia dois lobos lutando dentro de si. Um cinza e o outro preto. O cinza queria que o avô dele fosse corajoso, paciente e bondoso. O preto queria que ele fosse medroso e cruel. Isso chateou o garoto, e ele pensou sobre o assunto por alguns dias antes de voltar a conversar com o avô. Ele perguntou: "Vô, qual dos lobos vai vencer?"

O abade sorriu de leve e observou o inspetor-chefe.

– Sabe o que o avô respondeu?

Gamache balançou a cabeça. Havia uma expressão de tanta tristeza no rosto do inspetor-chefe que quase partiu o coração do abade.

– Aquele que eu alimentar – disse Dom Philippe.

Gamache olhou para trás, para o mosteiro que agora ficaria de pé por muitas gerações. Saint-Gilbert-Entre-les-Loups. Ele traduzira errado. Não era São Gilberto *em meio* aos lobos, mas *entre* eles. Naquele lugar de perpétua escolha.

O abade notou a arma no cinto de Gamache e a expressão desalentada em seu rosto.

– O senhor gostaria que eu ouvisse a sua confissão?

O inspetor-chefe olhou para o céu e sentiu o vento norte em seu rosto. *Uma enfermidade se aproxima de nós.*

Armand Gamache pensou distinguir o ruído baixo de um avião ao longe. E, então, até isso desapareceu. E ele ficou com um grande silêncio.

– Acho que ainda não, *mon père*.

AGRADECIMENTOS

O BELO MISTÉRIO SURGIU A PARTIR do fascínio pela música e de uma relação muito pessoal e surpreendente com ela. Eu amo música. Diversas peças inspiraram cada um dos meus livros, e estou convencida de que a música teve um efeito quase mágico no meu processo criativo. Quando me sento em um avião, saio para caminhar ou dirijo ouvindo música, vejo várias cenas do livro que estou prestes a escrever ou escrevendo. Sinto os personagens. Eu os ouço, os percebo. É emocionante. Gamache, Clara e Beauvoir ganham ainda mais vida quando escuto certas músicas. É transformador. Espiritual, até. Eu sinto o divino na música.

Não sou a única, eu sei.

Ao me preparar para este livro, eu li bastante, e entre as leituras está uma obra chamada *A música no seu cérebro: A ciência de uma obsessão humana*, do professor Daniel J. Levitin, da Universidade McGill, sobre a neurociência da música e seus efeitos no nosso cérebro.

Eu queria explorar esse belo mistério – como algumas poucas notas são capazes de nos transportar para uma época e um lugar diferentes. De evocar uma pessoa, um evento, um sentimento. De inspirar uma enorme coragem e nos levar às lágrimas. E, no caso deste livro, eu queria explorar o poder dos cânticos antigos, do canto gregoriano, sobre aqueles que os cantam e que os ouvem.

Tive muita ajuda para escrever *O belo mistério*. De familiares e amigos. De livros, vídeos e experiências reais, inclusive uma estadia incrível e muito tranquila em um mosteiro.

Gostaria de agradecer a Lise Desrosiers, minha incrível assistente, que permite que eu me concentre na escrita enquanto ela cuida de todo o resto.

Obrigada aos meus editores, Hope Dellon, da Minotaur Books, em Nova York, e Dan Mallory, da Little, Brown, em Londres, por toda a ajuda com *O belo mistério*. Obrigada às minhas agentes Teresa Chris e Patty Moosbrugger. A Doug e Susan, meus primeiros leitores. A Marjorie, por estar sempre tão disposta a ajudar e feliz em fazê-lo.

E obrigada ao meu marido, Michael. Se existe um mistério na minha vida ainda mais surpreendente e poderoso que a música, é o amor. Ele é o único mistério que eu nunca vou solucionar – tampouco quero fazê-lo. Eu simplesmente aproveito os lugares aonde o amor que sinto por Michael me leva.

E obrigada a você, por ler meus livros e me dar uma vida além da imaginação.

Leia um trecho de

A LUZ ENTRE AS FRESTAS

o próximo caso de Armand Gamache

UM

AUDREY VILLENEUVE SABIA QUE O QUE imaginava não podia estar acontecendo. Ela era uma mulher adulta, capaz de discernir o real do imaginário. Porém, toda manhã, ao atravessar o túnel Ville-Marie para ir de sua casa, no extremo leste de Montreal, ao escritório, ela via. Ouvia. Sentia aquilo acontecendo.

O primeiro sinal seria uma explosão de vermelho quando os motoristas pisassem no freio. O caminhão logo à frente daria uma guinada, deslizando e tombando de lado. Um ruído terrível de derrapagem ricochetearia nas paredes duras e correria em sua direção, arrebatador. Buzinas, alarmes, freios, pessoas gritando.

Em seguida, Audrey veria os imensos blocos de concreto se desprendendo do teto, levando consigo um emaranhado de veias e tendões de metal. O túnel cuspindo suas entranhas. Que mantinham a estrutura de pé. Que mantinham a cidade de Montreal de pé.

Até aquele dia.

E então, então... a abertura oval que dava para a luz do dia, o fim do túnel, se fecharia. Como um olho.

Depois, a escuridão.

E a longa espera. Para ser esmagada.

Toda manhã e toda noite, quando Audrey atravessava a maravilha da engenharia que ligava uma ponta a outra da cidade, ela colapsava.

– Vai ficar tudo bem – disse ela, rindo consigo mesma, de si mesma. – Vai ficar tudo bem.

Audrey aumentou o volume da música e cantou alto sozinha.

Mas, mesmo assim, suas mãos formigavam no volante, depois ficavam frias e dormentes e seu coração batia forte. Um jorro de neve semiderretida golpeou o para-brisa. Os limpadores a varreram, desenhando uma meia-lua de visibilidade marmoreada.

O tráfego desacelerou. E parou.

Audrey arregalou os olhos. Aquilo nunca tinha acontecido. Atravessar o túnel já era ruim o suficiente. Parar dentro dele parecia inconcebível. Seu cérebro congelou.

– Vai ficar tudo bem.

Mas ela não conseguia ouvir a própria voz, tão fraca era sua respiração e tão forte o uivo em sua cabeça.

Trancou a porta com o cotovelo. Não para manter ninguém do lado de fora, mas para se manter lá dentro. Uma frágil tentativa de se impedir de empurrar a porta e correr, correr, sair gritando do túnel. Ela agarrou o volante. Com força. Com força. Com mais força.

Seus olhos dispararam para a parede salpicada de neve derretida, para o teto, para a parede mais distante.

Para as rachaduras.

Meu Deus, as rachaduras.

E para as débeis tentativas de cobri-las com reboco.

Não de consertá-las, mas de escondê-las.

Isso não significa que o túnel vá desmoronar, assegurou a si mesma.

Mas as rachaduras se alargaram e consumiram sua razão. Todos os monstros de sua imaginação se tornaram reais e agora se espremiam, estendiam os braços, por entre aquelas falhas.

Ela desligou a música para se concentrar, hipervigilante. O carro da frente avançou devagar. Depois parou.

– Vai, vai, vai – implorou ela.

Mas Audrey Villeneuve estava presa e apavorada. Sem ter para onde ir. O túnel já era ruim, mas o que esperava por ela sob a luz cinzenta de dezembro era ainda pior.

Por dias, semanas, meses – anos, até, se fosse sincera – ela soubera. Monstros existiam. Eles viviam nas rachaduras dos túneis, nas vielas escuras e em casas geminadas. Tinham nomes como Frankenstein e Drácula, Martha, David e Pierre. E quase sempre você os encontrava onde menos esperava.

Ela olhou de soslaio para o espelho retrovisor e encontrou dois olhos castanhos assustados. Porém, no reflexo, também viu sua salvação. Sua bala de prata. Sua estaca de madeira.

Era um lindo vestido de festa.

Ela passara horas costurando a roupa, tempo que poderia, deveria, ter usado para embrulhar presentes de Natal para o marido e as filhas; que poderia, deveria, ter usado para assar biscoitos amanteigados em formato de estrela, anjos e alegres bonecos de neve com botões de confeitos e olhos de jujuba.

Em vez disso, toda noite, quando chegava em casa, Audrey ia direto para o porão, até a máquina de costura. Debruçada sobre o tecido verde-esmeralda, ela alinhavava naquele vestido de festa todas as suas esperanças.

Audrey o usaria naquela noite, entraria na festa de Natal, olharia todo o salão e sentiria os olhos surpresos sobre si. Em seu vestido verde colante, a desmazelada Audrey Villeneuve seria o centro das atenções. No entanto, ele não fora feito para chamar a atenção de todos, apenas de um homem. E, quando ela conseguisse, poderia relaxar.

Ela passaria seu fardo adiante e seguiria com a vida. As falhas seriam consertadas; as fissuras, fechadas. Os monstros voltariam para o lugar deles.

A saída para a ponte Champlain estava à vista. Não era a que ela normalmente tomava, mas aquele dia estava longe de ser normal.

Audrey deu seta e viu o homem do carro ao lado lhe lançar um olhar azedo. Aonde ela pensava que estava indo? Todos eles estavam presos. Mas Audrey Villeneuve estava ainda mais. O homem mostrou o dedo médio, mas ela não se ofendeu. No Quebec, aquilo era tão casual quanto um aceno amistoso. Se os quebequenses projetassem um carro, o enfeite do capô seria um dedo médio. Normalmente, ela lhe devolveria o "aceno amistoso", mas tinha outras coisas na cabeça.

Ela embicou para a última faixa da direita, em direção à saída da ponte. A parede do túnel estava a poucos metros de distância. Ela poderia ter enfiado o punho em um dos buracos.

– Vai ficar tudo bem.

Audrey Villeneuve sabia que muitas coisas poderiam acontecer, mas "ficar tudo bem" provavelmente não era uma delas.

DOIS

— VAI ARRANJAR UMA PATA PARA você, porra! – disse Ruth, e puxou Rosa para mais perto.

Um edredom ambulante.

Constance Pineault sorriu e olhou para a frente. Quatro dias antes, nunca lhe teria ocorrido arranjar uma pata, mas agora ela realmente invejava a Rosa de Ruth. E não só pelo calor que oferecia naquele dia gelado, cortante, de dezembro.

Quatro dias antes, nunca lhe teria ocorrido deixar sua confortável poltrona perto da lareira do bistrô para se sentar em um banco congelado ao lado de uma mulher que ou estava bêbada ou demente. Mas lá estava ela.

Quatro dias antes, Constance Pineault não sabia que o calor assumia muitas formas. Assim como a sanidade. Agora, ela sabia.

— Deee-fesaaaaaa! – gritou Ruth para os jovens jogadores no lago congelado. – Pelo amor de Deus, Aimée Patterson, até a Rosa faria esse gol.

Aimée passou patinando, e Constance a ouviu dizer algo que poderia ser "fazer". "Bater". Ou "Vai se..."

— Eles me adoram – disse Ruth a Constance.

Ou a Rosa. Ou ao ar.

— Eles têm medo de você – disse Constance.

Ruth lançou a ela um olhar penetrante e avaliador.

— Você ainda está aqui? Pensei que tivesse morrido.

Constance riu, uma baforada de humor que flutuou pela praça do vilarejo e foi se juntar à fumaça de lenha que saía das chaminés.

Quatro dias antes, ela pensara que tinha dado sua última risada. Porém, com a neve até os tornozelos e a bunda congelada ao lado de Ruth, ela descobrira outras. Escondidas ali em Three Pines. Onde as risadas viviam.

As duas assistiam à atividade da praça em silêncio, exceto pelo estranho grasnar, que Constance torcia para que viesse da pata.

Embora fossem quase da mesma idade, as duas idosas eram opostas. Se Constance era suave, Ruth era dura. Se os cabelos da primeira eram sedosos e longos, presos em um coque bem-feito, os da segunda eram ásperos e bem curtinhos. Se Constance era arredondada, Ruth era angulosa. Toda feita de pontas e arestas afiadas.

Rosa se remexeu e bateu as asas. Então deslizou do colo de Ruth para o banco nevado e deu alguns passos desengonçados na direção de Constance. Depois subiu no colo dela e se acomodou ali.

Ruth estreitou os olhos. Mas não se mexeu.

Desde que Constance chegara em Three Pines, nevara dia e noite. Tendo passado a vida adulta em Montreal, ela havia esquecido como a neve podia ser bonita. Neve, na experiência dela, era algo a ser removido. Uma tarefa doméstica que caía do céu.

Mas aquela era a neve de sua infância. Alegre, divertida, brilhante e limpa. Quanto mais, melhor. Era um brinquedo.

Ela cobria as casas de pedras, de ripas e de tijolinhos rosados que circundavam a praça. Cobria o bistrô e a livraria, a *boulangerie* e a mercearia. Para Constance, aquele parecia o trabalho de um alquimista, e Three Pines era o resultado. Conjurado a partir do nada e depositado naquele vale. Ou talvez, assim como a neve, o minúsculo vilarejo tivesse caído do céu, para oferecer um pouso suave àqueles que também sofressem uma queda.

Quando chegara ali e estacionara em frente à livraria de Myrna, ficara preocupada ao ver que a pancada de neve estava se tornando uma nevasca.

"Será que eu devo tirar o meu carro?", perguntara a Myrna antes de elas subirem para dormir.

Myrna se postara diante da janela de sua livraria – Livros da Myrna, Novos e Usados – e refletira sobre a pergunta.

"Acho que ele está bem ali."

Ele está bem ali.

E estava mesmo. Constance tivera uma noite agitada, tentando ouvir as sirenes dos limpa-neves. O aviso para desenterrar seu carro dali e movê-lo.

As janelas de seu quarto haviam chacoalhado enquanto o vento as chicoteava com a neve. Ela ouvira a nevasca uivar ao atravessar as árvores e passar pelas casas sólidas, como se fosse uma criatura viva, à caça. Por fim, caíra no sono, quentinha debaixo do edredom. Quando acordara, a tempestade já tinha passado. Constance fora até a janela, esperando ver seu carro soterrado, nada mais que uma montanha branca debaixo de 30 centímetros de neve fresca. Em vez disso, a rua tinha sido limpa e os carros, desenterrados.

Ele estava bem ali.

Então, finalmente, ela também estava.

Por quatro dias e quatro noites a neve continuara a cair, antes que Billy Williams voltasse com seu limpa-neves. E, até que aquilo acontecesse, o vilarejo de Three Pines ficara completamente isolado pela neve. Mas não importava, já que tudo de que precisavam estava bem ali.

Devagar, do alto de seus 77 anos, Constance Pineault percebeu que estava bem, não porque tivesse um bistrô, mas porque tinha o bistrô de Olivier e Gabri. Aquela não era apenas uma livraria, mas a livraria de Myrna, e a *boulangerie* de Sarah e a mercearia de monsieur Béliveau.

Quando chegara ali, ela era uma mulher autossuficiente. Agora, estava coberta de neve, sentada em um banco ao lado de uma maluca, com uma pata no colo.

Quem era a doida agora?

Mas Constance Pineault sabia que, longe de estar desequilibrada, havia, finalmente, recuperado o juízo.

– Eu vim perguntar se você quer tomar alguma coisa – disse Constance.

– Pelo amor de Deus, ô velha, por que não falou logo? – retrucou Ruth, levantando-se e batendo os flocos de neve do casaco.

Constance também se levantou e devolveu Rosa a Ruth.

– Tome sua pata – disse ela.

Ruth riu soltando o ar pelo nariz, aceitando a pata e as palavras.

Olivier e Gabri, que vinham da pousada, as encontraram na rua.

– Está nevando gay – comentou Ruth.

– Sim, eu era puro como a neve – confidenciou Gabri a Constance. – Só que eu derreti.

– Incorporando Mae West? – disse Ruth. – Ethel Merman não vai ficar com ciúme?

– Tem espaço de sobra para todas – declarou Olivier, olhando para o corpulento parceiro.

Antes disso, Constance nunca se enturmara com homossexuais, pelo menos não que tivesse conhecimento. Tudo o que sabia é que eram "eles", não "nós". E "eles" eram antinaturais. Em seus momentos mais caridosos, os considerava defeituosos. Doentes.

Mas, em geral, se chegava a pensar neles, era com reprovação. Nojo, até.

Até quatro dias antes. Até a noite começar a cair e o pequeno vilarejo no vale ficar isolado. Até ela descobrir que aquele Olivier, o homem com quem tinha sido tão fria, havia desenterrado o carro dela da neve. Sem que ninguém tivesse pedido. Sem fazer nenhum comentário.

Até ela ver, da janela de seu quarto no loft de Myrna, acima da livraria, Gabri caminhar penosamente, a cabeça baixada para evitar a neve soprada pelo vento, levando café e croissants quentinhos para os moradores que não conseguiam ir até o bistrô para tomar café da manhã.

Enquanto ela o observava, ele entregara a comida e depois retirara, com uma pá, a neve da varanda, da escada e da calçada da frente deles.

E fora embora. Para a casa seguinte.

Constance sentiu a mão forte de Olivier em seu braço, apoiando-a. Se um estranho chegasse ao vilarejo naquela hora, o que pensaria? Que Gabri e Olivier eram seus filhos?

Ela esperava que sim.

Constance passou pela porta e sentiu o cheiro agora familiar do bistrô. As vigas de madeira escura e o piso de tábuas largas de pinho tinham sido impregnados por mais um século de café forte e lenha de bordo queimada nas lareiras.

– Aqui!

Constance seguiu a voz. As janelas maineladas deixavam a pouca luz entrar, mas ainda assim estava escuro. Ela olhou para as imensas lareiras de pedra dos dois lados do bistrô, acesas com um fogo vivo e cercadas por sofás e poltronas confortáveis. No meio do salão, entre as lareiras e a área dos clientes, havia antigas mesas de pinho com talheres e porcelana descombinada. Uma imensa e basta árvore de Natal estava disposta em um canto, com suas luzes vermelhas, azuis e verdes acesas, além de uma caótica variedade de bolas, contas e pingentes de sincelo pendurados nos galhos.

Alguns clientes bebericavam *cafés au lait* ou chocolates quentes nas poltronas, lendo jornais do dia anterior em francês e inglês.

O grito viera do outro lado da sala e, embora Constance ainda não visse direito a mulher, sabia perfeitamente bem quem havia falado.

– Eu pedi um chá para você – disse Myrna, de pé, esperando perto de uma das lareiras.

– Espero que você esteja falando com ela – disse Ruth, pegando o melhor lugar ao lado do fogo e colocando os pés no descanso.

Constance abraçou Myrna e sentiu a carne macia sob o suéter grosso. Embora Myrna fosse uma mulher pelo menos vinte anos mais nova que ela, tinha o cheiro e o abraço de sua mãe. No começo, levara um susto, como se alguém a tivesse desequilibrado de leve. Mas, depois, passou a ansiar por aqueles abraços.

Constance bebericou o chá, observou as chamas bruxuleantes e ouviu em parte a conversa de Myrna e Ruth sobre a última remessa de livros, atrasada pela neve.

Sentiu que estava caindo no sono naquele calor.

Quatro dias. E ela tinha dois filhos gays, uma mãe negra e grande, uma poeta demente como amiga e estava considerando arranjar uma pata.

Não era o que esperava daquela visita.

Ela ficou pensativa, hipnotizada pelo fogo. Não sabia se Myrna entendia o motivo de sua vinda. Por que ela entrara em contato após tantos anos. Era vital que Myrna entendesse, mas agora o tempo estava se esgotando.

– A neve está parando – comentou Clara Morrow.

Ela correu as mãos pelos cabelos, tentando domar a juba amassada pelo gorro, mas só piorou a situação.

Constance despertou e percebeu que não tinha visto Clara chegar.

Ela conhecera Clara em sua primeira noite em Three Pines. Ela e Myrna tinham sido convidadas para jantar e, embora Constance ansiasse por um jantar tranquilo só com Myrna, não sabia como recusar educadamente. Então elas haviam vestido os casacos e botas e caminhado com dificuldade até lá.

Era para ser só as três, o que já seria ruim o suficiente, mas então Ruth Zardo e sua pata chegaram, e a noite que seria ruim tornou-se um completo fiasco. A pata Rosa grasnara a noite inteira enquanto Ruth bebia, praguejava, insultava e interrompia.

Constance já tinha ouvido falar dela, é claro. Aquela vencedora do Prêmio do Governador-Geral para Poesia em Língua Inglesa era o mais perto que o Canadá havia chegado de laurear um poeta demente e amargurado.

Quem te machucou uma vez
de maneira tão irreparável,
que te fez saudar cada oportunidade
com uma careta?

À medida que a noite se arrastava, Constance percebeu que aquela era uma boa pergunta. Ficara tentada a fazê-la à poeta louca, mas não fizera por medo de recebê-la de volta.

Clara tinha preparado omeletes com queijo de cabra derretido. Uma salada verde e baguetes frescas e quentinhas completavam a refeição. Elas haviam comido na ampla cozinha e, ao fim do jantar, enquanto Myrna preparava o café e Ruth e Rosa se retiravam para a sala de estar, Clara a levara até seu estúdio. O lugar estava abarrotado de pincéis, paletas e telas. Cheirava a tinta a óleo, terebintina e bananas maduras.

– Peter teria me enchido o saco para limpar isto aqui – disse Clara, observando a bagunça.

Clara havia falado sobre a separação durante o jantar. Constance tinha colocado um sorriso empático no rosto e se perguntara se era possível fugir dali pela janela do banheiro. Com certeza morrer em um banco de neve não seria tão ruim.

E, agora, lá estava Clara falando de novo sobre o marido. Ex-marido. Era como desfilar só de calcinha. Revelar suas intimidades. Era feio, inadequado e desnecessário. E Constance só queria ir para casa.

Da sala de estar, ela ouvia os incessantes grasnados. Constance não sabia, e já não se importava mais, se eles vinham da pata ou da poeta.

Clara passara por um cavalete. O contorno fantasmagórico do que poderia vir a ser um homem se insinuava na tela. Sem muito entusiasmo, Constance seguira Clara até o outro lado do estúdio. Ela acendera um abajur, e uma pequena pintura fora iluminada.

No início, parecera desinteressante, com certeza desimportante.

– Eu queria te pintar, se você não se importar – disse Clara, sem olhar para a convidada.

Constance se encrespou. Será que Clara a reconhecera? Será que ela sabia quem Constance era?

– Acho que não – respondeu ela, com firmeza.

– Entendo – disse Clara. – Eu também não sei se gostaria de ser pintada.

– Por que não?

– Medo demais do que as pessoas poderiam ver.

Clara sorriu, depois voltou para a porta. Constance a seguiu, depois de dar uma última olhada na minúscula pintura. Era de Ruth Zardo, que, agora, roncava no sofá. Naquela pintura, a velha poeta segurava um xale azul na altura do pescoço, suas mãos magras e em forma de garras. As veias e os tendões do pescoço apareciam através da pele translúcida.

Clara havia captado a amargura de Ruth, sua solidão e sua raiva. Agora Constance achava quase impossível desviar os olhos do retrato.

Na porta do estúdio, ela se voltou para trás. Seus olhos já não eram tão bons, mas não precisavam ser para ver o que Clara havia captado. Era Ruth. Mas também outra pessoa. Uma imagem que uma infância passada de joelhos lhe evocava.

Era a velha poeta louca, mas também a Virgem Maria. A mãe de Deus. Esquecida, ressentida. Deixada para trás. Olhando com raiva para um mundo que já não se lembrava do que ela lhe dera.

Constance ficou aliviada por ter recusado o pedido de Clara para pintá-la. Se era assim que Clara via a mãe de Deus, o que não veria nela?

Mais tarde naquela noite, Constance vagou, aparentemente sem rumo, de volta até a porta do estúdio.

O único ponto de luz ainda brilhava no retrato, e mesmo da porta Constance conseguia ver que a anfitriã não havia simplesmente pintado a Ruth louca. Nem a esquecida e amargurada Maria. A mulher idosa olhava ao longe. Para um futuro escuro e solitário. Porém. Porém. Bem ali. Quase fora de alcance. Quase visível. Havia outra coisa.

Clara havia captado o desespero, mas também a esperança.

Constance pegara o café e se juntara de novo a Ruth e Rosa, Clara e Myrna. Ela as havia ouvido, então. E começado, só começado, a entender como seria ser capaz de associar mais de um nome a um rosto.

Isso fora quatro dias antes.

Agora, ela havia feito as malas e estava prestes a ir embora. Só uma última xícara de chá no bistrô, e pé na estrada.

– Não vá – pediu Myrna baixinho.

– Eu tenho que ir.

Constance desviou os olhos dos de Myrna. Aquilo tudo era intimidade demais. Ela observou o vilarejo coberto de neve pela janela congelada. Anoitecia, e luzinhas de Natal pipocavam nas árvores e casas.

– Eu posso voltar? Para o Natal?

Fez-se um longo silêncio. E todos os medos de Constance voltaram, rastejando para fora daquele silêncio. Ela baixou os olhos para as mãos, cuidadosamente dobradas no colo.

Ela tinha se exposto. Fora iludida a pensar que estava em segurança, que era querida, que era bem-vinda.

Então sentiu uma mão grande na sua e ergueu o olhar.

– Eu adoraria – disse Myrna, e sorriu. – A gente vai se divertir muito.

– Divertir? – perguntou Gabri, atirando-se no sofá.

– Constance vai voltar para o Natal.

– Maravilha. Você pode vir para a missa com o coro na véspera de Natal. A gente canta todas as favoritas: "Silent Night". "The First Noël"...

– "The Twelve Gays of Christmas" – zombou Clara, emendando o nome da música.

– "It Came Upon a Midnight Queer" – debochou Myrna.

– Enfim, as clássicas – disse Gabri. – Embora este ano a gente esteja ensaiando uma nova.

– Não "O Holy Night", eu espero – comentou Constance. – Não sei se estou pronta para esta.

Gabri riu.

– Não. "The Huron Carol". Você conhece?

Ele cantou alguns compassos da antiga canção de Natal quebequense.

– Eu adoro esta – disse ela. – Só que ninguém mais canta.

No entanto, não deveria surpreendê-la que, naquele pequeno vilarejo, ela encontrasse mais uma coisa praticamente extinta do mundo exterior.

Constance se despediu e, entre gritos de "*À bientôt!*", ela e Myrna caminharam até o carro dela.

Constance deu a partida para aquecer o automóvel. Estava ficando escuro demais para jogar hóquei, e as crianças saíam do rinque, cambaleando na neve com seus patins, usando os tacos para se equilibrar. Era agora ou nunca, Constance sabia.

– A gente costumava fazer isso – disse ela, e Myrna seguiu seu olhar.

– Jogar hóquei?

Constance assentiu.

– A gente tinha o nosso próprio time. Nosso pai era o técnico. Mamãe torcia. Era o esporte preferido de Frère André.

Ela encontrou os olhos de Myrna. *Pronto*, pensou. *Feito*. Seu segredinho sujo finalmente revelado. Quando ela voltasse, Myrna teria muitas perguntas. E finalmente, finalmente, Constance sabia que iria respondê-las.

Myrna observou a amiga ir embora e não pensou mais naquela conversa.

CONHEÇA OUTRO LIVRO DA AUTORA

Estado de terror
(com Hillary Clinton)

Após um tumultuado período na política americana, um novo presidente assume o poder e, para a surpresa de todos, escolhe uma adversária para o importante cargo de secretária de Estado. Trata-se de pura estratégia: Ellen Adams sempre foi uma crítica mordaz de Douglas Williams, mas, ao assumir a nova função, precisa abandonar seu império midiático e se silenciar.

Williams só não poderia imaginar que, logo no início do governo, ocorreria uma série de atentados em vários países, ameaçando a ordem mundial. Cabe a Ellen a tarefa de reunir uma equipe para desvendar a terrível conspiração, cuja autoria não foi reivindicada por nenhum grupo extremista.

Os Estados Unidos nunca estiveram tão vulneráveis no cenário político internacional, graças ao desastroso mandato anterior, que ignorou a diplomacia e deixou um vácuo de poder em regiões importantes do mundo.

Forças inescrupulosas pretendem tirar proveito da situação, em um jogo de xadrez envolvendo até mesmo armas nucleares e a máfia russa, e só a determinada secretária de Estado pode liderar a ofensiva para deter as organizações criminosas.

CONHEÇA OS LIVROS DE LOUISE PENNY

Estado de terror (com Hillary Clinton)

SÉRIE INSPETOR GAMACHE
Natureza-morta
Graça fatal
O mais cruel dos meses
É proibido matar
Revelação brutal
Enterre seus mortos
Um truque de luz
O belo mistério

Para saber mais sobre os títulos e autores da Editora Arqueiro,
visite o nosso site e siga as nossas redes sociais.
Além de informações sobre os próximos lançamentos,
você terá acesso a conteúdos exclusivos
e poderá participar de promoções e sorteios.

editoraarqueiro.com.br